병자호란으로 강화도에서 순절한 충신들의 사적과 현창 기록

강도충렬록 江都忠烈錄

역주자 신해진(申海鎭)

　　　경북 의성 출생
　　　고려대학교 국어국문학과 및 동대학원 석·박사과정 졸업(문학박사)
　　　현재 전남대학교 인문대학 국어국문학과 교수
　　　BK21플러스 지역어 기반 문화가치 창출 인재양성 사업단장
　　　『심양사행일기』(보고사, 2013), 『호남의록·삼원기사』(역락, 2013),
　　　『호남병자창의록』(태학사, 2013) 이외 다수의 저역서와 논문

　　　김석태(金石泰)

　　　전남 해남 출생
　　　전남대학교 국어국문학과 및 동대학원 석·박사과정 졸업(문학박사)
　　　국사편찬위원회 초서연수 고급과정 수료
　　　현재 전남대학교 호남학연구원 고전번역팀 연구원
　　　『역주 고산선생연보』(공역, 정미문화사, 2012), 『해동이적』(공역, 경인문화사, 2011),
　　　이외의 저역서와 논문

강도충렬록 江都忠烈錄

　　　초판 인쇄　2013년 12월　9일
　　　초판 발행　2013년 12월 16일

　　　편찬자　김창협
　　　역주자　신해진·김석태
　　　펴낸이　이대현
　　　편　집　권분옥
　　　펴낸곳　도서출판 역락
　　　주　소　서울시 서초구 동광로 46길 6-6 문창빌딩 2층
　　　전　화　02-3409-2060(편집부), 2058(영업부)
　　　팩　스　02-3409-2059
　　　등　록　1999년 4월 19일 제303-2002-000014호
　　　이메일　youkrack@hanmail.net

　　　정　가　30,000원
　　　ISBN　979-11-85530-00-0　93810

병자호란으로 강화도에서 순절한 충신들의 사적과 현창 기록

강도충렬록江都忠烈錄

金昌協 편찬
申海鎭 · 金石泰 역주

역락

▌머리말

저 중원(中原) 대륙에는 1616년 누루하치가 후금(後金)을 건국하고 그의 아들 홍타이지가 1635년 내몽골까지 아우른 뒤 대청(大淸)이라고 하면서 오랑캐 나라로 얕잡아 보던 만주족이 더욱 강성하고 있었거늘, 조선의 조정은 아랑곳하지 않은 채 양국의 관계를 '군신관계'로 요구하는 후금의 사신을 접견조차 하지 않고 돌려보냈다. 이에, 청 태종 홍타이지가 1636년 12월 2일 12만의 대군을 이끌고 압록강을 건너 조선을 침략하였으니, 이른바 '병자호란'이다.

인조(仁祖)는 소현세자(昭顯世子)와 신료들을 거느리고 겨우 남한산성(南漢山城)으로 파천하였지만, 끝내 1637년 1월 30일 청 태종에게 항복하여 삼전도(三田渡) 굴욕을 겪어야 했다. 다산 정약용이 <비어고(備禦考)>에서 "심양으로 끌려간 사람이 60만 명인데 몽골군에 붙잡힌 자는 포함되지 않았다."고 할 정도였다. 이는 빈궁과 봉림대군(鳳林大君) 등이 피신해 있던 강화도가 1월 22일에 함락되었기 때문이다. 강화도(江華島) 일명 강도(江都). 불과 9년 전 정묘호란 때에는 공략되지 않았던, 천혜의 요새로서 금성탕지(金城湯池)였다. 그래서 1631년에는 국난 시 피난하기 위하여 이곳의 고려 옛 궁터에 행궁(行宮)을 건립하기도 하였다. 그러나 이 금성탕지가 청나라 군대의 말발굽 아래 여지없이 짓밟히고 말았다. 이로써 남한산성이 치욕스런 굴욕의 공간이었다면, 강화도는 유례없는 참혹의 공간이 되고 말았던 것이다.

강화도는 함락될 때 청군이 행궁 관사와 여염집을 불 지르고 저항하거나 도망치던 수많은 사람들을 도륙하자 말 그대로 아비규환이었다. 지레 겁먹어 제대로 한번 싸워보지도 않거나 부모와 처자식을 내버려둔 채로 제 살길을 찾아 도망한 관인들이 있었고, 이에 따라 봉림대군을 비롯한 빈궁, 원손, 왕자, 종실 등이 모조리 포로로 전락하고 말았다. 청군에게 사로잡힌 젊고 고운 여인들이 있었고, 정절을 지키기 위해 물에 빠지거나 목을 매어 자결한 여인들이 있었으며, 지아비와 아들의 강요에 의해 목숨을 끊은 여인들도 있었다.

이러한 아비규환 한편에서는 바다를 건너 공격해오는 청나라 군사들과 끝까지 싸우다 순국한 이들이 있었고, 스스로 죽음을 선택한 이들도 있었다. 곧, 김상용이 남문에서 화약 궤짝에 불을 질러 스스로 폭사할 때 권순장과 김익겸도 그 곁을 떠나지 않고 함께 죽었는가 하면, 오랑캐에게 무릎을 꿇을 수 없다며 대의를 내세워 이상길, 심현, 이시직, 송시영, 윤전 등이 순절하였으며, 청군이 대거 몰려오는 갑곶나루에서 천총(千摠) 구원일은 주장(主將) 장신이 싸우지 않으려는 비겁함을 준열하게 꾸짖고 물에 빠져 죽었는가 하면, 중군(中軍) 황선신, 천총 강흥업은 중과부적일지라도 끝까지 맞서 싸우다가 장렬하게 죽었다. 바로 이들의 분사(焚死)하거나 자결(自決)하거나 전사(戰死)한 사적만 적은 것이 아니라 그 의기(義氣)에 대한 현창(顯彰)의 과정을 함께 담은 것이 ≪강도충렬록(江都忠烈錄)≫이다.

이 문헌은 김창협(金昌協, 1651~1708)이 1701년에 간행한 2권 1책으로서 원래 표제는 '충렬록'으로만 되어 있다. 김창협은 김상헌(1570~1652)의 증손자이니, 김상용의 종증손자이다. 김상헌에게 양자로 간, 김상관(金尙寬, 1566~1621)의 아들 김광찬(金光燦, 1597~1668)이 할아버지이고, 영의정을 지낸 김수항(金壽恒, 1629~1689)이 아버지이며, 김창집(金昌集, 1648~1722)이 형, 김창흡(金昌翕, 1653~1722)이 동생이다. ≪강도충렬록≫은 1642년 정건

(鄭櫶)과 신후원(辛後元) 등이 강화부 남쪽 7리쯤의 선원촌(仙源村)에 사당을 세우고 효종조 1658년에 '충렬사(忠烈祠)'라 사액되기까지 그 과정 및 배향된 11명의 인물에 관한 자료들을 모아 김창협이 편찬한 것이다. 서울대학교 규장각한국학연구원에 소장되어 있는 한문필사본인데, 그 필사 연대와 경위 등은 알 수가 없다. 바로 이 한문필사본을 이번에 역주하였다.

나와 김석태 박사는 사제지간으로서 이미 ≪증보 해동이적(增補海東異蹟)≫(경인문화사, 2011)을 함께 역주한 바 있고, 이 역주서는 2012년도 대한민국 학술원 우수학술도서로 선정되기도 하였다. 이번 '강도충렬록'의 역주를 공동 작업하자는 나의 권유를 흔연히 따라준 김 박사는 입력과 초역을 수행하였다. 나는 누락, 유보, 미해결, 오류 등을 보충하거나 교정하였다. 그래서 이 책의 잘못에 대한 최종적인 책임은 온전히 나의 몫이다. 공동 작업의 결실을 일구어낸 과정은 사제의 두터운 정, 교학상장의 참맛 등을 느낄 수 있었기에 참으로 의미 있는 시간이었다.

늘 하는 이야기이나 번역은 한 순간 방심하면 오역이 있을 수밖에 없는 바, 오역이 있다면 긴장하지 못하고 세밀하지 못한 결과이다. 그러나 나름대로 최선을 다한 바, 수준 높은 번역에 도달하는데 한 톨의 밀알이 되리라 생각하면서 이 책을 상재하니 대방가의 질정을 청한다.

이 책에 등장하는 인물들의 생몰연간과 행적에 대한 각주는 인터넷 및 각 문중의 족보를 확인할 수 있는 데까지 성의를 다하여 찾아본 결과임을 밝힌다. 각 문중의 관계자들로부터 따뜻한 도움을 받았는데, 이 지면을 빌려 고마운 마음을 전하는 바이다. 끝으로 편집을 맡아 수고해 주신 역락 가족들의 노고에도 심심한 고마움을 표한다.

2013년 11월 빛고을 용봉골에서

첫눈 오는 날 신해진

차 례

■■■■

일러두기

이 책은 다음과 같은 요령으로 엮었다.

1. 번역은 직역을 원칙으로 하되, 가급적 원전의 뜻을 해치지 않는 범위 내에서 호흡을 간결하게 하고, 더러는 의역을 통해 자연스럽게 풀고자 했다.
2. 이 책을 역주하면서 기존 번역물을 참고한 것은 다음과 같으며, 감사의 말씀을 드린다.

세종대왕기념사업회 편집부 역, 『국역 국조인물고』 권2(권순장), 세종대왕기념사업회, 2000.
세종대왕기념사업회 편집부 역, 『국역 국조인물고』 권4(김상용), 세종대왕기념사업회, 2000.
세종대왕기념사업회 편집부 역, 『국역 국조인물고』 권5(김익겸), 세종대왕기념사업회, 2001.
세종대왕기념사업회 편집부 역, 『국역 국조인물고』 권11(송시영), 세종대왕기념사업회, 2002.
세종대왕기념사업회 편집부 역, 『국역 국조인물고』 권13(심현), 세종대왕기념사업회, 2003.
세종대왕기념사업회 편집부 역, 『국역 국조인물고』 권17(윤전), 세종대왕기념사업회, 2003.
세종대왕기념사업회 편집부 역, 『국역 국조인물고』 권20(이상길), 세종대왕기념사업회, 2004.
세종대왕기념사업회 편집부 역, 『국역 국조인물고』 권21(이시직), 세종대왕기념사업회, 2004.
송기채 역, 『국역 농암집』 4, 민족문화추진회, 2004.
양홍렬 · 조창래 · 박소동 · 조성래 · 송기채 · 김윤수 역, 『국역 송자대전』 권10, 민족문화추진회, 1982.
양홍렬 역, 『국역 신독재전서』 권1, 민족문화추진회, 1999.
양홍렬 역, 『국역 신독재전서』 권10, 민족문화추진회, 2001.
오세옥 · 김은정 · 정필용 · 김기빈 역, 『국역 명재유고』 권10, 한국고전번역원, 2009.
이상현 역, 『국역 택당집 별집』 권12, 민족문화추진회, 2001.
이상현 역, 『국역 포저집』 권6, 민족문화추진회, 2006.
임정기 역, 『국역 한수재집』 3, 민족문화추진회, 1991.
정선용 역, 『국역 청음집』 권6, 민족문화추진회, 2007.
정태현 역, 『국역 동춘당집』 권3, 민족문화추진회, 2001.
최병준 · 김낙철 · 공근식 · 강여진 역, 『국역 서계집』 권4, 한국고전번역원, 2008.

3. 원문은 저본을 충실히 옮기는 것을 위주로 하였으나, 활자로 옮길 수 없는 古體字는 今體字로 바꾸었다.

4. 원문표기는 띄어쓰기를 하고 句讀를 달되, 그 구두에는 쉼표(,), 마침표(.), 느낌표(!), 의문표(?), 홑따옴표(' '), 겹따옴표(" "), 가운데점(·) 등을 사용했다.

5. 주석은 원문에 번호를 붙이고 하단에 각주함을 원칙으로 했다. 독자들이 사전을 찾지 않고도 읽을 수 있도록 비교적 상세한 註를 달았다.

6. 주석 작업을 하면서 많은 문헌과 자료들을 참고하였으나 지면관계상 일일이 밝히지 않음을 양해바라며, 관계된 기관과 여러분들께 진심으로 감사드린다.

7. 이 책에 사용한 주요 부호는 다음과 같다.

   1) ( ) : 同音同義 한자를 표기함.
   2) [ ] : 異音同義, 出典, 교정 등을 표기함.
   3) " " : 직접적인 대화를 나타냄.
   4) ' ' : 간단한 인용이나 재인용, 또는 강조나 간접화법을 나타냄.
   5) < > : 편명, 작품명, 누락 부분의 보충 등을 나타냄.
   6) 「 」 : 시, 제문, 서간, 관문, 논문명 등을 나타냄.
   7) ≪ ≫ : 문집, 작품집 등을 나타냄.
   8) 『 』 : 단행본, 논문집 등을 나타냄.

江都忠烈錄　上

‖ 인천광역시 강화군 선원면 선행리 충렬사 사당

사당 건립의 전말에 대한 기록
記建祠始末

사당 건립

선원(仙源) 선생은 잠시 강화부의 선원촌(仙源村)에서 사셨던 적이 있어서 이를 호로 삼았다. 그러므로 선원면(仙源面)에 사당의 터를 정하였으니, 강화부에서 남쪽으로 7리 되는 곳에 있다.

정축년(1637) 난리 후에 경향(京鄕) 각지의 유생들이 선원 선생의 사당을 세워 제사지내자는 논의가 있자, 강화부의 사인(士人) 정건(鄭楗)·신후원(辛後元) 등이 임오년(1642)에 사당을 세웠다.

記建祠始末

建祠(仙源1)先生, 曾寓居2)本府仙源村, 因以爲號。故定祠基于仙源面, 府南七里.)

丁丑3)亂後, 京外章甫4), 有仙源先生立祠俎豆5)之議, 本府士人鄭楗6) · 辛後元7)等, 營建8)於壬午年9)。

---

1) 仙源(선원) : 金尙容(1561~1637)의 호. 본관은 安東, 자는 景擇, 호는 仙源 · 楓溪 · 溪翁. 敦寧府都正 金克孝의 아들이며, 좌의정 金尙憲의 형, 좌의정 鄭惟吉의 외손이다. 張維가 그의 사위이다. 1582년 진사가 되고 1590년 증광문과에 급제하였다. 인조반정 뒤 判敦寧府事에 기용되었고, 이어 병조 · 예조 · 이조의 판서를 역임하였으며, 정묘호란 때는 留都大將으로 서울을 지켰다. 1636년 병자호란 때 廟社主를 받들고 빈궁 · 원손을 수행하여 강화도에 피난하였다가 성이 함락되자 성의 南門樓에 있던 화약에 불을 지르고 순절하였다. 정치적으로 서인에 속하면서 인조 초에 서인이 老西 · 少西로 갈리자 노서의 영수가 되었다. 강화도의 忠烈祠, 양주의 石室書院, 정주의 鳳鳴書院, 안변의 玉洞書院, 상주의 西山書院, 정평의 慕賢祠에 제향되었다. 1758년 영의정에 추증되었다. 문집으로 ≪선원유고≫ 7권이 전하고, 시호는 文忠이다.
2) 寓居(우거) : 타향에서 임시로 몸을 부쳐 삶. 여기서는 김상용이 서울의 壯義洞에서 태어나 자랐는데, 임진왜란이 일어나자 江華 仙源村으로 피난했던 사실을 일컫는다.
3) 丁丑(정축) : 仁祖 15년인 1637년.
4) 章甫(장보) : 孔子가 썼다는 갓 이름. 儒生을 일컫는 말로 쓰인다.
5) 俎豆(조두) : 제사에 쓰이는 제기로, 제사를 말함.
6) 鄭楗(정건, 1578~?) : 본관은 東萊, 자는 士閑. 아버지는 鄭之綱이고, 어머니 전주이씨는 李廷俊의 딸이다. 1605년 증광시에 합격하여 진사가 되었고, 참봉을 역임하였다.
7) 辛後元(신후원, 생몰년 미상) : 본관은 寧越. 童蒙敎官을 지냈다. 택당 李植의 둘째아들이 李紳夏인데, 그의 장인이다. 李畬의 외조부이다.
8) 營建(영건) : 집이나 건물을 지음.
9) 壬午年(임오년) : 仁祖 20년인 1642년.

뒤에 향사한 사람의 사실
追享事實

병신년(1656)에 강화부(江華府)가 사액(賜額)을 청하는 장계(狀啓)로 말미암아 예조(禮曹)가 아뢴 회계(回啓)에 대한 판부(判付 : 왕의 재가) 가운데, "그 당시에는 강화부의 중군(中軍) 황선신(黃善身)이 우리 고장 사람으로서 분명히 죽었다고 하였으면서도 어찌하여 거론하지 않는가? 부사(府使) 윤계(尹棨)는 강화부에서 의롭게 죽은 사람이 아니었거늘 어찌하여 뒤섞어서 거론한단 말인가? 어찌 그 사람의 권세가 있고 없음에 따라서 그런 것이 아니겠는가? 막중한 은전(恩典)은 결코 이와 같이 경솔하게 할 수는 없는 것이니, 다시 강화부에 물어 처리하는 것이 마땅하도다." 하였다.

강화부에서 조사하여 아뢰기를, "우리 고장의 선비와 품관(品官), 장수와 군관 등 수백여 사람을 모아 당초의 사정을 물어보니, 윤계는 남양부사(南陽府使)로 남양에서 죽었으므로 강화도에 사당을 세우는 것과 관계하여 논의할 바가 아니었습니다. 그리고 그가 다른 지역에서 죽었기 때문에 향중(鄕中)에서 아울러 기입할 것인가를 상의하였는데 그 당시에도 타당하지 않다는 논의가 있었으니, 한데 뒤섞었다는 잘못을 면하기 어렵습니다. 황선신은 우리 고장에 원래 살던 사람으로서 적병이 바다를 건너올 때 방어하였지만, 주장(主將 : 장신)은 주사(舟師 : 수군)를 통솔하여 오두정(鰲頭亭)의 수십 리 밖에서 조수(潮水) 일기만을 기다리고 있을 뿐이었습니다. 강화부의 안이 텅 비게 되자, 황선신은 다만 남아 있던 노약자들을 이끌고 갑곶[甲串] 앞으로 나아갔으나, 적병이 바다를 건너오니 중과부적이었습니다. 황선신이 천총(千摠) 강흥업(姜興業)을 돌아보며 말하기를, '일이 이미 이 지경에 이르렀는데 어찌할 수가 없으니, 한번 죽는 것만이 있을 뿐이다.' 하고는 물러서지 않다가 죽었고, 강흥업은 황선신의 뒤에 서 있다가 또한 적의 칼날에 죽었습니다. 두 사람이 나라를 위해 함께 죽은 것은 여러 사람이 본 것만 아니었으니, 어찌 특출한 충절을 표창하는 은전이 없을 수 있겠습니까? 지금에 이르러 물어보니, 누구나 해와 달 같이 밝은 성명(聖明)을 우러르며 거의가 바로잡아 격려해 주시기를 바라고 있습니다."고 운운하였다.

> 그 당시 예조(禮曹)의 회계(回啓) 및 판부(判付)의 추향(追享)과 출향(黜享)에 대한 전교(傳敎)가 반드시 있었을 것이나, 해조(該曹) 및 본부(本府)와 본사(本祠)에 모두 상고할만한 문서가 없다.

천총 강흥업의 사실(事實)은 위의 조목에 보인다. 이상은 정유년(1657) 가을 석채(釋菜 : 문묘에서 공자에게 지내는 제사)를 지낼 때에 함께 합제(合祭)하였다. 필선(弼善) 윤전(尹烇), 별좌(別坐) 권순장(權順長), 생원(生員) 김익겸(金益兼) 이상은 무술년(1658) 가을 제사 때 함께 합제하였다.

갑신년(1644)의 태학통문(太學通文 : 성균관 통문)에 대략 이르기를, "장령(掌令) 정백형(鄭百亨)·도사(都事) 권순장(權順長)·생원(生員) 김익겸(金益兼)·판관(判官) 심척(沈惕)·생원(生員) 민성(閔垶) 등이 명백히 의롭게 죽은 사적은 사람들이 모두 아는 바이고 여러분들도 확실히 본 바인지라 조정에서 이미 정문(旌門)을 세워 표창하였습니다. 사당에 함께 제향(祭享)하는 것이 어찌 불가한 것이겠습니까? 그러나 지금 듣건대 모두의 의견이 엇갈려서 지체되고 있다 하니, 지금 태학생들은 삼가 이해가 되지 않아서 개탄하지 않을 수 없습니다."라고 운운하였다.

또 통문에 대략 이르기를, "정백형·민성·권순장·김익겸, 네 사람의 일은 밝고 또렷하게 사람들의 이목에 남아있으니 다시 한두 마디 군더더기 말을 보탤 필요가 없습니다. 심공(沈公 : 심척)의 경우에는 조정에서 이미 정표의 은전을 시행하였으니, 가히 밝게 드러나 의심할 것이 없다 하겠습니다. 애당초 의로운 행동으로 추천되었던 것은 강화도가 함락될 때 준엄하게 적을 꾸짖고 굽히지 않아 해를 입었기 때문이었습니다. 저희 태학생들이 들은 바는 다만 이것뿐입니다."라고 하였다.

그 후로 효종 무술년(1658)에 경연의 신하 유계(兪棨)가 아뢰기를, "신이 지난해에 명을 받들고 강화도에 가서 충렬사를 살펴보니 정축년(1637)에 절개를 위하여 목숨을 버린 김상용 등 여덟 사람이 배향되어 있었는데, 윤전·권순장·김익겸 세 사람은 배향되지 못하였으니, 공론이 매우 겸연쩍다고 여깁니다. 대개 권순장·김익겸은 포의(布衣)의 선비로서 상신(相臣 : 김상용)과 함께 남문(南門)에 있으면서 상신이 손을 내저어 물리쳐도 가지 않고 더불어 같이 죽었습니다. 윤전은 궁관(宮官 : 弼善)으로서 강화도의 성에 들어가 성이 함락되던 그날부터 즉시 먹지도 아니하였고, 적병이 철수하려는 때에는 꼼짝하지 않고 굳게 누워 있다가 살해당하였습니다. 이 세 사람은 절의가 분명히 드러났으니, 충렬사에 함께 향사(享祀)하는 것이 마땅한 듯합니다." 하였다. 상께서 이르기를, "세 사람을 함께 향사하는 것이 좋겠다." 하였다.

예조(禮曹)에서 아뢰기를, "전교(傳敎)하시되, 윤전 등 세 사람은 난리에 임하여 의를 취한 사실이 매우 명백하니 함께 충렬사에 향사하라고 하셨습니다. 이미 윤허(允許)를 받았으니 택일하여 거행한 후 계문(啓聞)하라는 뜻으로 강화부에 명령을 내려 알림이 어떠합니까?" 하니, 임금께서 아뢴

대로 윤허하였다.

　강화부가 관문(關文 : 공문서)을 예조에 보내어 이르기를, "충렬사에 추향 (追享 : 함께 합제함)하는 일로 이문(移文 : 공문서)이 도착했는데, 향사를 받들 때 각 위패(位牌)에 소용되는 모든 물품은 금방 조치하였지만, 향(香)과 축 문(祝文)은 한양에서 내려 보낼 것인지, 우리 강화부에서 형편에 따라 준비 하면 되는 것인지, 지휘하여 회이(回移 : 공문서를 보냄)하라. 또한 황선신을 함께 합제할 때의 절목(節目 : 어떤 절차의 조목)을 살펴보니 가을 석채(釋菜) 를 통해 향사를 받들었는데, 이번에도 역시 이 예에 의하여 가을 석채 때 향사를 받들 것인지, 아울러 택일하여 상세히 회이(回移)하라." 하였다.

　예조의 회이(回移)에 이르기를, "함께 합제하는 예는 가을 석채 때에 겸 하여 행하고, 향과 축문은 강화부에서 형편에 따라 준비하라. 자리의 차례 는 또한 전례대로 직위의 차례를 따름이 마땅할 것이다." 하였다.

追享事實

丙申1), 因本府請額狀, 禮曹回啓2), 判付3)內 : "其時, 本府中軍黃善身4), 以本土之人, 亦爲分明死之云, 而何不擧論? 府使尹棨5), 則非本府死義之人, 而何以混同擧論乎? 無乃隨其人之冷煖6)而然耶? 莫重之典, 決不可如是率易7)爲之, 更問于江華府, 處之宜當。" 本府查啓曰 : "聚會府中儒品8)將官9)等數百餘人, 詢問當初事狀, 則尹棨, 以南陽府使, 死於南陽, 非所預論於江都之立祠。而以其外鄕之

---

1) 丙申(병신) : 孝宗 7년인 1656년.
2) 回啓(회계) : 임금의 물음에 대하여 신하들이 심의하여 대답하던 일.
3) 判付(판부) : 上奏한 案을 임금이 허가하던 일. 이른바 왕의 재가를 일컫는다.
4) 黃善身(황선신, 1570~1637) : 본관은 平海, 자는 士修. 1597년 무과에 급제하여 훈련원 정에 이르렀다. 1636년 병자호란이 일어난 이듬해 1월 청나라 군대가 강화도를 공격하자, 강화부 중군의 직책으로 강화유수 張紳, 충청수사 姜晉昕, 將官 具元一 등과 함께 강화도의 燕尾亭에 주둔하여 적을 방어하였으나 중과부적으로 甲串津에서 전사하였다. 뒤에 병조참의에 추증되었고, 강화의 忠烈祠에 제향되었다. 특히, 1792년 正祖는 그의 충렬을 기려 자손에게 벼슬을 주었다.
5) 尹棨(윤계, 1583~1636) : 본관은 南原, 자는 信伯, 호는 薪谷. 어려서 어버이를 여의고, 아우 尹集·尹柔와 함께 외가에서 자랐다. 1624년 사마시에 합격하고, 1627년 정묘호란 때 상소하여 척화를 주장하였다. 같은 해 정시문과에 병과로 급제하고 승문원 권지부정자를 거쳐 전적·홍문관교리를 지냈다. 1629년 이조좌랑이 되었고, 1636년에 南陽府使가 되었다. 이해 겨울 병자호란이 일어나자 勤王兵을 모집하여 남한산성으로 들어가려다 청병에게 잡혀 굴하지 않고 대항하다가 몸에 난도질을 당하여 죽었다.
6) 冷煖(냉난) : 권세가 있고 없음. 炎涼世態의 뜻과 통한다.
7) 率易(솔이) : 경솔함.
8) 儒品(유품) : 선비와 품관. 品官은 향소의 좌수나 별감 같은 지방의 유력자를 이르던 말이다.
9) 將官(장관) : 장수와 군관.

故, 鄕中相議幷入, 而其時亦有未安之論, 難免混入之失。黃善身, 以本土元居之人, 當賊兵渡海之時, 主將[10]摠領舟師, 待潮於鼇頭亭[11]數十里之外。府內一空, 善身只率餘存老弱, 前進甲串[12], 賊兵渡海, 衆寡不敵。善身顧謂千摠姜興業[13]曰：'事已至此, 無可奈何, 一死而已.' 不旋踵[14]而死, 興業立於善身之後, 亦死於敵鋒。兩人同死於國事, 不啻十目所覩[15], 豈無旌異[16]之典乎? 今當詢問, 咸仰日月之明, 庶有釐正[17]激勵之望."云云。(必有其時禮曹回啓及判付追享·黜享之敎, 而該曹及本府·本祠, 幷無文書可考.)

　姜千摠事實, 見上條. 以上並追享[18]於丁酉[19]秋享釋菜[20]時。尹弼善[21]·權別

---

10) 主將(주장) : 江華留守로서 舟師大將이었던 張紳을 가리키는 듯. 1637년 1월 21일 청나라 군대가 바다를 건너 쳐들어올 때의 장신의 처신에 대해서는 『17세기 호란과 강화도』(신해진 편역, 역락, 2012)의 162~163면 참조 바란다.

11) 鼇頭亭(오두정) : ≪息庵先生遺稿≫ 권17 <啓辭·江都設墩處所別單>에, "제10은 화도보입니다. 지세를 따라 방형으로 지었는데, 북으로는 용당곶, 남으로는 오두정이 거리를 두고 있어 돌을 옮기기가 자못 멉니다. 제11은 오두정입니다. 지세를 따라 원형으로 지었는데, 북으로는 화도보, 남으로는 불은평과 거리를 두고 있어 돌을 옮기기가 자못 멀지만 잡석이 그 아래에 있습니다.(第十花島堡。因地勢爲方形, 北距龍堂串, 南距鼇頭亭, 運石頗遠。第十一鼇頭亭。因地勢爲圓形, 北距花島堡, 南距佛恩平, 運石頗遠, 雜石在其下.)"고 했음.

12) 甲串(갑관) : 갑곶. 인천 강화군 강화읍에 위치한 강화도 북부 鹽河 서안의 어촌.

13) 姜興業(강흥업, 1575~1637) : 본관은 晉州, 자는 渭叟. 1596년 무과에 등제하여 벼슬이 훈련원 첨정에 이르렀다. 1636년 병자호란이 일어난 이듬해, 청나라가 강화도로 공격해 오자 右部千摠으로서 江華府中軍인 黃善身과 함께 끝까지 싸우다 순절하였다. 노장으로 분투하였으므로 적병도 '白首將軍'이라고 칭송하였다 한다. 강화의 忠烈祠에 제향되었다. 병조참판에 추증되었으며, 시호는 忠烈이다.

14) 旋踵(선종) : 발길을 돌림. 두려워 몸을 돌려 피하고 물러남.

15) 十目所覩(십목소도) : ≪대학≫의 "열 눈이 보는 바이며, 열 손가락이 가리키는 바이니 그 두렵구나.(十目所視, 十手所指, 其嚴乎.)"에서 나온 말.

16) 旌異(정이) : 특출한 것을 旌表함.

17) 釐正(이정) : 정돈하여 다스리고 고쳐서 바로잡음.

18) 追享(추향) : 천자가 조상의 신주를 합제하는 큰 제사 이름이나, 여기에서는 사당에 앞서 모신 신위와 合祭하였다는 뜻.

19) 丁酉(정유) : 孝宗 8년인 1657년.

20) 釋菜(석채) : 釋奠祭. 음력 2월과 8월의 上丁日에 文廟에서 공자에게 지내는 제사.

21) 尹弼善(윤필선) : 尹烇(1575~1636)을 가리킴. 본관은 坡平, 초명은 燦, 자는 晦叔, 호는 後村. 1610년 식년 문과에 을과로 급제해 승문원에 들어갔으며, 이후 저작이 되었다. 1615년 호조좌랑에 이르렀다. 1623년 인조반정으로 경기도사가 되었고, 이듬해 李适의 난이 일어나자 곧 인조가 있는 공주로 가서 공조정랑이 되었으며, 환도 후 1626년 지평이

坐22)・金生員23), 以上并追享於戊戌24)秋享。

甲申25)太學26)通文27), 畧曰：“鄭掌令百亨28)・權都事順長・金生員益兼・沈

判官惕29)・閔生員垶30), 明白死義之蹟, 則人所共知, 僉尊31)之所的見, 而朝家旣

되었다. 1627년 정묘호란이 일어나자 임금을 侍從하지 못했다는 사간원의 탄핵을 받았
으나, 號召使 金長生의 종사관으로 활약하였다. 강화로 들어가 분병조정랑・공조정랑・
사예・禮賓寺正을 역임하고, 익산군수를 지냈다. 1633년 宗廟署令・직강・장령 등을 지
내고, 1636년 병자호란 때 필선으로 嬪宮을 陪從해 강화에 들어갔다. 그러다가 성이 함
락되자 식음을 폐하고, 宋時榮・李時稷 등과 함께 자결하기로 결의, 두 번이나 목을 매었
으나 구출되자 다시 佩刀로 自刃하려다가 미처 절명하기 전에 적병을 크게 꾸짖고 피살
되었다. 이조판서에 추증되고, 강화의 忠烈祠, 연산의 龜山書院에 제향되었다. 시호는 忠
憲이다.

22) 權別坐(권별좌) : 權順長(1607~1637)을 가리킴. 본관은 安東, 자는 孝元. 1636년 병자호란
이 일어나자 어머니를 모시고 강화로 피난을 갔다. 이때 檢察使 金慶徵과 유수 張紳 등이
성을 지킬 대책을 세우지 못하자, 동지들과 단합하여 의병을 일으키고 殉死할 것을 맹세
하였다. 이듬해 정월 성이 함락되자 상신 金尙容 등과 함께 화약고에 불을 질러 분사하
였다. 이튿날 그의 처와 누이동생이 그 소식을 듣고 목매어 자결하였으며, 아우 權順悅
과 權順慶은 적과 싸우다 분사하였다. 조정에서 지평에 이어 좌찬성에 추증하였다. 강화
의 忠烈祠에 제향되었다. 시호는 忠烈이다.
23) 金生員(김생원) : 金益兼(1614~1637)을 가리킴. 본관은 光山, 자는 汝南. 金長生의 손자이
고, 참판 金槃의 아들이다. 병자호란이 일어나자 강화로 가서 섬을 사수하며 항전을 계
속하였다. 그러나 전황이 불리해지고 고전을 하는 중에 江華留都大將인 金尙容이 남문에
화약궤를 가져다 놓고 그 위에 걸터앉아 自焚하려고 하였다. 이에 영의정을 지냈던 尹昉
이 이 사실을 알고 달려와서 애써 만류하였으나, 김상용・권순장과 함께 끝내 자분하고
말았다. 뒤에 영의정으로 추증되고 光源府院君에 추봉되었다. 강화의 충렬사에 제향되었
다. 시호는 忠正이다.
24) 戊戌(무술) : 孝宗 9년인 1658년.
25) 甲申(갑신) : 仁祖 22년인 1644년.
26) 太學(태학) : 중앙에 설립한 국립교육기관. 조선시대의 성균관.
27) 通文(통문) : 여러 사람의 성명을 적어 차례로 돌려 보는, 통지하는 문서.
28) 百亨(백형) : 鄭百亨(1590~1636). 본관은 晉州, 자는 德後. 아버지는 공청도관찰사 鄭孝誠
이며, 어머니는 南陽洪氏로 信川郡守 洪義弼의 딸이다. 경기감사 鄭百昌의 아우이다. 1623
년 博士弟子에 뽑혀 連源道察訪이 되고, 이듬해 증광문과에 급제하여 승문원저작・예문
관검열을 거쳐 대교・봉교를 지냈다. 1627년 정묘호란 때 임금을 따라 강화도에까지 갔
던 공로로 사헌부감찰이 되었다. 정언・지평・통진현감・시강원필선을 지냈으나, 1632
년 元宗 추존 논의가 일어나자 이를 반대하다 면직되었다. 1634년 예조정랑・장령을 지
내고, 1636년 병자호란 때 강화도에 들어갔다가 이듬해 성이 함락되자 아버지 정효성과
함께 자결하였다. 이듬해 정문이 세워지고, 현종 때 도승지에 추증되었다. 시호는 忠景
이다.
29) 惕(척) : 沈惕(생몰년 미상). 본관은 靑松, 자는 惕若, 호는 歙谷. 信川郡守 沈孝謙의 둘째아

擧旌表之章矣。與享祠宇, 何所不可? 而今聞僉議携貳[32]遷就[33], 至今生等, 竊所未曉, 而不能無慨然者也。"云云。又通文, 畧曰: "鄭・閔・權・金, 四人之事, 則炳炳昭昭, 在人耳目, 不必更贅一二談也。至於沈公, 朝家旣行旌表之典, 可謂彰著無疑也。初以行誼被薦, 江都之陷, 抗辭不屈, 卽被害。生等所聞, 只此而已。"云云。

其後, 孝宗戊戌[34], 筵臣[35]兪棨[36]啓曰: "臣前歲奉命江都往, 見忠烈祠, 卽丁丑死節臣金尙容等八人, 而如尹烇・權順長・金益兼三人, 不與焉, 物論[37]甚以爲歉然[38]。盖順長・益兼, 則以布衣之士, 與相臣同在南門, 麾之不去, 與之同死。尹烇, 則以宮官[39]入城, 城陷之日, 卽不食, 及敵兵之將撤也, 堅臥不動, 被其殺

들이다. 김장생의 문인이다. 學行儒生으로 발탁되어 歙谷縣監을 지냈다. 1636년 병자호란 때 강화의 摩尼山 아래서 순절하였다. 1727년에 정려가 내려지고 이조참의에 추증되었으며, 강화의 忠烈祠에 제향되었다.

30) 垶(성): 閔垶(1586~1637). 본관은 驪興, 자는 載萬, 호는 龍巖. 1636년에 병자호란이 일어나자 강화에 출전하여 적의 침공에 맞서 요새를 지키다가 1637년 온 가족 13명과 함께 순절하였다. 호조판서에 추증되었다.

31) 僉尊(첨존): '여러분'을 문어적으로 이르는 말.

32) 携貳(휴이): 서로 다른 마음을 가짐. 즉 서로 어그러져 믿지 않음을 이른다.

33) 遷就(천취): 遷延. 일이나 날짜 따위를 미루고 지체함.

34) 孝宗戊戌(효종무술): 孝宗 9년인 1658년. 박세당의 <弼善贈吏曹判書尹公諡狀>에서는 顯宗 2년(1661)으로 되어 있다.

35) 筵臣(연신): 經筵에 관계하던 벼슬아치.(筵官)

36) 兪棨(유계, 1607~1664): 본관은 杞溪, 자는 武仲, 호는 市南. 金長生의 문하에서 성리학을 수학하였고, 송시열・송준길・윤선거・이유태 등과 더불어 충청도 유림의 五賢으로 일컬어졌다. 1630년 진사과에 합격하고 1633년 식년문과에 급제하여 승문원의 관리로 벼슬을 시작하였다. 1636년 병자호란 때 시강원설서로서 척화를 주장하다가 화의가 성립되자 척화죄로 임천에 유배되었다. 1639년에 풀려났으나 벼슬을 단념하고 금산의 麻霞山에 書室을 짓고 은거하여 학문에 전념하였다. 1659년에 병조참지로서 비변사부제조를 겸임하고, 이어서 대사간・공조참의・대사성・부제학・부승지 등을 지냈다. 1662년 예문관제학을 거쳐 1663년 대사헌・이조참판에 올랐다가 병으로 사직하였다. 임천의 七山書院, 무안의 松林書院, 온성의 忠谷書院 등에 제향되었다. 좌찬성에 추증되었다. 시호는 文忠이다.

37) 物論(물론): 많은 사람이 이러쿵저러쿵 논평하는 상태.(物議)

38) 歉然(겸연): 마음에 차지 않은 모양. 미안하여 면목이 없음.

39) 宮官(궁관): 東宮에 소속되어 있던 벼슬아치. 병자호란 때 윤전이 弼善으로서 빈궁, 張淑儀 및 봉림대군과 안평대군의 행차를 받들어 강화도로 피난한 사실을 일컫는 바, 필선은 세자시강원에 속한 정4품 벼슬이다.

害。此三人節義較著[40]，似當幷享於忠烈祠矣."上曰："三人幷享，可也."

禮曹啓曰："傳敎矣．尹烇等三人，臨亂取義，事甚明白，幷享忠烈祠．旣已蒙允，擇日擧行，後啓聞[41]之意，知委[42]江華府何如?" 啓依允[43]。

本府移關[44]禮曹曰："忠烈祠追享事，移文[45]來到．入享時，各位所用凡具，今方措置，而香祝當自京下來乎? 本府隨便爲之乎? 指揮回移[46]。且考黃善身追享時節目，則因秋釋采入享，今亦依此例，秋釋采入享乎? 幷擇日詳細回移."

禮曹回移曰："追享之禮，秋釋采時兼行，香祝，自本府隨便爲之．坐次亦依前，從職次宜當."

---

40) 較著(교저) : 분명하고 또렷하게 나타남.
41) 啓聞(계문) : 조선 시대에, 신하가 글로 임금에게 아뢰던 일.(啓稟)
42) 知委(지위) : 기별이나 통지 등의 형식으로 명령을 내려서 알려 줌.
43) 啓依允(계의윤) : 신하가 아뢰는 청대로 임금이 허락함.(依申)
44) 移關(이관) : 關文(공문서)을 보냄.(移牒) 받은 공문이나 통첩을 다른 부서로 다시 보내어 알림.
45) 移文(이문) : 관아와 관아 사이에 공사에 관계되는 일을 조회하기 위하여 공문을 보냄.
46) 回移(회이) : 移文을 각 관아에 돌림.

사액 청할 때의 정문과 회계
宣額時呈文及回啓

　　병신년(1656)에 강화부의 진사(進士) 구창징(具昌徵) 등이 유수(留守)에게 글을 올려 조정에 아뢸 것을 청하였는데, 올린 글에서 대략 이르기를, "병자호란 때 강화도에서 순절한 사람이 많았습니다. 당시 절의를 흠모하는 선비들이 함께 사당을 세우자는 공론을 주창하고, 먼저 절의가 두드러진 일곱 사람을 거론하여 봄가을로 향사(享祀)하였습니다. 온 나라가 이를 알지 못함이 없고, 더 나아가서 선왕의 묘지문(墓誌文)에 분명히 실렸으니, 충렬사(忠烈祠) 세 글자는 장차 성덕(聖德 : 임금의 덕)의 찬란한 은총을 입어 억만년토록 영원히 전해질 것인데도, 아직 해조(該曹 : 해당 관청)가 사액을 계청(啓請)하는 일이 있지 않아 우리나라가 절의를 장려하는데 있어서 후세에게 보일 도리에는 끝내 겸연쩍은 점이 있습니다. 엎드려 바라건대, 합하(閤下)께서는 온 경내의 공론을 조정에 장계로 아뢰고 사액의 은혜를 입도록 하여서, 어진 이들의 사당을 빛내고 저승에 있는 넋들을 위로해주기 바랍니다." 하였다.

　　유수(留守) 홍중보(洪重普)가 장계로 아뢰었는데, 대략 이르기를, "진사 구창징 등 50여 사람이 정문(呈文) 내에서 운운하기를, '강화부가 난리를 겪은 후에 온 섬의 선비와 백성들이 절개를 지켜 죽은 상신(相臣) 김상용을 위하여 사당을 세우고, 이상길(李尙吉)·심현(沈誢)·이시직(李時稷)·윤계(尹

柒)·송시영(宋時榮)·구원일(具元一) 등을 봄가을의 향사(享祀) 때 배향(配享)하였는데도 아직 조정으로부터 사액의 은전이 없으니, 온 섬의 사람들이 이를 흠전(欠典 : 흠이 되는 일)으로 여긴다.'고 하면서 이 정문(呈文)을 가지고 주달(奏達)하고자 하니, 신은 감히 그대로 묵혀 둘 수가 없습니다." 운운하였다.

예조(禮曹)의 회계(回啓)에서 대략 이르기를, "국가가 강화도에서 절개를 지켜 죽은 사람들에게 이미 증작(贈爵)하고 정려(旌閭)를 세워주었으며 자손들을 벼슬에 기용하였으니 절의를 숭상하고 장려하는 은전이 거행되지 않은 바가 없는데도, 유독 사액의 은전을 입지 않았다고 하는 것은 이보다 앞서 전하께 아뢴 적이 있지 않았기 때문입니다. 임진왜란 때 드러나게 목숨을 바쳐 절개를 지킨 송상현(宋象賢) 등의 사당은 모두 사액하였으니, 지금 이 김상용의 사당도 똑같이 시행하는 것이 마땅할 듯합니다."라고 아뢰니, 회계대로 시행하라 하였다.

예조판서 이후원(李厚源)이 아뢰기를, "김상용의 사당을 세우고 사액하는 일은 선조(先朝)에서 이미 은혜로운 명이 있어 조경(趙絅)이 지은 선왕(先王)의 지문(誌文)에 실려 있었다고 하나, 이경석(李景奭)이 찬한 행장(行狀)에는 이 한 조목만 없으며, 김상용 본가에 물어보아도 그 사실을 알지 못합니다." 하니, 상께서 이르기를, "과연 사액을 했다면 본가에서 어찌 모르겠으며, 그리고 해조(該曹)가 어찌 그대로 방치했겠는가." 하였다. 영상(領相 : 영의정) 정태화(鄭太和)가 아뢰기를, "승정원일기(承政院日記)를 먼저 상고하고, 후에 실록(實錄)도 살펴보면 알 수가 있을 것입니다." 하니, 상께서 "그렇게 하라." 하였다.

예조에서 아뢰기를, "지금 춘추관(春秋館)의 계사(啓辭 : 아뢴 말)를 보건대, 사당에 사액한 한 조목은 실록 가운데에 어디에도 나온 곳이 없사오니, 앞서 계하(啓下 : 임금의 재가)한 대로 예문관(藝文館)으로 하여금 액호(額號)를 의논하여 정하도록 하고, 치제(致祭) 등의 일도 규례(規例)에 비추어 거행함이 어떠하겠습니까?" 하니, 임금께서 아뢴 대로 윤허하였다.

또 아뢰기를, "사액과 치제는 다시 아뢰어 윤허를 받았으나, 홍중보(洪重普)의 당초 장계(狀啓)를 취하여 살펴보니, '같은 때에 목숨을 바쳐 절개를 지킨 이상길·심현·이시직·윤계·송시영·구원일 등 여섯 사람도 또한 배향한다.' 하였으니, 치제할 때도 역시 똑같이 거행하는 것이 어떠한지 아룁니다." 운운하였다.

그 후에 윤계는 강화부 사람이 아니어서 향사(享祀)의 반열에서 제외되었다.

宣額時呈文及回啓

　　丙申[1]，本府進士具昌徵[2]等，呈文[3]于留守[4]，請聞于朝，呈文畧曰："丙丁之亂[5]，殉節江都者，多矣。當時，慕義之士，共倡立祠之議，首擧其表表七人，春秋享祀。一國無不知之，乃至明載於先王誌文[6]，則忠烈祠三字，將被聖德光輝，永傳於億萬年，而尙未有該曺啓請賜額之擧，在本朝奬節義，示後世之道，終有所歉。伏願閤下，將一境[7]公共之論，啓聞于朝，俾蒙賜額，以光賢祠，以慰九原[8]。"云云。

　　留守洪重普[9]啓聞，畧曰："進士具昌徵等，五十餘人，呈文內云云，'本府經亂

---

1) 丙申(병신) : 孝宗 7년인 1656년.

2) 具昌徵(구창징, 1585~?) : 본관은 綾城, 자는 德亨. 恭陵參奉 具譓의 아들이다. 1650년 증광시에 합격, 진사가 되었다.

3) 呈文(정문) : 하급 관아에서 동일한 계통의 상급 관아로 올리는 공문. 한 면에 5줄로 쓰는 것이 특징이다.

4) 留守(유수) : 조선시대에, 수도 이외의 요긴한 곳을 맡아 다스리던 정2품의 外官 벼슬. 개성, 강화, 광주, 수원, 춘천 등지에 두었다.

5) 丙丁之亂(병정지란) : 병자호란이 병자년(1636) 12월에서 정축년(1637) 1월까지 일어난 난리이기 때문에 일컫는 말.

6) 誌文(지문) : 죽은 사람의 이름과 태어나고 죽은 날, 행적, 무덤의 위치와 坐向 따위를 적은 글.

7) 一境(일경) : 온 경내. 한 지방.

8) 九原(구원) : 저승.(九泉)

9) 洪重普(홍중보, 1612~1671) : 본관은 南陽, 자는 遠伯, 호는 梨川. 아버지는 평안도관찰사 洪命耈이며, 어머니는 참판 申鑑의 딸이다. 1635년 진사시에 합격하고, 1645년 별시문과에 급제하였다. 1650년 수찬으로 춘추관기사관이 되어 ≪인조실록≫의 편찬에 참여하였다. 그 뒤 병조·공조·형조·예조의 참판을 지내고, 수원부사를 거쳐, 도승지를 4번, 대사헌을 3번, 대사간을 2번이나 지냈다. 1664년 知經筵事가 되고 호조와 병조의 판서, 우

後, 島中士民, 爲節死臣金尙容立祠, 以李尙吉[10]·沈誢[11]·李時稷[12]·尹棨·宋時榮[13]·具元一[14], 配享春秋享祀, 而尙無自朝廷賜額之典, 島中之人, 以爲欠典[15].' 有此呈文, 欲爲轉達[16], 臣不敢留置."云云。

참찬·판의금부사 등을 거쳐 1669년 우의정이 되었다. 시호는 忠翼이다.

10) 李尙吉(이상길, 1556~1637) : 본관은 碧珍, 자는 士祐, 호는 東川. 약관에 생원이 되고, 1585년 문과에 급제하였다. 1599년 광주목사 재임 중에 선정의 치적이 뚜렷하여 通政大夫에 올랐다. 1602년 鄭仁弘·崔永慶을 追論하다가 6년간 豊川에 귀양갔다. 淮陽府使·安州牧使·戶曹參議를 거쳐 1617년 명나라에 갔을 때 부하를 잘 단속하여 재물을 탐내지 못하게 했으며, 1618년 廢母論 일어나자 남원에 돌아가 은거했다. 1636년 병자호란이 일어나자 조정의 명을 받아 迎慰使가 되어 80세의 노령에도 불구하고 廟社를 받들고 강화도에 들어갔다. 다음해 청군이 강화도로 육박해오자 아들 李坰을 불러 뒷일을 부탁한 뒤 스스로 목을 매어 죽었다. 강화도의 忠烈祠에 배향되고, 좌의정에 추증되었다. 시호는 忠肅이다.

11) 沈誢(심현, 1568~1637) : 본관은 靑松, 자는 士和. 厚陵參奉을 거쳐 여러 군현의 수령을 지내고 돈녕부도정에 이르렀다. 1636년 병자호란이 일어나자 宗社를 따라 강화에 피난, 가묘의 위패를 땅에 묻고 국난의 비운을 통탄하는 遺疏를 쓰고 부인 宋氏와 함께 鎭江에서 순절하였다. 이조판서에 추증되었다. 시호는 忠烈이며, 강화 충렬사에 제향되었다.

12) 李時稷(이시직, 1572~1637) : 본관은 延安, 자는 聖兪, 호는 竹窓. 1606년 사마시에 합격하고 1624년 增廣文科에 급제하였다. 李适의 난 당시에는 왕을 호위하였으며 이후 병조좌랑, 사헌부장령, 봉상시정(奉常寺正) 등 여러 관직을 두루 역임하였다. 병자호란이 일어나자 奉常寺正으로 江都에 들어갔다가 이듬해 정월 오랑캐가 강도에 침입하여 남문이 함락되고 사복시주부 宋時榮이 먼저 자결하자, 묘 둘을 파서 시영을 매장하고 하나는 비워놓아 노복에게 자기를 그곳에 매장하도록 부탁한 다음 활 끈으로 목을 매어 죽었다. 뒤에 이조판서에 추증되었으며, 강화의 忠烈祠와 회덕의 崇賢祠의 별사에 제향되었다. 시호는 忠穆이다.

13) 宋時榮(송시영, 1588~1637) : 본관은 恩津, 자는 公先·茂先, 호는 野隱. 좌랑 宋邦祚의 아들이고, 宋時烈의 종형이고, 尹烇의 사위이다. 1627년에 정묘호란이 일어나자 동지를 모아 근왕하였다. 1628년 김장생의 천거로 司宰監參奉이 된 뒤 直長 등을 거쳐 尙衣院主簿에 올랐다. 1636년 병자호란이 일어나자 왕명을 따라 강화도의 分司에 들어갔으나 이듬해 정월 22일에 강화성이 적에 의하여 포위되고 남문이 함락되자 金尙容·沈誢·李時稷 등과 함께 자결하였다. 얼마 지나서 정려가 세워지고 좌찬성에 증직되었으며 忠顯이라는 시호를 받았다. 강화도의 사람들이 忠烈祠를 세워 김상용과 함께 제향하였다. 이밖에 회덕의 別祠, 영동의 草江書院 등에 제향되었다.

14) 具元一(구원일, 1582~1637) : 본관은 綾城, 자는 汝先. 선조 때에 무과에 급제하였다. 병자호란 때 江華左部千摠으로서 휘하 수십 명을 거느리고 갑곶나루로 나아갔으나, 강화유수 張紳이 싸울 뜻이 없음을 보고 항의하다 바다에 빠져 자결하였다. 강화도 忠烈祠에 제향되었다. 병조참의에 증직되었다.

15) 欠典(흠전) : 은전을 베풀었으되 아쉬움이 남아 있음을 뜻하는 말.

16) 轉達(전달) : 제3자가 한쪽 말을 듣고 다른 사람에게 전달함. 여기서는 주달하다는 의미

禮曹回啓, 畧曰 : "國家, 於江都死節之人, 旣已贈爵旌閭, 錄用[17]子孫, 崇獎之典, 靡所不擧, 而獨未蒙賜額之恩者, 以前此未有上聞之故也。 壬辰表表[18]死節, 宋象賢[19]等祠宇, 皆以賜額, 今此金尙容祠宇, 似當一体施行。" 啓依回啓施行。

禮曹判書李[20]啓曰 : "金尙容立廟賜額事, 先朝旣有恩命, 載於趙絅[21]所製誌

이다.

17) 錄用(녹용) : 사람을 골라서 씀.(採用)

18) 表表(표표) : 사람의 생김새나 풍채, 옷차림 따위가 눈에 띄게 두드러짐.

19) 宋象賢(송상현, 1551~1592) : 본관은 礪山, 자는 德求, 호는 泉谷. 1576년 별시문과에 급제하여, 승문원 정자 등을 거쳐 경성판관으로 나갔다. 1583년 司憲府持平으로 들어와 예조·호조·공조의 정랑이 되었다. 이듬해부터 두 차례에 걸쳐 宗系辨誣使의 質正官으로 명나라에 다녀왔으며, 다시 지평이 되었다가 銀溪道察訪으로 좌천되었다. 그 뒤 배천군수로 나갔다가 1591년 동래부사가 되었다. 이듬해 4월 13일 임진왜란이 일어나고, 14일 부산진성을 침범한 왜군이 동래성으로 밀어닥쳤을 때 적군이 남문 밖에 木牌를 세우고는 "싸우고 싶으면 싸우고, 싸우고 싶지 않으면 길을 빌려라.(戰則戰矣, 不戰則假道.)" 하자, 이때 그가 "싸워 죽기는 쉬우나 길을 빌리기는 어렵다.(戰死易, 假道難.)"고 목패에 글을 써서 항전할 뜻을 천명하였다. 그 뒤 적군이 성을 포위하기 시작하고 15일에 전투가 시작되었다. 그는 군사를 이끌고 항전했으나 중과부적으로 성이 함락 당하자 朝服을 덮어 입고 端坐한 채 순사하였다.

20) 李(이) : 이 단락의 기록은 ≪효종실록≫ 8년 1월 3일 2번째 기사의 일부인데, 예조판서 李厚源(1598~1660)이 나옴. 이후원의 본관은 全州, 자는 士深, 호는 迂齋·南港居士. 金長生의 문인으로 인조반정 후 靖社功臣 3등의 完南君으로 봉해졌고, 1627년 정묘호란 때 충융사로 공을 세웠으며, 이후 단양군수와 안산군수를 거쳐 한성부서윤을 지냈다. 1636년 사헌부장령이 되었다가 병자호란이 일어나자 남한산성에 왕을 호종하여 김상헌 등과 함께 척화를 주장하였다. 대장 申景禛의 비겁한 죄를 탄핵하고 남한산성에서 督戰御使를 겸하였다. 병자호란 당시 남한산성이 청군에 포위되어 金瑬 등이 왕을 강화도로 모시려 하자, 왕이 남한산성을 몰래 떠나 강화도로 옮기는 것은 위태로운 계책임을 주장하였고, 남한산성을 적극 고수할 것을 주장하여 이를 관철시켰다. 이때 崔鳴吉 등이 主和論을 펴자, 죽기를 각오하여 싸울 것을 주장했다. 和議 후 세자를 청나라에 인질로 보내는 문제에 반대하였다. 1637년 품계가 통정대부에 오르고 승지에 제수되었으며, 호조참의가 된 후 외직을 자청하여 광주목사로 나가 선정을 베풀었다. 1644년 심기원의 반란을 진압하였고, 1649년 즉위한 효종을 도와 북벌계획을 추진하였으며, 1657년 9월에 우의정에 올랐다.

21) 趙絅(조경, 1586~1669) : 본관은 漢陽, 자는 日章, 호는 龍洲·柱峯. 1612년 사마시에 합격했으나 광해군의 亂政으로 대과를 단념, 거창에 은거하였다. 인조반정 후 遺逸로 천거되어 고창현감·경상도사에 계속하여 임명되었으나 모두 사양하다가 이듬해 형조좌랑·목천현감 등을 지냈다. 1627년 정묘호란이 일어나 인조가 강화도에 파천하고 조정에서 화전 양론이 분분할 때 지평으로 강화론을 주장하는 대신들에 대하여 강경하게 논박하였다. 이어 이조좌랑·이조정랑을 거쳐, 1636년 병자호란이 일어났을 때 사간으로 척화를 주장하였다. 이듬해 집의로 일본에 청병하여 청나라를 공격할 것을 상소했으나

文, 而李景奭[22]所撰行狀, 無此一款, 問于本家, 亦不知矣." 上曰 : "果有賜額, 則本家豈不知, 而該曹豈可掩置?" 領相鄭太和[23]曰 : "政院日記, 爲先相考, 後實錄, 亦爲考見, 則可知矣." 上曰 : "依爲之."

禮曹啓曰 : "今見春秋館[24]啓辭, 則祠宇賜額一款, 實錄中無見出處, 依前啓下[25], 令藝文館議定額號, 致祭[26]等事, 亦爲照例擧行, 何如?" 啓依允.

又啓曰 : "賜額致祭, 覆啓[27]蒙允, 而取考洪重普當初狀啓, 則'一時死節李尙吉·沈誢·李時稷·尹棨·宋時榮·具元一等六人, 亦爲配享.' 致祭時, 亦爲一體擧行, 何如啓.'云云.

其後尹棨, 以非本土人, 見拔於享祀之列.

받아들여지지 않았다. 그 뒤 應敎·執義 등을 역임하고, 1643년 통신부사로 일본에 다녀 왔으며, 이어 형조참의·대사간·대제학, 이조·형조의 판서 등을 거쳐, 1650년 청나라 가 査問使의 척화신에 대한 처벌 요구로 영의정 李景奭과 함께 의주 白馬山城에 안치되 었다가 이듬해 풀려나와, 1653년 회양부사를 지내고 포천에 은퇴하였다. 그 뒤 老人職으 로 행부호군에 등용, 1658년 耆老所에 들어갔다. 1661년 판중추부사로 尹善道의 상소를 변호하다가 대간의 논박을 받고 파직되었다. 숙종 때 청백리에 녹선되었다.

22) 李景奭(이경석, 1595~1671) : 본관은 全州, 자는 尙輔, 호는 白軒. 동지중추부사 李惟侃의 아들이다. 金長生의 문인이다. 1613년 진사가 되었고, 1623년 謁聖文科에 급제하였고, 1626년 文科重試에 장원급제하여 賜暇讀書하였다. 병자호란 때 대사헌·부제학으로서 남 한산성으로 인조를 호종하였으며, 이듬해 청나라의 승전을 기념하는 삼전도비의 비문을 지었다. 비문을 완성한 후, 그는 형에게 문자 배운 것을 한탄하였다고 한다. 1642년 金尙 憲과 함께 斥和臣으로 瀋陽에 잡혀가서 1년간 구금되었다. 1645년 우의정이 되었고, 1646년 謝恩使로 청나라에 다녀왔다. 1649년 영의정이 되었는데, 金自點의 밀고로 청에 효종의 북벌 계획이 알려지자 책임을 지고 청나라에 의해 白馬城에 감금당하였다. 1651 년 석방되었으나 청의 압력으로 인해 등용되지 못하였고, 1659년 領敎寧府事가 되어 耆 老所에 들어갔다.

23) 鄭太和(정태화, 1602~1673) : 본관은 東萊, 자는 囿春, 호는 陽坡. 1624년 진사시에 합격 하고, 이어 1628년 별시문과에 병과로 급제하여 승문원정자로 벼슬살이를 시작하였다. 1651년에 영의정이 되어 1673년 심한 중풍 증세로 사직이 허락되기까지 20여 년 동안 5차례나 영의정을 지내면서 효종과 현종을 보필하였으며, 현종의 묘정에 배향되었다.

24) 春秋館(춘추관) : 時政의 기록을 맡아보던 관아. 태조 때에 예문춘추관을 두었다가 태종 때에 예문, 춘추의 두 관으로 독립하였다.

25) 啓下(계하) : 임금의 裁可.

26) 致祭(치제) : 임금이 제물과 제문을 보내어 죽은 신하를 제사 지내던 일.

27) 覆啓(복계) : 임금에게 復命하여 아뢰던 일.

편액 내릴 때 임금이 내린 제문
賜額時致祭文

무술년(1658)에 합제(合祭)할 때 세 분(권순장, 김익겸, 윤전)의 신주가 미처 사당에 들여지지 못했기 때문에 제문(祭文)에는 이름이 거론되지 않는다.

아! 무술년 팔월, 초하루는 병인일인 바, 21일 병술일에 국왕께서 신(臣) 예조좌랑(禮曹佐郎) 류지(柳榰)를 보내어, 고(故) 충신 우의정 김상용(金尙容)·판서 이상길(李尙吉)·도정(都正) 심현(沈誢)·정(正) 이시직(李時稷)·주부(主簿) 송시영(宋時榮)·천총(千摠) 구원일(具元一)·중군(中軍) 황선신(黃善身)·천총 강홍업(姜興業) 등의 영전에 위로하며 제사를 지내게 하셨다.

아, 영령들이여!	惟靈
내 지난날을 경계하고 삼가며	予其懲毖
강화도를 돌아다보니,	顧瞻江都
이십이 년의 세월이나	二十二年
어찌 잠시라도 잊었으랴.	豈忘須臾
참혹한 병화는	兵禍之慘
나라가 생긴 이래 없었던 일일지나,	有國所無
사람의 계책이 좋지 못하여	人謀不臧
천연의 요새까지 폐허로구나.	天塹爲墟

소인놈들은 호가호위하거나	竪子狐假
구차히 살길 찾아 쥐처럼 숨어	偸生鼠伏
군주도 등지고 어버이도 버렸으니	背君遺親
개돼지라도 먹지 않을 것이다.	犬彘不食
상국이 있지 않았다면	不有相國
신하의 절개를 누가 세웠으랴,	誰植臣節
상국이 있지 않았다면	不有相國
임금의 기강은 거의 끊겼을 것이다.	天綱幾絶
사람이 어찌 사람꼴이며	人何以人
나라가 어찌 나라꼴이랴,	國何以國
당당한 상국이여	堂堂相國
정기가 태산에서 내렸어라.	精降山嶽
금옥 같은 그 모습	金玉其相
한 시대의 모범이니,	模楷一代
정색하여 어전에서 직언하며	正色犯顔
혼자서 곧은 풍도 지녔어라.	獨持風裁
세상이 칠흑 같은 긴 밤일지라도	長夜如漆
검게 물들지 않고 더욱 희었으니,	匪涅愈白
띠를 드리우고 홀을 바로잡고서	垂紳正笏
앉아서도 바르거나 속된 이를 진정시켰네.	坐鎮雅俗
세 조정에서 한 절개로	三朝一節
시종일관 더욱 굳건했으니,	終始彌勁
하늘과 땅이 뒤집히는데도	天地反覆
침착히 평소에 뜻 정한대로였네.	從容素定
손으로 성의 망루를 가리키며	手指譙樓

내 필히 이곳에서 죽으리라 하니,　　　　吾必死是

빼어난 성품은 명경지수인 듯하고　　　　亭疑止水

뜻은 만리후와 같구나.　　　　志同萬里

남문에서 어느 저녁나절　　　　南門一夕

화염이 일제히 치솟으니,　　　　火烈俱揚

육신은 자줏빛 화염을 따르나　　　　身隨紫焰

정기는 뇌성벽력이 되었도다.　　　　氣作雷霆

매미 껍질 벗듯 세상 떠나　　　　蟬蛻腥塵

상제께 돌아가 모실 것이니,　　　　歸侍帝所

만고의 윤리 기강을　　　　萬古倫紀

한 몸으로 버티는 기둥이로다.　　　　一身撑柱

상서가 나라의 원로로서　　　　尙書國老

의리는 나라의 존망과 함께해야 함을　　　　義同存亡

국난을 듣고 성에 들어가　　　　聞難入城

죽음으로써 분명히 하였네.　　　　死得分明

도정은 상소를 손수 남겼으니　　　　都正手疏

통분의 마음이 가슴에 가득했고,　　　　斗血滿腔

부부가 죽음도 함께하였으니　　　　夫婦同死

절개와 의리를 다 이루었네.　　　　節義成雙

시정은 평소의 수양으로　　　　寺正素養

나라가 위난에 처함을 보고서,　　　　乃見臨危

유서를 써서 자식을 깨우치고　　　　遺書戒子

죽음을 집으로 돌아가듯 여겼네.　　　　視死如歸

주부는 순수하고도 깊은　　　　主簿純深

부친의 가르침을 받아서　　　　乃父有教

목숨을 버리고 의리를 떨쳤으니	殺身成仁
이미 충성하고 또 효도하였네.	旣忠亦孝
무슨 꼴이란 말인가, 천총은	何狀千摠
되레 군교를 거느렸거늘,	尙屈軍校
누구는 주장이 되어서	誰爲主將
적을 보고도 방관만 하니,	見賊逗撓
검을 어루만지며 눈을 부릅떴지만	撫劍瞠視
분기만 가슴에 가득하고	憤氣塡胸
하란 같은 자를 베지 못하자	賀蘭未斬
차라리 강물 속에 뛰어들고 말았네.	寧赴江中
거기다가 편장과 비장이 있어서	又有褊裨
황선신이고 강홍업이라 하였으니,	曰黃曰姜
양을 몰아 호랑이를 치려는 격이라	驅羊搏虎
역시 반드시 죽는다는 것을 알면서도,	亦知必亡
주먹 휘두르며 칼날을 무릅쓴 채	張拳冒鋒
죽을 때까지 물러나지 않았어라,	死不旋踵
한 고을의 세 충신은	一府三忠
충의의 명성에 모두가 공경하네.	義聲俱聳
대부와 군자들이	大夫君子
평소에 의리를 알았지만	素知義理
남의 녹을 먹고 그를 위해 죽은 것은	食人死人
예로부터 얼마 되지 않았다네.	從古無幾
하늘이 본성을 내려줄 때에	惟帝降衷
똑같이 공평하게 주시었으니,	豊嗇匪殊
작은 마을에도 반드시 충신(忠信)이 있다는	十室必有

성인의 말씀이 어찌 거짓이겠는가. 　聖言豈誣

마침내 우리 선왕께서는 　肆我先王

정려와 포상을 지극하게 내리셨고, 　旌褒備至

이에 고을사람들의 바람을 들어서 　爰聽鄉人

제수를 차려 제사지내게 하셨네. 　俎豆以祀

마니산 아래에다 　摩尼之下

우뚝 세운 그 사당에 　巋然其宮

아직 사액되지 못하였으니 　尚稽賜額

죽은 신하를 보내는 예가 부족하였네. 　有欠崇終

더구나 내 친히 보고 　矧予親見

늘 매우 가상히 여겨 탄식하노니, 　常切嘉嘆

이에 뭇 사람들의 청을 따라서 　茲徇羣請

빛나는 편액을 뒤이어 내리도다. 　追錫華扁

충렬 두 글자로써 선양하니 　二字以揚

오랜 세월 늘 늠름할 것이고, 　千秋常凜

다시 공과를 바로잡으니 　更加釐正

올라가기도 하고 내려가기도 하리로다. 　有升有減

이어 예관을 보내어 　仍遣禮官

성대하게 제수를 올리니, 　用薦盼饗

이 빛나는 은총을 흠향하고 　歆此寵光

길이 이 나라를 보우하소서. 　永鎮保障

상향. 　尚饗

신위의 차례

상국 김상용(주벽).

상서 이상길·시정 이시직·중군 황선신·별좌 권순장·생원 김익겸 (이상 동벽).

도정 심현·필선 윤전(윤전은 처음에 들지 못하였다가, 회의에서 제향에 들일 것을 정하였고, 그 후로 경연 신하의 진달로 인하여 권순장·김익겸 양공과 함께 동시에 추향되었다.)·주부 송시영·천총 구원일·천총 강홍업(이상 서벽).

賜額時致祭文[1] (戊戌[2]追享, 三公[3]未及入祠, 故祭文不擧名.)

維歲次戊戌八月丙寅朔二十一日丙戌, 國王遣臣禮曹佐郞柳楮[4], 諭祭[5]于故忠臣右議政金尙容·判書李尙吉·都正沈誢·正李時稷·主簿宋時榮·千摠具元一·中軍黃善身·千摠姜興業等之靈。

---

1) 曹漢英의 ≪晦谷先生集≫ 권10 <江都忠烈祠賜額祭文>으로 수록되어 있음. 회곡선생집에 실린 글을 지칭할 때는 '회곡집'이라 일컫는다. 조한영(1608~1670)의 본관은 昌寧, 자는 守而, 호는 晦谷. 참판 曹文秀의 아들이며, 택당 이식과 사계 김장생의 문인이다. 1637년 정시문과에 장원급제하였다. 1640년 淸이 明에 대한 공격을 위해 원병 파견과 元孫을 볼모로 瀋陽에 보내라고 하자 이를 반대하는 萬言疏를 올렸다. 이에 排淸派로서 金尙憲, 蔡以恒 등과 함께 瀋陽으로 잡혀가서 심한 고문을 받고 투옥됐다. 이때 김상헌과 ≪雪窖集≫을 공동으로 지었으며, 1642년 의주에 이감 되었다가 석방되었다. 현종 때 한성부우윤이 되어 夏興君에 襲封되고, 형조와 예조의 참관과 경기도관찰사를 거쳐 한성부좌윤에 이르렀다. 문장이 뛰어났다.
   한편, 이 글이 어떻게 조한영의 문집에 실려 있는지, 그 근거를 현재로서는 알 수가 없다. ≪승정원일기≫의 효종 9년(1658)조를 살펴건대, 조한영은 주로 대사간에 있었으나, 류지는 9월 26일조에 의하면 예조좌랑이었음이 확인된다.
2) 戊戌(무술): 孝宗 9년인 1658년.
3) 三公(삼공): 권순장, 김익겸, 윤전을 일컬음.
4) 柳楮(류지, 1626~1701): 본관은 全州, 자는 重甫, 호는 乖厓. 1646년 사마시에 합격하고, 1654년 문과에 급제하여 성균관전적·춘추관기사와 사헌부의 지평·장령, 사간원의 정언, 尙衣院正 등을 역임하고, 외직으로 결성·단성 등지의 현감, 밀양부사·능주목사·길주목사 등을 역임하였다. 정언으로 있으면서 당시 병조판서로서 군신을 이간하는 상소를 올렸다 하여 金錫冑를 논핵, 좌상 閔鼎로부터 言責을 다한다는 찬사를 받기도 하였고, 효종이 죽었을 때에는 服制收議에 있어 송시열의 朞年說에 대하여 반론을 들고 후일 예송이 있을 것을 예언하기도 하였다. 그가 죽자 숙종은 제문을 내려 치제하였다.
5) 諭祭(유제): 왕이 하사하는 제사.

惟靈!6)

予其懲毖7), 顧瞻江都, 二十二年, 豈忘須臾。

兵禍之慘, 有國所無, 人謀不臧8), 天塹9)爲墟。

竪子10)狐假11), 偸生12)鼠伏13), 背君遺親, 犬彘不食14)。

不有相國, 誰植臣節, 不有相國, 天綱幾絶。

人何以人, 國何以國, 堂堂相國, 精降山嶽。

金玉其相15), 模楷16)一代, 正色犯顔17), 獨持風裁18)。

長夜如漆, 匪涅愈白19), 垂紳正笏, 坐鎭雅俗20)。

三朝一節, 終始彌勁, 天地反覆, 從容素定。

---

6) 회곡집에는 '戊戌追享 ~ 惟靈!' 부분이 없고, '予其懲毖, 顧瞻江都.'부터 시작함.

7) 懲毖(징비) : 懲前毖後. 지난날의 실패를 교훈삼아 잘못을 되풀이하지 않도록 조심함. ≪시경≫<周頌·小毖>의 "내가 경계하므로 후환을 삼갈 수 있을까. 내 벌을 부리지 말지어다, 스스로 맵게 쏘임을 구하는 것이로다.(予其懲, 而毖後患. 莫予荓蜂, 自求辛螫.)"에서 나온 말이다.

8) 不臧(부장) : 좋지 않음. 착하지 않음. ≪시경≫<邶風·雄雉>의 "모든 군자들이 덕행을 알지 못할까. 해치지 않고 탐내지 않으면 어째서 착하지 않으리오.(百爾君子, 不知德行. 不忮不求, 何用不臧?)"에서 나온 말이다.

9) 天塹(천참) : 천연의 요새.

10) 竪子(수자) : 소인놈. 다른 사람을 비하하여 칭하는 말이다.

11) 狐假(호가) : 狐假虎威, 여우가 호랑이의 위력을 빌려 다른 짐승을 위협한다는 뜻으로, 남의 권세를 빌려 위세를 부리는 것을 비유하는 말.

12) 偸生(투생) : 구차하게 살기를 구함.

13) 鼠伏(서복) : 쥐새끼처럼 땅에 엎드려 몸을 숨김.

14) 犬彘不食(견체불식) : 개돼지도 먹지 않음. 비열한 사람을 비유하는 말이다.

15) 金玉其相(금옥기상) : ≪시경≫<大雅·棫樸>의 "아로새긴 그 문채요, 금옥 같은 그 바탕이로다.(追琢其章, 金玉其相.)"에서 나온 말.

16) 模楷(모해) : 본받아 배울 만한 본보기. 曺漢英의 회곡집에는 '摸揩'로 되어 있다.

17) 犯顔(범안) : 犯顔諫諍. 군주의 안색을 범하며 간쟁함. ≪논어≫<憲問篇>의 "자로가 임금 섬기는데 관해서 여쭈니, 공자가 말씀하시기를 '기만하지 말고 임금 앞에서 간쟁하여라.' 하였다.(子路問事君, 子曰 : '勿欺也, 而犯之.')"에서 나온 말로, 그 註에 '犯謂犯顔諫諍'이라 되어 있다.

18) 風裁(풍재) : 강직하고 바른 품격.(風憲)

19) ≪논어≫<陽貨篇>의 "단단하다고 아니하겠느냐? 갈아도 얇아지지 않는다면. 희다고 아니하겠느냐? 물들여도 검어지지 않는다면.(不曰堅乎, 磨而不磷. 不曰白乎, 涅而不緇.)"를 염두에 둔 표현. 품격이 고상하여 나쁜 환경의 영향을 받지 않음을 비유한 말이다.

20) 坐鎭雅俗(좌진아속) : 가만히 앉아서 고상하거나 속된 선비들을 진정시킴.

手指譙樓21), 吾必死是, 亭疑止水22), 志同萬里23)。

南門一夕, 火烈俱24)揚, 身隨紫焰, 氣作雷霆。

蟬蛻腥塵, 歸侍帝所, 萬古倫紀, 一身撑柱25)。

尙書26)國老, 義同存亡, 聞難入城, 死得分明。

都正27)手疏, 斗血滿腔, 夫婦同死, 節義成雙。

寺正28)素養, 乃見臨危, 遺書戒子, 視死如歸。

主簿29)純深, 乃父有敎, 殺身成仁, 旣忠亦孝。

何狀千摠30), 尙屈軍校31), 誰爲主將, 見賊逗撓32)。

撫劒33)瞠視34), 憤氣塡胸, 賀蘭35)未斬, 寧赴江中。

---

21) 譙樓(초루) : 성문 위에 지은 망루.
22) 止水(지수) : 明鏡止水. 밝은 거울과 잔잔한 물이라는 뜻으로, 고요하고 깨끗한 마음을 가리키는 말. ≪장자≫<德充符>의 "중니가 말하기를, 사람은 흐르는 물을 거울삼지 않고 고요하고 잔잔한 물을 거울삼는다.(仲尼曰, 人莫鑑於流水, 而鑑於止水.)"에서 나온 말이다.
23) 萬里(만리) : 萬里侯. 만리 밖 변경에서 큰 공을 세워 높은 벼슬을 받은 사람. 後漢의 班超가 西域에 종군하여 만년에 定遠侯로 봉해졌는데, 일찍이 관상가가 그의 燕頷虎頸(제비의 턱에 호랑이의 목)의 상을 보고 萬里侯가 되리라고 예언했던 고사에서 나온 말이다.
24) 俱(구) : 曹漢英의 회곡집에는 '具'로 되어 있음. ≪시경≫<鄭風·大叔于田>의 "숙이 사냥하러 나가면 불꽃이 일제히 오르니 맨손으로 호랑이 잡아 임금님 계신 곳에 바친다.(叔在藪, 火烈具擧, 襢裼暴虎, 獻于公所.)"에서 나오는 말이다.
25) ≪仙源遺稿≫의 <年譜>를 보면, 선원 김상용에 관한 내용인 '不有相國 ~ 一身撑柱'가 실려 있음. 상국은 우의정 김상용을 가리킨다.
26) 尙書(상서) : 판서 이상길을 가리킴.
27) 都正(도정) : 심현을 가리킴.
28) 寺正(시정) : 이시직을 가리킴.
29) 主簿(주부) : 송시영을 가리킴.
30) 千摠(천총) : 구원일을 가리킴.
31) 軍校(군교) : 조선 시대에, 각 군영과 지방 관아의 군무에 종사하던 낮은 벼슬아치.
32) 逗撓(두요) : 적을 보고 두려워하며 피하고 나아가지 아니함.
33) 劒(검) : 曹漢英의 회곡집에는 '釖'로 되어 있음.
34) 瞠視(당시) : 눈을 부릅뜨고 똑바로 바라봄.
35) 賀蘭(하란) : 張巡·許遠이 睢陽城을 지킬 때에 南霽雲을 보내어 포위망을 뚫고 구원병을 청하였으나 들어주지 않았던 賀蘭進明. 안녹산의 난이 일어나자, 장순은 허원과 함께 성을 지키며 적장 尹子琦와 싸워 몇 번이나 물리쳤으나, 몇 달이나 고수하다가 중과부적에 식량마저 떨어진 상태에서, 그의 명성을 시기한 臨淮節度使 하란진명이 고의로 구원병을 보내지 않는 바람에 성이 함락되면서 죽음을 당하고 말았다.

又有褊裨36), 曰黃37)曰姜38), 驅羊39)搏虎, 亦知必亡。

張拳冒鋒, 死不旋踵, 一府三忠, 義聲俱聳40)。

大夫君子, 素知義理41), 食人死人42), 從古無幾。

惟帝降衷43), 豊嗇匪殊44), 十室必有45), 聖言豈誣。

肆我先王, 旋褒備至, 爰聽鄉人, 俎豆以祀。

摩尼46)之下, 巋然47)其宮, 尙稽賜額, 有欠崇終48)。

矧予親見, 常切嘉嘆49), 玆徇輩請, 追錫50)華扁。

二字以揚, 千秋常凜, 更加釐正51), 有升有減。

---

36) 褊裨(편비) : 편장과 비장. 편장은 대장을 돕는 한 방면의 장수이고, 비장은 監司・留守・
   兵使・水使 등을 따라 다닌 막료이다.

37) 黃(황) : 황선신을 가리킴.

38) 姜(강) : 강흥업을 가리킴.

39) 驅羊(구양) : 驅羊戰狼. 양을 내몰아 이리와 싸우게 한다는 말로, 약한 것으로 강한 것을
   공격함을 비유하는 뜻으로 쓰임.

40) 俱聳(구송) : 瞻聆俱聳. 보고 듣는 이 모두 공경함.

41) 理(리) : 회곡집에는 '氣'로 되어 있음.

42) 食人死人(식인사인) : 남의 녹을 먹은 사람은 그의 일을 위해 죽음. 漢나라 때 유세가인
   蒯通이 한나라와 결별할 것을 종용하자 韓信이 "남에게 옷을 얻어 입은 자는 그 사람의
   근심을 걱정하고 남에게 음식을 얻어먹은 자는 그 사람의 일에 목숨을 바친다고 들었
   다. 내 어찌 이익 때문에 의리를 저버리겠는가?(衣人之衣者, 懷人之優, 食人之食者, 死人之
   事. 吾豈可以鄉利倍義乎?)"고 한 데서 나온 말이다.

43) 降衷(강충) : 하늘이 내려준 성품. 《서경》<湯誥>의 "위대한 상제께서 아래 백성들에게
   치우침 없는 마음을 내려 주셨다.(惟皇上帝, 降衷于下民.)"에서 나온 말이다. 회곡집에는
   '從古無幾 惟帝降衷' 부분이 '從古無幾, 臣哉五臣. 不負所學, 窮鄉置免. 誰謂辦得, 惟帝降衷.'
   으로 되어 있다.

44) 豊嗇匪殊(풍색비수) : 하늘이 부여한 사람의 선한 본성이 풍부함과 인색함의 차이가 없이,
   누구에게나 같다는 말.

45) 十室必有(십실필유) : 《논어》<公冶章篇>의 "10호쯤 되는 조그만 읍에 나처럼 충신한
   자는 있지만, 나처럼 학문을 좋아하는 사람은 없을 것이다.(十室之邑, 必有忠信如丘者焉,
   不如丘之好學也.)"에서 나온 말.

46) 摩尼(마니) : 摩尼山. 강화도 화도면에 있는 산.

47) 巋然(규연) : 크고 높이 우뚝 솟아있는 모양.

48) 崇終(숭종) : 죽은 사람을 높임. 임금이 致祭하거나 시호를 내리는 것을 뜻한다.

49) 嘆(탄) : 회곡집에는 '歎'으로 되어 있음.

50) 錫(석) : 회곡집에는 '賜'로 되어 있음.

51) 釐正(이정) : 다스리고 바로잡음.

仍遣禮官，用薦[52])盼饗[53])，歆此寵光[54])，永鎭保障[55])。

尙饗。

位次

金相國(主壁[56])。

李尙書・李正・黃中軍・權別坐・金生員(已上東壁)。

沈都正・尹弼善(焌初不入. 於會議定享中，其後因筵臣陳達，與權・金兩公，同時追享.)・宋主簿・具千摠・姜千摠(已上西壁)。

---

52) 用薦(용천) : 제물을 올려 제사를 지냄.
53) 盼饗(혜향) : 성대한 모양. 융성한 모양.
54) 寵光(총광) : 빛나는 은총.
55) 회곡집에는 '歆此寵光 永鎭保障'에서 끝나고, 이후 '尙饗. 位次 ~ 已上西壁'은 없음.
56) 主壁(주벽) : 사당이나 사원에 모신 여러 위패 중에서 주장되는 위패.

봉안할 때의 제문
奉安祭文

진산현감 송연 지음. 호는 둔암.

오호라!	嗚呼!
나라의 운수가 액운으로 막히어	國運窮厄
흉적의 칼끝에 수도가 함락되려니,	兇鋒陷京
임금이 타신 대가가 허둥지둥	鸞輿倉卒
남한산성으로 이주하였네.	移駐漢城
공은 당시 원임대신으로서	公時原任
묘사를 받들어 시위하고	衛奉廟社
강화도로 호종하여 들어가며	扈入江都
분개심에 눈물을 쏟았네.	憤慨涕泗
그곳을 지키는 장수들과	守土之將
검찰하는 관리들은	檢察之使
군대의 강함을 과신하고	誇其兵强
지세의 험함을 믿고서	恃其地利
왁자지껄 술 마시고 놀이에만 빠져	笑談飮博
군대의 일을 말하지 않았네.	不言軍事
공은 눈물 흘리며 이르기를,	公泣而謂
산성이 어디에 있느뇨?	山城安在

군사를 정돈하고 배를 대어서　　　　　整兵艤舡

나중에 후회하지 않도록 하라.　　　　無貽後悔

공의 말이 격렬하였거늘　　　　　　　公言激烈

도리어 비방을 받았네.　　　　　　　反被詬罵

적병은 제멋대로 내달려　　　　　　　賊兵橫奔

장강을 나는 듯 건너오나,　　　　　　飛渡長江

맞서 싸우자는 소리 들리지 않고　　　不聞拒戰

오직 항복하러 나가자는 말뿐이네.　　惟論出降

삼백년 홍업(洪業)이　　　　　　　　三百年業

위태하기가 썩은 뗏목 같으니,　　　　危如朽桴

가슴 치며 오열하다가　　　　　　　搥胸哽咽

남루로 걸어 나갔네.　　　　　　　　步出南樓

적병이 성 아래에 진을 치고　　　　　賊屯城下

주위를 창칼로 둘러쌌는지라,　　　　周匝戈矛

화약 상자에 걸터앉아　　　　　　　踞火藥橫

그 안에 불을 꽂았네.　　　　　　　挿火其中

뇌성벽력 크게 일어나고　　　　　　疾雷大作

서까래와 용마루가 허공으로 나니,　梁棟飛空

육신은 자줏빛 화염을 따라　　　　　身隨紫焰

아득히 푸른 하늘로 사라졌네.　　　　杳入蒼穹

지상의 인간세계에　　　　　　　　地上人間

어디서 넋을 불러보랴,　　　　　　　何處招魂

만고의 큰 이름은　　　　　　　　　萬古大名

일월과 함께 영원하리라.　　　　　　日月俱存

(이상은 상국 김상용에 대한 제문)

선조의 원로로서　　　　　　　　　　先朝元老

명망이 벼슬살이에서 두터웠고　　　望重簪圭

강직하고 올곧아서　　　　　　　　侃侃之直

지위는 구경(九卿)의 반열에 이르렀네.　位至列齊

병자년의 변란이 일어나　　　　　　丙子變亂

임금께서 파천할 때에　　　　　　　去邠之初

명하기를, 연로한 신하는　　　　　　命謂耆舊

대가를 호종하지 말라 하며,　　　　勿扈龍輿

그 거취를 맡기시니　　　　　　　　任其所去

각기 제 몸만을 지켰네.　　　　　　各保爾軀

공은 종묘사직을 따라　　　　　　　公隨廟社

강화도로 피해 들어갔는데,　　　　　避入江都

벼슬이 없는 몸이라서　　　　　　　身無職名

시골집에 임시로 살았네.　　　　　　寓居村廬

적병이 강을 건너와서　　　　　　　虜兵渡江

우리의 들을 유린하니,　　　　　　　蹂躪原野

공은 울면서 일어나　　　　　　　　公泣而起

노복에게 수레를 재촉하고는,　　　　呼僮促駕

나는 바로 정경이니　　　　　　　　我乃正卿

응당 사직을 지키다 죽을 것이라 하고,　當死於社

성안으로 달려 들어가　　　　　　　馳入城中

스스로 목을 매어 죽었네.　　　　　自縊而卒

생전에는 바르며 올곧았고　　　　　生前正直

사후에는 충절을 남겼으니,　　　　　死後忠節

천지가 남아 있다면　　　　　　　　天地若存

명성이 빛나고 빛나리라.   名聲烈烈

(이상은 상서 이상길의 제문)

오랑캐 기병이 거침없이 쳐들어와   虜騎奔衝
삼경이 여지없이 무너지고   三京瓦解
임금이 타신 대가가 피난길에 오르니   乘輿播越
도성 밖에도 안에도 있을 수 없어   不可外內
온 백성이 쥐처럼 숨는데   朝野鼠竄
산으로 혹은 바다로 달아났네.   或山或海
공이 강화도로 들어간 것은   公入江都
종묘사직이 있었기 때문이나,   廟社所在
위급한 때를 기다려   欲竢危急
몸을 바치려고 했지만,   以身隨之
장강의 요해처가 무너지고   長江失險
성안이 점점 어지러워진데다   城堞陵夷
주장까지 겁 많고 나약하니   主將怯弱
할 수 있는 일이 없었네.   事無可爲
상소를 손수 써서 남겼으니   手書遺疏
글의 뜻이 너무도 비통하였고,   辭意最悲
평소에 옛 사람의 법도를 배워   平生學古
죽음을 앞에 놓고도 담담하였네.   臨死從容
스스로 목숨 끊었으니 애달프고   自經可哀
비통함이 푸른 하늘을 꿰뚫지만,   痛徹蒼穹
이름은 후대에 전하여   名傳後代
우리 동방에 빛이 되리라.   有光吾東

오랑캐가 서대문 밖에 둔치고	虜屯西郊
대가가 동문으로 피난길에 나서니,	駕出東門
백성들은 제집을 버렸으며	民人棄家
문무백관들 뿔뿔이 흩어졌네.	鵷鷺失羣
공은 관직에 있지 않아서	公無帶爵
대가를 호종하지 못하니,	未扈龍輿
의병들을 불러 규합하여	叫召義徒
바닷가를 지키려 하였네.	欲保海隅
일이 끝내 성공하지 못하고	事竟不成
강화도로 흘러 들어갔으니,	流入江都
종묘사직이 머물러 있고	宗社所駐
빈궁이 계시는 곳이기 때문이라.	嬪宮所御
혹시 위급하여 패망할 지경이면	若或危亡
죽을 곳이라도 얻기를 바랐지만,	庶得死處
군사들이 기율이 없어서	軍無紀律
나루터를 지키지 못했네.	津渡不守
바다가 평지처럼 되고 말아	水作平陸
오랑캐 기병이 들이닥치니,	虜騎馳騖
행궁의 여러 가지 물건들이	帳殿儀物
적의 수중에 떨어지고 말았네.	墮於賊手
국사가 이미 그르치자	國事已去
눈물만 줄줄 흘리다가,	涕泗無從
스스로 애사를 지어	自作哀辭

가동에게 맡겼네.　　　　　　　　　　寄於家僮
북쪽 향해 절하고　　　　　　　　　　北向而拜
목을 매어 죽으니,　　　　　　　　　　結項而終
들은 이들은 공경심 일어나서　　　　聞者起敬
외로운 충정이 격앙되리라.　　　　　激昂孤忠

(이상은 시정 이시직의 제문)

오랑캐 먼지가 대궐을 뒤덮고　　　　胡塵暗闕
대가가 피난길에 오르니,　　　　　　大駕遷移
백성들 놀라 달아나고　　　　　　　　黎氓驚走
귀족은 뿔뿔이 흩어졌네.　　　　　　貴族分離
공은 빈궁을 모시고　　　　　　　　　公侍嬪殿
분사 직책을 맡아서　　　　　　　　　職在分司
외딴 강화도로 들어가니　　　　　　轉入孤島
남한산성과 가로막혔네.　　　　　　山城隔絶
한밤중에 눈물 흘리며　　　　　　　中宵涕泣
하늘의 해 보기를 바랐지만,　　　　冀覯天日
주장은 광패하고 교만하여　　　　　主將狂驕
군사를 돌보지 않았어라.　　　　　　不恤軍旅
적은 경계하지 않은 줄 알고서　　　賊知不戒
더욱 멋대로 거칠고 사납게　　　　　益肆狼戾
뗏목으로 강을 건넜지만　　　　　　木罌渡江
성문은 닫혀있지 않았네.　　　　　　城門不閉
어찌할 수 있는 대책이 없으니　　　策無可爲
다만 신하로서의 의리를 지켜서　　但保臣義

북쪽 향해 절하고	北向而拜
목을 매어 죽었네.	係頸而死
사람으로서 도리에 대한 분별은	人道之分
이와 같아야 하리니,	若此可矣
절의는 당대를 고무시키고	節激當時
이름은 천년을 전해지리라.	名傳千禩

(이상은 주부 송시영의 제문)

오랑캐는 육지에서 배를 끌어오고	虜兵濫舟
부르짖는 소리가 땅을 진동하며,	呼聲動地
대포를 쏘아서 강 건너 날아오는데	飛礮渡江
파도까지 일지 않고 잔잔하였네.	波濤不起
주장이 혼비백산하여	主將遞魄
닻을 내리고 전진하지 않으니,	下碇不進
공이 홀로 의기를 떨치며	公獨奮義
반드시 싸울 것을 역설하였네.	陳其必戰
도리어 안하무인격이라면서	反謂狂妄
군법을 행하려 하니,	欲行軍法
공은 벌을 받아들이지 않고	公不受誅
나라 등진 잘못을 힐책하였네.	責以負國
몸은 푸른 바다에 뛰어들었지만	身入滄海
넋은 맑은 하늘로 올랐으리니,	魂昇上淸
천만 년의 오랜 세월	萬古千秋
명성이 빛나고 빛나리라.	烈烈名聲

(이상은 천총 구원일의 제문)

奉安祭文

宋珍山(淵撰。芚菴1))

嗚呼!

國運窮厄, 兇鋒陷京, 鸞輿2)倉卒, 移駐漢城。公時原任3), 衛奉4)廟社, 扈入江都, 憤慨涕泗。守土之將, 檢察之使, 誇其兵强, 恃其地利, 笑談飮愽, 不言軍事。公泣而謂, 山城安在, 整兵驧舡, 無貽後悔。公言激烈, 反被詬罵。賊兵橫奔, 飛渡長江, 不聞拒戰, 惟論出降。三百年業, 危如朽桴, 搥胸5)哽咽, 步出南樓。賊屯城下, 周匝戈矛, 踞火藥樻, 揷火其中。疾雷6)大作, 梁棟飛空, 身隨紫焰, 杳入蒼穹7)。地上人間, 何處招魂, 萬古大名8), 日月俱存。(右金相國)

先朝元老, 望重簪圭9), 侃侃10)之直, 位至列齊11)。丙子變亂, 去邪12)之初, 命

---

1) 芚菴(둔암) : 宋淵(생몰년 미상)의 호. 본관은 礪山, 자는 士深·子深. 宋振門의 둘째아들이며, 宋浞의 동생이고 宋洒의 형이다. 權韠의 조카사위이다. 문장과 덕망이 뛰어났으며, 강화부윤 李安訥 등과 교류하였다. 일찍 과거를 포기했으나, 인조 때에 中樞府經歷을 거쳐 珍山縣監을 지냈다.
2) 鸞輿(난여) : 천자의 수레.(鸞輿) 여기서는 인조를 가리키는 말로 쓰였다.
3) 原任(원임) : 관직을 가졌다가 퇴임한 관원을 이르는 말. 조선시대에는 현직 관원을 時任이라 하였다.
4) 衛奉(위봉) : 지키고 받들어 모심.
5) 搥胸(추흉) : 가슴을 침. 몹시 슬픈 모양이다.
6) 疾雷(질뢰) : 급작스럽게 심하게 치는 번개.
7) 蒼穹(창궁) : 푸른 하늘.
8) 大名(대명) : 남의 이름을 높여 이르는 말.
9) 簪圭(잠규) : 벼슬살이.
10) 侃侃(간간) : 강직함. 《논어》<鄕黨篇>의 "조정에서 하대부와 말씀하실 때에는 강직하게 하시며, 상대부와 말씀하실 때에는 和悅하게 하셨다.(朝, 與下大夫言, 侃侃如也. 與上大夫言, 誾誾如也.)"에서 나온 말이다.

謂耆舊[13], 勿扈龍輿[14], 任其所去, 各保爾軀。公隨廟社, 避入江都, 身無職名, 寓居村廬。虜兵渡江, 蹂躪原野, 公泣而起, 呼僮促駕, 我乃正卿[15], 當死於社, 馳入城中, 自縊而卒。生前正直, 死後忠節, 天地若存, 名聲烈烈。(右李尙書)

虜騎奔衝, 三京[16]瓦解, 乘輿播越[17], 不可外內, 朝野[18]鼠竄, 或山或海。公入江都, 廟社所在, 欲捄危急, 以身隨之, 長江失險, 城堞陵夷[19], 主將怯弱, 事無可爲。手書遺疏, 辭意最悲, 平生學古, 臨死從容[20]。自經[21]可哀, 痛徹蒼穹, 名傳後代, 有光吾東。(右沈都正)

虜屯西郊[22], 駕出東門, 民人棄家, 鴇鷺[23]失羣。公無帶爵, 未扈龍輿, 叫召義

---

11) 列齊(열제) : 九卿을 이르는 列卿의 의미인 듯. 九卿은 삼정승에 다음 가는 아홉 고관직으로, 의정부의 左右參贊, 六曹判書, 漢城府判尹을 이른다. 이상길이 工曹判書에 이른 것을 가리킨다.

12) 去邠(거빈) : 周나라 太王이 적을 피하여 도읍인 빈을 버리고 옮겨갔던 것을 이르는 말로, 播遷을 의미. ≪맹자≫<梁惠王章句 下>의 "옛적에 태왕이 빈 땅에 거주하실 때에 적인이 침략하자 그들을 皮幣로써 섬겨도 화를 면치 못하였고, 개와 말로써 섬겨도 화를 면치 못하였고, 주옥으로 섬겨도 화를 면치 못하였습니다. 이에 기로들을 모아놓고 말하기를, '적인들이 원하는 것은 우리의 토지이다. 내가 들으니 군자는 사람을 기르는 토지를 가지고 사람을 해치지 않는다 하니 여러분들은 어찌 군주가 없음을 걱정하겠는가. 내 장차 이곳을 떠나겠다.' 하고는 빈 땅을 버리고 양산을 넘어서 기산 아래에 도읍 터를 만들어 거주하였다.(昔者, 大王居邠. 狄人侵之, 事之以皮幣, 不得免焉. 事之以犬馬, 不得免焉. 事之以珠玉, 不得免焉. 乃屬其耆老而告之曰, 狄人之所欲者, 吾土地也. 吾聞之也, 君子不以其所以養人者, 害人. 二三者, 何患乎無君, 我將去之. 去邠踰梁山, 邑于岐山之下居焉.)"에서 나온 말이다.

13) 耆舊(기구) : 연로하고 명망 높은 사람.

14) 龍輿(용여) : 높고 화려한 수레로, 천자의 수레를 가리킴.

15) 正卿(정경) : 조선시대에, 정2품 이상의 벼슬을 亞卿에 상대하여 이르던 말. 의정부 참찬, 六曹의 판서, 한성부 판윤, 홍문관 대제학 따위를 이른다.

16) 三京(삼경) : 평양, 개성, 한양을 일컬음.

17) 播越(파월) : 대가가 파천함. 군왕이 파천함.

18) 朝野(조야) : 조정과 민간을 통틀어 이르는 말로, '온 백성'을 의미함.

19) 陵夷(능이) : 언덕이 세월이 지나면서 평평해진다는 뜻으로, 처음에는 성하다가 나중에는 쇠퇴함을 이르는 말.

20) 從容(종용) : 성격이나 태도가 차분하고 침착함.

21) 自經(자경) : 스스로 목을 매어 죽음.(自縊) ≪논어≫<憲問篇>에 "어찌 필부필부들이 조그마한 신의를 위하여 구렁에서 스스로 목매어 죽어 알아주는 이가 없는 것과 같이 하겠는가.(豈若匹夫匹婦之爲諒也, 自經於溝瀆而莫之知也?)" 하였다.

22) 西郊(서교) : 서울의 서대문 밖. 모래내를 가리키는 듯.

徒, 欲保海隅。事竟不成, 流入江都, 宗社所駐, 嬪宮所御。若或危亡, 庶得死處, 軍無紀律, 津渡[24]不守。水作平陸, 虜騎馳騖, 帳殿[25]儀物[26], 墮於賊手。國事已去, 涕泗無從[27], 自作哀辭, 寄於家僮。北向而拜, 結項而終, 聞者起敬, 激昂孤忠[28]。(右李正)

胡塵暗闕, 大駕遷移, 黎氓驚走, 貴族分離。公侍嬪殿, 職在分司[29], 轉入孤島, 山城隔絶[30]。中宵涕泣, 冀覿天日[31], 主將狂驕, 不恤軍旅。賊知不戒, 益肆狼戾, 木罌[32]渡江, 城門不閉。策無可爲, 但保臣義, 北向而拜, 係頸而死。人道之分, 若此可矣, 節激當時, 名傳千禩。(右宋主簿)

虜兵盪舟[33], 呼聲動地, 飛礮渡江, 波濤不起。主將遞魄, 下碇不進, 公獨奮義, 陳其必戰。反謂狂妄[34], 欲行軍法, 公不受誅, 責以負國。身入滄海, 魂昇上淸, 萬古千秋, 烈烈名聲。(右具千摠)

---

23) 鵷鷺(원로) : 원추새와 해오라기. 이 새들이 줄을 지어 나는데서, 조정에 질서정연하게 늘어선 百官을 비유한다.
24) 津渡(진도) : 주요한 강변의 요충지에 설치한 나루터.
25) 帳殿(장전) : 제왕이 출행할 때 천막을 쳐서 행궁으로 삼음.
26) 儀物(의물) : 儀章으로 쓰는 여러 가지 물건을 이르던 말.
27) 無從(무종) : 어떻게 할 길이 없음.
28) 孤忠(고충) : 혼자서 외로이 바치는 충성.
29) 分司(분사) : 중앙에 있는 한 관아의 사무를 나누어 맡기기 위하여 다른 곳에 따로 설치한 관아.
30) 隔絶(격절) : 서로 사이가 떨어져서 연락이 끊어짐.
31) 天日(천일) : 하늘의 태양. 제왕을 비유하기도 한다.
32) 木罌(목앵) : 木罌缻. 나무로 된 항아리 여러 개를 엮어서 만든 뗏목의 일종.
33) 盪舟(탕주) : 육지에서 배를 밀어 옮김. ≪논어≫<憲問篇>의 "예는 활을 잘 쏘았고, 오는 힘이 세어 육지에서 배를 끌고 다녔지만 모두 제명에 죽지 못하였다.(羿善射, 奡盪舟, 俱不得其死然.)"에서 나오는 말이다.
34) 狂妄(광망) : 미쳐서 매우 망령되다는 뜻으로, 眼下無人격이라는 말.

각 신위에게 봄가을 향사지낼 때의 축문
各位春秋享祀祝文

모년 모월 삭일에 아무벼슬 아무개는 선원(仙源) 상국(相國) 김공(金公 : 김상용)에게 삼가 고합니다.(維歲次某年月朔日, 某官某敢昭告于仙源相國金公.)

조정의 뛰어난 문사요,	廊廟文雅
나라의 노성한 원로이시라.	邦家老成
몸까지 던져서 나라 위하니	捐身殉國
명성이 백세에 전하리로다.	百世風聲

이 중춘(협주 : 가을은 '중추'라 함)을 맞이하여 삼가 맑은 술과 돼지머리로 제수를 갖추고 철 따라 지내는 제사를 올리오니 흠향하소서.(屬玆仲春(秋云仲秋), 謹以淸酌剛鬣, 用伸常薦, 尙饗.)

'고우(告于)'의 앞부분과 '속자(屬玆)'의 뒷부분은 각 신위가 동일함.

공조판서(工曹判書) 이공(李公 : 이상길)

마음이 금석처럼 굳고 곧은 분이요,	心貞金石
인망이 높은 나라의 원로이시라.	望尊耆英

의리를 좇아 스스로 목을 매었나니　　　　引義自靖
어두운 곳에서도 빛을 발하리라.　　　　處闇伸明

돈령부 도정(敦寧府都正) 심공(沈公 : 심현)

자신이 책임질 직임이 없었는데도　　　　身無官守
종사의 보위에 뜻이 돈독했었네.　　　　志篤宗祏
부부가 행하신 충절과 정절은　　　　一家忠貞
만고에 변함없는 강상일레라.　　　　萬古綱常

봉상시 정(奉常寺正) 이공(李公 : 이시직)

질박하며 올곧고 어질었으니　　　　質直好人
굳센 뜻 지니고도 부드러웠네.　　　　居剛若柔
담담히 한 번 굳게 마음먹으니　　　　從容一決
의기가 늠름하기 서릿발 같았다네.　　　　義凜霜秋

사복시 주부(司僕寺主簿) 송공(宋公 : 송시영)

자신이 하급 관리였을지라도　　　　身居下僚
종사를 위해 충의로 순절코자 하여,　　　　義殉宗祏
목숨을 버리고 의리를 취하였나니　　　　捨魚取熊
죽음에 이르러서도 삶처럼 여겼어라.　　　　之死如生

강화부 천총(江華府千摠) 구공(具公 : 구원일)

관직은 천총에 불과했지만　　　　跡屈褊裨
의기는 저 하늘에 닿았으니,　　　　義薄雲天

가슴에 품은 일편단심일랑   丹心一片
노도가 되어 천년을 몰아치리라.   怒濤千年

이상은 택당(澤堂) 이식(李植)이 찬함

강화부 중군(江華府中軍) 황공(黃公 : 황선신)

전군(全軍)이 물결 갈라지듯 달아났지만   三軍浪圻
홀로 거센 물결 막는 지주산(砥柱山) 같았고   一柱捍流
죽음을 집으로 돌아가듯 여겼으니   視死如歸
남긴 의열(義烈)은 오랜 세월 전해지리라.   遺烈千秋

강화부 천총(江華府千摠) 강공(姜公 : 강흥업)

몸을 일으켜 앞장서서 대적하고   挺身當敵
죽을 때까지 물러나지 않았으니,   死不旋踵
그 충의와 절개가 눈에 선하며   森然義烈
명성은 우뚝 솟은 산과 같아라.   名與山聳

이상은 유수(留守) 민응협(閔應恊)이 찬함.

시강원 필선(侍講院弼善) 윤공(尹公 : 윤전)

대각을 두루 역임하는 동안   歷敭臺閣
엄격한 풍도로 스스로 견지하였고,   風裁自持
나라가 위난에 처하자 목숨을 바쳤으니   臨危殺身
역사에 이름이 길이 남으리라.   竹帛名垂

빙고 별좌(氷庫別坐) 권공(權公 : 권순장)

명망이 성균관에서 높았으나	望蔚賢關
발자취 진흙탕에서 시달렸고,	迹困泥塗
일가가 동시에 의를 취하였으니	同時取義
그 덕은 외롭지 않으리라.	德則不孤

성균관생원(成均生員) 김공(金公 : 김익겸)

가학으로 시례의 학문 전수받아	家傳詩禮
명성이 포의한사 시절 자자했고,	名擅布韋
목숨 바쳐 나라를 위해 죽었으니	捐生殉節
찬란한 의기가 빛나고 빛나리라.	烈烈光輝

이상은 대제학(大提學) 청호(青湖) 이일상(李一相)이 찬함.

各位春秋享祀祝文

維歲次某年月朔日, 某官某敢昭告于仙源相國金公.

廊廟¹⁾文雅, 邦家老成. 捐身殉國, 百世風聲.

屬玆仲春(秋云仲秋), 謹以淸酌剛鬣²⁾, 用伸常薦, 尙饗.

(告于以上, 屬玆以下, 各位同)

工曹判書李公

心貞金石, 望尊耆英³⁾, 引義⁴⁾自靖⁵⁾, 處闇伸明.

敦寧府都正沈公

身無官守⁶⁾, 志篤宗祊⁷⁾, 一家忠貞⁸⁾, 萬古綱常.

---

1) 廊廟(낭묘) : 조정의 정사를 논의하는 건물을 뜻하는 말로, 의정부를 가리킴.
2) 剛鬣(강렵) : 큰 돼지. 《예기》<曲禮 下>의 "무릇 종묘에서 제사를 지낼 때에, 소는 일원 대무라 일컫고 큰 돼지는 강렵이라고 하고, 작은 돼지는 돌비라고 한다.(凡祭宗廟之禮, 牛 曰一元大武, 豕曰剛鬣, 豚曰腯肥.)"에서 나온 말이다.
3) 耆英(기영) : 연로하고 덕이 높은 사람.
4) 引義(인의) : 의리를 좇아 처신함.
5) 自靖(자정) : 스스로 목숨을 끊음.(自決)
6) 官守(관수) : 관직에서 직책을 수행함. 관리로서의 직책. 《맹자》<公孫丑章句 下>의 "맡 은 직책이 있는 자가 그 직책을 수행할 수 없으면 떠나고, 언책을 지고 있는 자가 그 말 을 할 수 없으면 떠난다.(有官守者, 不得其職則去, 有言責者, 不得其言則去.)"에서 나온다.
7) 宗祊(종팽) : 宗廟. 여기서는 종묘사직의 신주를 가리킨다.
8) 一家忠貞(일가충정) : 심현이 遺疏를 써놓고 부인 宋氏와 함께 鎭江에서 순절한 사실을 일 컬음.

奉常寺正李公

質直[9]好人[10], 居剛若柔, 從容一決, 義凜霜秋。

司僕寺主簿宋公

身居下僚, 義殉宗祊, 捨魚取熊[11], 之死[12]如生。

江華府千摠具公

跡屈褊裨, 義薄雲天[13], 丹心一片, 怒濤千年。

以上澤堂李植撰[14]

江華府中軍黃公

三軍[15]浪坼[16], 一柱[17]捍流[18], 視死如歸, 遺烈千秋。

---

9) 質直(질직) : 질박하며 정직함. ≪논어≫<顏淵篇>의 "達이란 질박하고 정직하여 의를 좋아하며, 남의 말을 살피고 얼굴빛을 관찰하며, 생각해서 몸을 낮추는 것이니, 나라에 있어서도 반드시 達이 되며, 집안에 있어서도 반드시 達이 되는 것이다.(夫達也者, 質直而好義, 察言而觀色, 慮以下人. 在邦必達, 在家必達。)"에서 나온 말이다.

10) 好人(호인) : 어진 사람. ≪논어≫<里仁篇>의 "오직 어진 사람만이 사람을 좋아할 수 있고, 미워할 수도 있다.(惟仁者能好人, 能惡人。)"에서 나온 말이다.

11) 捨魚取熊(사어취웅) : 물고기를 버리고 곰발바닥을 택함. 의리를 위해 죽음을 택했다는 말이다. ≪맹자≫<告子章句 上>의 "어물도 내가 먹고 싶고 熊掌도 내가 먹고 싶지만, 두 가지 중에서 하나만 취하라면 어물을 버리고 웅장을 취할 것이다. 生도 내가 원하고 의리도 내가 원하지만, 두 가지 모두 취할 수 없을 때에는 생을 버리고 의리를 취하겠다.(魚我所欲也, 熊掌亦我所欲也. 二者不可得兼, 舍魚而取熊掌者也. 生亦我所欲也, 義亦我所欲也. 二者不可得兼, 舍生而取義者也。)"에서 나온 말이다. 여기에서는 淸軍이 강을 건너 강화성에 육박해 오자, 송시영이 이시직과 의논하여 자결할 뜻을 굳히고는 먼저 목숨을 끊은 일을 이른다.

12) 之死(지사) : 죽음에 이름. ≪시경≫<鄘風・柏舟>에서 "죽음에 이를지언정, 맹세컨대 딴 생각은 없도다.(之死矢靡它。)" 하였는데, 鄭玄의 箋에 "지는 이르다는 뜻이다.(之, 至也。)" 하였다.

13) 義薄雲天(의박운천) : 의로운 기운이 하늘 보다 높다는 말. ≪宋書≫<謝靈雲傳論>의 "주나라가 쇠해지매 풍류가 더욱 드러나서, 굴평과 송옥은 맑은 근원을 앞에서 인도하고, 가의와 사마상여는 향기로운 자취를 뒤에서 떨치어, 뛰어난 문장은 금석을 윤택케 하고, 높은 의리는 하늘에 가닿았다.(周室旣衰, 風流彌著, 屈平宋玉導淸源於前, 賈誼相如振芳塵於後, 英辭潤金石, 高義薄雲天。)"에 있는 말이다.

14) 택당 李植이 지은 축문은 ≪澤堂先生別集≫ 권12에도 <江都顯烈祠春秋兩丁祝文>으로 실려 있는데, 南陽府使 尹棨에 대한 축문도 포함되어 있음.

15) 三軍(삼군) : 전체의 군대.(全軍)

16) 浪坼(낭탁) : 물결이 갈라지듯 흩어져 달아남.

17) 柱(주) : 砥柱山. 河南 三門峽 동북쪽 황하의 거센 물살 가운데 우뚝이 서 있는 산 이름.

江華府千摠姜公

挺身19)當敵, 死不旋踵, 森然20)義烈, 名與山聳。

以上留守閔應協21)撰

侍講院弼善尹公

歷敭22)臺閣, 風裁23)自持24), 臨危殺身, 竹帛25)名垂。

氷庫別坐權公

望蔚賢關26), 迹困泥塗, 同時取義27), 德則不孤。

成均生員金公

家傳詩禮, 名擅布韋28), 捐生殉節, 烈烈光輝。

以上大提學靑湖李一相29)撰

황하의 급류 속에 우뚝 버티고 서서 거센 물결을 혼자 감당하고 있다는 砥柱中流의 고사에서 유래하여, 흔히 한 몸에 중책을 지고 난국을 수습하는 사람을 비유하여 쓰인다.
18) 捍流(한류) : 거센 물결에 버티고 우뚝 서 막음.
19) 挺身(정신) : 남보다 앞장서서 나아감.(率先)
20) 森然(삼연) : 삼삼함. 잊히지 않고 눈앞에 보이는 듯 또렷하다는 뜻이다.
21) 閔應協(민응협, 1597~1663) : 본관은 驪興, 자는 寅甫, 호는 鳴皐. 1633년 식년문과에 급제, 이듬해 지평을 역임하고, 1635년 홍문록에 올랐다. 1655년 도승지가 되고, 다음해 함경감사를 거쳐, 1657년 강화유수를 역임하였다. 그 뒤 다시 대사성·대사헌·병조참판 등을 두루 역임하였다.
22) 歷敭(역양) : 여러 직위를 두루 거쳐 지냄.(歷任)
23) 風裁(풍재) : 剛正하고 아부하지 않는 품격.
24) 自持(자지) : 스스로 의를 견고하게 지킴.
25) 竹帛(죽백) : 죽간과 비단으로, 서적이나 역사를 기록한 史書를 뜻함.
26) 賢關(현관) : 賢人이 되는 관문이란 뜻으로, 成均館을 일컫는 말.
27) 同時取義(동시취의) : 권순장이 강화도 화약고에서 순절하자, 그의 아내는 먼저 세 딸을 목매어 죽게 한 뒤 자신도 죽었고, 권순장의 12살 난 어린 누이동생도 스스로 목을 매어 죽었으며, 두 남동생도 적과 싸우다 분사한 사실을 가리킴.
28) 布韋(포위) : 布衣寒士. 관직에 있지 않은 선비를 가리키는 말.
29) 李一相(이일상, 1612~1666) : 본관은 延安, 자는 咸卿, 호는 靑湖. 영의정 李廷龜의 손자이며, 이조판서 李明漢의 아들이다. 이조참판·대사헌·대사성 등의 청요직을 거쳐 1656년에는 부제학으로 실록수정청 당상에 임명되어 ≪선조수정실록≫의 편찬에 참여하고, 1659년에는 대제학에 올라 文衡을 장악하였다. 공조판서·예조판서·좌우참찬·호조판서를 거쳐 1666년에 다시 예조판서가 되었다가 죽었다. 이듬해 생전에 약방제조로서의 공이 인정되어 우의정에 추증되었다.

제사 내려주기를 청하는 상소
請賜祭疏

　가선대부(嘉善大夫) 강화부 유수(江華府留守) 겸 진무사(鎭撫使) 신 이이명(臣李頤命)은 참으로 황공한 마음으로 머리를 조아리며 삼가 절하고 주상전하께 상언(上言)하여 아룁니다. 엎드려 생각건대, 신은 어리석고 미련하여 변변치 못한 서생에 불과합니다. 쇠잔한데다 몹쓸 병까지 들어 예사로운 직무조차도 감당하지 못할까 두려운데, 변방의 요충지로 가라는 명을 잘못받아 비록 사양하고 피하려 해도 그럴 수가 없어서 끝내 외람되게 받았지만, 주상께서 중책을 맡기신 뜻에 우러러 부응하지 못할까 밤낮으로 걱정하고 두려워하여 어찌할 바를 모르겠습니다.

　신이 부임한 지 열흘이 되지 않았을 뿐이지만, 물정의 실상을 두루 살피지 못했고, 군민(軍民)의 이해(利害)도 잘 알지 못합니다. 다만 이리저리두루 살펴보니, 탄식하고 섬뜩하게 두려워지는 마음을 이길 수 없는 것이절로 있었습니다. 이 강화도 땅을 돌아보니, 나라를 지키는 요충지일 뿐만이 아니라 그 중함도 다른 진(鎭)과는 차이가 있습니다. 대개 저 병자호란이후로 거주민이 느끼는 분개심과 나그네가 개탄하는 바가 다른 곳과는더욱 차이가 있습니다. 나루를 건너가면 오랑캐들이 일찍이 나는 듯 건너와 그득했던 곳이고, 성안으로 들어가면 오묘(五廟 : 종묘)의 신위와 육궁(六宮 : 빈궁 등)을 일찍이 옮겨와서 허둥지둥했던 곳입니다. 또한 높고 낮은 모든 벼슬아치들이 일찍이 황급히 피난했던 곳이면서 양반과 양인들이 일찍이 도륙되고 사로잡혀 욕을 당했던 곳이니, 이곳이 생긴 이래 없었던 일입니다. 이것이 바로 뜻있는 선비와 어진 이를 기다리지 않고도 가슴 아파하며 팔을 걷어붙이고 지금까지 쉽사리 마음을 가라앉힐 수 없는 까닭입니다. 비록 평년에 이곳을 지나치더라도 사람의 마음을 감격케 하여 그칠 수가 없거늘, 더욱이 신(臣)이 부임해 오니 세월은 마침 60주년이 되는 해입니다. 이 때문에 당시의 아픈 흔적을 느끼는 데에 다른 때보다 더욱 심한 것이 있습니다.

그런데 백성들은 무지몽매하고, 변란 당시의 유적은 이미 민멸되어 다시는 알 길이 없습니다. 오직 이곳 강화부로부터 10리쯤에 충렬사(忠烈祠)라는 곳이 있어서 신(臣)이 부임해와 참배했는데, 마치 며칠 전의 일을 보는 듯 뚜렷합니다. 이 때문에 길이 탄식하고 깊이 슬퍼하는데 다른 사당과는 더욱 남다른 것이 있습니다. 당시 절개를 지키다 죽어서 이 사당에 향사(享祀)된 사람이 11명이었으니, 대개 문충공(文忠公) 김상용과 그 이하의 사람들입니다. 김상용은 원임 의정(原任議政)으로, 이상길은 원임 판서로, 심현은 돈령부 도정으로, 이시직은 원임 장령으로, 송시영은 사복 주부로, 구원일은 강화부 천총으로 죽었는데, 이들 6명은 임오년(1642)에 비로소 향사된 자들입니다. 필선 윤전, 별좌 권순장, 생원 김익겸, 강화부 중군 황선신, 강화부 천총 강흥업 등 5명은 또 우뚝이 죽은 자들로서 무술년(1658)에 뒤이어 배향(配享)되었습니다.

돌아보건대, 당시 진실로 의리를 위하여 죽은 선비들이 많지만, 죽은 이들이 기개가 꿋꿋하며 많은 것은 이 지방을 따를 수 있는 곳이 없습니다. 죽은 이들이 조용하고 분명하게 사람들의 눈과 귀에 남아 있어서 가릴 수 없고, 죽백(竹帛 : 역사)에 길이 드리워져서 속일 수 없는 것도 또한 이 사람들을 미칠 수 있는 자가 없습니다. 같은 사당에서 향기로운 제수를 차려 함께 제사하여 한 지방의 광영(光榮)이 되고 나라의 기풍을 세우기에 이르러서는 옛날에도 이와 같이 성한 적은 없었습니다.

아! 당시 임무를 맡은 자들이 험한 요새만을 믿고서 스스로 편안히 있었고, 임무의 막중함만을 빙자하고서 제멋대로 굴었으니, 비록 김상용과 같은 원로대신이라도 그 사이에서 힘을 쓸 수가 없었고, 끝내는 홀로 분신하여 목숨을 바침으로써 자신의 도리를 다하였습니다. 오호라, 어찌 차마 말할 수 있겠습니까. 심현은 집안사람이 배를 준비하고서 바다로 도피하기를 울며 청하였으나, 그의 뜻은 평소에 이미 정하고 있었기 때문에 늠름하여 빼앗을 수가 없었으니, 이에 대궐을 향하여 재배한 뒤 상소를 손수 써놓고 부부가 함께 명을 마쳤습니다. 이시직은 짧은 편지로 곤수(閫帥 : 검찰사와 강화유수 등)를 꾸짖은 뒤로 유서를 남겨서 그의 아들과 영결하였습니다. 송시영은 이시직과 함께 죽기로 약속한지라 미리 두 개의 관을 사놓고 무덤도 둘을 파놓았다가, 마침내 그와 함께 죽었습니다. 문정공(文正公) 김상헌(金尙憲)이 가장 현저하다고 말한 네 사람이 바로 이들입니다.

그 당시 도성 안의 사대부들이 구차스레 살려고 성을 빠져나간 자들 또한 얼마나 많았습니까? 그렇지만 이상길은 국난이 일어나기 전에 도성 밖의 마을에 살고 있다가 국난을 듣고 곧 도성에 들어와 사지(死地)로 나아가기를 제집으로 달려가는 것처럼 하였습니다. 권순장과 김익겸은 성을 지켜야 하는 책임이 있지 않았지만 스스로 항오(行伍)를 편성하고 남성(南城)을 분담하여 지키다가, 상신(相臣 : 김상용)이 분신하려는 뜻을 결심하고서 이들에게 떠날 것을 권하였으나 떠나지 않고 상신과 함께 죽기를 바라여 모두 뜨거운 화염 속으로 뛰어들었습니다. 그러나 늘어선 병사들과 장수들은 적이 쳐들어온다는 소문만 듣고도 흩어져 사방으로 달아났을 뿐, 어느 한 사람도 적과 교전하려는 사람이 없었습니다. 구원일은 홀로 분연히 싸우기를 청하고서 해안에 이르러 적을 꾸짖고, 끝내 분개하여 물에 빠져 죽었습니다.* 황선신과 강홍업은 남은 병사들을 이끌고 강화 나루를 막았으나, 적이 닥쳐오자 병사들이 절로 사방으로 흩어져 달아났는데도 맨주먹을 휘두르며 힘을 다하여 싸우다가 죽었습니다.

오호라! 사람이 죽음에 대처하는 것은 지극히 어려운 일입니다. 죽어서 일컬어질 만한 것이 있는 사람은 고금에 몇 사람이나 되겠습니까. 또한 보통 노쇠한 사람은 기개와 절조가 약해지고, 지위가 낮고 천한 사람은 은혜와 의리를 가볍게 여기는데, 이제 그 죽은 자들은 나이가 많이 들었거나 지위 또한 낮았음에도 그 죽음은 혹 혈기가 강개한 선비보다 나았거나 혹 작록이 높고 후한 무리들보다 빛나거나 하였으니, 그 훌륭함은 일반사람보다 훨씬 뛰어남이 또한 분명합니다. 이 때문에 인조(仁祖)와 효종(孝宗)께서 잇달아 표창하셨는데, 정려(旌閭)를 세우면서 관작(官爵)을 추증하고 그 자손들에게 녹을 내렸으며 그 사당의 편액(扁額)을 하사하여 제사를 베풀고 애도하였으니, 두 임금께서 충렬을 높이 드러내고 의리를 기린 것은 지극하다 하겠습니다. 성조(聖朝 : 숙종)에 이르러서 또 시호를 내려주는 은전을 많이 시행하셨으니, 대개 이때에 이르러 크게 갖추어져서 유감이 없게 되었습니다.

그러나 신(臣)의 어리석은 견해이지만 성명(聖明 : 주상전하)께 아뢸 것이 있사옵니다. 지금의 사람들은 선현들이 거닐었던 터를 밟거나 옛사람들이 즐겁게 지냈던 시절을 만나면 곧 시대의 변천에 감회가 일어나니, 그 풍치가 있고 멋들어지게 지냈던 시절이 멀어지더라도 슬피 생각하면서 여전히 또한 감회에 젖어 돌아봄을 그치지 않습니다. 하물며 현인(賢人)들이 불

---

* 이 부분이 李頤命의 ≪疎齋集≫ 권4에는 "臨岸罵敗將, 發憤赴水."로 되어 있는 바, "해안에 이르러 강화유수 張紳이 싸울 뜻이 없음을 꾸짖고 분개하여 물에 빠져 죽었다."로 해석됨.

행을 겪었던 땅을 밟고, 현인들이 불행을 겪었던 시절을 만나면 더할 나위 없습니다. 내년 정월 22일은 지난날 청나라 사람들이 강화성을 함락시킨 날입니다. 온 섬의 인정은 몹시 서럽게 가슴 아파하며, 옛일을 잘 알고 있는 늙은이들은 심지어 눈물마저 흘리는 사람까지 있습니다. 신(臣)이 처음 이곳에 들어와 마침 그 적당한 때를 만났을 뿐만 아니라, 애석하게 여겨 탄식하는 마음과 섬뜩하게 두려워하는 마음을 이기지 못할 뿐입니다.

인정은 이미 그렇다 하더라도, 이승이나 저승이나 이치는 한가지이니 시종 차이가 없어야 합니다. 가령 죽어서도 혼령이 있다면, 충성스럽고 굳센 혼백들이 한 사당 안에 주선되었을지라도 반드시 캄캄한 저승에서 슬퍼하고 그때 당시의 국사를 가슴 아파하며 그 자신의 불행을 비통해하는 것이 또한 이때에 더 절실할 것입니다. 그러하니 어찌 슬프지 않겠습니까? 더군다나 그때 강화부의 군사와 백성들, 피란한 선비와 여인네들, 간과 뇌가 땅바닥에 으깨어진 자들, 해골들이 거친 들판에 나뒹군 자들은 흔적조차 아주 없어져 일컬을 것이 없고, 방황하여도 기댈 곳이 없으니, 이와 같은 부류는 이루 다 기록할 수도 없습니다. 생각건대, 그 시절을 돌아보면서 슬픔과 답답함을 누구에게도 하소연할 곳이 없어 응당 저들보다 더 심한 이들도 있을 것이니, 이들도 심히 애처로운 사람들입니다.

엎드려 생각건대, 전하께서 성조(聖祖 : 인조)가 파천했던 해와 같은 병자년을 만나, 성조의 와신상담(臥薪嘗膽)의 의지를 유념하시고 마음에 자강(自强)하기를 생각하시어 정사를 살피시는 사이에도 성조의 뜻을 계승하는 효성에 스스로 힘을 다하시는 것은 변방을 지키는 외신(外臣)의 말을 마땅히 기다릴 것도 없습니다. 그러나 임금의 뜻을 널리 펼쳐 이승이든 저승이든 전달되도록 하는 것은 또한 고을을 지키는 신하의 책무이기 때문에 감히 마음속에 품은 생각을 숨기지 않고 죽음을 무릅쓰고서 아룁니다. 신은 청컨대, 밝으신 명을 세상에 널리 펴시어 특별히 근신(近臣)을 보내고,

성이 함락되었던 날에 제사를 충렬사에서 베풀게 하옵소서. 또 이곳 강화부로 하여금 성 밖의 깨끗한 곳에 땅을 고르고 제단을 만들게 하여, 아름다운 이름을 하사하시어 마음 아파하며 연민한다는 뜻을 표하고, 나라 위해 죽은 사람 및 전쟁에 죽은 선비와 백성들에게도 모두 제사를 지내도록 명하신다면, 위로는 주상전하께서 측은하게 여기는 인(仁)을 이룰 수 있을 것이고, 다음으로는 죽은 자의 슬프고 원통한 혼을 위로할 수 있을 것이며, 아래로는 온 섬에 충의의 마음을 결속할 수 있을 것이니, 오직 주상전하께서 헤아려 주시기 바랍니다. 신(臣)이 지극히 황공하고도 간절한 마음을 견디지 못하고 삼가 죽음을 무릅쓰고서 아룁니다.

<숙종이> 답하시기를, "상소를 보고 잘 알았다. 상소의 말이 마땅하니, 해당 관아로 하여금 속히 품처(稟處 : 명을 받아 처리함)하도록 하겠다." 하였다.

예조에서 상고할 일

이번에 계하(啓下 : 임금의 재가)하신 강화부 유수 이이명의 상소에 근거하여, 예조(禮曹)의 계목 점련(啓目粘連)을 재가하셨습니다. 강화유수 이이명의 이번 상소를 보니, 운운한 바는 병자호란 때 강화도의 병화(兵禍)로 말하자면 참혹합니다.

김상용의 꿋꿋한 충성심과 크나큰 절개는 진정 이미 우주를 버티는 기둥입니다. 이상길, 심현, 이시직, 송시영, 윤전, 권순장, 김익겸 등은 혹 재신(宰臣)과 시종(侍從)으로서 허둥지둥 매우 급박한 사이에 죽음을 아랑곳하지 않고 의로운 길로 나아가기도 했고, 혹 장보(章甫)와 유생(儒生)으로서 난리가 몹시 어수선한 중에 자신의 몸을 희생하여 옳은 도리를 행하기도 했으니, 그 의로운 길로 나아간 바는 열렬하여 광채가 있다고 할 것이며, 황선신 등 3인들도 혹 남은 병사로 적을 막고 나라를 위해 죽기로 맹세하기도 했고, 혹 맨주먹을 휘두르며 적의 칼날을 무릅쓰고 성과 함께 함락되어 죽기도 했으니, 그 절개를 지키다 죽은 것은 또한 모두 두드러지게 일컬을 만한 것인즉, 비록 백대의 오랜 세월이 지나거나 천리의 먼 길에 있을지라도 오히려 마땅히 몹시 마음 아파하고 팔을 걷어붙이며 분개하옵는데, 하물며 한 성 안에 함께 있음에야 더할 나위가 있겠습니까? 마침 60주년이 되는 해가 되었으니, 그 의분에 북받친 감회가 일어나고 슬픈 생각에 마음 앓는 것이 다른 때보다 더욱 남다름이 있사오며, 여기저기 싸움터에서 혹 기우제를 드릴 때에 관리를 보내어 제사를 지낸 것은 이미 전례가 있습니다.

또 도성의 서쪽 교외에서 명나라 장수와 군사들이 전사한 곳에도 민충단(愍忠壇)을 쌓아 제사를 베푼 사례가 있으니 수신(守臣 : 고을 수령)의 소청(疏請)은 의견이 없지 않거니와, 지금 또한 이에 의거하여 관리를 보내어 신하들이 목숨을 버린 날에 제사를 지내고, 또 성 밖에다 제단을 쌓아 나라 위해 죽은 사람 및 전쟁에 죽은 선비와 백성들 모두 제사를 지내는 것은 진실로 합당한 일입니다. 절개를 위해 목숨 바친 신하들이 한 지방에만 유독 많고, 하늘의 길을 따라 한 주갑(周甲) 운행한 별이 마침 오늘을 만났으니, 단지 온 섬의 선비와 백성들이 추모하고 애도하는 마음이 배나 간절할 뿐만이 아니라, 이때에는 주상전하께서 충절을 널리 알려 기리고 드높이는 방도에 있어서도 다른 곳보다 더욱 특별할 수 있을 것이니, 제물은 강화부로 하여금 정결하게 갖추도록 하고, 제문은 별도로 글을 짓도록 하여, 근신을 파견해 제사를 지내게 함은 한편으로 특별히 제사를 베푸는 뜻을 보이시는 것이고 다른 한편으로 온 섬 안의 선비와 백성들의 마음을 위로하시는 것이라, 진실로 마땅한 일인 듯합니다. 이를 해당 관아와 강화부에 알려서 시행함이 어떠하겠습니까?

　강희(康熙) 35년(1696) 12월 30일 우부승지(右副承旨) 신(臣) 김성적(金盛迪)
이 담당하여 아뢰니, 그대로 행하라고 말씀하신 일이 있었기 때문에 계하
(啓下) 안의 말뜻을 받들어 살펴서 시행할 것이며, 충렬사에서 제사를 지내
는 것은 모든 것을 다 전일의 제사를 베풀 때의 예에 의거하여 거행하고,
성 밖에서 절개를 지키다 죽은 선비와 백성들의 제사를 베풀 때는 상하의
제단을 따로 설치하여 제물과 찬품(饌品)을 나누어 차리되, 상단의 제반(祭
飯 : 젯메)은 정결한 큰 놋동이에 가득 담아 다섯 그릇을 차리고, 면(糆) · 병
(餠) · 탕(湯) · 적(炙) · 포(脯) · 혜(醯) · 실과(實果) · 소채(蔬菜) 등도 밥그릇의
수효에 의거하여 모두 큰 그릇을 사용하며, 하단의 찬품은 상단의 격식에
의거하여서 그 찬품마다 각기 열 그릇을 차려 베풀더라도 서로 뒤섞이는
폐단이 없도록 하되, 제물과 집사(執事)도 각별히 정결하게 갖추고 잘 선임
하여 거행하는데, 집사는 강화부에서 옮기기 어려운 일이거든 본도(本道 :
경기도)에 보고하고 옮겨서 선임함이 합당한 일이며, 의주(儀註 : 의례의 절차
를 적은 책)도 써서 보내니 이에 의거하여 근신(近臣)을 기다렸다가 향과 축
문을 받아서 기일이 되면 제사 베풀 곳으로 내려갈 일.

請賜祭疏[1]

嘉善大夫江華府留守兼鎭撫使臣李頤命[2], 誠惶誠恐, 頓首謹百拜上言[3]于主上殿下[4]。伏以臣, 癡鈍[5]歇後[6]一書生也。癃殘廢疾, 尋常職事, 猶恐不堪, 乃誤受命於關防[7]之地, 雖辭避不能得, 終於冒受, 恐不能仰副聖明委寄之意, 日夜憂懼, 不知所出。

臣到官[8], 未能旬日耳, 物情[9]長短, 未之閱也, 軍民利病[10], 未之諳也。獨顧瞻

---

1) 李頤命의 ≪疎齋集≫ 권4에 <請賜祭忠烈祠及死難人疏>로 수록되어 있음. 이이명이 40세 때인 1697년 1월에 馳啓한 글이다. 賜祭는 임금이 죽은 신하에게 제사를 내려주는 것이다. 소재집에 실린 글을 지칭할 때는 '소재집'이라 일컫는다.

2) 李頤命(이이명, 1658~1722) : 본관은 全州, 자는 智仁·養叔, 호는 疎齋. 李正興의 아들 李敏迪과 昌原黃氏(黃一皓의 딸) 사이에서 셋째아들로 태어나, 李敏興의 아들 李敏采와 高靈朴氏(朴長遠의 딸)에게 양자로 갔다. 金萬重의 사위이다. 1680년 별시문과에 급제하여 홍문관 정자로부터 벼슬살이를 시작하였다. 1696년 평안도관찰사로 擢任되었지만, 늙은 어머니의 병을 칭탁하여 극구 사절하고 강화부유수로 나갔다. 대사헌·한성부판윤·이조판서·병조판서 등을 역임하다가, 1706년 우의정에 올랐고 1708년 숙종의 신임을 한 몸에 받으면서 좌의정에 올랐다. 시호는 忠文이다.

3) 上言(상언) : 신하가 사사로운 일로 임금에게 글을 올리던 일.

4) 소재집에는 이 부분까지 있지 않고 '伏以臣'부터 시작함.

5) 癡鈍(치둔) : 몹시 어리석고 하는 짓이 굼떠서 흐리터분함.

6) 歇後(헐후) : 대수롭지 않음. 변변치 못함.

7) 關防(관방) : 守關防邊. 변방의 방비를 위하여 설치한 요새.

8) '臣到官'부터 끝까지는 朴泰漢의 ≪朴正字遺稿≫ 권5에 <代江華留守, 請祭丁丑死義諸人疏>로 수록되어 있음. 단, 마지막 부분의 '臣無任惶恐激切屛營之至, 謹昧死以聞'이 '臣敢不以供外府之式, 治司隷之役, 以承我殿下明命哉. 臣不勝感激, 敢冒殿下言焉.'로 되어 있다. 朴泰漢(1664~1698)의 본관은 高靈, 자는 喬佰. 이조판서 朴長遠의 손자이고, 군수 朴銑의 아들이며, 어머니는 형조참판 李後山의 딸이다. 尹拯의 문인이다. 1694년 별시문과에 급제, 文翰官에 임명되어 新來及第者의 四館分屬에 따른 回刺의 폐습을 과감히 철폐하고자 하였다.

偃仰, 自有不能勝其咨嗟怵惕之心者。顧此江都之地, 不惟鎖鑰[11]保障, 其重有異
於他鎮。盖自丙丁之難[12], 居人之所感憤, 行旅之所慨惋者, 尤有異他焉。涉其津
則敵人之所嘗飛渡而充斥[13]也, 入其城則五廟[14]六宮[15]之所嘗遷御[16]而蒼黃[17]
也。百官[18]之所嘗奔播[19], 而士民之所嘗迸戮而俘辱者也, 盖自有此地以來, 所未
有也。此其不待志士仁人[20], 而痛心扼腕[21], 至今不能平者也。雖常歲過之, 猶
可以感激人情而不可已, 況臣之來, 歲月適一周矣。所以感時傷迹, 尤有甚於他時
者也。

然民俗貿貿[22], 當時遺跡, 已泯然[23]無復識者。獨府之十里, 有所謂忠烈祠者,
臣到來瞻謁, 赫赫若前日事。所以長吁深戚, 尤有異於他所者矣。當時死於節而
祀于此祠者, 十有一人, 盖自文忠公臣金尙容以下。尙容以原任議政死, 李尙吉以
原任判書死, 沈誢以敦寧府都正死, 李時稷以原任掌令死, 宋時榮以司僕主簿死,
具元一以本府千摠死, 是六人則壬午始祀者也。弼善尹烇・別坐權順長・生員金

급제한 뒤 4년 만에 병으로 죽어 벼슬은 승문원 정자에 그쳤다. 박태한과 이이명은 내외
종간이다. 이이명의 양모가 박장원의 딸이었기 때문이다.

9) 物情(물정) : 세상의 이러저러한 실정이나 형편.
10) 利病(이병) : 이로운 일과 병폐가 되는 일.
11) 鎖鑰(쇄약) : 자물쇠라는 뜻이나, 여기서는 중요한 곳을 지키는 것으로 쓰임.
12) 丙丁之難(병정지난) : 병자호란이 1636년 병자년 12월에 일어나 1637년 정축년 1월에 끝
    난 데서 일컫는 말임.
13) 充斥(충척) : 많은 사람이 그득함.
14) 五廟(오묘) : 제후국에서 사당에 조상의 위패를 모신 宗廟의 제도.
15) 六宮(육궁) : ≪周禮≫의 "황후는 正寢이 하나, 燕寢이 다섯으로 모두 여섯 개의 궁인데,
    부인 이하가 연침에 나뉘어 거처한다."에서 나온 말. 여기서는 병자호란 때 강화도로 피
    난한 嬪宮과 淑儀 등을 가리키는 듯하다.
16) 遷御(천어) : 임금 등이 다른 곳으로 옮겨감.
17) 蒼黃(창황) : 미처 어찌할 사이 없이 매우 급작스러움.(倉卒)
18) 百官(백관) : 높고 낮은 모든 벼슬아치.
19) 奔播(분파) : 황급히 피난함.
20) 志士仁人(지사인인) : ≪논어≫<衛靈公篇>의 "지사와 인인은 삶을 구하여 인을 해침이
    없고, 목숨을 바쳐 인을 이룸이 있다.(志士仁人, 無求生以害仁, 有殺身以成仁.)"에서 나오
    는 말.
21) 扼腕(액완) : 憤激하여 팔짓을 함.
22) 貿貿(무무) : 무지하고 서투름.
23) 泯然(민연) : 멸망하거나 없어진 모양.

益兼・本府中軍黃善身・千摠姜興業五人, 又爲死之表表者, 而追配戊戌焉.

顧當時固多死義之士, 然死者烈烈衆多, 未有能及此一方者也. 死者從容明白, 在人耳目而不可掩, 垂諸竹帛而不可誣者, 又未有能及此諸人者也. 至於共享一堂之芬芯[24], 爲一方之光, 樹國家風聲, 古亦未有若是之盛也.

嘻! 當時任事者, 怗險而自安, 藉重[25]而自專[26], 雖元老大臣如尙容者, 不能出氣力於其間, 畢竟獨焚身致命[27]以自靖[28]焉. 嗚呼! 可忍言哉? 覘, 則家人具舟楫, 泣請入海, 而其志素定, 凜然而不可奪, 乃再拜手疏, 而夫婦並命. 時稷, 折簡[29]而斥閫帥[30], 遺辭而訣其子. 時榮, 與時稷約其死, 已買二棺掘兩坎, 遂與之共死. 文正公臣金尙憲[31]所謂最著四人, 卽此也.

方其時, 城中士夫偸命而出者, 亦何限? 尙吉, 則先在外村, 聞難乃入, 就死地如赴家. 順長・益兼, 非有城守之責, 而自編行伍, 分守南城, 相臣[32]決自焚之志, 勸之去而不肯, 要與同死, 共入於烈焰之中. 列戍諸將, 望風奔潰[33], 無一人思與

---

24) 芬芯(분필) : 향기로운 祭需.
25) 藉重(자중) : 중요한 것이나 권위 있는 것에 의거함.
26) 自專(자전) : 자기 마음대로 결정하여 처리함.
27) 致命(치명) : 목숨을 버림. ≪주역≫<困卦>에 "못에 물이 없음이 곤이니, 군자가 이를 본받아 명을 지극히 하여 뜻을 이룬다.(澤无水困, 君子以致命遂志.)" 하였는데, <本義>에서 "致命은 목숨을 바친다는 말과 같다.(致命, 猶言授命.)" 하였다.
28) 自靖(자정) : 자신이 마땅히 해야 할 일을 편안한 마음으로 다함.
29) 折簡(절간) : 온장에 글을 적어 둘로 접은 편지. 짧은 편지를 일컫는다.
30) 閫帥(곤수) : 병마절도사와 수군절도사를 통틀어 이르던 말.(梱帥)
31) 金尙憲(김상헌, 1570~1652) : 본관은 安東, 자는 叔度, 호는 淸陰・石室山人. 아버지는 都正 金克孝이다. 金尙容의 아우이다. 尹根壽의 문인이다. 1596년 정시문과에 급제, 1608년 文科重試에 합격하여, 1611년 승지로 李彦迪・李滉의 문묘종사를 반대하는 鄭仁弘을 탄핵하다가 좌천되었고, 1613년 사돈인 金悌男이 賜死되었을 때 연좌되어 延安府使에서 파직되었다. 1623년 인조반정 후 대사간을 거쳐, 1636년 병자호란 때 斥和論을 주장하다 청에 항복하자 안동으로 돌아갔다. 1639년 청의 출병 요구에 반대하는 상소를 하여 청에 압송되었다. 1645년에 소현세자를 수행하여 귀국하였다. 효종이 즉위하자 좌의정・영돈령부사를 지냈다. 죽은 뒤 崇明節義派로 朝野에 큰 정신적 영향을 미쳤다. 시호는 文正公이다.
32) 相臣(상신) : 영의정, 좌의정, 우의정을 통틀어 이르는 말.(相國) 여기서는 김상용을 가리킨다.
33) 望風奔潰(망풍분궤) : 소문만 듣고도 흩어져 사방으로 달아났음.

賊交鋒者。元一，獨奮然請戰，臨岸罵賊，終發憤赴水。善身・興業，領殘兵遮江津，賊薄兵潰，張空拳力戰而死。

嗚呼！人之處死[34]也，至難矣。死而有足稱者，今古幾人？且凡人衰老者，弱於氣節，卑賤者，輕於恩義，今其死者，年或老矣，位且卑矣，乃其死也，或過於血氣慷慨之士，或光於爵祿隆厚之流，其賢之大過人，亦明矣。是以仁祖・孝宗，相繼而表章[35]之，旋閭[36]贈官，祿其子孫，錫其祠額，賜之祭而悼之，列聖[37]之所以顯忠褒義，可謂至矣。至於聖朝[38]，又多施易名[39]之典，盖至是大備而無餘憾矣。

然臣之愚見，　願有復[40]於聖明者。今人履前賢杖屨[41]之墟，　遇古人行樂之歲，乃興懷於年代之變，慨想其風流之遠，猶且睠顧[42]而不已。況履賢人不幸之地，遇賢人不幸之歲者乎！明年正月二十二日，即昔清人陷本城之日也。一島人情，盡然[43]疚傷，　故老[44]至有垂泣者。不但臣初入此地，　適會其時者，　不勝其咨嗟怵惕[45]而已也。

人情則旣然矣，幽明一理，終始無間。且使[46]死者有知，忠魂毅魄，周旋於一堂之內，必悽愴於冥冥之中，傷當日之國事，悲其身之不幸者，抑且有切於此時矣。寧不悲哉！至若[47]其時，府中兵民[48]・避亂士女[49]・肝腦塗地[50]・暴骨荒野者，

---

34) 處死(처사) : 죽음에 대처함. ≪사기≫<樂毅列傳>의 "죽는 것 그 자체가 어려운 것이 아니고 죽음에 대처하기가 어려운 것이다.(非死者難也, 處死者難.)"에서 나온 말이다.

35) 表章(표장) : 훌륭한 행실을 한 데 대하여 세상에 널리 알려 칭찬함.

36) 旋閭(정려) : 충신, 효자, 열녀 등을 그 동네에 旌門을 세워 표창하던 일.

37) 列聖(열성) : 代代의 여러 임금. 역대의 임금을 이른다.

38) 聖朝(성조) : 당대의 조정을 높이어 이르는 말. 여기서는 肅宗을 지칭하는 말이다.

39) 易名(역명) : 이름을 바꾼다는 뜻으로, '賜諡'를 달리 이르는 말.

40) 復(복) : 여쭘. ≪소학≫<明倫篇>의 "잠깐 시간을 주시면 여쭐 말씀이 있습니다.(少間, 願有復也.)"에서 나온 말이다.

41) 杖屨(장구) : 지팡이와 신발. 여기서는 고인이 거닐던 곳을 말한다.

42) 睠顧(권고) : 眷顧. '睠'은 '眷'과 同字. 사랑하여 돌보아줌.

43) 盡然(혁연) : 몹시 상심하고 슬퍼하는 모양.

44) 故老(고로) : 경험이 많고 옛일을 잘 알고 있는 늙은이.

45) 怵惕(출척) : 섬뜩하게 두려워함.

46) 且使(차사) : 假使. 가령.

47) 至若(지약) : 뿐만 아니라. 더군다나.

48) 兵民(병민) : 병사와 백성들을 아울러 가리킴.

泯滅而無所稱, 彷徨而無所依, 若此類, 不可勝記。想其顧眄51)歲時, 悲鬱無告52), 當有甚於彼者, 是亦可哀之甚者也。

伏惟殿下逢聖祖53)草莽54)之歲, 念聖祖薪膽55)之志, 思得自强於志慮, 政事之間, 以自盡於繼述之孝56)者, 當無待於外臣57)之言。而若其布宣58)德意59), 導達幽明, 亦守土者之責, 是以不敢有懷而隱, 昧死60)言之。臣請渙發61)明命, 特遣近臣, 以城陷之日, 賜祭于忠烈祠。且命本府, 城外淨處, 除地爲壇, 仍錫嘉名, 以表傷悶, 合祭于國殤62)及士民之死於兵者, 則上可以致聖上惻怛之仁, 中可以慰逝者悲冤之魂, 下可以結一方忠義之心, 唯聖明裁幸63)焉。臣無任惶恐激切屛營之至, 謹昧死以聞64)。

答曰:"省疏具悉65)。疏辭得宜當, 令該曹從速稟處66)焉。"

---

49) 士女(사녀): 신비와 부인을 아울러 이르는 말.
50) 肝腦塗地(간뇌도지): 참혹한 죽음을 당하여 간과 뇌가 땅에 널려 있다는 뜻.
51) 顧眄(고면): 잊을 수가 없어 돌이켜 봄.
52) 無告(무고): 누구에게도 하소연 할 곳이 없음.
53) 聖祖(성조): 제왕의 선조. 여기서는 仁祖를 가리킨다.
54) 草莽(초망): 난리로 인하여 임금이 피란한 것을 일컬음. 《춘추좌씨전》<昭公 12年>의 "옛날 우리 선왕 웅역께서 궁벽한 형산에 피해 있을 때 대와 나무로 만든 허름한 수레를 타고 남루한 옷을 입고 초목이 우거진 곳에 기거하셨습니다.(昔我先王熊繹辟在荊山, 篳路藍縷以處草莽。)"에서 나온 말이다.
55) 薪膽(신담): 臥薪嘗膽. 불편한 섶에 몸을 눕히고 쓸개를 맛본다는 뜻으로, 원수를 갚거나 마음먹은 일을 이루기 위해 온갖 어려움과 괴로움을 참고 견딤을 비유적으로 이르는 말.
56) 繼述之孝(계술지효): 《중용》 19장의 "효는 사람의 뜻을 잘 계승하며, 사람의 일을 잘 전술하는 것이다.(夫孝者, 善繼人之志, 善述人之事者也。)"에서 나오는 말.
57) 外臣(외신): 중앙에서 먼 곳에 있는 외방의 신하.
58) 布宣(포선): 널리 전하고 선양함.
59) 德意(덕의): 임금의 뜻을 일컬음.
60) 昧死(매사): 자기 말이 부당하면 죽음으로써 사죄하겠다는 뜻으로, 죽기를 무릅쓰고 말함을 이르는 말.
61) 渙發(환발): 임금의 명령을 세상에 널리 알리던 일.
62) 國殤(국상): 나라를 위해 희생한 사람.
63) 裁幸(재행): 재량이 있기를 바람. 재가해 주는 은전이 있기를 바람.
64) 소재집에는 '謹昧死以聞'이 없고, '臣無任惶恐激切屛營之至'에서 끝남.
65) 省疏具悉(성소구실): 소를 자세히 보았다 또는 소를 보고 잘 알았다는 뜻.
66) 稟處(품처): 윗사람의 명령을 받아 일을 처리함.

禮曹爲相考事

節[67]啓下[68]敎[69]本府留守李頤命上疏據, 曹啓目[70]粘連[71]啓下是白有亦[72]。觀此江華留守李頤命上疏, 則云云是如爲白臥乎所[73], 丙丁江都之禍, 言之慘矣。

金尙容之精忠[74]大節, 固已撑柱宇宙。李尙吉・沈諿・李時稷・宋時榮・尹烇・權順長・金益兼等, 或以宰臣侍從, 舍生就義於蒼黃急遽之間, 或以章甫儒生, 殺身成仁於干戈搶攘[75]之中。其所就義, 可謂烈烈有光是白乎旀[76], 黃善身等三人段置[77], 或殘兵遮賊, 誓心死國, 或張拳冒刃, 與城俱陷, 其爲死節, 亦皆表表可稱, 則雖在百代之久, 千里之遠, 猶當盡然傷心, 扼腕感奮是白去等[78], 况當同在一城之內? 適當周歲[79]之會, 其爲慷慨興懷・惻怛疾心者, 尤有異於他時是白乎旀, 諸處戰場, 或於祈雨之時, 遣官致祭, 旣有前例。

且於西郊, 明朝將士戰亡之處, 亦有愍忠壇[80]設祭之例, 則守臣之疏請, 不無意見是白在果[81], 今亦依此, 遣官致祭於諸臣捐命[82]之日, 且於城外設壇, 合祭國殤

---

67) 節(절) : 이번. 이때.
68) 啓下(계하) : 임금의 裁可를 받던 일.
69) 敎(교) : '하신' 또는 '하옵신'의 이두표기.
70) 啓目(계목) : 조선시대 중앙의 관부에서 국왕에게 올리는 문서양식.
71) 粘連(점련) : 관아에 제출하는 서면에 관계되는 서류를 덧붙임.
72) 是白有亦(시백유역) : '합니다'의 이두표기.
73) 是如爲白臥乎所(시여위백와호소) : '이라고 하옵는 바' 또는 '이라고 하옵시는 바'의 이두표기.
74) 精忠(정충) : 순수하고 한결같은 충성.
75) 搶攘(창양) : 몹시 혼란하고 어수선함.
76) 是白乎旀(시백호며) : '이며'의 이두표기.
77) 段置(단치) : '도' 힘줌말의 이두표기.
78) 是白去等(시백거등) : '이옵는데'의 이두표기.
79) 周歲(주세) : 1년을 단위로 돌아오는 돌을 세는 단위. 여기서는 '어떤 시절'을 의미하는 것으로, 병자호란이 일어났던 해를 가리킨다.
80) 愍忠壇(민충단) : 서울의 서교 弘濟院 남쪽에 있음. 임진왜란 때 우리나라에서 죽은 명나라 군사들의 혼을 위로하고 제사 지내기 위하여 쌓은 제단이다.
81) 是白在果(시백재과) : '이삽거니와'의 이두표기.
82) 捐命(연명) : 생목숨을 버림.

及士民之死於兵者, 誠爲合宜是白乎矣[83]。 諸臣死節, 一方獨多, 天道周星, 適會今日, 則不但一島士民, 追傷[84]興起之心, 倍切, 於此時, 其在聖明褒崇激昂之道, 尤當有別於他處是白去乎[85], 祭物令本府精備[86], 祭文別爲措辭撰出, 遣近侍[87]致祭, 一以示別樣賜祭之意, 一以慰島中士民之心, 似爲允當[88]是白置[89]。 以此該司及本府良中[90], 知委[91]施行何如?

　　康熙三十五年[92], 十二月三十日, 右副承旨臣金盛迪[93]次知[94]啓, 依允敎事是去有等以[95], 啓下內辭意, 奉審施行爲旀[96], 忠烈祠致祭乙良[97], 一依前日賜祭時例擧行, 而城外死節士民等設祭時乙良, 別設上下壇, 分設祭物而饌品[98], 則上壇祭飯, 盛於淨潔大鍮盆, 設五盆, 糆·餠·湯·炙·脯·醢·實果·蔬菜, 亦依飯盆之數, 而皆用大器, 下壇饌品, 依上壇之式, 而每其饌品, 各設十器設行, 俾無混雜之弊爲乎矣[99], 祭物及執事段置, 各別精備, 擇差[100]擧行, 而執事, 白木府有難

---

83) 是白乎矣(시백호의) : '이사오되'의 이두표기.
84) 追傷(추상) : 추모하고 애도함.
85) 是白去乎(시백거호) : '할 수 있을 것이니'의 이두표기.
86) 精備(정비) : 정결하게 갖춤.
87) 近侍(근시) : 임금을 가까이에서 모시던 신하.(近臣)
88) 允當(윤당) : 진실로 마땅함.
89) 是白置(시백치) : '이옵니다'의 이두표기.
90) 良中(양중) : '에게'의 이두표기.
91) 知委(지위) : 통지나 고시 따위의 형식으로 명령을 내려 알려줌.
92) 康熙三十五年(강희삼십오년) : 肅宗 22년인 1696년.
93) 金盛迪(김성적, 1643~1699) : 본관은 安東, 자는 仲惠·一寒齋. 1684년 정시문과에 급제하여 이듬해 正言으로 임명되었고 동시에 弘文錄과 都堂錄에 올랐다. 이후 부수찬·수찬·교리·헌납 등을 두루 거쳐 이조좌랑이 되었다. 1694년 이조정랑에 오른 뒤 겸문학·應敎·사간·舍人 등을 지내고 1696년 楊州牧使로 나갔으나 흉년에 굶주린 백성들의 구제에 힘쓰지 않았다는 이유로 삭직되었다. 그 뒤 재기용되어 승지·대사간을 거쳐 1698년 이조참의, 1699년 충청도관찰사를 역임하였고 이어 다시 대사간에 임명되었으나 부임 도중 죽었다.
94) 次知(차지) : 책임자. 사무를 담당하는 이.
95) 敎事是去有等以(교사시거유등이) : '말씀하신 일이 있었던 바로'의 이두표기.
96) 爲旀(위며) : '하며'의 이두표기.
97) 乙良(을량) : '은(는)'의 이두표기.
98) 饌品(찬품) : 반찬거리가 되는 것.

推移之擧是去等[101], 枚移[102]本道, 推移差定[103]宜當是旀, 儀註[104]亦爲書送爲去乎[105], 依此待候[106]近侍, 受香祝, 及期下去設行之地[107]向事[108]。

99) 爲乎矣(위호의) : '하오되' 또는 '하되'의 이두표기.
100) 擇差(택차) : 쓸 만한 인재를 골라서 벼슬을 시킴.
101) 是去等(시거등) : '이거든'의 이두표기.
102) 枚移(매이) : 조선 시대에, 官衙 사이에 공문을 서로 주고받던 일.
103) 差定(차정) : 사무를 맡김.
104) 儀註(의주) : 나라의 典禮에 대한 절차를 註解하여 기록한 책.
105) 爲去乎(위거호) : '하니'의 이두표기.
106) 待候(대후) : 웃어른의 명령을 기다림.
107) 地(지) : '것' 또는 '바'의 이두표기.
108) 向事(향사) : '할 일'의 이두표기.

치제문
致祭文

지제교 이정명이 지어올림

아! 정축년(1697) 정월은 초하루가 계축일인 바 22일 갑술일에 국왕이 근신(近臣) 승정원 좌부승지(承政院左副承旨) 김세익(金世翊)을 보내어, 고(故) 우의정 김상용·공조판서 이상길·돈령부 도정(敦寧府都正) 심현·봉상시 정(奉常寺正) 이시직·시강원 필선(侍講院弼善) 윤전·사복시 주부(司僕寺主簿) 송시영·강화부 천총(江華府千摠) 구원일·중군(中軍) 황선신·천총 강흥 업·빙고 별검(氷庫別檢) 권순장·성균 생원(成均生員) 김익겸의 영전에 제 향하노라.

지난날 병자년 정축년 연간에	粵在丙丁
국운이 크나큰 액운을 만나서,	運値百六
임금의 행차가 떠나려 하는데	車駕將發
척후가 아뢰는 침범소식 다급했다.	候騎報急
종묘사직이 허겁지겁 정신없이	廟社蒼黃
먼저 강화도로 피란하니,	先避島中
행재소가 동떨어져 있어	行在隔絶
서로 도와줄 수 없었다.	聲援莫通
장강이 허리띠처럼 둘렀으니	長江爲帶

견고한 요새지로만 믿고서는　　　　　　　　謂恃險固
사람의 계책이 좋지 못하여　　　　　　　　人謀不臧
오랑캐 군대가 나는 듯 건너왔다.　　　　　北軍飛渡
천연의 요새지를 갑자기 잃어　　　　　　　天塹遽失
온 성이 짓밟히고 으깨어졌으니,　　　　　滿城糜爛
선비와 백성들이 밟혀 유린당하자　　　　　士庶蹈躪
짐승처럼 달아나고 새처럼 숨었다.　　　　獸駭鳥竄
구차한 삶보다 의리 택하기를　　　　　　　熊掌取舍
분별할진댄 그 누가 빨랐으랴,　　　　　　辨之誰早
아, 그대 여러 신하들이여　　　　　　　　嗟爾諸臣
모진 바람에도 굳센 풀이었다.　　　　　　疾風勁草
그 당시에 원로대신은　　　　　　　　　　惟時元老
맡은 관직이 있지 않았지만,　　　　　　　非有管攝
용단으로 화염 속에 뛰어들었으니　　　　　勇決赴焰
배운 바를 저버리지 않았다.　　　　　　　不負所學
재상의 지위에 있던 이도　　　　　　　　或居卿宰
시종의 반열에 있던 이도　　　　　　　　或列侍從
초야의 선비도 남아서　　　　　　　　　韋布者存
음덕으로 벼슬한 이와 함께하여,　　　　　蔭補者共
서로 잇달아 순절하였으니　　　　　　　相繼殉節
목숨보다 의를 중하게 여겼다.　　　　　生輕義重
하물며 저 장교들과　　　　　　　　　　矧伊諸校
지위 낮은 비장들도　　　　　　　　　　跡隷褊裨
장수를 꾸짖고는 강물에 빠졌거나　　　　罵帥投江
칼날을 무릅쓰고 군대에 달려갔다.　　　　冒刃奔師

모두 열한 사람이	十有一人
같은 날에 목숨을 버렸으니,	同日捐軀
지위 비록 같지 않았지만	位雖不侔
나라 위한 뜻은 서로 똑같았다.	志則相符
지난날 변란이 일어난 뒤로	從古禍亂
어찌 의식과 절차가 없었겠는가,	豈無儀節
한 고을에 함께 모여 있어	一方幷萃
더욱 두드러지게 우뚝하니,	尤爲卓卓
실로 역대의 임금에 힘입어	寔賴列聖
의기 배양되고 은택이 내려졌다.	培養休澤
문천상(文天祥)이 굽히지 않은 대의와	文山大義
강만리(江萬里)가 지수에 투신한 굳센 지조,	止水勁操
장순(張巡), 허원(許遠), 남제운(南霽雲)이	巡遠霽雲
함께 밟았던 천고에 빛나는 절개,	千古同蹈
목숨 버려 그 도리를 행하였으니	殺身成仁
천지를 둘러본들 무엇이 부끄러우랴,	俯仰奚怍
광채는 해와 별과 겨루고	光爭日星
이름은 죽백에 빛나리라.	名耀竹帛
같은 사당에 향기로운 제수 차려	一堂芬苾
정성껏 영령을 위로하였고,	揭虔安靈
이에다 우리 효종(孝宗)께서는	肆我聖祖
거듭 포상하고 정려를 세웠으니,	荐加褒旌
자손을 돌보며 죽음을 애도하는데	字孤隱卒
영광과 슬픔의 예를 극진히 하셨다.	備盡哀榮
내가 왕위를 이어받아서는	逮子嗣服

은총으로 시호를 내렸는데, 恩賚易名

지나간 일을 돌이켜 생각노라니 追懷往蹟

이제 거의 십년이 되었다. 今幾十秋

별시계가 누차 돌아 天星屢環

육십 년의 세월이 되었고, 甲子一周

정월달도 다시 돌아와 夏正重回

왕의 춘정월에 이르렀다. 月屆王春

성이 함락되었던 날이 城陷之日

마침 이 때이니, 適當斯辰

당시의 일들을 더듬어 생각하매 感時撫跡

몹시도 마음 아프다. 盡然傷神

충성된 혼과 굳센 넋들이 忠魂毅魄

울먹이는지 아득하여 알 수 없으나, 掩抑冥漠

남긴 의기를 개연히 바라보건대 慨觀風烈

완연히 어제만 같으니, 宛其如昨

와신상담했던 선왕의 뜻 臥薪先志

이어받기를 감히 잊을 수 있으랴. 敢忘繼述

선왕을 본받고자 하는 일념 象賢一念

오늘 더더욱 간절하니, 轉切今日

고을수령이 아뢴 글은 守臣陳章

실로 내 뜻과 부합하였다. 實契予意

나라에서 품계에 따라 지내는 제사는 邦家秩祀

그 정해진 일이 있으나, 厥有常事

이번에 성대한 전례로서 今玆盛典

따로 특별한 총애를 보이노라. 別示寵異

이에 근신(近臣)을 보내어 　　　　　　爰遣近侍

삼가 맑은 술을 올리고 　　　　　　　式薦泂酌

제문 지어 제사 올리니 　　　　　　　辭以酹之

부디 강림하기를 바라노라. 　　　　　尚冀來格

致祭文

維歲次丁丑[2]正月癸丑朔二十二日甲戌, 國王遺近臣承政院左副承旨[3]金世翊[4],
諭祭[5]于故右議政金尙容・工曹判書李尙吉・敦寧府都正沈誢・奉常寺正李時
稷・侍講院弼善尹烇・司僕寺主簿宋時榮・江華府千摠具元一・中軍黃善身・千
摠姜興業・氷庫別檢權順長・成均生員金益兼之靈。

粤在丙丁, 運値百六[6], 車駕將發, 候騎[7]報急。廟社蒼黃, 先避島中, 行在隔絶,

---

1) 李鼎命(이정명, 1642~1700) : 본관은 全州, 자는 伯凝. 영의정 李敬輿의 손자이고, 李敏章
의 아들이다. 1676년 성균관 黃柑試에서 수석을 차지하여 直赴殿試의 자격을 받았으나 李
敏敍의 조카라는 이유로 합격을 취소당하고 會試에 직부하는 것으로 일단락되었다. 1691
년 홍문록에 이름이 올랐으며, 1699년 수찬・보덕・부응교・보덕 등을 역임하였다. 1696
년에는 응교로서 당쟁의 폐단과 관련된 소를 올려 유상운・서문중을 탄핵하였다. 또 동
문관 관원으로서 仁顯王后 민씨를 보호할 것 등을 주장하던 吳斗寅・朴泰輔의 처자식들에
게 종신토록 급료를 지급해줄 것을 청하여 윤허를 받았다.
2) 丁丑(정축) : 肅宗 23년인 1697년.
3) 左副承旨(좌부승지) : 조선시대 承政院의 정3품 堂上官. 정원은 1원이다. 왕명의 출납과 六
曹의 업무를 나누어 맡았다.
4) 金世翊(김세익, 1634~1698) : 본관은 安東, 자는 亮卿. 병자호란 때 순절한 成川府使 金琦
의 아들이다. 아버지가 순절한 충절을 인정받아 重林察訪에 기용되었다. 1681년 獻納 朴泰
遜으로부터 탐학하다는 탄핵을 받아 仕版(관리들의 명단)을 삭거당하였다. 그 뒤 다시 벼
슬에 나가 1686년 全州判官으로 재임 시 정시문과에 급제하여 사헌부와 사간원의 관원을
거쳐 승지 등을 지냈다. 1694년 사헌부지평으로 있을 때 試官으로 영남지방을 다녀와서
궁방의 폐해, 군병의 기강확립 등의 구체적인 해결책을 제시하였다. 이후 여러 차례 승지
에 발탁되었으며, 1698년 경상도관찰사로 재임 시 도내를 순시하던 중 靑松에서 죽었다.
5) 諭祭(유제) : 왕이 명을 내려 신하를 제사함. 왕이 관리를 보내 제사를 지냄.
6) 百六(백육) : 災厄을 당한 운수. 道家에서는 天厄을 陽九라 하고, 地厄을 百六이라 한다.

聲援莫通。長江爲帶, 謂恃險固, 人謀不臧, 北軍飛渡。天塹遽失, 滿城糜爛[8], 士庶蹈蹱, 獸駭鳥竄[9]。熊掌取舍[10], 辨之誰早, 嗟爾諸臣, 疾風勁草[11]。惟時元老, 非有管攝[12], 勇決赴焰, 不負所學[13]。或居卿宰[14], 或列侍從, 韋布[15]者存, 蔭補[16]者共, 相繼殉節, 生輕義重。矧伊諸校[17], 跡隷褊裨, 罵帥投江, 冒刃奔師。十有一人, 同日捐軀, 位雖不侔, 志則相符。從古禍亂, 豈無儀節, 一方幷萃, 尤爲卓卓[18], 寔賴列聖, 培養休澤。文山[19]大義, 止水[20]勁操, 巡遠[21]霽雲[22], 千古同

---

7) 候騎(후기) : 적의 형편이나 지형 따위를 정찰하고 탐색하는 임무를 띤 기병.

8) 糜爛(미란) : 썩거나 헐어서 문드러짐. ≪맹자≫<盡心章句 下>의 "양혜왕이 토지 때문에 그 백성의 피와 살을 희생시켜 싸웠다.(梁惠王以土地之故, 糜爛其民而戰之.)"에 나온다. 여기서는 피와 살을 뭉개버린다는 뜻으로, 어육되다의 의미와 통한다.

9) 鳥竄(조찬) : 새가 날아가 버리듯이 사방으로 흩어져 숨음.

10) 熊掌取舍(웅장취사) : ≪맹자≫<告子章句 上>의 "어물도 내가 먹고 싶고 熊掌도 내가 먹고 싶지만, 두 가지 중에서 하나만 취하라면 어물을 버리고 웅장을 취할 것이다. 生도 내가 원하고 의리도 내가 원하지만, 두 가지 모두 취할 수 없을 때에는 생을 버리고 의리를 취하겠다.(魚我所欲也, 熊掌亦我所欲也. 二者不可得兼, 舍魚而取熊掌者也. 生亦我所欲也, 義亦我所欲也. 二者不可得兼, 舍生而取義者也.)"에서 나온 말로, 구차한 삶보다는 값진 희생에 주저하지 않겠다는 뜻.

11) 疾風勁草(질풍경초) : 모진 바람에도 꺾이지 않는 억센 풀이라는 뜻으로, 志操가 꿋꿋한 사람을 비유적으로 이르는 말. ≪후한서≫<王霸傳>에서 漢나라 光武帝 劉秀가 "질풍이 불어야 강한 풀을 알 수 있을 것이다.(疾風知勁草.)"고 한데서 나온 말이다.

12) 管攝(관섭) : 자기가 맡고 있는 관직 이외에 다른 관직을 겸하여 관장함.(兼管)

13) 不負所學(불부소학) : ≪논어≫<爲政篇>의 "의를 보고 하지 않음은 용맹이 없는 것이다.(見義不爲, 無勇也.)"라는 구절을 염두에 둔 표현인 듯.

14) 卿宰(경재) : 임금을 돕고 모든 관원을 지휘하고 감독하는 일을 맡아보던 2품 이상의 벼슬.

15) 韋布(위포) : 布衣韋帶. 관직에 있지 않은 선비를 가리키는 말.

16) 蔭補(음보) : 조상의 덕으로 벼슬을 얻음.

17) 諸校(제교) : 장교들. 將校는 조선 시대에 각 군영과 지방 관아의 군무에 종사하던 낮은 벼슬아치.

18) 卓卓(탁탁) : 여럿 가운데서 뛰어나게 우뚝함.

19) 文山(문산) : 宋나라 文天祥(1236~1283)의 호. 자는 履善・宋瑞. 1275년 元兵이 쳐들어왔을 때 의병을 조직하여 왕실을 구했으나 1278년에 포로가 되었다. 후에 燕京으로 압송되어 갖은 방법으로 투항을 종용받았으나 끝내 굴하지 않았다가 1283년에 죽었다.

20) 止水(지수) : 止水亭. 宋나라 江萬里(1198~1275)가 度宗 때에 左丞相이었는데, 강직함으로 인해 賈似道의 미움을 사 관직에서 쫓겨나 芝山에 연못을 판 뒤 자신이 일생을 마칠 물이란 뜻으로 止水라고 편액을 내걸었는데, 사람들은 그 말이 무엇을 뜻하는지 알지 못하였지만 원나라 군사들이 쳐들어오자, "내가 비록 관직에는 있지 않지만 마땅히 나라와 더불어 존망을 함께하여야 한다." 하고는 그 연못에 빠져 죽어 절개를 지켰다.

蹈, 殺身成仁, 俯仰奚怍23), 光爭日星, 名耀竹帛。一堂芬苾, 揭虔安靈24), 肆我聖祖, 荐加褒旌25), 字孤26)隱卒27), 備盡哀榮28)。逮子嗣服29), 恩賁30)易名, 追懷往蹟, 今幾十秋。天星31)屢環, 甲子一周, 夏正32)重回, 月届王春33)。城陷之日, 適當斯辰, 感時撫跡, 盡然34)傷神。忠魂毅魄, 掩抑35)冥漠36), 慨觀風烈37), 宛其如昨, 臥薪38)先志, 敢忘繼述。象賢39)一念, 轉切今日, 守臣陳章40), 實契予意。

---

21) 巡遠(순원) : 唐나라의 명신 張巡(709~757)과 許遠(709~757)의 병칭. 755년 安祿山의 난 때에 睢陽에서 사력을 다해 성을 지켜 순절한 충신들이다.

22) 霽雲(제운) : 당나라 장군 南霽雲. 안녹산의 난 때 張巡으로부터 義에 죽을지언정 구차히 삶을 위해 굴하지 말라는 말을 듣고, 관군으로서 적에게 끝내 굴하지 않다가 처형되었다.

23) 殺身成仁, 俯仰奚怍(살신성인, 부앙해작) : 李時稷이 아들에게 전한 편지에 있던 글귀로, "살신성인하니 하늘과 땅을 우러러보고 굽어보아 어찌 부끄러움이 있으랴."는 뜻.

24) 安靈(타령) : 죽은 사람의 위패를 일정한 곳에 잘 모셔 놓고 섬김.

25) 褒旌(포정) : 행실을 기리고 정려문 등을 세워 드러내는 일.

26) 字孤(자고) : 고아를 돌보아 길러 줌.

27) 隱卒(은졸) : 임금이 죽은 공신에게 애도의 뜻을 표하던 일.

28) 哀榮(애영) : 생시에는 영화를 누리고 사후에는 애도를 받음. ≪논어≫<子張篇>의 "부자께서 나라를 얻으신다면 이른바 세우면 이에 서고, 인도하면 이에 따르고, 편안하게 해주면 이에 따라오고, 고무시키면 이에 화하여, 그 살아 계시면 영광스럽게 여기고, 죽으면 슬퍼한다는 것이니, 어찌 미칠 수 있겠는가.(夫子之得邦家者, 所謂立之斯立, 道之斯行, 綏之斯來, 動之斯和. 其生也榮, 其死也哀, 如之何其可及也.)"에서 나온다.

29) 嗣服(사복) : 선조의 사업을 계승함. ≪시경≫<大雅·下武>의 "효도에 대한 생각을 길이 하시어, 밝게 선왕의 일을 이으셨다.(永言孝思, 昭哉嗣服.)"에서 나온다.

30) 恩賁(은비) : 은총. 빛나는 은총.

31) 星(성) : 星躔. 별시계. 참고로 해시계는 日晷라 한다.

32) 夏正(하정) : '夏曆正月'의 준말. 음력 정월을 이르며, 夏代에 쓰던 역법을 이르기도 한다.

33) 王春(왕춘) : 음력 정월을 달리 이르는 말. 중국 고대에는 나라가 새로 건국될 때마다 정월을 새로 정하였으니, 夏나라 때에는 현재의 음력과 같이 지금의 음력 정월로 정월이라 하였고, 그 후 殷나라에서는 지금의 12월을 정월이라 하였고, 周나라에서는 11월을 정월이라 하였다.

34) 盡然(혁연) : 몹시 상심하고 슬퍼하는 모양.

35) 掩抑(엄억) : 마음이 울적함.

36) 冥漠(명막) : 저승.

37) 風烈(풍렬) : 遺風과 餘烈.

38) 臥薪(와신) : 臥薪嘗膽. 국가의 치욕을 씻기 위해 온갖 어려움을 견디는 것을 비유함. 越나라의 왕 句踐이 吳나라 왕 夫差와 싸우다가 크게 패하여 會稽山에서 굴욕적인 화의를 체결하고 귀국한 뒤에 20년 동안 섶나무 위에 눕고 쓸개를 맛본 끝에 부차를 죽이고 오나라를 멸망시켜 회계의 치욕을 씻은 고사에서 나왔다.

邦家秩祀[41], 厥有常事[42], 今玆盛典[43], 別示寵異[44]。爰遣近侍, 式薦[45]泂酌[46], 辭以酹[47]之, 尙冀來格[48]。

---

39) 象賢(상현) : 선인의 賢德을 본받음. ≪儀禮≫<士冠禮>에 "대를 이어 제후를 세움은 선조의 덕을 본받았기 때문이다.(繼世以立諸侯, 象賢也.)" 하였는데, 鄭玄의 注에, "상은 본받는다는 것이다. 자손이 능히 선조의 어짊을 본받은 까닭에 그로 하여금 대를 잇게 하는 것이다.(象, 法也. 爲子孫能法先祖之賢, 故使之繼世也.)" 하였다.

40) 陳章(진장) : 임금에게 疏章을 올림.

41) 秩祀(질사) : 秩品에 따라 지내는 제사.

42) 常事(상사) : 정해진 일.

43) 盛典(성전) : 성대한 典禮. 융숭한 은전.

44) 寵異(총이) : 왕이 내려주는 특별한 尊崇이나 총애.

45) 式薦(식천) : 예를 갖춰 삼가 올림.

46) 泂酌(형작) : 제사에 올리는 맑은 술.

47) 酹(뢰) : 땅에 술을 뿌려 신에게 제사를 올림.

48) 來格(내격) : 강림함. ≪서경≫<益稷>에 "명구를 두드려 치며 거문고와 비파를 연주하며 노래하니, 조고께서 와서 이릅니다.(戛擊鳴球, 搏拊琴瑟以詠, 祖考來格.)" 하였다.

江都忠烈錄 下

‖ 인천광역시 강화군 선원면 선행리 충렬사 전경‧

우의정 문충공 선원 김상용 선생의 행장
右議政文忠公仙源金先生行狀

문정공 청음 김상헌 지음.

숭정(崇禎) 9년(1636) 겨울에 만주 오랑캐가 우리나라를 뒤집어엎을 기세로 쳐들어와서 5일도 되지 않아 곧바로 한양에 이르렀는데, 요직에 있던 수신(守臣 : 변방을 지키는 신하)이나 장신(將臣 : 군영의 우두머리 장수)으로서 목숨을 바친 자가 한 사람도 없었지만, 나의 맏형님 선원(仙源) 선생은 가장 먼저 강화도에서 순절하였으며, 뒤따라 죽은 자가 8, 9명에 이르렀다. 나라에서 비록 진작하지 않았을지라도, 이들의 의기는 열렬하여 우주를 지탱하는 대들보와 기둥이 되어 밝게 걸렸으니, 천하의 후세 사람들에게 그래도 할 말이 있게 된 것은 오직 여기에 있다.

붓을 잡은 사람이 진실로 벌써 그 일을 국사(國史)에 기록했거니와, 고위 벼슬아치들 및 시골구석 사람들까지도 선생의 일을 듣고는 탄식하고 눈물 흘리면서 다투어 서로 전하며 고무되지 않은 자가 없었다. 그러나 간혹 구차하게 살아남은 한두 사람의 무리가 있어서 도리어 선생의 죽음이 중도(中道)를 얻지 못한 것으로 헐뜯었다. 아, 이것이야 어찌 왈가왈부할 것이랴.

옛적에는 어진 공경(公卿)이 죽으면 그가 행한 일을 나열하여 기상(旂常 : 천자의 깃발)에 올리고 금석(金石)에 새기어서 그 공과 덕이 길이 전하여져 없어지지 않았던 까닭에 이르기를, "비록 요순(堯舜)의 성대한 덕이 있더라도 반드시 전모(典謨)의 편(篇)이 있은 뒤에야 후세에 이름이 드러났다.”고 한 것은 빈말이 아니다. 더군다나 성인보다 낮은 경지에 있는 자야, 어찌 기록하기를 그만 둘 수 있으랴.

풍비(豊碑 : 돌비석)와 환영(桓楹 : 나무비석)의 말은 간혹 한 집안의 형제와 같이 가까운 사람에게 부탁하더라도, 남들이 이에 이의를 달지 못한다고 한다. 가까운 지난날에 모재(慕齋) 김안국(金安國)은 그의 아우 사재공(思齋公) 김정국(金正國)의 묘지(墓誌)를 지었고, 문경공(文敬公) 윤근수(尹根壽)는 그의 형 문정공(文靖公) 윤두수(尹斗壽)의 행장을 지었으니, 자못 거의 가깝다 할 수 있다. 나는 감히 두 선생과 같기를 바랄 수 없으나, 또한 친척이라는 이유로 실제보다 지나치게 추켜세움은 공경하는 것이 아님을 알기에 삼가 아래와 같이 짓는 바이다.

선생의 본관은 안동(安東), 성은 김씨, 생전 이름은 상용(尙容), 자는 경택(景擇), 자호는 선원(仙源), 또 호는 풍계(楓溪)와 계옹(溪翁)이다. 우리 선친께서 임당(林塘) 상국(相國) 정유길(鄭惟吉) 가문에 장가들어 다섯 아들을 두었는데, 선생은 그 장자이다. 태어나서는 단정하고 영특하여 보통의 아이들과는 달랐으며, 점점 장성하여서는 함부로 말하거나 웃지 않아서 동년배들 중에서도 행동거지가 절로 법도에 맞았으니, 식견 있는 이들은 그가 재상의 그릇임을 알아보았다.

13세(1573) 때는 선친의 부임지 양구현(楊口縣)으로 따라갔는데, 고을이 산수 좋은 곳에 자리하여 어린아이가 구경하거나 물장구치며 즐길 곳이 많았지만, 한 발걸음도 관아의 문밖으로 나가지 않고 종일 머리 숙여 책 읽느라 방안에만 있었으니, 적막하기가 마치 사람이 없는 듯하였다.

만력 임오년(1582)에는 사마시(司馬試)에 제6등으로 급제하였고, 반궁(頖宮 : 성균관)에 있을 때는 더불어 교유한 사람들이 모두 이름난 선비였고, 문민공(文敏公) 황신(黃愼)과 체소(體素) 이춘영(李春英)이 가장 교분이 두터웠다. 양공의 재주와 명망은 당시에 으뜸이었으나, 신맛 짠맛을 헤아리고 조화시켜 자연히 꼭 알맞게 하는 것에 이르러서는 모두 선생에게 귀착되었다.

기축년(1589) 겨울에는 정여립(鄭汝立) 모반사건이 일어나 역옥(逆獄)을 다스리는 것이 널리 퍼졌는데, 마침 좋은 의견을 구하는 전지(傳旨 : 임금의 분부)가 있자, 태학(太學)의 유생들이 상소하면서 선생을 우두머리로 추대하여서는 교화를 밝히고 지나친 사치를 경계하는 것에 대해 힘껏 진언하니, 선조(宣祖)가 포상하고 받아들이도록 명하였다.

다음해(1590)는 선릉참봉(宣陵參奉)에 제수되었고, 뒤이어 을과(乙科)로 발탁되었으며, 오래지 않아서 같이 급제한 몇 사람과 함께 사국(史局)에 천거되었다. 바야흐로 검열(檢閱)에 보임되기를 기다리고 있다가, 승문원(承文院)에서 또 선발하여 승문원의 권지부정자(權知副正字)에 배속되었는데, 선례(先例)에 의하여 아직 외관(外舘)을 거치지 않았을지라도 먼저 사관(史官)으로 하여금 천거하게 하여 새로 관직에 나온 사람들 가운데서 엄선한 것이니, 남들은 영화로 여겼다. 함께 나아가게 된 자들은 대부분 으쓱거리고 스스로 만족해하면서 인물 평하기를 좋아하거나 추켜세우기를 잘하여 명예를 취하였다. 그러나 선생은 깊이 스스로 겸손한 것이 마치 물러나 위험을 피하는 듯이 다투지 않거나 양보했으니, 이 때문에 처자(處子)라는 별칭을 얻었다. 외조부 좌상(左相) 정유길(鄭惟吉)이 재차 지춘추관사(知春秋館事)가 되기에 이르러서는 법률상 마땅히 상피(相避)해야 했으므로, 선생은 오랫동안 산관(散官 : 일정한 직무가 없는 벼슬)에 있었다.

임진왜란 때는 강화로 피난하여 임시로 살았는데, 고(故) 상국(相國) 정철(鄭澈)이 도체찰사(都體察使)가 되어서 선생을 불러들여 막부의 종사관으로 삼으니, 호남과 호서 지방을 따라다니며 수행하였다. 형조좌랑(刑曹佐郎)에 제수되었다가 겸 춘추관기사관(兼春秋館記事官)에 제수되었는데, 얼마 되지 않아 정철이 사은사(謝恩使)로서 경사(京師 : 한양)로 가게 되자, 선생도 급히 행재소로 달려가려고 하였다. 때마침 김찬(金瓚)이 호남 검찰사(湖南檢察使)가 되었는데, 김공은 본래 상국 정철의 부사(副使)로서 선생과 더불어 막부에서 함께 일했던 적이 있었던지라 조정에 청하여 선생을 종사관으로 삼으니, 선생은 머물러 보좌하느라 행재소로 달려가지 못하였다. 얼마 안 있어 병조좌랑(兵曹佐郎)에 제수되었다가 사간원 정언(司諫院正言)에 제수되었지만 모두 외직에 있어서 체차(遞差)되었고, 성균관전적(成均館典籍)으로 옮겨졌다가 이조좌랑(吏曹佐郎)에 제수되었는데 마침 김공(金公 : 김찬)을 접반사(接伴使)로 불러들이는 명이 있어 선생도 조정으로 돌아왔다. 또 지제교(知製敎)의 직함을 받았다. 이때 조정은 일이 많아서 모든 관료들이 휴가를 얻어 귀향하는 예(例)를 제한하였는데, 선생은 장남의 혼사를 치르기 위해 사사로이 도성 밖을 나갔다가 파직되었다.

얼마 뒤에 사면되어 도로 이조좌랑에 서용되었지만, 부인의 상을 당하여 병 때문에 사직하였다. 또 도로 이조좌랑에 돌아왔다가 세자시강원 사서(世子侍講院司書)를 겸하였고, 이조정랑에 승진하고도 겸직은 그대로 하였다. 얼마 안 있어 글에 관련된 하찮은 일로 파직되었지만, 오래지 않아서 사면되어 홍문관 수찬(弘文館修撰)에 서용되었다가 성균관 직강(成均館直講)으로 자리를 옮겼다. 접반사(接伴使) 김수(金睟)의 종사관으로서 일본 국왕을 책봉(冊封)하는 사절로 가는 명나라 사신 이종성(李宗城)을 수행하여 영남으로 갔다.

다음해 봄에는 조정으로 돌아와 홍문관 부응교(弘文館副應敎)가 되었다. 또 도원수(都元帥) 권율(權慄)의 종사관으로서 호남에 따라갔다가 여름에 조정으로 돌아왔고, 성균관 사예(成均館司藝)로 자리를 옮겼다.

다음해 여름에는 또 접반사 장운익(張雲翼)의 종사관으로서 의주(義州)로 제독(提督) 마귀(麻貴)를 맞이하러 갔다가, 제독이 도착하자 수행하여 도성으로 되돌아왔고, 다시 부응교 겸 세자시강원 필선(副應敎兼世子侍講院弼善)에 제수되었다. 애초에 선생은 문정공(文貞公) 신흠(申欽)과 함께 상국 정철의 막하에 있으면서 모두 분명한 결단이나 분별하는 식견으로써 명성이 나니, 대소 막료(幕僚)들이 자기 뜻대로 천거하여 쓰라고 하면 모두 두 선생을 얻어 중요하게 쓰기를 바랐기 때문에, 도로(道路)의 병마(兵馬) 사이에서 수고하고 힘쓴 공이 가장 컸다. 얼마 되지 않아 황제가 감찰어사(監察御史) 진효(陳效)를 보내어 조선에 출정한 군대를 감찰하게 하자, 선생은 문례관(問禮官)으로서 의주에 갔다.

다음해 정월에는 조정으로 돌아와 승정원 동부승지(承政院同副承旨)에 발탁되어 제수되었다. 선생은 위계나 순서가 아직 낮았으니 자격으로 보면 후보자에 오름이 부당하였으나, 임금의 특명에서 나온 것이었으니 대개 특별한 예우이었다. 마침 좌승지 이철(李鐵)은 사돈이라서 상피(相避)하는 것이 마땅하였으므로 상소하여 체직(遞職)을 청하니, 임금께서 허락하였다. 또 상소하여 가자(加資 : 품계를 올림)한 것을 도로 거두시기를 청하였으나, 임금께서 윤허하지 않았다. 얼마 되지 않아서 이공(李公 : 이철)이 사직하자, 선생은 다시 승지에 제수되고 서열이 올라 좌부승지(左副承旨)가 되었다.

여름에는 북경(北京)에 가서 만수절(萬壽節 : 천자의 생일)을 축하하였다. 그 이전부터 사신으로 가면 기한을 정해놓고 있었는데, 이때에는 중국이 해마다 군대를 출동시키는 바람에 명나라로 가는 사행길의 우전(郵傳 : 인마를 통해 각 역참으로 화물을 보내던 일)이 이미 파하여 이르는 곳마다 지체하게 되었다. 선생은 기한을 넘긴 것이 겨우 10여 일이었지만, 언관(言官)에게 규탄받아 파직되었다. 오래지 않아 임금께서 그 노고를 생각하여 특별히 형조참의(刑曹參議)에 서용하였다가 도로 좌부승지에 제수하였다. 이로부터 2년 사이에 승지가 된 것이 여덟 번, 형조와 병조의 참의가 된 것이 여섯 번이었다.

신축년(1601) 봄에는 대사간(大司諫)에 제수되었는데, 선생은 세상의 보기 드문 대우에 감사하며, 한 마디 말로 보답할 것이 있을지 생각하였다. 마침 소대(召對)에서 변방을 방비하는 일의 대책을 논의하도록 하니, 공경(公卿)들이 앞에 가득하였다. 선생이 나아가 아뢰기를, "지금 언로가 막히고 궁궐의 내전이 엄하지 않으니, 이는 모두 전하의 덕에 크나큰 누가 되며 나라를 다스리는 방도에 고질병이 됩니다. 신이 청컨대, 먼저 내전 닦는데 힘씀으로써 외적을 막는 근본을 세우는 것이 좋겠습니다." 하였다. 임금께서 묻기를, "네가 말한 엄하지 않다는 것은 무슨 일인가? 감히 숨기는 일이 없도록 하라." 하니, 대답하기를, "신(臣)이 듣건대 죄수 아무개는 내전이 뒤를 봐주는 힘만 믿고 거들먹거리며, 무관 아무개는 은밀히 절월(節鉞 : 장수)을 차지하려 꾀하니, 사람들은 모두 망발이라고 여겼으나 이윽고 과연 그 말이 증명되자, 백성들이 적이 이를 의심하고 있다 합니다. 그러나 이것을 어찌 전하께서 아실 바이겠습니까. 필시 소인배가 회유하여 내전과 내통하는 길을 터놓았을 것이니, 바라옵건대 철저히 근절시켜 주소서." 하였다. 임금께서 대답하지 않으시고 얼굴빛이 몹시 굳어지자, 좌우에 있던 사람들이 모두 목을 움츠리고서 계속하여 간언하는 자가 없었다. 고(故) 상신(相臣) 심희수(沈喜壽)가 아뢰기를, "이 일은 민간에서 떠들썩하게 이야기된 지가 이미 오래입니다. 신도 들었고 여러 신하들도 듣지 않은 이가 없었지만 다만 두려워서 감히 다 말씀드리지 못하였는데, 김상용만이 홀로 이를 말하였으니 봉명조양(鳳鳴朝陽 : 조정에서 직간함)이라고 말해도 좋겠습니다." 하였다. 이에 임금께서 안색을 고치고 온화하게 타이르셨다. 여러 신하들이 물러나온 뒤에는, 임금의 내외척과 부마(駙馬)의 집안에 전해지기를, '임금께서 진노하시어 질책하시니 궁중이 두려워 숨을 죽인 것이 여러 날이었다.'고 하였다. 재이(災異)로 인하여 또 차자(箚子)를 올려 궁노(宮奴)를 혁신하고 공안(貢案)을 정비하여 민폐를 덜어 줄 것을 청하였는데, 말이 분명하고 간절하니 임금께서 우악(優渥)한 내용으로 비답(批答)을 내렸다.

얼마 되지 않아 좌승지(左承旨)로 옮겼지만 병으로 사직했다. 대사성(大司成)에 제수되었다가 병조참지(兵曹參知)로 옮겨졌으며, 또 병조참의(兵曹參議)으로 승진하였다. 이때(1602) 뜻을 잃고 바른 것을 더럽히던 자가 임금의 뜻을 엿보고는, 친하게 지내던 영남사람으로 하여금 투소(投疏)하게 하여 일부러 기축년(1589)에 옥사를 다스린 대신들을 들어서 임금의 노여움을 격발시켰는데, 시사(時事)가 날로 변하면 스스로 대병(大柄 : 큰 권력)을 잡을 수 있을 것으로 여겼던 것이다. 또 평소에 남을 잘 해치면서도 그의 후손(後孫 : 류영경의 손자 柳廷亮)이 옹주(翁主 : 선조의 6녀 貞徽翁主)에게 장가를 들어 새로이 총애를 받게 된 자가 연줄을 타고 다시 들어가서 곧바로 이조 판서가 되었는데, 마침내 사람을 배척하고 등용하기를 제 마음대로 할 수 있게 되자, 가장 먼저 선생을 축출하여 정주 목사(定州牧使)로 보냈다. 장남이 죽어 제대로 장사를 지내지 못하였는데도 돌아보지 않고 부임의 길을 떠났다. 임지에 도착한 지 10일 만에 조사(詔使 : 명나라 사신) 고천준(顧天峻)과 최정건(崔廷健)이 갑자기 왔는데, 사신으로서의 체모가 학사(學士)와는 크게 달랐다. 갑자기 와서 부응하기에 어려움이 있었거늘, 드러내놓고 다른 일로 성을 내며 심히 시끄러운 사단을 일으키니, 온 고을이 놀라 동요하여 새가 날아가 버리듯 거의 숨으려고 하였지만, 선생은 능히 조금도 동요하지 않고 가평관(嘉平館)까지 뒤따라가서 끝내 예를 다하고 떠나게 하였다.

선생은 유배객으로서 자처하지 않고 직분에 정성껏 부지런하여 때 묻거나 해진 것을 긁어내었으니, 묵은 병폐가 말끔히 씻겼다. 또 그 사이사이에는 학궁(學宮 : 향교)을 정비하여서 문장을 닦고 배우기를 일삼게 하며 제생(諸生)들을 친히 장려하고 가르치니, 마침내 바탕과 문채가 조화를 이룬 성취가 있었다. 막힌 도랑을 파서 수천 경(頃)의 밭에 물을 대게 하니 백성들이 용수 이용의 혜택을 크게 보았으며, 다른 선정(善政)도 사람들의 입에 회자되는 것이 매우 많았다. 선생은 비록 혁혁한 명성을 좋아하지 않았지만, 펼친 정사를 보고하면 도내에서 으뜸이 되어 여러 차례 포상을 받았다. 임기가 차서 조정으로 돌아올 때에는 남녀노소가 수레를 에워싸고 길을 막았으며, 떠나온 뒤에는 공덕을 기려 비를 세웠다.

이때는 선생이 도성을 떠나 있은 지 이미 3년이나 되고, 양친이 늙으신 데다 병드신지라 부모님의 곁을 떠나고 싶지 않아 벼슬할 생각이 전혀 없었다. 그러나 몇 달 후에는 또 상주목사(尙州牧使)에 제수되어 부지런히 애써서 부임하였는데, 관사(官舍)가 난리를 겪으며 죄다 불타버려서 선생은 차례차례 수리하고 정비하여 몰라볼 정도로 옛날의 모습을 바꾸었으며, 친히 백성들의 고충을 묻고 자상하게 어루만졌으며, 그 마을에서 서로 다투는 사소한 일은 일체 향삼로(鄕三老 : 교화 담당 長老)에게 조처하도록 맡겨두니 고을의 정사는 간소해졌고 백성들도 이를 편하게 여겼다.

상주는 영남의 대로에 위치하여 벼슬아치들의 행차가 몰려들거나 유생(儒生)들이 모여드는 곳이라서 시비하거나 헐뜯는 말이 날개를 단 것처럼 날아다니니, 이전의 정사를 맡은 이들 가운데 이름을 고이 지니고 떠나간 자가 드물었다. 심지어는 선생이 너그럽고 온화하며 고아하고 반듯함에 감복하지 않는 이가 없었으나, 3년이 지난 뒤에 향시관(鄕試官)으로서 함께 향시를 주관했던 서울 관리가 약간 혐의적다 하여 응시자들이 소란을 피우며 나가버렸는데, 이 일에 연좌되어 파직당해 돌아왔다.

얼마 뒤에는 장례원 판결사(掌隷院判決事)에 서용되고 그 날로 또 안변부사(安邊府使)에 제수되니, 사람들이 너무 심하다고 여겼다. 이때에 임금의 총애를 받는 신하(臣下 : 유영경을 가리킴)가 아직도 자리에 있으면서 그 권세를 더욱 떨치고 선생을 미워하는 마음이 더욱 깊었다. 이조(吏曹)를 주관하는 자는 바로 그의 문객(門客)이어서, 공론(公論)을 생각하고 그의 지시를 거역할 겨를이 없었던 것이다. 선생이 부임하여 한 해가 지나는 동안에 그 다스림은 정주(定州)에 있을 때와 마찬가지였던 데다, 관리로서의 일을 더욱 익혔고 백성의 뜻대로 일하였으니, 온 경내가 편안하였다.

선조(宣祖)께서 승하하셨을 때는 상사(喪事) 때문에 소환하여 대행왕(大行王)의 명정(銘旌)을 전서(篆書)로 쓰게 하였으며, 호군(護軍)에 제수하였다. 그 뒤에 첨지중추부사(僉知中樞府事)로 옮기고, 또 벼슬자리를 갈아 형조참의(刑曹參議)가 되었다. 산릉(山陵 : 임금의 무덤)의 일을 마치고나서 품계가 올라 가선대부(嘉善大夫) 한성부우윤(漢城府右尹)이 되었다. 다시 벼슬이 바뀌어 호조참판 겸 오위도총부 부총관(戶曹參判兼五衛都摠府副摠管)이 되었다. 얼마 되지 않아 도승지(都承旨)에 제수되었다.

기유년(1609)에는 황제가 사신(使臣) 웅화(熊化)를 보내어 제사와 시호를 하사하였고 태감(太監) 유용(劉用)을 보내어 책명(冊命)을 반포하였는데, 선생이 좌우에서 주선하여 예법에 벗어남이 없도록 하였다. 특별히 자헌대부(資憲大夫)로 승진하였으나 얼마 지나지 않아 병으로 사임하였다. 동지중추부사 겸 지춘추관사(同知中樞府事兼知春秋館事)에 제수되었다. 또 대사헌(大司憲)에 제수되어서는 임금을 알현하여 궁중에서 무당들을 불러들여 기도하는 일을 힘껏 논하였고, 좌도(左道 : 邪學)와 요술(妖術)을 속히 내쳐서 나라를 다스리는 근원을 바르게 할 것을 청하였지만, 얼마 뒤에 병으로 사임하였다. 동지중추부사(同知中樞府事)에 제수되고, 또 벼슬이 갈리어 판윤(判尹)이 되었다.

계축년(1613) 4월에는 박응서(朴應犀)의 옥사가 일어났는데, 선대 조정의 중신(重臣)이나 명사(名士)로서 옥사를 면한 자가 드물었다. 선생도 역시 체포되었지만, 광해군이 친히 국문하여 그 억울한 사정을 살피고는 그날로 석방을 명하였다. 간악한 무리들이 선생을 아주 꺼려서 옥에 갇힌 자로

하여금 무고(誣告)로 옥사에 끌어들이도록 사주하여 기어코 제 마음대로 하려고 하였지만, 선생이 평소에 행한 일이 비록 헐뜯기 잘하는 자라도 지적할 만한 것이 없어서 끝내 모함을 더 가할 수가 없었다. 선생은 옥에 갇혀 심문을 받을 때도 태연자약하였고 풀려나와서도 태연자약하였으니, 보는 사람들이 그 마음속에 지닌 절조(節操)가 미혹되지 않음을 더욱 확신하였다. 선생은 두문불출하고 집 안에만 있으면서 날마다 여러 아우들과 함께 부모님을 즐겁게 모셨는데, 세상사와 조정의 정사에 대해서는 못 들은 체하였다. 다음해에는 호군(護軍)에 서용되었다.

병진년(1616)에는 숭정대부(崇政大夫)로 승진하였는데, 이보다 앞서 공성왕후(恭聖王后)를 추존하면서 묘주(廟主)의 옛 이름을 새로 고쳐 쓸 적에 선생이 글씨를 썼기 때문이었다. 계축년 이후로 간신들이 대사(大事)를 도모하면서 그 일로 인하여 자신들과 뜻을 달리하는 자들을 모두 제거하고자 하였으니, 다음해인 정사년(1617)에 이르러서는 마침내 대신(大臣) 한효순(韓孝純) 등을 겁박하여 백관(百官)을 거느리고 인목대비(仁穆大妃)를 폐위시키도록 청하게 하고, 참여하지 않은 자는 귀양보내도록 청하게 하였는데, 선생은 그 자리에 한 번도 나아가지 않아 또한 귀양 보내야 할 자 가운데 있었으나, 마침 해가 바뀌도록 임금의 허락이 없었다.

무오년(1618)에는 부친이 자손들을 등지고 세상을 떠나시어 어머니가 자손이 있는 홍천현(洪川縣)의 관사에서 봉양을 받게 되자, 선생은 감히 서울에 편안히 있을 수 없어 아우들과 궤연(几筵 : 죽은 이의 혼백이나 신주를 모셔두는 곳)을 받들고 원주(原州)로 달려가 가까이에 있으면서 혼정신성(昏定晨省)의 효성을 다하였다. 선생은 부모의 상을 당하더라도 슬픔으로 몸을 상하지 않아도 될 나이에 온갖 위험과 고초를 겪으면서 상례(喪禮)의 법을 따르는 데에 어긋남이 없게 하였으니, 사람들은 이를 행하기 어려운 일이라고 하였다. 경신년(1620)에 상복을 벗었다.

천계(天啓) 신유년(1621)에는 어머니가 막내아들(김상복)이 있는 온양군(溫陽郡)의 관아로 옮기시자, 선생 또한 한양의 서강(西江)으로 돌아왔다. 얼마 되지 않아 온양의 아우가 파직되어 어머니는 또 자손이 있는 니산현(尼山縣)의 관사로 가셨으나, 그 해 겨울에 돌아가시어서 관을 모시고 돌아와 선친의 묘에 합장하였다.

갑자년(1624)에는 삼년상을 마치고 판돈녕부사(判敦寧府事)에 제수되었다. 이괄(李适)이 모반하자 임금께서 공주(公州)로 거둥하시니 선생은 검찰사(檢察使)로서 선발대가 되었는데, 대가를 모시는데 음식이 모자라지 않고 잠자리가 불편하지 않게 하기 위하여 두루 모집한 장정과 모은 군량을 운반하고 공급하는 것을 도왔다. 마침 역적들이 평정되어 대가를 모시고 도성으로 돌아왔다. 동지성균관사(同知成均館事)를 겸하였는데, 얼마 뒤에 사명(使命)을 받들고 철산(鐵山)에 있는 모문룡(毛文龍)의 군영(軍營)에 가서 요동(遼東)의 백성을 옮기도록 의논하는 일을 마치고 돌아오는 도중에 병조판서에 제수되었다. 선생은 무거운 책임을 떠맡고 더욱 부지런하며 게을리하지 않았는데, 병조의 일이 매우 바빠 우연히 임금께 아뢰지 않고 마음대로 행한 일이 있어서 이로 인하여 파직되었다. 얼마 지나지 않아 특별히 호군(護軍)에 서용되었다가 이윽고 지돈녕(知敦寧)에 제수되었다. 책봉(冊封) 조사(詔使 : 명나라 사신)인 태감(太監) 왕민정(王敏政)과 호양보(胡良輔) 등이 오니, 원접사(遠接使)로서 철산에 나아가 맞이했다. 중귀인(中貴人 : 황제의 총애를 받는 환관 魏忠賢)은 평소 교만하고 거만하여 마음에 들기가 어려웠으며, 일이 하찮은 것일지라도 번번이 쉽게 화내고 걸핏하면 꾸짖어 다시는 손님과 주인 사이에 지켜야 할 예의를 돌아보지 않았으며, 뇌물을 요구함이 또 끝이 없어서 만족하게 여기는 법이 없었다. 선생은 사신으로서 하는 일에 체통이 있음을 생각하고, 그들의 마음이 상하면 조정에 수치를 끼칠까 염려하여, 여러모로 이해시켜서 끝내 그들의 호의를 잃지 않았고,

안팎의 계책을 주관하는 자들도 자못 이에 힘입었다. 이윽고 숭록대부 예조판서(崇祿大夫禮曹判書)에 오르고 경연동지사(經筵同知事), 세자좌부빈객(世子左副賓客), 도총관(都摠管)을 겸하였다.

다음해(1626) 봄에는 임금이 사척(私慼 : 생모의 喪)을 당하였는데, 상례(喪禮)를 논하는 것이 서로 달랐다. 임금은 대신의 의견(私親의 예)을 따르지 않고 급히 예관(禮官)을 재촉하여 상복(喪服)을 올리도록 했다. 언관들이 해당 관부[禮曹]를 허물하자, 선생이 벼슬자리를 내놓고 물러나니 부호군(副護軍)이 주어졌고 겸한 관직은 예전 그대로였다. 이후 벼슬이 갈리어 지중추(知中樞)가 되었고, 또 벼슬이 바뀌어 의정부 좌참찬(議政府左參贊)이 되었다. 여름이 되어 육경원(毓慶園)에 장례를 지내고 은혜를 베풀 때, 선생은 전서(篆書)로 명정을 쓴 공으로 보국숭록대부(輔國崇祿大夫)에 올라 지위와 품계가 극히 높아졌으니 재상과 나란하게 되었다. 선생이 상소를 올려 힘써 사양하였으나, 임금은 윤허하지 않았다. 그리하여 겸하였던 경연동지사(經筵同知事)에서는 동(同) 자를 제거하고, 세자좌부빈객(世子左副賓客)에서는 부(副) 자를 제거하였으니, 나머지는 모두 예전 그대로였다. 그러나 공부(公府)에서는 서열대로 앉기가 불편하였으므로 본관(本官)을 바꾸도록 사임하여 지돈녕(知敦寧)에 제수되었고, 이윽고 판중추부사(判中樞府事)로 갈렸다. 얼마 뒤에 대신으로서 서반직(西班職)에 서용됨을 피하여 지중추(知中樞)가 되었다가 예조판서(禮曹判書)를 겸하였다.

정묘년(1627) 2월에는 서쪽 오랑캐 1만여 기마병이 깊숙하게 평산(平山)까지 쳐들어오자, 임금이 강화도로 거둥하시었다. 선생은 어명을 받아 간악한 도적질을 단속하면서 명령을 어긴 자 10여 인을 체포하고 목을 베어 여러 사람 앞에 효수하니 도성 안이 숙연해졌다.

3월에는 오랑캐가 맹세를 요구하고 물러가니 임금이 도성으로 돌아오시어 친히 태묘(太廟)에 제사 지냈는데, 선생은 예의사(禮儀使)가 되어 곁에서 도와 제사를 지냈다. 이윽고 판의금부사(判義禁府事)를 겸하였고, 이조판서(吏曹判書)에 제수되었다. 다음해(1629)에는 누차 사양하고 면직을 청하니 번번이 여고(予告 : 휴가)만 주고 허락하지 않았으나, 가을이 되어서는 간곡히 사양하기를 그치지 않으니 바야흐로 체직이 허락되어 예조판서에 제수되었고, 겨울에는 병 때문에 사직하였지만 다만 판의금부사 자리만 체직되었다.

숭정 3년 경오년(1630)에는 기로사(耆老社)에 들어갔다. 이에, 선생은 나이가 70세가 되었으므로 상소를 올려 치사를 청하였는데, 임금은 시국이 어렵고 우려된다는 이유로 온화한 전지(傳旨)를 내려서 머물도록 하였고, 재차 청하였으나 허락하지 아니하였다. 얼마 되지 않아서 견책을 받아 파직되었고, 또 얼마 되지 않아서 특별히 판돈령부사에 서용되어 제수되었으며, 다시 판의금부사와 예조판서를 겸하여 병으로 사직하였으나 다만 판돈령부사에서만 체직되었다.

이듬해(1631) 정월에는 다시 치사를 청했으나 윤허하지 않았는데, 선생은 벼슬에 나아가고 물러나는 큰 법도가 시세(時勢)로 말미암아 이루어지지 않자 항상 답답해하며 어찌 할 줄 몰랐다. 4월에는 병으로 사직을 청하여 예조판서에서 해임되었고, 이내 또 이조판서가 되었다가 얼마 되지 않아 파직되었다. 이보다 먼저 이성신(李省身), 이경의(李景義) 등이 대간(臺諫)이 되어서 어떤 일을 논하다가 임금의 뜻을 거슬러 오랫동안 벼슬에서 쫓겨났었는데, 선생이 두 사람을 궁료(宮僚 : 동궁에 소속 벼슬아치)로 추천하자, 임금이 아울러 전조(銓曹 : 吏曹)에 대해서도 노하시어 파직시켰던 것이다.

이듬해(1632) 정월에는 사직(司直)에 특별히 서용되고, 바로 우의정에 제수되었다. 당시 우의정의 자리가 비어 있은 지가 너무 오래되니, 여러 사람들은 임금이 비워두는 뜻은 누군가를 기다리는 바가 있다고 여겼는데,

이에 이르러 이러한 명이 있었다. 그러나 같은 시기에 재상에 임명된 자가 한 집안에서 4명이나 나오게 되니, 선생은 더욱 두려워하여 관직에 나아가기를 머뭇거리며 사양하고 피하였다. 마침 급변(急變)을 고하는 재[李後晟]가 있었는데, 소명(召命 : 임금이 신하를 부르는 명령)이 문 앞에 이르니 바로 나아가야 했다.

이윽고 사족[申淑]의 딸이 저주했다는 변고에 연좌되어 의금부에 갇힌 사건이 있었는데, 그 사건은 밝힐 수 없는 데다 근거할 만한 것도 없었다. 많은 사람들이 떠들썩하게 억울하다고 일컬었으나, 여러 훈귀(勳貴)들은 다들 한쪽 편을 들고 있었다. 임금은 이전에 했던 말을 마음에 품고 있었으므로 선생에게 명하여 의정부, 사헌부, 의금부 삼성(三省)이 함께 죄를 심문하고 다스리도록 하였다. 선생은 의심스러운 옥사를 지레 은폐해서는 안 된다고 여기고, 상소를 올려 자신의 의견을 견지하면서 옥사를 다스리라는 명을 굳게 사양하였다. 임금은 비록 그 고사를 윤허하기는 하였으나, 내심 달갑지 않게 여기고 자못 은미한 속내를 내비쳤다. 선생은 벼슬자리에 있기가 편치 않아서 마침내 말미를 청하고 재상의 자리에서 물러나게 해주기를 바라며 상소를 7번이나 올렸으나, 임금은 자주 근신(近臣)을 보내어 위로하고 타일러 마지않으니, 부득이 다시 나아갔다.

이때 추숭도감(追崇都監)을 설치하고 도제조(都提調)는 반드시 대신을 두어 감독하게 하였는데, 수상(首相 : 영의정) 윤공(尹公 : 尹昉)이 병으로 사양하자, 선생이 다음차례여서 응당 그 대신 자리를 맡아야 했으므로 부지런히 애써 이어받았다. 애초에는 선생이 대신, 백관과 더불어 힘을 합쳐 추숭이 불가함을 견지하였으나 이에 이르러서는 억지로 피할 수 없었던 것이니, 추숭의 예를 의논하고 행함은 그것이 정해지기 전과 이미 정해진 뒤가 그 형세가 다르기 때문이었다. 선생은 비록 이전의 견해를 끝내 지키지 못하였으나, 세상에서는 모두 그 올바름을 믿었다.

다음해(1633) 정월에는 병으로 말미를 청하였지만 윤허하지 않은 채 근신(近臣)을 보내어 돈독히 타이르는 것이 네 차례에 이르렀고, 임금이 바야흐로 몸이 편치 못하자, 선생은 조정에 나아가 기거하였다. 3월이 되어서도 다시 말미를 청하였으나 오래도록 윤허치 않고 의원들을 문병하도록 연달아 보냈다. 상소를 29번이나 올리고 나서야 이에 윤허하였으니, 대개 근래에 드문 일이었다. 도로 판돈령이 되었다. 이듬해(1634) 9월에는 다시 우의정에 제수되니, 세 차례 사양하였으나 허락하지 않았다. 또 이듬해(1635) 6월에는 다시 말미를 청하는 상소를 일곱 차례나 올리고 나서야 윤허를 받았지만, 영돈령부사에 제수되었다.

이보다 앞서, 참의(參議) 유백증(兪伯曾)이 상소하여 힘써 대신(大臣)을 비난하였지만 그 말이 몹시 패악하여 거의 욕설에 가까웠고, 나만갑(羅萬甲) 또한 당시 정치의 잘못을 극론하면서 함께 액정서(掖庭署)를 가리켜 탓하자, 임금께서 크게 노하여 두 사람을 모두 엄히 견책하였다. 그러자 선생은 차자(箚子)를 올려 '사리에 어두워 거리낌이 없는 말은 마땅히 관대하게 용서해야 합니다.'고 하였으나, 받아들이지 않았다. 이때에 언로가 오랫동안 막혀서 조금이라도 기휘(忌諱 : 나라의 금령)를 범하면 손을 내저어 서로 경계하였다. 간혹 시비를 명백히 하는 자가 있으면 그 때마다 당파를 비호한다고 의심하였기 때문에, 임금을 위하여 감히 말하는 자가 없었다. 선생은 평소에 걱정하고 탄식하며 대신의 반열을 채운 사람으로서 그저 따르기만 하고 입을 다물어 국은(國恩)을 저버릴 수 없다고 스스로 생각하고는, 할 말을 다하는 것을 피하지 않았다. 혹자가 시세(時勢)의 변화를 알지 못한다고 나무라면 선생은 탄식하면서 아무런 대답을 않았으니, 아닌 게 아니라 이 때문에 그 벼슬자리를 떠나게 되었다.

이듬해 병자년(1636)에는 고인이 된 정승(政丞)으로서 선생보다 지위가 위인 사람(홍서봉)이 돈령부로 돌아왔으니, 응당 영돈령부사가 되었고 선생은 판돈령부사로 갈렸다. 사간(司諫) 조경(趙絅)이 상소하여, 좌의정 홍서봉 (洪瑞鳳)은 어떤 사람이 뇌물로 바친 말을 받았다고 하면서 축출할 것을 청하였다. 좌의정이 일찍이 공언하기를, '조경은 소인배라 나중에 반드시 재앙의 빌미가 될 것이다.'고 한 적이 있었는데, 조경이 이를 듣고는 앙심을 품었다가 이때에 이르러서 말한 것이나, 실제로는 조경이 말한 바와 같지 않았다. 임금도 그 말을 의심하여 조경을 불러 누구에게서 들었느냐고 물으니, 조경은 사실대로 말하지 않고 좌의정의 다른 비행까지 쓸데없이 거론하며 그에게 죄를 뒤집어씌우고자 하는 것이 심하였다. 임금은 이를 의심하여 의금부(義禁府)로 하여금 캐물으려고 하면서 여러 대신들에게 의견을 물었다. 선생은 조정에서 대간(臺諫)이 실로 중한 것이라 여기나, 다만 대신을 중히 여기는 것보다 더하지는 않은 데다, 조경이 말한 바는 작은 일이 아니니 실상을 조사하지 않을 수 없다고 하였다. 마침 수상(首相 : 영의정) 승평공(昇平公 : 김류)의 의논도 이와 같았다. 이에, 조경을 하옥하여 다스리게 하니, 조정 밖의 의론이 떠들썩하게 비난하고, 대간 또한 옥신각신 의견을 고집하자, 임금은 도리어 앞서 선생의 의논을 허물하시어 시비에 대한 확고한 주견이 없게 되었다. 조경을 편드는 자들이 '대신들은 자신의 당파를 비호하는 데에 전적으로 주력한다.'고 말하기에 이르러서 분란이 매우 심하였다. 선생은 더욱 조정에 있는 것이 즐겁지 않아서 다시 치사를 청하는 상소를 세 차례나 올렸으나, 윤허치 않으면서 따뜻하게 타이르며 후회하는 뜻을 특별히 보였다. 얼마 되지 않아 선생은 평소 앓고 있던 어지럼증이 갑자기 일어나니, 임금이 의원을 보내어 진찰하게 하고 이어서 내의원(內醫院)에서 조제한 약을 내렸다.

12월 12일에 이르러서는 의주(義州)에서 변란을 보고하는 급서가 당도하자, 허겁지겁 하교하기를 '늙고 병든 재신(宰臣)들은 먼저 도성을 나가라.'고 하였다. 14일에는 영의정 윤방(尹昉)으로 하여금 묘사(廟社)를 받들어 먼저 강도(江都 : 강화도)로 가도록 명하였는데, 선생은 뒤따라가는 도중에 시달리다 보니 병세가 심해져서 거의 따라갈 수가 없었다.

이날 적병이 개성을 지났는데, 파발을 맡은 군사들이 죄다 도망하여 우서(羽書 : 화급한 통문)가 제때에 이르지 않았다. 임금께서 장차 도성을 나서고자 유사(有司)들을 단속하였으나, 성 안이 소란하여 호령이 행해지지 못하였다. 백관들은 실색하여 도보로 분주히 도망한 자들이 많았고, 사녀(士女)들은 길을 가득 메워 울부짖는 소리가 하늘을 찔렀다. 저물녘이 되어서야 임금의 수레가 비로소 출발하였는데, 어가를 지키는 군사들이 허둥지둥하며 대열을 이루지 못하였다. 성문에 못 미쳐서 적의 정찰 기병이 이미 서쪽 교외에 이르렀다는 보고가 있자, 군신상하가 놀라 당황하여 계책을 어떻게 세워야 할지를 몰랐다. 여러 신하들 중 어떤 이가 임금께 우선 산성으로 가실 것을 권하니, 마침내 대가(大駕)를 돌려 수구문(水口門 : 광희문)을 통하여 남한산성으로 들어갔지만 강화도와는 길이 막히고 끊겼다. 적이 산성을 포위한 지 반 달이 지나도록 각 도에서 왕을 지키기 위해 오는 군사가 없었는데, 한 달이 지나 이듬해인 정축년(1637) 정월이 되어서야 충청감사 정세규(鄭世規)가 군사를 이끌고 먼저 오다가 적군을 만나 궤멸되니, 뒤에 오는 각도의 근왕군(勤王軍)들은 관망만 하고 진격하지 않아서 산성 안은 날로 더욱 위급해졌다.

강도 검찰사(江都撿察使) 김경징(金慶徵), 부사(副使) 이민구(李敏求), 유수(留守) 장신(張紳) 등은 모두 자기 처자식만 지키고 사사로운 정을 둔 것이 심했으며, 적을 방어할 대비는 생각하지 않고 오직 날마다 놀며 즐기는 것을 일삼았다. 사람들이 바르게 깨우기라도 하면 반드시 버럭 성을 내거나 지레 윽박질렀으니, 곁에서 보고 한심해 하지 않음이 없었다. 선생은 걱정과 분노가 특히 심하여 분연히 말하기를, "임금께서 머무시는 행재소가 포위된 지 오래되어 존망의 위기가 조석에 달렸다. 지금 정세규가 패했는데, 거리에 떠도는 말로는 이미 죽었다고 하니 호서(湖西)에서 군사에 관한 일을 주관할 자가 없는 셈이다. 강화도는 검찰사 한 사람으로 족하니, 부사가 마땅히 급히 호서로 가서 흩어진 군졸을 수습하고 의병을 규합하며, 후방에 있는 호남의 군사들을 독려하여 군민(軍民)의 마음을 진정시키고 위험에 처한 임금께 달려가야 한다. 존망이 달린 때이니 늦춰서는 안 된다." 하였다. 이민구는 갈 뜻이 전혀 없었고 눈물을 흘리면서 두려워하기까지 하니, 좌중은 모두 언짢아하였다. 김경징과 이민구는 다시 분명히 말하지는 않지만 다만 그 의도가 어디에 있는가를 보니, 이리저리 둘러대는 말만 할 따름이었다. 선생이 또 말하기를, "남한산성의 소식이 통하지 않으니, 목숨을 바칠 군사를 급히 모아 임금의 기거를 문안하고 적의 형세를 탐지해야 할 것이다. 열 번을 가면 반드시 한 번은 들어갈 수 있을 것이니, 신하의 의리상 어찌 속수무책으로 앉아서 보고만 있을 수 있겠는가?" 하였다. 김경징 등은 더욱 듣기 싫어하면서 서로 함께 비방하며 말하기를, "이 일을 책임지고 있는 사람은 따로 있으니, 피란한 대신이 상관할 바가 아니다." 하였다. 선생은 마침내 다시 말하지 않았다. 얼마 되지 않아서 통진(通津)의 임시 수령 김적(金迪 : 金頔이라고도 함)이 적이 대거 몰려온다고 보고하였다. 장신과 김경징은 모두 이를 믿지 않고 말하기를, "아! 겁쟁이로구나. 강물에 유빙(流氷 : 얼음덩이)이 떠다니는데 적이 어찌 날아서라도 건너온단 말이냐." 하고는 군사의 일을 평소처럼 등한시 하였다.

21일이 되어서는 적이 나루 입구에 도착하여 바닥이 평평한 작은 배[平底小船] 두 척에 수십 명의 항복한 사람들을 싣고 와서 우리를 시험하자, 충청 수사(忠淸水使) 강진흔(姜晉昕)이 먼저 달아나고 검찰사와 유수 및 관원들이 일시에 배를 빼앗아 타고 도망갔다. 적이 마침내 군대를 이끌고 나와서 성을 포위하였다.

선생은 적을 물리치지 못할 줄 알고는 가족들에게 결별을 고하고 남성

(南城)의 초문(譙門 : 망루의 문) 가운데에 올라가 입고 있던 융의(戎衣)를 벗어 하인에게 건네고 나서 불을 놓아 스스로 불에 타 죽었는데, 그 뜻은 초혼 (招魂)하게끔 남긴 것이었다. 선생의 손자 김수전(金壽全)은 나이 열세 살로 이때 선생의 곁에 있었는데, 하인으로 하여금 끌고 돌아가게 하니, 옷깃을 잡고 울면서 떠나가지 않으며 말하기를, "할아버지 따라 죽는 것이 마땅한데, 오히려 어찌 돌아가겠습니까!" 하였다. 하인도 떠나지 않고 마침내 함께 죽으니, 실로 22일 임술일(壬戌日)이었다.

적이 물러간 뒤 자제들이 시신을 찾았으나 끝내 찾지 못하자, 이에 그 해 4월 16일 양주(楊州) 도혈리(陶穴里) 선영 곁의 손향(巽向) 자리에다, 남겨 놓은 의관(衣冠)을 가지고 장사지냈다. 오호 통재라! 선생은 가정(嘉靖) 신유 년(1561) 5월에 태어나서 이때에 이르러 77세를 누렸는데, 일찍이 살아 있 으면서 스스로 묘지(墓誌)를 지어 놓았으므로 장사를 지낼 때에 유명(遺命) 대로 하였다.

선생의 사람됨이 온화하고 성실하며, 용모가 순수하고 아름다우며, 그 표리가 한결같았다. 부모를 섬김에 완곡하게 뜻을 받들었으니, 어려서부 터 늙어서까지 일찍이 부모의 뜻을 거스른 적이 없었다. 아우들을 대할 때는 자기를 대하듯 하였고, 그 아우들의 자녀들을 볼 때는 자기 자식처 럼 하였다. 집안사람들을 거느림에 은혜로우면서도 위엄 또한 여전히 지 녀 집안이 화목하였다. 다른 사람과는 온화하고 소탈하여 전혀 흉허물이 없었으며, 마음속은 실로 의연하여 앗을 수 없는 뜻을 지니고 있었다. 무 엇을 사양하거나 받을 때는 본심에 맞아야만 행했지 억지로 꾸며서 하지 는 않았다.

어려서 병환에 있는 할머니를 모실 적에는 석 달 동안 옷을 벗지 않고 자신이 할머니의 병을 대신하기를 빌면서도 노고로 생각지 않았다. 만년 에는 청풍계(靑楓溪)의 수석이 맑고 아름다운 곳에 별장을 지었는데, 부친이 그 승경을 좋아하여 가마를 타고 날마다 왕래하였고, 부친의 성품이 손님을 좋아하여 그곳에 갈 때마다 빈자리가 없을 정도였다. 선생은 그때마다 음식을 마련하여 맛난 것을 골라 올렸다. 좋은 때나 생신 때에도 그 자리의 손님으로 귀한 자나 천한 자를 가리지 않았고, 아래로는 악공과 광대, 기녀들에 이르기까지 반드시 부친의 뜻에 맞추었으니, 부친이 바라는 것을 곡진히 하지 않음이 없었다. 부친은 덕을 잘 베풀었고 모친은 은혜를 잘 베풀었으며, 부인은 잘 봉양하였고, 자제들은 가르침을 잘 따랐다. 또 자제들 모두 과거에 급제하여 벼슬길에 나아감으로써, 선생은 참으로 기뻐서 이를 드러내어 웃었고 사람들의 부러움을 받았으니, 세상 사람들은 모두 그 복을 선생에게 돌렸다.

장단 부사(長湍府使)를 지낸 둘째 동생(김상관)이 전염병에 걸려 죽자 친히 염습하여 입관하는 것을 주저하지 않았고, 광릉 참봉(光陵參奉)을 지낸 셋째 동생(김상건)이 죽자 모친이 애통하여 살고 싶어 하지 않으니 선생은 모친의 마음이 너무도 상하실까 두려워하여 외출했다가 들어오면 얼굴빛을 온화하게 한 후에 뵈면서 백방으로 위로해 드렸다. 그러나 그 자신은 여러 아우들과 숨죽여 애통해하며 마치 수족을 잃은 것처럼 하면서도 부모님이 그것을 알지 못하게 하였다.

봉록(俸祿 : 관리의 급료)의 반을 고아나 과부 및 빈궁한 집에 주는 바람에 집에는 넉넉히 남아있는 것이 없었다. 일찍이 목수를 불러 집을 수리하게 한 적이 있었는데, 그가 두루 살피고 나서 사사로이 남들에게 말하기를, "내가 드나들었던 집이 많았지만 지체 높은 집안 중에 이처럼 허름한 집은 보지 못했다." 하였다. 비록 선생을 익히 아는 자라도 밖에서 못과 누대, 화초와 대나무의 아름다움만 보고는, 선생이 가난하고 검소하게 살지 않을 것으로 생각하였지, 실로 집안사람들이 안에서 곤궁하게 지내는 줄을 알지 못하였다.

세속의 지나친 사치풍조가 끝이 없음을 근심하였는데, 심지어 조상을 제사 드리며 겉만 거창하고 예를 망각하는 데에 이르러서 가난한 사람들이 대부분 이로 말미암아 제사를 폐하고 지내지 않게 되는 것은 선왕이 예를 마련한 본뜻이 아니어서 제사 지내는 법식을 지어 자손을 가르쳤다. 집에 한가히 있을 때는 채색 옷을 입지 않았으며, 평소에 식사할 때는 푸짐한 상을 차리지 않았다. 옛 사람(송나라 장상영)의 '세력은 온전히 기대면 곤란하고, 복은 끝까지 누리면 못 쓴다.(勢不可倚盡, 福不可享盡.)' 등의 말을 취하여 자리 옆에 써놓고 경계하는 뜻을 붙였다.

성품이 책을 좋아하여 하루라도 책을 읽지 않은 날이 없었고, 고금의 법서(法書)와 명화(名畵)를 많이 소장하여 좌우로 둘러서 벌여놓았고, 가희(歌姬)와 무녀(舞女)들이 뒤섞인 잡된 놀이는 좋아하는 것이 없었다. 글을 지음에는 뜻을 전달할 뿐 외적인 꾸밈 보다는 이치가 승하였고, 시를 지음에도 시어가 맑고 뜻이 풍부하여 법도에 맞았으나, 이것으로서 이름나지는 않았다. 필법(筆法)은 단정하고 아름다웠는데, 작은 해서(楷書)는 왕희지(王羲之)·왕헌지(王獻之) 두 왕씨 부자가 남긴 필법을 깊이 터득하여 국가의 묘주(廟主) 중에 선생이 쓴 것이 많았으며, 전서체(篆書體)에 가장 정묘하여 한 시대에 홀로 우뚝하였다. 고관(高官)들 사이에서 묘석(墓石)에 전서를 새기려는 자들 가운데 서로 마음에 맞지 않는 경우나 비를 새기고도 다시 이를 갈려는 경우에 있어서는 반드시 선생의 전서를 얻는 것을 귀중하게 여겼다.

세 차례나 이조(吏曹)에 들어갔지만 오래 머물지 않았고 혹 일에 연좌라도 되면 바로 떠났으니, 이는 곧 선생이 일찌감치 스스로 물러날 것을 생각하고 애초부터 자리에 연연할 뜻이 없어서였다. 임금의 총애를 받는 정승의 비위에 거슬려 7년 동안 3번이나 쫓겨났는데, 모두 서울에서 멀리 떨어진 변방이거나 바닷가이어서 사람들이 몹시 싫어하는 곳인데도 태연하게 받아들였다. 종백(宗伯 : 예조 판서)이 되어서는 대례(大禮)를 도와 진행하였는데, 행동거지가 화락하고 조용하여 한 자 한 치도 어긋나지 않아서 조정의 사람들이 모두 눈여겨보았다. 목릉(穆陵)을 조성하는 일을 감독할 때는 그 일을 주관하는 사람이 나서기를 좋아하여 자주 자잘하고도 하찮은 예로써 따지고 들었지만, 선생은 묵묵히 받아들이고 상대하지 않으니 마침내 부끄러워하면서 마음을 풀었다.

여러 차례 각 부(部)와 대각(臺閣), 금오(金吾 : 의금부) 등의 수장을 맡았는데, 무릇 시비를 결단할 때는 실정을 정확히 따져서 법을 집행하였지, 경솔하게 정황은 참작하지 않고 단지 법령을 엄중하게만 하지 않았으니, 모두 공정하고 정직하면서도 진실하고 인정이 두터운 데로 귀결되었다. 권세와 이욕에는 담담하고, 기뻐하거나 성냄에는 사리에 부합하고, 위엄 있고 엄숙한 몸가짐에는 익숙하고, 법을 적용함에는 관대하기가 또 이와 같았다.

시종(侍從)과 경월(卿月 : 考官)부터 삼사(三事 : 삼정승)에 이르기까지, 들어가서는 임금에게 고하고, 앉아서는 제공(諸公)들과 함께 강구하여 계획하였으니, 그 음덕이 일반 백성들에게 베풀어지고 법령으로 삼은 것은 쉽사리 다 헤아릴 수조차 없었다. 그러나 오직 선생은 평소 관직에 있으면서 언행을 삼간 데다, 국난에 처했던 당시의 기록 또한 매우 거칠고 조잡하였기 때문에 아는 사람이 드물었다.

강화도에 있을 때에는 지혜로운 사람들이 이미 패할 것을 걱정하였는데, 어떤 이가 선생에게 권하기를, '어찌 배를 준비하여 급할 상황에 대비하지 않습니까.'라고 하였다. 선생이 탄식하며 말하기를, "주상께서 포위되어 계시어서 안위(安危)가 어떻게 될지 알 수가 없는 데다 종묘사직과 원손이 모두 여기에 있으니, 만일 불행한 상황에 처한다면 죽음만이 있을 뿐이지, 어디로 가서 구차하게 살아남겠는가." 하였다. 대개 선생의 마음은 이미 평소에 정해진 것이었다. 오호, 통재라! 오호, 통재라!

처음 선생이 죽었다는 소식이 들려오자, 사대부들은 모두 통곡하면서 말하기를, "선생이 어찌 정말로 돌아가셨겠는가. 선한 사람이 어찌 이에 미쳤단 말인가." 하고, 거듭 통곡하다가 말하기를, "선생은 참으로 돌아가신 것이 아니다." 하였다. 혹자가 말하기를, "죽음이 참혹하지 않으면 충렬을 드러낼 수가 없기는 하나, 어찌 불행히도 하늘이 내린 수명을 다하지 못하고 죽어서, 다만 자신은 국가의 빛이 되었을지라도 사랑하는 이들에게는 한없는 슬픔을 끼친단 말인가." 하였다.

나는 선생보다 열 살 아래였으나 평소 몸이 약했으며, 선생은 기운이 왕성하고 음식을 잘 드셔서 장차 백세를 누릴 것이라 생각하였다. 나는 이미 세상과 맞지 않아 산수에서 오래도록 노닐기를 바랐고, 선생은 마침내 사직의 청을 허락받아 함께 백수를 누리기를 바랐다. 그러나 일이 어긋나고 말아 남은 생애조차 선생을 모시지 못하고 병으로 쓰러져 누웠으며, 또 늪과 언덕에 시신이 쌓인 곳에서 선생의 시신을 찾지도 못하였다. 살아서는 형제였다가 죽어서는 길 가는 나그네와 다름없으니, 하늘이여 어찌 이런 일이 있을 수 있단 말입니까! 오호 통재라!

사대부가 평소에 옛사람의 책을 읽고는 큰소리를 치고 손뼉을 치며 절의에 대해 이야기하다가, 하루아침 갑작스런 변고에 전혀 그렇게 하지 않는 자들이 있다. 선생의 손자인 김수전(金壽全)과 하인은 일개 어린아이와 천한 노복에 불과하였는데, 옛일을 상고할 수 있는 능력과 강론할 수 있는 소양이 있어서가 아니었지만 이내 능히 국난을 만나 딴 마음을 먹지 않고 죽는 것을 제 고향으로 돌아가는 것처럼 여겼다. 어찌 천성(天性)과 떳떳한 도리에서 유감이 없지 않았으랴만, 또한 평소 무젖은 바에서 체득함이 있어서였던 것이리라. 군주의 명을 등지고 노모를 버려둔 채 머리를 감싸고 쥐새끼처럼 숨은 자들과 비교해 보면 어떠한가?

선생은 영가 권씨(永嘉權氏) 호조 좌랑(戶曹佐郎)을 지낸 권개(權愷)의 딸과 혼인하였는데, 영의정 권철(權轍)의 손녀이기도하다. 순수한 덕과 정숙한 행실로 상하를 화합케 하니, 내외의 친척들이 모두 기뻐하며 따랐다. 나이 서른셋에 병으로 죽어 정경부인(貞敬夫人)에 추봉(追封)되었다. 강화도 진강리(鎭江里)에 있는 자기 부모의 묘역에 장사지냈는데, 선생이 생전에 남기신 치명(治命 : 맑은 정신으로 하는 유언)이 있었는지라, 장차 적당한 해를 기다려서 옮겨 합장할 것이다. 모두 4남 3녀를 두었는데, 아들 한 명은 요절하였다.

첫째 아들은 김광형(金光炯, 1577~1602)으로 문학과 덕행을 지녔으나 일찍 죽었고, 좌승지(左承旨)에 추증되었다. 현령(縣令) 이헌심(李獻諶)의 딸과 혼인하여 1남을 낳았는데, 이름이 김수창(金壽昌, 1599~1680)으로 사복시 주부(司僕寺主簿)를 지냈다. 수창은 현감(縣監) 류향(柳享)의 딸과 혼인하여 1남 1녀를 낳았는데, 모두 어리다.

둘째 아들은 김광환(金光煥, 1579~1642)으로 춘천부사(春川府使)를 지내고 있다. 승지(承旨) 이철(李鐵)의 딸과 혼인하여 아들 하나를 낳았는데, 이름은 김수홍(金壽弘, 1598~1681)으로 진사이다. 수홍은 장령(掌令) 소광진(蘇光震)의 딸과 혼인하여 딸 하나를 낳았는데, 아직 어리다.

셋째 아들은 김광현(金光炫, 1584~1647)으로 호조참판(戶曹參判)이다. 진사(進士) 심률(沈慄)의 딸과 혼인하여 3남 5녀를 낳았다. 큰 아들 김수인(金壽仁, 1608~1660)은 현감이고, 나머지 두 아들은 아직 아리다. 첫째 딸은 시직(侍直) 조석형(趙錫馨), 둘째 딸은 감역(監役) 윤운거(尹雲擧), 셋째 딸은 사인(士人) 이정기(李廷夔), 넷째 딸은 세마(洗馬) 강문명(姜文明), 다섯째 딸은 사인 이회(李恢)에게 시집을 갔다. 수인은 현감 성홍헌(成弘憲)의 딸과 혼인하여 2남 3녀를 두었는데, 모두 어리다.

첫째 사위는 익위사 사어(翊衛司司禦) 남호학(南好學)으로, 1남 3녀를 두었다. 아들은 남노성(南老星)인데 경기도사(京圻都事)이다. 첫째 딸은 참봉(參奉) 박승건(朴承健)에게, 둘째 딸은 사인 신명규(申命圭)에게 시집갔고, 막내딸은 아직 시집가지 않았다.

둘째 사위는 이조판서(吏曹判書) 장유(張維)로, 1남 1녀를 낳았다. 아들은 장선징(張善瀓)이며, 딸은 봉림대군(鳳林大君)의 부인이 되었다.

셋째 사위는 양근 군수(楊根郡守) 이이성(李以省)으로, 4녀를 낳았다. 첫째 딸은 사인 윤필은(尹弼殷)에게, 둘째 딸은 사인 김식(金鉽)에게 시집갔으며, 나머지는 아직 어리다.

측실에서 1남 4녀를 두었다. 아들 김광소(金光熽)는 진무공신(振武功臣)으로 녹훈되어 포천 현감(抱川縣監)이 되었다. 2남 4녀를 낳았는데, 김수전(金壽仝)은 곧 그의 장자이다. 딸은 종실(宗室) 언흥령(彦興令) 이순선(李純善)에게 시집갔다. 나머지는 모두 어리다.

첫째 딸은 판서 한인급(韓仁及)의 첩이 되었고, 둘째 딸은 현감 이응인(李應寅)에게 시집갔으며, 셋째 딸은 군수 이석망(李碩望)의 첩이 되었고, 넷째 딸은 성후룡(成後龍)에게 시집갔다.

내외 증손은 남녀 모두 29명이다.

선생의 언행은 기록할 만한 것이 많으나, 내가 늙고 병들어 정신이 흐리고 잘 잊어버려서 죄다 있는 대로 기록하지 못하고, 다만 그 대략만을 기록하였다. 옛날 사마씨(司馬氏)는 세가(世家)와 현대부(賢大夫)의 공적을 없애고 기록하지 않는 것을 죄라고 여겼으니, 후세에 교훈이 될 만한 말을 하는 선비들은 마땅히 그 책임을 생각하여야 할 것이다. 만약 죽은 이를 애도하는 것이든 산 이를 연민하는 것이든 한 마디의 말을 해준 은혜에 힘입어 언제까지나 길이 전해진다면, 어찌 한 집안의 죽은 이와 산 이가 감사하는 데만 그치겠는가. 또한 장차 나라에 광영이 있을 것이다.

右議政文忠公仙源金先生行狀[1]

淸陰金文正公撰

崇禎九年冬, 西虜[2]傾國[3]入寇, 不五日, 直至王京, 當路[4]守臣將臣效命者, 無一人, 我伯氏[5]仙源先生, 首殉義于江都, 從而死者八九人。國雖不振, 其義氣烈烈, 昭揭爲宇宙之棟幹, 可以有辭于天下後世者, 獨在是矣。

秉筆者, 固已書之國史, 而薦紳[6]大夫 以曁荒陬僻壤之人, 聞先生之事, 莫不咨嗟涕泣, 爭相傳以聳。而間有一二儓生苟活之徒, 反訾議先生之死爲過中。噫! 此何足置喙[7]也?

古者賢公卿[8]歿, 列其行事, 薦之旂常[9], 勒之金石, 其功與德, 永垂不朽, 故曰: "雖有堯舜之盛, 必有典謨[10]之篇, 然後揭名於後代者。"[11] 非虛言也。況下

---

1) 金尙憲의 ≪淸陰先生集≫ 권37에 <伯氏右議政仙源先生行狀>으로 수록되어 있음. 청음선생집에 실린 글을 지칭할 때는 '청음선생집'이라 일컫는다.
2) 西虜(서로) : 병자호란을 일으켜 침입했던 만주 여진족을 가리킴.
3) 傾國(경국) : 나라를 위태롭게 함.
4) 當路(당로) : 요로를 담당한다는 뜻으로, 일국의 정치를 좌우하는 것을 말함. ≪맹자≫<公孫丑章句 上>의 "공손추가 물었다. '부자께서 (만일) 제나라에서 요로를 담당하신다면 관중과 안자의 공적을 다시 기대할 수 있겠습니까?' 하였다.(公孫丑問日 : '夫子當路於齊, 管仲晏子之功, 可復許乎?')"에서 나온다.
5) 伯氏(백씨) : '맏형'을 높여 이르는 말.
6) 薦紳(천신) : 관직에 있는 사람. 지체가 높은 사람.
7) 置喙(치훼) : 말참견함. (말 중간에) 끼어듦.
8) 公卿(공경) : 三公과 九卿을 아울러 이르는 말.
9) 旂常(기상) : 중국 周나라에서 사용하던 깃발. 旂는 蛟龍을 그린 푸른 색 깃발이며, 常은 천자의 상징으로 해・달・별을 그린 太常旗를 말함. 옛날 신하 가운데 국가에 공덕이 있으면 여기에 功臣들의 이름을 기록하여 드러내어 밝혔다.
10) 典謨(전모) : 百代에 항상 행할 도를 기록한 글인 典과 계책을 기록한 글인 謨. 곧, ≪서

聖人者, 烏可已哉[12]?

豊碑[13]桓楹[14]之辭, 或徵[15]於一家昆弟之親, 而人乃謂之不間者[16]。近世金慕齋[17]誌其弟思齋[18]公, 尹文敬公[19]狀其兄文靖公[20], 頗庶幾焉。某不敢望於二先

경≫의 <堯典>, <舜典>과 <大禹謨>, <皐陶謨> 등의 편을 가리키는데, 뜻이 깊어 전아한 글을 지칭하는 말로도 쓰인다.

11) 인용 문장은 ≪漢書≫<敍傳> 70의 "雖堯舜之盛, 必有典謨之篇, 然後揚名於後世, 冠德於百王."에서 인용한 것임.

12) 烏可已哉(오가이재) : 청음선생집에는 '烏可已哉! 烏可已哉!'라고 함.

13) 豊碑(풍비) : 공적을 적고 덕업을 기리는 큰 돌비석. 豊碑는 下棺할 때 사용하는 기물이다. 壙에 두 개의 碑로 기둥을 세우고, 비에 구멍을 뚫어 紼을 그 구멍을 관통하게 하고, 거기에 관을 연결하여 하관하는데, 紼은 수레를 끄는 줄로, 매장할 때는 관을 내리는 줄이 된다.

14) 桓楹(환영) : 木碑임. 제후의 관을 하관할 적에 사용하는 기구로, 풍비와 비슷한 것이다.

15) 徵(징) : 부탁함.

16) ≪논어≫<先進篇>의 "공자가 말씀하시기를, '효자로다, 민자건이여! 남들이 그의 부모와 형제가 그를 칭찬하는 말에 이의가 없도다.' 하였다.(子曰 : '孝哉, 閔子騫! 人不間於其父母昆弟之言.')"를 참고하여 쓴 표현.

17) 慕齋(모재) : 金安國(1478~1543)의 호. 본관은 義城, 자는 國卿. 金宏弼의 문인으로 사림파의 학통을 계승하였다. 대사간・공조판서・경상도관찰사 등을 지내며 성리학의 실천・보급에 주력하여 각 고을의 鄕校에 ≪小學≫을 보급하고, 각종 농서와 醫書도 널리 간행하여 향촌민들을 교화시키는 데 힘을 썼다. 仁宗의 묘정에 배향되고, 驪州 沂川書院, 利川 雪峰書院, 의성 氷溪書院 등에 제향되었다.

18) 思齋(사재) : 金正國(1485~1541)의 호. 본관은 義城, 자는 國弼, 호는 恩休. 金宏弼의 문인이다. 10세와 12세에 부모를 다 여의고, 이모부인 趙有亨에게서 양육되었다. 1509년에 별시문과에 장원으로 급제하고, 1514년에 賜暇讀書하였으며, 이조정랑・사간・승지 등을 역임하고, 1518년 황해도관찰사가 되었다. 다음해 기묘사화로 삭탈관직 되어 高陽에 내려가 八餘居士라 칭하고, 학문을 닦으며 저술과 후진교육에 전심, 많은 선비들이 문하에 모여들었다. 1537년에 복직, 다음해 전라도관찰사가 되어 수십 條에 달하는 백성을 편하게 하는 정책을 건의, 국정에 반영하게 하였으며, 그 뒤 병조참의・공조참의를 역임하고, 경상도관찰사가 되어 선정을 베풀었다. 1540년 병으로 관직을 사퇴하였다가 뒤에 예조・병조・형조의 참판을 지냈다. 좌찬성에 추증되었으며, 長湍의 臨江書院, 龍岡의 鰲山書院, 고양의 文峰書院 등에 제향되었다.

19) 文敬公(문경공) : 尹根壽(1537~1616)의 시호. 본관은 海平, 자는 子固, 호는 月汀. 金德秀・李滉의 문인이다. 1558년 별시문과에 급제해 승문원 권지부정자에 임용된 뒤 승정원주서・춘추관기사관・연천군수 등을 거쳐 1562년 홍문관부수찬이 되었다. 이때 기묘사화로 화를 당한 趙光祖의 伸寃을 청했다가 과천현감으로 체직되었다. 1565년 홍문관부교리로 다시 기용된 뒤 이조좌랑・正郎 등을 차례로 지내고, 이듬해 ≪명종실록≫ 편찬에 참여했다. 1572년 동부승지를 거쳐 대사성에 승진, 이듬해 奏請副使로 명나라에 가서 宗系辨誣(명나라 ≪태조실록≫과≪대명회전≫에 이성계의 가계가 고려의 권신 李仁任의

生, 然亦知其以親戚故而獲過情譽, 非敬愛也, 謹撰次21)如左。

　先生安東人, 姓金氏, 諱尙容, 字景擇, 自號仙源, 亦號楓溪, 又號溪翁。我先
君子22), 委禽23)於林塘24)鄭相國之門, 生五丈夫子, 先生其長也。生而端穎25)異
凡兒, 稍長卽不妄言笑, 在羣輩中, 動止自中矩26), 識者知其爲宰輔27)器。

　十三, 從赴先君楊口縣, 邑居山水間28), 多童子觀游之樂, 跡不出衙門29), 終日
屈首佔畢30), 居室之內, 寂若無人。

후손으로 잘못 기록된 것을 시정하도록 요청한 일를 하였다. 그 뒤 경상도감사·부제학·
개경유수·공조참판 등을 거쳐 1589년 聖節使로 명나라에 파견되었다. 이듬해 종계변무
의 공으로 光國功臣 1등에 海平府院君으로 봉해졌다. 1591년 우찬성으로 鄭澈이 建儲(세
자 책봉) 문제로 화를 입자, 그가 정철에게 당부했다는 대간의 탄핵으로 형 윤두수와 함
께 삭탈관직 되었다. 임진왜란이 일어나자 예조판서로 다시 기용되었으며, 問安使·遠接
使·주청사 등으로 여러 차례 명나라에 파견되었고, 국난 극복에 노력하였다. 그 뒤 판
중추부사를 거쳐 좌찬성으로 판의금부사를 겸했고, 1604년 扈聖功臣 2등에 봉해졌다.
1608년 선조가 죽자 왕의 묘호를 祖로 할 것을 주장해 실현시켰다.

20) 文靖公(문정공) : 尹斗壽(1533~1601)의 시호. 본관은 海平, 자는 子仰, 호는 梧陰. 李滉·
李仲虎의 문인이다. 1555년 생원이 되고, 1558년 식년문과에 급제하였다. 1577년 謝恩使
로 명나라에 다녀왔고, 1578년 都承旨로 있다가 이종동생 李銖의 옥사에 연루되어 파직
되었다. 1579년 延安府使로 서용되어 선정을 베풀어 表裏를 하사받았다. 1590년 宗系辨
誣의 공으로 光國功臣 2등이 되어 海原府院君에 봉해졌다. 1591년 建儲問題로 鄭澈이 화
를 입자 이에 연루되어 會寧에 유배, 다시 洪原·延安으로 移配되었다가 풀려났다. 1592
년 임진왜란이 일어나자 왕을 호종하여 御營大將·右議政을 거쳐 左議政에 올랐다. 평양
이 위태로워지자 義州로 피난갈 것을 주장하여 실현시켰고, 遼東으로 피난하려는 계획을
반대하였다. 1594년 세자를 시종하여 三道體察使가 되었고, 1595년 判中樞府事로 왕비를
海州로 시종하였다. 1599년 領議政이 되었으나 곧 사직하고 南坡로 돌아갔다.

21) 撰次(찬차) : 시문 따위를 가려 뽑아서 순서대로 배열하여 저술함.

22) 先君子(선군자) : 돌아가신 아버지.(先親)

23) 委禽(위금) : 결혼할 때 신랑이 신부 집에 기러기를 가지고서 醮禮床 위에 올려놓는 것으
로, 곧 장가가는 것을 이름.

24) 林塘(임당) : 鄭惟吉(1515~1588)의 호. 본관은 東萊, 자는 吉元. 鄭蘭宗의 증손으로, 할아
버지는 영의정 鄭光弼이고, 아버지는 강화부사 鄭福謙이다. 金尙容·金尙憲의 외할아버지
이다. 1583년 우의정에 오르고 그 이듬해 几杖이 하사되어 耆老所에 들어갔으며, 1585년
좌의정이 되었다. 아들 鄭昌衍은 좌의정까지 올랐다.

25) 端穎(단영) : 단정하고 영특함.

26) 動止自中矩(동지자중구) : 청음선생집에는 '動止自矩'로 되어 있음.

27) 宰輔(재보) : 宰相. 임금을 도와 모든 관원을 지휘하고 감독하는 2品 이상의 벼슬이나 그
런 자리에 있는 사람을 통틀어 이르던 말.

28) 邑居山水間(읍거산수간) : 청음선생집에는 '邑居山水'로 되어 있음.

29) 跡不出衙門(적불출아문) : 청음선생집에는 '先生跡不出衙門'으로 되어 있음.

萬曆壬午[31], 中司馬第六名, 在頖宮[32], 所與交皆名士, 而黃文敏[33]愼·李體素[34]春英, 最相深契。兩公才望傾一時, 至於劑量酸醎, 從容得中[35], 咸歸之先生。

己丑冬, 鄭汝立[36]謀叛事發, 治獄蔓延. 適有求言之旨, 大學諸生上疏, 推先生

---

30) 佔畢(점필) : 글을 눈으로 보기만 함. ≪예기≫<學記>의 "지금의 교육에서는 눈앞의 책만 되뇌어 읽는다.(今之敎者, 呻其佔畢.)"에서 나온다.

31) 萬曆壬午(만력임오) : 宣祖 15년인 1582년.

32) 頖宮(반궁) : 성균관의 별칭.

33) 文敏(문민) : 黃愼(1560~1617)의 시호. 본관은 昌原, 자는 思叔, 호는 秋浦. 成渾과 李珥의 문인이다. 1588년 알성문과에 장원으로 급제한 뒤 감찰·음죽현감 등을 거쳐, 호조·병조의 좌랑을 역임하였다. 1589년 정언이 되어 鄭汝立을 김제군수로 임명한 李山海를 追論하였고, 정여립의 옥사에 대해 직언하지 않는 대신을 논박하다가 이듬해 고산현감으로 좌천되었다. 1593년 지평으로 명나라 經略 宋應昌을 접반하였고, 1596년 통신사로 명나라의 사신 楊邦亨·沈惟敬을 따라 일본에 다녀왔다. 이어 慰諭使·贊劃使 등을 거쳐 전라감사에 임명되었다. 1601년 대사헌이 되었으나, 鄭仁弘의 사주를 받은 文景虎가 스승인 성혼을 비난하자 이를 변호하다가 파직되었다. 이듬해 謝恩使로 명나라에 가는 도중 漁陽에 이르렀을 즈음, 정인홍의 탄핵으로 삭탈관작되었음을 듣고 강화로 돌아갔다. 1609년 호조참판으로 陳奏副使가 되어 李德馨과 함께 명나라에 다녀와서 공조판서·호조판서 등을 역임하였다. 임진왜란 때 광해군을 시종한 공로로 1612년 衛聖功臣 2등에 책록되고, 檜原府院君으로 봉해졌다. 그러나 다음해 계축옥사가 일어나자 李爾瞻의 사주를 받은 죄수 鄭浹의 무고로 쫓겨나 中途付處되었다. 그 뒤 옹진에 유배되어 배소에서 졸하였다.

34) 體素(체소) : 李春英(1563~1606)의 호. 본관은 全州, 자는 實之. 成渾의 문인이다. 1590년 증광문과에 급제하고 이듬해 검열이 제수되었으나, 鄭澈이 파직당할 때 연루되어 三水로 귀양갔다. 1592년에 풀려나 다시 검열과 호조좌랑을 거쳐서, 임진왜란이 격심하여지자 召募官으로 충청·전라도를 순행하였고, 이어 抄啓製述文官이 되어 중국에 구원을 청하는 奏文을 초하였다. 1601년 예천군수를 마지막으로 벼슬에서 물러났다.

35) 從容得中(종용득중) : ≪중용≫ 제20장의 "참된 자는 억지로 힘쓰지 않아도 과와 불급이 없고, 굳이 생각을 하지 않아도 터득해서 자연히 도에 합치되는데, 이런 분이 바로 성인이다.(誠者, 不勉而中, 不思而得, 從容中道, 聖人也.)"를 염두에 둔 표현.

36) 鄭汝立(정여립, 1546~1589) : 본관은 東萊, 자는 仁伯. 1567년 진사가 되었고, 1570년 식년문과에 급제한 뒤 李珥와 成渾의 각별한 후원과 촉망을 받았다. 1583년 예조좌랑이 되고 이듬해 수찬이 되었다. 본래 서인이었으나 수찬이 된 뒤 당시 집권세력인 동인에 反附하여 이이를 배반하고 朴淳·성혼을 비판하였다. 이에, 왕이 이를 불쾌히 여기자 벼슬을 버리고 고향으로 돌아갔다. 특히 전라도 일대에 그의 명망이 높았다. 그는 진안 竹島에 서실을 지어놓고 大同契를 조직하여 매달 射會를 여는 등 세력을 확장해갔다. 1587년 왜선들이 전라도 損竹島에 침범했을 때는 당시 전주부윤 南彦經의 요청에 응하여 대동계를 동원, 이를 물리치기도 하였다. 그 뒤 대동계의 조직은 전국적으로 확대되어 황해도 안악의 邊崇福·朴延齡, 해주의 池涵斗, 雲峰의 승려 義衍 등이 참여하였다. 그러나 1589

冠首, 極陳明教化侈濫[37], 宣祖下教褒納。

明年[38], 除宣陵參奉[39], 已而擢乙科[40], 亡何[41]與同年[42]數人, 同薦史局[43]。
方待補撿閱[44], 承文院[45]又揀隸[46]本院權知副正字[47], 故事[48]未歷外館, 先領史
薦[49], 新進[50]極選, 人以爲榮。偕進者, 多沾沾[51]自足, 喜臧否[52]善標榜[53], 以取
名譽。而先生深自謙遜, 若退避[54]然, 是以得處子稱。及外舅[55]鄭左相再爲知春

년 이들이 한강의 결빙기를 이용, 황해도와 호남에서 동시에 입경하여 대장 申砬과 병조
판서를 살해하고, 병권을 장악하기로 했다는 고변이 황해도관찰사 韓準, 안악군수 李軸,
재령군수 朴忠侃, 신천군수 韓應寅 등의 연명으로 급보되어 관련자들이 차례로 잡혔다.
그는 금구의 별장을 떠나 아들 鄭玉男과 함께 죽도로 피신했다가 관군의 포위가 좁혀들
자 자살하고 말았다. 이로써 그의 역모는 사실로 굳어지고, 鄭澈이 委官이 되어 사건을
조사, 처리하면서 동인의 정예인사는 거의 제거되었으니, 비명에 숙청된 인사는 李潑 등
을 비롯하여 1,000여 명에 달하였다. 그는 기축옥사의 장본인이 되어 동인의 정치권에
큰 타격을 주었고, 전라도 전체가 반역향이라는 낙인을 찍히게 하여 호남출신 인사의
관계 진출을 어렵게 만들었다.

37) 極陳明教化侈濫(극진명교화계람) : 청음선생집에는 '極陳明教化戒濫淫'으로 되어 있음.
38) 明年(명년) : 청음선생집에는 '明年秋'로 되어 있음.
39) 參奉(참봉) : 선원선생의 <연보>를 보면, 선릉참봉에 제수된 것은 1590년 9월임.
40) 已而擢乙科(이이탁을과) : 청음선생집에는 '已擢文科乙科'로 되어 있음. 선원선생의 <연
보>를 보면, 증광문과에 병과 제8등 급제한 것으로 되어 있으며, 그 시기는 1590년 10
월이다.
41) 亡何(무하) : 無何. 얼마 안 되어.
42) 同年(동년) : 同榜. 같은 때에 과거에 급제하여 방목에 함께 적힌 사람.
43) 선원선생의 <연보>를 보면, 史局에 천거된 것은 1590년 12월임. 사국은 史草를 담당하
고 실록을 편찬하던 예문관이나 춘추관 또는 實錄廳이나 日記廳 등을 통틀어 이르는 말이
다.
44) 撿閱(검열) : 청음선생집에는 '檢閱'로 되어 있음. 검열은 예문관이나 춘추관에 소속된 정
9품의 관직이다.
45) 承文院(승문원) : 외교문서를 관장하던 관청.
46) 揀隸(간예) : 선발하여 배속함.
47) 權知副正字(권지부정자) : 조선시대에 承文院과, 경전 등의 文籍을 담당하던 校書館에 배
속되었던 임시 관직.
48) 故事(고사) : 예로부터 전해 오는 사례.
49) 史薦(사천) : 신임 史官을 뽑을 때에는 반드시 전임 사관의 천거를 통해 선발하는 일. 사
관은 史草를 작성하는 관원으로, 예문관의 檢閱과 승정원의 注書가 으레 겸직하였다.
50) 新進(신진) : 새로 벼슬에 오른 사람.
51) 沾沾(첨첨) : 으스대는 모양. 자득한 모양.
52) 臧否(장부) : 착함과 착하지 못함.
53) 標榜(표방) : 남의 착한 행실을 기록하여 여러 사람에게 보임.

秋, 於法當避[56), 先生久居散秩[57)。

壬辰之亂, 寓江華, 故相鄭公澈爲都體察使, 引爲幕府從事, 隨徃兩湖[58)。拜刑曹佐郎・兼春秋館記事官, 亡何, 鄭公以謝恩使[59)赴京師[60), 先生急欲赴行在。會金瓚[61)爲湖南檢察使, 金公本鄭相貳价[62), 與先生同事幕府, 請于朝以爲從事[63), 先生留佐不果行。亡何, 拜兵曹佐郎・司諫院正言, 皆以在外見遞, 移成均館典籍, 拜吏曹佐郎, 適金公有召儐[64)之命, 先生亦還朝。又帶三字銜[65)。時朝家多事, 格庶僚予告[66)之例, 先生爲長子迎相[67), 私出坼[68)外坐罷。

亡何, 遇赦, 叙還吏曹, 遭婦喪病免。又還吏曹, 兼世子侍講院司書, 陞本曹正郎, 兼官如故。亡何, 微文坐罷, 未久遇赦, 叙拜弘文館修撰, 改成均館直講。以接伴使金晬[69)從事官, 隨日本冊使[70)李宗城, 徃嶺南。

---

54) 退避(퇴피) : 물러나 피함. 곧 다른 사람과 다투지 않거나 다른 사람에게 양보함을 일컫는다.

55) 及外舅(급외구) : 청음선생집에는 '及舅氏'로 되어 있음. 여기서는 鄭惟吉을 가리킨다.

56) 避(피) : 相避. 친족 또는 기타 관계로 같은 곳에서 벼슬하는 일이나 聽訟, 試官 따위를 피하는 것을 말함.

57) 散秩(산질) : 실직이 없는 벼슬.

58) 兩湖(양호) : 湖南과 湖西를 통틀어 이르는 말.

59) 謝恩使(사은사) : 임금이 중국의 황제에게 사은의 뜻을 전하기 위하여 보내던 사절.

60) 赴京師(부경사) : 청음선생집에는 '如京師'로 되어 있음. 경사는 한양을 가리키는데, 이때 명나라 군대가 한양을 수복하였기 때문이다.

61) 金瓚(김찬, 1543~1599) : 본관은 安東, 자는 叔珍, 호는 訥菴. 1567년에 진사가 되고, 1568년 식년문과에 급제하여 승문원에 들어갔다. 1592년 임진왜란이 일어났을 때 임금의 파천을 반대하였으며, 임금 일행이 개경에 이르자 東人 李山海의 실책을 탄핵하여 영의정에서 파직시키고, 백성들의 원성을 사고 있던 金公諒을 공격하는데 앞장섰다. 뒤에 鄭澈 밑에서 體察副使를 역임하고, 兩湖調度使로 전쟁의 뒷바라지를 하였으며, 接伴使로서 명나라와의 외교를 담당하였다. 임진왜란 뒤 전쟁의 수습과정에서 죽자, 선조는 조회를 정지하여 추모의 뜻을 표했다. 시호는 孝獻이다.

62) 貳价(이개) : 副使.

63) 請于朝以爲從事(청우조이위종사) : 청음선생집에는 '請于朝又以爲從事'로 되어 있음.

64) 召儐(소빈) : 接伴使로 부름을 받음. 접반사는 외국 사신을 접대하던 임시직 벼슬아치로, 정3품 이상에서 임명하였다.

65) 三字銜(삼자함) : 知製敎의 별칭.

66) 予告(여고) : 관리가 휴가를 얻어 귀향하는 일.

67) 迎相(영상) : 혼사를 치름.

68) 坼(탁) : 청음선생집에는 '圻'로 되어 있음.

明年春, 還朝, 拜弘文館副應敎。又以都元帥權慄[71]從事, 隨徃湖南, 夏還朝, 改成均館司藝。

明年夏, 又以接伴使張雲翼[72]從事, 徃候麻提督[73]于義州, 提督至, 隨還王京, 復拜副應敎兼世子侍講院弼善。初, 先生與申文貞[74]欽, 同在鄭相幕下, 俱以淸裁

69) 金晬(김수, 1537~1615) : 본관은 安東, 자는 子昴, 호는 夢村. 1573년 알성문과에 급제하였다. 직제학·승지를 거쳐 1587년에 평안도관찰사에서 면직되었으나, 나라에서 倭를 매우 걱정하여 변방의 일을 아는 宰臣을 뽑아 三道로 나누어 파견하여 軍務를 순찰하고 대비하도록 할 때 경상도관찰사가 되었다. 1592년 8월에 한성판윤이 되었고, 지중추부사·우참찬 등을 거쳐, 1596년 호조판서로서 전라도와 충청도에서 明軍의 군량을 충당하기 위하여 군량징수에 힘썼다. 그 뒤 영중추부사에 이르렀으나 1613년 손자인 金祕가 옥사할 때 탄핵을 받고 삭직당하였다. 시호는 昭懿이다. '晬'가 청음선생집에는 '睟'로 되어 있다.

70) 冊使(책사) : 책봉사절. 1595년 1월, 명나라 禮部는 히데요시에게 冠服, 印章, 誥命 등을 하사하라고 황제에게 요청했다. 이어 일본에 가서 히데요시를 일본 국왕으로 책봉하는 의식을 주관할 사절단의 正使에 李宗城, 副使에 楊方亨을 지명했다.

71) 權慄(권율, 1537~1599) : 본관은 安東, 자는 彦愼, 호는 晩翠堂·暮嶽. 1592년 임진왜란이 일어나자 광주목사에 제수되어 바로 임지로 떠났다. 왜병에 의해 수도가 함락된 뒤 전라도관찰사 李洸과 방어사 郭嶸이 4만여 명의 군사를 모집할 때 광주목사로서 곽영의 휘하에서 中衛將이 되어 서울의 수복을 위해 함께 북진했다. 주장인 이광이 무모한 공격을 취해 대패하고 선봉장 李詩之·白光彦 등 여러 장수들이 전사했다. 그러나 오직 혼자만이 휘하의 군사를 이끌고 광주로 퇴각해 후사를 계획했다. 그 뒤 독산산성에서 왜적들에게 타격을 가했고, 1593년 2월 행주산성에서 대첩을 하였다. 파주산성으로 옮겨가서 도원수 金命元 등과 성을 지키면서 정세를 관망하던 중 명나라와 일본 간에 강화회담이 진행되어 휴전상태로 들어가자, 군사를 이끌고 전라도로 복귀하였다. 1597년 정유재란이 일어나자 적군의 북상을 막기 위해 명나라 제독 麻貴와 함께 울산에 대진하였으나 도어사 楊鎬의 돌연한 퇴각령으로 철수하였다. 이어 순천에 주둔한 왜병을 공격하려 하였으나, 전쟁의 확대를 꺼리던 명나라 장수들의 비협조로 실패하였다. 1599년 노환으로 관직을 사임하고 고향으로 돌아갔다.

72) 張雲翼(장운익, 1561~1599) : 본관은 德水, 자는 萬里, 호는 西村. 張維의 아버지이다. 1579년 사마시에 합격하고, 1582년 식년문과에 장원으로 급제하였다. 1592년 임진왜란이 일어나자 왕을 호종하였다. 중국어에 능통하여 왕의 총애를 받았고, 이듬해 집의로서 奏請使가 되어 명나라에 다녀왔다. 그 뒤 도승지·해주목사·형조판서 등을 역임하였다. 1597년 정유재란 때 이조판서로서 接伴使가 되어 명나라 제독 麻貴를 영접하고, 그와 함께 울산싸움에 참전하였다. 후에 형조판서가 되었다. 시호는 貞敏이다.

73) 麻提督(마제독) : 麻貴. 이때 마귀는 병사들을 이끌고 조선을 구원하러 왔다.

74) 文貞(문정) : 申欽(1566~1628)의 시호. 본관은 平山, 자는 敬叔, 호는 玄軒·象村·玄翁·放翁. 1623년 3월 인조의 즉위와 함께 이조판서 겸 예문관·홍문관의 대제학에 중용되었다. 같은 해 7월에 우의정에 발탁되었으며, 1627년 정묘호란이 일어나자 좌의정으로서 세자를 수행하고 전주에 피난했으며, 같은 해 9월 영의정에 올랐다가 죽었다.

鑑識[75]著聲, 大小幕僚之辟[76], 皆願得二先生爲重, 故道路戎馬之間, 勞勤最大[77]。亡何, 皇帝遣監察御史陳效, 監東征諸軍, 以問禮官[78], 往義州。

明年正月, 還朝, 擢拜承政院同副承旨。先生資序[79]尙淺, 於格不當注擬[80], 而出於特命, 盖異數[81]也。適左承旨李公鐵[82], 婚家當避, 上疏乞遞, 許之。又上疏請還加資[83], 不許。亡何, 李公去職, 先生復拜承旨, 序陞至左副。

夏, 如京師, 賀萬壽節[84]。先時使期有責限, 時中國連歲出師, 東路郵傳[85]已罷, 所至淹滯。先生過期, 僅十許日, 而言路糾罷。亡何, 上念勞, 特叙刑曹參議, 還承旨。自是二年之間, 爲承旨者八, 爲參議刑曹兵曺者六。

辛丑春, 拜大司諫, 先生感不世之遇, 思有以一言報答。會召對[86]策邊事[87], 公卿滿前。先生進曰: "方今言路杜塞, 宮禁不嚴, 此皆聖德之大累, 治道之痼病。臣請先務內修, 以立禦外之本可乎." 上問: "爾謂不嚴, 何事? 毋敢有隱." 對曰:

---

75) 識(식) : 청음선생집에는 '密'로 되어 있음.
76) 辟(벽) : 自辟. 각 관아의 우두머리가 자기 뜻대로 아래 관원을 추천하여 벼슬시키는 일.
77) 大(대) : 청음선생집에는 '多'로 되어 있음.
78) 問禮官(문례관) : 중국에서 사신이 오면 인사를 치르고 인도하는 일을 맡아보던 임시 벼슬.
79) 資序(자서) : 資級과 순서. 자급은 加資의 등급으로, 벼슬아치의 위계를 이른다.
80) 注擬(주의) : 벼슬아치를 임명할 때 임금에게 후보자 세 사람을 정하여 올리던 일. 文官은 吏曹에서, 武官은 兵曹에서 정하였다.
81) 異數(이수) : 특별한 예우.
82) 李公鐵(이공철) : 李鐵(1540~1604). 본관은 全州, 자는 剛中. 1582년 식년문과에 급제하고, 승문원부정자가 되었고, 이어 저작・박사와 공조・호조의 좌랑을 역임하였다. 또한, 외직으로 나가 무장현감, 평안・충청・경상 3도의 도사와 용천군수・파주목사를 지냈다. 1592년 임진왜란 때 선조를 의주까지 호종하였고, 돌아와 양양부사에 올랐다. 1594년 공조・호조의 정랑, 성균관사성, 宗簿寺・司僕寺正과 사간원헌납, 사헌부지평, 장령 등을 거쳐 이듬해 수찬을 지냈다. 1596년 장령에 이어 이듬해 동부승지・좌부승지를 역임하였다. 1598년 형조참의, 다음해 호조참의・우승지, 1603년 예조참의로 謝恩兼千秋使가 되어 명나라에 다녀왔다.
83) 加資(가자) : 조선 시대에, 관원들의 임기가 찼거나 근무 성적이 좋은 경우 품계를 올려 주던 일.
84) 萬壽節(만수절) : 중국 명나라 때에, 천자의 탄생 축일을 기념하던 날.
85) 郵傳(우전) : 각 驛에 인마를 두어 문서나 짐 따위를 나르던 일.
86) 召對(소대) : 왕명으로 임금과 대면하여 정사에 대한 의견을 상주하던 일.
87) 邊事(변사) : 변방을 방비하는 일.

"臣聞某凶自負奧力[88]，某弁[89]陰圖節鉞[90]，人皆以爲妄，已而果驗，民庶竊疑之。然此豈殿下所知者哉！ 必有小人慫慂[91]爲交通之階[92]，乞賜痛斷。" 上未答，玉色[93]甚厲，左右縮頸，莫有繼之者。故相沈公喜壽[94]，啓曰："此事民間譁[95]言已久，臣亦聞之，諸臣無不聞之，特畏懼不敢盡言[96]，金某獨言之，可謂鳳鳴朝陽[97]。" 於是，上改容溫諭。旣退，戚里[98]禁臠[99]家相傳，'上震怒，有所責問，宮中愓息累日。'云。因災異 又上箚請革宮奴[100]釐貢案[101]，以抒民弊，辭甚明剴，上優答。

亡何，移左承旨，病免。拜大司成，改兵曹參知，又改參議。有失志醜正者伺上意，使所善嶺南人投疏，故擧己丑治獄大臣，以激上怒，時事日變，自以爲得大

---

88) 奧力(오력) : 깊숙한 곳에서 뒤를 봐주는 힘.
89) 弁(변) : 무관을 가리키는 말.
90) 節鉞(절월) : 조선시대에 지방의 관찰사·유수·병사·수사·대장·통제사 등이 부임할 때 임금이 내어주던 符節이란 깃발과 斧鉞이란 도끼. 부월은 生殺與奪權을 상징한다.
91) 慂(용) : 청음선생집에는 '更'로 되어 있음.
92) 階(계) : 청음선생집에는 '階者'로 되어 있음.
93) 玉色(옥색) : 임금의 안색.
94) 喜壽(희수) : 沈喜壽(1548~1622). 본관은 靑松, 자는 伯懼, 호는 一松. 1572년 문과에 급제, 承文院을 거쳐 獻納이 되었다가 鄭汝立의 옥사로 사직하였다. 湖堂을 거쳐 1591년 應敎로서 東萊에서 일본 사신을 맞았다. 한때 직언하다 선조의 미움을 샀으나, 1592년 임진왜란 때 義州로 왕을 호종, 중국 사신을 만나 능통한 중국어로 明將 李如松을 맞았다. 1598년 정유재란 때는 예조판서로서 명나라 경리 楊鎬와 萬世德의 접반사가 되었다. 1599년에 이조판서와 홍문관 예문관 양관 대제학을 지냈으며 1606년 좌의정, 1608년 광해군 때의 권신 李爾瞻의 정권에서 우의정을 지냈다.
95) 譁(화) : 청음선생집에는 '譁'으로 되어 있음.
96) 不敢盡言(불감진언) : 청음선생집에는 '不敢盡'으로 되어 있음.
97) 鳳鳴朝陽(봉명조양) : 조정에서 바른 말을 한 것을 비유하는 말. ≪시경≫<大雅·卷阿>에, "봉황이 우니, 저 높은 산등성이에서 울도다. 오동나무가 자라나니, 저 조양에서 자라도다. 무성하고 우거졌으니 조화롭게 울도다.(鳳凰鳴矣, 于彼高岡. 梧桐生矣, 于彼朝陽. 菶菶萋萋, 雝雝喈喈.)" 한 데서 온 말이다. 이 시는 어진 이가 도가 있는 조정에 모인 것을 비유한 것으로, 朝陽에서 봉황이 운다는 뜻은, 덕이 출중하고 정직하여서 과감하게 직간하는 것을 비유하는 말로 쓰인다.
98) 戚里(척리) : 임금의 내척과 외척을 아울러 이르는 말.
99) 禁臠(금련) : 駙馬를 뜻함.
100) 革宮奴(혁궁노) : 청음선생집에는 '勒宮奴'로 되어 있음.
101) 貢案(공안) : 조선 시대에, 貢物의 품목과 수량을 기록하던 文簿.

柄。又有素忮而其子姓尙[102]翁主, 新得倖者[103], 夤緣[104]鑽入, 驟長銓衡[105], 遂肆意斥陟, 首逐先生爲定州牧使。長子死未葬, 不顧而行。抵官十日, 詔使[106]顧天峻‧崔廷健遽至, 使體與學士大異。有急難應副者, 陽怒[107]他[108]事, 甚生鬧端, 一州驚擾, 幾欲鳥竄[109], 先生能勿動, 追至嘉平[110], 卒成禮而去。

先生不以遷客自處, 精勤於職, 爬搔垢弊, 宿瘼爲之一洗。又以間飭學宮[111], 修文事隷[112], 諸生親加獎誨, 遂彬彬[113]成就矣。開廢渠, 灌田數千頃, 民大蒙利[114], 及他[115]惠政, 在人口者甚多。先生雖不好赫赫聲, 而報政爲一道冠, 累蒙

---

102) 尙(상) : 공주에게 장가듦.
103) 柳永慶(1550~1608)을 가리킴. 본관은 全州, 자는 善餘, 호는 春湖. 당론이 일어날 때에는 柳成龍과 함께 동인에 속했으며, 동인이 다시 남인‧북인으로 갈라지자 李潑과 함께 북인에 가담하였다. 1599년 대사헌으로 있을 때에 南以恭‧金藎國 등이 같은 북인인 洪汝諄을 탄핵하면서 대북‧소북으로 갈리자, 柳希奮 등과 함께 남이공의 당이 되어 영수가 되었다. 이때 대북파에 밀려 파직되었다가 1602년 이조판서에 이어 우의정에 올랐다. 그런데 대북파의 奇自獻‧鄭仁弘 등과 심한 마찰을 빚었고 뒤이어 세자 문제로 더욱 분란을 일으켰다. 1606년 선조 즉위 40주년 행사를 앞당겨 賀禮하고 增廣試까지 실시해 즉위 때와 같이 경축하게 하는 등 왕의 총애를 굳히려 하였다. 오랫동안 집권해 권력이 증대되고 그에게 뇌물 공여도 횡행하였다. 그 뒤 같은 소북파인 남이공과 불화해 濁小北으로 분파했으며, 선조 말년에 왕의 뜻을 따라 永昌大君을 광해군에 대신해 옹립하려 하였다. 1608년 선조가 죽기 전에 영창대군을 부탁한 遺敎七臣의 한 사람이었다. 광해군이 즉위하자 대북 李爾瞻‧정인홍의 탄핵을 받고 경흥에 유배되었다가 賜死되었다.
104) 夤緣(인연) : 덩굴이 줄을 타고 뻗어 올라간다는 뜻으로, 권세 있는 연줄을 타고 지위에 오름을 비유적으로 이르는 말.
105) 銓衡(전형) : 인재의 됨됨이나 재능 따위를 가려 뽑는다는 뜻으로, 吏曹를 가리킴.
106) 詔使(조사) : 중국에서 오던 사신. 중국 천자의 詔勅을 가지고 온다 하여 이르던 말이다.
107) 陽怒(양노) : 거짓으로 성을 냄.
108) 他(타) : 청음선생집에는 '它'로 되어 있음.
109) 鳥竄(조찬) : 새가 날아가 버리듯이 사방으로 흩어져 숨음.
110) 嘉平(가평) : 嘉平館. 평안남도 嘉山郡에 있던 客館.
111) 學宮(학궁) : 각 고을 향교의 별칭.
112) 修文事隷(수문사예) : 청음선생집에는 '修擧文事肄'로 되어 있음.
113) 彬彬(빈빈) : 본바탕과 아름다운 문채, 즉 내용과 형식이 훌륭하게 조화된 군자라는 뜻. ≪논어≫<雍也篇>에 "바탕이 문채를 압도하면 촌스럽게 되고, 문채가 바탕을 압도하면 겉치레에 흐르게 되나니, 문채와 바탕이 조화를 이룬 뒤에야 군자라고 할 수 있다. (質勝文則野, 文勝質則史, 文質彬彬然後君子.)"라는 공자의 말이 실려 있다.
114) 蒙利(몽리) : 수리시설에 의하여 물을 받음.
115) 他(타) : 청음선생집에는 '它'로 되어 있음.

褒賞。秩滿[116]還朝，髫白[117]擁車，道爲之枳，後追思碑之。

於是，先生去國[118]已三年，二親老病，不欲離傍側，殊無仕宦意。數月，又除尙州牧使，黽勉赴官，官舍經亂盡燬，先生次第繕治，噲然改觀，親問疾苦，委曲[119]拊循[120]，而其閭里爭鬪細事，一付之鄕三老[121]，郡中政簡，民亦便之。

州居南方孔道[122]，冠蓋[123]走集，衿紳[124]所聚，齒舌[125]挾翼以蜚，前政鮮以完名去者。至於先生，無不服其寬恬雅整，三年，以鄕試官同考發解[126]，京使稍近嫌[127]，擧子噪而出，坐是罷歸。

亡何，叙拜掌隷院判決事，卽日又除安邊府使，人皆以爲已甚。時倖相[128]尙在[129]，其勢[130]益張，而其爲忮益深[131]。主銓者[132]乃其客也，不暇恤公論而逆其指。先生至官踰期，其治如定州，而益習吏事，動如民情，一境晏然。

宣廟上昇，以喪事召還，篆大行[133]銘旌，授護軍[134]。已改僉知中樞府事[135]，

---

116) 秩滿(질만)：임기가 참.
117) 髫白(초백)：젊은이와 늙은이. 남녀노소.
118) 去國(거국)：서울 또는 도성을 떠남.
119) 委曲(위곡)：자상함.
120) 拊循(부순)：어루만져 줌. 위로함.
121) 鄕三老(향삼로)：漢나라 때의 관직 이름. 鄕마다 三老 한 사람을 두어 교화를 관장하게 하였다. 조선시대에는 한 마을의 장로로서 그 마을의 교화를 맡은 사람을 가리키는 말로 쓰였다.
122) 孔道(공도)：大路. 要路.
123) 冠蓋(관개)：높은 벼슬아치가 타고 다니던 수레. 벼슬아치를 가리킨다.
124) 衿紳(금신)：儒生.
125) 齒舌(치설)：사람들의 비난.(口舌)
126) 發解(발해)：發解考試. 鄕試를 뜻함. 공문서를 중앙 정부에 발송하여 擧人을 京師에서 과거에 응시하게 하는 일이다.
127) 嫌(혐)：嫌疑. 범죄를 저질렀을 가능성.
128) 倖相(행상)：임금의 총애를 받는 신하. 여기서는 柳永慶을 가리킨다.
129) 尙在(상재)：청음선생집에는 '尙在事'로 되어 있음.
130) 勢(세)：청음선생집에는 '執'로 되어 있음.
131) 深(심)：청음선생집에는 '甚'으로 되어 있음.
132) 主銓者(주전자)：銓衡을 맡은 자. 곧 吏曹를 가리킨다.
133) 大行(대행)：왕이나 왕비가 죽은 뒤 諡號를 올리기 전에 높여 이르던 말.
134) 護軍(호군)：五衛에 속한 정4품 벼슬. 現職이 아닌 정4품의 무관이나 蔭官 가운데에서 임명하였다.
135) 僉知中樞府事(첨지중추부사)：중추원에 속한 정3품 무관의 벼슬.

又改刑曹參議。山陵[136]畢, 陞嘉善大夫[137]漢城府右尹。改戶曹參判兼五衛都摠府副摠管。亡何 拜都承旨[138]。

己酉[139], 皇帝遣行人[140]熊化賜祭及謚, 太監劉用頒冊命[141], 先生周旋左右無失儀。特陞資憲, 亡何病辭。授同知中樞府事兼知春秋館事。又拜大司憲, 入對[142]極論宮中巫覡祈禳之事, 請亟斥左道妖術, 以端出治之源, 亡何病辭。授同樞[143], 又改判尹[144]。

癸丑[145]四月, 朴應犀[146]獄起, 先朝重臣名士少獲免者。先生亦被逮, 光海親問, 察其枉, 卽日命釋。奸黨深忌先生, 嗾囚誣引[147], 必欲得以甘心, 而先生平日

---

136) 山陵(산릉) : 임금의 무덤.
137) 嘉善大夫(가선대부) : 가의대부의 아래 급으로 종2품 문무관의 품계.
138) 都承旨(도승지) : 승정원의 으뜸 벼슬. 왕명을 전달하거나 신하들이 왕에게 올리는 글을 상달하는 일을 맡아보았다.
139) 己酉(기유) : 光海君 1년인 1609년.
140) 行人(행인) : 외교를 맡는 使者의 통칭.
141) 冊命(책명) : 왕세자, 왕세손, 妃嬪 등을 冊封하던 임금의 명령.
142) 入對(입대) : 궁궐에 들어가 임금을 알현하던 일.
143) 同樞(동추) : 同知中樞府事. 중추부에 속한 종2품 벼슬이다.
144) 判尹(판윤) : 한성부의 으뜸 벼슬. 정이품 벼슬로 府尹을 고친 것이다. '特陞資憲. ~ 授同樞又改判尹.'이 청음선생집에는 '特陞資憲大夫漢城府判尹兼都摠管. 又兼知義禁府事, 已拜司憲府大司憲. 亡何病辭, 授同知中樞府事兼知春秋館事. 又拜大司憲, 入對極論宮中巫覡祈禳之事, 請亟斥左道妖術, 以端出治之源. 亡何病辭, 授同樞又改樞, 改封成陵. 以繕工提調視工役, 工訖陞正憲大夫拜刑曹判書, 病辭. 改知樞又改判尹.'으로 되어 있다.
145) 癸丑(계축) : 光海君 5년인 1613년.
146) 朴應犀(박응서, ?~1623) : 詩文에 능하고 학문이 깊은 쟁쟁한 문사였으나 庶出이어서 출세의 길이 막혀 있었다. 庶孼差待에 불만을 품고 같은 명문의 서자들인 金平孫・沈友英・徐羊甲・朴致毅・朴致仁・李耕俊 등과 江邊七友 또는 竹林七友라 자처하며, 여주의 북한강근처에서 詩酒로 세월을 보냈으며, 亭子의 이름을 無倫堂이라 하였다. 또 李再榮・許筠 등과도 교유하였다. 광해군 즉위 초에 이들이 連名上疏하여 庶孼許通을 청하였으나 허락되지 않았다. 1612년 鳥嶺에서 銀商人을 죽이고 은 6, 700냥을 약탈하였다. 이 사실이 발각되어 이듬해 일당과 함께 검거되었다. 이 사건으로 자신의 화를 면하게 해주겠다는 대북파 李爾瞻 등의 꾐에 빠져서 永昌大君을 옹립하기 위한 자금을 조달하고자 강탈하였다고 거짓 자백하였다. 이로 말미암아 영창대군은 강화에 유배되고 인목대비의 아버지이며 영창대군의 외할아버지인 金悌男은 사형, 기타 小北派들이 숙청당한 계축옥사가 일어났다. 七庶一黨이 모두 연루되어 치죄되었으나 그 혼자만 죄가 용서되어 석방되었다. 1623년 인조반정 때 잡혀 주살되었다.
147) 誣引(무인) : 죄 없는 자를 죄가 있다고 끌어들임.

行事, 雖善毀者, 無可指摘, 竟不能以有加也。先生入獄, 置對[148]自若, 出亦自若, 見者益驗其操守不惑。先生杜門屏居[149], 日與諸弟, 娛侍二親, 於世事朝政, 若不聞者。明年, 叙授護軍。

丙辰[150], 陞崇政大夫, 先是追尊恭聖后[151], 廟主易故題, 用先生筆故也。自癸丑以後, 奸臣謀行大事, 欲因以盡除異己者, 至明年丁巳[152], 遂劫大臣韓孝純[153]等, 率百僚請廢大妣[154], 不與者並請竄殛[155], 先生不一造, 亦在遣中, 適改歲不報。

戊午[156], 先君[157]棄諸孤, 大夫人[158]就養[159]子姓[160]洪川縣舍, 先生不敢安京

---

148) 置對(치대) : 죄인을 의금부에 잡아다 심문함.

149) 其操守不惑, 先生杜門屏居(기조수불혹, 선생두문병거) : '不惑'과 '先生'사이에, 청음선생집에는 '已膝屬有考煞者, 株累坐罷.'가 있음.

150) 丙辰(병진) : 光海君 8년인 1616년.

151) 恭聖后(공성후) : 恭聖王后. 恭嬪 金氏로 宣祖의 후궁이자 추존왕후이며, 臨海君과 光海君의 생모이다.

152) 丁巳(정사) : 光海君 9년인 1617년.

153) 韓孝純(한효순, 1543~1621) : 본관은 淸州, 자는 勉叔・勉夫, 호는 月灘. 1568년 생원이 되고, 1576년 식년문과에 급제, 검열・수찬을 거쳐 1584년 영해부사에 임명되었다. 1590년 기축옥사에 연루되어 파직되었다가, 1592년 임진왜란이 일어나자 8월 영해에서 왜군을 격파하여 경상좌도관찰사로 승진, 순찰사를 겸임해 동해안 지역을 방비하였다. 1594년 병조참판, 1596년 경상도・전라도・충청도의 體察副使가 되었다. 1599년에는 戰船監造軍官으로 있으면서 거북선 모양의 소형 무장선인 鎗船 25척을 건조하도록 하였다. 1604년 이조판서에 이르렀으며, 다음해 평안도관찰사・판중추부사를 거쳐, 1606년 우찬성・판돈령부사를 역임하였다. 1616년 우의정을 거쳐 좌의정에 이르렀다. 1617년에는 폐모론을 주장하여 이에 반대하는 李恒福・奇自獻 등을 탄핵, 유배시키고, 결국은 인목대비마저 폐출하였다. 1621년 세상을 떠났으며, 1623년 인조반정 후 관직이 추탈되었다.

154) 妣(비) : 청음선생집에는 '妃'로 되어 있음.

155) 竄殛(찬극) : 귀양을 보냄. ≪서경≫<虞書・舜典>에 "공공을 유주로 귀양보내고, 환도를 숭산에 귀양보내며, 삼묘를 삼위로 내쫓고, 곤을 우산에 억류해서 네 가지 죄를 주시자 천하가 다 복종하였다.(流共工于幽洲, 放驩兜于崇山, 竄三苗于三危, 殛鯤于羽山, 四罪, 而天下咸服.)" 하였는데, 이 流・放・竄・殛은 모두 귀양보내는 것이지만, 거기에는 성질상의 차이가 있다.

156) 戊午(무오) : 光海君 10년인 1618년.

157) 先君(선군) : 돌아가신 아버지를 가리킬 때 쓰는 말. 여기서는 김상용의 아버지 金克孝(1542~1618)를 가리킨다. 본관은 安東, 자는 希閔, 호는 四味堂. 林塘 鄭惟吉에게서 학문을 배웠으며, 그의 딸과 혼인하였다. 1562년에 동궁의 시위를 담당하던 世子翊衛司

輩[161], 與諸弟奉几筵[162], 奔原州, 以近定省[163]。不毀之年[164], 備經危困, 率禮
無愆, 人以爲難。庚申[165]服闋[166]。

天啓辛酉[167], 大夫人移住季子[168]溫陽郡舍, 先生亦還京城之西江。亡何, 溫
陽罷官, 大夫人又住子姓尼山縣舍, 是年冬, 丁憂, 奉櫬歸, 祔先君墓。

甲子[169]服闋, 拜判敦寧府事。李适叛, 上出幸公州, 先生以檢察使先驅[170], 不
乏供頓[171], 旁募遺丁義粟, 以佐調運[172]。會賊平, 扈駕還都。兼帶同知成均館
事[173], 已使鐵山毛帥營, 議遷遼民, 事竣道拜兵曹判書。先生負荷重寄[174], 益勤

의 洗馬를 지냈다. 1564년 司馬試에 합격하여 진사가 되었으며, 이후 여러 관직을 거
쳐 벼슬이 同知敦寧府事에 이르렀다. 原從功臣에 봉해졌으며 사후에 영의정에 추증되
었다.
158) 大夫人(대부인) : 어머니를 높여 일컫는 말. 여기서는 鄭惟吉의 딸 東萊鄭氏를 가리킨다.
159) 就養(취양) : 부모의 곁에서 효양함. 《예기》<檀弓 上>에 "좌우에서 가까이 모시면서
    못하는 일이 없이 잘 봉양해야 한다.(左右就養無方.)"라는 말이 나온다. 就養無方의 도리
    는 어버이 곁을 떠나지 않고 봉양하는 효자의 도리를 말한다.
160) 子姓(자성) : 후손. 김상용의 연보에는 '仲胤'으로 되어 있는 바, 그의 둘째아들 金光煥을
    가리키는 듯하다.
161) 京輦(경연) : 서울. 여기서는 한양을 가리킨다.
162) 几筵(궤연) : 죽은 사람의 혼백이나 신주를 모셔놓은 의자나 상과 그에 딸린 물건들.
163) 定省(정성) : 昏定晨省. 밤에는 부모의 잠자리를 보아 드리고 이른 아침에는 부모의 밤새
    안부를 묻는다는 뜻으로, 부모를 잘 섬기고 효성을 다함을 이르는 말.
164) 不毀之年(불훼지년) : 아무리 부모상이라 하더라도 슬픔을 자제하여 몸이 손상되지 않도
    록 해야 할 나이라는 뜻으로 60세를 가리킨다.
165) 庚申(경신) : 光海君 12년인 1620년.
166) 服闋(복결) : 탈상함. 삼년상을 마침.
167) 天啓辛酉(천계신유) : 光海君 13년인 1621년.
168) 季子(계자) : 막내아들. 여기서는 金尙宓(?~1652)을 가리킨다. 본관은 安東, 자는 仲靜.
    아버지는 都政 金克孝이며, 우의정 金尙容과 좌의정 金尙憲의 아우이다. 19세에 사마시
    에 합격하여 사용원봉사·종부시주부·掌隷院司評·한성부서윤·中樞府經歷·軍器寺副
    正字·형조참의·돈녕부도정의 중앙관직을 지냈다. 그리고 배천현감·온양군수·대구
    부사·상주목사·경주부윤 등의 외직을 역임하면서 선정을 베풀어 명성을 떨쳤다.
169) 甲子(갑자) : 仁祖 2년인 1624년.
170) 驅(구) : 청음선생집에는 '敺'로 되어 있음.
171) 供頓(공돈) : 음식과 잠자리 등을 제공해 주는 일.
172) 調運(조운) : 옮겨 실어 보냄.
173) 同知成均館事(동지성균관사) : 성균관에 속한 종2품 벼슬.
174) 重寄(중기) : 무거운 책임을 부탁하여 맡김.

不懈. 曹事甚劇, 偶有未啓徑行175)者, 因是坐罷. 亡何, 別叙護軍, 已拜知敦寧.
冊封詔使太監王敏政・胡良輔等來176), 以遠接使徃延177)鐵山. 中貴人178)素驕
倨, 難得意, 事微細, 輒易怒善罵, 不復顧賓主禮儀, 其橐又無底, 無以爲飽. 先生
念使事有體, 恐爲其所傷, 爲朝廷羞, 多方以解之, 終不失其好, 而外內主計者, 亦
頗有以賴之. 已進崇祿大夫禮曹判書, 兼帶經筵同知事・世子左副賓客・都摠
管.

明年春, 上遭私慼179), 論禮互異. 上不用大臣議, 急促禮官進喪服. 言路咎該
曹, 先生辭遞180), 授副護軍, 兼官如故. 已改知樞, 又改議政府左參贊. 夏, 葬毓
慶園181)班恩, 先生篆銘旋, 用進輔國崇祿大夫, 位極品尊, 與宰相侔矣. 先生上
章力辭, 不許. 於是, 兼帶筵衙去同, 宮衛去副, 餘皆如故. 而公府182)序坐不便,
辭改本官, 授知敦寧, 已改判中樞. 亡何, 避大臣之西叙183)者, 改知樞, 兼禮曹判
書.

丁卯184)二月, 西虜萬餘騎, 深入平山, 上出幸江都. 先生受命185), 戡奸儆, 捕
犯令者十餘人, 斬以徇衆, 城中肅然. 三月, 虜要盟而退, 上還都, 親享太廟186),

---

175) 徑行(경행) : 마음대로 함.
176) 이들에 관한 기사는 ≪인조실록≫ 2월 12일조 1번째 기사로 나와 있음.
177) 延(연) : 청음선생집에는 '迎'으로 되어 있음.
178) 中貴人(중귀인) : 황제의 총애를 받는 환관.
179) 私慼(사척) : 仁祖의 생모이자 元宗의 妃인 仁獻王后 具氏(1578~1626)의 죽음을 가리킴.
　　啓運宮이라고 일컫기도 한다.
180) 辭遞(사체) : 벼슬자리를 내놓고 물러남.
181) 毓慶園(육경원) : 조선시대 仁祖의 생모인 仁獻王后 具氏의 묘. 경기도 김포군 김포면 풍
　　무리에 있는 章陵의 이전 명칭이다. 1632년 定遠君이 元宗으로 추존됨에 따라 인헌왕후
　　로 추존되고, 능호도 정원군의 묘인 興慶園과 함께 장릉으로 바뀌었다.
182) 公府(공부) : 청음선생집에는 '於公府'로 되어 있음. 공부는 임금이 정사 보던 곳을 일컫
　　는다.
183) 西叙(서서) : 서반직에 서용됨. 西班은 '武班'을 달리 이르던 말로, 궁중의 조회 때에 문
　　관은 동쪽에, 무관은 서쪽에 벌여 선 데서 나온 말이다.
184) 丁卯(정묘) : 仁祖 5년인 1627년.
185) 先生受命(선생수명) : 청음선생집에는 '先生受命留寄, 嚴干撦.'로 되어 있음.
186) 太廟(태묘) : 종묘의 正殿. 조선시대에 역대 임금과 왕비의 위패를 모시던 사당으로, 초
　　에는 목조, 익조, 탁조, 환조 등 태조의 四代祖 신위를 모셨으나 그 후에는 당시 재위하
　　던 왕의 四代祖와 조선시대 역대 왕 가운데 공덕이 있는 왕과 왕비의 신주를 모시고

先生充禮儀使[187], 贊相以行。已兼判義禁府事[188], 拜吏曹判書。明年[189], 屢辭乞免, 輒予告[190]不許, 至秋懇辭不已, 方許遞, 移拜禮曹判書, 冬, 病辭, 只遞金吾[191]。

崇禎三年庚午[192], 入耆老社[193]。 於是, 先生年七十, 上章請致仕, 上以時事艱虞, 溫旨勉留, 再請又不許。亡何, 譴罷[194], 亡何, 別叙拜判敦寧, 復兼判義禁, 禮曹判書, 已病辭, 只遞敦寧。

明年正月, 復請致仕不許, 先生以進退大閑[195], 爲時勢所奪, 恒鬱鬱不自得。四月, 以病辭, 解春官[196], 已又爲吏曹判書, 亡何, 譴罷。先是, 李省身[197]·李景義[198]等爲臺諫, 論事觸忤, 久置散秩, 先生用兩人擬宮僚[199], 上並怒銓曹罷

제사를 지냈다. 19칸으로, 단일 건물로는 우리나라에서 가장 길다. 국보 정식 명칭은 '종묘 정전'이다.

187) 禮儀使(예의사) : 각종 祭祀의 의례 절차를 맡은 임시 관직. 주로 예조판서가 겸임하는데, 예조판서 유고시에는 예조참판이 대행하였다. 山陵의 경우에는 예의사라고 하지 않고 贊禮 또는 執禮라고 한다.

188) 判義禁府事(판의금부사) : 조선시대에 의금부의 으뜸 벼슬. 품계는 종1품이다.

189) 明年(명년) : 청음선생집에는 '明年夏'로 되어 있음.

190) 予告(여고) : 관리가 휴가를 얻어 귀향하는 일.

191) 金吾(금오) : 의금부.

192) 崇禎三年庚午(숭정삼년경오) : 仁祖 8년인 1630년.

193) 耆老社(기로사) : 문관 정2품 이상 70세 이상자의 俱樂部. 매년 봄가을에 국왕과 잔치를 같이 하였다.

194) '譴罷'와 '亡何, 別叙拜判敦寧.' 사이에, 청음선생집에는 "時章陵有可修可無修, 未及請, 章陵者, 卽上稱毓慶園, 與上親考定遠大院君追尊爲元宗大王合葬之陵也. 初議崇奉, 廷論久爭執, 旣擧典禮. 上猶內疑群臣不盡心, 特推禮官之長以示警動."으로 되어 있음.

195) 大閑(대한) : 큰 법도.

196) 以病辭, 解春官(이병사, 해춘관) : 청음선생집에는 "以病屢辭, 只遞金吾. 七月, 又病辭, 解春官."으로 되어 있음. 春官은 禮曹를 달리 이르는 말이다.

197) 李省身(이성신, 1580~1651) : 본관은 全義, 자는 景三, 호는 笠巖. 金長生의 문인이다. 1605년 사마시에 입격하였고, 광해군 때 성균관유생으로 있으면서 360여 명의 성균관 유생들과 궁궐 앞에 엎드려 廢母論을 주창한 자들의 처벌을 주장하다가 받아들여지지 않자 향리로 돌아갔다. 1623년 改試文科에 급제하여 검열이 되었으며, 이듬해 李适의 난 때에는 사관으로 왕을 공주에 호종하였다. 그 후 언관직을 두루 거쳤으며, 1627년 정묘호란 때는 斥和論을 주장하였다. 1633년 사간으로 기용되어 집의를 거쳐, 1638년 동부승지를 지냈다.

198) 李景義(이경의, 1590~1640) : 본관은 延安, 자는 子方, 호는 晩沙. 1616년 진사가 되었으나, 당시 폐모론이 일어나자 어머니를 봉양하기 위해 향리 음성에서 한 때 농사를

之。

明年正月，別叙司直²⁰⁰⁾，卽拜右議政。時右揆²⁰¹⁾曠位已久，羣謂上意有所待，至是有是命。同時覆名金甌²⁰²⁾者，一家四人²⁰³⁾，先生益恐懼逡巡，欲辭避。會有上急變者²⁰⁴⁾，召命至門，乃出。

已有士族女坐咀呪繫金吾者²⁰⁵⁾，其事不明，無可證。衆口譁然稱寃，而諸勳貴²⁰⁶⁾多有爲一邊地。上入前言，命先生會三省²⁰⁷⁾雜治²⁰⁸⁾之。先生以爲疑獄，不

지었다. 1619년 선무랑으로 정시 문과에 장원 급제해 성균관 전적이 되었다. 1623년 인조반정 후 공조·형조의 좌랑을 지내고, 예조좌랑 때 시관을 잘 살피지 않은 실수로 파직되었다. 1624년에 병조좌랑을 거쳐 지평·정언·헌납과 성균관직강을 역임하고 병조정랑이 되었다. 정묘호란 후에는 평안도어사로 나갔다. 이어 시강원문학, 1628년에는 홍문관수찬이 되었으나 병으로 사양하였다. 다시 사서·수찬과 홍문관교리를 지내고, 영남 지방에 암행어사로 나갔다. 이에 다시 헌납을 거쳐 1631년 교리가 되었으나, 追崇에 있어서 古禮에 합당하지 못한 일이 있어 유배되었다가 다시 西班에 봉직하였다. 뒤에 通禮院相禮·軍器寺正·시강원보덕을 지낸 뒤 사인·필선·장령·사성·응교·집의·사간을 거치면서 바른 언관으로 이름을 떨쳤다. 호남의 체찰사로 나갔고, 홍주목사를 지냈다. 병자호란 때에는 군량을 조달하고 軍鏢을 수습하는 데에 진력하였다. 1638년에는 호조참의 겸 승문원비변사부제조가 되었다. 이듬해 대사간·승지·이조참의를 거쳐 이조참판이 되었으나 병으로 사직하였다.

199) 宮僚(궁료) : 세자시강원에 속한 輔德 이하의 벼슬아치를 통틀어 이르는 말. 東宮에 속한 벼슬아치이다.
200) 司直(사직) : 五衛에 속한 정5품 軍職. 부호군 다음이며, 부사직의 위로 실무는 없었다.
201) 右揆(우규) : 우의정.
202) 覆名金甌(복명금구) : 金甌覆名. 재상에 임명되는 것을 이름. 唐나라 玄宗이 재상을 임명할 때 먼저 그 이름을 써 두었는데, 하루는 崔琳 등의 이름을 써 놓고 금사발로 덮어 두었다가 마침 돌아온 태자에게 맞추게 하였다는 고사에서 나왔다.
203) 一家四人(일가사인) : 외할아버지 鄭惟吉, 사위 張維, 동생 金尙憲 등과 함께 김상용 자신을 포함한 말.
204) 이는 李後晟의 고변 사건인데, ≪인조실록≫ 1632년 1월 24일조 2번째 기사에 실려 있음.
205) 이는 申淑의 딸에 관한 사건으로, ≪인조실록≫ 1631년의 8월 11일조 2번째 기사와 윤11월 10일 1번째 기사, 1632년의 1월 11일 2번째 기사와 3월 26일 3번째 기사에 실려 있음.
206) 勳貴(훈귀) : 나라를 위하여 두드러지게 세운 공로가 있는 귀족.
207) 三省(삼성) : 의정부, 사헌부, 의금부의 통칭. 三省推鞠은 의정부, 사헌부, 의금부의 관원들이 합좌하여 패륜을 범한 죄인을 국문하던 일이다.
208) 雜治(잡치) : 三省雜治. 大逆罪人이나 綱常罪人을 심문할 때 육조·사헌부·사간원의 관원들이 한자리에 모여서 그 죄를 심문하여 다스리는 일.

可徑蔽, 上章持已見, 固辭按獄之命。上雖允其辭, 而內不悅, 頗示微旨。先生不安居位, 遂請急[209]蘄釋端揆[210], 章七上, 上亟遣近臣, 慰諭不已, 不獲已復出。

時設追崇都監都提調, 必用大臣監臨, 首相尹公[211]病辭, 先生次當代涖, 畢勉承之。始先生與大臣百僚, 共力持不可, 至是不强避, 蓋議禮行禮, 未定旣定之異勢也。先生雖不獲終守前見, 世皆信其爲正也。

明年正月, 以病請急, 不許, 遣近臣敦諭至四, 上方不豫[212], 先生造庭起居。至三月復請急, 久不許, 醫問交道。章二十九上乃許, 蓋近世所罕也。還判敦寧。明年九月, 復入右揆, 三讓不許。又明年六月, 復請急, 章七上, 得允, 拜領敦寧府事。

先是, 參議兪伯曾[213]上疏, 力詆大臣, 其言絶悖[214], 幾於罵, 羅萬甲[215]亦極論

---

209) 請急(청급) : 휴가를 얻음. 급한 일이 있으면 通籍이 있는 곳에 요청하여 조회를 면제받는 것이기 때문이다.

210) 端揆(단규) : 재상의 별칭. 百官의 우두머리로 國政을 총괄한다는 뜻이다.

211) 尹公(윤공) : 尹昉(1563~1640)을 가리킴. 본관은 海平, 자는 可晦, 호는 稚川. 1601년 부친상을 마친 뒤 冬至使로 명나라에 다녀와서 곧 海平府院君에 봉해졌다. 1623년 인조반정 후 예조판서로 등용되고, 이어 우참판으로 판의금부사를 겸하였으며, 곧 우의정에 올랐다. 다시 좌의정으로 있을 때 李适의 난이 일어나자 이를 진압하고 민심을 수습하는 데 공헌하였으며, 1627년 영의정이 되었다. 그해 정묘호란이 일어나자 인조의 피난을 주장하여 강화에 호종하였고, 영의정에서 물러나 판중추부사를 역임하고 1631년 다시 영의정이 되었다. 1636년 병자호란이 일어나자 廟社提調로서 40여 神主를 모시고 嬪宮·鳳林大君과 함께 강화로 피난하였다. 그러나 신주 봉안에 잘못이 있었다 하여 탄핵을 받고 1639년 연안에 유배되었다.

212) 不豫(불예) : 임금님의 몸이 편치 못함.

213) 兪伯曾(유백증, 1587~1646) : 본관은 杞溪, 자는 子先, 호는 翠軒. 1612년 진사로서 증광문과에 급제, 1623년 인조반정 때 공을 세워 靖社功臣 3등으로 杞平君에 봉해졌다. 1627년에 정묘호란이 일어나자 왕을 강화도로 찾아가 司䆃寺正에 임명된 뒤 後金과의 화의의 잘못을 상소하였다. 1629년 朴炡·羅萬甲 등과 老西로 지목되고 공서를 공격하다가 가평군수로 좌천되고, 이어 이조참의가 되었으나 金瑬·尹昉 등 대신들의 무능과 안일을 비난하다가 수원부사로 또다시 좌천되었으며, 이어 1631년에는 충청도관찰사를 역임하였다. 1636년에는 이조참판이 되었다. 이해 겨울 병자호란이 일어나자 부총관으로 왕을 남한산성에 호종, 화의를 주장한 윤방·김류 등을 처형할 것을 주장하다 다시 파직되었다. 이듬해 화의가 성립된 뒤 대사성으로 등용되고, 이어 同知經筵事가 되어 다시 윤방·김류 등의 전후의 무사안일한 행실과 반성이 전혀 없음과 金慶徵·李敏求의 江都 방어 실패의 죄를 탄핵하였다. 그 뒤 대사헌이 되어 다시 윤방이 종묘의 신주를 모독한 죄를 탄핵하고 자강책 10여조를 상소하였다.

時政闕失, 同指斥掖庭216), 上大怒, 並嚴譴。先生陳箚, '狂戇217)之言, 宜加寬貸。' 不納。時言路久閉, 稍涉忌諱, 搖手相戒。間有明白是非者, 輒疑護黨, 故無敢爲上言之。先生居常憂歎, 自以備列大臣, 不可循嘿以負國恩, 索言218)不避。或諷其不知時變, 先生喟然不答, 果以是去位。

明年丙子219), 故相之位居右者220)還敦寧221), 當得領事, 先生改判府事。司諫趙絅222)上疏223), 論左相洪瑞鳳224)受人賂馬, 請逐之。左相嘗公言, '絅小人, 後

---

214) 悖(패) : 청음선생집에는 '椎'로 되어 있음.

215) 羅萬甲(나만갑, 1592~1642) : 본관은 安定, 자는 夢賚, 호는 鷗浦. 1613년 진사시에 수석으로 합격하여 성균관에 입학하였다. 1623년 인조반정 후 順陵參奉이 되고 통덕랑으로 알성문과에 급제하여 수찬이 되었다. 1627년 정묘호란이 일어나자 종사관이 되어 왕을 따라 강화도에 가서 風紀를 바르게 하고 도민을 서로 경계하게 하여 범죄를 엄하게 다스렸다. 1631년 부수찬·헌납이 되었으며, 1634년 홍주목사를 역임하고, 이듬해 형조참의에 올랐으나 時弊에 대한 상소를 하다가 파직당하고 고향에서 은거생활을 하였다. 1636년 병자호란이 일어나자 단신으로 남한산성에 들어가 왕을 모시고 공조참의·병조참지로서 管餉使가 되어 군량 공급에 큰 공을 세웠다. 그러나 강화 후 무고를 받아 영해로 귀양갔다가 1639년 풀려나와 榮川(지금의 榮州)에서 여생을 보냈다.

216) 掖庭(액정) : 掖庭署. 내시부에 속하여 왕명의 전달 및 안내, 궁궐 관리 따위를 맡아보던 관아.

217) 狂戇(광당) : 사리에 어둡고 우매함. ≪後漢書≫<李雲傳>에 "군의 하급 아전의 말은 사리에 어둡고 우매한 데서 나온 것이니 죄를 가할 것이 못된다.(郡中小吏, 出於狂戇, 不足加罪。)" 하였다.

218) 索言(색언) : 할 말을 찾음.

219) 丙子(병자) : 仁祖 14년인 1636년.

220) 故相之位居右者(고상지위거우자) : 좌의정 홍서봉을 가리킴.

221) 寧(령) : 청음선생집에는 '府'로 되어 있음.

222) 趙絅(조경, 1586~1669) : 본관은 漢陽, 자는 日章, 호는 龍洲. 1612년 사마시에 합격하고, 1623년 인조반정 후 遺逸로 천거되어 형조좌랑·木川縣監 등을 지내고, 1626년 庭試文科에 장원급제한 뒤 정언·교리 등을 역임, 賜暇讀書하였다. 그 뒤 이조정랑을 지내고, 1636년 司諫 때 병자호란이 일어나자 척화를 주장, 이듬해 執義로서 일본에 請兵하여 청군을 격퇴하자고 상소했으나 채택되지 않았다. 그 뒤 응교·집의 등을 지내고 通信副使로 일본에 다녀온 뒤 형조참의·전주부윤을 지냈다. 1645년 이조참의가 되고, 대제학·형조판서·예조판서를 거쳐 이조판서 때 吏道를 쇄신, 관리 등용의 공정을 기해 명망을 얻었다. 1648년 우참찬이 되고, 1650년 청나라 査問使가 와서 그를 斥和臣이라 하여 의주에 귀양보냈다. 이듬해 풀려나와 1653년 淮陽府使를 지내고 은퇴, 行副護軍이 되어 1658년 耆老所에 들어갔다.

223) 조경이 올린 상소의 내용은 ≪인조실록≫ 1636년 6월 24일조 1번째 기사에 실려 있음.

224) 洪瑞鳳(홍서봉, 1572~1645) : 본관은 南陽, 자는 輝世, 호는 鶴谷. 1590년 진사가 되고 1594년 별시문과에 급제, 1608년 중시문과에 급제하였다. 1623년 인조반정을 주동, 靖

必爲厲階225).' 絅聞而啣之, 至是乃發, 然實不如絅226)所言. 上亦疑之, 召絅問誰受, 絅不首227), 贅擧左相它汚狀, 欲甚其罪. 上益疑之, 欲廷尉228)問, 問諸大臣. 先生以爲朝廷固重臺諫, 顧未愈於重大臣, 絅所言非細事, 不可不核. 適首相昇平公229)議亦如之. 於是, 下絅理, 外議譁然非之, 臺諫又爭執230), 上反咎前議, 是非無主. 右絅者, 至謂'大臣專主護黨, 棼亂已甚.' 先生愈不樂在朝, 復請致仕, 章三上, 不許, 溫諭特示悔意. 亡何, 先生素患眩旋暴作, 上遣醫診視, 續賜內劑.

至十二月十二日, 義州告急書至, 倉卒231)下敎老病宰臣先出. 十四日, 命尹相昉奉廟社, 先詣江都, 先生從後行道, 頓撼232)疾㞃233), 幾不得遂.

是日, 賊兵過松京234), 撥軍235)盡走, 羽書236)不時至. 上將出, 戒有司, 城中擾

社功臣 3등에 책록되고 益寧君에 봉해졌다. 1634년 다시 예조판서가 되어 祔廟都監提調를 겸하였다. 1636년 우의정을 거쳐 좌의정이 되었는데 그해 겨울 병자호란이 일어나자 和議를 주장, 崔鳴吉·金蓋國·李景稷 등과 청나라 군사진영에 빈번히 내왕하며 화의를 위한 실무를 수행하였다. 1639년 府院君에 봉해졌다. 1640년부터 1645년까지 영의정과 좌의정을 번갈아 역임하며 복잡한 대내외 사건의 해결에 적극적으로 국왕을 보필하였는데, 1645년 청나라에서 귀국한 昭顯世子가 급사하자 세손을 잇는 것이 常道임을 들어 鳳林大君을 세자로 책봉하려는 인조의 의사에 반대하였다.

225) 厲階(여계) : 재앙을 가져올 빌미.
226) 絅(경) : 청음선생집에는 '其'로 되어 있음.
227) 不首(불수) : 사실대로 고하지 않음.
228) 廷尉(정위) : 형벌을 맡아보던 벼슬. ≪經世遺表≫ 권2에 "의금부란 옛적 大理이고 秦·漢 때에는 廷尉라 일컬었다.(義禁府者, 古之大理, 秦漢謂之廷尉.)" 하였다.
229) 昇平公(승평공) : 昇平府院君 金瑬(1571~1648). 본관은 順天, 자는 冠玉, 호는 北渚. 임진란 때 復讐召募使 金時獻의 종사관으로 호서와 영남 지방에서 활약하였고, 인조반정의 공로로 병조참판에 제수되었으며 곧 병조판서로 승진되더니 昇平府院君에 봉해졌다. 정묘호란 때는 副體察使로서 인조를 江都로 호종하였고, 환도 후에는 都體察使가 되어 八道軍兵을 통솔하였다. 병자호란 때는 인조와 함께 남한산성으로 피난하였다가, 이듬해 삼전도의 맹약을 맺는데 주화론자로서 주도적 역할을 하였다.
230) 爭執(쟁집) : 서로 자기 의견을 고집하여 옥신각신 다툼.
231) 卒(졸) : 청음선생집에는 '猝'로 되어 있음.
232) 頓撼(돈감) : 撼頓. 흔들흔들하다가 넘어짐.
233) 疾㞃(질각) : 병세가 심함.
234) 松京(송경) : 고려의 서울인 개성을 이르던 말. 송악산 아래에 있는 서울이라는 뜻이다.
235) 撥軍(발군) : 각 역참에 속하여 중요한 공문서를 교대로 변방에 급히 전하던 군졸. 步撥과 騎撥이 있었다.

亂, 號令不得行。百官失氣, 多有徒步奔走者, 士女塡道, 哭聲沸天。

至晚車駕始發, 侍衛[237]草草[238]不成列。未及城門, 報賊哨馬已至西郊, 上下錯愕, 計不知所出。羣臣或勸上姑幸山城, 遂回駕由水口門[239]入南漢, 而江都路隔斷矣。賊圍山城半月, 諸道勤王師無至者, 至來[240]月, 爲明年丁丑[241]正月也, 忠淸監司鄭世䂓[242]引兵先至, 遇賊軍潰, 後來諸軍, 觀望不進, 城中日益危急。

江都撿察使金慶徵[243]・副使李敏求[244]・留守張紳[245], 皆擁妻孥挾私重, 不思

236) 羽書(우서) : 羽檄. 군사상 급히 전하던 격문. 매우 급한 일이 있을 때에 나무 판에 쓴 격문에 깃털을 꽂아 보냈던 데서 유래한다.
237) 侍衛(시위) : 어가를 지키는 군사.
238) 草草(초초) : 바쁘고 급한 모양.
239) 水口門(수구문) : 光熙門을 가리킴. 또는 屍口門이라고도 한다.
240) 來(래) : 청음선생집에는 '徙'로 되어 있음.
241) 丁丑(정축) : 仁祖 15년인 1637년.
242) 鄭世䂓(정세규, 1583~1661) : 본관은 東萊, 자는 君則, 호는 東里. 1636년에 朝臣들의 추천을 받아 4품의 散秩에서 충청도관찰사로 특진되고, 그해 겨울 병자호란으로 왕이 남한산성에서 포위되자 근왕병을 이끌고 포위된 남한산성을 향하여 진격하다가 용인・險川에서 적의 기습으로 대패하였다. 이때의 충성심으로 패군의 죄까지 면죄 받고 전라감사・개성유수를 거쳐 공조판서에 임명되었다. 그의 출세에는 金埅의 뒷받침이 있었다고 하는데, 조선시대에 문음출신으로 육경에 오른 가장 대표적 인물이다.
243) 金慶徵(김경징, 1589~1637) : 본관은 順天, 자는 善應. 昇平府院君 金瑬의 아들이다. 한성부판윤이었을 때 병자호란이 일어나자 강도검찰사에 임명되었다. 당시 섬에는 빈궁과 원손 및 鳳林大君・麟坪大君을 비롯해 전직・현직 고관 등 많은 사람이 피난해 있었다. 하지만 그는 혼자서 섬 안의 모든 일을 지휘, 명령해 대군이나 대신들의 의사를 무시하였다. 또한 강화를 金城鐵壁으로만 믿고 청나라 군사가 건너오지는 못한다고 호언하며, 아무런 대비책도 강구하지 않은 채 매일 술만 마시는 무사안일에 빠졌다. 그러다가 청나라 군사가 침입한다는 보고를 받고도 아무런 대비책을 세우지 않다가 적군이 눈앞에 이르러서야 서둘러 방어 계책을 세웠다. 하지만 군사가 부족해 해안의 방어를 포기하고 강화성 안으로 들어와 성을 지키려 하였다. 그런데 백성들마저 흩어져 성을 지키기 어렵게 되자 나룻배로 도망해 마침내 성이 함락되었다. 대간으로부터 강화 수비의 실책에 대한 탄핵을 받았는데, 仁祖가 元勳의 외아들이라고 해 특별히 용서하려 했으나 탄핵이 완강해 賜死되었다.
244) 李敏求(이민구, 1589~1670) : 본관은 全州, 자는 子時, 호는 東洲. 이조판서 李睟光의 아들이고, 영의정 李聖求의 아우이다. 병자호란 때 화의를 주장하다가 尹集의 논박을 받고 중지하였으며, 撿察副使가 되어 嬪宮을 호위하고 강화도에 들어갔다. 그런데 충청감사 鄭世䂓가 근왕병을 이끌고 왔다가 죽자, 남한산성의 조정은 이민구를 대신 충청감사로 임명했다. 하지만 강화도에서 나가면 죽을 것을 염려하여 갖은 수단을 모두 동원하여 충청도로 부임하는 것을 회피했다. 하물며 처삼촌인 전 영의정 尹昉의 힘까지 동원하여 끝내 부임하지 않은 것으로 알려졌다. 그리하여 화의 후에 돌아와 경기도관찰사

守戰備, 惟日事宴安。人有規警[246], 必盛氣[247]逆折, 旁觀無不寒心。先生憂恚特甚, 奮曰: "行在受圍日久, 危在朝夕。今鄭世規敗, 道路傳言已死, 湖西無主事者。江都撿察, 一人足了, 副使宜急往湖西, 收散卒糾義旅, 督湖南兵在後者, 以鎮軍民之情, 赴君父之急。機不可緩。" 敏求殊無意行, 至涕泣危懼, 座中皆憚慶徵・敏求。無復明言, 但視其意所在, 爲遷就[248]之說而已。先生又言: "山城消息不通, 急募死士, 問上起居, 探賊形勢。十徃必有一達, 臣子之義, 豈可束手坐觀乎?" 慶徵等益惡聞, 相與訮之曰: "自有權此者, 非避亂大臣所預。" 先生遂不復言。亡何, 通津[249]假守金迪[250], 報賊大至。張紳・慶徵, 皆不信曰: "唉! 怯夫。江水流澌, 賊安能飛渡?" 軍事視如他[251]日。

至二十一日, 賊到津口, 用平底二小舡[252], 載數十降人, 嘗試[253]我, 忠淸水使姜晋昕[254]先走, 撿[255]察・留守・諸官, 一時奪舸遁去。賊遂進兵圍城。

가 되었으나 강화 함락의 책임으로 영변에 귀양을 가서 圍籬安置되어 종시 풀리지 못하고 사망했다.

245) 張紳(장신, 1595~1637) : 본관은 德水. 이조와 형조 판서를 지낸 張雲翼의 아들이고, 우의정을 지낸 張維의 동생이다. 1636년 강화유수로 전임되었다. 그 해 12월 병자호란을 당하여 江都방위를 맡게 되었는데, 전세가 불리하여지자 왕실과 노모를 버리고 먼저 도망하여 강도가 함락되었다. 사헌부에서 그를 참할 것을 주장하였으나 전일의 공로를 생각하여 자진하게 하였다.

246) 規警(규경) : 바르게 일깨움.

247) 盛氣(성기) : 쌓인 분노가 폭발하려는 모양.

248) 遷就(천취) : 遷延. 일이나 날짜 따위를 미루고 지체함.

249) 通津(통진) : 경기도 김포군 월곶면 곤하리에 있는 옛 邑. 한강 입구를 지키는 제1의 要害處로 군사・정치의 요충으로 발달했으나, 1914년 김포군에 병합된 뒤로는 그 중요성이 감소되었다.

250) 金迪(김적) : 南礏의 ≪南漢日記≫(『남한일기』, 신해진 역, 보고사, 2012, 171면)와 羅萬甲의 <記江都事>(『17세기 호란과 강화도』, 신해진 역, 역락, 2012, 162면)에는 金頔으로 되어 있음.

251) 他(타) : 청음선생집에는 '它'로 되어 있음.

252) 舡(강) : 청음선생집에는 '舠'로 되어 있음. 平底船은 밑바닥이 평평한 배이다.

253) 嘗試(상시) : 시험하여 봄. 상대방의 속마음을 떠보는 것.

254) 姜晋昕(강진흔, 1592~1637) : 본관은 晉州, 자는 子果. 1617년 무과급제, 병자호란 때 충청수사로서 강화도 수비, 전쟁 후 김경징과 함께 수비책임을 물어 처형되었다. 羅萬甲이 지은 ≪병자록≫에서는 강화도를 지킨 장수중에서 가장 용감히 싸운 장수로 기록되었다.

先生知不濟256), 與家人訣, 上南城譙門257)中, 解所服戎衣258)授傔人259), 放火自燒, 意留以爲復260)也。先生孫壽全261)年十三, 時在側, 命僕掖歸, 挽衣泣不去曰：“當從翁逝, 尙何歸!” 僕亦不去, 遂同死, 實二十二日壬戌也。

賊退, 諸孤覓屍, 終不得, 乃以是年四月十六日, 葬衣冠于楊州陶穴里先塋側巽向262)之原。嗚呼痛哉! 先生嘉靖辛酉263)五月, 至是得壽七十有七, 嘗自爲生誌, 及葬如遺命焉。

先生爲人, 愷悌264)誠實, 容貌粹美265), 其內如外。事父母婉曲承意, 自少至老, 未嘗有忤。待諸弟如己, 視其子如己子。御家衆有恩, 而威亦不廢, 門庭之內穆如也。與人266)和易267), 絶無畦畛268), 而中實毅然, 有不可奪之志。辭受之際, 稱心以行, 不爲矯飾269)。

少時侍王母疾, 不解衣者三月, 以身代親270), 忘其勞。晚築楓溪271)水石,272)

---

255) 撿(검) : 청음선생집에는 ‘檢’으로 되어 있음.

256) 不濟(부제) : 쓸모가 없음. 성공하지 못함.

257) 譙門(초문) : 성문 위에 세운 망루의 문.

258) 戎衣(융의) : 戎服. 철릭과 주립으로 된 옛 군복. 무신이 입었으며, 문신도 전쟁이 일어났을 때나 임금을 扈從할 때에는 입었다.

259) 傔人(겸인) : 양반집에서 잡일을 맡아보거나 시중을 들던 사람.

260) 爲復(위복) : 招魂. 사람이 죽었을 때, 그 사람이 생시에 입던 저고리를 왼손에 들고 오른손은 허리에 대어 지붕에 올라서거나 마당에서 북쪽을 향해 ‘아무 동네 아무개 復’이라고 세 번 부르는 일.

261) 壽全(수전) : 金壽全. 김상용의 庶孫이다.

262) 巽向(손향) : 동남쪽을 향한 방향.

263) 嘉靖辛酉(가정신유) : 明宗 16년인 1561년.

264) 愷悌(개제) : 용모가 단아하고 기상이 화평함. ≪시경≫<大雅·泂酌>에, “편안하고 즐거운 군자여, 백성의 부모로다.(豈弟君子, 民之父母.)”라고 하였다. ‘豈弟’는 ‘愷悌’와 같다.

265) 粹美(수미) : 순수하고 아름다움.

266) 與人(여인) : 청음선생집에는 ‘與人處’로 되어 있음.

267) 和易(화이) : 온화하며 까다롭지 아니함.

268) 畦畛(휴진) : 논 밭 사이의 길이라는 말로, 사상이나 감정의 틈.

269) 矯飾(교식) : 거짓으로 겉만을 그럴듯하게 꾸밈.

270) 以身代親(이신대친) : ≪소학≫<善行·實明倫>의 “검루가 마음으로 더욱 근심하고 괴로워하여 밤이 되면 매번 북극성을 향하여 머리를 조아리면서 자신이 아버지의 병을 대신하기를 빌었다.(黔婁輒取嘗之, 味轉甛滑, 心愈憂苦, 至夕每稽顙北辰, 求以身代.)”가 참고됨.

271) 楓溪(풍계) : 김상용이 자리 잡아 살았던 곳으로, 靑楓溪를 일컬음.

先君子悅其勝, 肩輿日往來, 而性喜客, 所至無虛席。先生輒營具擇味以進。及佳辰壽節, 座客無間貴賤, 下至伶工273)伎樂274), 必致親意, 所嚮者靡不曲盡。先君子善於德, 大夫人善於惠, 家婦善於養, 子弟善於馴。又皆科第簪纓275), 以資歡悅276)啓齒277), 以爲人豔, 世皆歸福於先生。

仲氏長湍君278)瘟病279)死, 親自棺斂280)不避, 叔氏參奉君281)歿, 大夫人痛不欲生, 先生恐重傷其意, 自外歸, 和色而後見, 慰諭百方。而其自與諸弟私痛, 若喪手足, 不令二親知也。

俸祿半入孤寡貧窮之家, 家無餘蓄。嘗召匠修屋, 旣周視, 私語人曰: "所出入多, 未見貴家空空若此." 雖習於先生者, 外覩池臺花竹之美, 意先生非寒儉, 而實不知家人內困也。

患世俗侈靡282)無度, 至於享先, 以美沒禮, 貧者多由廢祭, 非先王制禮之意, 著祭式以訓子孫。燕居283)不御采服, 常食不設盛饌。取古人'勢不可倚盡, 福不可享

272) ≪仙源遺稿≫의 <仙源先生年譜>에 의하면, "(선생 나이 48세 9월에) 淸風溪에 별장을 지었다. 일명 靑楓溪라고 하는데 경성 서북쪽 弼雲山 아래 수석이 맑고 아름다운 곳이다. 띠집의 이름은 臥遊, 전각의 이름은 淸風이다. 또 太古亭이 있다. 연못·누대·바위·골짜기 등에 모두 이름을 붙이고 12월령에 따른 시가 있다.(築淸風溪別業. 一名靑楓溪, 在京城西北弼雲山下, 水石淸絶. 菴號臥遊, 閣名淸風. 又有太古亭. 池·臺·巖·壑, 悉皆命名, 有十二月令詩.)" 하였다.

273) 伶工(영공) : 樂工과 광대를 통틀어 이르는 말.(伶人)

274) 伎樂(기악) : 가무하는 여자.

275) 簪纓(잠영) : 관원이 쓰던 비녀와 갓끈이라는 뜻으로, 양반이나 지위가 높은 벼슬아치 또는 그 지위를 비유적으로 이르는 말.

276) 歡悅(환열) : 일이 잘되거나 좋게 되어 매우 기뻐함.

277) 啓齒(계치) : 웃음.

278) 仲氏長湍君(중씨장단군) : 김상용의 아우이자 김상헌의 둘째 형으로, 長湍 府使를 지낸 金尙寬을 말함.

279) 瘟病(온병) : 염병. '瘟'이 청음선생집에는 '溫'으로 되어있다.

280) 棺斂(관렴) : 사람이 죽으면 염습하여 관에 넣는 것.

281) 叔氏參奉君(숙씨참봉군) : 김상용의 아우이자 김상헌의 셋째 형으로, 光陵 參奉을 지낸 金尙嵩를 말함.

282) 侈靡(치미) : 분수에 지나친 사치.

283) 燕居(연거) : 한가하여 일이 없을 때. ≪논어≫<述而篇>의 "공자께서 한가로이 계실 적에 그 모습은 활짝 펴졌으며 온화하셨다.(子之燕居, 申申如也, 夭夭如也.)"에서 나온다.

盡'284)等語, 書諸坐隅以寓戒.

性嗜書, 無一日不開卷, 多蓄古今法書名畫, 環列左右, 聲伎285)駮286)雜之戲, 無所好. 爲文, 辭達287)而理勝, 詩亦淸腴合度, 不以此自名. 筆法端麗, 小楷深得二王288)遺模, 國家廟主289), 多先生筆, 最精於鳥跡290)史籒291)之體292), 獨擅一代. 薦紳293)間求篆墓石者無兩適, 至有刻碑而更磨之, 必得先生篆以爲重也.

三入銓曹, 不濡滯, 或坐事徑去, 而乃先生蚤自思退, 初無戀位意. 忭倅相, 七年三出294), 皆關塞嶺海之遠, 人所厭苦, 而夷然處之. 其爲宗伯295), 替296)相大禮, 進止297)雍容, 不爽尺寸, 庭中咸目屬之. 視作穆陵298), 領其事者好氣299), 數以小苛禮相侵, 先生受而不較, 終乃愧300)解.

屢長部臺金吾, 凡所斷讞, 以情輔法, 不輕爲操切301), 一歸於公直忠厚. 其恬於勢利, 當於喜溫302), 習於威儀, 寬於用法, 又如此.

---

284) 宋나라 張商英(1043~1122)이 말한 것으로, "일은 끝장 보아서는 안 되고, 세력은 온전히 기대면 곤란하다. 말은 다 해서는 안 되고, 복은 끝까지 누리면 못 쓴다.(事不可做盡, 勢不可倚盡, 言不可道盡, 福不可享盡.)"의 일부임.

285) 聲伎(성기) : 기족의 집에 종사하는 歌姬와 舞女.

286) 駮(박) : 청음선생집에는 '駁'로 되어 있음.

287) 辭達(사달) : ≪논어≫<衛靈公篇>의 "언사는 뜻이 통달할 뿐인 것이다.(辭達而已矣.)"에서 나온 말.

288) 二王(이왕) : 晉나라의 書家인 王羲之와 王獻之 부자를 가리킴.

289) 廟主(묘주) : 문묘나 종묘에 모시는 신주.

290) 鳥跡(조적) : 古文의 篆字. 자형이 새 발자국처럼 생겼으므로 이르는 말이다.(鳥篆)

291) 史籒(사주) : 周나라 宣王 때의 太史. 그가 古文을 고쳐 大篆을 만들었으므로 대전을 籒文이라고도 한다.

292) 體(체) : 청음선생집에는 '軆'로 되어 있음.

293) 薦紳(천신) : 지체가 높은 사람.

294) 出(출) : 청음선생집에는 '黜'로 되어 있음.

295) 宗伯(종백) : 예조 판서.

296) 替(체) : 청음선생집에는 '贊'으로 되어 있음. 문맥상 '贊'으로 번역하였다.

297) 進止(진지) : 몸가짐이나 거동을 통틀어 이르는 말.

298) 穆陵(목릉) : 조선의 宣祖와 妃 懿仁王后 朴氏 및 繼妃 仁穆王后 金氏의 능.

299) 好氣(호기) : 청음선생집에는 '好矜氣'로 되어 있음. 문맥상 '好矜氣'로 번역하였다.

300) 愧(괴) : 청음선생집에는 '媿'로 되어 있음.

301) 操切(조절) : 단단히 잡아서 단속함.(操束) 법령을 엄하게 지켜 백성을 억누름.

302) 溫(온) : 청음선생집에는 '慍'으로 되어 있음. 문맥상 '慍'으로 번역하였다.

自侍從303)卿月304), 以至三事305), 入以告氈厦306), 坐與諸公講畫307), 其陰德於小民, 而可著爲挈令308)者, 不易數。 獨先生素謹於溫室309), 當世外乘310), 又甚鹵莽311), 以是人鮮知者。

在江都日, 智者已憂其敗, 或勸先生'盍具舟備緩急?' 先生歎曰："主上在圍中, 安危不可知, 宗社元孫皆在此, 萬一不幸, 有死而已, 安所偸生?" 盖先生之心, 已素定矣。 嗚呼痛哉! 嗚呼痛哉!

始先生凶聞312)至, 士大夫皆慟曰："先生豈眞死耶! 善人奚及此而已313)!" 復慟曰："先生眞不死也." 或言："死不酷, 無以表忠烈, 奈何不幸而不以天年314)含襚315), 顧以身爲國家光, 而以哀貽無涯之私憾耶!"

---

303) 侍從(시종) : 홍문관의 玉堂, 사헌부나 사간원의 臺諫, 예문관의 檢閱, 승정원의 注書를 통틀어 이르던 말.

304) 卿月(경월) : 考官을 뜻하는 말. ≪서경≫<洪範>의 '왕은 해를 살피고 고급 관원은 달을 살피고 하급 관리는 날을 살핀다(王省惟歲, 卿士惟月, 師尹惟日.)'라는 말에서 나온 것이다.

305) 三事(삼사) : 세 정승을 말함. 영의정, 좌의정, 우의정을 아우른 말이다.

306) 氈厦(전하) : 청음선생집에는 '旃廈'로 되어 있음. 旃廈의 자리는 제왕이 독서를 하거나 학습을 하는 자리를 말한다.

307) 講畫(강획) : 좋은 대책이나 방법을 강구함.

308) 挈令(설령) : 官府의 條例와 敎令을 판자에 새기는 것. 전하여 법을 말한다.

309) 溫室(온실) : 溫室殿. 漢나라 成帝 때 博士였던 孔光이 溫室殿과 궁중에 심겨 있는 나무의 종류가 무엇이냐는 어떤 사람의 질문에 침묵을 지키고 답하지 않았다는 데서 溫室樹라는 말이 유래되었다. 궁중의 비밀스러운 일이나, 관직에 있으면서 언행에 신중함을 가리키는 말로 쓰인다.

310) 外乘(외승) : '乘'은 ≪맹자≫<離婁章句 下>에서 "진나라의 승, 초나라의 도올.(晉之乘, 楚之檮杌.)"이라고 한 데서, 史書를 뜻함. 역사 기록인 '史記'를 '史乘'이라고 한다. ≪자치통감≫ 권55에, "(천자는 천하의 주인이므로) 천자에게는 밖이 없느니, 수레를 타고 가는 곳이 곧 천하의 수도가 된다.(天子無外, 乘輿所幸, 卽爲京師.)" 하였다. 여기에서, '外乘'은 호란으로 왕이 궁궐 밖으로 피해 혼란했던 당시의 역사 기록이라는 뜻으로 번역하였다.

311) 鹵莽(노망) : 소홀하고 거침.

312) 聞(문) : 청음선생집에는 '問'으로 되어 있음.

313) 而已(이이) : 청음선생집에는 '已而'로 되어 있음.

314) 天年(천년) : 타고난 수명을 제대로 다 사는 나이.

315) 含襚(함수) : 숨은 珠玉을 죽은 자의 입 속에 채워 넣는 것을 말하고, 襚는 衣衾을 죽은 자에게 주는 것을 말함.

尙憲[316]少先生十年, 而素屢弱, 先生氣王健匕箸[317], 且以爲百歲矣。尙憲旣
已畸[318]於世, 幸長有林泉, 而先生終遂乞骸之請, 庶幾共享期頤[319]之樂。而事乃
反覆, 不得以餘年奉先生, 疾病顚仆, 又不得求之原隰之裒[320]。生爲兄弟, 死同
路人, 天乎寧有是耶! 嗚呼痛哉[321]!

士夫[322]平居讀古人書, 鼓頰[323]抵掌[324]而談節義, 一朝變故, 有大不然。若壽
全與僕[325]人, 不過一童子廝役, 非有稽古之力, 講論之素, 而乃能臨難不貳, 視死
如歸。豈不於天性彝倫無憾, 而亦有得於常所染濡[326]也歟。其視背君命棄老母,
抱首鼠竄者, 何如也?

先生娶永嘉[327]權氏, 戶曹佐郎愷[328]之女, 領議政轍[329]之孫。純德淑行, 恊于

---

316) 尙憲(상헌) : 청음선생집에는 '某'로 되어 있음.
317) 匕箸(비저) : 숟가락과 젓가락.
318) 畸(기) : 畸人. 어지러운 세상과 맞지 않아 조용한 곳에 숨어사는 사람.
319) 期頤(기이) : 백 살. ≪예기≫<曲禮上>에 "백년을 기이라고 한다.(百年日期頤.)" 하였다.
320) 原隰之裒(원습지부) : ≪시경≫<小雅·常棣>에 "死喪의 두려움에 형제간이 심히 걱정하여, 언덕과 습지에 시신이 쌓인 곳에 형제가 찾아 나선다.(死喪之威, 兄弟孔懷. 原隰裒矣, 兄弟求矣.)" 하였다. 原隰은 높고 마른 땅과 낮고 습한 땅이다. '原隰'이 청음선생집에는 '於原隰'으로 되어 있다.
321) 嗚呼痛哉(오호통재) : 청음선생집에는 '嗚呼痛哉! 嗚呼痛哉!'로 되어 있음.
322) 士夫(사부) : 청음선생집에는 '夫士'로 되어 있음.
323) 鼓頰(고협) : 뺨을 불끈거림. 큰소리 친다는 뜻이다.
324) 抵掌(저장) : 손뼉을 침. 즐겁게 이야기함을 이른다.
325) 僕(복) : 청음선생집에는 '僕'으로 되어 있음.
326) 濡(유) : 청음선생집에는 '擩'로 되어 있음.
327) 永嘉(영가) : 지금 경북 안동의 이칭.
328) 愷(개) : 權愷(1530~1569). 강화부사 權勘의 손자이고, 영의정 權轍의 둘째아들이다. 막내동생은 임진왜란 때 명장 權慄이다. 의금부도사와 호조좌랑을 지냈다.
329) 轍(철) : 權轍(1503~1578). 본관은 安東, 자는 景由, 호는 雙翠軒. 1528년 진사가 되고, 1534년 식년문과에 급제, 성균관을 거쳐 예문관검열이 되어 당시 영의정 金安老의 잘못을 直筆하였다가 미움을 사 좌천되었다. 그 뒤 김안로가 사사되자 복직되어서 1539년 修撰으로 승진하였다. 1547년까지 병조좌랑·이조좌랑·이조정랑·병조정랑·형조정랑·直講·校理·持平·獻納 등을 역임하였다. 1550년 승문원판교를 거쳐 승정원동부승지에 승진하였으며, 3년 뒤에는 도승지가 되었고, 1556년 형조판서가 되었다. 이때 호남의 新中에 왜구가 침범하자 관찰사 겸 도순찰사가 되어 변경을 평정하였다. 1558년 명나라의 冊世子使臣이 올 때 원접사가 되었으며, 이어 우찬성을 역임하고, 1565년에는 병조판서 尹元衡이 죄를 얻어 물러나자 우의정이 되었다. 1567년에는 좌의정, 1571년에는 영의정에 올랐다.

上下，內外親皆悅而歸之。年三十三病卒，追封[330]貞敬夫人[331]。葬在江都鎭江里其父母兆次[332]，先生有治命[333]，將待歲移祔焉。擧四男三女 一男夭[334]。

男長光炯，有文行蚤世[335]，贈左承旨。娶縣令李獻諶女，生一男壽昌，司僕寺主簿。壽昌娶縣監柳享[336]女，生一男一女，皆幼。

次光煥，春川府使。娶承旨李鐵女，生一男壽弘進士。壽弘娶掌令蘓光震女，生一女，幼。

次光炫，戶曹參判。娶進士沈慓女，生三男五女。男壽仁縣監，其二，幼。女適侍直趙錫馨，次監役尹雲擧，次士人李廷夔，次洗馬姜文明，次士人李恢。壽仁娶縣監成弘憲女，生二男三女，皆幼。

長女婿[337]翊衛司司禦南好學，生一男三女。男老星，京圻都事。女適參奉朴承健，次士人申命圭，季未行。

次吏曹判書張維，生一男一女。男善澂，女鳳林大君夫人[338]。

次楊根郡守李以省，生四女。長適士人尹弼殷，次士人金鉽. 餘幼。

側室一男四女。男光熽，錄[339]振武功[340]，爲抱川縣監。生二男四女，壽仝卽

---

330) 追封(추봉) : 죽은 뒤에 官位 따위를 내림.

331) 貞敬夫人(정경부인) : 조선시대에, 정1품・종1품 문무관의 아내에게 주던 봉작.

332) 兆次(조차) : 묘역.

333) 治命(치명) : 운명할 무렵에 맑은 정신으로 하는 유언. 魏나라의 武子가 병이 들어 그 아들 武顆에게 명령하기를, "내가 죽으면 내 첩들을 시집보내라." 하더니, 병이 위독하여서는 "반드시 순장을 해달라."고 하였다. 무자가 죽자, 무과는 시집보내며 하는 말이, "병이 심하면 정신이 착란한 것이니, 나는 정신이 온전할 때의 治命을 따르겠다."고 한 고사에서 나온 말이다.

334) 청음선생집에는 '一男夭'와 '男長光炯' 사이에 "先生平生言行可書者多, 老病昏忘, 不能備記, 掏記其大者. 昔司馬氏, 以滅世家賢大夫之業不述爲罪. 立言之士, 宜有以思其責乎哉. 如蒙哀死者慭生者, 畀以一言之惠, 籍手以永不朽, 則奚止一家幽明之感. 亦將于國有光也."가 있는데, 이 부분이 이 글에서는 맨 끝에 있다.

335) 蚤世(조세) : 젊은 나이에 일찍 죽음.

336) 享(향) : 청음선생집에는 '焞'으로 되어 있음.

337) 女婿(여서) : 사위. '婿'가 청음선생집에는 '壻'로 되어 있다.

338) 鳳林大君夫人(봉림대군부인) : 청음선생집에는 '爲鳳林大君夫人'으로 되어 있음.

339) 錄(녹) : 錄勳. 공신들의 훈공을 문서에 기록한다는 말.

340) 振武功(진무공) : 振武功臣. 진무공신은 1624년 이괄의 난을 평정한 공로자에게 내린 勳號이며, 장만과 정충신 등 32명에게 주었다.

其長子。女適宗室彥興令純善。餘皆幼。

女爲判書韓仁及妾, 次適縣監李應寅, 次爲郡守李碩望妾, 次適成後龍[341]。

內外曾孫男女摠二十九人[342]。

先生言行可書者多, 老病昏忘, 不能備記, 只記其大者。昔司馬氏, 以滅世家賢大夫之業不述爲罪[343], 立言[344]之士, 宜有以思其責乎哉。如蒙哀死者恐生者, 畀以一言之惠, 籍手[345]以永不朽, 則奚止一家幽明之感? 亦將于國有光也[346]。

---

341) 次適成後龍(차적성후룡) : 청음선생집에는 '季爲成後龍妻'로 되어 있음.

342) 청음선생집에는 '內外曾孫男女摠二十九人'으로 끝맺었다.

343) ≪史記≫의 저자 司馬遷이 지은 <太史公自序>에 "내가 이런 일을 담당하는 관직에 있으면서 황제의 밝은 성덕을 버려 기록하지 않고, 공신과 세가 및 현대부의 공적을 없애 기록하지 않으면, 이것은 돌아가신 아버님께서 하신 말씀을 저버리는 것이니 이보다 더 큰 죄가 없다.(余嘗掌其官, 廢明聖盛德不載, 滅功臣世家賢大夫之業不述, 墮先人所言, 罪莫大焉.)"고 한 말을 일컬음.

344) 立言(입언) : 후세에 교훈이 될 만한 말을 함.

345) 籍手(자수) : '손을 빌리다'는 뜻으로, '힘입다'는 의미.

346) 청음선생집에는 이 단락이 '擧四男三女, 一男夭.'와 '男長光炯, 有文行蚤世.' 사이에 있는데, "先生平生言行可書者多. 老病昏忘, 不能備記, 摠記其大者. 昔司馬氏, 以滅世家賢大夫之業不述爲罪. 立言之士, 宜有以思其責乎哉. 如蒙哀死者恐生者, 畀以一言之惠, 籍手以永不朽, 則奚止一家幽明之感, 亦將于國有光也."로, 밑줄 친 부분이 다르다.

충신 증 의정부좌의정 공조판서 충숙 이상길 신도비명 병서
忠臣贈議政府左議政工曹判書忠肅李公神道碑銘幷序

　　강화도에서 정축년(1637)의 변란 때에 의롭게 죽은 것이 명명백백하여 해와 달과 더불어 그 빛을 다툴 수 있는 사람은 고(故) 문충공(文忠公) 김상용, 충숙공(忠肅公) 이상길, 도정(都正) 심현, 태상(太常) 이시직, 태복(太僕) 송시영 등 몇몇이다. 충숙공은 당시 일정한 직무가 없는 벼슬아치로서 강화 성 밖의 10리쯤 되는 곳에 임시로 살고 있었다. 사태가 다급하다는 소식이 전해지자, 자제들이 청하기를, "대조(大朝 : 인조)께서 안전하시니, 아버님은 분사(分司 : 강화도에 설치하여 정사를 총괄한 임시관아)에 또한 직분도 없는데 이곳에서 헛되이 돌아가신다면 무슨 소용 있겠습니까?" 하니, 공이 옳지 않다고 하며 말하기를, "종묘사직이 이곳에 있는데, 가면 장차 어디로 간단 말이냐?" 하였다. 마침내 집안일 조처하기를 끝내놓고는 거리낌 없이 말달려 성으로 들어가 종묘사직 앞에 곡하고 제공(諸公)들과 함께 죽으니, 이때가 정월 26일이었다.

　　무릇 어떻게 해볼 도리도 없이 형세가 막바지에 다다라 일이 이미 어찌할 수 없는 지경에 이르면 미리 죽기로 작정한 자라도 오히려 하기 어려운 일이거늘, 하물며 공은 살 수 있는 길이 있었고 반드시 죽어야 할 의리가 없었음에랴. 그런데도 목숨을 버리고 의리를 취하는 데에 용감하여 돌아보고 염려하는 마음이 없었으니, 어찌 더욱 우뚝이 옛사람에게 부끄러울 것이 없는 분 아니겠는가. 인조대왕(仁祖大王)께서 하교하시어 포장하고 가상히 여기셨으니, 정려를 세워주고 시호를 내렸으며 좌의정에 추증하였다. 그리고 경향 각지의 유생들이 성의 서쪽에 사당을 세우고 문충공(文忠公 : 김상용) 등과 함께 제향하였다. 이제 군신과 부자의 윤리를 지닌 자로 하여금 충의는 숭상해야 하며, 구차하고 나약함은 수치스러워 해야 할 행동임을 알게 하였으니, 누구의 공이겠는가. 대개 이 몇몇 군자들은 하늘이 낸 분들인데도 살아서 능히 당대를 붙들 수 없었기 때문에 죽어서 백세(百世)의 사람들을 면려하였으니, 그 또한 위대하도다.

공의 이름은 상길(尙吉), 자는 사우(士祐), 본관은 성주(星州)이다. 고조부 이소원(李紹元)은 문과에 급제하여 형조좌랑(刑曹佐郞)을 지냈고, 증조부 이유번(李有蕃)은 전옥 참봉(典獄參奉)을, 조부 이석명(李碩明)은 군수(郡守)를, 아버지 이희선(李喜善)은 동몽교관(童蒙敎官)을 지냈다. 증조부 참봉 이하는 공(公 : 이상길)에게 내려진 추은(推恩 : 신하의 부모에게 관작을 내리던 일)으로 모두 증직된 것이다. 선조(先祖)인 이총언(李悤言)은 고려의 태조(太祖 : 왕건)를 도와 공을 세우게 되어 장군으로서 성주에 처음 봉해졌는데, 대대로 살아서 마침내 성주인이 되었다. 5대조 이약동(李約東)은 크게 이름을 날려 관직이 지중추부사(知中樞府事)에 이르렀고 시호는 평정(平靖)이다. 어머니는 창원 정씨(昌原丁氏) 도사(都事) 정환(丁煥)의 딸로 가정(嘉靖) 병진년(1556) 12월 3일에 공을 낳았다.

공은 뜻을 가다듬고 학문을 닦아 약관의 나이에는 생원이 되었고, 나이 서른에는 문과 2등으로 급제하여 전례(前例)에 따라 제사(諸司)의 직장(直長)에 제수되었다. 사헌부 감찰(司憲府監察), 삼조(三曹 : 호조·병조·예조)의 좌랑(佐郞), 사복시 주부(司僕寺主簿)를 두루 거치고, 사간원 정언(司諫院正言)을 두 번이나 하면서 지제교(知製敎)와 춘추관기사관(春秋館記事官)을 겸하였다. 또 호조좌랑을 거쳐 고산도 찰방(高山道察訪)으로 좌천되었으니, 이때는 만력(萬曆) 신묘년(1591)이었다. 이보다 앞서 정여립(鄭汝立)이 역적질을 꾀하여 멸족되고, 유언비어 때문에 그 역모의 죄가 최영경(崔永慶)에까지 미쳤다. 공은 정언으로서 동료들과 함께 의논하여 국문(鞫問)으로 다스리기를 임금께 청하였는데, 끝내 최영경이 옥중에서 죽기에 이르자, 그의 도당은 이를 교묘히 함정을 판 것으로 여기고는 악의적으로 상대 당파의 아무라도 함정에 밀어 넣어 해치려 하였으니, 이 때문에 공이 연좌되어 배척된 것이 더욱 심하였던 것이다.

임진년(1592)에는 선조께서 서쪽으로 파천하였다가 명나라 조정에 의탁하자는 의론이 있자, 공이 예조 정랑(禮曹正郎)으로서 임금에게 뵙기를 청하여 그것은 잘못된 계책임을 힘써 아뢰며, 북관(北關 : 함경도)으로 대가를 돌려서 나라를 되살리는 일을 도모하도록 청하였다. 이때 중전이 먼저 북로(北路 : 함경도로 가는 길)로 향하였는데, 임금은 특별히 공으로 하여금 중전의 일행을 따르면서 호위하게 하였다. 뒤이어 조정에서는 공이 관동(關東 : 강원도)의 형편을 매우 잘 알고 있기 때문에 그곳 관찰사의 일을 도와서 군량을 조달토록 하였다.

얼마 있다가 부친 교관공(敎官公)이 왜적을 만나 피살되었다는 부음을 듣고는, 이때 적병이 사방에 그득하였는데도 공은 목숨 걸고 부친상을 치르러 달려갔지만, 교관공은 금화(金化) 땅에 임시로 초빈(草殯)해 두었고 모친은 이미 남쪽으로 향한 뒤였다. 공은 밤낮으로 슬피 울부짖고 가슴을 치며 시신 곁을 떠나지 않았다. 다음해 돌아가 장례를 치를 때에는 모친을 모시고 전라도 남원에서 상제(喪制)를 지키며 상주 노릇을 하였다. 상복을 벗고는 병조 정랑(兵曹正郎)으로서 익산 군수(益山郡守)가 되어 공이 성심을 다하여 직책을 수행했는데, 전후로 임금의 명을 받든 자들이 모두 그 실상을 들어 조정에 고하니, 벼슬을 올려 주라는 임금의 명이 있어서 예빈시 부정(禮賓寺副正)이 되었지만 군수의 직은 계속하여 그대로 유지하였다.

정유년(1597)에는 왜적이 다시 침범하자 공이 고을의 병사들을 이끌고 남원에 이르러 전투에 참여하였다. 이때 난리가 몹시 어수선한 중이라 병사들이든 장수들이든 서로 계통이 없었으나, 공이 인솔한 병사들만은 끝내 한 명도 뿔뿔이 도망쳐 흩어진 자가 없었으니, 명나라 장수 유정(劉綎)은 탄복하며 따라가기 어렵다고 하였고, 체찰사(體察使) 이덕형(李德馨)은 공을 전주 부윤(全州府尹)으로 벼슬자리를 옮겨 남쪽 지방을 안정시키자고 임금께 청하였지만 임금은 회답하지 아니하였다. 얼마 되지 않아 결국 광주 목사(光州牧使)로 벼슬자리를 옮겼고, 그 치적이 으뜸이었기 때문에 통정대부(通政大夫)로 품계가 올랐다.

임인년(1602)에는 정인홍(鄭仁弘)을 추론한 것과 최영경(崔永慶)의 일로 우계(牛溪 : 成渾의 호) 선생 이하 모두가 망극한 무고(誣告)를 입었는데, 공은 임소로부터 풍천(豊川)으로 유배되었다. 공은 유배지에서 6년을 지냈지만 마음속의 불편한 기미를 안색에 조금도 비치지 않았다. 얼마 있다가 사면되어 유배에서 풀려나 회양 부사(淮陽府使)가 되었는데, 겨우 일 년 만에 모친상을 당하니, 공은 이때 나이가 벌써 50세였지만 상(喪)을 치름에 더욱 삼갔다. 그 뒤에 안주 목사(安州牧使), 호조참의(戶曹參議)가 되었는데, 정인홍이 또 그의 무리를 시켜 공을 탄핵하여 제거하고자 하니, 공은 이로부터 도성의 동대문 밖 노원(蘆原)으로 물러나 있었다. 백사(白沙) 이항복(李恒福) 또한 재상에서 파직되어 교외에 살았는지라, 공은 왕래하며 서로 친하게 지낼 수 있어서 기뻐하는 것이 우애 있는 형제간 같았다.

이때 광해군의 정사가 어지러워 흉도들의 세력이 커졌는데, 혹 이해타산을 가지고 공의 마음을 은근히 흔들려는 자가 있었다. 공이 눈살을 찌푸리고 얼굴을 찡그리며 말하기를, "사람의 영화와 쇠망은 각자 분수가 정해져 있어 사람의 힘으로는 어찌하기가 어려운 것이니, 나는 차라리 말라 죽을지언정 차마 지켜온 지조를 버리고 더러운 세상에 영합하지 않겠다.” 하였다.

정사년(1617)에는 하지사(賀至使)가 되어 북경으로 갈 때에 공은 일행을 엄히 단속하여 감히 재화를 탐하지 못하게 하니, 중국인들이 칭송하였다.

무오년(1618)에 압록강 너머의 요동(遼東)과 계주(薊州)가 건주(建州)의 오랑캐에게 무너지자, 명나라 장수 모문룡(毛文龍)이 요동 백성을 이끌고 우리나라 국경지대인 가도(椵島)에 들어와 살았는데, 공은 임금의 명을 받들고 곡식을 운반하여 그들을 구제하였다. 인목왕후(仁穆王后)가 이때 서궁(西宮)에 유폐되어 있었는데, 공이 서쪽으로부터 돌아와 분승지(分承旨)로서 항상 당직을 설 때마다 비분을 견디지 못하고 남몰래 통탄하였으며, 항상 얼굴을 가리고 눈물 흘리기를 그치지 못하였다. 당직을 교대하면 그때마다 곧바로 노원(蘆原)으로 가서 오직 힘써 밭을 갈고 자제들을 가르치는 것을 일삼았다.

광해군이 특별히 공을 용천부사(龍川府使)로 삼았다. 용천부는 용만(龍灣 : 압록강) 가에 있어서 모문룡 진영과 서로 지원하는 것이 계속 이어지고 있었다. 건주의 오랑캐들이 하루는 용천부의 성을 곧바로 공격하였는데, 그 공격 의도는 모문룡의 진영에 있었다. 공은 새로 부임하여 대비할 틈이 없었던 데다 또 밤에 갑자기 들이닥친 공격이었지만, 이내 보고서를 작성하여 조정에 알리는 한편 죽음을 각오한 군사 500인을 모집하여 결사적으로 싸울 계획을 세웠다. 또한 별장(別將)으로 하여금 인산(麟山)에 복병을 두도록 하여 귀로를 지키게 하였다. 때마침 적이 황토령(黃土嶺)으로부터 철수하여 돌아가는데, 공이 징을 쳐서 울리며 추적하여 그들이 버리고 간 소, 말, 기물 등을 모두 획득하니, 모문룡 장군은 첩문을 보내어 칭송하고 축하하였다. 공이 당시 그곳을 다스린 지 얼마 되지 않았는데도 용천부의 백성들은 사랑하며 떠받들었다. 적장(賊將)이 처음 쳐들어왔을 때

공을 잡으려다가 잡지 못하자 군민(軍民)들을 잡아서 칼을 빼들고 목에 겨
누고는 위협하며 공이 있는 곳을 물었지만, 군민들이 서로 함께 반항하거
나 숨기며 시종일관 말을 하지 않았는데, 그렇게 하지 않았다면 공은 위
태로웠을 것이다. 다음해에는 공이 체직되어 돌아올 때에 용천부의 농민
들과 학도, 무사들이 각각 비를 세워 덕을 기렸다. 이때 사람으로서 마땅
히 지켜야 할 바른 도리가 무너지자, 공은 한양에 있기를 좋아하지 아니
하여 마침내 남원으로 돌아가 노년을 마칠 계획이었다.

계해년(1623) 인조께서 즉위했을 때는 바로 승지(承旨)와 병조참의(兵曹參
議)가 제수되어 대궐에 나아가니, 조정에서 공이 지난날 모문룡의 환심을
얻었던 것을 의논하고는, 공에게 특별히 품계를 가선대부(嘉善大夫)로 올려
서 모문룡을 접대할 벼슬아치로 보냈다. 모문룡이 당초에는 진주(眞主 : 하
늘의 뜻을 받아 난세를 평정한 임금, 곧 인조를 가리킴)의 반정(反正)을 알지 못하
였다가, 공을 보고나서야 모든 의혹이 말끔히 풀렸다. 모문룡은 신속히 반
정의 실상을 명나라 조정에 알리니, 성상께서 명나라로부터 왕위를 인정
받는 절차가 완비된 것은 실로 여기에 힘입은 것이었다. 공이 처음에 지
중추(知中樞)로서 돌아오자, 공조판서(工曹判書)를 겸하라는 임금의 전지(傳
旨)가 있었고, 이어서 담비 가죽과 비단을 하사하여 포상하였다. 관서지방
의 방백(方伯) 자리가 비자, 조정에서 관서의 책임을 맡길 사람으로서 공보
다 나은 사람이 없다고 의논하고는, 마침내 관직을 제수하고 굳이 하직인
사를 할 필요는 없다고 명하였다.

갑자년(1624)에는 부원수(副元帥) 이괄(李适)과 순변사(巡邊使) 한명련(韓明
璉)이 모반하여 곧장 한양을 향하였다. 공은 이때 철산(鐵山)에 있었는데 즉
시 수하의 병사와 장교들을 이끌고 역적들을 추격하였으며, 또한 모든 읍
의 수령들에게 명하여 각기 관할 지역의 군사를 이끌고 와서 모이라고 하
였으며, 또 격문을 지어서 역적을 타일러 역적이 되는 것과 귀순하는 것

을 깨우치니 역적 무리들의 기가 꺾여 도망친 자들이 매우 많았다. 원수(元帥) 장만(張晩)이 공에게 진군하지 말라고 권하면서 평안도에 남아 민심을 진정시키라고 하였다. 공은 듣지 않고 앞장서서 말달려 황주(黃州)에 다다르니, 역적의 기세가 더욱 치성하였다. 또 관군이 곳곳에서 패하여 무너지니, 공은 눈물을 뿌리며 군사들에게 장차 목숨을 걸고 한바탕 싸우기로 맹세하였다. 때마침 평안도로 돌아가라는 왕의 전지(傳旨)가 내려지자, 공은 부득이 군사를 원수에게 넘겨주고 평양(平壤)으로 되돌아가 지역 내에 남아있던 역적의 가속들을 잡아 죽였다. 이윽고 동쪽에서 전해오는 말이 매우 험악하니, 공은 수하들을 모아놓고 말하기를, "우리들은 금일 단지 한 번 죽어서 신하의 절개를 세우는 일만 있을 따름이다. 그런데 모문룡 장군이 10만 군사를 거느리고 우리 경내에 있으니, 만약 초(楚)나라 신하 신포서(申包胥)가 진(秦)나라 조정에서 통곡하여 다행히도 애공(哀公)의 구원 받은 일을 본받는다면 역적을 효수할 수 있고 큰 원수를 갚을 수 있을 것이지만, 성사를 못하고 죽어도 늦지는 않을 것이다." 하였다. 수하들 가운데 호응하는 자가 없으니, 공은 마침내 개연히 모문룡의 진영으로 말을 달려가다가 순안(順安)에 이르렀을 때에 두 역적이 섬멸되었다는 말을 듣고서야 마침내 달려가는 것을 그쳤다. 이러한 공로로 가의대부(嘉義大夫)에 올랐으며, 임기가 다 차서 조정으로 돌아오니 임금이 공을 불러 대화를 나누며 위로하였다.

조정의 논의가 전임(前任)인 평안도 방백의 직을 그대로 제수하려고 하자, 공은 늙고 병들었음을 이유로 사양하였지만 곧 호조 참판(戶曹參判) 겸 총관(摠管)에 제수되었다. 갑자기 모문룡의 군대가 움직이려 한다는 변방의 보고가 있자, 임금이 공으로 하여금 가서 그 정황을 살펴보게 하니, 공은 어명을 듣고 곧장 출발하였는데 두려워하는 기색이 전혀 없었다. 그곳에 도착하자, 모문룡이 반겨 맞이하여 정담을 나누게 되니, 위태롭게 여겨 의

심하던 것이 마침내 진정되었다.

정묘년(1627)에는 건주의 오랑캐가 동쪽으로 쳐들어오자, 임금이 강화도로 파천하면서 특별히 공을 남겨 행재소로 식량을 배에 실어 보내도록 하였다. 공은 갑자기 명을 받고도 분주히 온 힘을 다하였다. 이때 헛소문이 자주 있었는데도 공은 꿋꿋이 자리에 앉아 꼼짝 않고 있었다. 한 낭관(郎官)이 관의 쌀을 주고 배를 사서 도망하였다가 나중에 엄한 추궁을 당하자 공이 그 사실을 발고(發告)한 것으로 생각하고는 뼛속 깊이 원한을 머금은 데다, 그 사람은 꽤 권력을 지니고 있었기 때문에 공석에서 공의 벼슬길을 막았지만, 공은 일찍이 화해하고자 비위를 맞추려는 생각을 한 적이 없었다. 오랑캐 사신이 행재소에 이르자, 임금이 그들의 굴욕적인 맹약 요구를 마지못하여 따를 때에 공은 별운검(別雲劍)으로서 입시하였다가 물러나와 아들에게 말하기를, "금일 임금께서 욕을 당하심이 이 지경에 이르렀으니, 살아도 죽느니만 못하다." 하고는 눈물을 비 오듯 흘렸다.

사태가 진정되고 나자, 다시 모문룡의 군영으로 가서 의혹의 실마리를 해소하였다. 임금께서 그 마음을 다하여 주선함을 가상히 여겨 또 사복시에서 기르는 말[內廐馬]을 하사하여 위로하고 총애하였다. 예조 참판(禮曹參判)이 되었다가 외직으로 나가기를 청하여 전주부윤(全州府尹)이 되었는데, 대개 공은 스스로 나라의 두터운 은혜를 입고서 내직에 있으면 단지 남들 뒤만 따르고 무리들을 좇을 뿐이라고 여겼기 때문에 실제적인 관리의 일에 자신을 바치고자 한 것이다. 공이 백성을 다스림에 늙고 쇠약하다는 이유로 조금도 게으르지 않았는지라, 어사가 임금께 선정을 아뢰었다. 얼마 되지 않아서 어떤 일로 인하여 파직되어 벼슬이 갈렸다.

중추(中樞)에 다시 임명되어 예조와 병조의 참판에 제수되었으며, 두 번이나 대사간을 지내고 한성부의 좌윤과 우윤을 거쳐 대사헌이 되었다. 공은 임금께서 알아주시는 것에 감격하여 양사(兩司 : 사간원과 사헌부)에 있으면서 탄핵을 행할 때면 권귀(權貴)라도 피하지 않았고 또한 친분이 있어도 봐주지 않았으니, 공론이 의지하고 중히 여겼다. 을해년(1635)에는 공의 나이 80세가 되자, 경연(經筵) 신하들의 청에 따라 자헌대부(資憲大夫)로 품계를 올리고 공조 판서(工曹判書)에 임명되었으며, 기영회(耆英會)에 참여하였다. 겨울에는 중전께서 세상을 떠나시니, 공이 재궁(梓宮 : 시신을 넣던 관)을 모시고 가는 배진관(陪進官)이었는데 관을 만든 목수의 일에 잘못된 바가 있어서 형리(刑吏)에게 심문을 받아야 했기 때문에 파직되어 벼슬이 갈렸다.

병자년(1636)에는 오랑캐 기병이 갑자기 쳐들어오니, 공은 종묘사직의 신주를 모시고 먼저 강화도로 갔다. 대가는 도성의 남대문에 이르렀다가 되돌려 남한산성으로 들어갔다. 공이 강화도에 들어간 지 40일이 되어 성이 함락되니, 종묘사직에서 물러나와 빈 헛간으로 들어가 바지 허리띠로 스스로 목을 매었는데, 오랑캐가 또 뒤따라와서 활을 쏘았다. 장남 이경(李坰)은 이때 나루터를 지키고 있었는데, 임무를 저버리고 시신을 찾아 고향으로 돌아갔다. 그 해 4월 양주(楊州)의 불암산(佛岩山) 서쪽 기슭에 있는 선영에 장사지냈다.

부인 이씨는 본관이 경주(慶州)로 판관(判官) 이개윤(李愷胤)의 딸이다. 세 아들을 낳았는데 둘은 일찍 죽고, 이경만이 살아서 과거에 급제하여 참판이 되었다. 측실 소생으로 이감(李㙋)·이게(李㙈)가 있는데, 이감은 생원이다. 딸은 생원 이안방(李安邦)에게 시집갔다. 참판은 직장 이지원(李志遠)과 진사 이지손(李志遜)을 낳고, 딸은 예빈시 정(正) 신량(申湸)에게 시집갔다. 내외의 증현손이 모두 약간 명이 있다.

공의 천성은 관대하고 온화했으나 속마음은 실로 꼿꼿하고 곧았으며, 남을 대할 때는 매우 너그러웠으나 자신에 대하여는 엄하였다. 젊어서는 가난하여 부모를 봉양할 길이 없자, 마침내 학문에 힘써 입신양명하였지만 녹봉을 가지고 부모님 살아생전에 봉양하지 못하였다. 공은 항상 이를 한스럽게 여기며 동기간에게 베풀 길을 생각하였다. 아우인 참지(參知) 이 상급(李尙伋)과 함께 같은 집에 살고 한솥밥을 먹으면서 가산을 따로따로 나눈 적이 없었으며, 참지공이 이미 현달해서도 곁에다 집을 짓게 하고 아침저녁으로 서로 만났다. 종친(宗親)들 중에 비록 소원한 사이라도 진실로 어질면 그를 이끌어서 성취시켜 주었고, 가난한 자는 위로하고 도와주면서도 부족한 듯이 여겼기 때문에, 집에 있을 때면 친족들 모두가 자기 집처럼 모여들었다.

조정에 나선지 50년 동안의 청렴결백한 절개는 시종일관 흠결이 없었다. 번잡하고 화려한 것을 좋아하지 않아 매양 술자리나 떠들썩한 곳을 마주치면 뒤로 물러나며 피했지만, 일에 임하여서는 이해타산을 가려가며 나아가고 물러나는 계책으로 삼지 않았다.

광해군 때에는 위세와 무력으로써 핍박하고 벼슬과 녹봉으로써 유혹하니, 비록 스스로 위풍당당하다는 자들이라도 실각하지 않음이 없었으나, 공은 두려워하지도 꺾이지도 않으면서 능히 평소의 지조를 보존하였으니, 그렇게 하지 않았으면 어찌 끝내 이러한 대절(大節)을 이룰 수 있었겠는가. 무엇보다도 명나라 장수 모문룡이 가도에 들어와 머물고 있는 것이 그리 중요한 것이 아니었지만 끝내는 자못 서쪽지방 백성들의 골칫거리가 되자, 비록 조정의 고관(高官)이 반응하며 싫어하지 않음이 없었을지라도, 공은 천자의 관리로 여겨 성심과 신의로써 대하며 시종일관 변함이 없었다. 그러므로 모문룡 또한 존경하고 감복하여 용천(龍川)을 지날 때마다 공의 비판(碑版) 앞에서는 반드시 말에서 내렸다. 공이 '만절필동(萬折必東 : 강물은 만 번 굽이쳐 흘러가도 반드시 동으로 흘러들어간다.)'처럼 명나라를 존모(尊慕)하는 마음은 대개 평소부터 그러한 것이었다. 그러니 창졸간에 순절한 것은 어느 날 아침 비분강개한 마음에서 나온 것이 아님은 분명하다. 아! 더욱 숭상할 만하구나.

나는 일찌감치 공께서 알아주고 칭찬해주셨는지라, 공을 우러르며 그 순후(醇厚)한 덕에 감복한 지가 오래다. 병자년 여름에 오랑캐가 분수에 넘치게 황제를 칭하였고, 우리 조정이 의리를 들어 물리쳐 버려 오랑캐 사신이 달아나 돌아가자, 조정의 안팎이 술렁이고 두려워하였다. 나는 강가의 집에서 공을 뵈었는데, 공은 탄식하여 말하기를, "나는 늙고 관직도 없으니 멀리 떠나가야 하는 줄 알지 못한 것은 아니나, 시국이 이 지경에 이르렀으니 신하된 자로서 나라의 위급함을 보고 목숨 바칠 의를 지녀야 하는 까닭에 교외에서 배회하며 차마 떠나가지 못하고 있는 것이네." 하였다. 나는 또 공이 왕실을 못내 그리워하는 충정에 적이 탄식하였다.

지금 참판공(參判公 : 이경)이 묘지문을 외람되게 부탁하니, 아! 나는 의리상 감히 사양하지 못하고 대략 그 전말을 서술하면서 감히 한 마디도 군더더기 말을 하지 못한 것은 공께서는 절로 사라지지 않고 영원할 분이기 때문이다. 명(銘)하기를 다음과 같이 한다.

아아, 충숙공이여!	猗歟忠肅
바탕은 순후하고 기상은 크셨으며	質醇氣厖
정도(正道) 지키는데 강직하였으니,	其執則剛
옛사람들이 말하던 바	古人有言
솜으로 철을 감쌌다는 것이	以絮裹鐵
공에게 바로 마땅하도다.	公是宜當
선조께서 도성을 떠나 피란하시자	宣祖播遷
공은 당시 하찮은 미관(微官)으로서	公時眇然
비분강개를 느껴 분연히 일어나고	感奮慨慷
알현을 청하여 서슴없이 아뢰었으니,	求對敭言

나라를 버리고 명나라에 빌붙자는　　　　　　捐國內附
이 계책은 결코 좋은 것이 아니며　　　　　　此筭非長
마땅히 우리 백성을 위로하고　　　　　　　　宜撫我民
마땅히 우리 군사를 널리 모아　　　　　　　宜募我兵
우리 강토를 수복해야 한다 하였네.　　　　以復我疆
광해군이 어머니를 원수로 여기니,　　　　廢朝讎母
공은 서궁에서 당직을 설 때면　　　　　　　公直西宮
그의 눈에는 자주 눈물이 흘러내렸네.　　屢泚其眶
서쪽 변방에 사변이 생겨　　　　　　　　　西方有事
용만이 몹시도 가시밭이라　　　　　　　　龍灣寂棘
공이 그곳을 방비할 임무 맡았네.　　　　公任保障
모문룡이 우리 땅에 의탁하여　　　　　　王人寄我
서로 협조하는 순망치한의 형세라,　　勢成脣齒
오랑캐는 가시나무를 등에 진 듯해　　虜背如芒
군사를 몰래 출동하여 기습해왔네.　　潛師來襲
우리의 경계가 소홀한 틈을 탄 것이라　乘我不戒
군사들은 다급하게 서두르기만 하고　軍士劻勷
백성들은 공을 위해 목숨 바치니,　　民爲公死
공은 계략을 일러주고　　　　　　　　　　公授以畧
도망하는 오랑캐를 추적하였네.　　　　以追其亡
인조께서 즉위하시고는　　　　　　　　　聖主改玉
공을 관서의 방백으로 삼으니　　　　　公伯于西
어진 정사를 베풀었네.　　　　　　　　　　仁風扇歔
이괄 역적의 무리들이 창궐하여　　　　逆竪披猖
공이 고집스레 그 충의를 떨치자　　　我奮其忠

역적들은 혼비백산하여 자빠지고 넘어졌고	或顚或僵
임금께서 그 도타운 충심을 돌아보시어	上眷其摯
아경(亞卿 : 참판)의 자리로 올려주셨으니	處以亞卿
총애하심이 보통이 아니었도다.	寵異尋常
저 정묘년 봄에는	丁卯之春
나라가 뼈아픈 치욕을 입고서	國有深恥
피눈물 문지르고 예를 갖추어야 했지만	扢血以裳
모문룡이 의혹과 노여움을 품자	王人疑怒
공이 가서 실정을 설명하고	公徃敷誠
그 품었던 의심을 풀게 하니,	弧脫其張
이에 임금의 은혜를 입었는데	乃紆隆恩
나의 덕과 명예를 널리 드날렸다 하시면서	曰有奔奏
나라를 편케 한 공로로 말[馬]을 내리셨네.	晋錫之康
누차 양사의 수장이 되어서는	屢長兩司
권귀라도 꺼리지 않고	不憚權貴
나라의 법도를 지켜 다스려서	絜持維綱
마침내는 정경에 올랐지만,	遂躋正卿
공조판서가 되어서는	以領水部
노고에도 되레 허사였네.	勞猶未償
병자년 정축년 연간의 국난에	丙丁大難
종묘사직이 서쪽으로 옮겨졌으나	宗社西遷
사람들은 천연의 요새지로 여기고	人謂金湯
사람의 계책이 좋지 못하여	人謀不臧
하루아침에 함락되니	一朝淪陷
사람들이 양떼처럼 내몰렸네.	衆驅如羊

공은 성 밖에서 안으로 들어가　　　　　公入自外

종묘사직 앞에 곡하였으니　　　　　　　哭于廟社

그 곡소리가 푸른 하늘에 사무쳤고,　　　聲徹穹蒼

마침내 그 목숨을 버려서　　　　　　　　遂捐其軀

의에 나아가 도리를 행했으니　　　　　　義就仁成

타고난 바가 어긋나지 않았네.　　　　　天賦不爽

밝아서 해와 별이 될 것이고　　　　　　皎爲日星

맑아서 서리와 눈이 될 것이니　　　　　潔爲霜雪

옛사람 누구라서 짝하겠는가.　　　　　在古誰亢

성스러운 조정은 정려를 베풀고　　　　聖朝旋閭

고을 사람들은 사당을 세웠으니　　　　邦人立祠

커다란 편액이 빛나고 밝아서,　　　　巨扁煌煌

세상의 교화는 이로써 밝겠고　　　　世敎以明

세상의 예법이 이로써 힘입네.　　　　大防以賴.

그 빛이 드러나지 않겠는가만　　　　不顯其光

후손은 돌을 깎아 비석 세우고　　　　後承伐石

나는 새겨 둘 글을 지었으니　　　　　我作銘章,

아득히 밝게 비치어시라.　　　　　　昭視茫茫

忠臣贈議政府左議政工曹判書忠肅李公神道碑銘幷序1)

江都丁丑之變, 其死義著白2), 可與日月爭光者, 故金文忠公·李忠肅公·沈都
正·李太常·宋太僕3)若而4)人也。忠肅公時以散班5), 寓在城外十里地。聞事
急6), 子弟請曰:"大朝7)安全, 父於分司8), 且無職守, 徒死9)於此何益?" 公不可
曰:"廟社10)在此, 去將安之?"11) 遂處置家事旣已, 則遂12)馳走入城, 哭於廟社,
與諸公皆死, 是正月二十六日也。

夫理窮勢飢13), 事已無奈何, 而定計於鮮14)者, 猶爲難矣, 況公有可生之路而無

---

1) 宋時烈의 ≪宋子大全≫ 권159에 <工曹判書李公神道碑銘 幷序>로 수록되어 있음. 송자대에
   실린 글을 지칭할 때는 '송자대전'이라 일컫는다.
2) 著白(저백) : 명백함. 현저함.
3) 僕(복) : 송자대전에는 '僕'으로 되어 있음.
4) 若而(약이) : 若干.
5) 散班(산반) : 散官. 일정한 직무가 없는 벼슬.
6) 事急(사급) : 사태가 급박하다는 뜻으로, 매우 급박한 상황에 처하였음을 이르는 말.
7) 大朝(대조) : 모든 문무백관들이 임금에게 문안을 드리고 결재를 받던 큰 조회의 장소를
   일컫는 말. 여기서는 仁祖를 지칭한다.
8) 分司(분사) : 중앙 관아의 임무를 나누어 맡기 위해 별도로 설치한 관아. 여기서는 강화도
   에 설치하여 정사를 총괄한 임시관아이다.
9) 徒死(도사) : 가치 없는 헛된 죽음.
10) 廟社(묘사) : 宗廟와 社稷. 국가를 비유하는 말로 쓰인다.
11) 이 대화는 金堉의 문집인 ≪潛谷先生遺稿≫ 권11의 <資憲大夫工曹判書贈左議政李公諡狀>
    에 의하면, 아들 李坰과 주고받은 것임.
12) 遂(수) : 결단함. 거리낌이 없는 모양.
13) 夫理窮勢飢(부리궁세기) : 송자대전에는 '夫使理窮勢飢'로 되어 있음.
14) 定計於鮮(정계어선) : 죽기로 분명하게 정함을 이르는 말. 前漢 司馬遷이 지은 <報任少卿
    書>의 "맹호가 깊은 산에 있을 때는 온갖 짐승이 두려워 떨지만, 우리와 함정에 안에

必死之義! 然且勇於捨取, 無所顧慮之心, 尤豈非卓卓然[15]無愧古人者乎! 仁祖大王下敎褒嘉, 旋閭易名, 贈官左議政。京外章甫, 立祠於城西[16], 與文忠諸公腏享焉。今使有君臣父子之倫者, 知忠義之可尙而偸懦[17]之可耻者, 而誰之功哉? 盖是數君子者, 天爲生之而生不能扶一世, 故死而能礪百世之人, 其亦偉矣哉!

公諱尙吉, 字士祐, 星州人。高祖紹元, 文科刑曹佐郎。 曾祖有蕃, 典獄[18]參奉。祖碩明, 郡守。考喜善, 童蒙敎官。自參奉以下, 公推恩[19], 皆有贈職。上祖[20]忿言, 佐麗祖有功, 以將軍開號[21]於星, 世遂爲星人。五代祖約東[22], 有大名官知樞, 諡平靖。妣昌原丁氏, 都事煥[23]女, 以嘉靖丙辰[24]十二月三日生公。

公厲志[25]爲學, 年弱冠, 選上舍[26], 三十, 中第二名[27], 例拜諸司直長。歷司

있게 되면 꼬리를 흔들며 먹이를 구한다. 그것은 사람이 위력과 제약을 쌓아 점진적으로 그렇게 만든 결과이다. 그러므로 선비는 땅에 선을 그어 감옥을 만들어도 들어가지 않으며 나무를 깎아서 옥관을 삼아도 의론에 대답할 수 없으니 죽을 것에 계책을 정했기 때문이다.(猛虎在深山, 百獸震恐, 及在檻穽之中, 搖尾而求食, 積威約之漸也。故士有劃地爲牢, 勢不可入, 削木爲吏, 議不可對, 定計於鮮也。)"에서 나온 말이다. 鮮은 요절하다 또는 단명하다의 뜻이다.

15) 卓卓然(탁탁연) : 高遠한 모양. 우뚝한 모양.

16) 城西(성서) : 송자대전에는 '城中'으로 되어 있음.

17) 偸懦(투나) : 하는 일 없이 게으름을 피움.

18) 典獄(전옥) : 송자대전에는 '典獄署'로 되어 있음.

19) 推恩(추은) : 임금이 신하의 부모에게 관작을 내리던 일. '公推恩'이 송자대전에는 '以公推恩'으로 되어 있다.

20) 上祖(상조) : 先祖.

21) 開號(개호) : 처음 봉지에 봉해지고 작위를 받음.

22) 約東(약동) : 李約東(1416~1493). 본관은 碧珍, 자는 春甫, 호는 老村. 1441년 진사시에 합격하고, 1451년 增廣文科에 급제한 뒤 司瞻寺直長을 거쳐 1454년 황간현감 등을 역임하였다. 1470년 제주목사, 1474년 경상좌도수군절도사를 거쳐 1477년 대사헌이 되어 千秋使로 명나라에 다녀왔다. 이듬해 경주부윤이 되었으며, 호조참판·전라도관찰사를 지냈다. 1487년 한성부좌윤·이조참판 등을 거쳐, 1489년 개성부유수 등을 역임하다가 1491년에 知中樞府事로 관직생활을 그만두었다.

23) 煥(환) : 丁煥(1497~1540). 본관은 昌寧, 자는 用晦, 호는 檜山. 1516년 사마시에 합격하고 1528년 별시문과에 급제하였다. 성균관전적·호조좌랑을 거쳐 1537년 聖節使의 書狀官이 되어 명나라에 다녀왔고, 1540년 경상도도사를 지냈다. 그 뒤 벼슬을 버리고 고향으로 돌아가 학문연구에 힘쓰며 후학의 교육에 일생을 바쳤다.

24) 嘉靖丙辰(가정병진) : 明宗 11년인 1556년.

25) 厲志(여지) : 뜻을 굳게 다짐.

26) 上舍(상사) : 生員 또는 進士.

憲府監察, 三曹佐郎[28], 司僕[29]寺主簿, 再爲司諫院正言, 兼知製教・春秋館記事官。又由戸曹佐郎, 黜爲高山道察訪, 則是萬曆辛卯[30]也。先時, 鄭汝立謀逆[31]族夷[32], 以飛語[33]獄事[34]延及[35]崔永慶[36]。公以正言, 同僚議啓請鞫治[37], 竟致瘦死[38], 其黨以是爲機陷[39], 以擠陷[40]一番人[41], 以故公坐斥[42]尤甚。

壬辰[43], 宣廟西幸, 有内附[44]之議, 公以禮曹正郎, 請對[45]力言其非計, 請移蹕[46]北關[47], 以圖興復[48]。於是, 中殿先向北路[49], 上特命公從衛。已而, 廟議以公熟諳關東形便, 使從其觀察使事, 以調兵糧。

俄聞教官公遇賊被害, 時賊兵充斥, 公舍命奔喪[50], 則教官公寓殯[51]金化[52]地,

---

27) 中第第二名(중제제이명) : 이상길은 1585년 式年試 甲科 2등으로 급제함.
28) 三曹佐郎(삼조좌랑) : 송자대전에는 '戸兵刑三曹佐郎'으로 되어 있음.
29) 僕(복) : 송자대전에는 '僕'으로 되어 있음.
30) 萬曆辛卯(만력신묘) : 宣祖 24년인 1591년.
31) 謀逆(모역) : 역적질을 꾀함.
32) 族夷(족이) : 族滅.
33) 飛語(비어) : 근거 없이 떠도는 말.
34) 獄事(옥사) : 반역이나 살인 따위의 중대한 범죄를 다스리던 사건.
35) 延及(연급) : 이름. 미침.
36) 崔永慶(최영경, 1529~1590) : 본관은 和順, 자는 孝元, 호는 守愚堂. 曺植의 문인이다. 1576년 德川書院을 창건하여 스승 조식을 배향하였다. 1590년 鄭汝立逆獄事件이 일어나자, 그는 유령의 인물 三峯으로 무고되어 獄死하였다. 당시 정적 정철과의 사이가 특히 좋지 않아 그의 사주로 죽은 것으로 의심을 받았다. 그러나 1591년 伸寃되어 대사헌에 추증되고, 賜祭의 특전이 베풀어졌다. 1611년 산청의 덕천서원에 배향되었다.
37) 鞫治(국치) : 중한 죄인을 鞫廳에서 문초하여 다스리던 일.
38) 瘦死(유사) : 감옥에 갇혀 고생하다가 죽음.
39) 機陷(기정) : 교묘히 함정을 팜.
40) 擠陷(제함) : 악의적으로 남을 함정에 밀어 넣어 해침.
41) 一番人(일번인) : 당파나 이념을 달리하는 쪽의 사람을 구체적으로 지칭하지 않고자 할 때 쓰는 말.
42) 坐斥(좌척) : 연좌되어 쫓겨남.
43) 壬辰(임진) : 宣祖 25년인 1592년.
44) 内附(내부) : 한 나라가 다른 나라 안으로 들어가 붙음.
45) 請對(청대) : 신하가 급한 일이 있을 때에 임금에게 뵙기를 청하던 일.
46) 移蹕(이필) : 大駕를 옮김.
47) 北關(북관) : 함경도 지방.
48) 興復(흥복) : 쇠퇴하던 것이 다시 일어남.
49) 北路(북로) : 서울에서 함경도로 통하는 길을 이르던 말.

而大夫人已向南鄕矣。公晝夜號擗, 不離殯側。翌年歸葬, 奉大夫人, 守制53)于全
羅之南原。服除, 以兵曹正郎, 爲益山郡守, 公盡心奉職, 前後奉使者, 皆擧實狀
于朝, 有旨陞叙54), 爲禮賓寺副正, 仍守郡職如故。

丁酉55), 倭奴再逞, 公領郡兵, 從戰南原。時搶攘之中, 兵將不相維係, 而公所
部56)終無一人逃散者, 天將劉綎57)歎服以爲難及, 體察使李公德馨58)請移公尹全
州, 以奠南服59), 不報。未幾竟移牧光州, 以治60)第一, 陞通政61)。

壬寅62), 鄭仁弘63)追論64) · 永慶事, 自牛溪65)先生以下, 皆被誣罔66), 公自任

---

50) 奔喪(분상) : 타향에 있다가 부모의 임종을 듣고 급히 돌아와 居喪하는 것.
51) 寓殯(우빈) : 임시로 草殯함. 초빈은 사정상 장사를 속히 치르지 못하고 송장을 방 안에
   둘 수 없을 때에, 한데나 의지간에 관을 놓고 이엉 따위로 그 위를 이어 눈비를 가릴 수
   있도록 덮어둔 것이다.
52) 金化(금화) : 강원도 철원군의 한 읍.
53) 守制(수제) : 喪制를 지킴. 중국에서는 자식이 부모상을 당해 만 27개월 동안 근신하며
   모든 교제를 끊는 것을 일컫는다고 한다.
54) 陞叙(승서) : 벼슬이 올라감. 또는 벼슬을 올림.
55) 丁酉(정유) : 宣祖 30년인 1597년.
56) 所部(소부) : 인솔 부대.
57) 劉綎(유정) : 명나라 장수. 1592년 副總兵으로 병사를 이끌고 조선에 와서 왜군을 방어하
   고, 御倭總兵官으로 승진했다. 귀국하여 四川總兵官으로서 播川宣慰使 楊應龍의 반란을 진
   압하고 左都督으로 승진했다. 1597년 정유재란 때 南原에서 왜군에게 졌다는 소식이 전
   해지자 배편으로 강화도를 거쳐 입국하여 戰勢를 확인한 뒤 돌아갔는데, 이듬해 대군을
   이끌고 와서 도와주었다. 曳橋에서 왜군에게 패전하고, 왜군이 철병한 뒤 귀국했다.
   1619년 조선과 명나라 연합군이 後金과 싸운 富車 전투에서 전사했다.
58) 德馨(덕형) : 李德馨(1561~1613). 본관은 廣州, 자는 明甫, 호는 漢陰 · 雙松. 1592년에 예
   조 참판에 올라 대제학을 겸임하였다. 임진왜란이 일어나자 동지중추부사로서 일본 사
   신 玄蘇와 화의를 교섭하였으나 실패했다. 그 후 왕을 정주까지 호종하였고, 請援使로
   명나라에 파견되어, 원병을 요청하여 성공을 거두었다. 광해군 즉위 후에 영의정에 올
   랐다.
59) 南服(남복) : 南方.
60) 以治(이치) : 송자대전에는 '以治行'으로 되어 있음.
61) 通政(통정) : 通政大夫. 통정대부는 정3품 문관의 품계.
62) 壬寅(임인) : 宣祖 35년인 1602년.
63) 鄭仁弘(정인홍, 1535~1623) : 본관은 瑞山, 자는 德遠, 호는 萊菴. 南冥 曺植의 문인으로,
   崔永慶, 吳建, 金宇顒, 郭再祐 등과 함께 慶尙右道의 南冥學派를 대표하였는데, 1581년 掌
   令이 되어 鄭澈 · 尹斗壽를 탄핵하다가 해직되었다. 1589년 鄭汝立 獄事를 계기로 동인이
   남북으로 분립될 때 北人에 가담하여 領首가 된 인물이다. 1592년 임진왜란 때 濟用監正
   으로 陜川에서 의병을 모아, 星州에서 왜병을 격퇴하여 영남의병장의 호를 받았다. 이듬

所, 編配67)豐川68)。公在謫六年, 無幾微69)見乎色。既蒙宥叙, 爲淮陽府使, 廑一期, 遭內艱70), 公時年已五十, 而執喪71)彌謹。後爲安州牧使·戶曹參議72), 仁弘又使其徒彈去之, 公自是退處于國東門之外盧73)原。白沙李公恒福74), 亦罷相郊居, 公杖屨75)相從, 懽然若塤箎76)也。

해 의병 3,000명을 모아 성주·합천·함안 등을 방어했고, 1602년 대사헌에 승진, 중추부동지사·공조참판을 역임하였으며 柳成龍을 임진왜란 때 화의를 주장하였다는 죄목으로 탄핵하여 사직하게 하고, 洪汝諄과 南以恭 등 北人과 함께 정권을 잡았다. 1608년 柳永慶이 선조가 광해군에게 讓位하는 것을 반대하자 이를 탄핵하다가, 이듬해 寧邊에 유배되었다. 하지만 선조가 急逝하고 광해군이 즉위하자 대사헌이 되어 大北政權을 세웠다. 자신의 스승인 남명 조식의 학문을 기반으로 경상우도 사림세력을 형성하였다. 더구나 임진왜란 당시의 의병장으로서 활약한 경력과 남명의 학통을 이어받은 수장으로써 영남 사림의 강력한 영향력과 지지기반을 확보하였다. 1623년 인조반정 뒤 참형되고 가산은 적몰되었으며, 이후 대북은 정계에서 거세되어 몰락하였다.

64) 追論(추론) : 追求하여 논의함.
65) 牛溪(우계) : 成渾(1535~1598)의 호. 본관은 昌寧, 자는 浩原, 호는 默庵. 1594년 石潭精舍에서 서울로 들어와 備局堂上·좌참찬에 있으면서 <편의시무14조>를 올렸다. 그러나 이 건의는 시행되지 못하였다. 이 무렵 명나라는 명군을 전면 철군시키면서 대왜 강화를 강력히 요구해와 그는 영의정 柳成龍과 함께 명나라의 요청에 따르자고 건의하였다. 그리고 또 許和緩兵(군사적인 대치 상태를 풀어 강화함)을 건의한 李廷龜을 옹호하다가 선조의 미움을 받았다. 특히 왜적과 내통하며 강화를 주장한 邊蒙龍에게 왕은 비망기를 내렸는데, 여기에 有識人의 동조자가 있다고 지적하여 선조는 은근히 성혼을 암시하였다. 이에 그는 용산으로 나와 乞骸疏(나이가 많은 관원이 사직을 원하는 소)를 올린 후, 그 길로 사직하고 연안의 角山에 우거하다가 1595년 2월 파산의 고향으로 돌아왔다.
66) 誣罔(무망) : 무고가 망극함.
67) 編配(편배) : 귀양 보낼 사람의 이름을 徒流案에 적어 넣던 일.
68) 豐川(풍천) : 황해도 송화 지역의 옛 지명.
69) 幾微(기미) : 낌새.
70) 內艱(내간) : 어머니의 상.
71) 執喪(집상) : 어버이 喪事를 치르면서 예절에 따라 喪制 노릇을 함.
72) 이상길이 호조참의로 제수된 것은 ≪광해군일기≫ 1615년 1월 23일조 2번째 기사에 나옴.
73) 盧(노) : 송자대전에는 '蘆'로 되어 있음.
74) 李公恒福(이공항복) : 李恒福(1556~1618). 본관은 慶州, 자는 子常, 호는 弼雲·白沙. 고려의 대학자 李齊賢의 후손으로 참찬 李夢亮의 아들이다. 1602년 鄭仁弘·文景虎 등이 崔永慶을 모함, 살해하려 했다는 장본인이 成渾이라고 발설하자 삼사에서는 성혼을 공격하였는데, 그는 성혼을 비호하고 나섰다가 정철의 편당으로 몰려 영의정에서 자진 사퇴하였다.
75) 杖屨(장구) : 지팡이와 짚신. 지팡이를 짚고 한가로이 거니는 것을 일컫는다.
76) 塤箎(훈호) : 塤篪. 서로 가락이 잘 맞는 두 개의 관악기인 피리와 나팔. 보통 우애가 있

時光海政亂, 凶徒勢張, 或有以利害微撼公者. 響蹙曰[77] : "人之榮悴, 自有分定, 難容人力, 吾寧枯死, 不忍捨所守以合汚[78]也."

丁巳[79], 充賀至使[80]朝京[81], 公嚴束一行, 使不敢耽貨, 華人稱之.

戊午[82], 遼薊[83]爲建奴[84]所破, 王人[85]毛文龍[86], 率遼民入居我之椵島[87], 公承命轉粟以濟之. 仁穆王后時幽閉在西宮[88]矣, 公自西歸, 以分承旨[89]常直守[90], 不勝悲憤隱痛, 常掩泣[91]不能已. 每遞[92]直, 則直歸盧[93]原, 唯以力田訓子爲事.

光海特以公爲龍川府使. 府在龍灣上, 與毛營, 聲勢[94]相接. 建奴一日直擣府

는 형제를 가리킬 때 쓰는 표현이다. ≪시경≫<小雅·何人斯>의 "백씨가 질나팔 불면, 중씨는 젓대를 분다네.(伯氏吹塤 仲氏吹篪.)"라고 한 데서 나온 말이다. 塤은 壎과 同字이다.

77) 響蹙曰(빈축왈) : 송자대전에는 '公響蹙曰'로 되어 있음.

78) 合汚(합오) : 더러운 세속에 영합하는 것. ≪맹자≫<盡心章句 下>의 "세속에 동화하고 더러운 세상에 영합한다.(同乎流俗, 合乎汚世.)"에서 나온다.

79) 丁巳(정사) : 光海君 9년인 1617년.

80) 賀至使(하지사) : 賀冬至使. 冬至使는 해마다 동짓달에 중국으로 보내던 사신. ≪광해군일기≫ 1617년 4월 10일조 5번째 기사에 이상길을 동지사에 제수한 사실이 나온다.

81) 朝京(조경) : 북경에 조회하러 감.

82) 戊午(무오) : 光海君 10년인 1618년.

83) 遼薊(요계) : 요동과 계주를 이르는 말로, 압록강 너머에서부터 북경까지를 지칭함.

84) 建奴(건노) : 건주위 오랑캐. 建州衛는 중국 명나라 成祖인 永樂帝 때에, 남만주의 건주 지역에 사는 여진족을 다스리기 위하여 설치한 군영. 이후 여진족의 부족장에게 지휘권을 넘겨주었으며, 건주 좌위와 건주 우위가 새로 생겨남에 따라 건주 三衛가 되었다.

85) 王人(왕인) : 임금의 명령을 받들고 온 사람.

86) 毛文龍(모문룡) : 명나라 武將. 명나라는 1622년 후금에게 빼앗긴 요동지방을 회복하려고 우리나라 鐵山 椵島에 군대를 주둔시켰는데, 이때 이 군대를 이끌었던 장수이다. 그는 조선과 합세하여 후금을 치자고, 군량과 무기를 조선에 강요하기도 했는데, 1628년 명나라의 經略 袁崇煥에게 피살되었다.

87) 椵島(가도) : 평안북도 철산군에 속한 섬.

88) 西宮(서궁) : 貞洞에 있는 德壽宮을 달리 이르는 말.(明禮宮)

89) 分承旨(분승지) : 分承政院의 승지. 분승정원은 승정원의 일을 分掌하기 위하여 임시로 따로 둔 승정원.(分政院)

90) 直守(직수) : 관아에 들어가 차례로 숙직함.

91) 掩泣(엄읍) : 얼굴을 가리고 욺.

92) 遞(체) : 송자대전에는 '遁'로 되어 있음.

93) 盧(노) : 송자대전에는 '蘆'로 되어 있음.

城, 意在毛營矣。公新到無備, 又當夜倉卒, 乃草啓[95]報知于朝, 募得死士[96]五百人, 爲死戰計。且令別將設伏[97]麟山, 以要歸路。會賊從黃土嶺[98]撤還, 公鳴金[99]追躡[100], 盡得其所棄牛馬器械[101], 毛將遺帖稱賀。公時爲政未久, 而府人愛戴。賊將初至, 求公不得, 則執軍民, 拔劍擬頸, 盤問公所在, 而相與抵諱, 終始不言, 不然則危矣。翌年遞[102]歸, 府之農民·學徒·武士, 各以立石頌之[103]。時彛倫[104]斁塞, 公不樂於京輦, 遂歸南原, 爲終老計。

癸亥, 仁祖卽位[105], 卽拜承旨·兵曹參議[106], 旣赴闕下[107], 則朝議以公舊得毛將懽, 特加嘉善階, 差[108]毛償。毛將始未知眞主[109]反正, 及見公, 羣疑洞釋。毛將亟以實狀, 馳奏天朝, 聖上封典[110]之完, 實有賴焉。公以知樞來, 有旨攝工曹判書, 因賜貂綵以襃之。關西缺方伯, 廷議以爲西任, 無出公右者, 遂仍以授之, 命除朝辭[111]。

甲子[112], 副元帥李适[113]與巡邊使韓明璉[114]叛, 直向京城。公時在鐵山[115],

---

94) 聲勢(성세) : 군대 간에 멀리 서로 호응하는 것을 가리키는 말로, 서로 지원한다는 의미.
95) 草啓(초계) : 글을 써서 奏達함. 여기서는 보고서를 작성했다는 의미이다.
96) 死士(사사) : 죽기를 각오하고 나선 군사.
97) 設伏(설복) : 伏兵을 둠.
98) 黃土嶺(황토령) : 함경남도 풍산군 풍산면과 천남면 사이에 있는 고개.
99) 鳴金(명금) : 징 또는 바라를 쳐 울림.
100) 追躡(추섭) : 뒤를 밟아 쫓아감.
101) 械(계) : 송자대전에는 '機'로 되어 있음.
102) 遞(체) : 송자대전에는 '遞'로 되어 있음.
103) 各以立石頌之(각이입석송지) : 송자대전에는 '各立石以頌之'로 되어 있음.
104) 彛倫(이륜) : 사람으로서 마땅히 지켜야 할 바른 도리.
105) 1623년 3월 13일에 인조가 즉위함.
106) 이상길이 병조 참의로 제수된 것은 《인조실록》 1623년 3월 17일조 10번째 기사에 나옴.
107) 闕下(궐하) : 송자대전에는 '闕'로 되어 있음.
108) 差(차) : 사신으로 보냄.
109) 眞主(진주) : 眞命之主. 하늘의 뜻을 받아 어지러운 세상을 평정하고 통일한 어진 임금. 여기서는 仁祖를 가리킨다.
110) 封典(봉전) : 王朝에서 공신이나 그 조상에게 작위·명호를 내리던 일.
111) 朝辭(조사) : 새로 임명된 관리가 부임하거나 외국의 사신이 떠나기에 앞서 임금께 하직 인사를 드리던 일.(辭朝)
112) 甲子(갑자) : 仁祖 2년인 1624년.

卽率手下兵校追躡[116]之, 且令諸邑守宰, 各率所部來會, 又草檄諭賊以逆順[117),
賊衆氣沮, 逃散者甚多。元帥張晚[118)勸公毋前, 且留本道, 以鎭人心。公不聽,
策馬先驅, 至黃州[119), 則賊勢益張。又官軍所在奔敗[120), 公洒[121)泣誓衆, 將決
死一戰。會有旨令還本道, 公不得已以兵屬元帥, 退還平壤, 戮殺賊孥之在界內
者。俄有東來說甚惡, 公會僚屬[122)曰: "吾儕今日只有一死, 以樹臣節而已。然
毛將將十萬師在我境, 若效秦庭之哭[123), 幸而見哀, 賊首可梟[124), 大讐可雪, 不

---

113) 李适(이괄, 1587~1624) : 본관은 固城, 자는 白圭. 선조 때 형조 좌랑·泰安郡守를 역임,
   1622년 함북병마절도사가 되어 부임하기 직전 仁祖反正에 가담하여 이듬해 거사일의
   작전 지휘를 맡아 반정을 성공케 했다. 이해 후금과의 마찰로 변방에서 분쟁이 잦자
   평안도병마절도사 겸 副元帥로 발탁되어 寧邊에 出鎭하여 城柵을 쌓고 군사훈련을 실시
   하는 등 국경 경비에 힘썼으며, 이어 靖社功臣 2등에 책록되었다. 1624년에 반란을 일
   으켰다가 실패하고 참형되었다. 그의 반란은 뒤에 정묘호란의 한 원인이 되었다.
114) 韓明璉(한명련, ?~1624) : 임진왜란 당시 영남에서 공을 세웠다. 1594년 경상우도별장
   이던 그는 의병장 郭再祐 등과 합세해 적을 물리쳤고, 의병장 金德齡과 함께 군대를 훈
   련시켰다. 1597년 정유재란 때에는 도원수 權慄의 휘하에서 충청도방어사와 합세해 회
   덕에서 공을 세우고, 공주에서 분전하다가 부상을 당하였다. 1598년 다시 권율의 휘하
   에서 의병장 鄭起龍과 합세, 경상우도에 주둔한 적군을 격파하였다. 1623년 龜城巡邊使
   에 보직되었다. 1624년 李适과 함께 반란을 일으켜 관군을 패시키고 서울을 점령했
   으나, 길마재[鞍峴]의 싸움에서 패배하였다. 이괄과 함께 도주하던 중 이천에서 부하
   장수의 배반으로 살해당하였다.
115) 鐵山(철산) : 평안북도 서쪽 끝에 있는 지명.
116) 追躡(추섭) : 뒤를 밟아 쫓아감.
117) 逆順(역순) : 거역과 순종. 역적이 되는 것과 귀순하는 것을 일컫는다.
118) 張晚(장만, 1566~1629) : 본관은 仁同, 자는 好古, 호는 洛西. 1589년 생원·진사 양시
   에 모두 합격하고 1591년 별시문과에 급제, 인조반정으로 새 왕이 등극하자 도원수에
   임명되어 원수부를 평양에 두고 후금의 침입에 대비하였다. 1624년 李适이 반란을 일
   으키자 각지의 관군과 의병을 모집하여 이를 진압하였다. 이 전공으로 振武功臣 1등에
   책록되고 輔國崇祿大夫에 올라 玉城府院君에 봉하여졌다. 이어 우찬성에 임명되고 팔도
   도체찰사로 개성유수를 겸하였으며, 그 뒤 병을 구실로 풍덕 別墅로 내려갔으나 왕의
   切責을 받고 다시 조정에 들어와 병조판서로 도체찰사를 겸하였다. 그러나 1627년 정
   묘호란에 후금군을 막지 못한 죄로 관작을 삭탈당하고 부여에 유배되었으나 앞서 세운
   공으로 용서를 받고 복관되었다. 영의정에 추증되고, 통진의 鄕祠에 제향되었다.
119) 黃州(황주) : 황해도 북쪽에 있는 지명.
120) 奔敗(분패) : 무너져 패함.
121) 洒(쇄) : 송자대전에는 '灑'로 되어 있음.
122) 僚屬(요속) : 계급적으로 보아 아래에 딸린 동료.(部下)
123) 秦庭之哭(주정지곡) : 춘추시대에 吳나라가 楚나라를 공격하니 초나라의 신하 申包胥가
   군주의 명을 받들어 秦나라에 가서 구원을 요청하였다. 진나라 조정의 담장에 의지하

成而死未晚也." 參佐[125]莫有應者, 公遂慨然馳赴毛營, 到順安[126], 聞二[127]賊就滅, 遂止。以勞進嘉義, 秩滿[128]還朝, 上賜對[129]勞問[130]。

廷議欲仍授前任, 公辭以老病, 乃貳度支[131]兼摠管[132]。忽有邊報毛兵將動, 上使公往察其情形, 公聞命卽行, 了無怖色。旣至, 毛將懽迎款語[133], 危疑[134]遂定。

丁卯[135], 建奴東搶, 上幸江都, 特留公舡[136]粟于行在。公倉卒受命, 奔走竭力。時虛警[137]數起, 而公堅坐不動。有一郎官捐官米買舡[138]逃去, 後被重究[139], 意公發其事, 啣[140]之次骨[141], 而其人甚有權力, 故公坐[142]枳仕道, 然公未嘗爲和解取容[143]之計。虜使至行在, 上勉副[144]要盟[145], 以雲劒[146]入侍[147],

---

여 밤낮으로 곡을 한 지 7일이 지나도 물 한 모금 마시지 않고 통곡하는 소리가 끊이지 않으니, 진나라 哀公이 마침내 그 정성에 감격하여 군대를 출동시켜 초나라를 구해 주었다는 고사이다.

124) 賊首可梟(적수가효) : 송자대전에는 '則賊首可梟'로 되어 있음.
125) 參佐(참좌) : 부하. 아래에 거느리고 있는 동료.
126) 順安(순안) : 평안남도 평원 지역의 옛 지명.
127) 二(이) : 송자대전에는 '三'으로 되어 있음.
128) 秩滿(질만) : 관리의 임기가 참.
129) 賜對(사대) : 왕이 신하를 불러 묻는 말에 대답하게 하는 일. 신하가 면대를 요청하는 경우와 또 임금이 특별히 불러서 대하는 경우 등이 있다.
130) 勞問(노문) : 위문함.
131) 貳度支(이탁지) : 參貳度支인 듯. 戶曹參判.
132) 摠管(총관) : ≪승정원일기≫ 1625년 11월 21일조에 의하면 都摠府의 副摠官에 제수된 기록이 있음.
133) 款語(관어) : 터놓고 다정하게 이야기 함.
134) 危疑(위의) : 마음이 편하지 아니하고 의심스러움.
135) 丁卯(정묘) : 仁祖 5년인 1627년.
136) 舡(강) : 송자대전에는 '船'으로 되어 있음.
137) 虛警(허경) : 거짓 경보. 헛소문.
138) 舡(강) : 송자대전에는 '船'으로 되어 있음.
139) 重究(중구) : 엄중히 추궁함. 허물을 혹독하게 캐물음.
140) 啣(함) : 송자대전에는 '衘'으로 되어 있음.
141) 次骨(차골) : 원한이 뼈에 사무침.
142) 公坐(공좌) : 공무로 모인 자리.(公席)
143) 取容(취용) : 비위를 맞춤.
144) 勉副(면부) : 내키지는 않지만 요청이 하도 간절하기 때문에 마지못해 따른다는 말.
145) 要盟(요맹) : 힘으로 위협하여 약정을 맺음.

退謂其子曰 : "今日主辱至此, 生不如死." 因泣涕[148]如雨。

事定, 復徃毛營, 以銷疑阻[149]之端。上嘉其盡心周旋, 又賜廐馬[150]慰寵之。由禮曹參判, 求外尹全州, 盖公自以受國厚恩, 在內只隨行逐隊而已, 故欲自效[151]於吏事[152]也。公爲治, 不以衰老而少倦, 御史褒啓[153]。未幾, 因事罷遞[154]。

叙拜[155]中樞, 參貳[156]禮兵曹[157], 再爲大司諫, 歷漢城左右尹, 爲大司憲。公感激知遇[158], 在兩司擧劾, 不避權貴[159], 亦不饒所親, 公議倚以爲重。乙亥[160], 公年滿八十, 用筵臣請, 陞秩資憲, 拜工曹判書, 參耆英會[161]。冬, 中殿上賓[162], 公陪進梓宮[163], 匠事[164]有欠闕, 對吏[165]因罷遞[166]。

丙子[167], 虜騎猝[168]至, 公陪廟社主, 先徃江都。大駕自京城南門, 回蹕[169]入

---

146) 雲劍(운검) : 別雲劍. 조선시대에, 임금이 거둥할 때 雲劍을 차고 임금의 좌우에 서서 호위하던 임시 벼슬아치. 雲劍은 임금을 호위할 때에, 별운검이 차던 칼이다. 칼집은 어피로 싸고 주홍색으로 칠하며, 장식은 은을 썼다.
147) 以雲劍入侍(이운검입시) : 송자대전에는 '公以雲劍入侍'로 되어 있음.
148) 泣涕(읍체) : 송자대전에는 '涕泣'으로 되어 있음.
149) 疑阻(의조) : 의심하여 멀리함.
150) 廐馬(구마) : 內廐馬. 司僕寺(사복시)에서 기르는 말을 말한다.
151) 自效(자효) : 자기의 정성을 다함.
152) 吏事(이사) : 관리의 일.
153) 褒啓(포계) : 각 도의 관찰사나 어사가 고을 수령의 善政을 임금에게 아뢰던 일.
154) 遞(체) : 송자대전에는 '遞'로 되어 있음.
155) 叙拜(서배) : 免官되었다가 다시 벼슬에 임명됨.
156) 參貳(참이) : 參判.
157) 曹(조) : 송자대전에는 '曹'로 되어 있음.
158) 知遇(지우) : 남이 자신의 인격이나 재능을 알고 잘 대우함.
159) 權貴(권귀) : 지위가 높고 권세가 있는 사람.
160) 乙亥(을해) : 仁祖 13년인 1635년.
161) 耆英會(기영회) : 임금의 친척과 2품 이상 정1품 이하의 벼슬아치 및 經筵堂上 중에서 일흔 살 이상 된 사람들이 참석하던 敬老會. 음력 3월 3일과 9월 9일에 열렸다.
162) 上賓(상빈) : 崩御.
163) 梓宮(재궁) : 왕, 왕대비, 왕비, 왕세자 등의 시신을 넣던 관.
164) 匠事(장사) : 棺槨을 만드는 工人의 일. ≪인조실록≫ 1635년 12월 13일조 2번째 기사에 재궁의 덮개에 틈이 있었던 일이 기재되어 있다.
165) 對吏(대리) : 刑吏를 대면하여 심문을 받음.
166) 遞(체) : 송자대전에는 '遞'로 되어 있음.
167) 丙子(병자) : 仁祖 14년인 1636년.
168) 猝(졸) : 송자대전에는 '卒'로 되어 있음.

南漢城。公至江都, 凡四十日而城破, 退自廟社, 入空廠[170], 以袴緊自縊, 賊又從後射之。長男垌[171], 時把守[172]津口, 尋尸以歸。以其年四月, 葬于楊州佛岩[173] 西麓之先兆。

夫人李氏, 籍慶州, 判官愷胤[174]之女。凡三男, 其二夭, 垌登弟[175]爲參判。側出堪‧坮, 堪生員。女適生員李安邦[176]。參判生志遠直長, 志遜進士, 女適正申浣。內外曾玄摠若干人。

公天性寬和而內實剛介, 待物甚恕而持己[177]則嚴。少時貧無以養, 遂勤學以立揚, 則祿不逮親矣。公常痛恨之, 思以有施[178]于同氣。與弟參知尙伋[179], 同居共

---

169) 回蹕(회필) : 還駕.
170) 退自廟社入空廠(퇴자묘사입공창) : 송자대전에는 '公退自廟社入空廠'으로 되어 있음.
171) 垌(경) : 李垌(1580~1670). 본관은 碧珍, 자는 東野, 호는 聾叟. 아버지는 공조판서 李尙吉이다. 1623년 진사로서 改試文科에 급제, 1624년 예문관검열이 되었고, 그해 8월 장령으로 있으면서 집의 金世濂, 장령 朴安悌 등과 함께 이조판서 李貴가 追崇을 주장하고 자천한 것을 논박하다가 중신을 모함하였다는 죄목으로 당진현감에 좌천되었다. 그 뒤 1626년에 정언‧지평을 거쳤다. 1628년 3월 사서로 있으면서 鞫逆의 날에 병을 칭탁하여 不仕하였다는 사헌부의 탄핵을 받아 파직되었다. 같은 해 6월에 정언에 임명된 뒤 강진현감‧장령 등을 두루 거쳤다. 병자호란 때 강화도에서 아버지 이상길이 적군의 상륙 소문을 듣고 그를 불러 召募使가 되어 직분을 다할 것을 부탁하고 자결하였는데, 그는 포구를 지키던 그의 임무를 저버리고 아버지의 시신을 가지고 고향으로 돌아갔다. 이로 인해 그가 비록 의병에 종사하였다고 하나 自處의 도가 어긋났다고 하여 파직 당하였다. 이후로 1646년 承文院判校, 1648년 여주목사, 1656년 형조참판이 되었다.
172) 把守(파수) : 경계하여 지킴.
173) 岩(암) : 송자대전에는 '巖'으로 되어 있음.
174) 愷胤(개윤) : 李愷胤(생몰년 미상). 본관은 慶州, 자는 伯紹. 아버지는 李洙이다. 1546년 식년시에 합격하여 진사가 되었다.
175) 弟(제) : 송자대전에는 '第'로 되어 있음.
176) 李安邦(이안방) : 李弘冑(1562~1638)와 그의 측실 사이에서 태어난 아들.
177) 持己(지기) : 제 몸의 처신.
178) 思以有施(사이유시) : 송자대전에는 '思有以施'로 되어 있음.
179) 尙伋(상급) : 李尙伋(1572~1637). 본관은 碧珍, 자는 思彦, 호는 習齋. 승문원의 정자‧저작‧박사를 거쳐 형조좌랑 때 서장관으로 명나라에 다녀오던 중 평안도사가 되었다. 그러나 당시의 권신인 李爾瞻과 뜻이 맞지 않아 승진에 어려움이 많았다. 한때는 병을 빙자하여 벼슬을 그만둔 일도 있었으나 다시 형조정랑을 거쳐 풍기군수가 되었다. 이때 경상도관찰사로 鄭造가 임명되자, 그의 속관이 되는 것을 부끄럽게 여겨 벼슬을 버리고 고향 성주로 돌아가 농사와 낚시로 소일하였다. 인조반정 후 다시 등용되었으나, 장령‧집의 등 대간으로 있을 때 直臣의 기품이 있어 싫어하는 자가 많았다. 단천군수

爨[180], 未嘗分異, 參知公旣顯, 則爲築室于傍, 朝夕相對。宗族雖疎遠, 苟賢則汲引[181]成就之, 其貧者則撫恤[182]如不及, 故所在親族, 皆家歸焉。

立朝五十年, 淸白一節, 終始無玷。不喜紛華[183], 每遇酒場[184]喧譁處, 則逡巡[185]引避[186], 當事不擇利害爲趨捨[187]計。當癈[188]朝時, 威武以驅之, 爵祿以誘之, 雖自謂矯矯[189]者, 無不失脚, 而公不懾不沮[190], 能保其所[191]守, 不如是, 安能終就此大節哉! 寂其王人[192]之羈旅[193]者末也, 頗爲西氓疾, 雖薦紳[194]之士, 無不應且憎, 而公以爲天子吏也, 以誠以信, 終始不渝[195]。故王人亦相敬服, 每過龍川[196], 公碑版[197], 必下馬焉。公之萬折必東[198]之心, 盖自平素而然矣。

와 연안군수로 있을 때 선정을 베풀어 신망을 얻고 세자시강원의 보덕이 되었다. 이어 병조참지로 있을 때 治軍・築城 등 국가방위에 공헌하였다. 1636년 병자호란이 일어나자 왕을 호종하여 남한산성에 들어가 40여 일 동안 대결하였다. 그러나 강화도가 함락되었다는 소식을 듣고 종묘사직을 받들고 강화도로 들어간 형 李尙吉을 찾아가다가, 도중에서 적병을 만나 살해되었다.

180) 同居共爨(동거공찬) : ≪소학≫권5<善行>에 나오는 구절로, 한 집에 같이 살고 한솥밥을 먹음.
181) 汲引(급인) : 인재를 끌어올려 씀.
182) 撫恤(무휼) : 어려운 처지에 있는 사람을 불쌍히 여겨 위로하고 물질로 도움.
183) 紛華(분화) : 분잡하고 화려함.
184) 酒場(주장) : 술자리.
185) 逡巡(준순) : 뒤로 멈칫멈칫 물러남.
186) 引避(인피) : 피함. 회피함.
187) 趨舍(추사) : 나아감과 물러섬을 통틀어 이르는 말.
188) 癈(폐) : 송자대전에는 '廢'로 되어 있음.
189) 矯矯(교교) : 용맹하고 위풍당당한 모습.
190) 沮(저) : 송자대전에는 '怚'으로 되어 있음.
191) 所(소) : 송자대전에는 '素'로 되어 있음.
192) 王人(왕인) : 명나라 장수 모문룡을 가리킴.
193) 羈旅(기려) : 객지에 머묾. 또는 그런 나그네.(羈旅)
194) 薦紳(천신) : 조정의 高官.
195) 不渝(불투) : 변하지 않음.
196) 龍川(용천) : 평안북도 북서부에 위치한 지명.
197) 公碑版(공비판) : 송자대전에는 '見公碑版'으로 되어 있음.
198) 萬折必東(만절필동) : 선조가 임진왜란 중에 援軍을 파병하여 나라를 위기에서 구해 준 明나라의 은혜에 고마움을 표현한 말로, 중국의 모든 강물이 천번 만번 굽이쳐 흘러가더라도 결국은 동쪽의 황해로 흘러 들어간다는 뜻. 天子에 대한 諸侯의 尊慕의 뜻은 변하지 않음을 나타낸다.

則[199]倉卒殉節, 非出於一朝之慷慨者明矣。嗚呼! 尤可尙也。

余早蒙公知奬, 仰服醇德[200]久矣。丙子夏, 虜人僭帝, 朝廷擧義斥絶[201], 虜使遁還, 中外洶懼[202]。余拜公於江舍, 公嘆[203]曰 : "吾老且無官, 非不知遠去[204], 而時事至此, 臣子有見危授命[205]之義矣, 故俳佪[206]郊坰[207]而不忍去也。" 余又竊歎公睠戀王室之忠也。

今者參判公猥托[208]以墓碑之文, 嗚呼! 余義不敢辭, 畧叙顚末而不敢以一言贅者, 公自不朽故也。銘曰 :

猗歟[209]忠肅! 質醇氣厖, 其執[210]則剛, 古人有言, 以絮裹鐵[211], 公是宜當。宣祖播遷, 公時眇然[212], 感奮[213]慨慷, 求對[214]敿言[215], 捐國[216]內附[217], 此籌非長, 宜撫我民, 宜募我兵, 以復我疆。廢朝雠毋[218], 公直西宮, 屢泄其衷。西方有

---

199) 則(즉) : 송자대전에는 '然則'으로 되어 있음.

200) 醇德(순덕) : 순후한 덕.

201) 斥絶(척절) : 서로 배척하고 멀리함.

202) 洶懼(흉구) : 두려워하고 불안해함.

203) 嘆(탄) : 송자대전에는 '歎'으로 되어 있음.

204) 遠去(원거) : 멀리 떠나감. 깊이 은거하다는 의미이다.

205) 見危授命(견위수명) : 위급함을 당하여 목숨을 바침. ≪논어≫<憲問篇>에 "이익을 보고 의를 생각하고 위태로움을 보고 목숨을 바치며, 오래된 언약에 평소의 말을 잊지 않는다면 또한 成人이 될 수 있을 것이다.(見利思義, 見危授命, 久要不忘平生之言, 亦可以爲成人矣。)" 하였는데, 집주에, "성인은 全人이라는 말과 같다.(成人, 猶言全人。)"고 하였다.

206) 故俳佪(고배회) : 송자대전에는 '以故俳佪'로 되어 있음.

207) 郊坰(교경) : 郊外.

208) 托(탁) : 송자대전에는 '託'으로 되어 있음.

209) 猗歟(의여) : 감탄사. 찬미함을 표시하는 것이다.

210) 執(집) : 執中. 과부족이나 치우침 없이 마땅하고 떳떳한 도리를 지킴.

211) 鐵(철) : 송자대전에는 '鐵'로 되어 있음.

212) 眇然(묘연) : 보잘 것 없음.

213) 奮(분) : 송자대전에는 '憤'으로 되어 있음.

214) 求對(구대) : 請對. 신하가 급한 일이 있을 때에 임금에게 뵙기를 청하던 일.

215) 敿言(양언) : 목청을 돋우어 가며 거리낌 없이 말함.

216) 捐國(연국) : 나라를 버림.

217) 內附(내부) : 한 나라가 다른 나라 안으로 들어가 붙음.

218) 毋(무) : 송자대전에는 '母'로 되어 있음. 문맥에 따라 '母'로 번역하였다.

事, 龍灣寂[219]棘, 公任保障。王人寄我, 勢成脣齒, 虜背如芒[220], 潛師[221]來襲。乘我不戒, 軍士劻勷[222], 民爲公死, 公授以畧[223], 以追其亡。聖主改玉, 公伯于西, 仁風扇敷[224]。逆豎[225]披猖[226], 我[227]奮其忠, 或顚或僵, 上眷其摯[228], 處以亞卿[229], 寵異尋常。丁卯之春, 國有深耻, 扐血以裳[230], 王人疑怒, 公佳敷誠, 弧脫其張[231], 乃紆隆恩[232], 曰有奔奏[233], 晋錫之康[234]。屢長兩司, 不憚權貴, 絜[235]持維綱[236], 遂躡[237]正卿[238], 以領水部[239], 勞猶未償。丙丁大難[240], 宗社

---

219) 寂(최): 송자대전에는 '最'로 되어 있음.
220) 背如芒(배여망): 如芒在背. 등에 가시가 찔린 것 같음.
221) 潛師(잠사): 군사를 몰래 출동함.
222) 劻勷(광양): 허둥거리는 모양.
223) 畧(약): 송자대전에는 '略'으로 되어 있음.
224) 仁風扇敷(인풍선양): 지방 수령이 선정 베푸는 것을 비유하는 말. ≪세설신어≫<言語>에서 晉나라 袁宏이 東陽郡守로 부임할 적에 謝安이 부채 하나를 선물로 주자, 원굉이 "인애의 바람을 불러일으켜 저 백성들을 위로하겠다.(當奉揚仁風, 慰彼黎庶.)"라고 한 고사가 전한다.
225) 逆豎(역수): 반역한 자를 가리키는 말.
226) 披猖(피창): 못된 세력이 세차게 일어나 걷잡을 수 없이 퍼짐.(猖獗)
227) 我(아): 외고집. 자기의 의견을 바꾸거나 고치지 않고 굳게 버티는 성미를 가리킨다.
228) 摯(지): 송자대전에는 '拳'으로 되어 있음.
229) 亞卿(아경): 종2품 벼슬을 높여 이르던 말. 곧 참판을 가리킨다.
230) 裳(상): 조선시대 때 왕 이하 문무 관리들이 예복에 착용하던 치마 형태의 옷.
231) 弧脫其張(호탈기장): 품었던 의심을 풀도록 함. ≪주역≫<火澤睽>의 <本義>에 "활을 당김은 쏘고자함이고, 활을 풀어 놓음은 의심이 약간 풀린 것이다.(張弧, 欲射之也. 說弧, 疑稍釋也.)" 하였다.
232) 隆恩(융은): 임금이나 윗사람의 높은 은혜.
233) 奔奏(분주): 열성을 다해 왕의 덕으로 백성에게 曉喩하고 왕의 명성을 선양하는 것. ≪시경≫<大雅·縣>에 "나는 말하노니, 동분서주할 이 있으며, 외적의 침입을 막을 이 있다 하노라.(予曰有奔奏, 予曰有禦侮.)" 하였다.
234) 晋錫之康(진석지강): ≪주역≫<晉卦>에 "진은 나라를 편안히 하는 제후에게 말을 하사하기를 많이 하고 낮에 세 번 접견한다.(晉, 康侯, 用錫馬蕃庶, 晝日三接.)" 하였다. '晉'이 송자대전에는 '晋'으로 되어 있다.
235) 絜(혈): 송자대전에는 '挈'로 되어 있음.
236) 維綱(유강): 정치를 지탱하는 법도.
237) 躡(섭): 송자대전에는 '躋'로 되어 있음.
238) 正卿(정경): 정2품 이상의 벼슬을 亞卿에 상대하여 이르던 말. 의정부 참찬, 六曹의 판서, 한성부 판윤, 홍문관 대제학 따위를 이른다.
239) 水部(수부): 工曹. '起部'라고도 한다. '水'가 송자대전에는 '起'로 되어 있다.
240) 難(난): 송자대전에는 '艱'으로 되어 있음.

西遷, 人謂金湯[241], 人謀不臧, 一朝淪陷, 衆驅如羊。公入自外, 哭于廟社, 聲徹穹蒼, 遂捐其軀, 義就仁成, 天賦不爽。皎爲日星, 潔爲霜雪, 在古誰亢。聖朝旌[242]閭, 邦人立祠, 巨扁煌煌, 世敎以明, 大防[243]以賴。不顯其光, 後承[244]伐石, 我作銘章, 昭視茫茫[245]。

241) 金湯(금탕) : 金城湯池. 천연요새지. 쇠로 만든 성과, 그 둘레에 파 놓은 뜨거운 물로 가득 찬 못이라는 뜻으로, 방어 시설이 잘되어 있는 성을 이르는 말이다.
242) 旌(정) : 송자대전에는 '旌'으로 되어 있음.
243) 大防(대방) : 흘러 넘치지 못하도록 막아주는 큰 제방이라는 뜻으로, 사회를 유지하는 禮法을 일컫는 말.
244) 後承(후승) : 대를 잇는 자식.(後孫)
245) 茫茫(망망) : 어렴풋하고 아득함.

충신 증 이조판서 돈령도정 심현 시장
忠臣贈吏曹判書敦寧都正沈公諡狀

공의 이름은 현(誢), 자는 사화(士和)이다. 심씨(沈氏)는 청송부(靑松府)에서 이어 나왔으니, 위위시승(衛尉寺丞) 심홍부(沈洪孚)의 후손이다. 8대조 심덕부(沈德符)는 좌시중(左侍中) 청성백(靑城伯)이고, 아들 심온(沈溫)과 손자 심회(沈澮)로 내려오면서 모두 벼슬이 수상(首相)이었다. 의정부(議政府) 사인(舍人) 심순문(沈順門)에 이르러 연산군 때를 당하여 충직함 때문에 화가 미쳤다. 심달원(沈達源)을 낳았으니, 통례원 좌통례(通禮院左通禮)로 이조참판에 추증되었는데 바로 공의 증조부이다. 조부의 이름은 심자(沈鎡)이고, 선공감 첨정(繕工監僉正)으로 의정부 좌찬성에 추증되었다. 아버지의 이름은 심우정(沈友正)으로 여주 목사(驪州牧使)를 지냈고 이조판서에 추증되었다. 과거에 장원급제하였다. 일찍이 강화도 산성 수축하는 일을 맡아 백성을 매우 잘 보살폈는데, 그 사실이 우리나라 역사에 실렸다. 여주 목사 안여경(安汝敬)의 딸과 혼인하여 융경(隆慶) 무진년(1568)에 공을 낳았다.

공은 어릴 때부터 조용하고 말수가 적었으며, 같은 또래들과 놀이할 때도 일찍이 다투거나 겨룬 적이 없었다. 자라서는 스스로 학문에 힘쓸 줄을 알았으니, 재주와 학업이 날로 발전하고 여러 차례 향시(鄕試)에 합격하여 빛나는 명성이 일찍부터 퍼졌다. 그런데 막내아우 판서공(判書公) 심집(沈諿)이 과거에 급제하자, 공이 말하기를, "네가 이미 부모님을 기쁘게 해

드렸으니, 내가 다시 무엇을 구하겠느냐." 하고는, 마침내 과거에 응시하지 않았다. 이때 나이가 서른이 되기 전이었으니, 이를 들은 사람들은 그의 지조가 남달리 속되지 않음을 탄복하였다.

갑오년(1594)에는 후릉 참봉(厚陵參奉)에 천거되었다가 전성서 봉사(典牲署奉事)로 옮기고서 얼마 되지 않아 체직되었다. 갑진년(1604)에는 의금부 도사(義禁府都事)에 제수되었고 이어 사옹원 직장(司饔院直長)으로 옮겨졌다가 광흥창 주부(廣興倉主簿)로 승진 제수되었다. 경술년(1610)에는 장례원 사평(掌隷院司評)을 거쳐 외직으로 나가 흡곡 현령(歙谷縣令)이 되었는데, 정사는 공평하고 송사는 잘 다스리니 명성과 공적이 성대하게 드러났다. 아전들은 단속되고 백성들은 공을 사모하여 고을 전체가 조용한 가운데 안정되니, 공이 이미 떠났는데도 비석을 세워 추모하였다. 흡곡 현령에서 함흥 판관(咸興判官)으로 바뀌 제수되었는데, 3년 동안 그 자리에 있으면서 도맡아 다스림에 공정하게 살폈으며, 진실로 백성을 이롭게 하기 위하여 마음과 힘을 다하였으니 방죽을 파서 백성의 논밭에 물을 대어 길이 후대에까지 이롭게 하였다. 이 일이 알려지자, 조정은 특별히 통정대부(通政大夫) 품계를 더하여 포상하였다. 병진년(1616)에는 옥천군 군수(沃川郡郡守)가 되었다가 이윽고 풍덕(豊德)으로 자리를 바꿨는데, 다스림이 전에 비하여 더욱 치밀해졌다. 계해반정(1623) 후에는 재능에 따라 벼슬을 내리는 제도를 일신하였는데, 공을 선발하여 철원 부사(鐵原府使)에 제수하였다. 관직에 있으면서 일을 처리하는 데에 지극 정성으로 최선을 다하였으니 사람들은 감복하지 않음이 없었다. 임기가 차서 돌아오자, 중추부(中樞府)에 제수되었다. 경오년(1630)에는 막내아우가 정경(正卿 : 판서)으로 있다가 어머님의 봉양을 위해 외직을 청하여 안변 부사(安邊府使)로 나갔고, 공 또한 이어서 회양 부사(淮陽府使)에 제수되었다. 안변과 서로 인접 지역인지라, 대부인은 번갈아가며 영화스러운 봉양을 받았는데 왕래하는 가마가 빛이 났다. 자주 장수를 축원하는 잔치를 열어 효성과 봉양을 극진히 하니, 원근의 사람들이 부러워하고 감탄하며 성대한 일로 전했다.

공은 군(郡)이나 부(府)의 수령을 두루 역임하면서 스스로 신중하고 조심하여 일찍이 상관의 꾸짖음을 받은 적이 없었으나, 이때에 이르러 방백(方伯) 신득연(申得淵)이 평소에는 공과 서로 친했는데도 하찮은 일로써 공의 고과(考課 : 근무평가)를 가장 낮게 매겼으니, 곧 신미년(1631) 겨울이었다. 공의 지위는 비록 중간 등급을 받았을지라도 역시 파면되었을 것인데, 신득연은 고의로 심히 깎아내리고 공을 불러다 명분을 엄히 할 것을 요구하였다. 그 심술을 알 수 있었을지나 공은 안색이나 말투에 마뜩하지 않은 기미를 전혀 드러내지 않았으니, 그 너그럽고 평온하며 온화한 인품을 이한 가지 일만 거론해도 다른 면모까지 알 수 있을 것이다. 돈령부 도정(敦寧府都正)에 제수되어서는 벼슬살이가 한가로운데 녹봉은 후한 것을 편하지 않게 생각하여 조정의 공적인 모임에 병을 핑계로 불참한 적이 없었다. 왕비(王妃 : 인렬왕후)의 상(喪) 때에는 혼전(魂殿)의 제례(祭禮)에 참여하면서 아무리 모질게 춥고 무덥고 비가 오더라도 참여하지 않은 적이 없었으니, 같은 반열에 있던 사람들 중 묵묵히 기억하고 칭송한 자들이 많았다.

병자년 겨울에는 변방에서 보내온 소식이 매우 다급하자, 공이 막내아우에게 말하기를, "우리 집안은 대대로 나라의 은혜를 입었고 형제가 나란히 높은 벼슬에 올랐으니, 마땅히 온몸이 가루가 될지라도 보답할 길을 생각해야 한다. 혹시 변란이라도 만나게 되면 구차스럽게 보존하려 하지 않고 목숨을 버려 의를 취하는 것이 평소에 본디 품고 있던 생각이다. 내 어제 밤에 이 생각을 부인에게 말하였더니 부인이 부부가 함께 죽은 종용당(從容堂)의 고사를 들어 답하는지라, 나는 마음속으로 몹시 기뻤고 마치 무언가 얻은 것이 있는 듯했다."고 하였다.

오래지 않아서 오랑캐 군대가 이미 도성에 들이닥쳤다. 이보다 먼저, 임금이 강화도로 향하여 가려고 하면서 조정의 신하들 가운데 늙고 병든 자들로 하여금 먼저 건너가게 명하니, 공은 바로 한강을 건너 금천(衿川)에 있는 선산을 들러보고 갔다. 대가(大駕)가 다음날 남한산성으로 길을 돌리자, 오랑캐 군대도 남한산성 아래로 뒤따라오니, 순식간에 행재소와는 길이 막혀버렸다. 공은 즉시 가던 길을 멈추고 말하기를, "나는 이미 대가를 호종할 수 없게 되었는데, 내 어디로 가겠는가. 오랑캐들이 들이닥친다면 내 마땅히 선영 곁에서 죽을 것이다." 하였다. 온 집안 식구들이 울면서 힘써 간청하고, 공 또한 종묘사직의 신주가 이미 강화도로 들어갔을 것이다 생각하고 그곳을 귀의처로 삼아 마침내 바다를 건너 들어갔다.

정축년(1637) 정월 22일에는 오랑캐들이 갑곶진(甲串津)을 건너왔다. 공은 그때 진강산(鎭江山)의 여염집에 있었는데, 조카인 응교공(應敎公) 심동구(沈東龜)가 급보를 전하면서 울며 공의 옷소매를 잡아끌고 재삼 피하기를 간청하자, 공이 통곡하며 말하기를, "나는 한 발짝도 움직이지 않기로 했으니, 마땅히 종묘사직을 위하여 이곳에서 죽을 것이다." 하고, 곧 조상의 신주를 머물던 집 뒤편 으슥한 곳에 친히 묻고는, 마침내 조의(朝衣)를 입고 띠를 차고 뜰에 자리를 펴서 북쪽을 향해 통곡하며 사배(四拜)를 올린 뒤에 종이와 붓을 가져오라 하여 짧은 상소를 손수 썼다. 그 상소에 이르기를, "늙고 병든 신 돈령부(敦寧府) 도정(都正) 심현(沈諿)은 북쪽을 향하여 사배 올리고 남한산성에 계신 주상전하께 아룁니다. 뜻밖에도 오늘 흉포한 오랑캐들이 갑곶나루를 건너 종묘사직이 이미 무너졌으니 일이 어찌할 수 없게 되었습니다. 신과 부인 송씨(宋氏)는 진강산 자락에서 함께 죽어 전하의 두터운 은혜를 저버리지 않기를 맹세할 따름입니다. 대명 숭정(大明崇禎) 10년 정월 22일 신 심현(서명)"이라고 썼다. 그리고 나서 외손자 박장원(朴長遠)에게 맡기며 말하기를, "네가 만약 살아나거든 우리 임금님께 바치도록 하여라." 하였다. 부인이 이를 듣고 또 '저만 홀로 충신의 아내가 되지 못하겠습니까?'라는 말로 공께 말하였는데, 바로 전에 말했던 종용당의 고사였다. 공은 흔연히 말하기를, "내 일찍이 당신을 어진 부인이라 여겼는데, 지금 과연 그러하구려." 하였다.

공은 노복(奴僕)과 우거하던 집의 주인을 불러 임금과 신하 사이의 도리에 있어서 치욕을 참고 구차히 살려고 함은 옳지 않음을 깨우쳐주고, 부인과 함께 남은 옷가지들을 시중들던 사람들에게 나누어주며, 집안일을 갈무리하여 크고 작은 일들을 남기지 않으니, 얼굴 모습과 행동거지가 침착하고 편안하였다. 부인 또한 세수하고 머리를 빗고 상자 속에서 새 옷을 꺼내 갈아입고 두건이나 버선 등 은미한 것까지 모두 손수 단속하고는 시중드는 여종에게 말하기를, "일이 급하여 목욕재계하지 못한 것이 한스럽구나." 하였다. 장차 목을 매 죽으려 하자, 온 집안사람들이 붙들고 울부짖으며 하루 내내 밤을 새워서까지 잠시도 그치지 않았다. 공이 박공(朴公 : 박장원)에게 말하기를, "내 이렇게 하는 까닭은 바로 부모님이 물려주신 몸을 흉포한 오랑캐의 손에 훼손하고 상하게 하고 싶지 않아서이다. 내 평소 너는 의리를 아는 사람이라고 여겼는데, 지금 너 또한 인정에 가려진 것이냐? 집안 식구들이 필시 나를 구하려 한다면, 마땅히 대문의 나무판에 머리를 찧어 죽을 것이다." 하였다. 그리고 박공이 또 함께 죽고자 하자, 공이 말하기를, "너는 나와 처지가 같지 않으니, 모름지기 즉시 어머니를 모시고 떠나라. 다행히 살아남거든 우리 임금님을 잘 섬겨라." 하였다. 계속하여 집안사람들을 둘러보며 말하기를, "온 집안이 함께 죽어야 하는 의리는 없다. 날이 밝으면 오랑캐들 들이닥칠 것이다. 속히 나가 피하여라. 만약 피할 수가 없는 지경이면 바다로 뛰어들어서 죽어도 좋을 것이다." 하였다. 말이 엄하고 의리가 바른 것이 늠름하여 앗을 수가 없었으니, 비록 자손들의 지극한 마음과 뼈에 사무친 비통함으로도 다급한 순간에 구해낼 수가 없어서 마침내 통곡하며 영결(永訣)하였다. 공은 얼굴빛이 조금도 변하지 않았고 득의에 찬 모습이 평소와 같았는데, 박공에게 이르기를, "내가 죽느냐 사느냐 갈림길에서 너를 보내며 눈물 한 방울도 흘리지 않는 뜻을 너는 알 것이다." 하였다. 부인이 먼저 자결하니, 공이 부인의 시신을 관에 안치한 후에 또 북쪽을 향하여 사배 올리고 죽었다.

대가가 환도한 후에는 박공이 공의 유소(遺疏)를 임금께 올렸다. 임금께서 비답(批答)하시기를, "상소를 살펴보고 나의 마음이 매우 비통하다. 너의 외조부가 의연히 의리를 위해서 죽음에 임한 것은 옛날에도 드문 일이었다. 평소에 크게 등용하지 못한 것이 매우 한스럽다." 하였다. 이어서 승정원에 하교하시기를, "국가가 심현(沈誢)에게 깊은 은혜와 두터운 혜택을 내린 것이 별로 없었는데도 국난에 임하여 절의로 죽은 것이 중신(重臣)보다 앞섰으니, 대현(大賢)이 아니고서야 어찌 이렇게까지 할 수 있었겠는가? 그의 처 송씨가 같이 죽은 절개도 역시 매우 가상하니, 아울러 정문(旌門)을 세워주고 자손을 벼슬에 기용하는 은전까지 베풀어 그의 충렬(忠烈)을 드러나게 하라." 하였다.

그 해 3월 10일에 금천현(衿川縣) 동쪽 봉천리(奉天里) 선영 왼쪽 임좌(壬坐)의 자리에 부인과 함께 묻혔다. 공은 일찍이 집안사람들에게 말하기를, "이 시대의 풍조가 호화장례를 치러 사치스러움이 극에 달하였다. 내 적이 이를 싫어한다. 큰 형님[沈譓]이 죽었을 때도 선친께서 회곽(灰槨)을 쓰지 않았는데, 내가 죽어 만약 호화롭게 장사를 지낸다면 이는 선친께서 남긴 법도를 어기는 것이다." 하였다. 살아생전에 남긴 말이 이와 같았으므로 관은 있었으나 곽은 쓰지 않았으니, 공의 뜻을 이룬 것이다. 몇 년 후에 강화도의 인사들이 사당을 세우고 '현열(顯烈)'이라 하여 문충공 김상용 이하 제공(諸公)들을 제향하였다. 그 봄가을의 제향에서 공의 제문은, "몸에는 관직이 없었으나 뜻은 종묘사직에 돈독하였네. 한 집안의 충성과 정절은 만고의 강상이라.(身無官守, 志篤宗祊. 一家忠貞, 萬古綱常.)" 하였는데,

나의 선친인 택당공(澤堂公 : 이식)께서 찬한 것이다.

공은 부모를 섬김에 효성이 지극하여 곁에 모실 때는 일찍이 나태한 태도를 보인 적이 없었고, 말을 할 때는 오직 삼갔으며 일을 맡아볼 때는 오직 공손하였고, 부모를 곁에서 부축하며 살펴드려야 하는 일은 하인들에게 맡기지 않았다. 부모님이 조금이라도 편안치 않은 데가 있으면 밤이 깊어도 감히 물러나 쉬지 않고, 주무시는 방 밖에서 병세를 보살폈다. 부모님의 뜻을 살펴 그에 맞게 봉양하는 한편, 편안치 않을까 근심스러운 얼굴빛을 하는 두 가지 도리를 다하였다. 어머니께서 손녀들이 아비 잃은 것을 유독 생각하시고, 노비 가운데 부릴 만한 자를 따로 주고 싶어 하시자, 공이 어머니의 안색을 살피고는 즉시 증서를 작성하여 보내자고 청하며 일찍이 조금도 시일을 지체하지 않았으니, 그 부모의 뜻을 먼저 헤아려 위로하고 기쁘게 해드리는 일들이 대부분 이와 같았다.

어머니께서 천수를 누리고 세상을 떠나시니, 공 역시 나이가 예순을 넘었으면서도 지극한 정성으로 힘써 상(喪)을 치렀으며, 쇠하거나 피로하다고 하여 조금이라도 해이하지 않았다. 일찍이 겨울철에 형제가 함께 자다가 한밤중에 추위가 매우 심함을 알고 서로 말하기를, "연로하신 어버이가 춥지 않으실까?" 하고는, 곧바로 옷을 입고 일어나 몸소 땔나무를 안고 가서 방구들을 따뜻하게 하기를 날마다 돌아가며 그치지 않았으니, 순수하고 돈독한 행실이 오래도록 고을에 칭송되었다. 장례를 치를 때에는 마음과 예의범절을 모두 갖추고도 슬퍼하여 훼상(毀傷)함이 예법에 지나쳤으며, 여묘살이를 할 때에는 흙바닥을 잠자리와 처소로 삼아 비록 심한 병이 들어도 그 자리를 바꾸지 않았으며, 그 뒤에 상(喪)을 당해서는 연로한 만큼 예에 준하여 마땅히 최마복(衰麻服)만을 입는 것에 그쳐야 함에도 몸소 제사를 집전하였고 자제로 하여금 대신하게 한 적이 없었으며, 매양 성묘할 때마다 해가 지도록 호곡하니 촌부(村夫)와 시골노인들이 이를 감탄하며 눈물을 흘렸다.

막내아우와 우애가 돈독하였으니, 기쁘고 화락한 얼굴빛과 화락하게 지내기를 바라는 뜻은 백발이 될 때까지도 한결같았다. 어려서부터 병이라도 생기면 마치 자신이 앓는 듯이 하여 자고 먹는 것을 잊어버리는 데까지 이르렀다.

그 마음가짐과 몸가짐은 정성으로만 할뿐 화려함이 없어서 꾸미기를 일삼지 아니하였다. 남들과 말할 때는 말이 입 밖으로 나오지 않는 듯이 어눌했지만, 마음속에서는 사리의 옳고 그름을 분명하게 가렸으니, 겉모습이야 온화했을지라도 속마음은 실로 굳세고 반듯하였다.

일의 옳고 그름에 이르러서는 칼로 벤 것 같이 분명하여 일찍이 휘둘리거나 미혹된 적이 없었다. 비록 음직(蔭職)으로 벼슬길에 나아가서 이리저리 옮겨 다니다며 항상 외직에 있었지만, 당시의 일을 애태우며 걱정하여 마음은 왕실에 있었으니, 조문(條文)에만 맞게 하여 책임을 회피하는 자들과는 같지 않았다. 고을을 다스릴 때에는 비록 번다하거나 가혹하지 않도록 하는 것을 근본으로 삼았지만 고질적인 폐단은 과감히 제거하였고, 또한 백성을 편하게 하고 풍속을 두텁게 함을 임무로 삼아 좋은 소리만 바라거나 남의 비위나 맞추려는 속된 관리와 같은 태도를 더러운 오물처럼 여겼다. 윗 관청의 명령을 받들어 행함이 지체가 없었으며, 만약 옳지 않은 것이 있으면 그때마다 사리를 들어 고집하고 다투었는데 상관으로 있는 자들이 대부분 스스로 물러나서 따라주었지만 어떤 때는 진심으로 좋아하고 성심으로 감복하여 입이 마르도록 칭찬하였으며, 같은 도(道)의 고을수령들도 공의 의기(義氣)를 흠모하여 평생 교제하기를 청하는 이들도 있었다. 송사에 임하여서는 반드시 숨겨지거나 드러난 사실들을 정밀하게 따지고 반복적으로 참작하며 살피느라 밤에도 편히 자지 않고 끝내 실상을 알아내어서 판결하고 뇌물로 청탁하는 것을 통렬히 막으니, 사람들이

감히 사사로움으로 범하지 못했다. 철원 부사(鐵原府使)로 재임하고 있을 때, 암행어사가 조사하려고 고을에 들어와서는 공에게 말하기를, "내가 촌락을 드나든 지 1년인데 들으니, 처음 정사를 펼칠 때에는 민심을 많이 얻었지만, 다만 이런 흉년을 만나서는 환곡(還穀) 갚으라는 독촉이 몹시 못 살게 굴어서 많은 백성들이 근심한다고 하니, 상황에 따라 관대하기도 엄격하기도 하는 것이 합당할 것이오." 하였다. 공이 말하기를, "백성의 수령이 되어 어찌 그것을 생각하지 않겠습니까? 그러나 창고에 비축된 것은 본래 군량으로 쓸 것이고, 또한 흉년이기 때문에 가을에는 납부하지 못할 것인데, 내년 봄에는 무엇으로서 굶주림을 구제할 수 있겠습니까? 이는 백성을 구제하려는 것이지 백성을 괴롭히려는 것이 아닙니다. 어사께서 비록 말씀하셨지만 감히 명을 따르지 못하겠습니다." 하였다. 어사 또한 그렇겠다고 하였다.

갑자년(1624) 봄에 이르러서는 이괄(李适)이 군사를 일으켜 모반하자, 완풍군(完豊君) 이서(李曙)가 군사를 이끌고 삭녕(朔寧)과 안협(安峽) 등의 강여울을 경계하며 지켰는데, 공은 즉시 고을의 병사들을 이끌고 가서 조방장(助防將)에게 내어주고 관아(官衙)로 돌아왔다. 또 군량이 부족할 것을 염려하고는 충의를 들어 읍민을 격려하고 양식 수백 곡(斛)을 이공(李公 : 이서)의 진영(陣營)에 보내주도록 하였다. 또한 좌막(佐幕 : 裨將)에게 편지를 보냈는데 편지의 내용이 정성스럽고 간절하니, 이공은 중군(中軍) 김준(金浚)과 서로 보고 눈물을 흘리며 말하기를, "지금 세상에 어찌 이런 사람이 있겠는가. 이 곡식들이 아니었다면 우리는 위태로웠을 것이오." 하였다. 대개 역적이 들이닥칠 날이 임박하고 군대에 남아 있는 양식이 없었으나, 생각지도 않게 이런 도움을 받았기 때문이었다. 역적이 평정된 뒤에는 이공이 이를 묘당(廟堂 : 조정)에 말하니, 사람들은 마땅히 은전(恩典)을 내려 포상해야 한다고 하였다. 공은 이를 듣고 급히 막내아우에게 편지를 보내 이르기를, "그것은 직분상 응당 해야 할 일에 불과했다. 만약 그것 때문에 또 은혜로운 포상을 입는다면 내 무슨 낯으로 세상에 서겠느냐? 번거롭겠지만 나를 위해 묘당과 완평 상공(完平相公 : 이서)에게 힘써 말하여 포상 받는 일이 없도록 해라." 하니, 그 일은 마침내 중지되었다. 이를 들은 사람들은 더욱더 어려운 일이라고 하였다. 난리가 평정된 뒤에는 그 남은 곡식을 나누어 굶주린 백성을 구제하였는데, 백성의 목숨을 살려서 농사를 지을 수 있게 한 공도 이루었으니, 이보다 앞서 환곡을 갚으라는 독촉이 이때에 이르러 크게 힘이 되었던 것이다.

공의 타고난 예지가 남달리 뛰어나 저절로 도에 가까웠다. 무릇 세속 사람들이 즐기고 좋아하는 것은 하나도 마음에 두는 바가 없었고, 살던 집은 바람과 비를 가리지 못할 정도였으며, 집에 아무리 양식이 자주 떨어졌어도 조금도 개의치 않고는 편안히 지냈다. 공은 아들이 없었고 막내 아우도 외아들만 두었지만, 사촌형 심간(沈諫)은 세 아들이 있었고 그 막내가 나이 어렸다. 사람들이 혹시라도 데려다 양자로 삼을 것을 권하면, 공은 묵묵히 마음 내켜하지 않았다. 인조반정(仁祖反正) 때 그 세 아들이 모두 반정의 공을 세워서 집안이 융성하고 빛났다. 혹자가 또 공에게 말하기를, "애당초 만약 사람들이 권하는 말을 들었으면 아들이 없다가 아들이 생겼을 뿐만이 아니라 지금에 이르러서는 그 봉양을 누리셨을 것이다." 하니, 공은 빙그레 웃기만 하다가 "나는 그래도 후회하지 않는다."고 말할 뿐이었다. 공이 세상을 떠난 후에는 그 집안이 역모로 모두 죽음을 당하니, 사람들이 모두 공의 높은 식견과 멀리 내다보는 통찰은 보통 사람으로서는 미칠 수가 있는 바가 아님을 뒤늦게 알고 탄복하였다.

부인 여산 송씨(礪山宋氏)는 목사 송영(宋寧)의 딸로, 영의정 송질(宋軼)의 증손이며, 참찬 이간(夷簡) 신영(申瑛) 외손이다. 어릴 적 ≪이륜행실(二倫行實)≫ 보기를 좋아하여 그 언해(諺解)를 읽고는 문자를 두루 통하였고 대의를 대략 깨우쳤다. 항상 예의범절로써 스스로를 다스렸고, 지조와 행실이 정결하였으며, 사치스럽게 꾸미기를 좋아하지 않았다. 친척들의 연회일지라도 전혀 참여하지 않았으며, 다른 사람이 채소와 과일을 보내오면 또한 경솔하게 받지 않았다. 공이 일찍이 병을 앓은 적이 있었는데, 밤낮으로 간호하고 시중드느라 눈을 붙이지 않은 지가 스무날이나 되자, 시아버지 목사공(牧使公 : 심우정)께서 자주 칭찬하기를, "훗날 반드시 절부(節婦)가 될 것이다." 하니, 시어머니도 역시 지극히 당연한 말씀이라 하면서 '며느리가 나를 잘 섬긴다.'고 일찍이 칭찬하였다.

아! 공의 선량한 성품과 돈독한 행실은 아무리 옛날에 칭송했던 순효(純孝 : 지성을 다하여 섬기는 효성)라도 이보다 나을 수는 없을 것이다. 이른바 효자의 집안에서 충신을 구한다는 말은 믿을 만하다. 진실로 평소에 효도하고 순종하는 것을 부모님의 거처와 부인의 안방 사이에서 안팎으로 잘 다스리지 않았다면, 또한 어떻게 국난에 임하여 미처 생각할 사이도 없이 함락되는 때에 태연하게 절개와 의리를 쌍으로 이룰 수 있었을 것인가. 사람들이 말하는 고금의 순절지사(殉節之士)는 혹 성을 지키거나 혹 전투하다가 비분강개하여 목숨을 바친 자들이 참으로 많이 있었다. 그러나 공은 이미 직책이 없었던 데다 임시로 붙여 살았던 마을이 궁벽하여 피할 길이 있었고 반드시 목숨을 바쳐야 하는 의리는 없었는데도 확고하게 자신의 뜻을 지켜 발길을 돌리지 않고는, 목숨을 바쳐 종묘사직을 위해 순절하고자 상소를 올려 임금과 영결한 뒤 그의 부인과 같이 큰 절개를 함께 이루었던 것이니, 어찌 이런 사람이 다시 있겠는가. 공과 부인은 종용당(從容堂)의 고사로써 서로 기약하였는데, 바로 평소 품었던 그 생각대로 끝내 그 말을 실천하여서 부부가 같이 죽었으니 아닌 게 아니라 정말로 조앙발(趙昻發)의 일과 같았다. 하지만 조앙발은 고을의 수령으로서 성을 지켰으니, 꼭 목숨을 바쳐야 할 의리는 또 공과 비교가 되지 않았고, 공이 수립한 바로서 조앙발을 견주더라도 더욱 빛난다고 할 것이다.

　부인은 아들을 낳을 때마다 죽어 기르지 못하였고, 다만 딸만 둘 있었다. 장녀는 문과급제한 관찰사 홍헌(洪憲)에게 시집갔고, 차녀는 증 판서 박훤(朴煊)에게 시집갔다. 홍헌은 아들이 없었다. 박훤은 아들이 하나 있었으니 곧 박장원(朴長遠)인데, 관직은 이조판서에 이르렀고 효성이 지극하고 덕행이 뛰어나 대를 이어 명신(名臣)이 되었으니 그 또한 근원이 있었던 것이다. 공의 유명(遺命)으로 공의 제사를 주관하였다. 아들 넷을 두었는데, 장남 박빈(朴鑌)은 군수, 차남 박선(朴銑)은 현령이고 그 다음은 박심(朴鐔)과 박진(朴鎭)이다. 외손녀와 증손 남녀 약간 명이 있다.

　공이 죽은 지 13년이 된 기축년(1649)에는 효종(孝宗)께서 왕위에 오르셨다. 문정공(文正公) 송준길(宋浚吉)이 일찍이 경연(經筵)에 입시하여 ≪중용≫의 '흰 칼날도 밟을 수 있다.(白刃可蹈)'는 장을 강(講)하고 이어서 절개를 굽히지 않고 의를 위하여 목숨을 바친 일을 논하였다. 송공(宋公 : 송준길)이 아뢰기를, "강화도의 변고에서 절의를 위하여 목숨을 바친 사람이 많습니다. 이는 성상(聖上 : 효종)께서도 친히 보신 바입니다. 어찌 가상하지 않겠습니까." 하니, 임금께서 말씀하기를, "참으로 그러하며, 정말로 귀하게 여길 일이다." 하셨다. 송공이 아뢰기를, "심현·이시직·송시영 등은 절의로 죽은 사람들 중에서도 더욱 뚜렷한 사람들입니다. 국가에 대하여 신하된 분수와 도리를 깊이 생각지 않고도 그들은 남들보다 앞서 죽었으니, 더욱 숭상할 만한 일입니다. 나라에서 포상하고 존숭하는 것이 합당한데도 아직 증직(贈職)조차 내리는 은전이 없으니 참으로 흠전(欠典 : 흠이 되는 일)입니다." 하였다. 임금께서 말씀하기를, "어찌 지금까지도 포상과 증직을 해주지 않았는가." 하시고는, 이어서 증직을 특별히 명하였는데 공에게는 이조참판을 증직하였다.

　그로부터 33년이 지난 신유년(1681)에는 강화유수(江華留守) 이선(李選)이

상소하여 시호(諡號)까지 내려줄 것을 청하였다. 대신들이 탑전(榻前 : 임금 앞)에서 아뢰어 그 말대로 해주실 것을 청하니, 임금께서 특별히 허락하셨다. 임술년(1682) 4월에는 대신들이 또 탑전에서 아뢰기를, "심현 등의 시호를 추증하도록 이미 명을 내리셨으나, 나라의 법전에는 정2품 이상이어야 비로소 시호를 추증할 수 있습니다. 심현 등은 절의가 뚜렷하게 드러나서 타인과 비할 바가 아니니, 청컨대 송상현(宋象賢)의 전례(前例)대로 먼저 정2품직을 추증하고 그 뒤에 시호를 추증함이 마땅할 듯합니다." 하였다. 임금께서 또 윤허하여 마침내 증 자헌대부(資憲大夫) 이조판서(吏曹判書) 겸 지의금부사(知義禁府事) 오위도총부(五衛都摠府) 도총관(都摠管)을 추증하였으니, 세 조정의 아름다운 은전이 여기에 이르러 유감없게 되었으니, 아! 지극하도다.

현령 박선(朴銑)이 공의 사실을 모아 가장(家狀)을 저술하고는, 내가 집안 대대로 맺어온 교분에다 또 외람되이 사필(史筆)을 잡은 직임에 있다는 이유로 시장(諡狀) 지어주기를 청하니, 나는 사양하다가 마지못해서 그 가장을 보고 더하거나 덜거나 하면서 대충 덧붙였었다. 그 뒤로 곤경에 처하게 되어 귀향하였는데, 현령 박선이 또 금년에는 증시(贈諡)된 사실을 추가하여 첨가해 실어 줄 것을 청하니, 감히 다시 사양할 수가 없어서 삼가 여기에 추가하고 기록하여 유사(有司)에게 공경히 고한다.

정헌대부 지돈녕부사 겸 지춘추관사 홍문관 제학 이단하 삼가 씀.

忠臣贈吏曹判書敦寧都正沈公諡狀[1]

公諱說, 字士和。沈氏係出靑松府, 衛尉丞洪孚[2]之後也。八代祖德符[3], 左侍
中靑城伯, 傳子溫[4]・孫澮[5], 皆位首相。至議政府舍人順門[6], 當燕山朝, 以忠及

1) 李端夏의 ≪畏齋集≫ 권10에 <敦寧府都正贈吏曹判書沈公諡狀>으로 수록되어 있음. 외재집
   에 실린 글을 지칭할 때는 '외재집'이라 일컫는다.
2) 洪孚(홍부) : 沈洪孚(생몰년 미상). 고려 충렬왕 때 文林郎으로 衛尉寺丞을 역임하였다.
3) 德符(덕부) : 沈德符(1328~1401). 본관은 靑松, 자는 得之, 호는 蘆堂・虛堂. 沈洪孚의 증손.
   고려 우왕 때인 1385년 門下贊成事로서 北靑에 침략한 왜구를 평정하고, 같은 해 겨울 賀
   正使로서 명나라를 다녀온 후 靑城府院君에 봉해졌다. 공양왕 때에는 중흥 9공신의 한 명
   으로 門下左侍中이 되어 靑城郡忠義伯에 봉해져서 후손들이 본관을 靑城(청송)으로 하였다.
   그 뒤 이성계를 도와 1392년 조선 건국 때 공을 세우고 靑城伯에 봉해졌으며, 판문하부
   사, 領三司事를 지내고, 정종 즉위년에 문하부 좌정승을 지냈다.
4) 溫(온) : 沈溫(?~1418). 본관은 靑松, 자는 仲玉. 아버지는 沈德符이다. 그의 딸이 세종의 비
   인 소헌왕후가 되었다. 1411년 풍해도관찰사가 되어 백성을 침탈하고 병기 관리에 소홀
   한 수군첨절제사 朴英祐를 파직시키고, 이어 대사헌이 되어서는 관기 확립에 힘썼다.
   1414년 辨正都監提調・형조판서를 역임하면서 고려 후기에 권세가들에 의하여 천민으로
   바뀐 양민들의 신분정리 사업에 이바지하였다. 이어서 호조판서・좌군총제・판한성부사
   를 역임했는데, 세자인 讓寧大君의 행동에 연루되어 대간의 탄핵을 받기도 하였다. 그 뒤
   이조판서・공조판서를 역임하고, 양녕대군을 대신해 충녕대군이 세자로 책봉되고, 이어
   세종으로 즉위하자 國舅로서 영의정이 되어 정치의 실권을 가까이하기에 이르렀다. 1418
   년에는 謝恩使로서 명나라에 가게 되었는데, 이때에 그의 동생 沈泟이 병조판서 朴習과 함
   께 상왕인 태종의 병권 장악을 비난한 것이 화근이 되어, 이듬해 귀국 도중에 의주에서
   체포되어 수원으로 압송, 사사되었다.
5) 傳子溫孫澮(전자온손회) : 외재집에는 '傳二代'로 되어 있음. 沈澮(1418~1493)의 본관은 靑
   松, 자는 淸甫. 沈溫의 아들. 세조 때 영의정에 올라 예종 때 좌리이등공신으로 청송부원
   군에 진봉되었다. 문종이 즉위한 뒤 음직으로 돈녕부주부에 등용되었다. 이어 동지돈녕부
   사를 거쳐, 1458년 중추원부사・판한성부사, 1459년 安州宣慰使를 겸하고 판중추원사가
   되었다. 1463년 경기도관찰사가 되고, 1466년 좌의정이 되었다. 이듬해 영의정이 되고,
   1468년 南怡의 옥사를 처리하여 翊戴功臣 2등에 책봉되고 靑城君에 봉해졌다. 1473년 盡

禍。生諱達源[7], 通禮院左通禮, 贈吏曹參判, 寔公曾祖也。祖諱鎡[8], 繕工監僉
正[9], 贈議政府左贊成。考諱友正[10], 驪州牧使, 贈吏曹判書。登魁科。嘗任江華
保障[11], 甚有惠政, 事載國乘[12]。娶驪州牧使安汝敬[13]女, 隆慶戊辰[14]生公。

忠夾輔(임금을 잘 보좌하고, 정치를 잘함)의 공으로 佐理功臣 2등에 책록되고 靑松府院君에
봉해졌다. 그 뒤 성종의 신임을 받아 국가의 대소 정사에 참여했고, 1486년 几杖이 하사
되었다. 1504년 갑자사화 때 연산군의 모친인 尹妃의 폐출사건에 동조했다는 죄로 관직
이 추탈되고 부관참시를 당했으나, 뒤에 신원되었다.

6) 順門(순문) : 沈順門(1465~1504). 본관은 靑松, 자는 敬之. 영의정 沈溫의 증손으로, 할아버
지는 청송부원군 沈澮이고, 아버지는 내자판관 沈湲이다. 1486년 진사시에 합격하고,
1495년 별시문과에 급제, 承文院正字에 보임되었다. 이어서 박사에 승진되어 ≪성종실
록≫ 편찬에 참여하였다. 그 뒤 성균관전적·감찰이 되고, 이해에 서장관으로 명나라에
다녀왔다. 이어 병조정랑이 되었다. 이어서 副修撰·正言·副校理·持平을 거쳐, 1503년
掌令에 올랐으며, 이어 檢詳·舍人 등을 지냈다. 이때 국왕 의복의 장단을 지적하여 연산
군의 미움을 사고 이듬해 갑자사화에 연루되어 開寧縣에 유배되었다가 참수되었다.

7) 達源(달원) : 沈達源(1494~1535). 본관은 靑松, 자는 子容. 영의정 沈澮의 증손으로, 할아버
지는 沈湲이고, 아버지는 연산군 때 갑자사화에 화를 입은 沈順門이며, 영의정 沈連源의
동생이자 좌의정 沈通源의 형이다. 인조 때 영의정을 지낸 沈器遠의 4대조이다. 1517년
별시문과에 급제하여 弘文館正字에 제수되었고, 이어서 副修撰에 올랐다. 1519년 이조좌
랑이 되었으나 기묘사화가 일어나 반대파의 탄핵을 받아 외방으로 귀양갔다. 1522년 죄
가 사면되어 성균관직강에 임명되었으나 대간들의 탄핵으로 곧 체직되었다. 漢語, 吏文(중
국과 외교문서에 쓰던 조선시대의 독특한 용어)에 통달하여 해당 관청에서 강력히 추천
하여 1533년 承文院判敎에 임명되어 외교문서 작성에 많은 공로를 세웠고, 이문교육에 이
바지하여 중종의 신임을 받았다. 벼슬은 통례원좌통례에 이르렀다.

8) 鎡(자) : 沈鎡(생몰년 미상). 通禮院左通禮를 지낸 沈達源의 아들이며, 경기도 관찰사를 지낸
沈鈺의 형이다. 金堤郡守를 지냈다.

9) 繕工監僉正(선공감첨정) : 외재집에는 '繕工僉正'으로 되어 있음.

10) 友正(우정) : 沈友正(1546~1599). 본관은 靑松, 자는 元擇. 李恒福의 사위이다. 1576년 진
사가 되고, 1583년 별시문과에 장원, 전적·형조좌랑을 거쳐 지평·정언, 호조·예조
·형조·공조의 좌랑, 전라도도사·海運判官 등을 역임하였다. 1592년 임진왜란 때 도
원수 金命元의 종사관으로 한강·임진강전투에 참가하였다가 패하고 이천으로 가 왕세
자를 만나 필선이 되어서 해서지방을 두루 돌며 백성들을 위무하였다. 이어 강원도에
들어가 군대를 모집하였고, 1593년 賑恤郎이 되어 한성 백성들의 진휼에 앞장섰다.
1594년 江華府使가 되어 강화도에 산성을 修築하면서 도민의 원망을 사지 않은 점을
인정받아 1597년 정유재란 때는 廣州牧使가 되어 일본군의 진격을 막을 광주산성을 수
축하는 일을 맡았다. 1598년 영남에 있는 명나라 군사의 군량을 조달하는 직책을 맡고
재능을 발휘하여 원활히 수행하였다. 죽은 뒤 여러 번 벼슬이 추증되어 이조판서에까
지 이르렀다.

11) 保障(보장) : 적의 접근을 막기 위하여 돌이나 흙 등으로 만든 견고한 구축물. 李恒福이
지은 <贈資憲大夫吏曹判書兼知義禁府事行通政大夫廣州牧使沈公墓誌銘>을 보면, 강화부사

自在髫齓15), 沈默寡言, 與同隊16)嬉戲, 未嘗有爭競。既長, 自知力學, 藝業17)日進, 累中解額18), 華聞夙播。逮季判書公誼19)登第, 公曰: "爾旣悅親, 吾復何求20)?" 遂不赴擧。時未三十21), 聞者歎其志操拔俗22)。

甲午23), 薦厚陵24)參奉, 遷典牲署奉事, 未久遞25)。甲辰26), 拜義禁府都事, 轉司甕27)院直長, 陞授廣興倉主簿。庚戌28), 由掌隷院司評, 出歙谷29)縣令, 政平訟理, 聲績30)茂著31)。吏戢民懷, 閤境32)晏謐33), 旣去, 樹石追慕。自歙換授咸興判官, 三載居官34), 治理淸省35), 而苟利於民, 爲盡心力, 開陂澤36)灌民田, 爲永世

가 되어 바닷가의 방축을 쌓은 것으로 되어 있다.

12) 國乘(국승) : 자기 나라의 역사를 뜻하는 말.(國史)
13) 安汝敬(안여경, 1523~1585) : 본관은 廣州. 安潤德의 손자. 驪州牧使와 廣州鎭管 兵馬同僉節制使를 지냈고, 뒤에 資憲大夫 議政府左參贊兼知義禁府事 廣溪君에 추증되었다.
14) 隆慶戊辰(융경무진) : 宣祖 원년인 1568년.
15) 髫齓(초츤) : 이를 가는 나이, 즉 7・8세 무렵.
16) 同隊(동대) : 같은 또래.
17) 藝業(예업) : 재주와 학업.
18) 解額(해액) : 鄕試. 향시에 합격한 자로서 국학에 입학하는 학생의 정원을 말하기도 한다.
19) 誼(집) : 沈誼(1569~1644). 본관은 靑松, 자는 子順, 호는 南崖. 예전에 형조판서를 지낸 인물인데, 인조반정 후 병조참지가 되고, 왕의 신임을 얻어 도승지・안변부사, 형조・공조의 판서를 역임하고 한성부판윤이 되었다. 1636년에는 형조판서로서 남한산성에 왕을 扈從하였다. 이때 화친의 조건이 되는 볼모로 왕족인 綾峯君이 왕의 동생으로, 판서인 그가 대신으로 假裝했다가 발각되어 실패하였다. 이듬해 이로 인하여 兪伯曾 등의 탄핵을 받아 門外黜送(성 밖으로 쫓겨남)되었으나 1638년에 용서받아 예조판서에 이르렀다.
20) 求(구) : 외재집에는 '企'로 되어 있음.
21) 時未三十(시미삼십) : 외재집에는 '時年未三十'으로 되어 있음.
22) 拔俗(발속) : 범속함을 뛰어넘음.
23) 甲午(갑오) : 宣祖 27년인 1594년.
24) 薦厚陵(천후릉) : 외재집에는 '薦授厚陵'으로 되어 있음. 厚陵은 경기도 개풍군 홍교면 홍교리에 있는, 조선 定宗과 비 定安王后의 능이다.
25) 遞(체) : 외재집에는 '遞'로 되어 있음.
26) 甲辰(갑진) : 宣祖 37년인 1604년.
27) 甕(옹) : 외재집에는 '釁'으로 되어 있음.
28) 庚戌(경술) : 光海君 2년인 1610년.
29) 歙谷(흡곡) : 강원도 통천지역의 옛 지명.
30) 聲績(성적) : 명성과 공적.
31) 茂著(무저) : 성대하게 드러남.
32) 閤境(합경) : 구역 안의 전체.
33) 晏謐(안밀) : 조용하고 평안함.

之利。事聞, 朝廷特加通政階以褒之。丙辰[37], 守沃川郡, 尋[38]換豊[39]德, 爲治視前如[40]密。癸亥反正, 銓叙[41]一新, 揀公拜鐵原府使。當官應事, 至誠惻怛, 人莫不感服焉。秩滿歸, 付西樞[42]。庚午[43], 季公以正卿, 爲養乞外, 爲安邊府使, 公亦繼除淮陽。與安[44]接壤, 大夫人迭受榮奉[45], 往來有煒。頻開壽席[46], 孝養極備[47], 遠近艶歎, 傳爲盛事。

公歷典郡府[48], 謹飭[49]自將[50], 未嘗被官長[51]訶斥, 而至是方伯申得淵[52], 素與公相善, 乃以微事置下考[53], 卽辛未[54]冬也。公之官階[55], 雖置中考[56]亦罷, 而

---

34) 居官(거관) : 관직에 있음. 벼슬살이를 하고 있음.
35) 治理淸省(치리청성) : 외재집에는 '治尙無爲'로 되어 있음. '淸省'은 공평하게 살피다는 뜻이다.
36) 陂澤(피택) : 방죽.
37) 丙辰(병진) : 光海君 8년인 1616년.
38) 尋(심) : 이윽고.
39) 豊(풍) : 외재집에는 '豐'으로 되어 있음.
40) 如(여) : 외재집에는 '加'로 되어 있음. 문맥상 '加'로 번역하였다.
41) 銓叙(전서) : 재능을 시험하여 우열에 따라 벼슬을 시킴.
42) 西樞(서추) : 中樞府. 중추부는 현직이 없는 당상관들을 속하게 하여 대우하던 관아로, 일정한 사무나 실권이 없었다.
43) 庚午(경오) : 仁祖 8년인 1630년.
44) 與安(여안) : 외재집에는 '淮與安'으로 되어 있음.
45) 榮奉(영봉) : 자손이 부모를 영화스럽게 봉양함.
46) 壽席(수석) : 장수를 축원하는 잔치 자리.
47) 極備(극비) : 외재집에는 '備極'으로 되어 있음.
48) 郡府(군부) : 외재집에는 '州府'로 되어 있음.
49) 謹飭(근칙) : 신중하고 조심함.
50) 自將(자장) : 스스로 지키고 보전함.
51) 官長(관장) : 관청의 윗사람.(上官)
52) 申得淵(신득연, 1585~1647) : 본관은 高靈, 자는 靜吾, 호는 玄圃. 1603년 생원시에 합격하고, 1610년 식년문과에 급제하여 文翰官을 거쳐 성균관전적으로 ≪선조실록≫ 편찬의 記事官으로 참여하였고, 검열·정언·사예·형조정랑 등을 역임하였다. 1632년에는 강원도관찰사가 되어 그의 아버지가 편찬한 ≪가례언해≫를 간행하였고, 이어서 回答使로 後金에 파견되었다. 다음해 도승지에 임명되었고, 慶尙左道量田使를 역임한 뒤 世子侍講院 賓客으로 청나라에 파견되기도 하였다. 1643년 그의 생질 李烓가 명나라와 밀무역한 것을 알고서 고하지 않았다는 이유로 제주도에 유배되었다가, 1647년 珍島에 移配되었다.
53) 下考(하고) : 벼슬아치의 근무 평가에서 제일 낮은 성적.
54) 辛未(신미) : 仁祖 9년인 1631년.
55) 官階(관계) : 지위.

得淵故重貶之，要取公嚴名。其心術可見，而公畧[57]無幾微形於色辭，其寬平和易，舉一事，亦可以反隅[58]也。及拜敦寧[59]都正[60]，以官閑[61]祿厚爲未安，朝廷公會，未嘗告病。王妃[62]喪，魂殿[63]陪祭[64]，雖祈寒[65]暑雨，無不進參，同列多有默識[66]而稱善者。

丙子冬，邊報甚急，公謂季公曰：“吾家世受國恩，兄弟竝[67]列金貂[68]，當糜粉[69]思報。倘[70]遇變亂，不可苟全，舍生取義，是素志也。吾前夜[71]以此語夫人[72]，夫人引從容堂故事[73]而答之，吾心內喜，若有所得焉。”

---

56) 中考(중고)：벼슬아치의 근무 평가에서 중간쯤 되는 성적. ‘置中考’가 외재집에는 ‘被中’으로 되어 있다.

57) 公畧(공략)：외재집에는 ‘公則畧’으로 되어 있음.

58) 反隅(반우)：한 가지를 통하여 다른 면을 앎. 《논어》＜述而篇＞의 “한 귀퉁이를 가르쳐 주었는데 나머지 세 귀퉁이를 알지 못하면 다시 일러주지 않는다.(舉一隅, 不以三隅反, 則不復也.)”에서 나온 말이다.

59) 敦寧(돈령)：敦寧府. 왕실 친척들의 친목을 위한 사무를 맡아보던 관아.

60) 都正(도정)：종친부·돈령부·훈련원에 속하여 종친, 외척에 관한 사무를 맡아보던 정3품 벼슬.

61) 閑(한)：외재집에는 ‘間’으로 되어 있음.

62) 王妃(왕비)：仁祖의 正妃 仁烈王后 韓氏를 가리키는데, 1635년에 죽었음.

63) 魂殿(혼전)：임금이나 왕비의 國葬 뒤 3년 동안 神位를 모시던 전각.

64) 陪祭(배제)：제례를 행할 때 주제자를 따라 제사를 행함.

65) 祈寒(기한)：‘祈’가 외재집에는 ‘祁’로 되어 있음. ‘祈寒’은 겨울이 너무 따뜻할 때에 추위지기를 빈다는 뜻이고, ‘祁寒’은 큰 추위, 혹한이라는 뜻이다. 문맹상 ‘祁’로 번역하였다. ‘暑雨祁寒’은 한여름의 장마와 한겨울의 심한 추위. 《서경》＜君牙＞에 “여름에 무덥고 비가 내리면 백성들이 원망하며, 겨울에 크게 추우면 백성들이 또한 원망하니, 어려운 것이다. 그 어려움을 생각하여 편안하게 해줄 것을 도모하면 백성들이 이에 편안해질 것이다.(夏暑雨, 小民惟曰怨咨, 冬祁寒, 小民亦惟曰怨咨, 厥惟艱哉. 思其艱, 以圖其易, 民乃寧.)” 하였다.

66) 默識(묵지)：識은 記를 뜻함. 《논어》＜述而篇＞의 “묵묵히 기억하며 배우고 싫어하지 않으며 사람을 가르치기를 게을리 하지 않은 것, 이 중에 어느 것이 나에게 있겠는가?(子曰：‘默而識之, 學而不厭, 誨人不倦, 何有於我哉?’)”에서 나온다.

67) 竝(병)：외재집에는 ‘幷’으로 되어 있음.

68) 金貂(금초)：黃金璫과 貂尾로 장식한 冠으로. 군주를 모시는 높은 품계의 신하를 뜻함.

69) 糜粉(미분)：뼈가 가루가 됨.(粉骨碎身)

70) 倘(당)：외재집에는 ‘儻’으로 되어 있음.

71) 吾前夜(오전야)：외재집에는 ‘前夜’로 되어 있음.

72) 語夫人(어부인)：외재집에는 ‘語于夫人’으로 되어 있음.

73) 從容堂故事(종용당고사)：南宋의 趙卯發(趙昴發이라고도 함)이 池州의 通判으로 있을 때 元

無何, 賊兵已迫京城。 先是, 大駕將向江都, 命朝臣老病者先赴. 公卽渡江, 歷衿川74)先山以行。 大駕翌日轉行75)南漢, 賊兵隨至山城下, 頃刻之間, 路阻行在。 公卽停行曰 : "吾已不得扈駕, 吾尙何歸76)? 賊勢若逼, 吾當死於先墓之側矣." 一家諸人涕泣力請, 公亦念77)廟社主旣78)入江都, 欲以此爲依歸之所, 遂浮海79)以入焉。

丁丑正月二十二日, 賊兵渡甲串津。公方在80)鎭江81)閭舍, 猶子82)應敎公東龜83)傳急報, 泣牽公袖, 再三請避, 公痛哭曰 : "吾以不離跬步84)自定85), 當爲宗

나라 군대가 침입하자 군대를 모아 대항했으나 막지 못하자, 부인 雍氏와 함께 자신의 서재인 종용당에서 목을 매어 자살한 고사를 가리킴.

74) 衿川(금천) : 경기도 광명 지역에 설치되었던 조선시대 행정구역. 지금의 서울특별시 금천구 지역의 옛 지명이다.

75) 轉行(전행) : 외재집에는 '轉向'으로 되어 있음.

76) 吾尙何歸(오상하귀) : 외재집에는 '尙何歸'으로 되어 있음.

77) 念(염) : 외재집에는 '思'로 되어 있음.

78) 旣(기) : 외재집에는 '先'으로 되어 있음.

79) 遂浮海(수부해) : 외재집에는 '浮海'로 되어 있음. ≪논어≫<公冶長篇>에 "나의 도가 행해지지 않으니, 뗏목을 타고 바다로나 나갈까 보다.(道不行, 乘桴浮于海.)"라고 탄식한 孔子의 말이 있다.

80) 方在(방재) : 외재집에는 '在'로 되어 있음.

81) 鎭江(진강) : 鎭江山. 인천광역시 강화지역의 옛 지명. 진강산에는 봉수가 있어 廣城堡의 大母山 봉수를 통하여 通津과 연결되었고, 鼎足山城 · 舡頭浦堡 · 長串鎭 · 井浦堡 등의 군사기지가 있었다.

82) 猶子(유자) : 자식과 같다는 뜻으로, '조카'를 달리 이르는 말. ≪예기≫<檀弓 上>에 "상복에 있어서 형제의 아들에 대한 복을 아들과 같이 한 것은 대체로 끌어 당겨 올린 것이고, 嫂叔 사이에 복이 없는 것은 대체로 밀어내어 멀리한 것이다.(喪服, 兄弟之子, 猶子也, 蓋引而進之也. 嫂叔之無服也, 蓋推而遠之也.)" 하였다. 猶가 외재집에는 '從'으로 되어 있다.

83) 東龜(동구) : 沈東龜(1594~1660). 본관은 靑松, 자는 文徵, 호는 晴峰. 할아버지는 목사 沈友正이고, 아버지는 판서 沈詡이다. 1615년 진사가 되고, 1624년 증광문과에 급제하였다. 일찍이 당대의 문신 李好閔과 吳億齡으로부터 인정을 받았다. 인조 초에 執義로 재직할 때 小北 南以恭이 淸西의 영수인 金尙憲을 탄핵하려 하자 남이공의 부당함을 상소하고 사직하였다. 4년간 고향에 은거하였다. 1641년 校理로 등용되어 종부시정 · 應敎 · 집의 · 舍人 등을 역임하였다. 언관재임 때에는 곧은 신하로 이름을 떨쳤고, 병자호란 때에는 절의를 지켰다. 서장관으로 瀋陽에 다녀와서 1644년 사간에 올랐다. 沈器遠의 모역옥사에 친척으로 연루, 장흥에 유배되었다. 여러 신하들의 伸寃이 있었으나 10여 년간 금고상태로 있다가 효종 초에 석방, 현종 때 신원되었다.

84) 跬步(규보) : 반걸음 또는 반걸음 정도의 가까운 거리.

社[86]死此所." 卽親瘞[87]先代神主於寓舍後屛處, 遂取朝衣束帶, 布席於庭, 北向
痛哭四拜訖, 呼紙筆手寫短疏. 其疏曰："老病臣敦寧都正沈誢[88]北向四拜, 上言
于南漢山城主上殿下. 不意今日凶賊渡甲串津, 宗社已亡, 事無可爲者. 臣與夫
人宋姓, 同死於鎭江, 誓不負厚恩耳. 大明崇禎十年正月二十二日, 臣沈誢着署."
而付外孫朴公長遠[89]曰："汝若得生, 進於吾君." 夫人聞之, 又以'我獨不得爲忠臣
妻'[90]之語白公, 卽前所云從容堂事也. 公欣然曰："吾嘗以君爲賢婦人矣, 今果然
矣."

公招奴僕及寓舍主人, 曉以君臣大義, 不可忍辱偸生, 與夫人分給餘衣於侍者,
處置家事, 巨細不遺, 容貌擧止, 安定舒泰[91]. 夫人亦盥櫛[92], 出篋中新衣而著[93]
之, 巾襪之微, 皆手自結束, 謂侍婢曰："事急矣, 不及沐浴可恨也." 將就縊, 擧家
抱持號哭, 終日竟夜, 寸刻不舍[94]. 公謂朴公曰："吾所以爲此者, 政以父母遺體,
不可毀傷於凶賊之手故也. 吾平日以汝爲知義理, 今汝亦蔽於情耶? 家人必欲救

---

85) 自定(자정) : 결단을 몸소 행함.
86) 宗社(종사) : 외재집에는 '社稷'으로 되어 있음.
87) 瘞(예) : 묻음.
88) 誢(현) : 외재집에는 '某'로 되어 있음.
89) 長遠(장원) : 朴長遠(1612~1671). 본관은 高靈, 자는 仲久, 호는 久堂. 1627년 생원이 되었
고, 1636년 別試文科에 급제했다. 병자호란 때 외조부 沈誢을 따라 강화로 피난했다.
1639년 檢閱이 되었고, 이어 正言으로 春秋館記事官이 되어 《宣祖修正實錄》의 편찬에
참여하였다. 1653년 承旨로 있다가 당파싸움으로 興海에 유배되었다가 다음해 풀려났다.
1658년 尙州牧使가 되었고 1664년 吏曹判書가 되었다. 이후 工曹判書, 대사헌, 예조판서,
한성부판윤을 역임하고 자청하여 開城府留守로 나갔다가 재직 중에 죽었다.
90) 趙卯發이 적군을 막을 수 없음을 알고 술을 준비하여 친우들과 함께 마시고 그 부인 雍
氏와 영결하면서, 성이 장차 무너질 것인데 자신은 성을 지켜야 하는 신하라 떠날 수 없
으니 부인은 먼저 성을 나가 도망하라고 하였다. 이에 그 부인 옹씨가 말하기를, "당신
께서는 명을 받든 관리이고, 나는 명을 받든 아녀자입니다. 그런데 당신은 충신이 되고
나만 홀로 충신의 아내가 될 수 없겠습니까?(君爲命官, 我爲命婦. 君爲忠臣, 我獨不能爲忠
臣婦乎?)"라고 하였다.
91) 舒泰(서태) : 여유롭고 편안함.
92) 盥櫛(관즐) : 낯을 씻고 머리를 빗음.
93) 著(착) : 외재집에는 '着'로 되어 있음.
94) 不舍(불사) : 그치지 않음. 《논어》<子罕篇>에 "공자께서 시냇가에서 말하였다. '가는
것이 이 물과 같구나. 밤낮으로 그치지 않는도다.'(子在川上曰 : '逝者如斯夫! 不舍晝夜.')"
라고 하였다.

我, 當碎首門板." 而朴公復欲與之同死, 公曰："汝則與我所處不同, 須卽將母去. 幸而得全, 善事吾君." 仍顧謂家人曰95)："闔門96)無俱死之義. 天明, 賊且至矣. 亟出避. 若不可免, 則赴海以97)死可也." 辭嚴義正, 凜凜不可奪, 雖以子孫之至情極痛, 不得救解98)於造次99)之間, 遂痛哭以訣. 公神色100)不小101)變, 揚揚102)如平日, 謂朴公曰103)："吾送汝於死生之際, 而不下點淚, 汝其知之." 夫人先自引決104), 公斂殯105)訖, 又北向自縊四拜以終106).

大駕還都後, 朴公107)以遺疏投進. 上答曰："省疏, 予甚悲痛. 爾之祖父從容就死, 古所罕有. 深108)恨平日未能大用也." 仍下教政院曰："國家於沈說, 別無深恩厚澤, 而臨亂死節, 先於重臣, 若非大賢, 何以至此? 其妻宋氏同死之節, 亦甚可嘉, 並爲旌門, 子孫錄用, 以表其忠烈."

以是年三月初十日, 返葬於衿川縣東境奉天里先塋左負壬109)之原, 與夫人同穴. 公嘗謂家人曰："時風厚葬, 豊110)侈極矣. 吾竊惡之. 長兄111)之歿, 先君不

---

95) 今汝亦蔽於情耶 ～ 仍顧謂家人曰：외재집에는 "蔽於情至此, 必欲救我, 則當碎首門板而死. 復謂家人曰"로 되어 있음.
96) 闔門(합문)：집안 전체.
97) 以(이)：외재집에는 '而'로 되어 있음.
98) 救解(구해)：위험이나 곤란에서 건져내 줌.
99) 造次(조차)：아주 급작스러운 때. 《논어》<里仁篇>에 "군자는 밥을 먹는 짧은 동안에도 인을 떠남이 없으니, 다급한 때라도 반드시 인에 처하고, 곤경에 빠져서도 반드시 인에 처한다.(君子無終食之間違仁, 造次必於是, 顚沛必於是.)" 하였다.
100) 神色(신색)：안색을 높여 이르는 말.
101) 小(소)：외재집에는 '少'로 되어 있음.
102) 揚揚(양양)：뜻한 바를 이룬 만족한 빛이 얼굴과 행동에 나타남. '揚揚'이 외재집에는 '陽陽'으로 되어 있다.
103) 謂朴公曰(위박공왈)：외재집에는 '謂長遠曰'로 되어 있음.
104) 自引決(자인결)：'自引'도 자살의 뜻이고, '引決'도 자결 또는 자살의 뜻임. '引決'은 '引訣'이라고도 한다.
105) 斂殯(감빈)：斂殯의 오기. 시체를 염습하여 관에 넣어 안치함. '斂'이 외재집에는 '歛'으로 되어 있다.
106) 自縊四拜以終(자액사배이종)：외재집에는 '四拜自縊以終'으로 되어 있음.
107) 朴公(박공)：외재집에는 '長遠'으로 되어 있음.
108) 深(심)：외재집에는 '甚'으로 되어 있음.
109) 負壬(부임)：남쪽.
110) 豊(풍)：외재집에는 '豐'으로 되어 있음.

用灰槨, 吾死若厚葬, 是違先君遺則也." 其治命[112]如此, 故有棺而無槨, 以成公
之志. 後數年, 江都人士立祠曰'顯烈' 享祀金文忠公尙容[113]以下諸公. 其春秋享
公文曰: "身無官守, 志篤宗祊[114]. 一家忠貞, 萬古綱常."[115] 卽端夏[116]先人澤堂
公所撰也.

公事親至孝, 在側未嘗有惰慢之容, 發言惟謹, 執事惟恭, 左右扶護[117], 不任婢
僕. 小[118]有不安節[119], 則入夜亦不敢退處, 伺候[120]將息[121]於寢房之外. 志
養[122]色憂[123], 兩盡其道. 大夫人偏念孫女之失怙恃[124]者, 臧獲[125]可使者, 別欲

---

111) 長兄(장형) : 沈友正의 세 아들 가운데 맏아들 沈憓를 가리킴. 都事 韓浣의 딸에게 장가
    들어 딸 둘을 낳았으니 선비인 鄭遵과 尹碩亨이 그의 사위들이다.
112) 治命(치명) : 운명할 무렵에 맑은 정신으로 하는 유언.
113) 文忠公尙容(문충공상용) : 외재집에는 '仙源相國'으로 되어 있음.
114) 宗祊(종팽) : 宗廟. 家廟.
115) 李植의 ≪택당선생 별집≫ 12권에 실려 있는 <江都顯烈祠春秋兩丁祝文>의 일부.
116) 端夏(단하) : 외재집에는 '我'로 되어 있음. 李端夏(1625~1689). 본관은 德水, 자는 季周,
    호는 畏齋・松磵. 李植의 아들이다. 1662년 蔭補로 工曹佐郎에 있을 때 증광문과에 급제
    하였다. 北評事・副校理・吏曹正郎을 거쳐 1668년 교리로 經書校正廳의 교정관이 되었
    다. 이듬해 訓鍊別隊의 창설을 제안하였고, 應敎・同副承旨 등을 역임하고 1674년 大司
    成이 되었다. 그해 숙종 즉위 후 2차 복상문제로 숙청된 議禮諸臣 처벌의 부당함을 상
    소하여 파직되고 이듬해 삭직되었다. 1680년 경신환국으로 다시 벼슬길에 올라 이듬
    해 홍문관제학이 되어 ≪현종개수실록≫의 편찬에 참여하였다. 1684년 예조판서가 되
    어 ≪社倉節目≫・≪宣廟寶鑑≫을 撰進하였으며 같은 해 左參贊에 올랐다. 1687년 좌의
    정이 되었으나 병으로 사직하고 行敦寧府判事가 되었다.
117) 扶護(부호) : 도와서 보호함.
118) 小(소) : 외재집에는 '少'로 되어 있음.
119) 有不安節(유불안절) : 편치 못한 데가 있음. ≪예기≫<文王世子>에 "(父王이) 편치 못한
    데가 있어 내시가 문왕에게 고하면 문왕은 걱정스러운 얼굴빛을 하고 걸음걸이가 흔들
    렸다.(其有不安節, 則內竪以告文王, 文王色憂, 行能正履.)" 하였다.
120) 伺候(사후) : 문안을 살핌.
121) 將息(장식) : 調攝 또는 攝養. 건강이 회복되도록 몸을 보살피고 병을 다스림.
122) 志養(지양) : 어버이의 뜻을 봉양하는 것을 養志라 하는데, 이를 진정한 孝養이라 함.
    ≪맹자≫<離婁章句 上>에 曾子가 그 아버지 曾晳을 봉양할 때 반드시 술과 고기를 밥
    상에 올렸으며, 상을 치울 때 반드시 증석에게 "누구에게 주시겠습니까?"라고 여쭈고,
    증석이 "남은 것이 있느냐?"라고 물으면 반드시 "있습니다."라고 대답하였다. 이에 대
    하여 맹자는 "증자와 같이 한다면 어버이의 뜻을 봉양한다고 이를 만하다.(若曾子, 則可
    謂養志也.)"고 하였다.
123) 色憂(색우) : 자식이 어버이의 병환을 간호함.
124) 怙恃(호시) : 부모를 가리킴. ≪시경≫<小雅・蓼莪>에 "아버지가 없으면 누구를 의지하

與之, 則公察其顔色, 卽書劵請遣126), 未嘗少淹時日, 其先意127)慰悅, 多此類。

大夫人壽享大耋128), 公亦年過耳順, 而至誠服勤129), 不以衰憊少懈。嘗於冬月, 兄弟同寢, 夜半覺寒甚, 相謂曰 : "老親得無寒乎?" 卽穿衣130)而起, 躬自抱薪, 就煖房堗, 輪日不止, 純篤之行, 久爲鄕閭所稱。送終131)也, 情文132)俱備, 而毀傷逾禮133), 其廬居134)也, 寢處土床135), 雖甚病, 不易其所, 其遭後喪, 以年準136)禮, 止當衰麻137)在身, 而躬執祭奠138), 未嘗代以子弟, 每上丘壠139), 號哭移

며, 어머니가 없으면 누구를 믿을까.(無父何怙, 無母何恃.)"라고 하였다.

125) 臧獲(장획) : 노비. 하인과 하녀. ≪순자≫<王霸>에 "크게는 천하를 다스리고, 작게는 한 나라를 다스리는데 있어서, 반드시 자신이 일을 할 수 있는 것이라면 대단히 수고롭고 초췌하게 될 것이다. 이와 같다면 비록 노비라 하더라도 천자와 지위를 바꾸려고 하지 않을 것이다.(大有天下, 小有一國, 必自爲之然後可, 則勞苦耗頓莫甚焉. 如是, 則雖臧獲不肯與天子易執業.)" 하였다.

126) 遣(견) : 외재집에는 '給'으로 되어 있음.

127) 先意(선의) : 부모의 뜻을 말씀하기 전에 미리 헤아림. ≪예기≫<祭義>에 "군자가 효라고 일컫는 것은 부모님의 마음을 미리 헤아려 그 뜻을 받들어 행하는 것이다.(君子之所謂孝者, 先意承志.)" 하였다.

128) 大耋(대질) : 80세를 뜻하기도 하고 70세를 뜻하기도 함.

129) 服勤(복근) : 힘든 일에 종사함. ≪예기≫<檀弓 上>에 "어버이를 섬김에 어버이의 허물을 숨기는 일은 있으나 면전에서 직간하는 일을 없애야 하며, 좌우에서 가까이 봉양하되 일정한 한도가 없으며, 어버이를 위하여 죽음에 이를 만큼 힘든 일을 수행하고 상례를 극진히 함을 3년 동안 해야 한다.(事親有隱而無犯, 左右就養無方, 服勤至死, 致喪三年.)" 하였다.

130) 穿衣(천의) : 옷을 입음.

131) 送終(송종) : 시신을 매장할 곳으로 보냄. 외재집에는 '其送終'으로 되어 있다.

132) 情文(정문) : 바탕과 문식. 여기서는 마음과 예의범절을 가리킨다. ≪논어≫<述而>에 "공자께서 제나라에 계시면서 순임금의 소악을 들으셨는데 3개월 동안 고기맛을 모르시며 말하기를 '음악을 만든 것이 이런 경지에 이를 줄은 생각지 못했다.' 하였다.(子在齊聞韶, 三月不知肉味曰 : '不圖爲樂之至於斯也.')"라고 하였다. 그 집주에 "순임금이 음악을 만든 것이 이처럼 아름다움에 이를 줄은 생각하지 못했다고 하였으니, 이는 그 내용과 문채가 지극히 잘 갖추어져서 감탄함이 깊어짐을 깨닫지 못한 것이다.(曰不意舜之作樂, 至於如此之美, 則有以極其情文之備, 而不覺其歎息之深也.)" 하였다.

133) 逾禮(유례) : 행동이 예의에서 요구한 정도를 넘어섬. ≪예기≫<曲禮 上>에 "예법은 50세가 되면 몸을 극도로 훼상시키지 않아야 하며, 60세가 되면 몸을 훼상시키지 않아야 되며, 70세가 되면 상복만 입고 술과 고기를 먹으며 안에서 거처한다.(五十不致毀, 六十不毀, 七十唯衰麻在身, 飮酒食肉處於內.)" 하였다.

134) 廬居(여거) : 여묘살이.

135) 床(상) : 외재집에는 '牀'으로 되어 있음.

136) 準(준) : 외재집에는 '準'으로 되어 있음.

日[140], 村[141]夫野老爲之感歎泣下。

與季公友愛篤厚, 怡愉[142]之色, 湛樂[143]之意, 白首如一日。少有疾恙, 則若痛在己, 至忘寢食。

其處心[144]行己[145], 悃愊[146]無華, 不事修飾。與人言, 若不出口[147], 而方寸之間, 涇渭[148]自晳, 外雖溫和, 內實剛方。

臨事是非截然[149], 未嘗有所撓惑。雖從蔭仕, 棲屑[150]常調[151], 而憂時慮事, 心在王室, 非若應文[152]逃[153]責之爲者。其治郡, 雖以簡靜[154]爲本, 革去弊瘼,

137) 衰麻(최마) : 부모, 증조부모, 고조부모의 상중에 아들이 입는 상복인 베옷.
138) 祭奠(제전) : 靈前이나 墓前에 제물을 올리고 지내는 제사.
139) 丘壟(구롱) : 무덤. '壟'이 외재집에는 '隴'으로 되어 있다.
140) 移日(이일) : 해의 그림자가 옮아간다는 말로, 시간이 흐름을 뜻함.
141) 村(촌) : 외재집에는 '邨'으로 되어 있음.
142) 怡愉(이유) : 즐겁고 기쁨. ≪논어≫<子路篇>의 "붕우간에는 간절하고 자상히 권면하며, 형제간에는 화락하여야 한다.(朋友, 切切偲偲, 兄弟, 怡怡.)"에서 나온다.
143) 湛樂(담락) : 화락함에 계속되기를 바람. ≪시경≫<小雅常棣>의 "형제가 서로 화합해야 화락하고 즐겁다.(兄弟旣翕, 和樂且湛.)"에서 나온다.
144) 處心(처심) : 마음에 새겨 두고 잊지 아니함. 存心.
145) 行己(행기) : 處身. ≪논어≫<公冶長篇>에 "군자의 도가 네 가지 있으니, 몸가짐은 공손하고, 윗사람을 섬김에 공경스러우며, 백성을 기름에 은혜롭고 백성을 부림에 의로웠다.(君子之道四焉. 其行己也恭, 其事上也敬, 其養民也惠, 其使民也義.)" 하였다.
146) 悃愊(곤핍) : 지극한 정성.
147) 不事修飾 ~ 若不出口 : 외재집에는 '不事修飾, 平居姁姁, 未嘗以色待物. 與人言, 言若不出口.'로 되어 있음. 言若不出口는 ≪淮南子≫<氾論>에 周公이 부친 文王을 섬길 때에 너무도 공경하여 "몸은 옷을 가누지 못하는 듯하고 말은 입 밖에 나오지 않는 듯하였다.(身若不勝衣 言若不出口.)"라고 한 데서 나온 말로, 말을 늘 근신하여 어눌한 것처럼 보일 정도로 조심스럽고 공손한 모습을 의미한다.
148) 涇渭(경위) : 경수와 위수. ≪시경≫<邶風·谷風>의 "경수가 위수 때문에 흐려 보이지만, 그 물가는 아주 맑기만 하니라.(涇以渭濁, 湜湜其沚.)"에서 나온 말이다. 경수는 탁하고 위수는 맑아 구별이 된다는 데에서 나온 말로, 인품의 우열과 청탁, 사물의 진위와 시비 등을 비유하는 말로 쓰인다.
149) 截然(절연) : 태도가 엄정한 모양.
150) 棲屑(서설) : 한곳에 머물지 아니하고 떠돌아다님.
151) 常調(상조) : 과거를 통해 관리로 선발되었다는 말.
152) 應文(응문) : 條文에만 맞게 함.
153) 逃(도) : 외재집에는 '逃'로 되어 있음.
154) 簡靜(간정) : 정사를 베풀 때 번다하거나 가혹하지 않음.

亦以便民厚俗爲務155), 若其要擧156)悅人俗吏之態, 視之若浼157)。上司158)命令,
奉行無濡, 如有不可者, 輒據理爭執159), 爲上官者, 率多160)黜己161)而從之, 或心
悅誠服, 稱道162)不容口, 同道守宰, 亦有慕義而平生托163)交者。其涖164)訟, 必
精覈165)微顯166), 反覆167)參究, 夜不安寢, 終得實狀而決之, 痛拒關節168), 人不
敢干以私。其在鐵原也, 繡衣169)以廉問170)入府, 謂公曰 : "吾出入村171)巷稔, 聞
初政172)深得民心, 但値此荒歲, 催糴太急, 群情爲悶, 合有弛張173)。" 公曰 : "爲
民長吏174), 豈不念此? 而倉儲本爲軍餉175), 且以歲歉, 當秋逋納176), 則明春何以

---

155) 雖以簡靜爲本 ~ 亦以便民厚俗爲務 : 외재집에는 '簡約淸愼, 務祛弊瘼, 唯以便民厚俗爲本.'으
　　로 되어 있음.
156) 擧(거) : 외재집에는 '譽'로 되어 있음.
157) 浼(매) : 외재집에는 '洗'로 되어 있음.
158) 上司(상사) : 위 등급의 관청.
159) 爭執(쟁집) : 서로 자기 의견을 고집하고 주장함.
160) 率多(솔다) : 대부분.
161) 黜己(출기) : 《소학》<嘉言·廣敬身>에 "본래 사납고 강한 자는 옛사람들이 조심하고
　　자신을 억제하며, 이는 빠져서 혀는 남아 있으며, 남의 더러운 것을 감싸주고 남의 과
　　오를 감추어 주며, 어진 이를 높이고 여러 사람들을 포용했던 것을 보고, 맥없이 저상
　　되어 마치 입고 있는 옷도 감당하지 못할 듯이 하고자 해야 한다.(素暴悍者, 欲其觀古人
　　之小心黜己, 齒敝舌存, 含垢藏疾, 尊賢容衆, 茶然沮喪, 若不勝衣也.)"에서 나온 말. 스스로
　　물러나고 억제하다는 뜻이다.
162) 稱道(칭도) : 칭찬함.
163) 托(탁) : 외재집에는 '託'으로 되어 있음.
164) 涖(리) : 외재집에는 '莅'로 되어 있음.
165) 精覈(정핵) : 아주 자세히 조사하여 철저히 밝힘.
166) 微顯(미현) : 드러난 것과 드러나지 않은 것.
167) 覆(복) : 외재집에는 '復'으로 되어 있음.
168) 關節(관절) : 要路에 뇌물을 바치고 무엇을 청탁하는 일.
169) 繡衣(수의) : 암행어사가 입던 옷으로, 훗날에 암행어사를 가리킴.
170) 廉問(염문) : 남의 사정이나 형편 따위를 몰래 물어봄.
171) 村(촌) : 외재집에는 '邨'으로 되어 있음.
172) 初政(초정) : 집무를 처음 시작함.
173) 弛張(이장) : '弛'는 활을 사용하지 않을 때 활줄을 느슨하게 풀어 놓은 상태이고, '張'은
　　활을 사용하고자 할 때 활줄을 팽팽하게 당겨 켠 상태이니, 일을 조화롭게 하는 것을 말
　　함. 《시경》<雜記>의 "팽팽하게 당기고 늦추지 않는 것은 문왕, 무왕 같은 분도 하시
　　지 않았다. 해이하면서 긴장하지 않은 것은 문왕, 무왕 같은 분은 하시지 않았다.(張而不
　　弛, 文武弗能也. 弛而不張, 文武弗爲也.)"에서 나온다.
174) 長吏(장리) : 각 고을을 맡아 다스리던 지방관들을 통틀어 이르는 말.

賑飢? 此爲救民, 非以厲民[177]。御史雖有言, 不敢聞命。" 御史亦然之。

至甲子春, 适賊擧兵叛, 完豊[178]李公曙[179]提士卒, 把守朔寧[180]·安峽[181]等江灘[182], 公卽領府中兵, 交付[183]於助防將[184], 還到官次[185]。又慮乏軍食, 以忠義激勸邑民, 使輸致粮餉累百斛[186]於李公軍前。且以書抵幕佐[187], 辭意懇惻。李公與中軍金浚[188]相視涕泣曰 : "今世安有如此人[189]耶! 微此粟, 吾屬其殆矣。" 盖[190]賊勢日迫, 軍無見粮, 而不意得此故也。賊平, 李公言于廟堂[191], 人謂當有

---

175) 軍餉(군향) : 군대의 양식.(軍糧)

176) 逋納(포납) : 납부하지 못함.(未納)

177) 厲民(여민) : 백성을 괴롭힘. ≪맹자≫<滕文公章句 上>에 "지금 등나라에는 倉廩과 府庫가 있으니 이는 백성을 괴롭혀서 자신을 봉양하는 것이니 어찌 어질 수 있겠습니까.(今也滕有倉廩府庫, 則是厲民而以自養也, 惡得賢?)" 하였다.

178) 豊(풍) : 외재집에는 '豐'으로 되어 있음.

179) 曙(서) : 李曙(1580~1637). 본관은 全州, 자는 寅叔, 호는 月峰. 孝寧大君의 후손으로, 목사 李慶祿의 아들이다. 1603년 무과에 급제하고, 1623년 인조반정 때 공을 세워 호조판서에 승진되어 靖國功臣 1등에 책록되었으며 完豊君에 봉하여졌다. 1624년 李适의 반란이 일어나자 관찰사로 副元帥를 겸하여 적을 추격, 松都에 이르렀으나, 여러 가지 어려운 사정으로 요해처에 웅거한 채 출전하지 못하여 탄핵을 받고 파직되었다가 곧 다시 서용되었다. 1636년 훈련도감제조를 거쳐 병조판서로 기용되어 군비를 갖추는 데 힘썼다. 이 해에 병자호란이 일어나자 御營提調로 왕을 호종하고 남한산성에 들어가 지키다가 이듬해 정월에 적군이 겹겹이 포위하고 항복을 재촉하는 가운데 군중에서 죽었다. 영의정에 추증되었고, 남한산성의 溫祚王廟와 인조의 묘정에 배향되었다.

180) 朔寧(삭녕) : 경기도 연천과 강원도 철원 지역의 옛 지명.

181) 安峽(안협) : 강원도 이천 지역의 옛 지명.

182) 江灘(강탄) : 강기슭 일대로 진흙이나 모래가 쌓여 이루어진 곳.

183) 交付(교부) : 내어 줌.

184) 助防將(조방장) : 主將을 도와서 적의 침입을 방어하는 장수.

185) 官次(관차) : 관청.

186) 斛(곡) : 곡식의 양을 헤아리는 데 쓰는 말.(휘) 일반에서는 20말을 1휘로 하고 官府에서는 15말을 1휘로 하였다.

187) 幕佐(막좌) : 佐幕. 監司·留守·兵使·水使 등을 따라다니며 일을 돕던 무관 벼슬.

188) 金浚(김준, 1582~1627) : 본관은 慶州, 자는 澄彦. 1605년 무과에 급제, 部長을 거쳐 선전관이 되고, 이어 喬桐縣監을 지냈다. 1623년 인조반정으로 都摠府都事가 되고, 經歷을 거쳐 죽산부사로 나갔다. 이듬해 이괄의 난 때에는 後營將으로 임진강 상류에 있는 永平山城을 지켰으며, 난이 평정된 뒤에는 의주부윤·訓鍊院正·鳳山郡守 등을 역임하였다. 1627년 정묘호란이 일어나 후금군에게 안주성이 함락되자 처자와 함께 분신 자결하였다. 좌찬성에 추증되었으며, 고부의 旌忠祠, 안주의 忠愍祠에 제향되었다.

189) 如此人(여차인) : 외재집에는 '此人'으로 되어 있음.

190) 盖(개) : 외재집에는 '蓋'로 되어 있음.

賞典。公聞之, 急與季[192]公書曰 : "此不過職分內事。若以此又蒙恩賞, 吾何顏
立於世乎? 煩爲我力言于廟堂, 如[193]完平相公, 俾無此事." 事遂以寢[194]。聞者
尤以爲難。亂旣定, 散其餘穀, 分賑飢民, 民命以活, 農功亦成, 先是[195]催糴, 至
是大有賴焉。

公天分[196]絶殊, 自然近道。凡世俗嗜好, 一無所嬰心[197], 所居不蔽風雨, 家雖
屢空[198], 皆不以爲意, 處之晏如也。公無子, 季公亦獨子, 從兄諫[199]有三子[200],
而其季年少。人或勸取而養[201], 公默[202]然不肯。逮仁祖靖社, 其三子並[203]附鱗
翼[204], 門戶隆赫。或人又言于公曰 : "初若聽人之勸, 則非徒無子而有子, 到今當
享其養." 公微哂, 但言 : "吾猶不悔矣." 及公下世[205]後, 其家以謀逆[206], 悉被誅

---

191) 廟堂(묘당) : 조정. 의정부를 달리 이르던 말이다.
192) 季(계) : 외재집에는 '李'로 되어 있음.
193) 如(여) : 외재집에는 '與'로 되어 있음. '煩爲我力言于廟堂 如完平相公' 부분이 '煩爲我力言
于廟堂與完平相公'으로 되어 있는데 후자를 따라 번역하였다.
194) 寢(침) : 중지함.(息)
195) 是(시) : 외재집에는 '時'로 되어 있음.
196) 天分(천분) : 타고난 재질이나 직분.
197) 嬰心(영심) : 관심을 둠.
198) 屢空(누공) : 자주 끼니를 굶는다는 말로, 안빈낙도를 표현함. ≪논어≫<先進篇>에 "안
회는 도에 가까웠고 끼니를 자주 굶었다.(回也其庶乎, 屢空.)" 하였다.
199) 從兄諫(종형간) : 외재집에는 '從弟'로 되어 있음. 沈諫(1560~1624). 본관은 靑松,자는 伯
幾. 沈友直의 아들이다. 1585년 생원시에 오르고 蔭補로 君資監參奉이 되고 1590년 司僕
寺主簿, 1591년 金化縣監에 재직 중 부친상을 당했고, 1596년 石城縣監, 南平縣令, 김포
현령 등을 역임했다. 1611년 관직을 사직했다가 1623년 아들 沈器遠이 인조반정에 공
을 세워 청풍군수에 제수되었다. 영의정에 추증되었다.
200) 심간의 세 아들 沈器遠(?~1644), 沈器周(1593~?), 沈器成(?~1644)을 가리키는 듯. 沈器
重이 둘째아들로 나오는데 1644년 이전에 일찍 죽은 것인지 알 수 없으나, 역모사건에
는 언급되지 않는다. 심기원은 1644년에 일으킨 역모사건이 발각되어 죽었으며, 막내
동생인 심기성도 심문받던 중 옥사하였으며, 셋째 동생인 심기주는 인조가 특별히 육
지 유배를 명하여 귀양길에 올랐지만 평소 앓던 등창[疽]이 심해져 사망하였다.
201) 養(양) : 외재집에는 '養之'로 되어 있음.
202) 默(묵) : 외재집에는 '嘿'으로 되어 있음.
203) 並(병) : 외재집에는 '幷'으로 되어 있음.
204) 附鱗翼(부인익) : '용의 비늘을 끌어 잡고 봉황의 날개에 붙는다.(攀龍鱗, 附鳳翼.)'의 줄임
말. 英主를 섬겨 공명을 세우다는 뜻이다. 곧, 인조를 따라서 반정의 공을 세운 것을 말
한다.
205) 下世(하세) : 웃어른이 돌아가심.

死, 人皆追服公高識遠慮, 非常情[207]所及也。

夫人礪山宋氏, 牧使諱寧之女, 領議政諱軼[208]之曾孫, 參贊夷簡申公諱瑛[209]之外孫也。 少時喜見二倫行實[210], 就其諺解, 旁通[211]文字, 畧[212]曉大義。 常以禮範自治, 志行貞潔, 不喜紛華。 親戚宴會, 絶不徃參, 人有饋以柴果[213], 亦不輕受。 公嘗有疾, 晝夜救侍, 目不交睫[214]至兩旬, 舅牧使公亟稱曰：“他日必爲節婦.” 姑夫人亦甚宜之, 嘗稱‘其善事我.’

噫! 公之至性[215]篤行, 雖古所稱純孝[216], 無以加焉。 所謂求忠臣於孝子之

---

206) 沈諫의 첫째아들 沈器遠이 1644년에 일으킨 역모사건을 가리킴. 1643년 聖節使로 청나라에 다녀온 뒤, 1644년 좌의정으로 남한산성 守禦使를 겸임하게 되자 이를 기회로 심복의 장사들을 扈衛隊에 두고 前知事 李一元, 廣州府尹 權憘 등과 모의하여 懷恩君 李德仁을 추대하려는 반란을 꾀하였다. 이 모의는 부하 黃瀗·李元老 등이 훈련대장 具仁垕에게 밀고, 탄로되어 거사 전에 죽음을 당한 사건이다.

207) 常情(상정) : 보통의 인정. 일반적인 정리(情理).

208) 軼(질) : 宋軼(1454~1520). 본관은 礪山, 자는 可仲. 1477년 생원시·진사시에 합격, 이듬해 문과에, 1482년 進賢試에 각각 급제, 형조 참판·경기도 관찰사·右贊成·이조판서 등을 역임하고, 1513년 우의정, 뒤에 영의정에 이르렀다.

209) 瑛(영) : 申瑛(1499~1559). 본관은 平山, 자는 潤甫. 金湜의 문인이다. 1516년 진사시에 합격하고 1523년 알성문과에 장원으로 급제하여 홍문관에 발탁되었다. 이어 弘文館修撰으로 있을 때 화를 입은 스승 김식을 변호하다가 탄핵을 받았으나 뒤에 형조좌랑·함경도도사를 거쳐, 공조·형조·병조 정랑과 사헌부지평을 역임하였다. 권신에게 아부하지 않아 수원부사로 좌천되었으나 선정을 베풀어 백성들의 추앙을 받았다. 이어 한성부서윤을 지내고, 10여 년 동안 이조·호조·예조·병조의 참판을 역임하였다. 1550년 한성부우윤을 거쳐, 대사헌·대사간을 역임하면서 당시의 권신인 李芑를 맹렬히 탄핵하였다. 호조판서·한성부판윤·우참찬을 지냈으나, 朴漢宗 사건에 연루되어 知中樞府事로 체직되었다. 시호는 夷簡이다.

210) 二倫行實(이륜행실) : 1518년에 만들어진 윤리 교육서. 1434년에 간행된 ≪三綱行實圖≫가 효자·충신·열녀만을 다루고 있는 것을 아쉽게 생각하여, 역대 인물 가운데 長幼·朋友 간의 처신이 본보기가 될 만한 사람 47인을 취하여 사실을 기록하고 그림을 그리고 讚을 지어 ≪삼강행실≫의 미비한 점을 보완한 것이다.

211) 旁通(방통) : 자세하고 분명하게 앎. ≪주역≫<乾卦>에 "육효로 발휘함은 정을 사방으로 널리 통함이다.(六爻發揮, 旁通情也.)" 하였다. <本義>에 "방통은 곡진하다는 말과 같다.(旁通, 猶言曲盡.)" 하였다.

212) 畧(략) : 외재집에는 '略'으로 되어 있음.

213) 果(과) : 외재집에는 '菓'로 되어 있음.

214) 交睫(교첩) : 눈을 붙인다는 뜻으로, 잠을 이르는 말.(接目)

215) 至性(지성) : 타고난 매우 선한 성품.

216) 純孝(순효) : 지성을 다하여 섬기는 효성. ≪춘추좌전≫<隱公元年>에 "영고숙은 순효

門217)者信矣。苟非平居孝順，　內外218)交修於庭闈219)房闥220)之間，　亦何能臨亂221)從容，節義雙成於倉卒傾覆之時乎! 人謂古今殉節之士，或當城守，或臨戰陣，慷慨殺身者，固多有矣。如公旣無職責，且寓村僻，有可避之路，無必死之義，而乃能確然自守，脚跟222)不移，捐生而殉社稷，拜疏223)而謝君父，與224)其配同就大節者，寧復有其人哉! 公及225)夫人相期以從容堂故事226)，乃其素蘊而卒踐其言，夫婦227)同死，果如趙昂發之事。而昂發攝州228)守城，必死之義229)，又與公不侔，則公之所樹立，視昂發，尤有光焉云。

夫人生男輒不育，只有二女。長適230)文科觀察使洪憲231)，次適贈判書朴煊。洪無子。朴有一男卽長遠232)，官至吏曹判書，誠孝德行，爲世名臣，其亦有自

다.(頴考叔, 純孝也.)" 하였다.
217) 求忠臣於孝子之門(구충신어효자지문) : 求忠出孝. 충신은 반드시 효자의 가문에서 나온다는 뜻. ≪後漢書≫<韋彪傳>에 "국가는 현자를 선발함을 일로 삼아야 하느니 현자는 효행을 첫째로 여긴다. 공자가 말하기를 '어버이 섬기기를 효로 하니 충성을 군주에게 옮길 수 있다. 이 때문에 충신을 구함은 반드시 효자의 집안에서 한다.' 하였다.(夫國以簡賢爲務, 賢以孝行爲首. 孔子曰 : '事親孝, 故忠可移於君. 是以求忠臣, 必於孝子之門.')"고 하였다.
218) 內外(내외) : 외재집에는 '外內'로 되어 있음.
219) 庭闈(정위) : 부모의 거처, 곧 부모를 이르는 말.
220) 房闥(방달) : 부인의 거처, 곧 아내를 이르는 말.
221) 亂(란) : 외재집에는 '難'으로 되어 있음.
222) 脚跟(각근) : 다리와 발뒤꿈치. 발걸음. 외재집에는 '跬步'로 되어 있음.
223) 拜疏(배소) : 임금에게 의견을 글로 써서 올림.
224) 與(여) : 외재집에는 '使'로 되어 있음.
225) 及(급) : 외재집에는 '與'로 되어 있음.
226) 相期以從容堂故事(상기이종용당고사) : 외재집에는 '相約, 自期以從容堂故事.'로 되어 있음.
227) 夫婦(부부) : 외재집에는 '其夫婦'로 되어 있음.
228) 조앙발이 池州의 通判이었음을 가리키는 것인데, 중국에서의 통판은 지방관을 일컬음.
229) 攝州守城, 必死之義(섭주수성, 필사지의) : 외재집에는 '攝州城, 守必死之義.'로 되어 있음.
230) 適(적) : 시집감.
231) 洪憲(홍헌, 1585~1672) : 본관은 南陽, 자는 正伯, 호는 沙村·默好·銀溪. 蔭補로 洗馬가 되고, 1616년 알성문과에 급제, 승문원권지가 되었다. 1618년 주서, 이듬해 봉교를 지내고 1623년 正言·左承旨·右承旨 등 여러 관직을 거쳐, 1648년 강원도관찰사가 되었는데 관하 각 고을에 공공연히 그 선생의 贐儀를 강요하였다 하여 파직 당하였다. 그 뒤 다시 기용되어 1664년 동지중추부사를 역임하였다.
232) 長遠(장원) : 朴長遠(1612~1671). 본관은 高靈, 자는 仲久, 호는 久堂. 1627년 생원이 되었고, 1636년 별시문과에 급제했다. 병자호란 때 외조부 沈誢을 따라 강화도로 피난했

來233)矣。以公命主公祀。有四男, 長鐄郡守, 次銑縣令234), 次鐔, 次鎭。外孫女及曾孫男女若干人。

公歿後十三年己丑235), 孝廟踐祚236)。宋文正公浚吉237), 嘗入侍經筵238), 講≪中庸≫'白刃可蹈'239)章, 仍論伏節死義240)之事。宋公曰："江都之變, 節死241)者多。此聖明所親覩也。豈不可尙?" 上曰："誠然, 良可貴也." 宋公曰："如沈誢 · 李時稷 · 宋時榮等242), 節死中表表243)人也。於國家分義不深, 而其死先於

다. 1639년 檢閱이 되었고, 이어 正言으로 春秋館記事官이 되어 ≪선조수정실록≫의 편찬에 참여하였다. 1653년 승지로 있다가 당파싸움으로 興海에 유배되었다가 다음해 풀려났다. 1658년 尙州牧使가 되었고 1664년 吏曹判書가 되었다. 이후 공조판서, 대사헌, 예조판서, 한성부판윤을 역임하고 자청하여 開城府留守로 나갔다가 재직 중에 죽었다.

233) 自來(자래) : 由來.
234) 縣令(현령) : 외재집에는 '正郞'으로 되어 있음.
235) 己丑(기축) : 인조 27년 1649년. 이해에 효종이 즉위하였다.
236) 踐阼(천조) : 阼階를 밟고 올라감 임금이 왕위에 오름을 일컫는 말이다.
237) 浚吉(준길) : 宋浚吉(1606~1680). 본관은 恩津, 자는 明甫, 호는 同春堂. 어려서부터 李珥를 私淑했고, 20세 때 金長生의 문하생이 되었다. 1624년 진사가 된 뒤 학행으로 천거받아 1630년 洗馬에 제수되었다. 이후 관직에 나가지 않았고, 단지 1633년에만 잠깐 동몽교관직에 나갔다가 장인 鄭經世의 죽음을 이유로 사퇴하였다. 1649년 김장생의 아들로 山堂의 우두머리인 金集이 이조판서로 기용되면서 宋時烈과 함께 발탁되어 副司直 · 進善 · 사헌부장령 등을 거쳐, 사헌부집의에 올랐고 통정대부로 품계가 올랐다. 이 해에 인조 말부터 권력을 장악한 金自點 · 元斗杓 등 반정공신 일파를 탄핵하여 몰락시켰으나, 김자점이 효종의 반청정책을 청나라에 밀고하여 그도 벼슬에서 물러났다. 계속 사퇴하다가 1658년(효종 9) 대사헌 · 이조참판 겸 좨주를 거쳤다. 1659년 병조판서 · 知中樞院事 · 우참찬으로 송시열과 함께 국정에 참여하던 중, 효종이 죽고 현종이 즉위하자 慈懿大妃의 복상 문제로 이른바 禮訟이 일어났는데 송시열이 朞年祭(만 1년)를 주장할 때 그를 지지하였다. 이에 南人의 尹鑴 · 許穆 · 尹善道 등의 3년설과 논란을 거듭한 끝에 일단 기년제를 관철시켰다. 이 해에 이조판서가 되었으나 곧 사퇴하였다. 이후 1673년 1월 영의정에 추증되었으나 1674년 효종의 왕비인 仁宣大妃가 죽자 또 한 차례 자의대비의 복상 문제가 일어나게 되었다. 그런데 이번에는 남인의 기년제설이 서인의 大功說(9개월)을 누르고 남인의 주장을 관철, 남인이 정권을 장악하였다. 이에 1675년 許積 · 윤휴 · 허목 등의 공격을 받아 관작을 삭탈 당하였다. 이어 1680년 경신환국으로 서인이 재집권하면서 관작이 복구되었다.
238) 入侍經筵(입시경연) : 외재집에는 '入經筵'으로 되어 있음.
239) 白刃可蹈(백인가도) : ≪중용≫ 제9장에 "천하와 국가를 균평하게 다스릴 수 있으며, 작록을 사양할 수 있으며, 흰 칼날을 밟을 수 있으나 중용은 능히 할 수 없다.(天下國家, 可均也, 爵祿, 可辭也, 白刃, 可蹈也, 中庸, 不可能也.)" 하였다.
240) 伏節死義(복절사의) : 절의를 지키기 위해서 죽음도 꺼리지 않는 강직함.
241) 節死(절사) : 절의를 지키어 죽음.

人, 尤可尙也。國家合有褒崇, 而尙無贈職之恩[244], 誠爲欠典[245]。" 上曰:"何至今不加褒贈。" 仍特命贈職, 贈公吏曹參判[246]。

其後三十三年辛酉[247], 江華留守李選[248]上疏加請[249]贈諡, 大臣覆啓[250]於榻前[251], 請依其言, 上特許之。壬戌[252]四月, 大臣又啓于榻前曰:"沈詵等贈諡, 旣有成命[253], 而國典[254]正二品以上, 始贈諡[255]。沈詵等節義表著[256], 非他人之比, 請依宋象賢例, 先贈正二品職, 後贈諡似當矣。" 上又許之, 遂加贈資憲大夫吏曹判書兼知義禁府事五衛都摠府[257]都摠管, 三朝[258]褒美之典, 至此而無遺憾,

---

242) 宋時榮等(송시영등):외재집에는 '宋時榮'으로 되어 있음.
243) 表表(표표):탁월함. 특출남.
244) 恩(은):외재집에는 '擧'로 되어 있음.
245) 欠典(흠전):흠이 되는 일.
246) 贈公吏曹參判(증공이조참판):외재집에는 '贈吏曹參判'으로 되어 있음.
247) 辛酉(신유):肅宗 7년인 1681년.
248) 李選(이선, 1632~1692):본관은 全州, 자는 擇之, 호는 芝湖·小白山人. 아버지는 우의정 李厚源이며, 어머니는 金槃의 딸이다. 宋時烈의 문인이다. 1657년 진사가 되고, 1664년 춘당대문과에 급제하여 검열에 초임, 이듬해 봉교, 1667년 정언, 1668년 교리·이조좌랑 등을 역임하고, 1673년 응교로 재직 중 魯山君의 묘소에 時祭하고 皇甫仁·金宗瑞 등의 신원을 상소하였다. 사관으로 있을 때 강화도에 간직한 列聖實錄을 보수할 것을 청한 사건으로 우의정 許積의 비위를 거슬러 구성에 귀양갔다. 뒤에 석방되어 돌아와 노산군의 무덤에 守卒을 두고 四時와 기일에 제수를 보내기를 청하여 허락을 받았으며, 다시 노산군 부인의 무덤에 수졸을 두고 제사물을 하사하기를 청하여 시행하게 하였다. 1675년 형조참의로 있다가 송시열이 쫓겨나고 남인이 득세하자 사직하였으며, 다시 개성유수가 되어 鄭忠信 등에게 시호를 주고 그들의 자손을 벼슬에 등용할 것을 청하였다. 예조참판이 되어 사신으로 청나라에 다녀와 이조참판이 되었다가 1689년 대간의 탄핵을 받고 機張에 귀양을 가 배소에서 죽었다.
249) 加請(가청):외재집에는 '請加'로 되어 있음. 이선이 贈諡를 청한 사실은 ≪肅宗實錄≫ 1681년 5월 21일조 3번째 기사에 실려 있다.
250) 覆啓(복계):임금에게 復命하여 아뢰던 일.
251) 榻前(탑전):왕의 자리 앞.
252) 壬戌(임술):肅宗 8년인 1682년.
253) 成命(성명):이미 내린 명령.
254) 國典(국전):나라의 法典.
255) 始贈諡(시증시):외재집에는 '始許贈諡'로 되어 있음.
256) 表著(표저):뚜렷이 드러남.
257) 五衛都摠府(오위도총부):외재집에는 '都摠府'로 되어 있음.
258) 三朝(삼조):세 조정. 인조, 효종, 숙종의 조정을 일컫는다.

吁! 其至矣。

縣令259)君銑撫公事述家狀, 以端夏有通家260)之分, 且忝秉筆之任261), 請爲謚狀, 端夏辭不獲已, 就其家狀, 畧加增損而副之262)。 旋遭顚沛263)下鄕, 縣令264)君又以今年加贈事請添載, 不敢更有所辭, 謹此追錄265), 敬告于有司。

正憲大夫266)知敦寧府事兼知春秋館事弘文館提學李端夏謹狀267)

---

259) 縣令(현령) : 외재집에는 '正郎'으로 되어 있음.

260) 通家(통가) : 대대로 서로 친하게 사귀어 오는 집안.

261) 秉筆之任(병필지임) : 외재집에는 '修史之職'으로 되어 있음. ≪현종개수실록≫이 1680년에 편찬되어 3년 만인 1683년에 완성되었는데, 이때 이단하가 實錄改修廳의 都廳堂上이었음을 가리킨다.

262) 就其家狀 畧加增損而副之(취기가장 약가증손이부지) : 외재집에는 '勉爲之副'로 되어 있음.

263) 遭顚沛(조전패) : 곤경에 처함.(狼狽) ≪논어≫<里人>의 "군자는 밥 먹는 순간에도 인을 어기지 않으니, 황급할 때에도 반드시 인을 지키고, 곤경에 처하여서도 반드시 인을 지킨다.(君子無終食之間違仁, 造次必於是, 顚沛必於是.)"에서 나온다. 이단하의 연보에 의하면, 1687년 北使가 나왔을 때 譯官의 論賞 문제로 체직되자 귀향하였던 것으로 되어 있다.

264) 縣令(현령) : 외재집에는 '正郎'

265) 追錄(추록) : 추가하여 써넣음. 또는 그런 기록.

266) 正憲大夫(정헌대부) : 정2품 上 문무관의 품계.

267) '正憲大夫 ~ 謹狀'이 찬술자 본인의 문집인 외재집에는 생략됨.

증 이조판서 봉상시정 충목 이시직 신도비명 병서
贈吏曹判書奉常寺正忠穆李公神道碑銘幷序

　　병자년(1636) 강화도의 병난(兵難)에서 분조(分朝)의 대신부터 그 이하 절개를 지키다 죽은 것이 가장 명백히 드러난 자는 겨우 네 사람이었는데, 그 중 한 사람이 장령(掌令) 이공(李公)이 바로 그 사람이다. 난리가 평정되자, 임금이 유사(有司 : 담당자)에게 명하여 정문(旌門)을 세우게 하였고, 강화도 사람들은 또 바로 그 땅에다 사당을 세워 전(前) 대신(大臣) 이하 몇 분을 함께 제사지내고 '충렬(忠烈)'이라 편액을 내걸었다. 이에 나라가 충신을 대우하고 선비들의 의론이 절의를 숭상하고 강상을 붙들어 세우는 것이 거의 갖추어졌다.

　　애초에 변방의 소식이 갑자기 전해지자, 임금은 강화도로 거둥하기로 정했지만 급보가 날이 갈수록 다급해지니 허둥지둥 계획을 바꾸어 남한산성으로 들어갔고, 뭇 신하들은 대부분 미처 따르지 못했다. 공은 길이 꼬불꼬불하고 동떨어진 곳에 살았으나 밤새도록 뒤쫓아 가다가 도성 안에서 피난 나온 사람을 만나 임금이 강화도로 거둥할 것이라는 말을 들었다. 이에 도중에서 기다리기로 하고 노량진에 이르렀을 때 또 임금이 거둥하지 못했다는 말을 듣고서 죽음을 무릅쓰고 다시 나아가다가 적을 만나자 되돌아 달아났다.

　　마침 처자식들이 길 위에 기듯이 가는 것을 보았는데, 공의 맏아들이

옷자락을 붙잡고 울면서 말하기를, "일이 이 지경까지 되었으니 잠시만 남쪽 고을로 돌아가셨다가, 의병을 일으키고 그 후에 충성 바치기를 도모하셔도 늦지 않을 것입니다." 하였다. 공은 아랑곳하지 않고 다시 남한산성 가는 길을 찾았으나 길이 막혀 들어갈 수가 없게 되자 어찌할 바를 몰라 갈팡질팡하며 통곡하였다. 마침내 수원으로 가서 한두 동지와 함께 호남과 호서 지방에 격문을 내어 의기 있는 선비들을 고무하였고, 계속하여 조익(趙翼) 등과 만나서 남양 부사(南陽府使) 윤계(尹棨)와 합세하여 의병 모으기를 도모했는데, 일이 이루어지기도 전에 윤계가 적에게 죽임을 당하고 군사들은 궤멸되었다. 여러 사람들이 어디로 가야할지 논의하니, 공이 말하기를, "반드시 강화도로 들어가고자 하는 것은 바로 내가 죽을 곳이기 때문이다." 하였다.

이미 강화도에 이르러서는, 강화도의 일을 책임진 자들이 모두 해야 할 일을 하지 않자, 공이 탄식하며 말하기를, "사람의 계책이 좋지 못하여 비록 천혜의 요새가 있다한들 장차 어디에 의지해야 하는가? 오직 한번 죽는 것밖에 없겠다." 하고는, 전례(前例)에 따라 녹봉으로 받는 쌀을 청하지 않으니, 시종하는 사람들이 품을 팔아 급양(給養)하였다. 오랑캐가 강을 건너오자, 검찰사 김경징과 이민구, 유수 장신 등은 다투어 배를 타고 도망하였으며, 우리 맏형 선원(仙源 : 김상용) 선생은 일이 잘못되었음을 아시고서 성의 문루(門樓)에 올라가 불 속에 뛰어들어 죽었다.

오랑캐가 마침내 성에 들어오자, 공은 태복시(太僕寺) 주부(主簿) 송시영(宋時榮)에게 말하기를, "우리들이 고인(古人)의 책을 읽었거늘 오늘 이 지경까지 이르렀는데도 어찌 구차하게 살 수 있겠는가?" 하였다. 오랑캐가 군사로써 사방을 둘러싸고 순순히 따르는 자는 죽음을 면하게 해주니, 사람들이 모두 몰려들었다. 공이 웃으며 말하기를, "오랑캐를 따르고 살기를 구하다니 어찌 마음에 부끄럽지도 않단 말인가?" 하고, 글을 써서는 두 하인에게 부탁하면서 돌아가 맏아들에게 주라고 하였는데, 그 뒷일에 대해 말함이 매우 상세하였다. 또 한 편의 사(詞)를 붙였는데, 대략 이르기를, "종묘사직이 멸망하고, 만백성은 어육(魚肉)이 되었구나. 의리상 구차히 살지 않아야 할지니, 기꺼운 마음으로 자결하리로다. 목숨을 버리고 의리를 떨치니, 우러러보고 굽어보아도 부끄러울 것 없도다.(宗社淪亡, 萬姓魚肉. 義不苟活, 甘心自決. 殺身成仁, 俯仰無怍.)" 하였는데, 말과 얼굴빛이 태연하여 평소와 같았다. 송군(宋君 : 송시영)이 먼저 자결하니, 공이 끌어안고 대성통곡하다가 몸소 초빈(草殯)을 맡아서는 두 구덩이를 파서 그 중 한 곳을 비워두고 노복(奴僕)에게 명하기를, '여기에 나를 묻어라.' 하였고, 옷을 벗어서는 관인(館人 : 객관 주인)에게 주며 말하기를, "이것으로 염(斂)하여, 뒷날 내 아들로 하여금 나의 시신을 거두어 장사지낼 수 있게 하라." 하였다.

이보다 앞서 항시 활시위를 옷소매 속에 지니고 다녔는데, 이것으로 스스로 목을 매려고 하자, 노복이 울면서 말리니 공이 뿌리치며 말하기를, "오늘 죽는 것은 영광이다." 하였다. 관인(館人)은 공의 의기에 감동하여서 수의(壽衣)을 갖추고 공이 명한 대로 시신을 염하여 안치하였다. 이때가 정축년(1637) 정월 25일이었고, 공의 춘추 66세였다. 오랑캐가 물러간 뒤에 공의 아들들이 영구(靈柩)를 받들고 회덕현(懷德縣)으로 돌아와 임시로 매장하였다가 다음해인 무인년(1638) 10월 병진일(27)에 문의현(文義縣) 형강(荊江)의 동북쪽 간방(艮方)을 등진 터에 장사지냈다.

공의 생전 이름은 시직(時稷), 자는 성유(聖兪), 자호는 죽창(竹窓), 본관은 연안(延安)이다. 당(唐)나라 고종(高宗) 때의 중랑장(中郎將) 이무(李茂)가 소정방(蘇定邦)을 따라 백제를 평정하러 왔다가 그대로 남아 신라에서 벼슬하고 연안(延安)을 관향으로 하사받았는데, 자손이 번성하여 대대로 벼슬하였다. 본조(本朝 : 조선)에 들어와서는 저헌(樗軒) 이석형(李石亨) 선생이 연이어 세 번이나 과거에 장원하여 명성을 당대에 떨쳐 관직이 연성부원군(延城府院

君)에 이르렀다. 그 아들 이혼(李渾)은 장령(掌令)으로 이조판서에 추증되었고, 그 아들 이수장(李壽長)은 대호군(大護軍)으로 병조판서에 추증되었고, 그 아들 이기(李巙)는 양주(楊州) 목사로 좌찬성에 추증되었고, 그 아들 이정현(李廷顯)은 통정대부 군수(郡守)로 막내 숙부인 사헌부감찰 이의(李嶬)에게 대를 잇기 위해 양자로 갔는데, 이것이 대대로 내려온 공의 가계(家系)이다. 아버지의 생전 이름은 이빈(李賓)으로 사마시에 급제하여 청암도 찰방(靑巖道察訪)에 천거되었으나 벼슬을 버리고 집에서 일생을 마쳤다. 목사(牧使) 이응기(李應麒)의 딸에게 장가들어 융경(隆慶) 임신년(1572) 8월 18일에 공을 낳았다.

공은 어려서부터 또래보다 뛰어나게 총명하였다. 열 살 때에는 할아버지를 따라가 강동현(江東縣) 부임지에 있었는데, 이때 조호익(曺好益)이 그곳에 귀양 와 있지만 참된 스승[師道]임을 듣고 찾아가서 배우니, 한 번 보고는 크게 기특하게 여겨서 사람들에게 자주 칭찬하여 말하기를, "이 후생은 두렵게 여길 만하다." 하였다. 학업에 힘쓰다가 나중에는 사계(沙溪) 김장생(金長生) 선생을 좇아 함께 지내며 배웠는데, 선생 또한 공을 마음으로 인정하였다.

무술년(1598)에는 어머니의 상을 당하여 상(喪)을 잘 치른 것으로 알려졌다. 병오년(1606)에는 사마시에 급제하였다. 계축년(1613)에는 아버지의 상을 당하였는데, <집안에 마마를 앓는 사람이 있으면 제사지내고 곡하는 것을> 세속에서 꺼린다는 이유로 부친의 상례(喪禮)를 폐하지 않으니 듣는 사람들이 더욱 칭찬하였다. 광해군 말기에는 세상의 도가 날이 갈수록 잘못되는 것을 보고서 과거에 응시하지 않고 호서(湖西)의 고향으로 돌아와 지냈는데, 몇 칸 집을 지어 도서(圖書)들로 둘러싸놓고 한가로이 스스로 즐기면서도 당시의 사람들과는 교유하지 않았으니, 왕래하는 이들은 친척 몇 사람뿐이었다. 향리에 이끗만을 붙좇는 자가 있어 권간(權奸 : 권세를 지닌 간신)을 위하여 설복시키려 들면서 이익을 따지며 더불어 생사를 함께 하기를 원하자, 공이 웃으면서 사양하고 말하기를, "사는 것은 즐거운 것이지만, 죽는 것은 싫은 것이다." 하니, 그 사람이 부끄러워하면서 물러갔다.

10년 뒤 계해년(1623) 초에는 사축서 별제(司蓄署別提)에 천거되었다. 이괄(李适)이 반란을 일으키자 공주(公州)로 왕을 호종하였다가 돌아와서는 종묘 직장(宗廟直長)으로 자리를 옮겼다. 문과에 급제하고 얼마 뒤에는 호종한 공로로써 6품으로 승진되어 성균관 전적(成均館典籍)에 제수되었다. 사헌부 감찰(司憲府監察), 병조 좌랑(兵曹佐郎)을 거쳐, 사간원 정언(司諫院正言)이 되어서는 동료들과 협의하여 소인배들이 기회를 엿보고 남을 모함하는 것을 논하면서 그들의 상소를 불태워버릴 것을 청하였다가 임금의 뜻을 거스르게 되어 벼슬자리를 내놓고 물러났다. 오랜 뒤에는 공조 좌랑(工曹佐郎)에 제수되었고 또 도로 병조로 돌아갔다가, 영남의 시험을 감독하러 나가서는 공정하게 함으로써 응시자들의 경박한 습속을 진정시켰다.

정묘호란 때(1627)에는 어가(御駕)를 호종하여 강화도로 갔다가 정언(正言)에 제수되었는데, 또 동료들과 함께 상소하여 화의(和議)를 힘써 배척하였으나 임금께서 살피지 않으셨으며, 전적(典籍)으로 교체 제수되었다. 대가가 환도한 뒤에는 병조 정랑으로 옮겨졌지만 벼슬을 버리고 귀향하였다. 얼마 있다가 여산 군수(礪山郡守)에 제수되어 폐단을 척결하고 토호들을 억눌러 내치니, 온 경내가 모두 기뻐하였다. 다음해(1628)에는 관직을 떠나니 백성들이 공을 기려 비석을 세웠고, 훗날 공의 상사(喪事)를 듣고는 다 같이 이고 지고 수 백리 밖에서 와 부의(賻儀)를 하였다.

이듬해(1629)에는 직강(直講)에 제수되고 사예(司藝)에 승진되었다가 다시 도로 정언(正言)이 되었다. 여러 차례 장령(掌令)과 필선(弼善)을 옮겨 다니는 사이에, 내자시(內資寺)·상의원(尚衣院)·장악원(掌樂院)·제용감(濟用監)·태복시(太僕寺)·태상시(太常寺) 등의 장을 지냈다. 태상시는 예로부터 간교한 서리들이 모여드는 곳이었는데, 공이 그들의 비리와 죄의 실상을 조사했다가 동료 서리들이 힘을 합쳐 무고하여 고적(考績 : 근무평가)에 걸리자 곧바로 벼슬을 그만두었으나, 이조(吏曹)에서 그 억울함을 알고 이를 아뢰어 본래대로 되돌렸다. 평생 스스로 자기의 명함(名啣) 한 장조차도 아껴서 요로(要路)에 발길이 닿은 적 없었기 때문에, 벼슬길이 늘 통하고 막히는 사이에 있었다.

공은 키가 크고 얼굴이 희며 수염이 아름다웠다. 마음은 너그럽고 곧으며 각박하게 남과의 구분을 두지 않아 겉과 속이 순수하고 한결같았다. 집에서는 능히 부모님의 마음에 맞추었다. 어머니는 병치레가 잦아서 모시기가 어려웠는데, 때때로 실신하거나 놀라기를 잘하여 곁에서 모시는 자들이 거스르지 않고 따를 수가 없었지만, 오직 공이 온화한 얼굴로 나아가기만 하면 기뻐하며 회복되었다. 이 때문에 항상 곁을 떠나지 못하고, 받들어 모시는데 힘을 다하였다. 일찍이 왜구를 피해 산골짜기로 들어갔었는데, 손수 판여(板輿)를 매고 천 리 험한 길을 갔으나 다른 사람이 대신하도록 허락하지 않았다. 다른 행실에 이르러서도 옛사람이 어렵게 여기는 것은 공도 모두 지니고 있었다. 어머니가 돌아가신 뒤에는 어머니의 형제들을 마치 어머니 살아계실 때처럼 섬겼다. 한 여종이 시중을 잘 들어 어머니가 항상 그 노고를 생각하였는지라, 나중에 분가할 때 형제의 집에 있게 되자 자신의 여종과 바꾸어서 생을 마칠 때까지 은혜롭게 보살펴 주었다. 누이가 죽었는데 후사가 없자, 자신의 재산을 나누어 사후의 제사를 지낼 수 있도록 처리하였다. 서제(庶弟)가 빈곤하여 의지할 곳이 없자 의지할 곳을 잃지 않게 해주었다. 이러하니 사람들은 효심을 미루어 이런 일들을 행한 것이라 하였다. 고모가 아들이 없어 죽은 뒤의 일 때문에 공에게 의탁하려 하자, 굳이 사양하고 그 종족 중에 후사가 되기 마땅한 자를 구하여 그로 하여금 일을 주관하게 하고는 고모의 재산은 모두 되돌려주었다.

일생을 통해 관직에 있으면서 실오라기만큼도 자신을 더럽히지 않았다. 평소에 산수(山水)를 좋아하여 아름다운 경치가 있다는 말을 들으면 벗을 불러 짝을 하거나 혼자서라도 가기를 지칠 줄 몰랐는데, 마음에 맞는 곳을 만나면 즐거워하며 돌아올 줄 몰랐다. 술을 즐기지 않아 조금만 마셔도 번번이 취하였고, 취할 때마다 목청을 높여 노래하거나 낭랑히 읊거나 하였는데 음성과 곡조가 맑고 빼어나서 듣는 이들이 좋아할 만하였다. 사람을 대할 때는 귀천이 따로 없이 한결같이 정성과 신뢰로 대하였고, 착하지 못한 자를 만나면 엄히 할뿐 미워하지는 않았으니, 이 때문에 사람들이 모두 흠모하였다. 세상을 떠난 뒤에는 향리 사람들 또한 사당을 세우고 태복시(太僕寺) 주부(主簿) 송시영(宋時榮)과 함께 제향하였다.

주상(主上 : 인조를 지칭) 기축년(1649) 겨울에는 경연(經筵)의 신하들이 합동으로 상소하여 아뢰면서 이시직 등과 같은 사람들에게 포상과 증직의 은전(恩典)을 베풀어야 한다고 하자, 공에게 통정대부 승정원 도승지 겸 경연참찬관 춘추관 수찬관 예문관 직제학 상서원 정(通政大夫承政院都承旨兼經筵參贊官春秋館修撰官藝文館直提學尙瑞院正)을 추증하여 은혜가 저승에까지 미치게 하였는데, 인심이 비로소 흡족하게 기뻐하였다.

부인 용인 이씨(龍仁李氏)는 지어미로서의 덕과 어머니로서의 도리가 모두 모범이 될 만하였다. 공이 세상을 떠나자 예제(禮制)를 넘도록 지나치게 슬퍼하다가 무인년(1638) 4월 5일 죽었으니, 향년 62세였고 숙부인(淑夫人)에 추봉(追封)되었다. 세 아들을 두었는데, 장남 이경(李憬)은 연원도 찰방(連原道察訪)을 지냈으며, 학생(學生) 송전(宋銓)의 딸과 처음 혼인하였고, 봉사(奉事) 송갑조(宋甲祚)의 딸에게 재취하였으나 모두 자식이 없어서, 종인(宗人 : 먼 일가)인 교리(校理) 이천기(李天基)의 아들로 후사를 삼았다. 차남 이

엄(李㤿)은 일찍이 사마시에 급제하여 뛰어난 재주가 있었으나 불행히 공보다 먼저 죽었고, 사인(士人) 성하정(成夏挺)의 딸과 혼인하였지만 자식이 없었다. 삼남 이후(李㦞)는 군수(郡守) 김근(金瑾)의 딸과 혼인하여 아들 하나를 두었는데 이름은 □이다. 측실에서 1남 2녀를 두었는데, 아들은 장령(掌令) 이지(李池)의 딸과 혼인하여 아들 하나를 두었지만 어리다.

다음과 같이 명(銘)한다.

선비들의 온갖 행실엔	士列百行
충과 효가 으뜸일진대,	忠與孝臨
공은 모두 겸하였으니	公兼有之
백대토록 우러를러라.	百代仰瞻
밝기가 해와 별 같고	皎爲日星
맵기가 가을서리 같으니,	烈爲秋霜
공의 명성과 절개는	公名公節
천지와 영원하리로다.	盖壤久長

무인년(1638)에는 정려를 세우고, 병인년(1686)에는 우참찬(右參贊)으로 관직을 추증하고 시호를 충목공(忠穆公)이라 하였으며, 용인(龍仁) 모현촌(慕賢村)으로 이장하였다.

청음 김상헌 선생이 지음.

유서를 덧붙이다(附遺書)

정축년(1637) 정월 25일 자결할 즈음 편지를 써서 두 동복(僮僕)과 관인(官人)에게 나누어 주며 말하기를, "너희들은 반드시 모두 죽어야 할 필요는 없다. 이 영결하는 편지를 내 아이들에게 전해다오."라고 하였다.

나랏일이 망극하여 강화도마저 또 함락되었다. 오늘 오랑캐가 이미 대궐을 점거하였으니, 내일이면 반드시 헤아릴 수도 없는 치욕을 당할 것이다. 오늘 저녁에 무선(茂先 : 송시영의 자)과 함께 자결하려는 것은 이치상 당연한 일이어서 마음이 편안하고 태연하다. 너희들이 만약 지나치게 슬퍼하여 몸을 해치면 효가 아니니, 내가 죽어서도 어찌 편안히 눈을 감을 수 있겠느냐. 다만 선친의 묘갈(墓碣)을 아직 세우지 못하였으니, 난리가 평정된 후에는 너희들이 모쪼록 세우면 매우 다행이겠다. 형님을 뵙지 못한 지가 10년이거늘 지금 영원히 이별하려니 한스러움이 어떻겠느냐. 명보(明甫 : 송준길의 자)를 볼 수 없으니, 이 뜻을 말해주어라. 두 서모를 항상 잊지 못하였거늘 돌봐드리지 못하고 이 지경에 이르렀으니 또 한스럽다. 나머지는 이만 줄인다.

贈吏曹判書奉常寺正忠穆李公神道碑銘幷序[1]

丙子江都之難, 自分朝大臣以下, 殉節最所明白表著者厪四人, 而其一掌令李公是也[2]。事定[3], 上命有司旌[4]其門, 江都之人, 又卽其地建祠, 並祀前大臣以下數公者, 揭之曰'忠烈'。於是焉[5], 國家之所以待忠臣, 士論之尙節義扶綱常者, 庶幾備矣。

初邊報遽至[6], 上定幸江都, 羽報日急, 倉卒變計入南漢城, 羣臣多不及從。公居迂[7]遠, 竟夜[8]追赴, 遇有自城中來者, 聞上移蹕江都, 要候[9]中路, 到露梁, 又聞上不果移, 冒死更進, 遇賊反走。

適見妻子匍匐[10]道上, 公長子[11]挽衣泣曰:"事至此, 暫歸南鄉, 起義旅圖後效, 未晚也。"公不[12]顧, 再尋山城路, 路塞不得入, 彷徨痛哭。遂向水原, 與一二同志[13], 檄兩湖[14]以鼓義士, 仍會趙公翼[15]等[16], 合南陽守尹棨, 謀聚義旅[17], 事未

---

1) 金尙憲의 《淸陰先生集》 권31에 <司憲府掌令李公墓碣銘 幷序>로 수록되어 있음. 청음선생집에 실린 글을 지칭할 때는 '청음선생집'이라 일컫는다.
2) 李公是也(이공시야): 청음선생집에는 '李公也'로 되어 있음.
3) 事定(사정): 청음선생집에는 '事旣定'으로 되어 있음.
4) 旌(정): 청음선생집에는 '旌'으로 되어 있음.
5) 於是焉(어시언): 청음선생집에는 '於是'로 되어 있음.
6) 邊報遽至(변보거지): 청음선생집에는 '邊報至'로 되어 있음.
7) 迂(우): 청음선생집에는 '迴'로 되어 있음.
8) 竟夜(경야): 밤을 새움.(達夜)
9) 要候(요후): 도중에서 기다림.
10) 匍匐(포복): 청음선생집에는 '扶服'으로 되어 있음.
11) 長子(장자): 李憬을 가리킴. 본관은 延安, 자는 士悟. 관직은 監役을 지냈다.
12) 不(불): 청음선생집에는 '弗'로 되어 있음.

集, 衆死賊, 軍潰。衆議[18]所徙, 公曰："必欲以江都爲歸者, 是吾死所也。"

旣至, 主事者俱不事事, 公歎曰："人謀不臧, 雖有天塹[19], 將安恃也? 惟有一死耳。" 不隨例請廩[20], 從者行傭[21]以給。及賊渡江, 檢察使慶徵・敏求, 留守紳, 爭船遁去, 吾家伯氏[22]仙源先生知事去[23], 登譙門自焚。

賊遂入城, 公謂太僕[24]主簿宋時榮曰："吾輩讀古人書, 今日到此, 尙可苟生乎?" 賊環兵四圍, 聽順[25]者免死, 人皆趨之。公笑曰："從賊求生, 獨不心愧乎?"

---

13) 一二同志(일이동지) : 宋浚吉의 ≪同春堂先生文集≫ 권20 <通訓大夫奉常寺正竹窓李公行狀代作>에 의하면, 沈之源・李一相・李聖淵임.

14) 兩湖(양호) : 湖南과 湖西를 통틀어 이르는 말.

15) 翼(익) : 趙翼(1579~1655). 본관은 豐壤, 자는 飛卿, 호는 浦渚・存齋. 1602년 별시문과에 급제, 승문원정자에 임명되었다. 이후 삼사의 관직을 두루 지내던 중, 1611년 金宏弼・趙光祖・李彦迪・鄭汝昌 등을 문묘에 배향할 것을 주장하다가 고산도찰방으로 좌천되고, 이어 웅천현감을 역임하였다. 1624년 李适의 난을 겪은 뒤 의정부 검상・숨人에 임명되고, 이어 응교・직제학 등을 거쳐 동부승지에 올랐다. 한성부우윤・개성부유수・대사간・이조참판・대사성・예조판서・대사헌・공조판서・한성부판윤 등을 두루 역임하면서 李元翼을 도와 大同法을 확대하고 관리하는 일에도 적극 참여하였다. 1636년 예조판서로 있을 때 병자호란을 당하자 종묘를 강화도로 옮기고 뒤이어 인조를 호종하려다가, 아들 趙進陽에게 강화로 모시게 했던 80세의 아버지가 도중에 실종되어 아버지를 찾느라고 남한산성으로 인조를 호종할 기회를 놓치고 말았다. 그리하여 호란이 끝난 뒤 그 죄가 거론되어 관직을 삭탈당하고 유배되었지만, 그 까닭이 효성을 다하고자 한 데 있었고, 또 아버지를 무사히 강화로 도피시킨 뒤 尹棨・沈之源 등과 함께 경기 지역의 패잔병들을 모아 남한산성을 포위하고 있는 적을 공격하며 입성하고자 노력한 사실이 참작되어 그 해 12월에 석방되었다. 그리고 3년 뒤에는 元孫輔養官으로 조정에 들라는 하명을 받았으나, 늙은 아버지를 봉양해야 한다는 이유로 거절하였다. 뒤이어 예조판서・이조판서・대사헌의 직이 내려졌지만, 모두 사양하다가 아버지가 죽고 상복을 벗게 되자 1648년 좌참찬이 되어 다시 조정에 나갔다. 이후 1655년 3월 中樞府領事로 죽기까지 우의정・좌의정과 중추부 판사・영사의 자리를 거듭 역임하였다.

16) 等(등) : 宋浚吉의 ≪同春堂先生文集≫ 권20 <通訓大夫奉常寺正竹窓李公行狀代作>에 의하면, 尹鳴殷임.

17) 旅(려) : 청음선생집에는 '師'로 되어 있음.

18) 衆議(중의) : 청음선생집에는 '議'로 되어 있음.

19) 天塹(천참) : 천연으로 이루어진 요새지.

20) 廩(름) : 廩料. 벼슬아치들에게 주던 봉급. '請廩'은 돈이나 미곡을 지급하여 援護하기를 청하는 것을 말한다.

21) 行傭(행용) : 품팔이를 함. 삯일을 함.

22) 伯氏(백씨) : 청음선생집에는 '伯袞'으로 되어 있음.

23) 事去(사거) : 일이 잘못됨.

24) 太僕(태복) : 太僕寺. 궁중의 수레와 말을 관리하는 일을 맡아보던 관아.

作書屬兩僕人，歸付長子，其言後事甚詳。且寄一詞[26]，畧曰：“宗社淪亡[27]，萬姓魚肉[28]。義不苟活，甘心自決。殺身成仁，俯仰無怍[29].” 辭氣從容若平生。宋君先決，公抱持大哭，自臨爲殯[30]，鑿兩坎而虛其一，命僕人殯我於是，解衣授館人[31]：“以此爲斂，他日使吾兒得以收葬.”

先是常以弧絃置褒中[32]，用以雉經[33]，僕人泣止之，公揮去曰：“今日之死榮也.” 館人感公之義，備物殯斂[34]如命。是丁丑[35]正月二十五日也，春秋六十有六。賊退，諸孤[36]奉轜，歸懷德[37]權厝[38]，至明年戊寅[39]十月丙辰，葬[40]文義縣[41]荊江之東負艮[42]之原。

---

25) 聽順(청순) : 남의 말을 듣고 따름.
26) 宋浚吉의 ≪同春堂先生文集≫ 권20 <通訓大夫奉常寺正竹窓李公行狀代作>에 전편이 실려 있음.
27) 淪亡(윤망) : 멸망.
28) 魚肉(어육) : 물고기와 짐승의 고기, 비린내 나는 음식의 범칭으로, 억압당하거나 짓밟힘, 유린하거나 살육함을 비유하는 말.
29) 俯仰無怍(부앙무작) : ≪맹자≫<盡心章句 上>의 “위로는 하늘에 부끄럽지 않으며, 아래로는 인간에 부끄럽지 않은 것이 두 번째 즐거움이요(仰不愧於天, 俯不怍於人, 二樂也.)”에서 나온 말.
30) 爲殯(위빈) : 草殯함.
31) 館人(관인) : 客館을 지키고 손님 접대를 하는 사람.
32) 置褒中(치포중) : 청음선생집에는 '實褒中'으로 되어 있음.
33) 雉經(치경) : 스스로 목을 매 죽음. ≪예기≫<檀弓 上>에 “(신생이 사람을 시켜 사부인 호돌에게 가서 고하기를) '백씨(호돌을 일컬음)께서 나와서 우리 군주를 위해 국정을 도모하신다면 저 신생은 은혜를 입고 죽겠습니다.' 하고 두 번 절하고 머리를 조아리는 예를 행하고 나서 죽었다.(伯氏苟出而圖吾君, 申生受賜而死, 再拜稽首乃卒.)” 하였다. 漢나라 鄭玄의 注에 “호돌에게 고하고 나서 곧 목매달아 죽었다.(旣告狐突, 乃雉經.)” 하였는데, 孔穎達의 疏에 “치는 쇠고삐이다. 신생이 쇠고삐로 스스로 목을 매 죽은 것이다.(雉, 牛鼻繩也. 申生以牛繩自經而死也.)” 하였다. 狐突은 춘추시대 晉나라의 대부로 申生의 사부이다. 申生은 춘추시대 晉나라 獻公의 태자로, 헌공이 驪姬의 아들 奚齊를 후계자로 삼고자하여 그를 曲沃으로 내쫓아 살게 하였는데, 뒤에 여희에게 참소를 당하여 스스로 목숨을 끊었다.
34) 殯斂(빈감) : 청음선생집에는 '斂殯'으로 되어 있음. '斂'과 '斂'은 서로 통한다. 殯은 입관하기 전에 시신을 안치하는 일이고, 斂은 수의를 입히는 일이다.
35) 丁丑(정축) : 仁祖 15년인 1637년.
36) 諸孤(제고) : 아비를 잃은 자식.
37) 懷德(회덕) : 충청남도 대덕군에 위치한 지명.
38) 權厝(권조) : 임시로 장사를 지냄.
39) 戊寅(무인) : 仁祖 16년인 1638년.
40) 葬(장) : 청음선생집에는 '卜葬'으로 되어 있음.

公諱時稷, 字聖兪, 自號竹窓, 延安人。唐高宗時中郎將茂[43], 從蘇定邦平百濟, 留仕新羅, 賜籍延安, 子孫蕃衍, 世襲圭組[44]。入本朝, 樗軒先生諱石亨[45], 連捷 三魁, 名振一時, 官至延城府院君。傳子渾[46]掌令, 贈吏曹判書, 傳子壽長大護軍, 贈兵曹判書, 傳子嶸[47]楊州牧使, 贈左贊成, 傳子廷顯通政郡守, 出後[48]季父[49]諱 嶬司憲府監察, 是公之家世也。考諱殯[50], 中司馬, 薦爲靑巖道察訪, 棄官終于 家。娶牧使李公應猉[51]之女, 隆慶壬申[52]八月十八日生公。

---

41) 文義縣(문의현) : 충청북도 청원군 문의면 일대의 옛 행정 구역명.

42) 艮(간) : 동북쪽.

43) 茂(무) : 延安李氏의 시조 李茂.

44) 圭組(규조) : 圭는 瑞玉으로 爵位를 내릴 때 주며, 組는 圭를 묶는 끈이므로, 관작을 뜻하는 말.

45) 石亨(석형) : 李石亨(1415~1477). 본관은 延安, 자는 白玉, 호는 樗軒. 1441년 생원·진사 두 시험에 합격, 이어 식년 문과에 장원으로 급제해 사간원정언에 제수되었다. 이듬 해 집현전부교리에 임명되어 14년 동안 집현전학사로 재임하면서 집현전의 응교·直殿· 직제학을 두루 역임하였다. 집현전응교로 재임한 1447년 문과 중시에 합격했으며, 왕명 으로 津寬寺에서 賜暇讀書(문흥을 위해 유능한 젊은 관료들에게 독서에 전념하도록 휴가를 주던 제도)로 학문에 진력하였다. 그 뒤 첨지중추원사, 전라도관찰사, 예조참의, 판공 주목사, 한성부윤, 황해도관찰사, 대사헌, 경기관찰사가 되었다. 1462년 호조참판을 거쳐 판한성부사에 7년 동안 재임하였고, 1466년 팔도도체찰사를 겸하였다. 1468년 세조가 죽자 承襲使로 명나라에 다녀온 뒤 지중추부사가 되었다. 1470년 판중추부사에 오르고 지성균관사를 겸해 主文의 위치를 맡았다. 1471년에는 佐理功臣 4등에 책록되고, 延城府 院君에 봉해졌다.

46) 渾(혼) : 李渾. 본관은 延安, 자는 而灝. 李石亨의 아들이다. 1465년 사마시에 합격하여 진 사가 되었고, 1470년 별시문과에 급제하였다. 1472년 사간원정언에 임명되었으며, 병조 정랑이 되었다. 1483년 사헌부장령에 임명되었다.

47) 嶸(기) : 李嶸(1493~1547). 본관은 延安, 자는 士高, 호는 靜軒. 李石亨의 증손, 李渾의 손 자, 李壽長의 아들이다. 조광조의 문인이다. 1513년 진사가 되고, 1519년 식년문과에 급 제하여 승문원권지부정자가 되었다. 이어 승정원주서가 되었으나 기묘사화가 일어나자 이에 연루되어 柳仁淑과 대죄하였는데, 검열·대교·봉교·정자 등을 거쳤다 하여 왕명 으로 사면되었다. 감찰을 지내고, 1521년 기사관을 거쳐 1527년 사헌부장령이 되었다. 성균사예를 거쳐 1528년 세자시강원필선·보덕이 되었고, 1529년 敬差官을 거쳐 사간이 되었다. 1540년 사옹원정을 거쳐 1544년 군자감정이 되었으나 교만하다 하여 체임되었 다. 1545년 인종이 즉위한 뒤 折衝大護軍을 거쳐 禮賓寺正이 되고, 1546년 이조참의로서 進獻使가 되어 명나라에 종이를 바치고 이듬해 돌아온 뒤 첨지중추부사가 되었다.

48) 出後(출후) : 出系. 양자로 들어가서 그 집의 대를 이음.

49) 季父(계부) : 아버지의 막내아우.

50) 殯(빈) : 청음선생집에는 '賓'으로 되어 있음.

51) 猉(기) : 청음선생집에는 '麒'로 되어 있음. 李應麒(1530~1588). 본관은 全州, 자는 廷瑞.

自幼聰敏邁倫。十歲, 從大父在江東53)任所, 曹公好益54), 謫居其地, 聞其師道55), 徃從焉, 一見大奇, 亟稱於人曰：“此後生可畏也.” 勉以學業, 後從沙溪56) 金先生遊57), 先生亦心許之。

世宗의 6대손, 桂陽君 李璔의 5대손, 아버지는 龍岡縣令 李文衡이다. 1549년 사마시를 거쳐, 1561년 식년문과에 급제하였다. 그 뒤 봉교, 호조·예조·공조의 좌랑을 거쳐 경상도사·종부시첨정·사옹원정·장악원정·통천군수·철원부사 등을 역임하였다. 1581년 평산부사 재임 중에 黃海道救荒御史 金應南으로부터 사무에 태만하다 하여 탄핵을 받기도 하였다. 장악원정을 거쳐 평산부사·공주목사·해주목사 등을 지냈다.

52) 隆慶壬申(융경임신) : 宣祖 5년인 1572년.

53) 江東(강동) : 江東縣. 지금 평안도 평양의 옛 지명.

54) 曹公好益(조공호익) : 청음선생집에는 ‘時曹公好益’으로 되어 있음. 曹好益(1545~1609)의 본관은 昌寧, 자는 士友, 호는 芝山. 1575년 경상도사 崔滉이 부임하여 軍籍을 정리할 때 그를 檢督에 임명, 閑丁 50명을 督納하게 하였다. 그러나 병을 핑계로 거절하자 土豪라고 上奏하여 다음해 평안도 江東縣에 유배되었다. 유배지에서 계속 학문에 정진, 많은 후진을 양성하여 관서 지방에 학풍을 진작시켰다. 1592년 임진왜란 때 柳成龍의 청으로 풀려나와 金吾郞에 특별 임명되어 행재소가 있는 中和로 달려갔다. 그 뒤 召募官이 되어 군민을 규합, 중화·상원 등지에서 전공을 세워 鹿皮를 하사받았다. 이어 형조정랑·折衝將軍에 승진되고, 1593년 평양싸움에 참가하는 등 전공을 세웠다. 그 뒤 대구부사·성주목사·안주목사·성천부사 등을 역임하고, 1597년 정주목사가 되었으나 병으로 사직하였다. 1604년 선산부사, 1606년 남원부사에 임명되었으나 병으로 나가지 못하였다.

55) 其師道(기사도) : 청음선생집에는 ‘其有師道’로 되어 있음.

56) 沙溪(사계) : 金長生(1548~1631)의 호. 본관은 光山, 자는 希元. 아버지는 대사헌 金繼輝이며, 아들은 金集이다. 宋翼弼과 李珥의 문하에 들어갔다. 1578년에 學行으로 천거되어 昌陵參奉이 되고, 1581년 宗系辨誣의 일로 아버지를 따라 명나라에 다녀왔다. 임진왜란 때 호조정랑이 된 뒤, 명나라 군사의 군량조달에 공이 커 宗親府典簿로 승진하고, 1597년 봄에 호남지방에서 군량을 모으라는 명을 받고 이를 행함으로써 군자감첨정이 되었다가 곧 안성군수가 되었다. 그 뒤에 익산 군수 및 회양과 철원 부사를 역임하였다. 1613년 계축옥사 때 동생이 그에 관련됨으로써 연좌되었으나 무혐의로 풀려나자 관직을 버리고 연산에 은둔하였다. 그 뒤 인조반정이 일어나자 75세의 나이에 장령으로 조정에 나아갔고, 1624년 李适의 난으로 왕이 공주로 파천해오자 御駕를 맞이하였다. 난이 평정된 뒤 왕을 따라 서울로 와서 元子 輔導의 임무를 다시 맡고 상의원정으로 사업을 겸하고, 집의 직을 거친 뒤 낙향하려고 사직하면서 중요한 政事 13가지를 논하는 소를 올렸다. 그러나 좌의정 尹昉, 이조판서 李廷龜 등의 발의로 공조참의가 제수되어 원자의 강학을 겸하는 한편 왕의 시강과 경연에 초치되기도 하였다. 정묘호란 때 兩湖號召使로서 의병을 모아 공주로 온 세자를 호위하고, 곧 화의가 이루어지자 모은 군사를 해산하고 강화도의 行宮으로 가서 왕을 배알하고, 그해 다시 형조참판이 되었다. 그러나 한 달 만에 다시 사직하여 용양위부호군으로 낙향한 뒤 1630년에 가의대부로 올랐으나 조정에 나아가지 않고 줄곧 향리에 머물면서 학문과 교육에 전념하였다.

57) 遊(유) : 청음선생집에는 ‘游’로 되어 있음.

戊戌[58]丁憂[59], 以善喪聞。丙午[60]中司馬。癸丑[61]丁外憂, 不以俗忌廢禮[62], 聞者益稱之。光海末, 見世道日非, 不赴公車[63], 歸臥湖西故里, 結數椽, 環以圖書[64], 逍遙自適, 不與時人交, 所還徃戚屬[65]數三而已。鄉有趨羶[66]者, 爲權奸遊[67]說, 唉以利, 願與同死[68], 公笑謝曰:"生可樂而死可厭也。"其人慚沮[69]而退。

後十年癸亥[70]初[71], 薦司蓄別提[72]。李适叛, 扈從公州, 還轉宗廟直長。登文科[73], 尋以扈從勞, 叙陞六品, 授成均典籍。改司憲府監察, 兵曹佐郎, 司諫院正言, 愶諸僚[74], 論小人[75]之投機[76]傾軋[77]者, 請焚其疏, 忤旨辭遞。久之, 拜工曹佐郎, 又還兵曹, 出監嶺南試, 能以公道[78]鎭浮習。

丁卯虜警[79], 扈駕江都, 拜正言, 又與諸僚[80]叫閤[81], 力斥[82]和議, 不省, 遞授

---

58) 戊戌(무술):宣祖 31년인 1598년.
59) 丁憂(정우):청음선생집에는 '丁內憂'로 되어 있음. '丁憂'는 부모상을 당하다는 뜻이다.
60) 丙午(병오):宣祖 39년인 1606년.
61) 癸丑(계축):光海君 5년인 1613년.
62) 宋浚吉의 《同春堂先生文集》 권20 <通訓大夫奉常寺正竹窓李公行狀代作>에 의하면, "집안에 마마를 앓는 사람이 있으면 제사 지내고 哭하는 것을 금기하는 것이 일반의 풍속이었으나, 자식과 동생이 마마에 걸려 증세가 매우 위독한데도 한결같이 예제대로 행했다."고 함.
63) 公車(공거):과거에 응시함. 漢나라 때에 公家의 수레로 과거 응시자를 운송한 데서 유래하였다.
64) 圖書(도서):청음선생집에는 '圖書松竹'으로 되어 있음.
65) 屬(속):청음선생집에는 '故'로 되어 있음. '戚屬'은 親屬, 親戚 등의 의미이다.
66) 趨羶(추전):이익이나 권세를 좇는 것을 비유하는 말. 宋浚吉의 《同春堂先生文集》 권20 <通訓大夫奉常寺正竹窓李公行狀代作>에 의하면, 黃德符를 가리킴.
67) 遊(유):청음선생집에는 '游'로 되어 있음.
68) 死(사):청음선생집에는 '死生'으로 되어 있음.
69) 慚沮(참저):부끄러워 기가 꺾임.
70) 癸亥(계해):仁祖 1년인 1623년.
71) 初(초):청음선생집에는 '今上初'로 되어 있음.
72) 薦司蓄別提(천사축별제):청음선생집에는 '薦授司畜別提'로 되어 있음.
73) 文科(문과):청음선생집에는 '文科別試'로 되어 있음.
74) 僚(료):청음선생집에는 '僧'로 되어 있음.
75) 小人(소인):宋浚吉의 《同春堂先生文集》 권20 <通訓大夫奉常寺正竹窓李公行狀代作>에 의하면, 睦性善을 가리킴.
76) 投機(투기):기회를 틈타 큰 이익을 보려고 함.
77) 傾軋(경알):서로 간에 질투하여 꾀를 내 다른 사람을 모함에 빠트림.
78) 公道(공도):공정함.

典籍。駕還, 移兵曹正郎, 棄官歸鄉。尋授碼山郡守, 爬剔弊垢, 抑黜豪强[83], 一境胥悅。明年去官, 民思碑之, 後聞公喪, 相與[84]負戴[85], 會賻百舍[86]之外。

明年, 拜直講, 陞司藝, 復還正言。屢遷掌令·弼善, 歷內資·尙衣·掌樂·濟用·太僕·太常諸司長。太常故奸藪, 公覈其非罪[87], 同僚吏合誣, 中考績[88], 卽棄官, 銓部[89]知其枉, 白之還原。平生自愛其一剌[90], 未嘗有要路[91]跡, 故仕宦常在通塞[92]間[93]。

公爲人長身白晳[94], 美鬚髥。胸中坦直[95], 去町削畦[96], 表裡純一。在家能得

---

79) 虜警(노경) : 오랑캐의 事變. 사변은 한 나라가 상대국에 선전 포고도 없이 침입하는 일을 일컫는다. 곧 胡亂을 말한다.

80) 僚(료) : 청음선생집에는 '偹'로 되어 있음.

81) 叫閣(규합) : 대궐문에서 부르짖는다는 뜻으로, 조정에 올리는 상소를 이르는 말.

82) 斥(척) : 청음선생집에는 '排'로 되어 있음.

83) 豪强(호강) : 세력이 뛰어나게 셈.(土豪)

84) 相與(상여) : 다 같이. 함께.

85) 負戴(부대) : 짐을 지고 임. ≪맹자≫<梁惠王章句 上>에 "삼가 상서와 같은 교육기관에서 가르치되 효제의 의리로써 거듭한다면 반백의 노인들이 등에 짐을 지거나 머리에 이고 길거리를 다니지 않을 것입니다.(謹庠序之敎, 申之以孝悌之義, 頒白者不負戴於道路矣.)" 하였다.

86) 百舍(백사) : '舍'는 행군할 때 군대의 하루 行程 거리를 헤아리는 데 쓰는 말. 1사는 50리에 해당하며, 고대 중국에서 1사는 30리에 해당함. 百舍는 매우 먼 거리를 뜻하는 말이다.

87) 非罪(비죄) : 청음선생집에는 '其罪'로 되어 있음.

88) 考績(고적) : 관리의 근무 성적을 평가하여 결정하던 일.

89) 銓部(전부) : 吏曹. 육조 가운데 문관의 선임과 훈봉, 관원의 성적 考査, 褒貶에 관한 일을 맡아보던 관아.

90) 剌(자) : 명함. 옛날에는 종이가 없어 竹木에 성명을 새겨 이를 일컬어 '剌'라고 하였다.

91) 要路(요로) : 영향력이 있는 중요한 자리나 지위에 있는 사람.

92) 通塞(통색) : 통함과 막힘. 형편이 순조로운 경우와 뜻대로 되지 않는 경우.

93) 間(한) : 청음선생집에는 '間'으로 되어 있음.

94) 白晳(백석) : 피부 빛깔이 희고 맑음. ≪좌전≫<昭公26년>에 "(冉竪가 平子에게 고하기를) 군자를 만났는데 피부가 희고 맑으며 두발과 수염과 눈썹이 아름다우며 구변이 매우 좋았습니다.(有君子白晳, 鬢鬚眉, 甚口.)" 하였다.

95) 坦直(탄직) : 너그럽고 곧음. ≪논어≫<述而篇>의 "군자는 평탄하여 여유가 있고, 소인은 늘 걱정스러워 한다.(子曰 : '君子, 坦蕩蕩, 小人, 長戚戚.)"에서 나온다.

96) 去町削畦(거정삭휴) : '町畦'는 밭두둑 또는 이랑으로 구별이 분명하고 엄격함을 말함. 경계나 지경을 비유적으로 이르는 말이기도 하다.

父母心, 夫人[97]善病難養, 有時失驚, 傍側侍者莫能順適[98], 獨公和色以進, 則怡然如平。常是以[99]不離左右, 務盡承奉[100]。常[101]避寇入峽, 手扶板輿[102], 歷險千里[103], 不許人代。至他[104]行, 在古人以爲難者, 公皆有之矣。母夫人歿, 事母之兄弟如母[105]。有一婢服勤[106]甚至, 母夫人常念其勞, 後當析箸[107], 在兄弟家, 以己婢易之, 惠養[108]終其生。姊亡無嗣, 割産處後事業。庶弟[109]貧困無歸者, 使不失所。人謂孝推。姑氏無子, 欲以後事爲託, 固辭, 求其族子之宜爲後者俾主之, 而盡還其貲財[110]。

前後居官, 不以一絲[111]自浼。雅喜山水, 聞有佳境, 命儔携侶, 或獨徃不倦, 遇會心處, 樂而忘返。不好飮酒, 飮少輒醉, 醉輒高歌朗詠, 音調淸越, 聽者可悅。待人無貴賤一以誠信, 其遇不善, 嚴而不惡, 以是[112]人皆懷之。歿後, 鄕人亦立廟, 與宋太僕俱爼豆之[113]。

主上己丑[114]冬, 筵臣合辭陳啓, 以爲如李某等褒贈之典, 公通政大夫承政院都承旨兼經筵參贊官春秋館修撰官藝文館直提學尙瑞院正, 恩及泉壤[115], 人心始翕然悅服焉[116]。

---

97) 夫人(부인) : 청음선생집에는 '母夫人'으로 되어 있음.
98) 順適(순적) : 거스르지 않고 순종함.
99) 是以(시이) : 청음선생집에는 '以是'로 되어 있음.
100) 承奉(승봉) : 명을 받들어 행함.
101) 常(상) : 청음선생집에는 '嘗'으로 되어 있음.
102) 板輿(판여) : 노인의 보행을 대신하는 들것과 같은 부들방석을 깐 노인용 기구.
103) 千里(천리) : 청음선생집에는 '千餘里'로 되어 있음.
104) 他(타) : 청음선생집에는 '它'로 되어 있음.
105) 母(모) : 청음선생집에는 '母在'로 되어 있음. 문맥상 '母在'로 번역하였다.
106) 服勤(복근) : 시중드는 일에 잘함.
107) 析箸(석저) : 析箸. 젓가락을 나눈다는 뜻으로, 분가함을 이르는 말.
108) 惠養(혜양) : 은혜를 베풀어 기름.
109) 庶弟(서제) : 청음선생집에는 '庶弟之'로 되어 있음.
110) 貲財(자재) : 재물. '貲'는 '資'와 통한다.
111) 一絲(일사) : 한 오리의 실. 극히 작은 사물이나 정도를 가리키는 말이다.
112) 以是(이시) : 청음선생집에는 '以是所至'로 되어 있음.
113) 之(지) : 청음선생집에는 '焉'으로 되어 있음.
114) 己丑(기축) : 仁祖 27년인 1649년.
115) 泉壤(천양) : 저승.

配龍仁李氏[117]，婦德母儀[118]，皆可法式。公歿，毁戚踰制，戊寅四月初五日歿，得年六十二[119]，追封淑夫人[120]。生三丈夫子，曰憬，連原道察訪，初娶學生宋銓女[121]，再娶奉事宋甲祚[122]女，皆無子，取宗人校理李天基子爲後[123]。曰悰，早中司馬，有雋才[124]，不幸先公歿，娶士人成夏挺女，無後[125]。曰(悍)，娶郡守金瑾女，生一男，曰□[126]。側室有一男二女，娶掌令池女，生一男，幼[127]。

銘曰："士列百行，　忠與孝臨。公兼有之，　百[128]代仰瞻。皎爲日星，烈爲秋霜。公名公節[129]，盖壤[130]久長。"

(戊寅旌閭，丙寅[131]贈官右參贊，諡忠穆公，遷葬于龍仁慕賢村)

清陰金先生撰[132]

---

116) 主上己丑冬 ～ 始翕然悅服焉：청음선생집에는 이 부분이 없음.
117) 配龍仁李氏(배용인이씨)：청음선생집에는 '配淑人李氏，系出龍仁.'으로 되어 있음.
118) 母儀(모의)：어머니로서 갖추어야 할 도리.
119) 二(이)：청음선생집에는 '一'로 되어 있음.
120) 追封淑夫人(추봉숙부인)：청음선생집에는 이 부분이 없고 앞에서 '配淑人李氏'로 되어 있음.
121) 連原道察訪, 初娶學生宋銓女(연원도찰방, 초취학생송전녀)：청음선생집에는 '監役, 娶學生宋銓女, 無子.'로 되어 있음.
122) 宋甲祚(송갑조, 1574~1628)：본관은 恩津, 자는 元裕, 호는 睡翁. 송시열의 아버지이다.
123) 皆無子, 取宗人校理李天基子爲後(개무자, 취종인교리이천기자위후)：청음선생집에는 이 부분이 없음.
124) 雋才(준재)：출중한 재능과 지혜.
125) 曰悰, 早中司馬, 有雋才, 不幸先公歿, 娶士人成夏挺女, 無後：청음선생집에는 '曰悰, 娶士人成夏挺女, 早中司馬. 有雋才, 不幸先公歿, 無后.'로 되어 있음.
126) 曰□(왈□)：청음선생집에는 이 부분이 없음.
127) 側室有 ～ 幼：청음선생집에는 '側室一男一女, 皆幼'로 되어 있음.
128) 百(백)：청음선생집에는 '萬'으로 되어 있음.
129) 烈爲秋霜, 公名公節(열위추상, 공명공절)：청음선생집에는 '烈爲秋霜'과 '公名公節' 사이에 '陵有時谷, 海有時桑.' 두 구가 더 있음.
130) 盖壤(개양)：하늘과 땅.
131) 丙寅(병인)：肅宗 12년인 1686년.
132) 戊寅旌閭 ～ 淸陰金先生撰：청음선생집에는 이 부분이 생략됨.

附遺書

丁丑正月二十五日，臨決作書，與詞分授兩僮及官人曰："汝等未必盡死，傳此訣於吾兒，可也。"

國事罔極，江都又陷. 今日賊已據大闕，明日必有爲不測之辱。今夕與茂先[133]將自決，理勢當然，心事安泰。汝等若過哀傷生，非孝也，我死豈瞑目乎？但先人墓碣未立，事定後，汝等以某條[134]立之，幸甚。兄主不相見十年，今當永訣，爲恨如何？明甫[135]不相見，此意言之，兩庶母常常未忘，不得顧恤而至此，又恨也。餘不盡[136]。

---

133) 茂先(무선)：宋時榮의 字.
134) 某條(모조)：우리말 '모죠록'을 표기한 한자어.
135) 明甫(명보)：宋浚吉의 字.
136) 國事罔極 ～ 餘不盡：宋浚吉의 ≪同春堂先生文集≫ 권20, <通訓大夫奉常寺正竹窓李公行狀代作>에는 "…沈公之源使來曰：'從城北可出.' 請與公偕。府君答謂公：'年力富强，去爲後事地，或一道，老夫安往？與其順仆於路側，莫若靜坐以竢死.' 將命者反，則沈已去矣。乃與宋公約同日就決，作書倂與日記諸文字，分授兩僮僕及館人，謂之曰：'汝等未必皆死，傳此訣於吾兒足矣.' 其書曰：'國事罔極，江都又陷. 今日賊已據大闕，明間必有不測之辱。今夕，與茂先將自決，理勢當然，心事安泰。汝等若過哀傷生，則非孝也，我死豈瞑目乎？但先人墓碣未立，事定後，汝等某條立之，幸甚。兄主不相見十年，今當永訣，爲恨如何？明甫曾勸我棄官而歸，我亦有意，不早決以至於此，尙何言哉？' 明甫不得更見，此意言之，兩庶母常常未忘，不得顧卹而至此，此又恨也。餘不盡云云。…"이 있음.

증 승정원 도승지 세자시강원 필선 윤전 묘지명 병서
贈承政院都承旨世子侍講院弼善尹公墓誌銘幷序

병자년(1636)의 병화(兵禍)는 회오리바람처럼 빠르게 몰아쳐 국경에 들이닥친 지 며칠이 못 되어 한양에 미쳤다. 선왕(先王 : 인조)이 강화도로 들어가기로 의논을 정하고 종묘와 사직의 신주를 받들어 나가게 하면서 궁빈(宮嬪) 이하 모두 먼저 떠나도록 하였지만, 주상(主上) 및 세자와 백관들이 뒤이어 궁궐을 나와서 도성의 남문에 이르렀을 때 오랑캐의 선봉이 도성 밖에까지 도달했다는 보고가 들어오자 곧 대가를 돌려 남한산성으로 들어갔다. 이때 필선(弼善) 윤공(尹公 : 尹烇)은 세자의 명으로써 강화도에 먼저 들어갔고, 강화도가 함락되자 공은 굴하지 않고 죽었다.

공의 생전 이름은 전(烇), 자는 정숙(靜叔), 성은 윤씨(尹氏)로 그 선조는 파평(坡平) 사람이다. 시조 윤신달(尹莘達)은 고려 태조를 도와 벽상공신(壁上功臣)이 되었고, 그 후손들은 고위 관리나 덕이 뛰어난 인물들이 잇달아 지금까지도 끊이지 않고 있다. 문하시중(門下侍中) 윤관(尹瓘)은 북방을 개척한 공이 누구보다도 가장 큰 사실이 우리 역사에 실려 있다. 증조부 윤선지(尹先智)는 모관(某官)이요, 조부 윤돈(尹暾)도 모관(某官)이요, 아버지는 윤창세(尹昌世)이다.

어려서는 우계(牛溪) 성혼(成渾) 선생에게 수학하였는데, 선생은 공이 독실하게 믿고 배우기를 좋아하는 것을 칭찬하였다. 19세 때는 아버지의 상을 만나 몸이 상할 정도로 피눈물을 흘려 거의 실명할 지경에 이르러서 마침내 평생의 고질병이 되었다. 36세(1610) 때는 과거에 급제하여 승문원에 선발되었다. 관례(慣例)에 따라 옮겨 다니다가 저작(著作)에 이르렀을 때 폐모론(廢母論)이 일어났는데, 유생(儒生) 이위경(李偉卿) 등 19인이 당시의 논의에 빌붙어 흉악한 상소를 올리니, 공은 한림(翰林) 엄황(嚴惶) 등과 함께 그들에게 과거에 응시할 자격을 박탈하도록 논하자, 19인의 흉도(凶徒)들이 일제히 분노하고 규탄하여 관직을 박탈하게 하였다. 그 뒤로 다시 서용(敍用)되어 박사(博士)를 거쳐 전적(典籍)으로 승진하고 감찰(監察)과 호조좌랑(戶曹佐郞)으로 옮겼는데, 흉도들은 지난날의 앙심이 남아 또다시 분풀이하여 공을 벼슬아치의 명부에서 삭제해 버렸다. 공은 이에 인간세상과 뜻을 끊고 한양의 집을 팔아 향리로 물러나 돌아와서 곤궁함을 달게 여긴 것이 또 10년이었다.

계해반정(癸亥反正)이 일어나자, 공은 의당 뛰어난 인재들과 함께 조정에 먼저 나아갔고 곧 경기도사(京畿都事)에 제수되었다. 아마도 공이 항상 남의 옳고 그름을 논함에 조금도 사정을 보아주지 않으니, 공이 대각(臺閣)에 들어가는 것을 두려워하는 자들이 온힘을 다하여 내쳤던 것이라 하겠다. 그래서 공의 친구들이 대부분 벼슬에 나아가지 말라고 권하였지만, 공이 말하기를, "이 또한 과분한 것이며, 오직 직무를 감당하지 못할까 염려스러울 뿐이다." 하였다. 한참 뒤에 상소를 올려서 경기 도내의 백성들에게 끼치는 폐해들을 수백 언으로 진달하였다.

갑자년(1624) 이괄(李适)이 변란을 일으켰을 때는 도보로 행재소를 뒤따라가 그곳에서 공조 정랑(工曹正郞)에 제수되었다. 그 뒤 장악원 첨정(掌樂院僉正)이 되었다가 다시 지평(持平)에 임명되자 휴가를 내어 선영에 성묘를 하고는 이윽고 병으로 인하여 면직을 청했지만 이미 예조 정랑(禮曹正郞)에 제수되었다. 미처 조정에 돌아오지 못했던 정묘년(1627) 정월에는 오랑캐

가 갑자기 군대를 일으키고 쳐들어와서 평산(平山)에까지 이르러 대가(大駕)
는 강화도로 거둥하였다. 이때 사계(沙溪) 김장생(金長生) 선생이 호서(湖西)
에 있다가 호소사로서 공을 청하여 종사관으로 삼았다. 의병을 해산한 뒤
에는, 강화도로 들어가 분조(分朝)의 병조 정랑(兵曹正郞)에 제수되었고, 공
조정랑(工曹正郞), 사예(司藝), 예빈시 정(禮賓寺正)으로 옮겼다가, 외직으로 나
가 익산(益山) 군수가 되었다.

익산 고을에는 사족(士族)들이 많아서 항상 수재(守宰 : 고을 수령)의 시비
를 성토하고 폄하하기를 좋아하여 흠 잡히지 않은 고을 수령이 거의 없었
으나, 공에 대해서만은 감히 헐뜯어 논의할 거리가 없자 하나같이 그 맑
은 덕을 칭송해 마지않았다.

형제가 소송하는 일이 있자, 공이 그들에게 잘잘못을 캐물으니, 그 아우
가 말하기를, "형이 나에게 재산을 나눠주지 않습니다." 하고, 그 형이 말
하기를, "아버님의 명을 감히 어길 수 없습니다." 하였다. 공이 형을 책망
하여 말하기를, "네 아우는 참으로 효성스럽지 못하고, 너희 아버지가 자
애롭지 못한 것도 잘못이다. 옛사람들 가운데는 죽음에 임박하여 흐린 정
신으로 두서없이 명한 유언을 따르지 않았던 자가 있었거늘, 아버지의 재
산을 독차지하고 아우로 하여금 굶주림과 추위에 떨게 하면 네 마음은 편
안하냐?" 하면서, 인륜의 도리를 알아듣게 말하고 돌려보냈다. 다음날 그
형이 와서 재산을 나누어 주기를 청하였다.

전주(全州)에 옥사(獄事)가 있어 공이 함께 죄상을 심문하였다. 어떤 몹시
우악스럽고 사나운 자가 야음을 틈타 그 이웃의 과부를 겁탈하려다가 과
부의 집에서 이를 알아차리고 뒤를 밟아 쫓아가니 자기의 집에 이르게 되
자, 그 자는 자신의 행적을 숨기고자 자기의 아내를 자신이 죽이고는 과
부의 집안사람들이 죽였다고 무고한 사건이었다. 공은 그 사연을 살피고
나서 그 실정을 알아차려 따져 물으니, 그 자가 마침내 자복하여서 이에

죄주고 과부의 집은 누명을 벗게 해주었다. 상소를 올려서·군민(軍民)에게 쌓인 폐단들을 수천 언으로 진달하였다. 그 뒤에 관직을 버리고 니산(尼山)으로 돌아왔다.

계유년(1633)에 종묘서 영(宗廟署令), 직강(直講)을 거쳐 장령(掌令)에 제수되어서는 승지 신득연(申得淵)이 심양(瀋陽)에 사신으로 가서 왕명을 욕되게 한 것과, 관직에 있으면서 탐욕스럽고 비루하다는 이름이 난 것을 논하니, 대사헌 강석기(姜碩期)가 신득연의 매형으로서 이에 대하여 견책하자, 공은 마침내 관직에서 물러나 돌아왔다.

그 후에 상의원 정(尙衣院正), 사성(司成), 장령(掌令)에 제수되었다. 이때 대사면(大赦免)의 명이 있어서 이길(李佶), 이억(李億), 이건(李健) 등을 용서하려 하자 대각(臺閣)들이 함께 명을 거두도록 간쟁(諫爭)하였고, 대사헌 정온(鄭蘊)은 다른 의견을 내세우자 대각들이 또 함께 그를 공박하였다. 공은 공박하는 것이 옳지 못하다고 생각하여 피하고 참여하지 않았다.

병자년(1636)에는 제용감 정(濟用監正), 장령(掌令), 전첨(典籤)을 거쳐 필선(弼善)으로 옮겨 제수되고서 강화도로 들어갔다. 이때 윤방(尹昉)과 김상용(金尙容)은 모두 경상(卿相)으로서 종묘사직의 신주를 모셨다. 김경징(金慶徵)과 이민구(李敏求) 등은 검찰사로 먼저 가서 분조(分朝)의 비변사(備邊司)를 설치하였다. 모든 호령은 김경징과 이민구 등이 도맡았으면서도 하나같이 두려워하기만 하고 과감히 하는 바가 있지 않았다.

공이 윤상(尹相 : 윤방)에게 글을 올려 말하기를, "김경징은 강을 건너겠다고 자청하고서도 미루기만 하고 가지 않았고, 이민구는 마땅히 호서(湖西)로 갔어야 하는데 미적거리며 출발하지 않았지만, 끝내 그들을 불러서 돌아오게 하였습니다. 상공(相公 : 윤방)께서 인자하고 관대하는 데는 지나치시고, 과단성 있게 벌해야 하는 데는 부족하셔서 그들이 제멋대로 하도록 놔두고 계십니다. 대신이 나랏일을 맡아 행하는 도리가 어찌 이와 같단 말입니까? 의당 급히 검찰사로 하여금 나루에 관아를 개설하여 병선(兵船)과 병기를 정비하고 남한산성으로 나아가 구원할 계책을 세워야 할 터인데도, 수수방관만 하고 하는 일 없이 앉아서 담소나 나누어서는 안 될 것입니다." 하였다. 검찰사 등이 모두 공을 심히 미워하였고, 공 또한 다시는 분사(分司)에 들어가지 않았다.

오랑캐가 강을 건너자, 대신 이하가 남문에 모여서 성을 지킬 계책을 세웠다. 공은 이시직, 송시영과 함께 북성(北城)을 둘러보고 지킬 수 없음을 알고는, 이시직, 송시영과 함께 죽기로 약속하였다. 그날 밤 모두 스스로 목을 매었지만 아전 중에 따라왔던 자가 구해주어 죽지 못하였고, 그 다음날 성이 함락되자 송시영이 먼저 목을 매 죽었고 이시직도 뒤따라 죽었지만 공 또한 목을 매었으나 또 구해주어 죽지 못하니, 차고 있던 칼로 스스로 찔렀으나 또한 숨이 끊어지지 않았다. 오랑캐가 남한산성으로 가기를 재촉하자, 공이 분개하여 꾸짖기를, "내 칼이 짧아 즉사하지 못한 것이 한스럽거늘, 어찌 네놈들을 따르겠느냐? 어서 죽여라." 하니, 마침내 살해당하였다.

공의 사람됨은 충직하고 성실하면서 차분하고 조용했으며, 벼슬자리를 탐내어 바라는 생각이나, 꾀하여 구하려는 계획이 전혀 없었다. 시비에 있어서는 한 번 자신에게서 나온 뜻을 굽히어 남을 따른 적이 없었으며, 간사하고 바르지 못한 일을 보면 마치 자신의 원수를 보듯 미워하였다. 관직을 수행할 때에는 분발했고 과감히 직언하면서 조금도 두려워 피하는 바가 없었으니, 군건하여 빼앗을 수가 없었기 때문에 사람들에게 미움을 받은 적이 많았다. 백성들의 고통에 대해서는 측은히 여기고 안타까워하는 마음이 지극한 정성에서 나왔으니, 도사(都事)와 군수(郡守) 시절에 올린 두 편의 상소에서 볼 수 있다.

오호라! 세상 사람들이 그 평생 동안 생각하는 것은 다만 자기 한 몸을 위한 것일 뿐이어서 나랏일과 백성의 일에는 까마득히 생각조차 하지 않는 것이야 세상이 온통 그러하거늘, 공과 같은 사람을 어찌 볼 수가 있겠는가. 나는 공에 대하여 이미 친인척의 친분이 있고 또 추구하는 바가 같으며 종유(從遊)한지 오래 되었다. 지금 공을 아는 사람으로 나만한 이가 없을 것이니, 공의 아들들이 내게 명(銘)을 구한 것은 당연하다.

명(銘)하노니 다음과 같다. "강직했기에 세상에서 궁하였고, 의로웠기에 목숨을 버렸네. 국난에 임하여 의를 취하기는 오히려 쉬우나, 강직함 지니고 세상 마치기는 더욱 짝하기 어렵네. 인간 세상에는 안달하며 출세 구하는 자들이, 숲처럼 서있고 구름처럼 모여 있지만, 시종일관 부끄러움 없는 자만이, 그 뜻을 늘 펼치네. 선성(先聖 : 공자)의 가르침은 강하고 굳셈이 인에 가깝다 하였으니, 아! 정숙(靜叔)이 아마도 그런 사람에 가까우리라."

우의정 조익 찬함.

贈承政院都承旨世子侍講院弼善尹公墓誌銘幷序[1]

丙子兵禍, 疾如飄風, 入境不數日, 及國都。先王定議入江都, 奉廟社主以出, 宮嬪[2]以下皆先行, 而上及世子百官繼而發, 至國南門, 報先鋒及城外, 卽回駕入南漢。是時, 弼善[3]尹公, 以世子命, 先佉江都, 江都陷, 公不屈死之。

公諱烇, 字靜叔, 姓尹氏, 其先坡平人。始祖莘達, 佐高麗太祖, 爲壁上功臣[4], 而其後達官顯人[5]相繼, 至於今不絶。門下侍中瓘[6], 開拓朔方[7], 功最大, 事載東史。曾祖諱先智[8], 某官, 祖諱曒[9], 某官, 考諱昌世[10]。

---

1) 趙翼의 《浦渚先生集》 권33에 <弼善尹公墓誌銘>으로 수록되어 있음. 포저선생집에 실린 글을 지칭할 때는 '포저집'이라 일컫는다.
2) 宮嬪(궁빈) : 궁궐 안에서 왕과 왕비를 가까이 모시는 내명부를 통틀어 이르던 말.
3) 弼善(필선) : 尹烇(1575~1636)을 가리킴.
4) 壁上功臣(벽상공신) : 고려시대에 나라에 큰 공이 있어 그 肖像을 功臣閣의 東西壁에 그려 봉안한 공신. 三韓壁上功臣, 三韓後壁上功臣이 있다.
5) 達官顯人(달관현인) : 직위가 높은 관리와, 덕이 두드러지게 드러난 사람.
6) 瓘(관) : 尹瓘(?~1111). 본관은 坡平, 자는 同玄. 여진족을 정벌하여 9城을 축조한 장수로 잘 알려져 있다. 文宗 때 과거에 급제하여 여러 관직을 전전하다가 肅宗의 즉위 사실을 알리기 위해 遼나라에 파견되면서부터 신임을 얻어 요직에 발탁되었다. 그 후에 여진족과의 전투에 참전했다가 패배한 뒤 別武班을 창설하여 동북 지방에 쳐들어와 약탈과 방화를 일삼던 여진족을 정벌했다. 그러나 동북 9성을 여진에게 반환하는 과정에서 敗戰之將이라는 억울한 모함을 받고 관직과 功臣爵號를 빼앗긴 채 쓸쓸히 세상을 떠나고 말았다.
7) 朔方(삭방) : 북방.
8) 先智(선지) : 尹先智(1501~1568). 본관은 坡平, 자는 汝晦. 1525년 무과에 급제한 뒤 여러 관직을 역임하였다. 내직으로는 호조정랑·사복시판관 등을 거쳐 승정원동부승지에 이르렀고, 외직으로는 영천군수, 정주목사, 안동부사, 경기수사를 거쳐 호서의 병마사를 역임하였다.

少時, 受學於牛溪先生, 先生稱其篤信好學[11]。 年十九, 丁某官府君憂, 毀瘠[12]
泣血, 幾至喪明[13], 遂成平生之疾。 二十六[14], 登第, 選槐院[15]。 例轉至著作[16],
及廢母之論發, 儒生李偉卿[17]等十九人, 附時議上凶疏, 公與翰林嚴惶[18]等議停

---

9) 暾(돈) : 尹暾(1519~1577). 윤선지의 3형제 중 둘째아들. 통정대부 僉正 柳淵의 2녀 문화류
　씨와 결혼하면서 바로 妻鄉인 충남 노성 근방의 니산현 득윤면 당후촌(현 곽석면 득윤리)
　으로 1538년경 이주하여 살았다.

10) 昌世(창세) : 尹昌世(1543~1593). 본관은 坡平, 자는 興伯. 효성이 지극하여 처가와 외가
　의 대소사는 물론 흉재나 환란을 당한 마을 사람들에게도 온정을 베풀어 칭송을 한 몸
　에 받았다. 성품이 순후하고 언행이 방정하며 효행이 지극하기로 소문이 났다. 이에 그
　의 지극한 효성과 이웃을 보살핀 마음씨와 행적으로 인하여 자손들은 그를 孝廉公이라
　불렀다. 1592년 임진왜란이 일어나자 魯城으로 급히 귀향하여 팔자기를 세우고 의병 수
　천 명을 모집하므로, 八字軍으로 알려졌다.

11) 篤信好學(독신호학) : 돈독한 신심을 지니고 배우기를 좋아함. ≪논어≫<泰伯篇>에 "독
　실하게 믿으면서 배우기를 좋아하고, 죽음을 각오하고 지키며 도를 잘 실천해야 한다.
　(篤信好學, 守死善道.)" 하였다.

12) 毀瘠(훼척) : 너무 슬퍼하여 몸이 바짝 마르고 쇠약해짐.

13) 喪明(상명) : 눈이 멀게 됨. 너무 슬퍼한 나머지 눈이 멀 지경에 이른 것을 말한다. ≪예
　기≫<檀弓 上>에 "자하가 아들을 잃고 상심하여 몹시 울어서 그 시력을 상실하였다.(子
　夏喪其子而喪其明.)고 하였다.

14) 二十六(이십육) : 尹烇이 26세 때는 1600년인데, 포저집에도 26세로 나오지만 명재유고
　권43의 <叔祖弼善府君家狀>을 비롯하여 <국조인물고> 등의 문헌을 참고하면 1610년
　인 36세의 오기인 듯. 번역은 이에 따랐다.

15) 槐院(괴원) : 承文院. 외교에 대한 문서를 맡아보던 관아.

16) 著作(저작) : 교서관, 승문원, 홍문관의 정8품 벼슬.

17) 李偉卿(이위경, 1586~1623). 본관은 全義, 자는 長而. 1605년 진사가 되고, 1613년 계축
　옥사가 일어나자 성균관유생으로서 앞장서 尹訒·鄭造 등과 연이어 疏를 올려 인목대비
　가 안으로 무고를 일으키고 밖으로 역모에 응하였음을 주장하고 폐출할 것을 청하였으
　나, 대사헌 崔有源·李志完 등의 반대로 실패하였다. 그 해에 증광문과에 급제, 예문관검
　열에 등용되고 정언을 거쳐 1618년 동부승지·우승지를 역임하고, 이듬해 대사간이 되
　었다. 1620년 좌승지·예조참의를 지냈고, 1622년 李爾瞻의 사주로 강원도관찰사 白大珩
　과 결탁하여 慶雲宮에 유폐된 인목대비를 시해하고자 하였으나 실패하였다. 조정의 삼사
　관원과 유생들로부터도 중죄를 내리도록 많은 탄핵을 받았다. 1623년 인조반정이 일어
　나자 이이첨·백대형·정조·윤인 등과 함께 능지처참되고 동시에 緣坐律(일정한 친족
　범위 내에서 죄를 지은 자와 함께 처벌되는 형률)이 적용되어 가산이 적몰되고 가족들
　도 노비로 전락하였다.

18) 嚴惶(엄황, 1580~1653) : 본관은 寧越, 자는 明甫. 1603년 무과에 급제하였다. 司僕寺主簿
　로 등용되고, 남해현령이 되었다. 1607년 도총부도사가 되면서 비변사낭관을 겸임하였
　다. 이어서 안동판관을 거쳐 함안군수 등을 지내면서 청렴한 수령으로 명성이 높았다.
　昆陽郡守로 있을 때에 시기하는 자들의 모함을 받아 파직되었다가 누명을 벗고 그곳 군

擧19), 十九人凶徒齊怒, 彈駁20)奪爵。其後得復叙, 由博士陞典籍, 遷監察·戶曹佐郎, 凶徒復逞21)釋前忿, 削去仕版22)。公乃絶意人世, 賣京第退歸田園, 甘窮困, 且十年。

癸亥反正, 公宜先彙征23), 而乃授京畿都事。盖公常論人是非, 不少假借24), 有畏公入臺者, 致力以出。公儕友多勸不仕, 公曰: "此亦分外25), 惟恐不職耳." 久之, 疏陳畿內民瘼26)累百餘言。

甲子适變, 徒步追至行在, 除工曹正郎。掌樂院僉正27), 復拜持平, 呈告28)省先塋, 因病遆, 拜禮曹正郎。未及還朝, 丁卯正月, 西兵猝起, 至平山, 大駕幸江都。時, 沙溪金先生在湖西, 以號召使請公爲從事。兵罷, 入江都, 除分兵曹正郎, 遷工曹正郎·司藝·禮賓寺正, 出爲益山郡守。郡多士族, 常喜譏貶守宰是非, 殆無完人29), 而於公不敢有疵議30), 翕然31)頌其淸德不已。有兄弟訟者, 公詰之, 弟

수로 다시 부임하였다. 1618년 경상좌수사가 되면서 折衝將軍으로 승진하였다. 경상우수사로 재직하던 가운데 관의 곡식을 빼돌렸다 하여 국문을 당하기도 하였다. 이어 북쪽여진족이 강성해지자, 이듬해 평산부사를 거쳐 의주부윤이 되어 변경의 방어에 힘을 기울였다. 정묘호란이 일어나자 의주부윤으로서 병사들을 정비해 끝까지 국경을 사수했으며, 그 공으로 嘉善으로 품계가 올랐다. 1631년에 훈련원도정이 되었다가 파주목사로 전임되었다. 이듬해 봄에 전라도수군절도사가 되고 이어 수안·영암·평해의 군수를 거쳐충청도수군절도사가 되었다. 1648년 내직인 동지중추부사로 부총관을 겸하였다. 1652년영흥부사로 나갔다가 그곳에서 죽었다.

19) 停擧(정거) : 유생에게 일정 기간 동안 과거를 못 보게 자격을 박탈하는 제도.
20) 彈駁(탄박) : 彈劾. 죄상을 들어 논하고 책망하거나 규탄함.
21) 逞(영) : 포저집에는 '釋'으로 되어 있음.
22) 仕版(사판) : 벼슬아치의 名簿.
23) 彙征(휘정) : 같은 무리가 연이어 함께 나아감. ≪주역≫<泰卦·初九>에 "잔디 풀을 뽑아서 그 유로써 함께 가니 길하다.(拔茅茹 以其彙征 吉.)" 하였다. 이는 군자가 등용되면혼자만 가는 것이 아니라 그 동료들까지 다 데리고 간다는 뜻이다.
24) 假借(가차) : 사정을 보아줌.
25) 分外(분외) : 제 분수 이상.
26) 民瘼(민막) : 백성의 받는 폐단.
27) 工曹正郎掌樂院僉正(공조정랑장악원첨정) : 포저집에는 '工曹正郎'과 '掌樂院僉正' 사이에'還都, 拜持平. 其年, 丁內艱, 服閔, 拜刑曹正郎.'이 있음.
28) 呈告(정고) : 사직 또는 휴가를 청원하는 글을 바침.
29) 完人(완인) : 신분이나 명예 따위에 흠이 없는 사람. 더럽혀지지 않은 사람.
30) 疵議(자의) : 비난함. 비난.

曰 : "兄不分我財." 兄曰 : "父命不敢違也." 公責之曰 : "汝弟信不孝矣, 父[32]之
不慈亦過矣. 古人有不從亂命[33]者, 獨專父財, 使弟飢寒, 於汝安乎?" 爲陳人倫
而遣之. 明日, 其人乃來請分. 全州有獄而公同推. 盖有疆[34]暴者, 乘夜㤼[35]其
隣之寡婦, 寡婦家覺而跟逐之, 至其門, 其人欲掩其跡[36], 乃自殺其妻, 誣寡婦家
殺之. 公察其辭, 得其情而詰之, 其人果服, 乃坐之, 而寡婦家得免. 上疏陳軍民
積弊累千言. 其後棄官歸尼山[37].

癸酉[38], 除宗廟署令, 直講, 掌令, 論承旨申得淵使瀋陽辱命[39], 居官以貪鄙[40]
名, 大司憲姜碩期[41]以申之姊夫, 乃訨[42]斥之, 公遂退歸. 其後, 除尙衣院正・司
成・掌令. 時, 有大赦命, 宥佶・億・健[43]等, 臺閣共爭之,[44] 大司憲鄭蘊[45]立

---

31) 翕然(흡연) : 대중의 뜻이 하나로 쏠리는 정도가 대단함.
32) 父(부) : 포저집에는 '汝父'로 되어 있음.
33) 亂命(난명) : 죽으면서 흐린 정신으로 두서없이 남긴 유언.
34) 疆(강) : 포저집에는 '强'으로 되어 있음.
35) 㤼(겁) : 포저집에는 '劫'으로 되어 있음.
36) 跡(적) : 포저집에는 '迹'으로 되어 있음.
37) 尼山(니산) : 충남 논산시 魯城의 옛 지명.
38) 癸酉(계유) : 仁祖 11년인 1633년.
39) 辱命(욕명) : 왕명을 욕되게 함.
40) 貪鄙(탐비) : 욕심이 많고 야비함.
41) 姜碩期(강석기, 1580~1643) : 본관 衿川, 자는 復而, 호는 月塘・三塘. 金長生에게 성리학
    을 공부하였다. 1612년 사마시를 거쳐, 1616년 증광문과에 급제하고, 承文院正字로 등용
    되었다. 그러나 광해군의 문란한 정치와 李爾瞻의 廢母論 등에 불만을 품고 벼슬을 버리
    고 낙향하였다. 1623년 인조반정 후 다시 관직에 나가 藝文館博士 등을 역임하였다. 동
    부승지 때 딸이 世子嬪이 되었다. 1640년 우의정에 올라 世子傅를 겸하다가, 1643년 中
    樞府領事가 되었다. 죽은 후 세자빈이 사사될 때에 관작이 추탈되었으나 숙종 때 복관되
    었다.
42) 訨(저) : 포저집에는 '訴'로 되어 있음.
43) 佶億健(길억건) : 宣祖의 손자로서 仁城君의 아들들. 이들은 1628년 아버지인 인성군 李珙
    의 죄에 연좌되어 제주도에 유배되고 1633년 李貴가 죽자 誣獄으로 밝혀져 1635년 울진
    으로 이배되었다가 1637년 풀려났다.
44) ≪인조실록≫ 1633년 8월 2일조 1번째에, '兩司가 李佶・李億・李健을 석방하라는 분부
    를 거두도록 청하였다.'는 기사가 있다.
45) 鄭蘊(정온, 1569~1641) : 본관은 草溪, 자는 輝遠, 호는 桐溪・鼓鼓子. 1614년에 永昌大君
    의 처형이 부당함을 상소, 가해자인 강화부사 鄭沆의 참수를 주장하다가 제주도 大靜에
    서 10년간 유배생활을 하였다. 1623년 인조반정으로 석방되어 이조참의・대사간・경상
    도관찰사・부제학 등을 역임하고, 1636년 병자호란 때 이조참판으로서 金尙憲과 함께

異[46], 又共攻之。公以爲不可攻也, 避而不與。

丙子, 由濟用監正, 掌令, 典籤[47], 移弼善, 入江都。是時, 尹公昉・金公尙容, 皆以卿相陪廟社。金慶徵・李敏求等, 以撿察使先往, 設分備邊司[48]。凡號令, 慶徵・敏求等專之, 而一畏縮, 無敢有所爲。

公上書尹相曰: "金慶徵自請渡江, 而遷延[49]不行, 李敏求當往湖西, 而遲回[50]不發, 終乃召還。相公過於仁恕[51]而少於强果, 任其自恣[52]。大臣當國[53]之道, 豈當如是? 宜急令撿察開衙津頭, 整治兵船器械, 以爲進援南漢之計, 不可袖手[54]無爲, 坐談而已。" 撿察等皆深疾之, 公亦不復入分司矣。

及敵兵渡江, 大臣以下集南門, 爲守城計。公與李時稷・宋時榮徇北城, 知不能守, 與李・宋約同死。是夜俱自縊, 有吏隨徔者, 救解之不死, 其明日, 城陷, 宋先縊[55], 李繼縊, 公又縊, 又有救解之不死[56], 又以佩刀自刃, 亦不絶。敵兵迫之行, 公憤罵曰: "我恨刃短不能卽死, 豈從汝乎! 速殺我。" 遂被害。

公爲人忠實恬靜[57], 絶無向外希慕之念, 營救[58]之計。其於是非, 一出於己, 未嘗屈而從人, 見有邪枉之事, 則疾之如己怨。當官憤發, 敢言無所畏避, 堅不可奪, 以是爲人所惡多矣。其於民生疾苦, 憐惻憂憫[59], 出於至誠, 於其爲都事守郡時兩

斥和를 주장하다가 화의가 이루어지자 사직하고 덕유산에 들어가 은거하다가 5년 만에 죽었다.

46) 立異(입이) : 다른 이론이나 의견을 세움. 鄭蘊의 상소는 《인조실록》 1635년 5월 2일조 1번째 기사에 실려 있다.

47) 典籤(전첨) : 종친부에 속한 정4품 벼슬. 실무를 맡은 朝官이었다.

48) 分備邊司(분비변사) : 세자가 관장하는 分朝에 설치한 비변사. 分邊.

49) 遷延(천연) : 시간을 끎.

50) 遲回(지회) : 이럴까 저럴까 망설임.

51) 仁恕(인서) : 인자하고 관대함.

52) 自恣(자자) : 자기 마음대로 함.

53) 當國(당국) : 나랏일을 맡아 다스림.

54) 袖手(수수) : 손을 옷소매 속에 넣고 있다는 말로, 안일하고 무관심한 태도를 이름.

55) 縊(액) : 포저집에는 '自縊'으로 되어 있음.

56) 救解之不死(구해지불사) : 포저집에는 '救解不死'로 되어 있음.

57) 恬靜(염정) : 차분하고 조용함.

58) 營救(영구) : 포저집에는 '求'로 되어 있음. '營救'는 여러 방법을 강구하여 어려움에 처한 사람을 구원한다는 뜻이고, '營求'는 꾀한다는 뜻이다.

疏, 可見矣。

嗚呼! 世之人其平生所思慮, 只爲一身而已, 於國事民事, 漠然, 不以爲意者滔滔皆是[60], 如公者, 何可得見乎! 余於公, 旣有睦姻[61]之親, 又有趣向之同, 從遊之舊。今知公未有如我者, 宜公之諸子求我銘也。

銘曰: "以直窮於世, 以義殺其身。臨難取義猶爲易, 秉直[62]終世尤難倫。世間營營[63]求進者, 林立[64]雲屯[65], 惟是始終無愧者, 其志常伸. 先聖有訓, 疆毅近仁[66], 嗚呼! 靜叔[67], 庶幾其人."

右議政 趙翼 撰

---

59) 憫(민) : 포저집에는 '悶'으로 되어 있음.
60) 滔滔皆是(도도개시) : 포저집에는 '皆是'로 되어 있음. ≪논어≫<微子篇>에 "도도한 것이 천하가 모두 이러하니 누구와 더불어 변역시키겠는가?(滔滔者, 天下皆是, 而誰以易之?)"에서 나온 말로, 세상이 온통 그러하다는 뜻이다.
61) 睦姻(목인) : 육행의 두 가지. 육행은 '孝・友・睦・姻・任・恤'이다. '睦'은 九族과의 화목, '姻'은 외척과의 화목으로, '睦姻'은 종족 및 친척과 화목하게 지낸다는 말이다.
62) 秉直(병직) : 바른 도리를 취하고 지킴.(持正)
63) 營營(영영) : 분주하게 일하는 모양. '營營汲汲', '營營逐逐'은 명예나 이익을 얻으려고 매우 바쁘게 돌아다닌다는 말이다.
64) 林立(임립) : 숲의 나무들이 밀집해 서있는 모양으로, 매우 많음을 형용하는 말.
65) 雲屯(운둔) : 구름이 모여 있는 모양으로, 매우 성대하고 많음을 뜻함.
66) 疆毅近仁(강의근인) : ≪논어≫<子路篇>에 "강하고 굳세고 질박하고 어눌한 것이 인에 가깝다.(剛毅木訥, 近仁.)" 하였다. '疆'이 포저집에는 '強'으로 되어 있다.
67) 靜叔(정숙) : 尹烇의 字.

증 승정원 좌승지 사복주부 송시영 묘지명 병서
贈承政院左承旨司僕主簿宋公墓誌銘幷序

　나라가 장차 망하려 하면 반드시 충직한 신하와 절개 굳은 선비가 나약한 자를 일으켜 세우거나 게으른 자를 일깨워서 강상(綱常)을 붙들어 세우고 나라의 명맥을 대대로 잇게 한 것이 어찌 유독 옛날뿐이었겠는가. 강화도의 전쟁에서도 충절을 격동시켜 분발하게 하였으니, 이때에 선원(仙源) 김상국(金相國 : 김상용)·도정(都正) 심공(沈公 : 심현)·태상(太常) 이공(李公 : 이시직)과 같은 이러한 사람들이 우뚝하게 제 멋대로 흐르는 하천을 가로막는 기둥이 되었는데, 그 중에 제일 먼저 의기를 떨치어 낮고 미천한 신분으로 조용히 자결을 결정하고 행동을 취하여 하나의 옳은 도리를 성취한 이로는 오직 태복 주부(太僕主簿) 송공(宋公) 무선(茂先 : 송시영의 자)이 아니겠는가.

　공의 생전 이름은 시영(時榮)이고, 선계(先系)는 은진(恩津)에서 나왔으며 고려 판사(判事) 송대원(宋大原)의 먼 후손이다. 판사 이후로 몇 세대 지나 송명의(宋明誼)에 이르러서는 관직이 사헌부 잡단(雜端)이었으며, 포은(圃隱) 정몽주(鄭夢周)와 사이가 좋았고 여러 현인들의 존경을 받았다. 우리 조선에 들어와서는 송유(宋愉)가 덕을 숨기고 벼슬길에 나아가지 않으면서 쌍청(雙清)이라 편액을 하고 스스로 자적(自適)하였으니, 이로부터 대대로 벼슬이 이어졌다.

고조부의 생전 이름은 송세량(宋世良)으로 참봉이었고, 증조부의 생전 이름은 송귀수(宋龜壽)로 봉사(奉事)였는데, 이 부자는 높은 벼슬을 하지 못하였지만 효성과 우애가 돈독하여 상(喪)을 치름에 예를 다하자, 꼬리가 흰 제비가 둥지를 트는 상서로운 일이 있었다. 증조부의 호는 서부(西阜)였는데, 아우 규암(圭菴) 송인수(宋麟壽)와 매서(妹婿) 동주(東洲) 성제원(成悌元)이 한 집안에서 나란히 뛰어나니, 당시의 사람들은 그 아름다움을 흠모하여 그 마을을 '삼현(三賢)'이라 불렀다. 조부의 생전 이름은 송응기(宋應期)로 의빈부 도사(儀賓府都事)였다. 아버지의 생전 이름은 송방조(宋邦祚)로 병조 좌랑(兵曹佐郞)이었는데, 청렴하다는 명성을 지니고 바른 도를 행하였지만 혼탁한 시대를 만나 관서지방에서 관직에 있다가 죽었다. 금상(今上) 기사년(1629) 이조 참의(吏曹參議)에 추증되었으니, 원종(原從)의 공이 있었기 때문이다. 어머니는 진주 정씨(晋州鄭氏) 판사(判事) 정곡(鄭谷)의 딸이며 을사 명신(乙巳名臣) 정사현(鄭思顯)의 손녀이다.

공은 만력(萬曆) 무자년(1588)에 태어나서, 가정의 훈도에 감화를 받고 학문에 전력을 다하여 향시(鄕試)에는 여러 차례 급제하였지만 대과에는 급제하지 못하였다. 무오년(1618) 봄에는 부친상을 당하고, 갑자년(1624)에는 어머니 정씨(鄭氏)마저 세상을 떠나니, 연이어 부모님의 상을 치르느라 세속의 밖에서 세상일에는 뜻이 없었다. 상을 마치고 정묘호란을 만나서는 의병을 모아 행재소로 들어가 호종하려 했지만 적이 물러나 그렇게 하지 못하였다. 무진년(1628)에는 사재감(司宰監) 참봉이 되고 전례에 의해 광흥창 봉사(廣興倉奉事), 내자시 직장(內資寺直長), 상의원 주부(尙衣院主簿) 등에 차례로 올랐는데, 재임하는 곳마다 모두 직무를 잘 수행하였다.

이미 사복시 주부(司僕寺主簿)가 되고 난 뒤인 병자년(1636) 겨울에는 오랑캐가 갑자기 한양으로 쳐들어왔다. 공은 말과 마부를 감독하여 거느리고 빈전(嬪殿)을 강화도로 모셨지만, 얼마 되지 않아 임무를 맡은 자들의 잘못으로 오랑캐가 이미 강을 건너고 말았다. 공은 많은 자들이 나라를 팔고 적을 맞아 항복하여 일이 어찌할 수 없게 되었음을 알고는, 이에 정(正) 이시직(李時稷), 필선(弼善) 윤전(尹烇)과 함께 자결하려 하였다. 집에 보내는 편지를 써서 여러 가지 뒷일을 처리하도록 하고, 인끈을 풀어 아전에게 주며 말하기를, "사태가 평정되어 돌아갈 수 있거든 갖다 반납하여라." 하면서, 가지고 있던 돈을 털어 관인(館人)의 관을 사고 습렴(襲斂 : 시신을 씻기고 수의를 입히는 것)할 도구를 갖추고는 바로 스스로 목을 매었으니, 바로 정축년(1637) 정월 23일이었다. 이공과 윤공 두 사람이 몸소 시신을 보호하여 장사지냈다. 오랑캐가 되돌아간 뒤에는 공의 아들 송기륭(宋基隆)과 아우 송시염(宋時琰)이 공의 시신을 수습하여 수레에 싣고 영동(永同)으로 돌아와서 기장리(耆莊里) 모좌(某坐)의 터에 장사지냈으니, 아버지인 좌랑공(佐郎公)의 묘소가 있는 곳이었다.

공은 천성이 강직하고 확고하여 절로 우뚝한 지조가 있었던 데다 어려서는 가르침이 매우 엄정하였고 장성하여서는 행동을 단련하는데 게으르지 않았으므로 원대한 경지에 이를 수 있었다. 어버이를 모시면서 효성으로 하였고, 돌아가신 분을 장사지내고 조상을 추모하여 제사를 모시면서 오직 예를 다하였다. 아우와 누이에게 우애로워 때를 맞춰서 시집 장가를 보냈으며, 재산은 그 풍요하고 좋은 것을 골라 주었다. 날마다 의관을 갖추고 사당에 배알하고 나면, 아우들을 이끌고 둘러앉아서 밤늦도록 화기애애하게 즐거워하였다. 관직에 있으면서는 청렴하고 삼가서 아전들과 동료들이 두려워하고 존경하였다. 사람을 사귀는 데에 게을렀으니, 비록 서로 친한 사이라도 그가 점점 귀해지면 다시는 찾아가 만나지 않았다. 혹당시의 재상들 중 공의 명성을 듣고 만나고자 하더라도 또한 끝내 가지 않았다. 일찍이 말하기를, "어버이께는 효도하고 군주에게는 충성하며, 일가붙이에게는 후하게 하고 벼슬길에 나아가는 데는 청렴하게 하는 것, 곧

이것야말로 바로 학문하는 것이거니와, 나는 그 밖의 것은 알지 못한다."
하였다.

당초에 오랑캐가 제 분수에 넘치는 황제를 칭하는 것을 듣고 비분강개
하여 말하기를, "국가에서 안이하게도 이에 대한 계책을 세우지 않고 있
으니, 황제의 등극을 축하하는 표문(表文)을 올릴 날이 머지않을 것이다.
이와 같은데도 어찌 차마 굴욕을 감수하는 약소국의 조정에서 벼슬하랴?"
하였다. 의로운 길로 나아갈 때도 정신이 편안하고 기색이 태연하여 당당
함이 평소와 같았다. 관인(館人)이 공을 매우 사랑하여 술과 음식을 드리고
간절한 말로 타이르니, 공이 받아 다 먹고는 웃으며 말하기를, "나는 스스
로 편안하여 털끝만큼이라도 아깝게 여기는 마음이 없거늘, 그대는 어찌
하여 못내 아쉬워하는가?" 하였다.

무인년(1638)에는 관리를 보내어 자제들을 위로하고 제문을 보내 제사를
지냈는데, 제문에 "구차한 삶보다 의리 택하는 길 태연하였으니, 우뚝한
절개가 해와 별에까지 뻗치었도다."고 했으니, 여기에서 공의 기개를 알
수 있다. 금상(今上 : 인조)께서 경연 신하의 청으로 통정대부 승정원 좌승
지 겸 경연참찬관(通政大夫承政院左承旨兼經筵參贊官)을 추증하였으니, 특별한
은전이었다. 공의 부인은 전의 이씨(全義李氏)로 고인이 된 어진 재상 이탁
(李鐸)의 증손녀라고 한다.

나는 어려서부터 공의 부자 사이에 교유하였고, 공 또한 우리 선친의
문하에 출입한 것이 실로 여러 해였으니, 공을 깊이 알기로는 마땅히 나
만한 사람이 없을 것이다. 지금 돌아가신 뒤의 일을 부탁함에 의리상 글
재주가 부족하다고 사양할 수 없어서 마침내 글을 지었다.

명(銘)하노니, 다음과 같다.

바라고 싫어함은 누구나 가질 수 있지만   欲惡同出於常情

군자는 올바른 도리 따르기를 바라서,　　　君子貴循乎正理

부끄러움 아나니 하지 않는 바가 있고,　　知恥故有所不爲

의로움 좋아하니 피하지 않는 바가 있네.　安義故有所不避

오로지 사리를 분별함이 확고하여　　　　惟其識見之確

용감한 결단이 쉬웠던 까닭이어니,　　　所以勇決之易

바른길 취한 행실은 신명에게 떳떳하고　行誼可質於神明

굽어보고 우러러도 천지에 부끄러움 없네.俯仰無愧於天地

일신의 살고 죽는 것이야 어찌 말하랴만　一身之存沒寧論

당세의 떳떳한 도리가 달려 있는 것이라,　當世之彝倫攸寄

공 같은 이는 죽었어도 살아 계시나니　　如公死而亦生

내 반드시 죽지 않았다고 말하리로다.　　吾必謂之不死

　　　　　　　　　　신독재 김집 찬함.

贈承政院左承旨司僕主簿宋公墓誌銘幷序[1]

國之將亡, 必有忠臣烈士, 起懦警惰, 扶綱常而壽國脉, 奚獨古哉! 江都之設[2],
忠義激揚, 時則有若仙源金相國・都正沈公・太常李公若而人[3], 屹然[4]爲障川
柱[5], 而其首先奮義, 不以身卑微, 從容處決, 能成就一箇是[6]者, 惟太僕主簿宋公
茂先乎!

公諱時榮, 系出恩津, 高麗判事諱太原[7]之遠裔[8]也。判事後數世, 至諱明誼, 官
司憲執端[9], 善圃隱[10], 爲諸賢所推。入我朝, 有諱愉[11], 隱德不仕, 扁雙淸[12]以

---

1) 金集의 《愼獨齋先生遺稿》 권9에 <司僕寺主簿宋公墓誌銘>으로 수록되어 있음. 신독재선
  생유고에 실린 글을 지칭할 때는 '신독재집'이라 일컫는다.
2) 設(설) : 신독재집에는 '役'으로 되어 있음.
3) 若而人(약이연) : 그런 사람. 이와 같은 사람.
4) 屹然(흘연) : 높게 우뚝 솟은 모양.
5) 障川柱(장천주) : 障川之柱. 미친 듯이 흐르는 물결을 막을 수 있는 기둥. 障川은 障百川回狂
  瀾의 준말로 원래 韓愈의 <進學解>에서 유래한 말인데, 모든 내를 다스려 동쪽으로 흐르
  게 하여 미친 듯이 함부로 흐르는 물결을 정상으로 돌린다는 뜻이고, 柱는 砥柱山으로 黃
  河가 급류로 흐르는 곳인 孟津의 강 복판에 우뚝 서 있는 돌기둥을 가리킨다.
6) 一箇是(일개시) : 하나의 옳은 것. 하나의 옳은 도리. 《近思錄》 권7 <出處類>에 "다만
  이 하나의 옳은 도리를 성취하는 것뿐이다.(只是成就一箇是而已.)"라는 程伊川의 말이 실려
  있다.
7) 太原(태원) : 신독재집에는 '大原'로 되어 있음. 宋大原(생몰년 미상)의 자는 川至. 초명은 堅
  이었다고 한다. 고려조에 判院事를 지냈고, 恩津君에 봉해졌다.
8) 遠裔(원예) : 遠孫. 먼 후예.
9) 執端(집단) : 雜端인 듯함. 雜端은 사헌부에 속한 정5품 벼슬. 태종 원년(1401)에 사헌지평
  으로 고쳤다.
10) 圃隱(포은) : 신독재집에는 '鄭圃隱'으로 되어 있음. 鄭夢周(1337~1392)의 호. 고려 말의
  학자이자 문인. 자는 達可. 李芳遠의 <何如歌>로 朝鮮에 참여할 것을 권유하자 <丹心

自逸[13], 自是世有衣冠[14]。

高祖諱世良[15]參奉, 曾祖諱龜壽[16]奉事, 再世不顯, 篤於孝友, 執喪盡禮, 有白燕[17]巢廬之異。號西皐, 弟圭菴[18]麟壽[19], 妹婿東洲[20]成悌元[21], 一家幷[22]美,

歌>로써 고려에 충성하리라 한 것은 유명한 일화이다. 宋時烈의 ≪宋子大全≫ 권204 <從氏野隱公諡狀>에는 "與鄭圃隱諸賢, 相推重焉."으로 되어 있다.
11) 愉(유) : 宋愉(1388~1446). 본관은 恩津, 호는 雙淸堂. 조부는 司憲府雜端 宋明誼, 아버지는 進士 宋克己이다. 어려서부터 천성이 강직하고 효성이 지극하며, 기상이 호탕하고 學行이 잘 갖추어졌다. 12세에 副司正이 되었는데, 13세에 神德王后 康氏가 崩御한 뒤 위패가 太祖廟에 附해지지 않자 이를 한탄하는 글을 지어 올리고 관직을 버렸다. 이후 고향 회덕으로 돌아와 학문에 정진하였다. 조그만 精舍를 지어 蘭溪 朴堧에게 청하여 '雙淸堂'이라 편액하고 筆硏과 琴碁로 여생을 보냈다.
12) 雙淸(쌍청) : 생각과 행동이 모두 속되지 않음.
13) 自逸(자일) : 몸과 마음이 편안함.
14) 衣冠(의관) : 옷과 관. 士 이상의 복장이라는 말로, 縉紳士大夫를 칭함. 文明과 禮敎를 가리키는 말로도 쓰인다.
15) 世良(세량) : 宋世良(1473~1539). 본관은 恩津, 자는 貞夫. 1498년에 진사가 되고, 성균관에 들어가 학문에 정진하였다. 蔭補로 宣陵參奉과 健元陵參奉을 지냈으나, 뒤에 물러나 丘園에 은거하였다.
16) 龜壽(귀수) : 宋龜壽(1497~1538). 본관은 恩津, 자는 耆叟, 호는 西皐. 어려서부터 재질이 뛰어났고 선악에 대한 好惡가 분명하였으며, 특별히 효도와 우애가 깊었다. 부모의 상을 당해서는 여막에 거처하면서 예를 다하니, 마침 흰 제비가 날아들어 세상 사람들이 모두 그가 효성이 지극한 때문이라고 말하였다. 음서로 벼슬은 永慶殿參奉, 宗廟署奉事 등을 지냈다.
17) 白燕(백연) : 白鷰. 꼬리가 흰 제비. 상서로운 새로 여겨진다. ≪陳書≫<馬樞傳>에 "항상 꼬리가 흰 제비 한 쌍이 그 뜰의 나무에 둥지를 틀고 처마 밑을 드나들며 때때로 책상에 앉았다. 봄에 왔다 가을에 떠났는데 거의 30년 동안 그렇게 하였다.(常有白鷰一雙, 巢其庭樹, 馴狎欄廡, 時集几案. 春來秋去, 幾三十年.)"라고 하였다.
18) 菴(암) : 신독재집에는 '庵'으로 되어 있음.
19) 麟壽(인수) : 宋麟壽(1499~1547). 본관은 恩津, 자는 眉叟·台叟, 호는 圭庵. 1521년 별시 문과에 급제, 正字를 지내고 1523년 賜暇讀書했다. 1526년 修撰을 지내고 臺諫 때 金安老의 재집권을 막으려다가 제주목사로 좌천되었다. 1534년 신병으로 인해 돌아왔다가 다시 김안로의 미움을 사 泗水로 유배되었다. 1537년 김안로 등이 몰락하자 承旨로 재등용되었고, 형조참판 때인 1544년 冬至使로 명나라에 다녀온 뒤, 대사성이 되어 儒生들에게 성리학을 강론했다. 그 뒤 대사헌·이조참판을 역임했으나 尹元衡 등의 미움을 사서 전라도관찰사로 좌천되었다. 1545년 을사사화로 漢城府左尹에서 파직되어 청주에 은거하다가 윤원형 등에 의해 賜死되었다.
20) 洲(주) : 신독재집에는 '州'로 되어 있음.
21) 成悌元(성제원, 1506~1559) : 본관은 昌寧, 자는 子敬, 호는 東洲·笑仙. 잦은 士禍로 선비들이 화를 당하는 것을 보고는 일찍이 과거를 포기하였다. 李希顔·成運·曺植·申季

時人歆[23)艶, 名其閭曰'三賢'。 祖諱應期[24), 儀賓府都事。 考諱邦祚[25), 兵曹佐郎,

淸名直道[26), 遭時昏濁, 卒官于關西。 今上己巳[27), 追贈吏曹參議, 以[28)原從[29)功

也。 妣晉州鄭氏, 判事谷[30)之女, 乙巳名臣思顯[31)之孫。

　公生於萬曆戊子[32), 濡染[33)家庭, 委己於學[34), 累捷鄉解, 厄於公車。 戊午[35)

誠 등과 교유하며 학문을 쌓고 후학을 가르쳤다. 성리학 외에도 지리・의학・卜術 등에
두루 능통하였다. 1553년 遺逸로 천거되어 군기시주부와 돈녕부주부를 거쳐 報恩縣監에
제수되었다.

22) 幷(병) : 신독재집에는 '並'으로 되어 있음.

23) 歆(흠) : 신독재집에는 '欽'으로 되어 있음.

24) 應期(응기) : 宋應期(생몰년 미상). 본관은 恩津, 자는 仲遇. 관직은 都事에 이르렀다. 손자
는 宋時烈이다.

25) 邦祚(방조) : 宋邦祚(1567~1618). 본관은 恩津, 자는 永叔, 호는 翯靜. 1590년 사마시에
합격하여 진사가 되고, 1592년 임진왜란이 일어나자 충청도 영동에 피난하여 현감 韓明
胤과 함께 의병을 모집하였다. 1606년 증광문과에 급제, 權知正字・박사를 지내고, 成均
館典籍이 되어 영남지방의 鄕試를 관장하였다. 뒤에 金郊道驛丞・병조좌랑・高山道馬丞
등을 역임하였다. 명나라가 후금을 치려고 조선에 원군을 요청하자 1617년 비변사에 의
하여 儒將으로 천거되어 平安道兵馬評事로 임명되었다. 이때 명나라에 들어가는 報聘使
의 짐을 검색하려고 龍川館에 갔다가 갑자기 죽었다.

26) 直道(직도) : 올바른 길. ≪논어≫<衛靈公篇>에 "이 백성은 하・은・주 삼대를 통하여
정직한 도를 행해왔기 때문이다.(斯民也, 三代之所以直道而行也.)"라고 하였는데, 朱熹의
集注에 "직도는 공정하지 않음이 없는 것이다.(直道, 無私曲也.)"라고 하였다.

27) 己巳(기사) : 仁祖 7년인 1629년.

28) 以(이) : 신독재집에는 '以公'으로 되어 있음.

29) 原從(원종) : 原從功臣. 正功臣 이외의 작은 공을 세운 사람에게 주던 공신 칭호.

30) 谷(곡) : 鄭谷(1542~1600). 본관은 晉州, 자는 養勝, 호는 高江. 아버지는 鄭思顯이다. 효
우에 돈독하였으며, 아버지가 유배당한 뒤로는 세상에 뜻이 없어 영동 高塘浦의 경치를
좋아하여 西原에서 옮겨와 살았다. 宋邦祚와 함께 발의하여 晦谷書院을 창설하였다. 임진
왜란 때에는 동생 鄭若과 함께 적을 막았으며, 난이 끝난 뒤 상훈을 받았다.

31) 思顯(사현) : 鄭思顯(1509~1564). 본관은 晉州, 자는 伯微. 金安國의 문인이다. 1535년 陳
宇・柳敬仁 등과 같이 고관 10여인을 제거하기 위하여 모의하였다는 혐의로 투옥되어
심문 끝에 극형에 처하여질 상황에서 세자의 도움으로 회덕에 유배되는 데 그쳤다. 3년
간의 귀양에서 풀려나와 1543년 사마시에 합격하여 생원이 되고, 1549년 식년문과에
급제하였다. 1554년 검열, 1557년 봉교, 1559년 지평, 1561년 문학이 되었는데, 청렴결
백하고 고지식하여 주변에 적이 많았다.

32) 萬曆戊子(만력무자) : 宣祖 21년인 1588년.

33) 濡染(유염) : 젖어 물들다는 뜻으로, 감화를 받음을 일컫는 말. '濡'가 신독재집에는 '攜'로
되어 있다.

34) 委己於學(위기어학) : 학문에 몸을 맡긴다는 뜻으로, 학문에 몰두한다는 의미.

35) 戊午(무오) : 光海君 10년인 1618년.

春失所恃36), 甲子37), 鄭氏又辭堂38), 因仍草土39), 無意於世外40)。除41)而値丁卯胡變, 團聚義旅, 將入扈行朝42), 賊退不果43)。戊辰44), 拜司宰監參奉, 例陞廣興倉奉事, 內資寺直長, 尙衣院主簿, 所在皆擧職。

旣遷主司僕簿, 丙子冬, 虜賊猝入京城45)。公董率46)馬僕, 奉嬪殿于江華, 未幾, 爲任事竪47)所誤, 賊已渡江矣。公見衆賣國迎降, 事無可爲, 乃與李正時稷·尹弼善烇將自決。爲家書48)處置諸事, 解印付小吏49)曰:"事定可歸獻。" 捐見貲50)市51)館人棺, 備襲歛52)具, 卽自縊53), 寔54)丁丑55)正月二十三日也。李尹兩公, 躬護瘞之。逮賊歸, 公之徹56)基隆曁弟時琰57), 收得公尸58), 輿還永同, 葬著莊59)里某坐之原, 從佐郞公兆也。

公天資強毅60)敦確61), 自有卓立之操, 而幼訓甚正, 及稍長62)策勵不怠, 故能致

---

36) 春失所恃(춘실소시) : 신독재집에는 '喪所怙'로 되어 있음.
37) 甲子(갑자) : 仁祖 2년인 1624년.
38) 辭堂(사당) : 모친이나 조모가 세상을 떠남.
39) 草土(초토) : 어버이의 상을 지내는 기간. 喪制가 거적을 깔고 흙베개를 베고 자는 데서 온 말이다.
40) 世外(세외) : 세속의 밖. 세속을 벗어난 곳.
41) 除(제) : 脫喪함.
42) 行朝(행조) : 行在所.
43) 不果(불과) : 실현되지 않음.
44) 戊辰(무진) : 仁祖 6년인 1628년.
45) 虜賊猝入京城(노적졸입경성) : 신독재집에는 '奴賊猝薄京城'으로 되어 있음.
46) 董率(동솔) : 감독하여 거느림.
47) 竪(수) : 신독재집에는 '豎'로 되어 있음.
48) 家書(가서) : 자기 집으로 보내는 편지.
49) 小吏(소리) : 衙前.
50) 見貲(현자) : 見錢. 가지고 있는 돈.
51) 市(시) : 사다는 뜻.
52) 歛(감) : '斂'과 통용. 襲斂은 시신을 씻긴 뒤 수의를 갈아입히고 염포로 묶는 일이다.
53) 自縊(자액) : 스스로 목을 매어 죽음.
54) 寔(식) : 신독재집에는 '是'로 되어 있음.
55) 丁丑(정축) : 仁祖 15년인 1637년.
56) 徹(철) : 신독재집에는 '胤'으로 되어 있음. 문맥상 '胤'으로 번역하였다.
57) 時琰(시염) : 宋時琰(생몰년 미상). 본관은 恩津, 자는 德溫.
58) 尸(시) : 신독재집에는 '屍'로 되어 있음.
59) 莊(장) : 신독재집에는 '藏'으로 되어 있음.

於遠。事親孝, 送終追遠63)惟禮。友愛弟妹, 嫁娶以時, 財産擇給其饒好。日冠帶64)拜廟訖, 引諸弟環坐, 怡愉65)以終夕。爲官清謹66), 吏畏僚敬。懶於交遊, 雖在相親, 稍貴不復參尋。或時宰67)聞名請見, 亦終不往。嘗曰: "孝於親, 忠於君, 厚於宗族, 廉於進取68), 卽此是學, 吾不知其他。"

初聞賊僭號69), 慷慨語曰: "國家恬不猷爲, 奉表70)無日71)。如此而尙忍處小朝廷72)乎!" 及就義時, 神氣安閑, 揚揚如平常。館人愛公甚, 以酒食進, 懇辭譬之, 公受而盡之, 笑曰: "我則自安, 無纖毫顧籍73)意, 汝何眷眷爲?"

戊寅74), 遣官吊孤, 遺文以祭75)。取舍從容, 節貫日星, 斯見公之槩也。今上以筵臣請, 贈通政大夫承政院左承旨兼經筵參贊官, 異數76)也。公配全義李氏, 故賢相鐸77)之曾孫, 云云78)。

---

60) 强毅(강의) : 신독재집에는 '剛毅'으로 되어 있음. 剛毅는 의지가 굳세고 강직하여 굽힘이 없다는 뜻이다.

61) 敦確(돈확) : 성품이 도타움.

62) 及稍長(급초장) : 신독재집에는 '稍長'으로 되어 있음.

63) 送終追遠(송종추원) : 送終은 죽은 이를 장사지내고, 追遠은 조상을 추모하여 제사에 정성을 다한다는 말. ≪논어≫<學而篇>의 "초상을 삼가고 멀리 돌아가신 분을 추모하면 백성의 덕이 후한 데로 돌아올 것이다.(曾子曰 : '愼終追遠, 民德歸厚矣.')"에서 나온 말이다.

64) 日冠帶(일관대) : 신독재집에는 '日必冠帶'로 되어 있음.

65) 怡愉(이유) : 화기애애하게 즐거워 함.

66) 淸謹(청근) : 청렴하고 조심스러움.

67) 宰(재) : 宋時烈의 ≪宋子大全≫ 권204 <從氏野隱公謚狀>에 의하면, 崔鳴吉을 가리킴.

68) 進取(진취) : 적극적으로 나아가서 일을 이룩함. 그러나 여기서는 벼슬에 나아간다는 뜻이다.

69) 僭號(참호) : 제 분수에 넘치는 스스로의 칭호.

70) 奉表(봉표) : 上表. 임금의 등극을 축하하는 뜻으로 글을 올리던 일.

71) 無日(무일) : 머지않아 곧.

72) 小朝廷(소조정) : 굴욕을 감수하는 약소국을 나타내는 용어. 일찍이 중국 宋나라의 胡銓이 金나라와의 화의를 반대하며 한 말로써, "저는 동해로 가서 죽을지언정 어찌 소조정에서 구차히 살겠습니까?(臣有赴東海而死耳, 寧能處小朝廷求活耶?)"라고 했던 고사가 있다.

73) 籍(적) : 신독재집에는 '藉'으로 되어 있음. '顧藉'는 아깝게 여기다는 뜻이다.

74) 戊寅(무인) : 仁祖 16년인 1638년.

75) 祭(제) : 신독재집에는 '祭日'로 되어 있음.

76) 異數(이수) : 특별한 예우. 남달리 베풀어 준 은혜.

77) 鐸(탁) : 李鐸(1509~1576). 본관은 全義, 자는 善鳴, 호는 藥峰. 1535년 별시문과에 급제하여, 검열·정자·舍人·집의 등을 지냈다. 1546년 李芑를 탄핵하다가 좌천되었다.

集[79]早游[80]公父子間, 公且出入吾先子[81]門, 實有年所[82], 則知公之深, 宜莫如吾也[83]。 今於後事之托, 義不可以不文[84]辭, 遂爲之。

銘曰 : "欲惡[85]同出於常[86], 君子貴循乎正理。知恥故有所不爲[87], 安義故有

1550년 춘추관기주관으로 ≪중종실록≫의 편찬에 참여했다. 1551년 직제학이 되고, 이 듬해 동부승지・좌부승지가 되었다. 1553년 進獻使로 명나라에 다녀왔다. 부제학으로 있을 때 권력자 尹元衡이 첩을 처로 삼고 서얼허통론을 주장하자 箚子를 올려 논박했다. 도승지・한성부우윤 등을 거쳐, 1559년 임꺽정이 세력을 떨치자 황해도관찰사로 나가 진압에 노력했다. 그 후 이조참의・대사간 등을 지내고 1564년 대사헌이 되었다. 이듬 해 대사간 朴淳과 함께 윤원형을 탄핵하여, 관직을 삭탈하고 圍籬安置하게 했다. 이어 공조판서・호조판서・예조판서・우찬성을 거쳐 이조판서가 되었다. 1571년 우의정, 이듬 해 영의정에 올랐다.

78) 云云(운운) : 신독재집에는 '云云'의 자리에, '大父曰水使淮壽. 考曰學生勵, 有節行, 壬辰, 從趙重峯軍, 殉義於錦山. 李氏入門三十年, 終始無違德. 自失所天, 柴毀徑情, 不期年而逝, 在世僅五十一歲. 用其年十二月, 窆于永同縣之投宿洞, 新卜山, 某月某日, 移公墓合葬焉. 男長卽基隆, 今上朝, 錄用參奉. 次基謙, 有疾, 公常憂之, 先公一月死. 次基明, 出繼圭庵先生後. 女長適士人李碩馨. 次幼.'가 있음.

79) 集(집) : 金集(1574~1656). 본관은 光山, 자는 士剛, 호는 愼獨齋. 金長生의 아들이다. 송익필의 문하에서 학문을 익혔다. 18세 때 진사가 되었다. 1610년 獻陵參奉에 제수되었으나, 광해군과 북인이 주도하는 정치적 이념을 달리하여 아버지와 함께 고향으로 돌아갔다. 하지만 인조반정으로 다시 등용되어 부여현감이 되고, 이어 임피현령・持平・執義・공조참의 등을 역임하였다. 인조 중기에 功西派가 집권하자 퇴직하였다. 효종이 즉위하여 金自點 등이 파직되자, 金尙憲 등과 함께 등용되었다. 예조참판・대사헌을 거쳐 이조판서가 되었고 산당의 영수가 되어 정치적 역할과 영향력을 행사하였다. 대동법 시행을 주장하는 한당의 영수 金堉과 대립하여 지방의 특산물을 바치는 공납제도는 오히려 백성의 충의 발현이며 백성으로서 예를 실천하는 것이라는 명분을 내세웠다. 대사헌・좌찬성을 지내고 중추부판사로 재임 중 사망하였다. 만년에 禮學 연구에 집중하여 아버지 김장생과 예학의 기본적 체계를 완성하였고, 송시열이 그의 수제자이다.

80) 游(유) : 신독재집에는 '遊'로 되어 있음.

81) 先子(선자) : 돌아가신 아버지.

82) 年所(연소) : 햇수. ≪서경≫<君奭>에 "이것을 따라 펼친 공이 있어 은나라를 보존하고 다스렸다. 그러므로 은나라가 이 예로 올라가 하늘에 짝하여 지내온 햇수가 많게 되었다.(率惟玆有陳, 保乂有殷, 故殷禮陟配天, 多歷年所.)" 하였다.

83) 宜莫如吾也(의막여오야) : 신독재집에는 '宜莫余若也'로 되어 있음.

84) 不文(불문) : 문채가 없음. 글재주가 없다는 겸손의 말이다. ≪효경≫<喪親>에 "효자는 부모의 상을 당하여 슬피 대성통곡하면서 흐느끼는 듯 꼬리를 흘리는 곡을 하지 않으며, 예를 차릴 때에도 용모에 관심을 두지 않으며, 말을 할 때에도 꾸미지 않는다.(孝子之喪親也, 哭不偯, 禮無容, 言不文.)" 하였다.

85) 欲惡(욕오) : 좋아하고 싫어함. ≪맹자≫<告子章句 上>에 "한 그릇의 밥과 한 그릇의 국을 얻으면 살고 얻지 못하면 죽는다 하더라도 이거나 먹어라하고 던져주면 길 가던 사

所不避[88]。惟其識見之確，所以勇決之易。行誼[89]可質於神明[90]，俯仰無愧於天地。一身之存沒寧論，當世之彝倫[91]攸寄。如公死而亦生，吾必謂之不死."

愼獨齋 金先生集 撰

람도 받지 않으며, 발로 차듯 주면 걸인도 달갑게 여기지 않는다.(一簞食一豆羹, 得之則生, 弗得則死, 嘑爾而與之, 行道之人弗受, 蹴爾而與之, 乞人不屑也)"고 하였는데, 그 집주에 "비록 먹고자 함이 급하더라도 무례함을 싫어함이 있어 차라리 죽을지언정 먹지 아니하는 자가 있으니 이는 그 수오의 본심이니 바라고 싫어함이 생사보다도 심함이 있음을 사람이 다 지니고 있음이라.(雖欲食之急, 而有惡無禮, 有寧死而不食者, 是其羞惡之本心, 欲惡, 有甚於生死者, 人皆有之也.)" 하였다.

86) 常(상) : 신독재집에는 '常情'으로 되어 있음.

87) 有所不爲(유소불위) : ≪맹자≫＜盡心章句 下＞에 "사람은 모두 차마 하지 못하는 마음을 가지고 있으니, 그 마음을 차마 할 수 있는 잔인한 마음에까지 미치게 한다면 仁이 실현되는 것이요, 사람은 모두 그런 일은 하지 않는다는 의로운 마음이 있으니, 그 마음을 할 수도 있다는 불의한 생각에까지 미치게 한다면 義가 실현되는 것이다.(人皆有所不忍, 達之於其所忍, 仁也. 人皆有所不爲, 達之於其所爲, 義也.)"라고 하였다.

88) 有所不避(유소불피) : ≪맹자≫＜告子章句 上＞에 "삶도 내가 원하는 바이지만, 원하는 바가 삶보다 더 간절한 것이 있다면 구차스럽게 살려고 하지 않을 것이다. 죽음도 내가 싫어하는 바이지만, 싫어하는 바가 죽음보다 더 심한 것이 있다면 죽음의 환난을 구차하게 피하려 하지 않을 것이다.(生亦我所欲, 所欲有甚於生者. 故不爲苟得也. 死亦我所惡, 所惡有甚於死者. 故患有所不辟也.)"라고 하였다. '避'는 '辟'와 통한다.

89) 行誼(행의) : 바른 길을 취하여 행함.

90) 神明(신명) : 천지간의 신령. ≪주역≫＜繫辭下＞에 "음과 양이 덕을 합하여 굳센 것과 부드러운 것이 체가 있게 되었다. 이로써 천지의 일을 체현하고 그럼으로써 신명의 덕에 통달한다.(陰陽合德, 而剛柔有體, 以體天地之變, 以通神明之德.)" 하였다.

91) 彝倫(이륜) : 사람으로서 지켜야 할 도리. ≪서경≫＜洪範＞에 "아, 기자여! 하늘이 드러나지 않는 가운데 하민을 안정시켜 그 거처하는 것을 도와 화합하게 하시니, 나는 그 떳떳한 인륜이 펴지게 된 것을 알지 못한다.(嗚呼, 箕子! 惟天陰騭下民, 相協厥居, 我不知其彝倫攸敍.)" 하였다.

충신 증 이조판서 행 의금부도사 권순장 묘갈명 병서
忠臣贈吏曹判書行義禁府都事權公墓碣銘幷序

숭정(崇禎) 병자년(1636) 겨울에는 청나라가 대거 동쪽으로 우리나라에 침략해 왔고, 이듬해 정월에는 강화도가 함락되자 나의 벗 권공(權公) 효원 (孝元 : 권순장의 자)이 난리에 죽었다. 그로부터 26년이 지나 그의 아들 권시경(權是經)이 행장을 가지고 찾아와서 눈물을 흘리며 말하기를, "선친께서 돌아가신 지 20년이 넘었는데도 무덤으로 통하는 길에는 묘비명이 아직 없으니, 선친의 뜻과 절개를 드러낼 길이 없음이 매우 두렵습니다. 선친의 벗 중에서 선친을 아시는 사람으로 공보다 더한 분이 없어서 감히 청하오니, 오직 공께서 실제로 도모해 주소서." 하였다. 나는 글재주가 없어서 차마 묘비명을 쓰지 못하고 몇 차례 사양하다가 지금에 이르렀지만, 그 청이 더욱더 간곡하니 또 어찌 차마 다시 사양하겠는가!

공의 생전 이름은 순장(順長), 효원(孝元)은 그의 자이다. 그 선조는 안동인(安東人)으로, 고려 태사(太師) 권행(權幸)의 후손이다. 증조부 권덕여(權德輿)는 경술(經術 : 경전에 관한 학술)로 이름을 드날려 선조(宣祖) 때에 여러 차례 옥당(玉堂 : 홍문관)의 장(長)을 지냈으며, 마침내 관직이 황해도 관찰사에 이르렀다. 조부 권극중(權克中)은 우계(牛溪) 문간공(文簡公) 성혼(成渾) 선생께 학문을 배워 사림의 대단한 명성이 있었으며, 누차 관직에 임명되었으나 벼슬길에 나아가지 않다가 끝내 익위사 세마(翊衛司洗馬)가 되었으며, 의정부 좌참찬(議政府左參贊)에 추증되었다. 아버지 권진기(權盡己)는 형조참판 겸 동지춘추관사(刑曹參判兼同知春秋館事)를 지내고 예조판서(禮曹判書)에 추증되었으며, 명성과 덕행으로 신망이 두터웠다. 어머니 평창 이씨(平昌李氏)는 이조판서 이계남(李季男)의 5세손이고, 별제(別提) 이정직(李廷直)의 딸이다. 정미년(1607) 10월 19일에 공을 낳았다.

어려서부터 총명하고 영특함이 남달라 글을 읽고 문장을 지었는데 재능과 기예가 날로 발전하였다. 일찍이 친구를 만나러 가다가 청파(靑坡)에서 밤중에 되돌아와서는 다음날 대구(對句)를 지어 부쳤으니, 지은 글에 이르기를, "길에는 다니는 사람이 끊기고, 용솟음하는 샘물도 괴괴하고 조용한데, 들녘에는 넝쿨풀이 널렸으니, 방울진 이슬이 많기도 많았어라." 하자, 사람들 모두 탄복하며 실제 풍경을 그대로 묘사한 것이라고 여겼다.

18세 때에는 진사시에 급제하여 명성이 더욱 알려졌다. 을축년(1625)에는 아버지 판서공(判書公 : 권진기)이 황해도 관찰사로 나가 일찍이 병을 앓았지만, 일이 많은 때를 당하여 문서와 장부가 가득히 쌓여있어서 말로 대강의 뜻을 가르쳐주고 공으로 하여금 헤아려 처리하게 하였다. 공은 여기저기 돌아보고서 판단하고 사안에 따라 처리하여 세세한 데까지 합당하니, 온 황해도에서 모두 그 기특한 재능을 칭찬하였다. 기사년(1629)에는 판서공이 개성유수(開城留守)가 되었다가 병을 얻어 벼슬을 그만두고 돌아오니, 공은 밤낮으로 병시중을 들며 옷의 띠를 풀지 않은 것이 두 달이었으며 병세가 위급해지자 손가락을 찔러 피를 내 마시도록 드렸고, 상(喪)을 치르면서는 예에 지나치게 슬퍼하여 몸을 해칠 정도였다. 그 후로 의금부 도사(義禁府都事)·건원릉 참봉(健元陵參奉)·빙고 별제(氷庫別提) 등에 제수되었지만 모두 나아가지 않았고, 오로지 학업을 닦는데 전념하였으나 누차 과거에는 급제하지 못하니 당시 사람들이 억울하다고 말하였다.

병자년(1636)에는 병화를 피하여 어머니를 모시고 강화도로 들어갔다. 당시 오랑캐 군사의 변란이 갑자기 들이닥치자, 임금은 남한산성으로 들어갔고, 고인이 된 재상 윤방(尹昉)과 김상용 및 검찰사 김경징과 이민구 등은 종묘사직의 신주를 모시고 먼저 강화도로 들어갔다. 오랑캐들이 남한산성을 포위하였고 급하게 또 작은 배를 만들어 강화도를 침범하기로 계획하자 섬 안이 흉흉하고 두려워하고 있었으나, 검찰사와 유수 장신 등은 일을 전담하고도 안일하게 허송세월을 보내며 섬을 지킬 대비를 하지 않았다. 공은 뜻을 같이 하는 선비들과 온 힘을 한데 뭉치고 의병을 조직하여 목숨을 바치기로 맹세하고는 분사(分司)에 글을 올렸는데 그 뜻이 격렬하고 절실하였으니, 그 글에 이르기를, "원수를 갚으려고 어려움을 참고 견딘다는 와신상담(臥薪嘗膽)을 하는 것이 지금 해야 할 일이지, 술 마시고 노닥거릴 때가 아니다." 하였다. 이민구 등이 못마땅하게 여기면서 말하기를, "여기까지 와서도 또 이런 무리들을 만나다니 참 불행한 일이다." 하였다.

급보가 전해지자, 공의 가족들이 임시로 살고 있는 송정촌(松亭村)으로 즉시 두 아우를 내보내어 어머니와 가족들을 보호하게 하고, 공만이 성에 남았다. 갑곶 나루를 지키지 못하고 적병이 성 안으로 들이닥치게 되자, 남문에 올라 가슴을 치며 말하기를, "종묘사직이 망했으니, 어찌 살 수가 있겠는가?" 하였다. 상국 김상용이 와서 화약궤에 걸터앉고 좌우를 돌아보며 말하기를, "자네들은 모두 떠나가라." 하였으나, 공은 떠나가지 않고 눈물을 흘리며 분개하다가 활을 잡고 불화살을 뽑아서 문루(門樓)의 기둥을 향해 세 번 쏘자, 이윽고 불길이 치솟아 김 상국이 죽었고, 공도 김익겸(金益兼)과 함께 거기서 죽었다. 실로 이때는 정월 22일이었으며, 공의 나이는 31세였다. 그 다음날에는 공의 처와 누이가 이를 듣고 모두 스스로 목매어 죽었고, 아우 권순열(權順悅)·권순경(權順慶)은 모두 적에게 죽임을 당하였으며, 어머니만 홀로 온전하였다.

적이 물러나자, 시신을 수습하여 성 밖에다 거적으로 싸서 임시로 장사

지냈고, 무인년(1638) 4월 어느 날에 양근(楊根) 화대곡(禾大谷) 선영의 경향 (庚向)을 등지고 갑향(甲向) 자리에 장사지냈다. 인조 임금이 명하여 헌직(憲 職 : 사헌부 지평)을 증직하고 그 자손을 녹용(錄用)하였으며, 강화도 사람들 이 사당을 세워 상국 김상용 이하 절의로 죽은 사람들을 제사지내면서 공 도 함께 제사지냈다.

공은 성품이 고결하고 강직하여 일찍부터 자신의 뜻을 수립하였으니, 그 마음은 터럭만큼이라도 의가 아닌 것을 행하지 않으려 했으며, 남의 좋지 않은 언행을 들으면 마치 자신이 더럽혀질 듯이 하였다. 강화도에 있을 때에는 천혜의 요새를 이미 잃게 되자 성이 함락되고 군사가 없어 원래 지켜낼 수가 없었고, 또한 일개 피란하는 나그네로서 책임질 직임이 있지 않아 죽지 않아도 되었는데도 비분강개하여 목숨 버리는 것을 아랑 곳하지 않았으니, 죽기를 맹세하고 의를 취한 날에 두 아우를 내보냈던 때에 뜻이 이미 결정되었던 것이다. 그 누가 공의 재주와 행실이 탁월했 다고 말하랴? 이 세상에 조금만치도 뚜렷이 드러나지 않았거늘 한 번 죽 는 데에서 그치고 말았으니, 슬프도다.

나는 젊어서 공과 함께 성균관에 유학하였는데, 그의 용모가 단정하고 의론을 펼치는 것이 시원스러워서 사람들이 모두 그를 애모하고 공경하면 서도 어려워하던 것을 보았다. 그때에 태학생(太學生)이 상소하여 우계(牛 溪)·율곡(栗谷) 두 선생을 문묘(文廟)에 종사(從祀)할 것을 청하였는데, 마침 다른 의견이 지닌 자가 있어 임금이 유생들을 질책하자, 유생들은 성균관 을 비우고 떠나버렸으며, 이어서 과거에도 응시하지 않았다. 공은 이미 벼 슬을 하고 있던 처지라 상소하는 일에 참여하지는 않았으나 또한 과거에 응시하려고 하지도 않았으니, 그 진퇴에 구차하지 않은 것이 이와 같았다.

난리가 일어났을 때, 나는 부친의 병 때문에 허둥지둥 어찌할 바를 몰 라 눈물을 흘리고 있었지만, 공은 피란 가야 할 다급한 때인데도 10리 길을 걸어와 만나보고는 떠나가면서 근심하기를 마치 자기가 직접 겪는 것처럼 하였는데, 지금 생각해 보니 어제의 일과 같다. 오호라! 지금의 세상에서 어찌 이런 사람을 다시 볼 수가 있겠는가.

부인 완산 이씨(完山李氏)는 동지중추부사(同知中樞府事) 이구원(李久源)의 딸로, 연산조(燕山朝)의 열사(烈士)인 평사(評事) 이목(李穆)의 현손(玄孫)이다. 태어나기를 공과 같은 해 같은 달이나 공보다 하루 먼저이다. 효성스럽고 정숙하였으며 행실이 매우 착하였는데 순절(殉節)로써 목숨을 마쳤으니, 일이 전해져 나라에서 정려(旌閭)하도록 명하였다. 1남 1녀를 두었는데, 아들은 권시경(權是經)으로 공이 죽을 때 비로소 나이가 13세였지만 오랑캐에게 잡혀가 심양에 있다가 나중에 속환되어 왔다. 장성하여서는 참봉이 되었고, 정유년(1657)에는 소과 초시와 복시에 급제한 뒤에 형조와 공조의 좌랑(佐郎)을 역임하고 지금은 현풍(玄風)의 수령으로 있는데, 어진데다 재능이 있어 그 가업을 이었다. 딸은 사인(士人) 김남일(金南一)에게 시집갔다. 남매 모두가 아직 자녀가 없지만, 하늘이 어찌 끝내 후손을 없게 하겠는가.

명(銘)하노니 다음과 같다.

얼음과 눈의 맑음도	氷雪之淸
그 고결함을 비길 수 없고,	不足喩其潔
소나무 잣나무의 곧음도	松栢之貞
그 의열을 비길 수 없나니,	不足喩其烈
그 남편에 그 아내가	是夫是婦
절개와 의리 쌍으로 이루었도다.	節義雙成
내 그 무덤에 기리는 말을 새기나니,	我銘斯丘
명성이 백세토록 전하리라.	百世風聲

대제학 조복양 찬함.

忠臣贈吏曹判書行義禁府都事權公墓碣銘幷序[1]

崇禎丙子冬, 淸人大擧東侵, 明年正月, 江都陷, 吾友權公孝元, 死於[2]難。其後
二十有六年, 其孤是經[3], 以狀來, 泣而言曰: "先人之𡱕踰二紀, 墓道[4]之銘, 尙闕
焉, 大思無以表白[5]其志節。先友知先人, 深莫如[6]公, 敢以請, 惟公實圖之." 余不
文, 且有不忍銘者, 屢辭至今, 請愈力, 又何忍復辭!

公諱順長, 孝元, 其字也。其先安東人, 高麗太師幸[7]之後。曾祖德興[8], 以經

---

1) 趙復陽의 ≪松谷先生集≫ 권10에 <贈司憲府持平權公墓誌銘 幷序>로 수록되어 있음. 송곡
   선생집에 실린 글을 지칭할 때는 '송곡집'이라 일컫는다.
2) 於(어) : 송곡집에는 '于'로 되어 있음.
3) 是經(시경) : 權是經(1625~1708). 본관은 安東, 일명 始經, 자는 季常, 호는 七休. 蔭補로 함
   흥판관이 되고, 1675년 증광문과에 급제하여 都堂錄・弘文錄에 올랐다. 1678년 장령이 된
   뒤 헌납을 거쳐, 1680년 집의가 되었다. 그 뒤 부수찬・교리・사간을 지낸 뒤 1682년 경
   상도관찰사로 나갔고, 1684년 승지를 거쳐 함경도관찰사가 되었으며, 이듬해 충청도관찰
   사가 되었다. 1687년에는 강원도관찰사가 되고, 이듬해 대사간이 되었으며, 1689년 승지
   로 재직 중 기사환국을 맞아 삭직되었다. 1694년 갑술환국으로 다시 복관되어 함경도관
   찰사가 되었다. 이듬해 다시 대사간이 되었고, 1696년에는 도승지가 된 뒤 知義禁府事・
   대사헌을 역임하였다. 1698년 한성부좌윤・형조판서를 역임하고, 이어서 예조판서・한성
   부판윤을 거쳐, 1708년 판돈녕부사에 이르렀으며 耆老所에 들어갔다.
4) 墓道(묘도) : 송곡집에는 '幽堂'으로 되어 있음.
5) 表白(표백) : 생각이나 태도 등을 드러내어 밝힘.
6) 深莫如(심막여) : 송곡집에는 '莫如'로 되어 있음.
7) 幸(행) : 權幸(생몰년 미상). 안동 권씨의 시조. ≪高麗史≫에는 本姓은 金이며, 이름은 行이
   라 하였다. 930년 후백제의 甄萱이 古昌郡(지금의 경북 안동)을 포위하여 전세가 고려에게
   매우 불리하였으며, 이때 庚黔弼의 주장으로 공격을 하여 대승을 거두었다. 이 승리는 당
   시 고창지방 호족으로 추측되는 이들이 협조를 잘 하였기 때문이었으며, 이 전공으로 태
   조로부터 "상황을 바로 살펴 權道를 잘 취했다" 하여 權氏 姓을 하사받고, 大相 벼슬에 올
   랐다.

術顯名, 宣祖朝屢長玉堂[9], 卒[10]官黃海觀察使. 祖諱克中[11], 受學於牛溪成文簡公, 有士林重名, 累官不仕, 終於翊衛司洗馬, 贈議政府左參贊. 考諱盡己[12], 刑曹參判兼同知春秋館事, 贈禮曹判書, 以名德見重. 妣平昌[13]李氏, 吏曹判書季男[14]之五世孫[15], 別提廷直之女. 以丁未[16]十月十九日生公.

---

8) 德興(덕여) : 權德興(1518~1591). 본관은 安東, 자는 致遠. 1537년에 사마시에 합격, 성균관에서 行義로 의금부도사에 천거되었다. 1562년 별시문과에 급제하여 전적·정언·헌납 등 언관직에서 활동하였다. 1570년 동부승지에 超拜되었으며, 좌부승지에 승진되었다. 1573년에 성절사로 명나라에 다녀왔으며, 1575년에 황해감사를 지낸 뒤에 호조참의·병조참의·이조참의·도승지·부제학 등을 거쳤다. 1579년 대사간으로서 白仁傑의 상소를 李珥가 대신 지은 것이 문제되었을 때, 이이를 옹호하다 대사간에서 물러났다. 그러나 1583년 부제학으로서 이이의 처벌을 주창하는 朴謹元·宋應漑 등에 동조, 성주목사로 좌천되었다.

9) 玉堂(옥당) : 弘文館. 經書와 史籍의 관리, 文翰의 처리 및 왕의 자문에 응하는 일을 맡아보던 관아로 학문적·문화적 사업에 주도적 구실을 한 기관이었다.

10) 卒(졸) : 마침내. 종2품직인 황해도관찰사를 역임한 뒤에도 참의, 도승지, 부제학, 대사간 등을 역임했지만 모두 정3품직이다.

11) 克中(극중) : 權克中(1560~1614). 본관은 安東, 자는 擇甫·正之, 호는 楓潭·花山. 19세에 成渾의 문하에 들어가서 수학하였다. 1588년 사마시에 합격하였으나, 大科를 단념하고 학문에만 힘썼다. 여러 번 벼슬에 임명되었으나 모두 사양하다가 內侍敎官이 되었으나, 스승 성혼이 臺諫의 탄핵을 받자 벼슬을 버리고 낙향하였다. 광해군 초에 世子翊衛司洗馬가 되었다가 사퇴하였다.

12) 盡己(진기) : 權盡己(1577~1629). 본관은 安東, 자는 而恕·汝實, 호는 草廬. 1606년 명경과에 급제하여 참봉이 되었다. 도승지를 거쳐 京畿監司와 南床翰林을 지내고, 관직이 형조참판에까지 이르렀다. 1629년 53세의 나이로 생을 마감하였다. 이후 예조판서에 추증되었다.

13) 平昌(평창) : 송곡집에는 '昌平'으로 되어 있음.

14) 季男(계남) : 李季男(1448~1512). 본관은 平昌, 자는 子傑. 음직으로 1468년 감찰에 임명되었다. 1479년 사헌부 지평을 거쳐 1486년 사헌부 집의로 근무하다가 그 해 우부승지·우승지를 역임하였다. 1489년 좌승지로 있다가 같은 해 이조참의가 되었으며, 이듬해 호조참의가 되었다. 1491년 충청도관찰사, 1493년 경상도관찰사가 되었다가 같은 해 한성부우윤으로 임명되었고, 이듬해 함경도관찰사로 자리를 옮겼다. 1496년 호조참판이 되었고 2개월 후에 대사헌이 되었다. 이듬해 형조참판, 1504년에 호조판서가 되었다. 1506년 중종반정이 있던 날 새벽에 朴元宗 등이 군대를 이끌고 대궐로 진군할 때 그도 柳子光 등과 합류해 반정에 협력하였다. 그 공으로 보사반정공신 2등에 녹훈되고 平原君에 봉해졌다. 1511년 이조판서가 되었다.

15) 五世孫(오세손) : 李季男 → 李亮 → 李希文 → 李沃 → 李廷直 → 女(권순장의 처)를 가리킴.

16) 丁未(정미) : 宣祖 40년인 1607년.

幼聰穎出人, 讀書屬文, 材[17]藝日進。嘗訪友, 靑坡夜歸, 明日寄以儷句[18], 有
日 : "道絶行人, 流泉寂寂, 野有蔓草, 零露瀼瀼[19]。" 人皆歎賞, 以爲寫出眞境。

十八, 中進士, 聲名益播。乙丑[20], 判書公出按海西, 常遘疾, 時當多事, 文
簿[21]塡委[22], 口授大意, 令公裁處[23]。公領畧[24]剖決[25], 酬應曲當[26], 一道咸稱
其奇才。己巳[27], 判書公以開城留守, 得疾免歸[28], 公日夜侍病, 衣不解帶者兩月,
疾革[29]刺指出血以進, 及喪, 哀毀過制。其後, 除義禁府都事, 健元陵參奉, 氷庫
別提[30], 皆不就, 一意修業, 屢擧不第, 時人稱屈[31]。

丙子, 避兵, 奉大夫人入江都。時兵變猝迫, 上入南漢城, 故相尹公昉, 金公尙
容及檢察使金慶徵, 李敏求等, 以廟社主, 先入[32]江都。敵圍南漢, 急又造小舟[33],
謀犯江都, 島中洶懼, 檢察與留守張紳等, 專事玩愒[34], 不爲守備。公與同志之士,
團結義兵, 誓以死殉, 呈書分司, 辭意激切, 有日 : "薪膽卽事, 盃酒非時。" 敏求等

---

17) 材(재) : 송곡집에는 '才'로 되어 있음.
18) 儷句(여구) : 對句로 된 글귀.
19) 野有蔓草, 零露瀼瀼(야유만초, 영로양양) : ≪시경≫<野有蔓草>의 시구. "들에는 넝쿨풀
   있으니, 떨어진 이슬이 방울방울 맺혔네. 아름다운 한 사람 있으니, 예쁘기도 한 맑은
   눈 넓은 이마로다.(野有蔓草, 零露瀼瀼. 有美一人, 婉如淸揚.)"라고 하였다. '瀼瀼'은 이슬이
   많이 내린 모양이다.
20) 乙丑(을축) : 仁祖 3년인 1625년.
21) 文簿(문부) : 나중에 자세하게 참고하거나 검토할 문서와 장부.
22) 塡委(전위) : 가득차 쌓임. 사무가 밀림.
23) 裁處(재처) : 헤아려 처리함.
24) 領畧(영략) : 領會. 여기저기 돌아봄.
25) 剖決(부결) : 시비나 선악을 판단하여 결정함.
26) 曲當(곡당) : 경우에 따라 처리함이 모두 이치에 맞음.
27) 己巳(기사) : 仁祖 7년인 1629년.
28) 免歸(면귀) : 免遣. 벼슬을 그만두고 향리고 돌아감.
29) 疾革(질혁) : 병세가 위급해짐.
30) 提(제) : 송곡집에는 '檢'으로 되어 있음.
31) 稱屈(칭굴) : 稱冤. 원통함을 들어서 말함.
32) 入(입) : 송곡집에는 '往'으로 되어 있음.
33) 敵圍南漢, 急又造小舟(적위남한, 급우조소주) : 송곡집에는 '南漢路絶重圍, 敵又造小舟.'로
   되어 있음.
34) 檢察與留守張紳等, 專事玩愒(검찰여유수장신등, 전사완게) : 송곡집에는 '檢察與留守張紳
   等'과 '專事玩愒' 사이에 '坐恃天塹'이 있음. '玩愒'는 안일함을 탐닉하며 허송세월한다는
   뜻이다.

見而惡之曰：“到此又逢此輩, 不幸也.”

急報至, 公家寓在松亭村, 即出送二弟, 令保護大夫人及家屬, 而公獨留城[35]。及甲津不守, 敵兵薄中城[36], 上南門, 拊臂[37]曰：“廟社淪喪矣, 何以生爲?” 金相至, 踞火藥橫而坐, 顧左右曰：“君等皆去.” 公不去, 涕泣[38]憤惋, 引弓抽矢, 射門樓之柱者三, 已而火發, 金相死之, 公與金益兼汝南[39]同死焉。實正月二十二日也, 年三十一。其明日, 公之妻與妹聞之, 皆自經死[40], 弟順悅[41] · 順慶俱死于賊, 大夫人獨全。

寇去, 收屍藁葬[42]于城外, 戊寅[43]四月日[44], 葬于楊根[45]禾大谷先兆負庚向甲之原。仁廟命贈憲職[46], 錄用其子孫, 江都人立祠, 金相以下諸死義人[47], 公與焉。

公性峻潔[48]剛介, 早自樹立, 其心不欲爲一毫非義, 聞人不善, 若將浼己。其在江都[49], 天塹旣失, 則廢城無兵, 元非可守, 且以避亂一客, 非有官守, 可以無死, 而慷慨發憤, 捨命不顧, 其誓死取[50]義之日, 出送二弟之時, 志已決矣。孰謂其才

---

35) 城(성) : 송곡집에는 ‘城中’으로 되어 있음.

36) 中城(중성) : 송곡집에는 ‘城’으로 되어 있음.

37) 臂(비) : 송곡집에는 ‘膺’으로 되어 있음. ‘膺’으로 번역하였는데, ‘拊膺’은 가슴을 친다는 뜻으로, 슬퍼하거나 분개하는 모양이다.

38) 涕泣(체읍) : 송곡집에는 ‘流涕’로 되어 있음.

39) 汝南(여남) : 김익겸의 자.

40) 經死(경사) : 목매어 죽음. ≪公羊傳≫<昭公13년>에 “영왕이 목을 매어 죽었다.(靈王經而死.)” 하였는데, 徐彦의 疏에 “경이란 목을 매서 죽는 것을 말한다.(經者, 謂懸縊而死也.)” 하였다.

41) 順悅(순열) : 權順悅(1611~1637). 본관은 安東, 자는 悅之. 1633년 증광시에 급제하였다.

42) 藁葬(고장) : 시체를 짚이나 거적에 싸서 장사를 지냄.

43) 戊寅(무인) : 仁祖 16년인 1638년.

44) 日(일) : 송곡집에는 ‘某日’로 되어 있음.

45) 楊根(양근) : 경기도 양평군 양평읍의 옛 이름.

46) 憲職(헌직) : 憲府의 벼슬. 송시영이 사헌부 지평으로 증직된 것을 가리킨다.

47) 金相以下諸死義人(김상이하제사의인) : 송곡집에는 ‘祀金相以下諸死義人’으로 되어 있음.

48) 峻潔(준결) : 품행이 고결함.

49) 若將浼己, 其在江都(약장매기, 기재강도) : 송곡집에는 ‘若將浼己’와 ‘其在江都’ 사이에 ‘每見古人德行節義, 必歎慕感發而不能已.’가 있음.

50) 取(취) : 송곡집에는 ‘結’로 되어 있음.

行之卓絶? 不少著見於世 而止於一死而已也, 悲夫!

余少與公同遊太學, 見其容儀端正, 言論洒[51]然, 人皆愛慕而敬憚[52]之。時, 太學生上疏請牛栗兩先生[53]從祀文廟, 會有異論者, 上以責諸生, 諸生捲堂[54]而去, 仍不赴擧。公旣仕, 不與疏事, 而亦不肯赴, 其不苟於進取如此。方亂, 余有親癠, 遑遑悶泣, 公當避去蒼黃之際, 徒步十里, 來見而去, 憂之如在己, 至今思之, 如昨日事。嗚呼! 今世安可復見斯人也?

配完山李氏, 同知中樞府事久源[55]之女, 燕山朝烈士評事[56]穆[57]之玄孫也。其生, 與公同年月, 而一日先於公。有孝淑至行, 卒以殉節, 事聞命旌閭。有一男一女, 男卽是經, 公死時年始十三, 被攎在瀋陽, 後贖還。旣長, 除參奉, 中丁酉[58]司馬兩試, 歷官刑工二曹郎[59], 今宰玄風[60], 賢有才, 業其家。女適士人金南一[61]。俱未有子女, 天道豈其終無後也.

銘曰: "氷雪之淸, 不[62]足喩其潔。松栢之貞, 不[63]足喩其烈。是夫是婦, 節義

---

51) 洒(쇄) : 송곡집에는 '灑'로 되어 있음.
52) 敬憚(경탄) : 敬畏. 공경하면서도 어려워하고 꺼림.
53) 兩先生(양선생) : 송곡집에는 '兩賢'으로 되어 있음.
54) 捲堂(권당) : 성균관의 유생들이 제 주장이 관철되지 아니하였을 때에 시위하느라고 일제히 관을 물러나던 일.
55) 久源(구원) : 李久源(1579~1675). 본관은 全州, 자는 源之, 호는 月潭. 1615년 진사시에 합격하고, 1623년 改試文科에 급제하였다. 이듬해 議政府司錄에 등용되고, 그 뒤 전적·병조좌랑·이조정랑 및 성균관과 공조의 여러 벼슬을 거쳐 한성부우윤이 되었으며, 知敦寧府事를 역임한 뒤 耆老所에 들어갔다.
56) 評事(평사) : 兵馬評事. 병영의 사무와 그에 속한 군사를 감독하던 정6품 무관 벼슬.
57) 穆(목) : 李穆(1471~1498). 본관은 全州, 자는 仲甕, 호는 寒齋. 김종직의 문인이다. 19세 때 진사에 합격하여 성균관 유생이 되었다. 유생을 이끌고 尹弼商을 탄핵하다가 공주에 付處되었다. 1495년 증광문과에 장원, 賜暇讀書하고 典籍으로 宗學司誨를 겸임, 이어 永安道評事가 되었다. 1498년 무오사화 때 윤필상의 모함으로 金馹孫 등과 함께 사형되었고, 1504년 갑자사화 때 다시 부관참시 되었다.
58) 丁酉(정유) : 孝宗 8년인 1657년.
59) 刑工二曹郎(형공이조랑) : 송곡집에는 '刑曹佐郎'으로 되어 있음.
60) 玄風(현풍) : 대구광역시 달성 지역의 옛 지명.
61) 金南一(김남일, 1635~1696) : 본관은 禮安, 자는 重伯, 호는 砥南. 1677년 鄕薦으로 顯陵參奉에 제수된 후 軍資監直長, 司圃署別檢 등을 거쳤으며 1691년 權大運과 柳命賢의 추천으로 尙衣院別提에 임명된 후 鴻山縣監, 槐山郡守 등을 역임하였다.
62) 不(부) : 송곡집에는 '未'로 되어 있음.

雙成。我銘斯丘, 百世風聲."

大提學趙復陽[64]撰

---

63) 不(부) : 송곡집에는 '未'로 되어 있음.

64) 趙復陽(조복양, 1609~1671) : 본관은 豊壤, 자는 仲初, 호는 松谷. 좌의정 趙翼의 아들이
며, 金尙憲의 문인이다. 1633년 사마시에 합격하고, 1638년 정시문과에 급제하였다. 부
제학·예조참판·병조참판·동지성균관사·강화유수를 역임하고 여러 차례 대사성을
지낸 뒤 元子의 輔養官이 되었다. 1668년에는 예조판서로 대제학을 겸하였고, 그 뒤 우
참찬·대제학·이조판서·예조판서를 역임하였다.

성균관생원 증 사헌부지평 김익겸 묘표
成均生員贈司憲府持平金公墓表

숭정 황제(崇禎皇帝) 9년 병자년(1636)에는 만주의 오랑캐가 제 분수에 넘치는 황제를 칭하자, 우리나라의 사신(使臣 : 回答使)으로 갔던 이확(李廓) 등이 <뜻밖의 사태에 직면하여> 두려움에 어찌할 바를 모르다가 갑자기 오랑캐 조정에 들어가서 다른 종족의 사람들과 함께 축하하였다. 오랑캐가 또 몽고인을 보내왔는데 공손한 말이라고는 전혀 없으니, 조정에서는 해괴하여 대처할 방법을 알지 못했다.

이때 여남(汝南 : 김익겸의 자)은 나이가 22세였는데, 바로 1년 전 학술과 기예로써 사마시에 장원급제하고는 성균관에 유학하다가 내게 급히 달려와서 몹시도 상심하고 개탄하면서 말하기를, "우리는 좌임(左衽)하는 오랑캐가 되고 말겠습니다. 우리는 좌임하는 오랑캐가 되고 말겠습니다." 하였다. 그리고 마침내 동료들과 더불어 상소하기를, "추악한 오랑캐가 제 분수도 모르고 천명을 거슬렀으니, 이야말로 천지간의 크나큰 변고입니다. 그런데 이확 등은 사신의 임무를 뛰어넘어서 제 멋대로 그 거짓 황제를 축하하여 군주의 명을 속이고 욕되게 하였으니, 청컨대 그 무도함을 벌하여 나라의 안에 조리돌리십시오. 오랑캐 사신의 말이 극히 패악스럽고 오만하여 우리로 하여금 부모의 나라를 등지고 흉악한 저들을 따르라 하기까지 하니, 이러한 말이 어찌 이를 수가 있겠습니까? 청컨대 몽고 사신도 아울러 참하시어 그 수급(首級)을 함에 담아서 천조(天朝 : 명나라)에 아뢰시고, 이어 대의로써 삼군(三軍)을 장려하면, 벙어리, 귀머거리, 절뚝발이, 앉은뱅이 등 불구자들까지도 또한 백배의 기운을 낼 것입니다. 어찌 힘이 오랑캐를 대적하지 못할까 걱정하겠습니까." 하였다.

이날 오랑캐 사신이 막 입궐하여 우리 국모(國母 : 인렬왕후)의 상을 조문하려 하다가 궐문 아래에서 두려워하고 도망가 버렸다. 조정에서는 이를 매우 우려하여 역관을 보내 사과하자고 의논하였지만, 여남(汝南)의 아버지인 참판공(參判公 : 김반)이 이때에 사간원의 으뜸인 대사간으로 있으면서 그것은 옳지 못한 일임을 상소하였다. 이해 겨울에는 오랑캐가 과연 대대적으로 침략해 오자, 여남의 아버지와 형은 남한산성으로 대가를 호종하였고, 여남만은 아우들과 어머니 서씨 부인을 모시고 강화도로 들어갔다. 이듬해 정축년(1637) 정월에는 오랑캐가 강을 건너오려 하자, 여남은 뜻을 같이 하는 선비 권순장(權順長) 등과 약속하고는 관군을 도와 죽음을 무릅쓰고 지킬 계획이었다. 여남은 활을 잡고 화살을 들고 성 앞에 우뚝하게 서서 말하기를, "그래도 한 사람만이라도 대적해야 하지 않겠는가?" 하였다. 그 22일에는 사태가 급박함을 안 여남이 선원(仙源) 김상용(金尙容)을 따라 남성(南城)의 문루에서 스스로 불을 질러 죽었다. 다음 날에는 서씨 부인도 또한 우거하던 집에서 목을 매어 죽었다. 오랑캐가 돌아간 후에는 참판공이 자제들과 가서 서씨 부인과 여남의 시신을 찾아 교하(交河 : 경기도 파주)의 강가에 임시로 분묘를 만들었다. 그로부터 4년 후 경진년(1640)에는 참판공이 세상을 떠나시자, 여남의 두 아들은 아직 어려서 여남의 형제들이 비로소 서씨 부인과 여남의 분묘를 이장하기로 하고 물길을 거슬러 한강에 이르러서 참판공의 널과 함께 싣고 남쪽으로 와 회덕현(懷德縣) 정민리(貞民里)에 장사지냈으며, 여남의 무덤은 그 뒤에 있다. 그 대대로 내려오는 아름다운 덕과 가계는 청음(淸陰) 문정공(文正公 : 김상헌)이 참판공의 비판(碑版)에 자세히 썼는데, 거기에 말한 익겸(益兼)은 여남의 이름이다.

　여남은 재주가 높고 기상이 맑으며 뜻이 고결하고 행실이 엄숙하였던데다 또 가정의 가르침에 무젖어 날로 깨우치자, 조부 문원공(文元公 : 김장생의 시호)이 매우 아끼고 중히 여기며 높은 경지에 오를 것이라 기대하였는데, 불행히도 여기에서 끝나고 말았으니 아는 이들은 슬퍼하지 않음이 없었다. 조정에서 사헌부 지평(司憲府持平)을 추증하고 또한 상공(相公) 김상용의 사당에 제사할 것을 명하였으니, 함께 제향된 사람들은 이상길·심현·이시직·송시영·권순장·구원일 등이다.

　병자년 오랑캐 사신이 도망하였을 때에는 여남이 또 조용히 내게 말하기를, "큰 화가 곧 들이닥칠 것입니다. 조정은 나라와 함께 죽지 않으면 굴복만 있을 뿐입니다. 나는 장차 도성을 떠나 나를 좋아하는 이들과 함께 강호에서 떠돌아 노닐며 세상의 더러운 때에 물들지 않을 것입니다." 하였다. 지금 그가 성취한 바는 단지 그가 말한 바와 같은 데서만 그친 것이 아니라 진소양(陳少陽 : 陳東)·노련자(魯連子 : 魯仲連)의 의리를 겸한 것이다. 그러나 노련(魯連)은 사천(史遷 : 사마천)이 그래도 그 지향하는 뜻이 대의에 부합하지 않는다고 논하였지만, 지금 여남은 비록 해와 달과 더불어 그 빛을 다툰다고 해도 틀린 말이 아닐지니 또 무엇 때문에 슬퍼하겠는가. 세상 사람들은 더러 여남이 관직에 있던 사람이 아니었으니 태연히 죽음을 맞이할 것까지 없었다고 말하기도 하나 그것은 잘못이다. 공자께서도 오히려 <사직을 지키려고 창과 방패를 들고 싸우다가 죽은> 어린 왕기(汪踦)를 어린 아이의 상례(殤禮)로 장사지내지 말라하셨으니, 어떻게 해야 하겠는가.

　여남은 해평 윤씨(海平尹氏)와 혼인하였으니, 아버지는 참판 윤지(尹墀)이고, 조부 윤신지(尹新之)는 공주에게 장가들어 해숭위(海嵩尉)가 되었다. 아들 김만기(金萬基)는 급제하여 이미 세상에 이름을 빛내고 있고, 김만중(金萬重)은 진사로 사우(士友)들의 추앙을 받고 있으니, 또한 세상에서 보기 드문 그의 아름다움은 걱정하지 않는다.

여남의 분묘는 강가에 있었으니 나는 천리 먼 길을 가서 곡하였고, 그 후로도 매양 정민리(貞民里)를 지날 때마다 그 언덕에 올라서 참배하며 눈물을 뿌리기를 한참 한 후에야 떠나지 않은 적이 없었으니, 이 어찌 다만 사이좋게 교유한 옛정에서일 뿐이겠는가. 나는 또 세상 사람들이 알지 못하면 제 한 몸만을 위해 죽었다고 할까봐 슬퍼하여 그의 평소 뜻을 모두 밝혀서 그의 묘표를 지었다.

아! 이곳이 바로 우리 여남의 무덤이로다. 그 높이는 4척일지라도 백세토록 이지러지지 않을 것이로다. 오호라! 누가 이 마을의 이름을 처음 지어서 우리 여남을 기다렸던 것인가! 이 또한 우연이 아닐 것이로다.

숭정 임인년(1662) 정월 벗 은진 송시열 지음.

장남(長男 : 김만기)이 후에 관직이 2품 종정(從正)에 이르렀는지라, 공도 이를 따라 이조의 참판과 판서에 추증되었다. 갑인년(1674년) 금상(今上 : 숙종)께서 왕위에 올랐을 때 여남의 조모를 추존하면서 조부를 광성부원군(光城府院君)에 봉하였기 때문에 여남에게도 영의정을 추증하였으니, 또한 어찌 물의 근원이 멀면 내가 풍부하다는 말이 징험된 것이 아니랴.

송시열 추기

成均生員贈司憲府持平金公墓表[1]

崇禎皇帝九年丙子, 建虜僭號, 我行人[2]李廓[3]等悺㤼[4]失措, 遽入其庭, 與諸種人同賀。虜又以蒙古人至, 絶無遜辭, 朝廷駭遽[5], 莫知所以應者。

時汝南[6]年二十二, 前一年, 以藝業[7]魁司馬科, 游國庠[8], 奔走來余, 盡然[9]以歎曰: "吾其左衽[10]矣夫! 吾其左衽矣夫!" 遂與同輩上疏曰: "醜虜僭逆[11], 此天地

---

1) 宋時烈의 ≪宋子大全≫ 권190에 <生員贈持平金公墓表>로 수록되어 있음. 송자대전에 실린 글을 지칭할 때는 '송자대전'이라 일컫는다.
2) 行人(행인) : 使者의 통칭. 朝覲과 聘問을 맡은 벼슬이름. ≪周禮≫<秋官·訝士>에 "나라에 빈객이 있으면 행인을 보내 전송하고 맞이한다.(邦有賓客, 則與行人逆逆之.)"고 하였다.
3) 李廓(이확, 1590~1665) : 본관은 全州. 자는 汝量. 李恒福의 추천으로 무과에 급제하여 선전관이 되었다. 인조반정 때 돈화문 밖에서 수비하다가 밤에 반정군이 이르자 문을 열어 들어가게 하였다. 반정 후 그를 죽이려 하자, 李貴가 길을 비켜준 그의 공을 역설하여 화를 면하게 하였다. 그 뒤 李适이 난을 일으키자, 도원수 張晩의 군에 들어가 선봉이 되어 적을 격파하는데 공을 세우고, 자산부사를 거쳐 부총관이 되었다. 1636년에 回答使가 되어 청나라 瀋陽에 갔을 때, 심양에서는 국호를 淸이라 고치고 왕을 황제로, 연호를 崇德이라 하여 교외에서 하늘에 제사를 올리려고 할 때 그의 일행을 조선 사신으로 참여시키려고 하였으나, 결사적으로 항거하여 그 의식에 불참하고 돌아왔다. 우리 조정에서는 그 사실을 잘못 전하여 듣고, 한때 선천에 유배시켰다가 뒤에 충절을 알고 석방하였다. 같은 해 청이 침입하자 남한산성을 수비하는데 활약하였고, 난이 끝난 뒤 충청도병마절도사를 거쳐 1641년 삼도수군통제사에 이르렀다.
4) 悺㤼(광겁): 겁을 냄. 송자대전에는 '㤼慄'으로 되어 있다.
5) 駭遽(해거) : 駭怪. 크게 놀랄 정도로 매우 괴이하고 야릇함.
6) 汝南(여남) : 金益兼(1614~1636)의 자.
7) 藝業(예업) : 학술과 기예.
8) 國庠(국상) : 國學. 나라에서 세운 학교.(성균관)
9) 盡然(혁연) : 몹시 상심하고 슬퍼하는 모양.
10) 左衽(좌임) : 오른쪽 옷섶을 왼쪽 옷섶 위로 여민다는 뜻으로, 미개한 오랑캐의 풍속을 가리키나 여기서는 오랑캐를 가리키는 말임. ≪논어≫<憲問篇>에 "공자가 말하기를 '管

之大變。廓等越使事, 擅賀其僞, 以誣辱君命, 請誅其不道, 以徇國中。虜使辭極悖慢, 至使我輩[12]父母之邦而名以凶渠[13], 此言奚宜至哉! 請並斬蒙古使, 函其首以奏天朝, 仍以大義獎勵三軍, 則喑聾跛躄[14]者, 亦且增百倍之氣矣。何憂力之不敵哉?"

是日, 虜使方詣闕, 吊我國母喪[15], 自闕下懼而跳去。朝廷甚憂之, 議遣舌人[16]以謝之, 汝南皇考[17]參判公[18]時長諫院[19], 疏言其不可。是冬, 虜果擧國來寇, 汝南父兄扈駕南漢, 獨與諸弟奉母徐夫人入江都。翌年丁丑正月, 虜將渡江, 汝南約同志士權順長孝元[20]等, 恊[21]官軍爲死守計。汝南操弓持[22]矢, 亢[23]然臨城曰 : "尙不爲一人敵乎?" 其二十二日, 知事急, 汝南從仙源金相公尙容, 自焚于南城之

仲이 桓公을 도와 패왕 노릇하여 천하를 한 번 바로잡으니 백성이 지금까지 그 덕택을 받았다. 관중이 없었다면 우리가 머리를 땋아 뒤로 내려뜨리고 옷섶을 왼편으로 여미게 되었을 것이다.' 하였다.(子曰 : '管仲相桓公, 霸諸侯, 一匡天下, 民到于今受其賜. 微管仲, 吾其被髮左衽矣.')"고 하였다.

11) 僭逆(참역) : 분수를 모르고 윗사람을 가볍게 보고 거역함.

12) 輩(배) : 송자대전에는 '背'로 되어 있음. 문맥상 '背'로 번역하였다.

13) 名以凶渠(명이흉거) : 송자대전에는 '以面凶渠'로 되어 있음. '凶渠'는 凶徒이고, 문맥상 '以面凶渠'로 번역하였다.

14) 喑聾跛躄(암롱파벽) : ≪예기≫<王制>에 "벙어리와 귀머거리, 절름발이와 앉은뱅이, 다리 끊긴 자와 난쟁이와 백공들은 각각 자기의 기능에 따라 일을 시키고 먹인다.(瘖聾, 跛躃, 斷者, 侏儒, 百工各以其器食之.)" 하였다. '喑'과 '瘖'은 통한다.

15) 國母喪(국모상) : 1635년 12월 9일 인조의 비 仁烈王后(1594~1635) 韓氏가 세상을 떠난 것을 가리킴.

16) 舌人(설인) : 역관.

17) 皇考(황고) : 先考를 높여 이르는 말.

18) 參判公(참판공) : 金槃(1580~1640). 본관은 光山, 자는 士逸, 호는 虛州. 文元公 金長生의 아들이고, 金集의 아우이다. 1605년 사마시에 합격, 성균관유생이 되었다. 1613년 계축옥사 때, 화가 미칠 것을 염려하여 관직을 버리고 낙향, 10여 년 간 은거하였다. 인조반정 후 氷庫別提에 임명되나 나아가지 않고, 1624년 李适의 난 때 인조를 공주에 호종한 뒤, 公州行在 정시문과에 급제, 호종의 공으로 典籍에 올랐다. 형조좌랑 등 여러 관직을 거쳐 대사간에 이르고, 병자호란 때 남한산성으로 인조를 호종한 공으로, 예조참판·대사간·대사헌 등을 거쳐 이조참판에 이르렀다. 영의정이 추증되었다.

19) 長諫院(장간원) : 大司諫.

20) 孝元(효원) : 권순장의 자.

21) 恊(협) : 송자대전에는 '協'으로 되어 있음.

22) 持(지) : 송자대전에는 '指'로 되어 있음.

23) 亢(항) : 송자대전에는 '兀'로 되어 있음.

譙樓。翌日, 徐夫人亦引決[24]于寓舍。虜去, 參判公與子弟, 徃尋徐夫人及汝南尸, 寓墳于交河[25]之江上。後四年庚辰[26], 參判公捐舘[27], 汝南二子尙幼, 其兄弟始啓徐夫人及汝南瘞, 遡[28]流至漢江, 與參判公柩, 同載而南, 葬之于懷德縣貞民里[29], 汝南在其後。其世德[30]族出[31], 清陰文正公具著于參判公碑版, 其所謂益兼, 汝南之名也[32]。

汝南才高氣清, 志潔行峻, 仍且濡[33]染家庭, 日以開益[34], 祖考文元公甚愛重之, 期以遠到[35], 不幸止此, 儕流[36]莫不悲傷之。朝廷爲贈司憲府持平, 又命腏食[37]于金相公祠廟, 同[38]享者, 李公尙吉・沈公諴・李公時稷・宋公時榮・權公順長・具公元一也。

丙子虜使[39]之跳, 汝南又從容語余曰: "大禍迫矣。朝廷不以國斃則屈而已矣。我則將去朝市[40], 與好我浮遊[41]湖海[42]之上, 不獲世之滋垢[43]也。" 今其所就,

---

24) 引決(인결) : 자살함.
25) 交河(교하) : 경기도 파주 지역의 옛 지명.
26) 庚辰(경진) : 仁祖 18년인 1640년.
27) 捐舘(연관) : 죽음을 일컫는 말. 죽은 사람의 관직이 높으면 薨逝라 하고, 조금 높으면 捐舘이라 한다.
28) 遡(소) : 송자대전에는 '溯'로 되어 있음.
29) 貞民里(정민리) : 대전광역시 유성구의 서북쪽에 위치한 동네 이름.
30) 世德(세덕) : 대대로 쌓아 내려오는 아름다운 덕.
31) 族出(족출) : 대대로 내려오는 가계.
32) 汝南之名也(여남지명야) : 송자대전에는 '汝南名也'로 되어 있음.
33) 濡(유) : 송자대전에는 '儒'로 되어 있음.
34) 開益(개익) : 깨우쳐 도움을 줌.
35) 遠到(원도) : 학문이나 재주가 높은 경지에 오름.
36) 儕流(제류) : 同輩. 나이나 신분이 서로 같거나 비슷한 사람.
37) 腏食(철식) : 학덕이 높은 유학자나 공신 가문의 조상 등의 神主를 文廟・종묘・서원・祠宇・家廟 등에서 主壁 좌우에 봉안하여 제사를 받을 수 있도록 함.
38) 同(동) : 송자대전에는 '司'로 되어 있음.
39) 虜使(노사) : 오랑캐의 사신. 적국의 사자를 멸시하여 부르는 말이다.
40) 朝市(조시) : 옛날의 도성 양식인 '左廟右社, 前朝後市'에서 나온 말. 왕조의 상징인 궁궐과 종묘・사직・관아를 지은 후에 市場을 짓고, 도성을 구축하였던 것이다. 여기에서는 도성을 일컫는 말인 셈이다.
41) 遊(유) : 송자대전에는 '游'로 되어 있음. '浮遊' 또는 '浮游'는 마음 내키는 대로 떠돌아다니다는 뜻이다.
42) 湖海(호해) : 江湖.

不但如其所言而已, 陳少陽[44]·魯連子[45]義兼之矣。然魯連, 史遷[46]猶議其指意
不合大義[47], 今汝南雖謂之日月爭光可也, 又何悲焉? 世或以汝南非官人, 謂無從
容[48]而死者非也。孔聖[49]尙勿殤童汪踦[50], 何以哉?

汝南娶海平尹氏, 其考參判墀[51], 其祖新之[52]尙主爲海嵩尉。男萬基[53]及第,

---

43) 滋垢(자구) : 汚垢. 더러운 때.

44) 陳少陽(진소양) : 少陽은 宋나라 陳東(1086~1127)의 字. 欽宗 때 상소하여 국정을 문란케
한 蔡京, 童貫 등 6인의 처형을 청하였고, 금나라 군대가 開封을 포위하였을 때 主戰을
주장하다가 파직된 李綱을 복직토록 청하였으며, 高宗이 南渡한 뒤에 또 파직된 李綱의
유임을 청하는 상소를 올리다가 歐陽澈과 함께 棄市되었다.

45) 魯連子(노련자) : 魯仲連. 전국시대 齊나라의 高士. 《史記》<魯仲連列傳>에서 노중련이
新垣衍에게 "秦나라가 천하의 제왕으로 군림하게 되면 나는 동해에 빠져 죽을지언정 그
백성이 되지 않겠다.(秦卽爲帝, 則魯連有蹈東海而死耳.)"고 하였다.

46) 史遷(사천) : 漢나라 司馬遷의 별칭. 사마천이 太史令이 되어 사관의 직책을 담당하였으므
로 칭한 것이다.

47) 사마천은 노중련에 대하여 《사기》<魯仲連列傳>에서 "노중련이 지향하는 뜻이 대의에
부합되는 것은 아니다. 그러나 평민의 신분으로 벼슬이나 권세도 없는 그가 호탕하게
자신의 뜻을 마음대로 하며 제후들에게 몸을 굽히지 않고 세상사를 논해 권세 있는 公
卿들을 굴복시켰으니 가히 칭송할만하다고 하겠다.(太史公曰 : 魯連其指意, 雖不合大義, 然
余多其在布衣之位, 蕩然肆志, 不詘於諸侯, 談說於當世, 折卿相之權.)"고 하였다.

48) 容(용) : 송자대전에는 '頌'으로 되어 있음.

49) 孔聖(공성) : 공자에 대한 존칭.

50) 汪踦(왕기) : 춘추시대 魯나라의 한 어린아이. 제나라와의 전투에 참가하여 항전하다 희
생되었는데, 노나라에서는 파격적으로 성년의 예로 장사지내주었다. 《춘추좌씨전》<哀
公11년>에 "공위가 총애하는 家僮 왕기와 兵車에 같이 타 싸우다가 함께 전사하니 함께
빈장하였다. 공자께서 '(왕기가 비록 나이는 어리지만) 창과 방패를 들고 싸워 사직을
지키다 죽었으니 성년이 되기 전에 죽은 자의 상을 치르는 예로 하지 않는 것이 옳다.'
고 하였다.(公爲與其嬖僮汪錡乘, 皆死, 皆殯. 孔子曰, 能執干戈以衛社稷, 可無殤也.)"라고 하
였다. '踦'는 '錡'로도 쓴다.

51) 墀(지) : 尹墀(1600~1644). 본관은 海平, 자는 君玉, 호는 河濱翁. 영의정 尹昉의 손자로,
海崇尉 尹新之의 아들이며, 어머니는 宣祖의 딸 貞惠翁主이다. 1619년 문과에 급제하여,
승문원권지정자·설서를 거쳐 시강원사서에 이르렀으나 광해군의 난정을 보고 관직을
사퇴하였다. 인조반정 이후 사헌부·사간원·홍문관 삼사의 요직을 역임하였다. 1636년
병자호란이 일어나자 성균관으로 달려가 생원들과 힘을 합하여 東廡·西廡에 모신 선현
의 위패를 산에 묻고, 다시 五聖·十哲의 위패를 남한산성으로 모셔 분향행례를 계속하
였다. 뒤에 예조참판을 거쳐 전라도관찰사가 되었다. 그러나 1638년 할아버지 윤방이
병자호란 때 강화도로 모시고 간 종묘사직의 위패 40여주 가운데 왕후의 신위 하나를
분실한 책임이 논죄되고 그 죄목으로 할아버지가 황해도 연안으로 귀양가게 되어 속죄
의 뜻으로 관찰사의 사직을 주청하였으나 받아들여지지 않고 도리어 경기감사로 자리를
옮기게 되었다.

已顯於世, 萬重⁵⁴⁾進士, 爲士友所推, 又不患其美之不世⁵⁵⁾也。

汝南之墳于江上也, 余千里徃哭之, 後每過貞民, 未嘗不登其壟, 瞻拜涕洒, 久然後去, 此豈但游好⁵⁶⁾之舊而已! 余又悲世人不知, 則爲一身故, 悉明其平日之志, 以表其墓。

嗚呼! 是惟吾汝南之墓也。其高四尺而百世不可隳矣。嗚呼! 誰肇此里名, 以待吾汝南也哉! 亦非偶然也歟.

時崇政⁵⁷⁾壬寅⁵⁸⁾正月日 友人恩津宋時烈述

---

52) 新之(신지) : 尹新之(1582~1657). 본관은 海平, 자는 仲又, 호는 燕超齋. 선조와 仁嬪金氏와의 소생인 貞惠翁主와 결혼하여 海崇尉에 책봉되었다. 인조 때에는 君德을 極論하는 데 서슴지 않았으나 인조는 이것을 잘 받아들였으며, 陵廟의 대사가 있을 때마다 그에게 감독하게 하여 마침내 정1품에 올라 位가 재상과 같았다. 1636년 병자호란 때에는 왕명을 받아 老病宰臣들과 함께 강화에 갔다. 그때 廟社를 지키고 있던 아버지 尹昉이 그를 召募大將으로 竹津에 있게 하였다. 甲津이 적군에게 점령되고 府城에 적이 육박해 오자 군사를 지휘하여 성을 나와 죽기를 결심하고 홀로 말을 달려 질주하다가 적병을 만나자 몸을 절벽에 던져 자살하려 하였으나 구조되었다.

53) 萬基(만기) : 金萬基(1633~1687). 본관은 光山, 자는 永淑, 호는 瑞石·靜觀齋. 친동생이 구운몽의 작가 김만중이다. 조부는 金槃이고, 증조부는 金長生이다. 숙부 金益熙에게서 수학하고 宋時烈의 문인이 되었다. 1652년 사마시를 거쳐, 이듬해 별시문과에 급제하여 수찬 등을 지냈다. 정치적으로는 서인에 속하여 1659년 효종이 죽자, 慈懿大妃의 복상문제 때 尹善道를 공격하였다. 1671년 딸이 세자빈이 되고, 1674년 숙종이 즉위하자 인경왕후가 되었고 자신은 國舅로서 돈령부영사에 승진하여 光城府院君에 봉해졌다. 병조판서에 摠戎使를 겸하여 병권을 장악해 南人들의 질시를 받기도 하였다. 1680년 경신대출척 때 훈련대장으로 남인의 영수이자 영의정이었던 許積의 아들 許堅의 역모를 다스리는데 공을 세워 保社功臣 1등에 책록되었다.

54) 萬重(만중) : 金萬重(1637~1692). 본관은 光山, 아명은 船生, 자는 重淑, 호는 西浦. 金益謙의 유복자이고, 光城府院君 金萬基의 아우이다. 그는 어머니로부터 엄격한 훈도를 받고 14세에 진사 초시에 합격하고 이어서 16세에 진사에 일등으로 합격하였다. 그 뒤 1665년 庭試文科에 급제하여 관료로 발을 디디기 시작하여 1671년에는 암행어사로 申最·李稗·趙威鳳 등과 함께 경기 및 삼남지방의 賑政得失을 조사하기 위해 分遣된 뒤 돌아와 부교리가 되었다. 그동안 그의 형 김만기도 2품직에 올라있었고 그의 질녀는 세자빈에 책봉되어 있었다. 그러나 1687년 張淑儀 일가를 둘러싼 言事의 사건에 연루되어 의금부에서 추국을 받고 하옥되었다가 선천으로 유배, 다시 南海에 위리안치되었다. 이같이 유배가게 된 것은 숙종의 계비인 仁顯王后 閔氏의 餘禍 때문이었다. 이러한 와중에서 그의 어머니인 윤씨는 아들의 안위를 걱정하던 끝에 병으로 죽었으나, 효성이 지극했던 그는 장례에도 참석하지 못한 채 1692년 남해의 유배지에서 56세를 일기로 숨을 거두었다.

55) 不世(불세) : 세상에서 보기 드문.

56) 游好(유호) : 서로 사이좋게 교유하며 지냄.

長胤後官至二品從正，公隨贈吏曹參判，判書。甲寅今上嗣位[59]，推王妣恩[60]，疏封[61]光城府院君，故亦加贈領議政，亦豈非源遠川豊之徵也耶！

宋時烈追記[62]

---

57) 政(정) : 송자대전에는 '禎'으로 되어 있음.
58) 壬寅(임인) : 顯宗 3년인 1662년.
59) 嗣位(사위) : 임금의 자리를 이어받음. 1674년 8월 숙종이 왕위에 올랐던 것을 일컫는다.
60) 推王妣恩(추왕비은) : 推恩은 임금이 신하의 부모에게 관작을 내리던 일.
61) 疏封(소봉) : 왕이 작위에 봉해줌.
62) 長胤後官至二品從正 ~ 宋時烈追記 : 송자대전에는 이 부분이 없음.

강화도의 세 충신 전기
江都三忠傳

    처음 내가 강화도에 부임해왔을 때는 바야흐로 겨울이어서 떠다니는 얼음덩이가 강을 뒤덮어 건너지 못하였다. 나는 강기슭에 앉아서 조수를 지켜보다가 이윽고 개연히 탄식하여 말하기를, "아! 이곳은 천혜의 요새이로다. 그러나 병자년(1636)과 정축년(1637) 사이 겨울과 봄이 교차할 때에 북쪽의 오랑캐 군대가 평지를 밟듯 몰려오자, 한 사람도 감히 어쩌지 못하여 금성탕지(金城湯池) 같은 요새를 지키지 못하고 종묘사직을 막대히 욕되게 하였으니, 김경징(金慶徵)과 장신(張紳) 같은 애송이들의 죄는 비록 강물이 다하여도 씻지 못할 것이다." 하면서 당시의 일을 물어보려니, 살아남은 노인들은 이미 있지 않고 고을의 문사(文士)나 무사(武士)들이 이따금 강화부의 세 충신에 관한 일을 말하는데 자못 상세하였다고 한다.

    구원일(具元一)은 자가 여선(汝先)으로, 사람됨이 강직하고 굳세며 스스로를 지켰다. 무과에 급제하고 10년 동안 불우하다가 강화부에서 불러 우부천총(右部千摠)이 되었다. 병자년의 국난 때는 주장(主將)이 자기가 거느렸던 병졸들을 잃어버리자, 겨우 수하 10여 명으로 유병장(游兵將)이 되었다. 또 갑곶나루는 천혜의 요새이니 적병이 어찌 날아서라도 건너오겠느냐고 하면서 아무런 대비를 하지 않다가 정축년 정월 21일에는 장수들에게 사흘의 휴가까지 주었는데, 구원일이 겨우 집에 돌아왔다가 <오랑캐가 건너

온다는> 변보를 듣고 급히 처자와 헤어지며 말하기를, "나는 마땅히 싸우다가 죽을 것이니 다시 내가 살아 돌아오기를 기다리지 말라." 하면서 갑곶나루로 달려 나갔다.

오랑캐는 이미 강에 다다라 진을 치고 우레처럼 포환을 쏘았으며, 강을 뒤덮고 떠다니던 얼음덩이 사이로 뱃길이 조금 열리자 먼저 작은 배 2척을 띄우고 수십 명의 항복한 사람들을 태워 시험 삼아 보냈다. 검찰사 김경징과 부사 이민구, 유수 장신은 허둥지둥 어찌할 바를 몰라서 배를 빼앗아 도망치다가 강어귀에 닻을 내리고는 움츠리기만 하고 싸울 뜻이 전혀 없었다. 구원일은 비분강개하여 눈물을 흘리며 강기슭에 올라 큰 소리로 말하기를, "적병이 바야흐로 건너오려 하니 종묘사직이 장차 망하게되고 섬 안의 부모와 자제들 또한 죄다 죽을 지경인데, 배들은 어찌 적을 맞아 싸우려하지 않는 것이오? 대장이 만약 머뭇거리며 전진하지 않는다면, 제장(諸將)은 먼저 대장을 베고 싸우러 나아갑시다." 하였다. 주장(主將)이 크게 성을 내며 잡아들여서 죽이려 하자, 구원일은 칼을 빼들고 통곡하며 말하기를, "너희들은 임금과 어버이를 버리고 국난에 처해 살려고만도망하니, 너희들의 죄가 하늘에 사무칠 것이다. 내 한스러운 것은 이 칼로 너희들을 베지 못하는 것이거늘, 내 어찌 너희들 손에 죽을 사람이겠는가?" 하면서 노하여 꾸짖는 소리가 끊이지 않다가 칼을 쥐고 강에 몸을던져 죽었으니, 나이 56세였다.

조정은 그 마을에 정려문을 세워 '충신(忠臣)'이라 하고, 해당 관아로 하여금 철따라 지내는 사시제(四時祭)의 제수를 공급하도록 하였다. 황선신·강흥업과 함께 모두 병조 참의를 추증하고 충렬사(忠烈祠)에 배향하였다.

황선신(黃善身)은 자가 사수(士修)이다. 정유년(1597)에는 무과에 급제하였고, 여러 관직을 두루 거쳐 훈련원 정(訓鍊院正)에 이르렀다. 정축년에 강화부의 중군(中軍)으로서 성 안에 있다가 주장이 수군을 거느리고 강가로 나가 성 안이 텅 빈 사이에 갑곶나루에서 급보가 전해지자, 황선신은 천총(千摠) 강홍업(姜興業)과 함께 남아있던 노약자 수십 명을 모아 진해루(鎭海樓) 아래로 싸우러 나가면서 강홍업을 돌아보며 말하기를, "일이 이미 이 지경에 이르렀으니, 우리들은 단지 한 번 죽는 것만이 있을 뿐이네." 하고는, 몇 명의 적을 화살로 쏘아 죽이고 몸을 떨치어 치고받으며 싸우다가 힘이 다하여 죽었으니, 나이 68세이었다.

이때 효종대왕은 임금이 되기 전 대군(大君)으로서 섬 안에 있었는데, 그후에 유사(有司)에게 명하기를, "내 일찍이 보았나니, 황선신이 연로하였고 용모도 남다르지 않았지만 갑곶나루에서 군사가 궤멸되던 날에 혼자 항전하며 굴복하지 않다가 죽었다. 사람들은 진실로 알기가 쉽지 않으니, 충렬사에 함께 제사하고 그 자손들을 녹용(錄用)하는 것이 좋겠다." 하였다.

강홍업(姜興業)은 자가 위수(渭叟)이다. 담력과 지략이 있었으며, 말타기와 활쏘기를 잘하였다. 병신년(1596)에는 무과에 급제하였고, 훈련원 첨정(錬院僉正)을 역임하였다. 정축년에는 강화부의 좌부 천총(左部千摠)이었고 이때 나이가 63세였는데, 군사들이 궤멸한 갑곶나루에서 황선신과 함께 같은 날에 힘껏 싸우다가 죽었다.

찬하노니 다음과 같다.

옛날 창려(昌黎) 한유(韓愈)가 수양성(睢陽城)을 지켰던 남제운(南霽雲)의 일을 서술하면서 그의 절의를 대단하게 칭송하였는데, 그것을 읽노라면 오늘에 이르기까지도 꿋꿋하게 그 생생한 기개가 남아 있다. 지금 내가 이 삼충전(三忠傳)을 지음에 비록 세 충신의 공렬(功烈)을 현양하기에는 부족하였을지라도, 남제운은 순원(巡遠 : 장순과 허원)을 만나 함께 죽었지만 세 충신들이 용렬한 자에게 제재를 받고도 그런 일을 해낸 것은 거의 이루기 어려운 것이다. 강화도는 조그마한 섬일 뿐인데 세 충신이 같은 시대에 살았으니, 어찌 그리도 성대하단 말인가? 공자께서 말하기를, "10호 정도 되는 작은 마을에도 반드시 충성되고 믿음직스런 이가 있다."고 하였는데, 정말 그러하도다. 그 김경징, 장신 등은 험준한 요새만 믿고 방자하게 굴었으며, 세 충신들이 백수(白首)로 군진에서 행한 바를 보고도 반드시 노예처럼 여겼으니, 과연 어떻게 하겠는가? 저들은 진실로 책망할 것도 없거니와, 아! 세상에는 <자식이 장군감이 못됨을 알아본> 마복(馬服 : 조나라 趙奢)의 지혜조차 없었도다. 만약 나랏일을 맡아 다스리는데 사사로움에 가려지지 않았고, 널리 재주와 덕을 겸비한 인재를 구하는데 세 충신과 같은 부류들을 만나서 나라를 지킬 임무를 맡겼다면, 강화도가 설마 갑작스럽게 당했더라도 당시의 일을 알 수가 없었을 리 있겠는가? 그러나 세 충신은 어찌 성패만으로 논할 사람들이겠는가?

이이명 찬함.

江都三忠傳[1]

　　始余之赴江都[2], 方冬月, 流澌[3]蔽江不可濟。余坐岸候潮, 因慨然歎曰："嗟乎! 此天險[4]也。而丙丁冬春之交, 北軍如履平陸[5], 無一人敢誰何[6], 使金湯[7]失守而廟社重辱焉, 金張竪子[8]之罪, 雖盡江流而莫之洗也。"欲問當時事, 遺老[9]已無在者, 而府中文武士, 徃徃說本府三忠事, 頗詳云。

　　具元一字汝先, 爲人剛毅自守。中武科十年不調, 本府辟爲右部千摠。丙子之難, 主將奪其所領兵, 菫[10]與手下十數人, 爲游[11]兵將。又謂甲[12]津天塹, 賊兵何能飛渡, 不爲之備, 丁丑正月二十一日, 令休暇諸將三日, 元一纔歸家, 聞變急與

<hr>

1) 李頤命의 《疏齋集》 권11에 <江都三忠傳>이 수록되어 있음. 소재집에 실린 글을 지칭할 때는 '소재집'이라 일컫는다.
2) 李頤命의 <연보>에 따르면, 1696년 11월 경상도 관찰사에 제수되었다가 곧 체직되고 江華 留守가 되었으며, 다음해 1월 강화에서 순절한 사람들 褒獎하기를 치계함.
3) 流澌(유시) : 流氷. 물 위에 떠서 흘러가는 얼음덩이.
4) 天險(천험) : 지세가 매우 높고 험한 천연의 요새.
5) 陸(육) : 소재집에는 '地'로 되어 있음.
6) 誰何(수하) : 누구인지 신분을 밝히고 자세히 확인하는 일. 《六韜》<金鼓>에서 "무릇 삼군은 경계함으로 굳게 지켜지고 나태함으로 무너지니 우리의 보루에서 수하가 끊이지 않게 해야 한다.(凡三軍以戒爲固, 以怠爲敗, 令我壘上, 誰何不絶。)" 하였다.
7) 金湯(금탕) : 金城湯池. 쇠로 만든 성과, 그 둘레에 파 놓은 뜨거운 물로 가득 찬 못이라는 뜻으로, 방어 시설이 잘되어 있는 성을 이르는 말.
8) 竪子(수자) : 남을 경멸하여 이르는 말.
9) 遺老(유로) : 살아남은 노인.
10) 菫(근) : 소재집에는 '僅'으로 되어 있음.
11) 游(유) : 소재집에는 '遊'으로 되어 있음.
12) 甲(갑) : 소재집에는 '江'으로 되어 있음.

妻子決13)曰：“我當戰死, 勿復待我歸.” 馳赴甲津。

虜已臨江而陣, 飛礮如雷, 氷漸少開, 先浮二少舠, 載數十降人以試之。檢察使金慶徵, 副使李敏求, 留守張紳, 劻勷14)不知所措, 爭奪舸遁, 下碇江口, 瑟縮15)無戰意。元一慷慨涕泣, 登岸大呼曰：“賊兵方渡江, 宗社將亡, 島人父子且盡戮, 諸舡16)何不迎戰? 大將若逗遛17), 請諸將先斬大將而進.” 主將大恚, 令收之將欲殺, 元一按劍痛哭曰：“汝輩遺君親臨難逃生18), 汝罪通于天. 吾恨不能以此劍斬汝, 吾豈死於汝輩手者?” 怒罵不絕聲, 握劍投江而死, 年五十六。

朝廷旋其閭曰‘忠臣’, 命官給四時祭羞。與黃善身·姜興業, 俱贈官兵曺參議, 配享忠烈祠。

黃善身字士修。中丁酉19)武科, 歷官至訓鍊院正。丁丑, 以本府中軍20)在城中, 主將領舟師出江上, 城中空虛, 甲津急報至, 善身與千摠姜興業, 募得老弱數十人, 出戰于鎭海樓下, 顧謂興業曰：“事已至此, 吾輩只有一死而已.” 射殺數賊, 奮身搏戰, 力盡而死, 年六十八。時孝宗大王21)龍潛22)在島中, 後命有司曰：“余嘗見黃善身年老, 容貌不異凡人, 甲津師潰之日, 獨抗戰不屈而死. 人固未易知也, 可同祠23)于忠烈祠, 錄用其子孫.”

姜興業字渭叟。有膽畧24), 善騎射。丙申25), 登武科, 歷訓鍊院僉正。丁丑, 爲本府左部千摠, 時年六十三, 師潰甲津, 與黃善身同日力戰而死。

---

13) 決(결) : 소재집에는 ‘訣’로 되어 있음.
14) 劻勷(광양) : 허둥거리는 모양.
15) 瑟縮(슬축) : 오그라져서 펴지지 않음. 움츠림.
16) 舡(강) : 소재집에는 ‘船’으로 되어 있음.
17) 逗遛(두류) : 전장에서 전진해야 하는데 전진하지 않은 것을 말함.
18) 逃生(도생) : 위험한 상황에서 도망하여 생명을 보전함.
19) 丁酉(정유) : 宣祖 30년인 1597년.
20) 中軍(중군) : 각 軍營에서 대장이나 절도사, 통제사 등의 밑에서 군대를 통할하던 장수.
21) 孝宗大王(효종대왕) : 병자호란 때 강화도로 피난한 鳳林大君을 가리킴.
22) 龍潛(용잠) : 임금으로 아직 즉위하지 아니한 때.
23) 祠(사) : 소재집에는 ‘祀’로 되어 있음.
24) 膽畧(담략) : 담력과 지략.
25) 丙申(병신) : 宣祖 29년인 1596년.

贊曰：“昔韓昌黎[26]叙雎[27]陽南霽雲[28]事[29], 盛稱其節義, 讀之至今凜然有生氣。今余爲此傳, 雖不足以揚三忠之烈, 然南八[30]得巡遠[31]而同歸, 夫三忠受制於庸夫, 而所成就如此, 殆難矣。江都小島耳, 三忠並時, 何其盛歟? 孔子曰：“十室之邑, 必有忠信。”[32] 信夫! 當金張諸人之怙險自恣[33]也, 視三忠白首[34]行陣[35], 必奴隷之矣, 而果何如哉? 彼固不足責, 嗟夫! 世無有馬服[36]之智[37]也。嚮使秉

---

26) 昌黎(창려) : 唐나라 문인 韓愈(768~824)의 호. 사상적으로는 도가와 불가를 배척하고 유가의 정통성을 적극 옹호·선양했다. 그의 시는 300여 수가 남아 있는데 독특한 표현을 추구하여 일가를 이루었으며 문장에 있어서는 柳宗元과 함께 고문운동을 주도, 산문의 새로운 경지를 개척하여 唐宋八大家의 머리를 차지하였다.

27) 雎(저) : 소재집에는 ‘雁’로 되어 있음.

28) 霽雲(제운) : 唐나라 장군 南霽雲. 安祿山의 난 때 雎陽城을 지키다 張巡으로부터 義에 죽을지언정 구차히 삶을 위해 굴하지 말라는 말을 듣고, 관군으로서 적에게 끝내 굴하지 않다가 장순과 함께 순절하였다.

29) 韓愈의 <張中丞傳后序>에, “성이 함락되자 적이 장순에게 칼을 들이대고 항복하도록 협박할 때 장순은 굴복하지 않으니 곧 끌고 가서 참하려 하였다. 또 남제운을 항복시키려 하자 남제운이 응하지 않았다. 장순이 남제운에게 외쳐 말하기를, ‘남팔아 남아가 죽음이 있을 뿐 불의에 굴복해서는 안 된다.’ 하니, 남제운이 웃으며 말하기를, ‘장차 달리 행하고자 해도 공의 말씀이 있는데 제가 감히 죽지 않겠습니까?’ 하고 끝내 굽히지 않았다.(城陷, 賊以刃脅降巡, 巡不屈, 卽牽去, 將斬之。又降雲, 雲未應, 巡呼雲曰 : ‘南八, 男兒死耳, 不可爲不義屈.’ 雲笑曰 : ‘欲將以有爲也, 公有言, 雲敢不死?’ 卽不屈。)”라고 한 것을 가리킴.

30) 南八(남팔) : 당나라 장군 南霽雲을 가리킴. 형제 중의 차례가 여덟 번째였기 때문이다.

31) 巡遠(순원) : 唐나라의 명신 張巡(709~757)과 許遠(709~757)의 병칭. 755년 安祿山의 난 때에 雎陽에서 사력을 다해 성을 지켜 순절한 충신들이다.

32) 十室之邑, 必有忠信(십실지읍, 필유충신) : ≪논어≫<公冶長篇>의 “십 호쯤 되는 작은 고을에 반드시 나처럼 忠信한 자는 있지만 나처럼 학문을 좋아한 자는 없을 것이다.(十室之邑, 必有忠信如丘者焉, 不如丘之好學也。)”라고 한 데서 나온 말.

33) 自恣(자자) : 제멋대로임.

34) 白首(백수) : 뚜렷한 벼슬이나 일자리가 없는 사람을 일컫는 말.

35) 行陣(행진) : 군대를 지휘하여 陣勢를 폄.

36) 馬服(마복) : 전국시대 趙나라 땅. 조나라 명장 趙奢가 이곳에 봉해져 馬服君이라 하였고, 뒤에 조사나 그의 아들 趙括을 이르는 말로 쓰였다.

37) 馬服之智(마복지지) : 趙括은 어려서부터 병법을 배워 천하에 자신을 당해낼 자가 없다고 여겼는데, 그 아버지 趙奢는 조괄과 함께 병법을 논할 때 잘한다고 말하지 않았다. 조괄의 어머니가 그 이유를 묻자 조사가 말하기를, “전쟁은 목숨을 거는 곳인데 조괄이 이를 쉽게 말하니 조나라가 만약 조괄을 장수로 삼는다면 조나라 군대를 패망시킬 자는 반드시 조괄일 것이다.” 하였다. 나중에 조괄은 염파를 대신하여 조나라 장수가 되어 군중에서 약속을 모두 변경하고 軍吏를 바꾸어 두고는 秦나라를 공격하여 대패하였다. 조사가 자신의 아들을 냉정하게 평했던 것처럼 사사로움에 가려지지 않고 인재를 잘 알아보는

國[38]之成而不爲私蔽, 旁求賢才, 得三忠之倫, 任以保障, 則江都豈其倉卒, 而當時事未可知矣? 然三忠, 豈可以成敗論者也?

李頤命撰[39]

지혜를 말한다. 여기서는 병자호란 때 방어를 총책임진 도체찰사 金瑬가 자신의 아들 김경징이 강화도의 방어를 책임진 검찰사를 맡을 만한 그릇이 되지 못함에도 맡긴 것을 염두에 둔 표현이다.

38) 秉國(병국) : 國政을 맡아 다스림.

39) 李頤命撰(이이명찬) : 소재집에는 없음.

강화 남문 선원 김상용 선생 순의비기
江華南門仙源金先生殉義碑記

　　오호라! 이곳은 강화부(江華府) 남문(南門), 고(故) 우의정 문충공(文忠公) 선원(仙源) 김 선생이 의를 위해 죽은 곳이다. 선생의 생전 이름은 상용(尙容), 본관은 안동(安東)이다. 만력(萬曆) 18년 경인년(1590)에는 과거에 급제하였고, 여러 조정을 내리 섬겨 재상에 올랐으며, 충후(忠厚)와 정직(正直)으로써 선비들의 추앙을 받았다.

　　숭정(崇禎) 병자년(1636)에는 북쪽의 오랑캐 군대가 쳐들어오자, 임금은 강화도로 거둥하려 하였고, 선생은 당시 이미 재상 자리에서 떠나 있었던 데다 늙고 병까지 들었지만 명을 받들어 종묘사직의 신주를 모시고 먼저 들어가게 되었다. 이때에 장신(張紳)은 강화부의 유수(留守)였고, 검찰사(檢察使) 김경징(金慶徵)・부사(副使) 이민구(李敏求)는 명을 받아 군대에 관한 일을 맡았다. 이윽고 대가(大駕)는 오랑캐의 선봉에 의해 급박하게 되자 허둥지둥 남한산성으로 들어갔다. 오랑캐가 목책 등을 길게 쌓고 지켜서 안팎이 서로 통하지 못하자, 각 도에서 왕을 지키려는 군대가 왔지만 번번이 궤멸되었다.

　　오랑캐가 또 군사를 나누어 강화도를 엿보았는데, 장신과 김경징 등은 그곳이 천혜의 요새임을 믿고 방비할 생각조차 하지 않았다. 김경징은 또 교만하고 방자하였으니, 사람들 중에 군사에 관한 일로 간하는 자가 있으면 그때마다 벌컥 성을 내거나 지레 윽박질렀다. 선생이 분연히 말하기를, "임금께서 머무시는 행재소가 포위된 지 오래되었다. 정세규(鄭世規)가 패하여 거리에 떠도는 말로 이미 죽었다고 하니, 호서지방에서는 군사에 관한 일을 주관할 자가 없는 셈이다. 부사가 마땅히 급히 호서로 가서 흩어진 군졸들을 수습하고 의병을 규합하며, 후방에 있는 호남의 군사들을 독려하여 임금의 위급함을 구하려 나아가야 하니, 때를 늦춰서는 안 된다." 하였다. 또 말하기를, "남한산성의 소식이 끊겼으니 마땅히 목숨을 바칠 군사를 속히 모집하고, 관직에 있는 사람을 보내어 열 번 가면 반드시 한 번은 도달할 것이니, 신하의 의리로 어찌 속수무책으로 앉아서 보고만 있을 수 있겠는가?" 하였다. 김경징 등은 서로 함께 비방하며 말하기를, "이 일을 책임지고 있는 사람은 따로 있으니, 피란한 대신이 관여할 바가 아니다." 하고는, 한 가지도 듣고 시행한 것이 없었다.

어떤 이가 선생에게 말하기를, "일이 이미 글렀습니다. 어찌 배를 준비하여 급한 때를 대비하지 않으셨습니까?" 하였다. 선생이 탄식하며 말하기를, "주상께서 포위되어 계셔서 안위를 알 수가 없는 데다 종묘사직과 원손(元孫)이 모두 여기에 있으니, 만일 불행한 사태가 생기면 죽음만이 있을 뿐이지, 어디로 가서 구차하게 살아남겠는가?" 하였다.

며칠이 지나서는 오랑캐가 대거 몰려온다는 보고가 있었는데도 장신과 김경징이 여전히 곧이듣지 않고 말하기를, "거참, 겁쟁이로구나! 강물에는 유빙(流氷 : 얼음덩이)이 둥둥 떠다니는데 적이 어떻게 날아서라도 건너온단 말이냐?" 하였다. 다음날 아침에는 오랑캐가 과연 갑곶나루로 강을 건너오니, 우리 군사들은 이를 보고 싸워보지도 않고 스스로 궤멸되었다. 김경징 등은 일시에 배를 빼앗아 타고 도망가 버렸다. 오랑캐가 마침내 평지를 달리듯 와서 성 아래에 들이닥치자, 선생은 가족들과 결별한 뒤로 성의 문루(門樓)에 올라서 초황(硝黃)을 쌓고 그 위에 걸터앉고는 옷을 벗어

하인에게 건네며 손을 내저어 좌우를 물리치고 불을 놓아 스스로 타 죽었다. 손자 김수전(金壽全)은 이때 나이 열세 살로 그 곁에 있었는데, 하인으로 하여금 끌고 돌아가게 하니, 선생의 옷깃을 잡고 울면서 떠나가지 않으며 말하기를, "할아버지 따라 죽는 것이 마땅한데, 오히려 어찌 돌아가겠습니까?" 하였다. 하인도 떠나지 않고 모두 함께 죽었다. 별좌(別坐) 권순장(權順長)·진사(進士) 김익겸(金益兼)은 이보다 먼저 자청하여 성문을 나누어 맡고 관군과 협력하면서 사수할 계획이었지만 이때에 이르러 끝내 선생과 함께 죽었으니, 실로 정축년(1637) 정월 22일이었다.

선생이 세상을 떠나자, 국가에서는 그 고을에 정문을 세워 '충신지문(忠臣之門)'이라 하고, 또 강화부의 성 남쪽으로 7리 되는 곳에 사당을 세우고 '충렬(忠烈)'이라 사액하였다. 권공과 김공 및 의롭게 죽은 다른 사람들인 이상길(李尙吉) 이하 11인 모두가 제향되었으니, 추숭하고 보답하는 전례(典禮)가 갖추어진 것이다.

금상(今上 : 숙종) 24년 무인년(1698)에는 나의 백씨(白氏 : 김창집)께서 명을 받들어 강화부의 유수가 되었는데, 부임하자마자 맨 먼저 사당에 알현하였고, 이윽고 또 남문에 올라 안타까워하며 크게 탄식하기를, "무릇 위(魏)나라 공자(公子 : 信陵君 無忌)가 능히 선비에게 자신을 낮추었던 것만으로도 대량(大梁 : 위나라 도읍지)의 동문(東門)을 사람들은 여전히 기억하는 데에 게으르지 않았고, 태사공(太史公 : 사마천)은 역사서에 기록하기까지 하였다. 하물며 선생은 충절이 혁혁하여 백세에 이르도록 인륜기강이 힘입는 바가 되었거늘, 이를 알지 못해서야 되겠는가!" 하였다. 이에 돌을 깎아 비를 만드니 높이가 4척이었는데, 큰 글씨를 새겨 남문 곁에 세우고 나로 하여금 그 본말을 기록하게 하였다.

나는 그윽이 생각하건대, 충의는 사람을 감복하게 하는 데에 실로 깊은 것이다. 정축년부터 지금에 이르기까지 60여 년 동안 살아남았던 노인들은 죄다 세상을 떠났지만, 이 남문만은 사람들이 오히려 가리키며 서로 말하기를, "김상용 상공이 이곳에서 죽었다."고 하면서 이따금씩 그 당시의 일을 마치 엊그제 일인 양 주고받고 있다. 그리고 사대부들이 오가면서 이 강화부를 지나갈 때면 또한 반드시 먼저 남문이 어디에 있는지 묻고 찾아가 감탄하면서 흐느끼며 떠날 줄을 모른다. 이로써 말하면 비록 비석이 없어도 의당 또한 괜찮을 것이나, 당시의 유적을 드러내어 칭송함으로써 사람들로 하여금 갑절이나 우러러보게 하여 비록 백세나 오래 되어도 행여 아주 잊어버리지 않기를 바란다면 비석이 또 어찌 없을 수 있겠는가? 전임자의 정사를 돌아보건대 이것을 생각한 사람이 있지 않았으니, 어쩌면 그들은 보루 쌓는 것을 급하게 여겼고 이 일에 대하여 생각이 미칠 겨를이 없었던 것이리로다. 절의가 장한 것은 국가에서 요새나 무기보다 더 중하니, 오늘의 이 일을 그 누가 급한 일이 아니라고 말하랴.

맏형의 이름은 창집(昌集)이니 실로 선생의 아우 문정공(文正公) 청음(淸陰) 김상헌(金尙憲) 선생의 증손이다. 그런데 후대의 사람들이 만약 다시 이 때문에 이 일이 혹 사사로운 정에서 행한 것이라고 의심한다면 또한 태공(太公 : 문충공 김상용)의 도의(道義)를 아는 자가 아닐 것이다.

숭정 기원 후 73년(1701) 종증손자 김창협 삼가 씀.

江華南門仙源金先生殉義碑記[1]

嗚呼! 此爲江華府南門[2], 故右議政文忠公仙源金先生殉義之地也。先生諱尚容,
安東人。萬曆十八年庚寅[3], 登第, 歷事[4]累朝, 位宰相, 以忠厚正直, 爲士類所宗。

崇禎丙子, 北虜入寇, 上將幸江都, 先生時已去相, 且老病, 命從廟社主先行。
於是張紳爲本府留守, 而檢察使金慶徵, 副使李敏求, 受命任軍事矣。旣而, 大駕
迫虜先鋒, 倉卒入南漢城。賊築長圍[5]守之, 內外不通, 諸道勤王師至者, 輒皆潰。

賊又分兵窺江都, 紳・慶徵等, 恃有天塹險, 不以爲意。慶徵又驕恣, 人有以軍
事諫者, 輒盛氣逆折。先生奮而謂曰:"行在受圍日久。鄭世規敗, 道路傳言已死,
湖西無主事者。副使宜急徃, 收散卒糾義旅, 督湖南兵在後者, 以赴君父之急, 機
不可緩。"又言:"南漢消息斷絶, 宜亟募死士, 起居官守[6], 十徃必有一達, 臣子之
義, 豈忍束手坐觀?"慶徵等, 相與詆之曰:"自有權此者, 非避亂大臣所得與。"一
無所聽施。

或謂先生, "事去矣。盍具舟備緩急?"先生歎曰:"主上在圍中, 安危不可知,
宗社元孫, 皆在此, 萬一不幸, 有死而已, 安所偸生?"

居數日, 有報賊大至, 紳・慶徵猶不信曰:"唉怯夫! 江水流澌, 賊安能飛渡?"

---

1) 金昌協의 ≪農巖集≫ 권24에 <江華府南門仙源先生殉義碑記>로 수록되어 있음. 농암집에
   실린 글을 지칭할 때는 '농암집'이라 일컫는다.
2) 南門(남문) : 농암집에는 '城南門'으로 되어 있음.
3) 庚寅(경인) : 宣祖 23년인 1590년.
4) 歷事(역사) : 여러 대의 임금을 내리 섬김.
5) 長圍(장위) : 제방이나 목책 등을 가리킴.
6) 居官守(거관수) : 관직에 있음.

詰朝[7], 賊果從甲串渡江, 我兵望之, 不戰自潰。慶徽等一時奪舸遁去。賊遂平

行[8]至城下, 先生顧與家人訣, 登城門樓積硝黃, 據其上, 解衣授傔人[9], 麾左右使

去, 放火自燒死。孫壽全時年十三, 在側, 命僕掖歸, 挽衣泣不去曰："當從翁死,

尙何歸?" 僕[10]亦不去皆同死[11]。別坐權順長・進士金益兼, 先自請[12], 分隷城門

愶[13]官軍, 爲死守計, 至是, 竟與先生俱死, 實丁丑正月二十二日也。

　盖先生旣沒, 而國家旌其閭曰'忠臣之門', 又立祠府城南七里[14], 賜額'忠烈'。

權公・金公及他死義者, 李公尙吉以下十一人, 皆得腏食, 崇報之典, 備矣。

　上之二十四年戊寅[15], 我伯氏[16]承命爲本府留守, 至則首謁祠下. 旣又登南門,

喟然[17]太息曰："夫以魏公子[18]之能下士也, 而大梁東門[19], 人猶志之不倦, 太史

---

7) 詰朝(힐조)：이튿날 아침.

8) 平行(평행)：막힘없이 나아감.

9) 傔人(겸인)：양반집에서 잡일을 맡아보거나 시중을 들던 사람.

10) 僕(복)：농암집에는 '僕'으로 되어 있음.

11) 皆同死(개동사)：농암집에는 '同死'로 되어 있음.

12) 先自請(선자청)：농암집에는 '先約同志'로 되어 있음.

13) 愶(협)：농암집에는 '協'으로 되어 있음.

14) 府城南七里(부성남칠리)：농암집에는 '于府城南七里'로 되어 있음.

15) 戊寅(무인)：肅宗 24년인 1698년.

16) 伯氏(백씨)：金昌集(1648~1722)을 가리킴. 본관은 安東, 자는 汝成, 호는 夢窩. 좌의정 金
尙憲의 증손으로, 할아버지는 동지중추부사 金光燦이고, 아버지는 영의정 金壽恒이다. 金
昌協・金昌翕의 형이다. 이른바 노론 4대신으로 불린다. 1672년 진사시에 합격했으나,
1675년 아버지 김수항이 화를 입고 귀양을 가자 과거 응시를 미루었다. 1684년 공조좌
랑으로서 정시 문과에 급제, 正言・병조참의 등을 역임하였다. 1689년 기사환국 때 아버
지가 진도의 유배에서 사사되자, 귀향해 장례를 치르고 永平의 산중에 은거하였다.
1694년 갑술환국으로 정국이 바뀌어 복관되고, 병조참의에 제수되었으나 사임하였다.
다시 동부승지・참의・대사간에 임명되었지만 모두 취임하지 않았다. 그 뒤 철원부사・
강화유수・예조참판・개성유수 등을 역임하고, 호조・이조・형조의 판서를 지냈다.
1705년 지돈녕부사를 거쳐 이듬해 한성부판윤・우의정, 이어서 좌의정에까지 이르렀다.
1712년에는 사은사로 청나라에 갔다가 이듬해 귀국, 1717년 영의정에 올랐다. 그러나
소론의 金一鏡・睦虎龍 등이 노론의 반역 도모를 무고해 신임사화가 일어나자, 거제도에
위리안치되었다가 이듬해 성주에서 사사되었다.

17) 喟然(위연)：성현의 위대한 발자취를 보고 크게 감동하며 스스로는 도저히 그렇게 따라
갈 수 없음을 안타까워하면서 탄식하는 모양을 형용하는 말.

18) 魏公子(위공자)：전국시대 魏나라 信陵君을 이르는 말. 신릉군은 위 昭王의 아들인 無忌
의 封號이다. 신릉군은 어질고 인재를 아껴 빈객들을 대할 때 자신을 낮추어 교만하지
않았던 까닭에 그에게는 삼천 명에 이르는 빈객이 모여들었다고 하며, 그의 세력을 두

公至書于策。況以先生忠節赫²⁰⁾，爲百世人紀所賴，而此可以無識乎!" 於是伐石爲碑，高四尺，大書以篆之，樹于門之側，俾昌協記其本末。

昌協竊惟忠義之於感人也深矣。自丁丑至今六十餘年，其遺老盡矣，而此南門者，人猶指而相語曰："某公死於此。" 徃徃談說其時事如昨日。而士大夫徃來道此府者，亦必先問南門何在? 爲之感歎獻欷而不能去。自是而言，則雖無碑，宜亦可也²¹⁾，而要以表揚²²⁾遺跡，使人人者，一倍瞻視，而雖百世之遠，無或忘失²³⁾，則碑又安可無也? 顧前政未有以此爲意者，豈其以保障²⁴⁾爲急而不暇於此也。然而知節義之壯人，國家有甚於城池²⁵⁾甲兵²⁶⁾，則今日之爲，其孰曰非急務哉!

伯氏名昌集，實先生之弟文正公淸陰先生諱尙憲之曾孫。然後之人，若復以是而疑此擧之或私也，則又非知太公²⁷⁾之道者也。

崇禎紀元後七十三年從曾孫金昌協²⁸⁾謹記²⁹⁾

려워하여 주변 나라들도 10년 동안 魏나라를 침공하지 못했다.

19) 大梁東門(대량동문) : 대량은 河南省 開封縣 황하 남쪽에 있던 전국시대 魏나라의 도읍. 신릉군이 자신을 낮추어 대량의 동문을 지키는 문지기였던 侯嬴을 빈객으로 맞아들였다. 그리하여 司馬遷은 ≪사기≫에서 신릉군에 대해 "천하의 여러 공자들도 선비들을 좋아했다. 그러나 신릉군만이 깊은 산과 골짜기에 숨어 사는 인물들을 찾았고, 신분이 낮고 천한 사람들과의 사귐을 부끄럽게 여기지 않았다. 제후들 사이에 그의 명성이 가장 높았던 것도 결코 헛된 것이 아니었다."고 평했다.

20) 赫(혁) : 농암집에는 '赫赫'으로 되어 있음.

21) 宜亦可也(의역가야) : 농암집에는 '宜可也'로 되어 있음.

22) 揚(양) : 농암집에는 '揭'로 되어 있음.

23) 忘失(망실) : 아주 잊어버림.

24) 保障(보장) : 국가를 지키는 든든한 울타리.

25) 城池(성지) : 적의 접근을 막기 위하여 성의 둘레에 깊게 파 놓은 연못.

26) 甲兵(갑병) : 무기 장비.

27) 太公(태공) : 증조부. 여기에서는 仙源 金尙容을 지칭한다.

28) 金昌協(김창협, 1651~1708) : 본관은 安東, 자는 仲和, 호는 農巖・三洲. 좌의정 金尙憲의 증손자이고, 영의정 金壽恒의 아들이다. 영의정을 지낸 金昌集의 아우이다. 1669년 진사시에 합격하고, 1682년 증광문과에 전시장원으로 급제하였다. 청풍부사로 있을 때 기사환국으로 아버지가 진도에서 사사되자, 사직하고 永平에 은거하였다. 1694년 갑술옥사 후 아버지가 신원됨에 따라, 호조참의・예조참판・홍문관제학・이조참판・대제학・예조판서・세자우부빈객・지돈녕부사에 임명되었으나 모두 사직하고 학문에 전념하였다. 문장에 능하며 글씨도 잘 썼다. 시호는 文簡이다.

29) 崇禎 ~ 金昌協謹記 : 농암집에는 이 부분이 없음.

충렬사 순절비기
忠烈祠殉節碑記

숭정(崇禎) 병자년(1636) 겨울에는 만주의 오랑캐가 대거 침략해오자 임금이 장차 강화도로 거둥하려고 하셨을 때, 먼저 종묘사직의 신주를 받들어 가도록 명하시면서 빈궁과 원손, 대군 및 늙고 병든 신하들 모두 그 뒤를 따르게 하였다. 임금도 뒤따라 출발하여 도성의 남문에 이르셨지만, 오랑캐 기병이 이미 서쪽 교외에 바짝 들이닥쳐서 마침내 대가(大駕)를 돌려 남한산성으로 들어갔다.

검찰사 김경징, 부사 이민구, 유수 장신 등이 실제 강화도의 일을 관장하였지만, 천혜의 요새는 족히 믿을 만하다고 여기고 마냥 술 마시며 직무에 태만한 데다 해이하여 싸워서 지킬 방비를 하지 않고서, 이에 대해 말하는 자가 있으면 번번이 욕보였다. 정축년(1637) 정월 22일에는 오랑캐가 갑곶나루로 건너오자, 김경징 등이 겁에 질려 어찌할 줄 모르다가 배를 빼앗아 타고 도망하니, 강화도는 마침내 함락되고 말았다.

이때에 원임(原任 : 전임) 의정부 우의정 선원(仙源) 김상용(金尙容) 선생은 반드시 강화도를 다시 구할 수 없음을 알고 탄식하기를, "종묘사직과 원손이 이곳에 있으니 바로 내가 죽을 곳이다." 하고는, 사태가 이윽고 급박해지자 남성(南城)의 문루(門樓)에 올라서 초황(硝黃) 위에 걸터앉고 스스로를 불태워 죽었다. 원임 공조판서 이상길(李尙吉)은 성 밖 10리 되는 곳에 임시로 살다가 달려 들어와서 종묘사직의 신주에 곡하고 순절하였다. 원임 돈령부 도정(敦寧府都正) 심현(沈誢)은 집안사람이 배를 준비하고서 바다로 도피하기를 울며 청했지만 듣지 않고 임금 계신 곳을 향하여 네 번 절한 뒤에 손수 상소를 써놓고 부부가 함께 죽었다. 원임 사헌부 장령 이시직(李時稷)은 사(詞)를 지어서 하인에게 주고는, 사복시 주부(司僕寺主簿) 송시영(宋時榮)과 함께 죽기로 약속한지라 두 개의 관(棺)을 준비하고 두 구덩이를 파놓고서 스스로 목을 매어 죽었다. 시강원 필선(侍講院弼善) 윤전(尹烇)은 적을 꾸짖으며 굽히지 않다가 죽임을 당하였다. 원임 의금부 도사 권순장(權順長)과 성균관 생원 김익겸(金益兼)은 스스로 군대를 편성하고 남문의 성첩을 지키다가, 상공(相公 : 김상용)이 분신하려 하면서 손을 내저어 물러나라고 해도 떠나지 않고 마침내 함께 죽었다. 강화부의 중군(中軍) 황선신(黃善身)과 천총(千摠) 강흥업(姜興業)은 패잔병을 이끌고서 강나루를 막고 온 힘을 다해 싸우다가 죽었으며, 천총 구원일(具元一)은 강기슭에서 김경징 등을 꾸짖다가 분을 참지 못하여 물에 빠져 죽었다.

난이 그치자, 조정에서는 그들의 절의를 가상히 여겨 의정공(議政公 : 김상용)은 문충(文忠)을, 판서공(判書公 : 이상길)은 좌의정에 추증하고 충숙(忠肅)을, 도정공(都正公 : 심현)은 이조판서에 추증하고 충렬(忠烈)을, 장령공(掌令公 : 이시직)은 참찬에 추증하고 충목(忠穆)을, 주부공(主簿公 : 송시영)은 참찬에 추증하고 충현(忠顯)을 시호로 내렸다. 필선공(弼善公 : 윤전)은 도승지에, 도사공(都事公 : 권순장)과 생원공(生員公 : 김익겸)은 함께 지평에, 구공(具公 : 구원일)과 황공(黃公 : 황선신), 강공(姜公 : 강흥업)은 함께 참의에 추증하였다.

임오년(1642)에는 한양과 지방의 유생들이 합의하여 강화부의 남쪽으로 7리 되는 곳의 선원촌(仙源村)에 사당을 세웠으니, 바로 문충공이 젊은 시절 우거했던 곳인데, 문충공을 주위(主位)에 모시고, 충숙공·충렬공·충목공·충현공 및 구공을 배향하였다. 이 일이 알려지자 조정에서는 '충렬(忠

烈)'이란 사당의 이름을 내렸고, 효종 때에 이르러서는 황선신·강흥업 두 사람을 먼저 추향(追享)하고 윤전·권순장·김익겸 세 사람을 나중에 추향하였다. 금상(今上 : 숙종) 정축년(1697)에는 그 순절한 날짜에 승지를 보내어 제사를 올리었으니, 이제야 성조(聖朝)가 충신을 찬양하고 공렬을 드러내는 일에 여한이 없게 하였다.

오호라! 사대부가 평소에는 도리를 말하며 참으로 죽느냐 사느냐, 의리와 이욕(利慾) 등을 잘 분별하는 것 같다가도, 하루아침에 국난을 만나서는 능히 나라를 등지고 구차히 살길만 찾으며 몸을 욕되게 하고 이름을 더럽히지 않은 자가 드물었다. 오직 이 문충공을 비롯한 제공(諸公)들만은 천지가 뒤집히는 때를 만나서도 의리에 입각하여 스스로 바르게 처신하면서 태연히 죽음에 나아감으로써, 말단 관직이나 직무가 없는 벼슬아치, 한미한 무명의 선비들에 이르기까지 함께 종묘사직을 지키다가 몸 바쳐 순국하였다. 또 어쩌면 시골마을의 편비(褊裨)들은 참으로 어떤 모습인지 알지 못했다고 일컬어진 안진경(顔眞卿)과 같은 사람들로서 역시 모두 충의가 용솟음쳐 죽기를 마치 제집에 돌아가듯이 여겼으니, 대체로 그들이 수립한 절의가 빛남은 비록 해와 달과 더불어 빛을 다툰다고 말해도 괜찮을 것이다. 아! 하늘이 환란을 내려 온 나라가 쓰러져 갈 때 우리나라 사민(士民)으로 하여금 천지의 떳떳한 강상이 있음을 알아서 삼백년 예의의 나라를 잃지 않도록 한 것은 과연 누구의 공이겠는가?

전 유수(前留守) 이이명이 여러 공들의 사실 및 사당을 세운 전말을 모았고, 또 구공·황공·강공 등 세 사람의 전기(傳記)를 지어서 사당에 보관해 두었다. 김창집이 뒤이어 정사를 맡고서 경건히 사당을 참배하고 비장한 감회가 일어나 말하기를, "묘정에 비를 세우는 것은 예로부터 있었던 일이다. 이런 일이 있지 않으면, 무엇으로 지금과 후세 사람들에게 보이겠는가?" 하고는, 마침내 돌을 떠다가 유생들에게 맡겼다. 유생들은 기꺼이 이 일에 힘써서 갈고 다듬기를 마치자, 이이명이 기록한 1통의 글을 나에게 주면서 비문 지어주기를 청하였다. 나는 뒤늦게 태어났지만 감개가 북받쳐 그때를 상상하면서 눈물을 닦아온 지 오래이다. 지금 이 비문 짓는 일에 대하여 의리상 감히 사양할 수가 없어서 삼가 그 대략을 간추려 기록하여 후세 사람들로 하여금 사실을 살피도록 하는 바이다.

통정대부 이조판서 권상하 찬함.

도유사 유학(幼學) 이시화가 일을 맡음.

숭정 갑신년 후 58년 신사년(1701) 6월 일 세움.

忠烈祠殉節碑記[1]

崇禎丙子冬, 建虜大擧入寇, 上將幸江都, 命先奉廟社主行, 嬪宮[2]元孫大君及群臣老病者皆從之。大駕追發, 至國南門, 則虜騎[3]已迫[4]西郊, 遂[5]回駕入南漢城。

檢察使金慶徵・副使李敏求・留守張紳, 實筦[6]江都事, 謂天塹足恃, 杯酒恬嬉[7], 弛放戰守備, 人有言者, 輒折辱[8]之。丁丑正月二十二日, 賊渡甲串津, 慶徵等惟忄㤼[9]失措, 奪舸而走, 江都遂陷。

于時, 原任議政府右議政仙源金先生尙容, 知必不濟, 歎曰:"宗社元孫在此, 吾死地也[10]." 事旣急, 上南城譙樓, 據硝黃自焚。原任工曹判書[11]李公尙吉, 寓城外[12]十里地, 馳入[13]哭於廟社而殉焉。原任敦寧府[14]都正沈公詻, 家人具舟楫,

---

1) 權尙夏의 ≪寒水齋先生文集≫ 권25에 <江華忠烈祠庭碑>로 수록되어 있음. 한수재선생문집에 실린 글을 지칭할 때는 '한수재집'이라 일컫는다.
2) 嬪宮(빈궁) : 한수재집에는 '東宮嬪'으로 되어 있음.
3) 虜騎(노기) : 한수재집에는 '賊哨馬'로 되어 있음.
4) 迫(박) : 한수재집에는 '薄'으로 되어 있음.
5) 遂(수) : 한수재집에는 '上遂'로 되어 있음.
6) 實筦(실관) : 한수재집에는 '專任'으로 되어 있음.
7) 恬嬉(염회) : 직무를 게을리 함.
8) 折辱(절욕) : 기를 꺾어 욕보임.
9) 惟忄㤼(광겁) : 겁에 질림.
10) 吾死地也(오사지야) : 한수재집에는 '此吾死地也'로 되어 있음.
11) 原任工曹判書(원임공조판서) : 한수재집에는 '前工曹判書'로 되어 있음.
12) 寓城外(우성외) : 한수재집에는 '寓在城外'로 되어 있음.
13) 馳入(치입) : 한수재집에는 '馳入城'으로 되어 있음.
14) 原任敦寧府(원임돈령부) : 한수재집에는 '前敦寧府'로 되어 있음.

泣請入海而不聽, 四拜手疏, 夫婦倂[15]命。原任[16]司憲府掌令李公時稷, 作遺詞授傔人, 與司僕寺主簿宋公時榮約, 買二棺, 掘[17]兩坎而自經[18]。侍講院弼善尹公烇, 罵賊不屈而被害。原任[19]義禁府都事權公順長·成均館生員金公益兼, 自編行伍, 守南門堞, 及相公自焚, 麾之不去, 遂與之同死[20]。本府中軍黃公善身·千摠姜公興業, 提殘兵截江津, 力戰而死。千摠具公元一, 臨江岸罵慶徵等, 發憤赴水[21]。

亂已, 朝廷嘉其義, 贈議政公諡文忠, 判書公左議政[22]忠肅, 都正公吏曹判書[23]忠烈, 掌令公參贊忠穆, 主簿公參贊忠顯. 弼善公都承旨[24], 都事公·生員公並[25]持平, 具公·黃公·姜公並[26]參議。

歲壬午[27], 京外章甫, 合議建祠于府南七里[28]仙源村, 寔文忠少時所寓也[29], 文忠主享[30], 忠肅·忠烈·忠穆·忠顯曁具公配。事聞賜號[31]'忠烈', 逮孝廟朝, 以黃·姜二公及尹·權·金三公, 先後追享[32]。今上丁丑[33], 以其殉義月日, 遣承

---

15) 倂(병) : 한수재집에는 '幷'으로 되어 있음.
16) 原任(원임) : 한수재집에는 '前'으로 되어 있음.
17) 掘(굴) : 한수재집에는 '堀'로 되어 있음.
18) 自經(자경) : 한수재집에는 '同死'로 되어 있음. '自經'은 스스로 목을 매어 죽었다는 뜻이다.
19) 原任(원임) : 한수재집에는 '前'으로 되어 있음.
20) 遂與之同死(수여지동사) : 한수재집에는 '同入於烈焰之中'으로 되어 있음.
21) 本府中軍黃公善身 ~ 發憤赴水 : 한수재집에는 '本府千摠具公元一, 臨江岸罵慶徵等, 發憤赴水. 本府中軍黃公善身, 本府千摠姜公興業, 提殘兵截江津, 力戰而死.'로 되어 있음.
22) 左議政(좌의정) : 한수재집에는 '左相'으로 되어 있음.
23) 吏曹判書(이조판서) : 한수재집에는 '吏判'으로 되어 있음.
24) 弼善公都承旨(필선공도승지) : 한수재집에는 '弼善公知申事'로 되어 있음.
25) 並(병) : 한수재집에는 '幷'으로 되어 있음.
26) 並(병) : 한수재집에는 '幷'으로 되어 있음.
27) 壬午(임오) : 仁祖 20년인 1642년.
28) 合議建祠于府南七里(합의건사우부남칠리) : 한수재집에는 '合議建祠, 俎豆于府南七里.'로 되어 있음.
29) 少時所寓也(소시소우야) : 한수재집에는 '舊寓地也'로 되어 있음.
30) 主享(주향) : 한수재집에는 '主位北壁'으로 되어 있음. '主享'은 祠宇나 書院 등에서 위패를 主壁으로 모시어 제향하는 일.
31) 忠顯曁具公配, 事聞賜號(충현기구공배, 사문사호) : 한수재집에는 '配於東西, 事聞上賜號.'로 되어 있음.

旨致祭, 於是乎聖朝, 所以褒忠顯烈者, 靡有餘憾矣。

嗚呼! 士大夫平居, 談道理, 眞若有辨於死生義利之分, 一朝遭大難, 其能不背國儕生辱身敗名者鮮矣[34]。惟兹[35]文忠諸公, 當天地飜覆之日[36], 引義自靖[37], 從容就死, 以至一命[38]散僚[39]·布衣匹士, 同衛社稷, 以身殉國。又如下邑褊裨[40], 眞所謂不識何狀[41], 而亦皆忠義奮發, 視死如歸, 盖其樹立之爛烈, 雖謂之日月爭光可也。嗟呼! 天降喪亂[42], 擧國淪胥[43], 而使東表[44]士民, 知有天地之常經, 不失爲三百年禮義之邦者, 伊誰之功也?[45]

前留守李候(頤)命, (裒稡[46]諸公事實)及建祠始末, 又[47]爲具黃姜三公立傳, 藏于

---

32) 逮孝廟朝 ～ 先後追享 : 한수재집에는 '逮孝廟丁酉, 命追享黃·姜二公, 明年又以尹公以下三人躋饗.'로 되어 있음.

33) 丁丑(정축) : 肅宗 23년인 1697년.

34) 談道理 ～ 其能不背國儕生辱身敗名者鮮矣 : 한수재집에는 '慷慨談節義, 若將臨危而授命, 一朝當大難而不自失者鮮矣.'로 되어 있음.

35) '鮮矣'와 '文忠諸公' 사이에 한수재집에는 '于兹時, 喪身辱名, 負國儕生者, 盖滔滔皆是, 而唯兹'로 되어 있음.

36) 當天地飜覆之日(당천지번복지일) : 한수재집에는 '身任宇宙之棟榦'으로 되어 있음.

37) 自靖(자정) : 스스로 바르게 처신함.

38) 一命(일명) : 말단 관직. 주로 최하위 품계인 종9품의 관직을 말한다.

39) 散僚(산료) : 일정한 직무가 없는 벼슬아치.

40) 褊裨(편비) : 각 營門의 副將.

41) 不識何狀(부지하상) : 唐나라 玄宗 때 安祿山이 반란을 일으켜 침범하자 河北지방이 모두 붕괴되었는데, 유독 平原太守 顏眞卿만은 미리 대비를 하고 있다가 계책을 상주하니, 현종이 매우 기뻐하면서 "나는 안진경이 어떤 사람인지 모르는데 이렇게 훌륭한 일을 하는구나." 하였다는 고사에서 나온 말.

42) 喪亂(상란) : 환란. ≪시경≫<雲漢>에 "하늘이 환란을 내리시어, 기근이 거듭 이르기에. 신에게 제사 드리지 않음이 없으며, 이 희생을 아끼지 않았네.(天降喪亂, 饑饉薦臻. 靡神不擧, 靡愛斯牲.)"라고 하였다.

43) 淪胥(윤서) : 쇠퇴하여 가라앉음. ≪시경≫<抑>에 "하늘이 가상히 여기지 아니하시니, 저 흐르는 샘물 같은지라 빠져서 서로 망하지 않겠는가.(肆皇天弗尙, 如彼流泉, 無淪胥以亡.)" 하였다.

44) 東表(동표) : 동쪽 변방의 밖.

45) '伊誰之功也'와 '前留守李候頤命' 사이에 한수재집에는 "然列聖之所以崇重此祠者, 豈但爲存樹風聲於一國而已. 亦將曰維我士夫君子, 有能懷下泉之思, 勵蹈海之節, 永有辭於天下萬世也云爾. 嗚呼! 不有聖人在上而明此義, 人之理幾乎息矣."가 있다.

46) 裒稡(부줄) : 서적 등을 수집함.

47) 又(우) : 한수재집에는 '且'로 되어 있음.

祠48)。金侯昌集(繼而莅)49)政，祗謁祠庭，慨然興懷曰："廟有碑古也。不有此，何以示今與後?"遂伐石以付諸生。諸生樂趨事50)，礱治訖，以李候所錄一通，授尙夏而謁其文。尙夏生晚，感慨激昂，想像而扙涕者久矣。今於斯役，義不敢辭，謹撮其大略而記之，俾來世考信。

通政大夫吏曹參判權尙夏51)撰

都有司幼學李始華看役

崇禎甲申後五十八年辛巳52)六月日立53)

---

48) 藏于祠(장우사) : 한수재집에는 '編爲一冊, 藏之祠中.'으로 되어 있음.

49) (頤), (袞稡諸公事實), (繼而莅) 등 괄호의 한자는 충열록에 잘 보이지 않는 글자이나 한수재집에 따라 보충한 것임.

50) 趨事(추사) : 일을 처리함. 사업을 일으킴. 받들어 모심.

51) 權尙夏(권상하, 1641~1721) : 본관은 安東, 자는 致道, 호는 遂菴·寒水齋. 宋浚吉·宋時烈의 문인이다. 송시열의 제자 가운데 출중한 인물이 많았으나, 권상하는 스승의 학문과 학통을 계승하여 훗날 '師門之嫡傳'으로 불릴 정도로 송시열의 수제자가 되었다. 이와 같은 학파적인 위치로 인하여 정쟁의 소용돌이에 휘말렸다. 1703년 찬선, 이듬해 호조참판에 이어 1716년까지 13년간 해마다 대사헌에 임명되었으며, 그 밖에도 1705년 이조참판과 찬선, 1712년 판윤과 이조판서, 1717년 좌찬성·우의정·좌의정, 1721년 판중추부사에 임명되었으나, 사직소를 올리고 나가지 않았다. 李端夏·朴世采·金昌協 등과 교유하였다.

52) 辛巳(신사) : 肅宗 27년인 1701년.

53) 通政大夫 ~ 辛巳六月日立 : 한수재집에는 이 부문이 생략되어 있음.

찾아보기

[영인] 강도충렬록(江都忠烈錄)

여기서부터는 影印本을 인쇄한 부분으로 맨 뒷 페이지부터 보십시오.

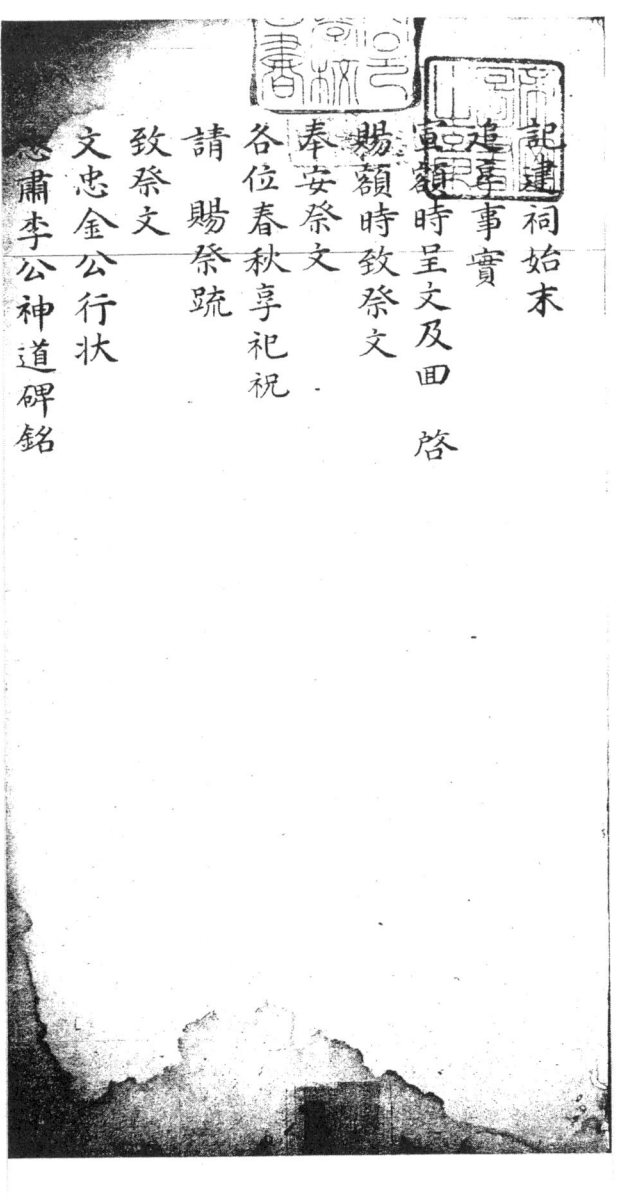

記建祠始末

追享事實

軍額時呈文及回　啓

賜額時致祭文

奉安祭文

各位春秋享祀祝

請　賜祭疏

致祭文

文忠金公行狀

忠肅李公神道碑銘

江都忠烈錄

記建祠始末

建祠爲仙源先生曾寓居本府仙源村因以仙源爲號故定祠基于仙源面府南七里

丁丑亂後原外章甫有仙源先生立祠俎豆之議本府士人鄭

楗辛後原□□□□□壬午年

追享事實

元□□□□□□□

丙申因本府諸狀□□□禮曹回　啓判付內其時本府中軍黃善一

身以本土之人亦爲分明死之云而何不舉論府使尹綮則非

本府死義之人而何以混同舉論乎無乃隨其人之冷煖而然

耶莫重之典決不可如是率易爲之更問于江華府處之宜當

本府查啓曰衆會府中儒品將官等數百餘人詢問當初事狀
則尹棨以南陽府使死於南陽非所預論於江都之立祠而以
其外鄉之故鄉中相議弁入而其時亦有未妥之論難免混入
之失黃善身以本土元居之人當賊兵渡海之時主將捻領舟
師待潮於鰲頭亭數十里之外府內一空善身只率餘存老弱
前進甲串賊兵渡海衆寡不敵善身顧謂千摠姜興業曰事已
至此無可奈何一死而已不旋踵而死興業立於善身之後亦
死於敵鋒兩人同死於國事不啻十目所觀豈無旌異之典乎
今當詢問咸仰日月之明庶有釐正激勵之望云云　必有其
時禮曹
判付追享默享之教而
該回啓及本府
本祠弁無文書可考而

姜千捴事實見上條　以上並追享於丁酉秋享釋菜時　尹

弼善　權別坐　金生負以上弁追享於戊戌秋享

甲申太學通文畧曰鄭掌令百亨權都事順長金生負益無沈

判官惕閔生負埠明白死義之蹟則人所共知僉尊之所的見

而　朝家旣舉旌表之章矣與享祠宇何所不可而今間僉議

攜貳還就至今生等窃所未曉而不能無慨然者也云又通

文畧曰鄭閔權金四人之事則炳炳昭昭在人耳目不必更贅

一二談也至於沈公　朝家旣行旌表之典可謂彰著無疑也

初以行誼被薦江都之陷抗辭不屈卽被害生等所聞只此兩

己云云其後　孝宗戊戌筵臣俞㯙啓曰臣前歲奉命江都往

見忠烈祠卽丁丑死節臣金尚容等八人而如尹烇權順長

益無三人不與焉物論甚以為歉然蓋順長益無則以布衣效

士與相臣同在南門庵之不去與之同死尹烇則以宮官入城

城陷之日卽不食及敵兵之将撤也堅卧不動被其殺害此三

人節義較著似當幷享於忠烈祠矣　上曰三人幷享可也

禮曹啓曰　傳教矣尹烇等三人臨亂取義事甚明白幷享忠

烈祠旣已蒙　允擇日舉行後　啓間之意知委江華府何如

　啓依允　本府移關禮曹曰忠烈祠追享事移文來到入享

時各位所用凡具今方措置而香祝當自京下來乎本府随便

為之乎指揮回移且考黃善身追享時郞目則因秋釋采入享

-6-

今亦依此例秋釋采入享乎弁擇日詳細回移　禮曹回移曰

追享之禮秋釋采時無行香祝自本府隨便為之坐次亦依前

從職次宜當

　宣額時呈文及回啓

丙申本府進士具昌徵等呈文于留守請聞于朝　呈文畧曰

丙丁之亂殉節江都者多矣當時慕義之士共倡立祠之議首

舉其表表七人春秋享祀一國無不知之乃至明載於　先王

誌文則忠烈祠三字將被聖德光輝永傳於億萬年而尚未有

該曹　啓請賜額之舉在　本朝奬節義示後世之道終有所

歉伏願閣下將一境公共之論啓聞于　朝俾蒙賜額以光賢

祠以慰九原云云　留守洪重普　啓聞畧曰進士具昌徵

五十餘人呈文內云云本府經亂後島中士民爲節死臣金尙

容立祠以李尙吉沈諿李時稷尹棨宋時榮具元一配享表秩

享祀而尙無自朝廷賜額之典島中之人以爲欠典有此呈文

欲爲轉達臣不敢留置云云　禮曹囘啓畧曰國家於江都死

節之人旣已贈爵旋閭錄用子孫崇奬之典靡所不擧而獨未

蒙賜額之恩者以前此未有上聞之故也壬辰表表死節宋象

賢等祠宇皆以賜額今此金尙容祠宇似當一体施行　啓依

囘啓施行禮曹判書李　　　　啓曰金尙容立廟賜額事　先朝

旣有恩命載於趙絅所製誌文而李景奭所撰行狀無此一歎

問于本家亦不知矣 上曰果有賜額則本家豈不知而該書

豈可掩置領相鄭太和曰政院日記爲先相考後實錄亦爲考

見則可知矣 上曰依爲之 禮曹啓曰今見春秋館啓辭則

祠宇賜額一款實錄中無見出處依前啓下令藝文館議定額

號致祭等事亦爲照例舉行何如 啓依允 又啓曰賜額致

祭覆啓蒙允而取考洪重普當初狀啓則一時死郡李尙吉沈

說李時稷尹棨宋時榮具元一等六人亦爲配享致祭時亦爲

一體舉行何如 啓云其後尹棨以非本土人見抜於享祀

之列

賜額時致祭文 戊戌追享三公未及
入祠故祭文不舉名及

維歲次戊戌八月丙寅朔二十一日丙戌　國王遣臣禮曹佐
郎柳榰諭祭于故忠臣右議政金尚容判書李尚吉都正沈誢
正李時稷主簿宋時榮千摠具元一中軍黃善身千摠姜興業
等之靈惟靈子其懲毖顧瞻江都二十二年豈忘須吏兵禍之
懍有國所無人謀不臧天塹為墟竪子狐假偷生鼠伏背君遺
親犬彘不食不有相國誰植臣節不有相國天綱幾絕人何以
人國何以國堂堂相國精降山嶽金玉其相模楷一代正色犯
顏獨持風裁長夜如漆匪涅愈白垂紳正笏坐鎮雅俗三朝一
節終始彌劤天地反覆從容素定手指譙樓吾必死是亭疑止
水志同萬里南門一夕火烈俱揚身隨紫焰氣作雷霆蟬蛻腥

塵歸侍帝所萬古倫紀一身撐柱尚書國老義同存亡間難八
城死得分明都正手跊斗血滿腔夫婦同死郞義成雙寺正素
養乃見臨危遺書戒子視死如歸主簿純深乃父有教殺身成
仁旣忠亦孝何狀千捴尚屈軍校誰爲主將見賊逗撓撫鈏瞠
視憤氣填肎賀蘭未斬寧赴江中又有徧裨曰黃曰姜驅羊搏
虎亦知必亡張拳冒鋒死不旋踵一府三忠義聲俱聲大夫君
子素知義理食人死人從古無幾惟帝降衷豐菑匪殊十室必
有聖言豈誣肆我　先王旋廱備至爰聽鄕人爼豆以祀摩尼
之下歸然其宮尚稽賜額有欠崇終矧子親見常切嘉嘆茲徇
羣請追錫華扁二字以揚千秋常凛更加釐正有升有减仍遺

禮官用薦盻鬶歆此罷光永鎮保障尚饗

位次

金相國主壁　李尚書　李正　黃中軍　權別坐　金生貟

己上

東壁沈都正　尹彌善　權金兩公

西壁

薄　具千捴　姜千捴

己上

奉安祭文　宋珍山潤撰范菴

嗚呼國運窮厄兇鋒陷京鴛興倉卒移駐漢城公時原任衛奉

廟社尾入江都憤慨涕泗守土之將檢察之使誇其兵強恃其

地利笑談飲愽不言軍事公泣而謂山城安在整兵艦舡無貽

後悔公言激烈反被訴罵賊兵橫奔飛渡長江不聞拒戰惟論

出降三百年業危如朽撑趨肯哽咽歩出南樓賊屯城下周匝

戈矛踞火藥横揷火其中疾雷大作梁棟飛空身隨紫焰杳入

蒼穹地上人間何處招魂萬古大名日月俱存右金相國先朝元老

堂重簪圭侃侃之直位至列齊丙子變亂去邠之初命謂著舊

勿扈龍興任其所去各保甬軀公隨廟社避入江都身無職名

寓居村廬虜兵渡江蹂躙原野公泣而起呼僮促駕我乃正卿

當死於社馳入城中自縊而卒生前正直死後忠節天地若存

名聲烈烈右李尚書虜騎奔衝三京尾解乘輿播越不可外內朝野

鼠竄或山或海公入江都廟社所在欲俟危愿以身隨之長江

失險城堞陵夷主將怯弱事無可為手書遺疏辭意最悲平生

學古臨死從容自經可哀痛徹蒼穹名傳後代有光吾東 右都正流

虜屯西郊駕出東門民人棄家鶹鷅失羣公無帶爵未扈龍輿

叶召義徒欲保海隅事竟不成流入江都　宗社所駐壙宮所

御若或危亡庶得死處軍無紀律津渡不守水作平陸虜騎馳

驚帳殿儀物墮於賊手國事已去涕泗無從自作哀辭寄於家

僮北向而拜結項而終聞者起敬激昂孤忠 右正 李胡塵暗闕大

駕遷移黎泯驚走貴族分離公侍嬪殿職在分司轉入孤島山

城隔絶中宵涕泣異觀天日主將狂驕不恤軍旅賊知不戒益

肆狼戾木壘渡江城門不閉策無可為但保臣義北向而拜係

頊而死人道之分若此可矣斷激當時名傳千禩 右主簿宋虜兵盡

-14-

舟呼聲動地飛礮渡江波濤不起主將褫魄下碇不進公獨奮

義陳其必戰反謂狂妄欲行軍法公不受誅責以負國身入滄

海魂昇上淸萬古千秋烈烈名聲右其千總

各位春秋享祀祝文

維歲次某年月朔日某官某敢昭告于

仙源相國金公廊庙文雅邦家老成捐身殉國百世風聲屬茲仲秋云

仲春謹以淸酌剛鬣用伸常薦尚饗仲秋云謹以告于以上屬茲下各位同

工曹判書李公心貞金石望尊耆英引義自靖處闇伸明

敦寧府都正沈公身無官守志萬　宗祊一家忠貞萬古綱常

奉常寺正李公質直好人居剛若柔從容一決義凜霜秋

司僕寺主簿宋公身居下僚義殉　宗祊捨魚取熊之死如生

江華府千摠具公跡屈褊禪義薄雲天丹心一片怒濤千年　以上澤堂李植撰

江華府中軍黃公三軍浪坼一柱捍流視死如歸遺烈千秋

江華府千摠姜公挺身當敵死不旋踵森然義烈名與山聳　以上留守閔應協撰

侍講院彌善尹公歷敫臺閣風裁自持臨危殺身竹帛名垂

氷庫別坐權公望蔚賢關迹困泥塗同時取義德則不孤

成均生員金公家傳詩禮名擅布韋捐生殉節烈烈光輝　以上大提學青湖李一相撰

請賜祭疏

嘉善大夫江華府留守兼鎮撫使臣李顧命誠惶誠恐頓首謹
百拜上言于 主上殿下伏以臣癡鈍歇後一書生也癃殘廢
疾尋常職事猶恐不堪乃誤受 命於關防之地雖辭避不能
得終於冒受恐不能仰副 聖明委寄之意日夜憂懼不知所
出臣到官未旬日耳物情長短之閟也軍民利病未之諳
也獨顧瞻倪仰自有不能勝其容嗟怵惕之心者顧此江都之
地不惟鎖鑰保障其重有異於他鎮蓋自丙丁之難居人之所
感憤行旅之所慨惋者左有異他焉涉其津則敵人之所嘗飛
渡而充斥也入其城則 五廟六宮之所嘗遷御而蒼黃也百

一官之所嘗奔播而士民之所嘗迸竄而俘辱者也蓋自有此地
以来所未有也此其不待志士仁人而痛心扼腕至今不能平
者也雖常歲過之猶可以感激人情而不可已況臣之来歲月
適一周矣所以感時傷迹尤有甚於他時者也然民俗貿貿當
時遺跡已泯然無復識者獨府之十里有所謂忠烈祠到
来瞻謁赫赫若前日事所以長吁深戚尤有異於他所者矣當
時死於卽而祀于此祠者十有一人蓋自文忠公臣金尚容以
下尚容以原任議政死李尚吉以原任刊書死沈誢以敦寧府
都正死李時稷以原任掌令宋時瑩以司僕主簿死具元一
以本府千摠死是六人則壬午始祀者也彌善尹烇別坐權順

長生負金益無本府中軍黃善身千捻姜興業五人又為死之
表表者而追配戌戌焉顧當時回多死義之士然死者烈烈衆
多未有能及此一方者也死者從容明白在人耳目而不可掩
垂諸竹帛而不可誣者又未有能及此諸人者也至於共享
一堂之芬芯為一方之光樹國家風聲古亦未有若是之盛也
憶當時任事者怙險而自安藉重而自專雖元老大臣如尚容
者不能出氣力於其間畢竟獨焚身致命以自靖焉嗚呼可忍言
求說則家人具舟揖泣請入海而其志素定凛然而不可奪乃
再拜手疏而夫婦並命時稷折簡而斤間帥遺辭而訣其子時
榮與時稷約其死已買二棺掘兩坎遂與之共死文正公臣金

尚憲所謂最著四人即此也方其時城中士夫偷命而出者亦
何限尚吉則先在外村間難乃八就死地如赴家順長益無非
有城守之責而自編行伍分守南城相臣決自焚之志勸之去
而不肯要與同死共入於烈熖之中列戍諸將望風奔潰無一
人思與賊交鋒者元一獨奮然請戰臨岸罵賊終發憤赴水善
身興業領殘兵遮江津賊薄兵潰張空拳力戰而死嗚呼人之
慶死也至難矣死而有足稱者今古幾人且凡人衰老者弱於
氣節甲賤者輕於恩義今其死者年或老矣位且早矣乃其死
也或過於血氣慷慨之士或光於爵祿隆厚之流其賢之大過
人亦明矣是以 仁祖 孝宗相繼而表章之旌閭贈官禄其

子孫錫其祠額賜之祭而悼之　列聖之所以顯忠褒義可謂

至矣至於　聖朝又多施易名之典蓋至是大備而無餘憾矣

然臣之愚見有復於　聖明者今人履前賢狀屢之壠過古

人行樂之歲乃興懷於年代之慨慨想其風流之遠猶且睠顧

而不已況復賢人不幸之地遇賢人不幸之歲者乎明年正月二

十二日即昔清人陷本城之日也一島人情盡然疚傷故老至

有雪泣者不但臣初入此地適會其時者不勝其咨嗟怵惕而

已也人情則既然矣幽明一理終始無間且使死者有知忠魂

毅魄周旋於一堂之内必悽愴於冥冥之中傷當日之國事悲其

身之不幸者抑且有切於此時矣寧不悲哉至若其時府中兵

民避亂士女肝腦塗地暴骨荒野者泯滅而無所稱彷徨而無
所依若此類不可勝記想其顧眄歲時悲嚱無告當有甚於彼
者是亦可哀之甚者也伏惟　殿下逢　聖祖草莽之歲念
聖祖薪膽之志思得自强於志慮政事之間以自盡於繼述之
孝者當無待於外臣之言而若其布宣德意導達幽明亦守土
者之責是以不敢有懷而隱眛死言之臣請　渙發明命特遣
近臣以城陷之日　賜祭于忠烈祠且　命本府城外淨處除
地為壇仍　錫嘉名以表傷愍合祭于國殤及士民之死於兵者
則上可以致　聖上惻怛之仁中可以慰逝者悲冤之魂下可
以結一方忠義之心唯　聖明裁幸焉臣無任惶恐激切屏營

之至謹昧死以 聞

荅曰省疏具悉疏辭得宜當令該曹從速稟慶爲禮曹爲相考

事節 啓下教本府留守李顧命上疏撓曹 啓目粘連 啓

下是白有亦觀此江華留守李顧命上疏則云云是如爲白卧

乎所丙丁江都之禍言之憯矣金尚容之精忠大節固已撑柱

宇宙李尚吉沈誢說李時稷宋時榮尹烇權順長金益兼等或以

宰臣侍從舍生就義於蒼黃急遽之間或以章甫儒生殺身成

仁於干戈搶攘之中其所就義可謂烈烈有光是白乎旀黃善

身等三人叚置或殘兵遮賊誓心死國或張拳冒刃與城俱陷

其爲死節亦皆表表可稱則雖在百代之久千里之遠猶當盡

然傷心扼腕感奮是白去等況當同在一城之內適當周歲之

會其為慷慨興懷惻怛疾心者无有異於他時是白乎旅諸慶

戰場或於祈雨之時遣官致祭既有前例且於西郊明朝將士

戰亡之處亦有懲忠壇設祭之例則守臣之疏請不無意見是

白在果今亦依此遣官致祭於諸臣捐命之日且於城外設壇

合祭國殤及士民之死於兵者誠為合宜是白乎羡諸臣死節

一方獨多天道周星適會今日則不但一島士民追傷興起之

心倍切於此時其在　聖明褒崇激昂之道无當有別於他慶

是白去手祭物令本府精備祭文別為措辭撰出遣近侍致祭

一以示別樣　賜祭之意一以慰島中士民之心似為允當是

白置以此該司及本府良中知委施行何如康熙三十五年十

二月三十日右副承旨臣金盛迪次知　啓依允教事是去有

苇以　啓下內辭意奉審施行爲旀忠烈祠致祭乙良一依前

日　　賜祭時例擧行而城外死節士民苇設祭時乙良別設

上下壇分設祭物而饌品則上壇祭飯盛於淨潔大鍮盆設五

盆糆餠湯炙脯醢實果蔬菜亦依飯盆之數而皆用大器下壇

饌品依上壇之式而每其饌品各設十器設行俾無混雜之獘

爲于矣祭物及執事段置各別精備擇差擧行而執事自本府

有難推移之擧是去苇枚移本道推移差定宜當是旀儀註亦

爲書送爲去于依此待俟近侍受香祝及期下去設行之地向

事

致祭文 知製教李鼎命
　　　製進

維歲次丁丑正月癸丑朔二十二日甲戌

國王遣近臣承政院左副承旨金世翊諭祭于故右議政金尚

容工曹判書李尚吉敦寧府都正沈諿奉常寺正李時稷侍講

院弼善尹烇司僕寺主簿宋時榮江華府千摠具元一中軍黃

善身千摠姜興業水庫別檢攡順長成均生員金益煎之靈粤

在丙丁運値百六車駕將歛俟報愍廟社養黃先避島中行

在隔絶聲援莫通長江為帶謂恃險固人謀不臧北軍飛渡天

整邊失滿城糜爛士庶蹄蹦蹤駿鳥竄熊掌取舍辦之誰旱姕

一

尒諸臣疾風勁草惟時元老非有管攝勇決赴焰不負所學或
居卿宰盛列侍從韋布者存蔭補者共相繼殉節生輕義重矧
伊諸校跡隸褊裨罵帥投江胃刃奔師十有一人同日捐軀位
雖不侔志則相符從古禍亂豈無義節一方并華兗為卓卓定
賴列聖培養休澤文山大義止水勁操巡遠霽雲千古同踵敎
身成仁俯仰羑怍光爭日星耀竹帛一堂芬苾揭虔妥靈肆
我聖祖荐加褒旌字孤隱辛備盡哀榮逮子嗣眎恩貴易名
追懷往蹟今幾十秋天星屢環甲子一周夏正重回月屆王春
城陷之日適富斯辰感時撫跡盡然傷神忠魂敎魄掩抑且漠
慨觀風烈宛其如昨卧薪先志敢忘繼述象賢一念轉切今日

守臣陳章實契予意邦家秩祀厥有常事今玆盛典別示罷異
爰遣近侍式薦洞酌辭以酹之尚冀來格

江都忠烈錄下

右議政文忠公仙源金先生行狀 _{清陰金文正公撰}

崇禎九年冬西虜傾國入寇不五日直至王京當路守臣將臣

效命者無一人我伯氏仙源先生首殉義于江都從而死者八

九人　國雖不振其義氣烈烈昭揭為宇宙之棟幹可以有辭于

天下後世者獨在是矣秉筆者固已書之國史而薦紳大夫以

暨荒陬僻壤之人聞先生之事莫不咨嗟涕泣爭相傳以譬而

間有一二偷生苟活之徒反訾議先生之死為過中意此何足

置喙也古者賢公卿歿列其行事薦之旂常勒之金石其功與

德永垂不朽故曰雖有堯舜之盛必有典謨之篇然後揭名於

後代者非虛言也況下聖人者烏可已哉豐碑桓楹之辭或徵
於一家昆弟之親而人乃謂之不間者近世金慕齋誌其弟思
齋公尹文敬公狀其兄文靖公頗幾焉其不敢望於二先生
然亦知其以親戚故而復過情譽非敬愛也謹撰次如左先生
安東人姓金氏諱尚容字景擇自號仙源亦號楓溪又號溪翁
我先君子委禽於林塘鄭相國之門生五大夫于先生其長也
生而端穎異凡兒稍長即不妄言笑在摩萆中動止自中矩識
者知其為宰輔器十三從先君楊口縣邑居山水間多童子
觀游之樂跡不出衙門終日屈首佔畢居室之內寂若無人萬
曆壬午中司馬第六名在頖宮所與交皆名士而黃文敏愼李

體素春英最相深契兩公才望傾一時至於劑量酸鹹從容得
中咸歸之先生已丑冬鄭汝立謀叛事敳治獄蔓延適有求言
之旨大學諸生上疏推先生冠首樶陳明教化修濫　宣祖
下教褒納明年除　宣陵叅奉已而擢乙科七何與同年數人
同薦史局方待補撿閱承文院又揀隷本院權知副正字故事
未歷外館先領史薦新進擢選人以為榮偕進者多沾沾自足
喜藏否善標榜以取名譽而先生深自謙遜若退避然是以得
廬子拜及外舅鄭左相再為知春秋於法當避先生久居散秩
壬辰之亂寓江華故相鄭公澈為都體察使引為幕府從事隨
往兩湖拜刑曹佐郎兼春秋館記事官七何鄭公以謝恩使赴

京師先生患欲赴行在．會金瓚為湖南檢察使金公本鄭相貳
价與先生同事幕府請于朝以為從事先生留佐不果行亡何
拜兵曹佐郎司諫院正言皆以在外見遞移成均館典籍拜吏
曹佐郎適金公有召价之命先生亦還　朝又帶三字樹時
朝家多事格庇僚予告之例先生為長子迎相私出坼外坐罷
亡何遇赦叙還吏曹遭婦喪病免又還吏曹蕪世子侍講院司
書陞本曹正郎蕪官如故亡何微文坐罷未久遇赦叙拜弘文
館修撰改成均館直講以接伴使金晬從事官隨日本冊使李
宗城往嶺南明年春還　朝拜弘文館副應教又以都元帥權
懷從事隨往湖南夏還　朝改成均館司藝明年夏又以接伴

使張雲翼從事往候麻提督于義州提督至隨還王京復拜副
應敎魚世子侍講院弼善亦先生與申文貞欽同在鄭相幕下
俱以淸裁鑑識著聲大小幕僚之辟皆顧得二先生爲重故道
路戎馬之間勞勣最大也何　皇帝遣監察御史陳效監束征
諸軍以問禮官往義州明年正月還　朝擢拜承政院同副承
旨先生資序尚淺於格不當注擬而出於特命盖異數也適左
承旨李公鐵婚家當避上疏乞遞許之又上疏請還加資不許
亡何李公去職先生復拜承旨序陞至左副夏如　京師賀萬
壽節先時使期有責限時　中國連歲出師東路郵傳已罷所
至淹滯先生過期僅十許日而言路斜罷亡何　上念勞特敍

刑曹叅議還承旨自是二年之間爲承旨者八爲叅議刑曹兵
曹者六辛丑春拜大司諫先生感不世之遇恩有以一言報答
會召對策邊事公卿議前先生進曰方今言路杜塞　宮禁不
嚴此皆　聖德之大累治道之痛病臣請先務内修以立禦外
之本可乎　上問僉謂不嚴何事毋敢有隱對曰臣聞某囚自
負與力某弁陰啚節鉞人皆以爲妄已而果驗民庶窃疑之然
此豈　殿下所知者哉必有小人慫恿爲交通之階乞賜痛斷
　上未荅玉色甚屬左右縮頸莫有繼之者故相沈公喜壽
啓曰此事民間譁言已久臣亦聞之諸臣無不聞之特畏懼不
敢盡言金某獨言之可謂鳳鳴朝陽於是　上改容温諭旣退戚

里禁窮家相傳　上震怒有所責問宮中愒息累日云曰災興

又上劄請革宮奴蠲貢案以抒民弊辭甚明劄　上優答亡何

移左承旨病免拜大司成改兵曹叅知又改叅議有失志醞正

者伺　上意兩善嶺南人投疏故舉已丑治獄大臣以激

上怒時事日變自以為得大柄又有素忮而其子姓尚翁主新

得偉者彙綠嶺八驤長銓衡遂肆意斤陟首逐先生為定州牧使

長子歿未葬不顧而行抵官十日詔使顧天峻崔廷健遷至使

體與學士大異有急難應副者陽怒他事甚生閙端一州驚擾

幾欲烏竄先生能勿動追至嘉平卒成禮而去先生不以遷客

自憂精勤於職祀搔垢弊宿瘼為之一洗又以間餝學宮修文

事隷諸生親加獎誨遂彬彬成就矣開廢渠潅田數千頃民大
蒙利及他惠政在人口者甚多先生雖不好赫赫聲而報政爲
一道冠累蒙　褒賞秩滿還　朝鬚白擁車道爲之積後追思
碑之於是先生去國己三年二親老病不欲離傍側殊無仕窟
意數月又除尚州牧使黽勉赴官官舍経亂盡燬先生次茅簷
治噲然改觀親問疾苦委曲拊循而其間里爭鬪細事一付之
鄉三老郡中政簡民亦便之州居南方孔道冠蓋集衿紳所
聚齒舌挾翼以蚩前政鮮以完名去者至於先生無不服其寬
恬雅整三年以鄉試官同考發解京使稍近孀擧子噪而出坐
是罷歸七何叙拜掌隷院判決事即日又除安邊府使人皆以

為已甚時偉相尚在其勢益張而其為忮益深主銓者乃其客
也不暇恤公論而遂其指先生至官踰期其治如定州而益習
吏事動如民情一境晏然　宣廟上昇以喪事召還篆大行銘
施授護軍已改僉知中樞府事又改刑曹參議山陵畢陞嘉善
大夫漢城府右尹改戶曹參判無五衛捴府副捴管七何拜
都承旨已百　皇帝遣行人熊化賜祭及謚太監劉用須冊
命先生周旋左右無失儀特陞資憲七何病辭授同知中樞府
事無知春秋館事又拜大司憲入對極論宮中巫覡祈禳之事
請亟斥左道妖術以端出治之源七何病辭授同樞又改判尹
癸丑四月朴應犀獄起　先朝重臣名士少獲免者先生亦被

達光海親問察其枉即日命釋奸薰深忌先生嗾囚誣引必欲
得以甘心而先生平日行事雖善毀者無可指摘竟不能以有
加也先生入獄對自若出亦自若見者益驗其操守不惑先
生杜門屏居日與諸宗娛侍二親朝政若不聞者明年
叙授護軍丙辰陞崇政大夫先是追尊　恭聖后廟主易故題
用先生筆故也自癸丑以後奸臣謀行大事欲曰以盡除異已
者至明年丁巳遂劾大臣韓孝純等率百僚請癈　大妣不與
者並請竄殛先生不一造亦在遣中適改歲不報戊午先君棄
諸孤大夫人虩養子姓洪川縣舍先生不敢安京輦與諸宗奉
几筵奔原州以近定省不毀之年備經危困率禮無愆人以為

難庚申眼關天啟辛酉大夫人移往季子溫陽郡舍先生亦還
京城之西江亡何溫陽罷官大夫人又往子姓尼山縣舍是年
冬丁憂奉櫬歸祔先君墓甲子眼關拜判敦寧府事李遠叛上
出宰公州先生以檢察使先驅不乏供頓旁募遺丁義粟以佐
調運會賊平庇　駕還都魚帶同知成均館事已使鐵山毛帥
營議遷遠民事竣道拜兵曹判書先生負荷重寄益勤不懈曹
事甚劇偶有未啓徑行者曰是坐罷止何別叙護軍已拜知敦
寧　冊封詔使太監王敏政胡良輔等來以遠接使往鐵山
中貴人素驕倨難得意事微細輒易怒善罵不復顧賓主體儀
其素又無底無以為飽先生念使事有體恐為其所傷為　朝

廷着多方以解之終不失其好而外内主訐者亦頗有以頼之
已進崇禄大夫禮曹判書無帶　経筵同知事　世子左副賓
客都捴管明年春　上遭私感論禮互異　上不用大臣議惹
促禮官進喪服言路咨該曹先生辭遞授副護軍無官如故已
改知樞又改議政府左叅賛夐毓慶園班　恩先生篆銘旋
用進輔國崇禄大夫位極品尊與宰相俟矣先生上章力辭
不許於是無帶　筵衙去同宮衙去副餘皆如故而公府序坐
不便辭改本官授知敦寧已改判中樞亡何避大臣之西叙者
改知樞無禮曹判書丁卯二月西虜萬餘騎深入平山　上出
幸江都先生受命戳奸偸捕犯令者十餘人斬以徇衆城中甫

然三月虜要盟而退 上還都親享 太廟先生充禮儀使賚

相以行己無判義禁府事拜吏曹判書明年屢辭乞免輒予告

不許至秋懇辭不已方 許遞移拜禮曹判書冬病辭只遞金

吾崇禎三年庚午入耆老社於是先生年七十上章請致仕

上以時事艱虞溫旨勉留再請又 不許乞何讁罷乞何別叙

拜判敦寧復無判義禁禮曹判書已病辭只遞敦寧明年正月

復請致仕 不許先生以進退大閑為時勢所奪恒懵懵不自

得四月以病辭辭春官已又為吏曹判書乞何讁罷先是李省

身李景義等為臺諫論事觸忤久置散秩先生用兩人擬宮僚

上並怒銓曹罷之明年正月別叙司直即拜右議政時右揆

曠位已久羣謂上意有所待至是有是　命同時覆名金甌者
一家四人先生益恐懼逡巡欲辭避會有上愚瘝者　召命至
門乃出已有士族女坐咀呪繫金吾者其事不明無可證衆口
譁然稱寃而諸勳貴多有為一邊地上入前言命先生會三省
難治之先生以為䄖獄不可徑蔽上章持已見固辭按獄之命
上雖允其辭而內不愜頗示微旨先生不安居位遂請愚斬
釋端揆章七上　上丞遣近臣慰諭不已不獲已復出時設追
崇都監都提調必用大臣監臨首相尹公病辭先生次當代涖
龜勉承之始先生與大臣百僚共力持不可至是不強避蓋議
禮行禮未定既定之異勢也先生雖不復終守前見世皆信其

為正也明年正月以病請懇　不許遣近臣敦諭至四　上方

不豫先生造庭起居至三月復請懇久　不許醫問交道章二

十九上乃　許盖近世兩罕也還刈敦寧明年九月復入右揆

三讓　不許又明年六月復請懇章七上得　允拜領敦寧府

事先是恭議俞伯曾上疏力詆大臣其言絕悖幾於罵羅萬甲

亦極論時政闕失同指斥掖庭　上大怒並嚴譴先生陳劄狂

顚之言宜加　寬宥不納時言路久閉稍涉忌諱搖手相戒間

有明白是非者輒起護黨故無敢為　上言之先生居常憂歎

自以備列大臣不可循嘿以負　國恩索言不避或諷其不知

時變先生嗢然不荅果以是去位明年丙子故相之位居右者

還敦寧當得領事先生改判府事司諫趙絅上疏論左相洪瑞

鳳受人賂馬請逐之左相嘗公言絅小人後必為屬階絅聞而

嘲之至是乃發然實不如絅所言　上亦毅之召絅問誰受絅

不首贅舉在相它污狀欲甚其罪　上益毅之欲廷尉問問諸

大臣先生以為朝廷固重臺諫顧未愈於重大臣絅所言非細

事不可不核適首相异平公議亦如之於是下絅理外議譁然

非之臺諫又爭執　上反答前議是非無主右絅者至謂大臣

專主護黨夢亂已甚先生愈不樂在　朝後請致仕章三上

不許溫諭特示悔意亡何先生素患眩旋暴作　上遣醫診視

續　賜內劑至十二月十二日義州告急書至倉卒　下教老

宰臣先出十四日 命尹相昉奉廟社先詣江都先生從後
行道頓撼疾馳幾不得遂是日賊兵過松京撥軍盡走羽書不
時至 上將出戒有司城中擾亂歝令不得行百官失氣多有
徒步奔走者士女填道哭聲沸天至晚車駕始發侍衛草草不
成列未及城門報賊哨馬已至西郊 上下錯愕訃石知兩出
羣臣或勸 上姑幸山城遂 囲駕由水口門入南漢而江都
路隔斷矣賊圍山城半月諸道勤 王師無至者至来月為明
年丁丑正月也忠清監司鄭世規引兵先至遇賊軍潰後来諸
軍觀望不進城中日益危惥江都撿察使金慶徵副使李敏求
留守張紳皆擁妻孥挾私重不思守戰備惟日事宴安人有規

警必盛氣逆折匃觀無不寒心先生憂恚特甚奮曰

圍日久危在朝夕今鄭世規敗道路傳言已死湖西無主事者

江都撿察一人足了副使宜愍徃湖西収散辛糾義旅皆湖南

兵在後者以鎮軍民之情赴君父之愍撼不可緩敏求殊無意

行至滻泣危懼座中皆悼慶徵敏求無復明言但視其意所在

爲邊就之說而已先生又言山城消息不通愍募死士問　上

起居探賊形勢十徃必有一達臣子之義豈可束手坐觀乎慶

徵等益惡聞相與詆之曰自有權此者非避亂大臣所預先生

遂不復言亡何通津假守金廸報賊大至張紳慶徵皆不信曰

嗟怯夫江水流澌賊安能飛渡軍事視如他日至二十一日賊

到津口用平底二小舟載數十降人嘗試我忠清水使姜晉昕
先走撿察留守諸官一時奪舸遁去賊遂進兵圍城先生知不
濟與家人訣上南城譙門中解所服戎衣授傔人放火自燒意
留以為復也先生孫壽全年十三時在側命僕掖歸挽衣泣不
去曰當從翁逝尚何歸僕亦不去遂同死實二十二日壬戌也
賊退諸孤覓屍終不得乃以是年四月十六日斂衣冠于揚州
陶穴里先塋側其向之原嗚呼痛哉先生嘉靖辛酉五月至是
得壽七十有七嘗自為生誌及斂如遺命焉先生為人愷悌誠
實容貌粹美其內如外事父母婉曲承意自少至老未嘗有忤
待諸弟如已視其子如已子御家衆有恩而威亦不廢門庭之

內穆如也與人和易絶無畦畛而中實毅然有不可奪之志辭
受之際揆心以行不為矯飾少時侍王母疾不觧衣者三月以
身代親忘其勞晚築楓溪水石先君子悅其勝肩與日往來而
性喜容兩至無虛席先生輒具擇味以進及佳辰壽節座客
無間貴賤下至伶工伎樂必致親意所嚮者靡不曲盡先君子
善於德大夫人善於惠家婦善於養子弟善於馴又皆料第筹
嬰以資歡悅啓齒以為人艶世皆歸福於先生仲氏長湍君痡
病死親自棺歛不避叔氏忝奉君歿大夫人痛不欲生先生恐
重傷其意自外歸和色而後見慰諭百方而其自與諸弟私痛
若喪手足不令二親知也俸祿半入孤寡貧窮之家家無餘蓄

-48-

嘗召匠修屋既周視私語人曰兩出入多未見貴家空空若此
雖習於先生者外覩池臺花竹之美意先生非寒儉而實不知
家人内困也患世俗侈靡無度至於享先以羹澆禮貧者多由
廢祭非先王制禮之意著祭式以訓子孫燕居不御采服常食
不設盛饌取古人勢不可倚盡福不可享盡語書諸坐隅以
寓戒性嗜書無一日不開卷多蓄古今法書名畫環列左右聲
伎駭雜之戲無所好為文辭達而理勝詩亦清腴合度不以此
自名筆法端麗小楷深得二王遺模　國家廟主多先生筆最
精於鳥跡史籀之體獨擅一代薦紳間求篆墓石者無兩適至
有刻碑而更磨之必得先生篆以為重也三入銓曹不濡滯或

坐事徑去而乃先生蠢自思退初無戀位意忤權相七年三出
皆關塞嶺海之遠人所厭苦而夷然處之其為宗伯眷相大禮
進止雍容不爽尺寸庭中咸目屬之視作　穆陵領其事者好
氣數以小苛禮相侵先生受而不較終乃愧懈屢長部臺金吾
凡所斷讞以情輔法不輕為操切一歸於公直忠厚其恬於勢
利當於喜溫習於威儀寬於用法又如此自侍從卿月以至三
事入以告疆厲坐與諸公講畫其陰德於小民而可著為彗令
者不易數獨先生素謹於溫室當世外乘又甚鹵莽以是人鮮
知者在江都曰智者已憂其敗或勸先生盡具舟備緩愚先生
歎曰　主上在圍中安危不可知　宗社元孫皆在此萬一不

辜有死而已安所偷生蓋先生之心已素定矣嗚呼痛哉嗚呼
痛哉始先生山間至士大夫皆慟曰先生豈真死耶善人奚及
此而已復慟曰先生真不死也或言死不酷無以表忠烈奈何
不辜而不以天年舍諼頤以身為　國家光而以哀貽無涯之
私感耶尚憲少先生十年而素屏弱先生氣王健匕箸且以為
百歲矣尚憲旣已畸於世辜長有林泉而先生終遂乞骸之請
廢幾矣共享期頤之樂而事乃反覆不得以餘年奉先生疾病顛
仆又不得求之原隰之衷生為兄爭死同路人天乎寧有是耶
嗚呼痛哉士夫平居讀古人書鼓頰抵掌而談節義一朝變故
有大不然若壽全與儓人不過一童子廝役非有稽古之力講

論之素而乃能臨難不貳視死如歸豈不於天性彝倫無憾而
亦有得於常兩染濡也歟其視背君命棄老母抱首鼠竄者何
如也先生娶永嘉權氏戶曹佐郎愷之女領議政轍之孫純德
淑行協于上下內親皆悅而歸之年三十三病卒追封貞敬
夫人葬在江都鎮江里其父母兆次先生有治命將待歲移祔
焉擧四男三女一男天男長光炯有文行夋世　　贈左承旨娶
縣令李獻譓女一男司僕寺主簿壽昌娶縣監柳享女
生一男一女皆幼次光煥春川府使娶永吉李鐵女生一男壽
弘進士壽弘娶掌令蓰光震女一女幼次光炫戶曹佐判娶
進士沈慄女生三男五女男壽仁縣監其二幼女適侍直趙錫

馨次監役尹雲舉次士人李廷夔次士人李恢
壽仁娶縣監成弘憲女生二男三女皆幼長女婿翊衛司司禦
南好學生一男三女男老星京圻都事女適叅奉朴承健次士
人申命圭季末行次吏曺判書張維生一男一女善澂女
鳳林大君夫人次楊根郡守李以省生四女長適士人尹彌叚
次士人金鉽餘幼側室一男四女男光燸錄振武功為抱川縣
監生二男四女壽全即其長子女適宗室彦興令純善餘皆幼
女為判書韓仁及妾次適縣監李應寅次為郡守李碩望妾次
適成後龍內外曾孫男女揔二十九人先生言行可書者多老
病昏忘不能備記只記其大者昔司馬氏以滅世家賢大夫之

-53-

業不述為罪立言之士宜有以思其責乎我如蒙衰死者懇望
者畀以一言之惠籍手以永不抒則奚止一家幽明之感亦將
于國有光也

忠臣　贈議政府左議政工曹判書忠蕭李公神道碑銘并序

江都丁丑之變其死義著白可與日月爭光者故金文忠公李

忠蕭公沈都正李太常宋太儻若而八也忠蕭公時以散班寓

在城外十里地聞事急子序請曰大朝安全父於分司且無職

守徒死於此何益公不可曰　廟社在此去將安之遂慮置家

事既已則遂馳走入城哭於　廟社與諸公皆死是正月二十

六日也夫理窮勢竆事已無奈何而空計於鮮者猶爲難矣況

公有可生之路而無必死之義然且勇於捨取無所顧慮之心

左豈非卓卓然無愧古人者乎　仁祖大王下教褒嘉施闆易

名　贈官左議政京外章甫立祠於城西與文忠諸公腏享焉

今使有君臣父子之倫者知忠義之可尚而偷懦之可恥者而
誰之功蓋是數君子者天爲生之而生不能扶一世故死而
能礪百世之人其亦偉矣夫公諱尚吉字士祐星州人高祖紹
元文科刑曹佐郎曾祖有蕃典獄於奉祖碩明郡守考喜善童
蒙教官自衆奉以下公推　恩皆有贈職上祖佺言佐麗祖有
功以將軍開踊於星世遂爲星人五代祖約束有大名官知樞
諡平靖姒昌原丁氏都事煥女以嘉靖丙辰十二月三日生公
公屬志爲學年弱冠選上舍三十中第第二名例拜諸司直長
歷司憲府監察三曹佐郎司僕寺主簿再爲司諫院正言無知
製教春秋館記事官又由戶曹佐郎黜爲高山道察訪則是萬

曆辛卯也先時鄭汝立謀逆族夷以飛語獄事延及崔永慶公
以正言同僚議 啓請鞫治竟致瘐死其黨以是為機倂以擠
陷一番人以故公坐斥尤甚壬辰 宣廟西幸有內附之議公
以禮曹正即請對力言其非計請移
中殿先向壯路 上特命公從衛已而 廟議以公熟諳關
東形便使從其觀察使事以調兵糧俄聞教官公遇賊被害時
賊兵充斥公舍命奔喪則教官公寓殯金化地而大夫人已向
南鄉矣公晝夜躃踊不離殯側翌年歸葬大夫人守制于全
羅之南原脈除以兵曹正郎為益山郡守公盡心奉職前後奉
使者皆舉實狀于朝有 旨陞叙為禮賓寺副正仍守郡職如

故丁酉倭奴再逞公領郡兵從戰南原時搶攘之中兵將潰桓
維係而公所部終無一人逃散者　天將劉綎䩄服以為恠及
體察使李公德馨請移公于全州以真南服不報未幾竟移牧
光州以治第一陞通政壬寅鄭仁弘追論永慶事自牛溪先生
以下皆被誣同公自任所編配豐川公在謫六年無幾微見乎
色乢蒙　宥叙為淮陽府使產一期遭内艱時年已五十而
執喪彌謹後為安州牧使戶曹參議仁弘又使其徒彈去之公
自是退慶于國東門之外廬原白沙李公恒福亦罷相郊居公
杖屨相從懽然若塤篪也時光海政亂山徒勢張或有以利害
微撼公者輒厲曰人之榮悴自有分定難容人力吾寧枯死不

忍捨兩守以合污也丁巳充賀至使朝 京公嚴束一行使不
敢眈貨華人稱之戊午遠薊爲建奴所破王人毛文龍率遼民
入居我境之椵島公承 命轉粟以濟之 仁穆王后時幽閉
在西宮矣公自西歸以分承旨常直守不勝悲憤隱痛常掩泣
不能已每遇直則直歸廬原惟以力田訓子爲事光海持以公
爲龍川府使府在龍灣上與毛營聲勢相接建奴一日直擣府
城意在毛營矣公新到無偹又當夜倉卒乃草啓報知于朝募
得死士五百人爲死戰計且令別將設伏麟山以要歸路會賊
從黃上嶺撤還公鳴金追躡盡得其所棄牛馬罷械毛將遺帖
稱賀公時爲政求久而府人愛戴賊將初至求公不得則執軍

民扶劍擬頸賀問公亦在而相與抵諱終始不言不然則危矣
翌年遞歸府之農民學徒武士各以立石頌之時憂倫數塞公
不樂於京輦遂歸南原爲終老計癸亥　仁祖即位即拜承旨
兵曹叅議旣赴闕下則朝議以公舊得毛將懽　特加嘉善階
差毛償毛將始未知真主反正及見公擧銀洞擇毛將亟以實
狀馳奏　天朝　聖上封典之完實有賴焉公始以知摳來有
旨攝工曹判書曰　賜貂綠以寵之關西缺方伯廷議以爲
西任無出公右者遂仍以授之命除朝辭甲子副元帥李适與
巡邊使韓明璉叛直向京城公時在鐵山即率手下兵校追躡
之且令諸邑守宰各率所部來會又草檄諭賊以迸順賊衆氣

-60-

沮遁散者甚多元帥張晚勸公毋前且留本道以鎮人心公不
聽策馬先驅至黃州則賊勢益張又官軍雖在奔敗公洒涕誓
衆將決死一戰會有　吉令還本道公不得已以兵屬元帥退
還平壤戮殺賊孥之在界內者俄有束來說甚惡公會僚屬曰
吾儕今日只有一死以樹臣節而已然毛將將十萬師在我境
若效荼庭之哭而見哀賊首可枭大讐可雪不成而死未晚
也參佐莫有應者公遂慨然馳赴毛營到順安聞二賊就滅遂
止以勞進嘉義秩滿還朝　上賜對勞問廷議欲授前任公
辭以老病乃貳度支無摠管忽有邊報毛兵將動　上使公徍
察其情形公聞，命即行了無怖色既至毛將懽迎欵語危懇

遂空丁卯建奴東搶　上幸江都特留公弭衆于　行在公愈

卒受　命奔走竭力時虜警數起而公堅坐不動有一郎官掊

官米買舡逃去後被重究意公發其事踰之次骨而其人甚有

權力故公坐枳仕道然公未嘗為和解取容之計虜使至　行

在上勉副要盟以雲劍入侍退謂其子曰今日　主辱至此

生不如死曰泣涕如兩事定復往毛營以銷釁阻之端　上嘉

其盡心周旋又　賜厥馬慰罷之由禮曹叅判求外尹全州盖

公自以受　國厚恩在內只随行逐隊而已故欲自效於吏事

也公為治不以衰老而少倦　御史褒　啓未幾回事罷逓叙

拜中樞於貳禮兵書再為大司諫歷漢城左右尹為大司憲公

感激知遇在兩司舉劾不避權貴亦不饒所親公議倚以為重
乙亥公年滿八十用慈臣請陞資憲拜工書刊書於耆英會
冬　中殿上賓公陪進梓宮匠事有欠闕對史曰罷遞丙子虜
騎猝至公陪　廟社主先往江都
八南漢城公至江都凡四十日而城破退自　廟社八空廠以
袴緊自縊賊又從後射之長男坰時把守津口尋尸以歸以其年
四月葬于楊州佛岩西麓之先兆夫人李氏籍慶州判官愷胤
之女凡三男其二天坰登蓅為僉判側出堪坰堪生負女適生
負李安邢參判生志遠直長志遜進士女適正申渷內外曾玄
摠若干人公天性寬和而內實剛介待物甚恕而持已則嚴少

-63-

時賞無以養遂勤學以立揚則祿不逮親矣公幕備販逆恩
有施于同氣興爭衆知尚仅同居共費未嘗分異衆知公既顯
則為等室于傍朝夕相對宗族雖疎遠苟賢則汲引成就之其
貧者則撫恤如不及故所在親族皆家歸焉立朝五十年清白
一節終始無玷不喜紛華每遇酒場喧譁廑爵祿以誘之雖自
不擇利害為趨捨計當廢朝時威武以驅之雖自
謂殤殤者無不失脚而公不惕不沮能保其所守不如是安能
終就此大節救家其王人之羇旅者末也頗為西氓疾雖薦紳
之士無不應且憎而公以為　天子吏也以誠以信終始不渝
故　王人亦相敬脈每過龍川公碑版必下馬焉公之萬折必

東之心蓋自平素而然矣則倉卒殉節非出於一朝之慷慨者
明矣嗚呼尤可尚也余早豪公知獎仰眼醇德久矣丙子夏虜
人僭帝 朝廷舉義所絶虜使遣還中外汹懼余拜公於江舍
公嘆曰吾老且無官非不知遠去而時事至此臣子有見危授
命之義矣故俳佪郊坰而不忍去也余又竊歎公瞻懷王室之
忠也今者蔡列公很把以墓碑之文嗚呼余義不敢辭署叙顛
末而不敢以一言贅者公自不拘故也銘曰猗歟忠肅質醇氣
厖其執則剛 古人有言以絮裹鉄公是冝當 宣祖搖遷公時
眇然感奮慨懷 求對敭言捐國内附此等非長 冝撫我民冝
慕我兵以復我疆 廢朝儳母公直西宮屢泚其睢西方有事龍

-65-

灣家棘公任保障　王人寄我勢成唇齒膚昔如牛　而卿卒

襲乘我不戒軍士勯勸民為公死公授以器以追其亡　聖主

改王公伯于西仁風扇敭　遂堅披猾我奮其忠或顛或僵

上眷其摯慶以亞卿寵異尋常　丁卯之春國有深恥技血以

裳　王人㦸怒公徒敫誠孤脫其張　乃紆隆　恩曰有奔奏

晋錫之康　屢長兩司不憚權貴絜持維綱　遂蹋正卿以領

水部勞猶未償　丙丁大難　宗社西遷人謂金湯　人謀不

臧一朝淪陷衆驅如羊　公入自外哭于　廟社聲徹穹蒼

遂捐其軀義就仁成天賦不爽　皎為日星潔為霜雪在古誰

元　聖朝旌閭邦人立祠巨扁煌煌　世教以明大防以賴不

顯其光　後承伐石我作銘章晭眎茫茫

忠臣　贈吏曹判書敦寧都正沈公謚狀

公諱諟字士和沈氏係出青松府衛尉丞洪孚之後也八代祖

德符左侍中青城伯傳子溫孫澮皆位首相至議政府舍人順

門當燕山朝以忠及禍生諱達源通禮院左通禮　贈吏曹參

判定公曾祖也祖諱鑑繕工監僉正　贈議政府左贊成考諱

友正驪州牧使　贈吏曹判書登魁科嘗任江華保障甚有惠

政事載國乘娶驪州牧使安汝敬女隆慶戊辰生公自在髫亂

沈默寡言與同隊嬉戲未嘗有爭競既長自知力學藝業日進

累中解額華聞凤搖速季判書公諱登第公曰爾既悅親吾復

何求遂不赴舉時未三十聞者歎其志操拔俗甲午薦厘
奉遷典牲署奉事未久適甲辰拜義禁府都事轉司饔院直長
陞授廣興倉主簿庚戌由掌隷院司評出歙谷縣令政平訟理
聲績茂著吏戢民懷闔境晏謐既去樹石追慕自歙撥授咸興
判官三載居官治理清省而苟利於民為盡心力開陂澤灌民
田為永世之利事聞朝廷特加通政階以褒之丙辰守沃川郡
尋撥豊德為治視前如客癸亥　及正銓叙一新揀公拜鐵原
府使當官應事至誠惻怛人莫不感服焉秋薦歸付西樞庚午
季公以正卿為養乞外為安邊府使公亦繼除淮陽與安接壤
大夫人迭受榮奉往來有煒頻開壽席孝養極備遠近豔歎傳

為盛事公歷典郡府謹飭自將未嘗被官長詞斥而至是方伯
申得澗素與公相善乃以微事置下考即辛未冬也公之官階
雖置中考亦罷而得澗故重貶之要取公嚴名其心術可見而
公畧無幾微形於色辭其寬平和易舉一事亦可以反隅也及
拜敦寧都正以官閒禄厚為未安　朝廷公會未嘗告病　王妃
喪魂殿陪祭雖祈寒暑雨無不進叅同列多有黙識而稱善者
丙子冬邊報甚急公謂季公曰吾家世受　國恩兄弟並列金
貂當糜粉思報偶遇變亂不可苟全含生取義是吾心内喜若有所
夜以此語夫人夫人引從容堂故事而荅之吾心内喜若有所
得焉無何賊兵已迫京城先是　大駕將向江都　命朝臣老

病者先赴公卽渡江歷衿川先山以行　大駕是日　轉行南漢

賊兵随至山城下頃刻之間路阻　　行在公卽停行曰吾已不

得危　駕吾尚何歸賊勢若逼吾當死於先墓之側矣一家諸

人涕泣力請公亦念　廟社主旣入江都欲以此為依歸之所

遂浮海以八馬丁丑正月二十二日賊兵渡甲串津公方在鎮

江間舍猶子應教公東龜傳急報泣牽公袖再三請公痛哭

曰吾以不離跬步自定當為　宗社死此卽卽痛瘝先代神主

於寓舍後屏廢遂取朝衣束帶布席於庭北向痛哭四拜記呼

紙筆手寫短疏其疏曰老病臣敦寧都正沈說北向四拜、上

言于南漢山城　主上殿下不意今日山賊渡甲串津　宗社

已亡事無可為者臣與夫人宋姓同死於鎮江誓不負　厚恩
耳大明崇禎十年正月二十二日臣沈諟着署而付外孫朴公
長遠曰汝若得生進於吾　君夫人聞之又以我獨不得為忠
臣妻之語白公即前所云從容堂事也公欣然曰吾嘗以君為
賢婦人矣今果然矣公招奴僕及寓舍主人曉以君臣大義不
可忍辱偷生與夫人分給餘衣於侍者處置家事巨細不遺容
貌舉止安定舒泰夫人亦盥櫛出篋中新衣而著之巾襪之微
皆手自結束謂侍婢曰事急矣不及沐浴可恨也將就縊翠家
抱持痛哭終日竟夜寸刻不舍公謂朴公曰吾所以為此者政
以父母遺體不可毀傷於凶賊之手故也吾平日以汝為知義

理今汝亦蔽於情耶家人必欲救我當碎首門板兩朴公復破

與之同死公曰汝則與我所處不同須即將毋去幸而得全善

事吾　君仍顧謂家人曰闔門無俱死之義天明賊且至矣丞

出避若不可免則赴海以死可也辭嚴義正凜凜不可奪雖以

子孫之至情懇痛不得救解於造次之間遂痛哭以訣公神色

不小變揚揚如平日謂朴公曰吾送汝於死生之際而不下點

淚汝其知之夫人先自引決公斂殯託又坦向自縊四拜以終

大駕還都後朴公以遺疏投進　上答曰省疏予甚悲痛翁之

祖父從容就死古所罕有深恨平日末能大用也仍　下教政

院曰　國家於沈說別無深恩厚澤而臨亂死節先於重臣若

非大賢何以至此其妻宋氏同死之節亦甚可嘉並為施門子
孫録用以表其忠烈以是年三月初十日逐葬於衿川縣東境
奉天里先塋左員壬之原與夫人同穴公嘗謂家人曰時風厚
葬豐侈極兮吾竊惡之長兄之歿先君不用灰槨吾死若厚葬
是違先君遺則也其治命如此故有棺而無槨以成公之志後
戲年江都人士立祠曰顯烈享祀金文忠公尚容以下諸公其
春秋享公文曰身無官守志篤　宗祏一家忠貞萬古綱常即
端夏先人澤堂公丽撫也公事親至孝在側未嘗有惰慢之容
發言惟謹執事惟恭左右扶護不任婢僕小有不安節則八夜
亦不敢退慶伺候將息於寢房之外志養色憂兩盡其道大夫

人偏念孫女之失怙恃者臧獲可使者別欲與之則公療其親
色即書券請遺未嘗少淹時曰其先意慰悅多此類大夫人壽
享大耋公亦年過耳順而至誠眠勤不以衰憊少懈嘗於冬月
兄弟同寢夜半覺寒甚相謂曰老親得無寒乎即穿衣而起躬
自抱薪就煖房堗輪日不止純篤之行久為鄉閭所稱送終也
情文俱偹而哀傷逾禮其廬居也寢處土床雖甚病不易其所
其遺後喪以年準禮止當衰麻在身而躬執奠未嘗代以子
祭每上丘壠號哭移日村夫野老為之感歎泣下與季公友愛
篤厚怡愉之色湛樂之意白首如一日少有疾恙則若痛在己
至忌霞食其處心行已惘惆無華不事修飾與人言若不出口

而方寸之間涇渭自晢外雖溫和內實剛方臨事是非截然未
嘗有羾撓惑雖從蔭仕捷屑常調而憂時應事心在王室非若
應文迤責之為者其治郡雖以簡靜為本革去弊瘼亦以便民
厚俗為務若其要舉悅人俗吏之態視之若況上司命令奉行
無滯如有不可者輒據理爭執為上官者率多黙已而從之或
心悅誠服稱道不容口同道守寧有慕義而平生托交者其
涖訟必精覈微顯反覆叅究夜不安寢終得實狀而決之痛拒
關節人不敢干以私其在鐵原也繡衣以廉問八府謂公曰吾
出八村巷稔聞初政深得民心但值此荒歲催糴太急群情為
悶合有弛張公曰為民長吏豈不念此而倉儲本為軍餉且以

歲歉當秋通納則明春何以賑飢此為救民非以厲民御史難

有言不敢聞命御史亦然之至甲子春适賊舉兵臧完豊李公

曙提士卒把守朔寧安峽等江灘公即領府中兵交付於助防

將還到官次又應乏軍食以忠義激勸邑民使輸致粮餉累百

斛於李公軍前且以書抵幕佐辭意懇惻李公與中軍金浚相

視潝泣曰今世安有如此人耶微此賊未殆矣盖賊勢日

迫軍無見粮而不意得此故也賊平李公言于　廟堂人謂當

有賞典公聞之急興季公書曰此不過職分內事若以此又蒙

　恩賞吾何顏立於世乎煩為我力言于　廟堂如完平相公

伻無此事事遂以寢聞者无以為難亂既定散其餘穀分賑飢

民民命以活農功亦成先是催羅至是大有賴焉公天分絕殊
自然近道亢世俗嗜好一無所嬰心耐居不蔽風雨家雖屢空
皆不以為意慶之晏如也公無子季公亦獨子從兄諫有三子
而其季年少人或勸取而養公默然不肯逮 仁祖靖社其三
子並附鸞翼門戶隆恭或人又言于公曰初若聽人之勸則非
徒無子而有子到今當享其養公微哂但言吾猶不悔矣及公
下世後其家以謀逆悉被誅死人皆追服公高識遠慮應非常情
耐及也夫人礪山宋氏牧使諱寧之女領議政諱軼之曾孫炎
贄夷簡中公諱瑛之外孫也少時喜見二倫行實就其誅解旁
通文字畧曉大義常以禮範自治志行貞潔不喜紛華親戚宴

曾絕不往參人有饋以菜果亦不輕受公嘗有疾盡夜救治
目不交睫至兩旬舅牧使公丞稱曰他日必為節婦姑夫人
亦甚宜之嘗稱其善事我噫公之至性篤行雖古所稱純孝
無以加焉而謂求忠臣於孝子之門者信矣苟非平居孝順
內外交修於庭闈房闥之間亦何能臨亂從容節義雙成於
倉卒傾覆之時乎人謂古今殉節之士或當城守或臨戰陣
慷慨殺身者固多有矣如公既無職責且寓村僻有可避之
路無必死之義而乃能確然自守脚跟不移捐生而殉社
稷拜跪而謝 君父與其配同就大節者寧復有其人哉公
及夫人相期以從容堂故事乃其素蘊而卒踐其言夫婦同

死果如趙昻燮之事而昻燮攝州守城必死之義又與公不

侔則公之所樹立視昻燮尤有光焉云夫人生男輒不育只

有二女長適文科觀察使洪憲次適　贈判書朴烜洪無子

朴有一男即長遠官至吏曹判書誠孝德行為世名臣其亦

有自來矣以公命主公祀有四男長鑌郡守次銑縣令次鐔

次鎭外孫女及曾孫男女若干人公歿後十三年巳丑　孝

廟踐祚宋文正公浚吉嘗入侍　經筵講中庸白刃可蹈章

仍論伏節死義之事宋公曰江都之變節死者多此　聖明

兩親覩也豈不可尚　上曰誠然良可貴也宋公曰如沈誼

李時稷宋時榮等節死中表表人也於　國家分義不深而

-79-

其死先於人尤可尙也 國家合有廮蕩之𡖖
誠爲欠典 上曰何至今不加廮 贈仍 特命贈職 贈公
吏曹叅判其後三十三年辛酉江華留守李遯上疏加請
謚大臣覆 啓於 榻前請依其言 上特許之壬戌四月大
臣又 啓于 榻前曰沈詻等 贈謚旣有 成命而國典正
二品以上始 贈謚沈詻等節義表著非他人之比請依宋象
賢例先 贈正二品職後 贈謚似當矣 上又許之遂加
贈資憲大夫吏曹判書兼知義禁府事五衛都摠府都摠管
三朝襃美之典至此而無遺憾吁其至矣縣令君銑擄公事述
家狀以端夏有通家之分且忝象筆之任請爲謚狀端夏辭不

獲已就其家狀畧加增損而副之旋遣顚沛下鄕縣令君又以
今年加 贈事請添載不敢更有所辭謹此追錄敬告于有司
正憲大夫知敦寧府事無知春秋館事弘文館提學李端夏謹
狀

贈吏曹判書奉常寺正忠穆李公神道碑銘并序
丙子江都之難自分朝大臣以下殉節最所明白表著者厪四
人而其一掌令李公是也事定 上命有司旌其門江都之人
又卽其地建祠並祀前大臣以下數公者揭之曰忠烈於是為
國家之所以待忠臣士論之尚節義扶綱常者庶幾備矣初
邊報遞至 上空幸江都羽報日忌倉卒變計入南漢城羣臣
多不及從公居迂遠竟夜追赴遇有自城中來者聞 上移蹕
江都要候中路到露梁又聞 上不果移冒死更進遇賊反走
適見妻子匍匐道上公長子挽衣泣曰事至此暫歸南鄉起義
旅圖後效未晚也公不顧再尋山城路路塞不得入彷徨痛哭

遂向水原與一二同志檄兩湖以歐義士仍會趙公興等合師
陽守尹蔡謀聚義旅事未集蔡死賊軍潰衆議所往公曰必赴
以江都爲歸者是吾死所也旣至主事者俱不事公歎曰人
謀不臧雖有天塹將安恃也惟有一死耳不随例請廩從者行
備以給及賊渡江檢察使慶徵敏求留守紳爭艤逃去吾家伯
氏仙源先生知事去登譙門自焚賊遂入城公謂太僕主簿宋
時榮曰吾輩讀古人書今日到此尚可苟生乎賊環兵四圍聽
順者免死人皆趨之公笑曰從賊求生獨不心愧乎作書屬兩
僕人歸付長子其言後事甚詳且寄一詞畧曰　宗社淪山萬
姓魚肉義不苟活甘心自決殺身成仁俯仰無怍辭氣從容若

平生宋君先決公抱持大哭自臨為殯鑿兩坎而虛其一命僕
人殯裁於是解衣楔館人以此為歛他日使吾兒得以歛葬先
是常以弧絃置橐中用以雜置僕人泣止之公揮去曰今日之
死榮也館人感公之義倫物殯歛如命是丁丑正月二十五日
也春秋六十有六賊退諸孤奉輯歸懷德權厝至明年戊寅十
月丙辰英文義縣荊江之東貟艮之原公諱時稷字聖俞自號
竹窓延安人　唐高宗時中郎將茂從蘇定邦平百濟留仕新
羅賜籍延安子孫蕃衍世襲圭組八　本朝樗軒先生諱厄亨
連捷三魁名振一時官至延城府院君傳子渾掌令贈吏曹判
書傳子壽長大護軍　贈兵曹判書傳子嶧楊州牧使　贈左

贊成傅子廷顯通政郡守出後季父諱巘司憲府監察是公之
家世也考諱賔中司馬薦爲青巖道察訪棄官於于家要救使
李公應禛之女隆慶壬申八月十八日生公自幼聰敏邁倫十
歲從大父在江東任所曹公好益謫居其地聞其師道往從焉
一見大奇亟稱於人曰此後生可畏也勉以學業後從沙溪金
先生遊先生亦心許之戊戌丁憂以善喪聞丙午中司馬癸丑
丁外憂不以俗忌廢禮聞者益稱之光海末見世道日非不赴
公車歸卧湖西故里結數椽環以圖書逍遙自適不與時人交
所還往戚屬數三而已鄉有趨騰者爲權奸遊說啖以利顧與
同死公笑譏曰生可樂而死可厭也其人慚泹而退後十年癸

-85-

亥祔薦司薔別提李适叛

庀從公州還轉宗廟直長登文科

尋以　庀從勞叙陞六品授成均典籍改司憲府監察兵曹佐

郎司諫院正言恊諸僚論小人之投機傾軋者請焚其疏忤旨

辭遞久之拜工曹佐郎又還兵曹出監嶺南試能以公道鎮浮

習丁卯虜警庀駕江都拜正言又與諸僚間力斥和議不省

遞授典籍　駕還移兵曹正郎棄官歸鄉尋授礪山郡守圯剔

犛垢抑黜豪強一境脅悅明年去官民思碑之後聞公衰相與

頁戴會賻百舍之外明年拜直講陞司藝復還正言屢遷掌令

彌善歷內資尚衣掌樂濟用太僕太常諸司長太常故奸蘇公

覈其非罪同僚吏合誣中考績卽棄官銓部知其枉白之還原

平生自愛其一刺末嘗有要路跡故仕宦常在通塞間公為人
長身白晢美鬚聲音中坦直去町削畦表裡純一在家能得父
毋心夫人善病難養有時失驚傍侍者莫能順適獨公和色
以進則怡然如平常是以不離左右務盡承奉常避冠八峽手
扶板輿歷險千里不許人代至他行在古人以為難者公皆有
之矣毋夫人歿事毋之兄弟如毋有一婢眼勤甚至毋夫人常
念其勞後當析著在兄弟家以已婢易之惠養終其生姊已無
嗣割産處後事業庶弟貪困無歸者使不失所人謂孝推姑氏
無子欲以後事為託回辭求其族子之宜為後者俾主之而盡
還其貲財前後居官不以一絲自浼雅喜山水聞有佳境命儔

携侶或獨往不倦遇會心處樂而忘返不好飲酒飲少輒醉醉
輒高歌朗詠音調清越聽者可悅待人無貴賤一以誠信其遇
不善嚴而不悪以是人皆懷之歿後鄉人亦立廟與宋太僕俱
俎豆之 主上己丑冬筵臣合辭陳啓以爲如李某等褒贈
之典公通政大夫承政院都承旨兼 經筵叅贊官春秋館修
撰官藝文館直提學尚瑞院正 恩及泉壤人心始翕然悅服
焉配龍仁李氏婦德母儀皆可法式公歿毀戚踰制戊寅四月
初五日歿得年六十二追封淑夫人生三丈夫子曰憬連原道
察訪初娶學生宋銓女再娶奉事宋甲祚女皆無子取宗人校
理李天基子爲後曰俺早中司馬有雋才不幸先公歿娶士人

成夏挺女無後曰惇娶郡守金璉女生一男曰[illegible]側室有一男

二女　娶掌令池　女生一男幼銘曰　士列百行忠爲[illegible]

公兼有之百代仰瞻皎爲日星烈爲秋霜公名公節蓋壤久長

戊寅旌閭丙寅贈官右叅贊諡忠穆公遷葬于龍仁慕賢村

清陰金先生撰

附遺書 丁丑正月二十五日臨決作書與詞令援兩僮及官人曰汝等未必盡死傳此訣於吾兒可也

國事罔極江都又陷今日賊已據大關明日必有爲不測之辱今夕與茂先將自決理勢當然心事安泰汝等若過哀傷生非孝也我死豈瞑目乎但先人墓碣未立事定後汝等以某条立之幸甚凡主不相見十年今當永訣爲恨如何明甫不相見此意言之兩庶母常常未忘不得顧恤而至此又恨也餘不盡

贈承政院都承旨 世子侍講院弼善尹公墓誌銘并序

丙子兵禍如飄風八境不數日及國都 先王定議八江都

奉 廟社主以出宮嬪以下皆先行而 上及世子百官繼而

發至國南門報先鋒及城外即田 駕八南漢是時弼善尹公

以 世子命先往江都江都陷公不屈死之公諱烒字静叔姓

尹氏其先坡平人始祖莘達佐高麗太祖為壁上功臣而其後

達官顯八相繼至於今不絶門下侍中瓘開拓朔方功最大事

載東史曾祖諱先智其官祖諱暾其官考諱昌世少時受學於

牛溪先生先生稱其篤信好學年十九丁其官府君憂毀瘠泣

血幾至喪明遂成平生之疾二十六登筭選槐院例轉至著作

及嚴母之論發儒生李偉卿等十九人附時議上凶疏公亦與

林嚴惺等議停擧十九人凶徒齊怒彈駁李爵其後得復敍由

博士陞典籍遷監察戶曹佐郎凶徒復遷前怨削去仕版公乃

絶意人世賣京等退歸田園甘窮困且十年癸亥反正公宜先

彙征而乃授京畿都事蓋公常論人是非不少假借有畏公八

臺者致力以出公僑友多勸不仕公曰此亦分外惟恐不職耳

久之疏陳畿內民瘼累百餘言甲子适變徒步追至　行在除

工曹正郎掌樂院僉正復拜持平呈告省先塋因病遞拜禮曹

正郎未及還朝丁卯正月西兵猝起至平山　大駕幸江都時

沙溪金先生在湖西以篩召使請公為從事兵罷八江都除分

兵曹正郎遷工曹正郎司藝禮賓寺正出為蓋山郡守郡多士
族常喜譏貶守宰是非殆無完人而於公不敢有疵議翁然頌
其清德不已有兄茅訟者公詰之茅曰兄不分戒財兄曰父命
不敢違也公責之曰汝茅信不孝矣父之不慈亦過矣古人有
不從亂命者獨專父財使茅飢寒於汝安乎為陳人倫而遣之
明日其人乃来請分全州有獄而公同推蓋有彊暴者乘夜惘
其隣之寡婦寡婦覺而跟逐之至其門其人欲掩其跡乃自
殺其妻誣寡婦家殺之公案其辭得其情而詰之其人果服乃
坐之而寡婦家得免上疏陳軍民積獎累千言其後棄官歸尼
山癸酉除　宗廟署令直講掌令論氶吉甲得淵使瀋陽辱命

居官以貪鄙名大司憲姜碩期以申之妹夫乃詆斥之公遂退
歸其後除尚衣院正司成掌令時有大赦命宥億健等畫闕
共爭之大司憲鄭蘊立異又共攻之公以為不可攻也避而不
與丙子由濟用監正掌令典籤移弼善八江都是時尹公昉金
公尚容皆以鄉相陪 廟社金慶徵李敏求等以撥察使先往
設分偹遣司凡籤令慶徵敏求等專之而一畏縮無敢有所為
公上書尹相曰金慶徵自請渡江而遷延不行李敏求當往湖
西而遲囘不發終乃召還相公過於仁恕而少於强果任其自
恣大臣當國之道宣當如是令撥察開衙津頭整治兵船
器械以為進後南漢之計不可袖手無為坐談而已撥察等皆

-93-

深疾之公亦不復八分司矣及敵兵渡江大臣以下集南門為
守城計公與李時稷宋時榮徇北城知不能守與宋約同死
是夜俱自縊有吏隨往者救解之不死其明日城陷宋先縊李
繼縊公又縊又有救解之不死又以佩刀自刃亦不絕敵兵迫
之行公憤罵曰我恨不能即死宣從汝于速殺我遂被害
公為人忠實恬靜絕無向外希慕之念嘗救之計其於是非一
出於己未嘗屈而從人見有邪枉之事則疾之如己怨當官憤
發敢言無所畏避至不可奪以是為人所惡多矣其於民生疾
苦憐惻憂憫出於至誠其為都事守郡時兩疏可見矣嗚呼
世之人其平生所思慮只為一身而已於國事民事漠然不以

為意者滔滔皆是如公者何可得見乎余於公既有睡[?]之義

又有趨向之同從遊之舊今知公未有如我者宜公之諸子求

我銘也銘曰

以直窮於世以義殺其身臨難取義猶為易秉直終世尤難倫

世間營營求進者林立雲屯惟是始終無愧者其志常伸先聖

有訓彊毅近仁嗚呼靜叔庶幾其人

　　　　右議政趙翼撰

-95-

贈承政院左承旨司僕主簿宋公墓誌銘幷序

國之將亡必有忱臣烈士起懍懍扶綱常而壽國脉奚獨古

戎江都之設忠義激揚時則有若仙源金相國都正沈公太常

李公若而人屹然為障川柱而其首先奮義不以身甲微從容

處決能成就一簣是者惟太僕主簿宋公茂先于公諱明誼系

出恩津高飛判事諱太原之遠裔也判事後數世至諱明誼官

司憲執端善圃隱為諸賢所推八戒　朝有諱愉隱德不仕扁

雙清以自逸自是世有衣冠高祖諱世良為奉曾祖諱龜壽奉

事再世不顯篤於孝友執喪盡禮有白燕巢廬之異歸西阜岑

圭菴麟壽妹婿東洲成悌元一家并美時人歆艷名其間曰三

賢祖諱應期儀賓府都事考諱邦祚兵曹佐郎淸名直道遭時
昏濁卒官于關西　今上己巳追　贈吏曹參議以原從功也
妣晋州鄭氏判事谷之女乙巳名臣思顯之孫公生於萬曆戊
子濡染家庭委已於學累鄉解厄於公車戊午春失兩恃甲
子鄭氏又辭堂曰仍草土無意於世外除而值丁卯胡變團聚
義旅將八處，行朝賊退不果戊辰拜司寧監掾奉例陞廣興
倉奉事內資寺直長尚衣院主簿而在皆奉職旣遷主司僕簿
丙子冬虜賊猝入京城公董率馬僕奉　嬪殿于江華未幾為任
事竪所誤賊已渡江矣公見衆賣國迎降事無可為乃與李正
時稷尹獬善烇將自决為家書處置諸事解印付小吏曰事定

可歸獻捐見資市館入棺倘襲歛具即自縊寔丁丑正月二十
三日也李尹兩公躬護瘞之逐賊歸公之徹基隆曁芽時琰收
得公尸輿還永同葵者莊里某坐之原從佐郎公吡也公天資
強毅敦確自有卓立之操而幼訓甚正及稍長策礪不怠故能
致於遠事親孝送終追遠惟禮友愛芽妹嫁娶以時財產擇給
其饒好日完帶拜廟訖引諸芽環坐怡愉以終夕為官清謹吏
畏僚敬懶於交遊雖在相親貴不復夵尋或時宰聞名請見
亦終不往嘗曰孝於親忠於君族廉於宗進取即此是學
吾不知其他初聞賊僭蹄慷慨語曰國家恬不㦀為奉表無日
如此而尚忍處小朝廷乎及就義時神氣安閒揚~如平常館

人愛公甚以酒食進復辭謝之公受而盡之箕曰戒則曰謹奉

纖毫願籍意汝何春~為戊寅遣官弔遺文以祭取舍後容

郞貫日星斯見公之藥也　今上以廷臣請　贈通政大夫亦

政院左旅旨兼　經筵春賛官異數也公配全義李氏故賢相

鐸之曾孫云~集早游公父子間公且出入吾先子門實有年所

則知公之深宜莫如吾也今於後事之托義不可以不文辭遂

為之銘曰

欲惡同出於常君子貴循乎正理知恥故有所不為安義故有所

不避惟其識見之確兩以勇決之易行誼可質於神明俯仰無

愧於天地一身之存沒寧論當世之藝倫收寄如公矧而亦生

忠臣　贈吏曹判書行義禁府都事權公墓碣銘　幷序

慎獨齋金先生集撰

崇禎丙子冬清人大舉東侵明年正月江都陷吾友權公孝元
死於難其後二十有六年其孤是經以狀来泣而言曰先人之
圽踰二紀墓道之銘尚闕焉大恩無以表白其志郎先友知先
人深莫如公敢以請惟公實畐之余不文且有不忍銘者屢辭
至今請愈力又何忍復辭公諱順長孝元其字也其先安東人
高麗太師幸之後曽祖德興以經術顯名　宣祖朝屢長玉堂
卒官黄海觀察使祖諱克中受學於牛溪成文簡公有士林重

名累官不仕終於翊衛司洗馬　贈議政府右參贊

刑曹參判無同知春秋館事　贈禮曹判書以名德見重妣平

昌李氏吏曹判書季男之五世孫別提廷直之女以丁未十月

十九日生公幻聰穎出人讀書屬文材藝日進甞訪友青坡夜

歸明日寄以儷句有曰道絕行人流泉寂寂野有蔓草零露瀼

瀼人皆歎賞以為寫出真境十八中進士聲名益播乙丑判書

公出按海西常遘疾時當多事文簿填委口授大意令公裁處

公領曩剖決酬應曲當一道咸稱其奇才已巳判書公以開城

留守得疾免歸公日夜侍病衣不解帶者兩月疾革剌指出血

以進及喪哀毀過制其後除義禁府都事　健元陵參奉水庫

別提皆不就一意修業屢舉不第時人稱屈丙子避兵奉大夫

人入江都時兵變猝迫　上入南漢城故相尹公昉金公尚容

及檢察使金慶徵李敏求等以　廟社主先入江都敵圍南漢

憂又造小舟謀犯江都島中洶懼檢察與留守張紳等專事玩

愒不爲守備公與同志之士團結義兵誓以死殉呈書分司辭

意激切有曰薪膽卽事盃酒非時敏求等見而惡之曰到此又

逢此輩不幸也惡報至公家寓在松亭村卽出送二弟令保護

大夫人及家屬而公獨留城及甲津不守敵兵薄中城上南門

拊臂曰　廟社淪喪矣何以生爲金相至踞火藥樻而坐顧左

右曰君等皆去公不去涕泣憤惋引弓抽矢射門樓之柱者三

己而大蔽金相死之公與金盃無汝南同死臣蒼以正月二十二
日也年三十一其明日公之妻與妹間之甘自經死原順恍惘
慶俱死于賊大夫人獨全冠去收屍藁葬于城外戊寅四月日
蘗于揚根禾大谷先垞貝庚向甲之原　仁廟命贈憲職錄用其
子孫江都人立祠金相以下諸死義人公與焉公性峻潔剛介
早自樹立其心不欲為一毫非義聞人不善若將浼已其在江
都天蓋既失則嚴城無兵元非可守且以避亂一客非有官守
可以無死而慷慨敩憤捨命不顧其誓死取義之日出送二弟
之時志已決矣孰謂其才行之卓絶不少著見於世而止於一
死而已也悲夫余少與公同遊太學見其容儀端正言論洒然

人皆愛慕而敬憚之時太學生上疏請牛栗兩先生從祀文
廟會有異論者　上以責諸生諸生捲堂而去仍不赴舉公既
仕不與疏事而亦不肯赴其不苟於進取如此方亂余有親癠
遑遑問泣公富避去蒼黃之際徒步十里求見而去憂之如在
已至今思之如昨日事嗚呼今世安可復見斯人也配完山李
氏同知中摳府事久源之女燕山朝烈士評事穆之玄孫也其
生與公同年月而一日先於公有孝淑至行卒以殉節事聞
命旌閭有一男一女男即是經公死時年始十三被擄在瀋陽
後贖還既長除叅奉中丁酉司馬兩試歷官刑工二曹即今宰
玄風賢有才業其家女適士人金南一俱未有子女天道豈其

終無後也銘曰氷雪之淸不足喻其㷀㷀松栢之貞不足[　]

烈是夫是婦卽義雙成我銘斯丘百世風聲

　　　　大提學趙復陽撰

成均生員　贈司憲府持平金公墓表

崇禎皇帝九年丙子建虜僭號我行人李廓等怔怵失措遍入

其庭與諸種人同賀虜又以蒙古人至絕無遜辭　朝廷駭遞

莫知所以應者時汝南年二十二前一年以藝業魁司馬科游、

國庠奔走來余盡然以歎曰吾其左衽矣吾其左衽矣夫遂

與同輩上疏曰醜虜僭達此天地之大變廓等越使事擅賀其

偽以誣辱　君命請誅其不道以徇國中虜使辭拯悖慢至使

我輦父母之邦而名以凶渠此言奚宜至我請並斬蒙古使函

其首以奏　天朝仍以大義獎勵三軍則瞽跛躄者亦且增百

倍之氣矣何憂力之不敵矣是日虜使方詣　闕吊戎国母喪自

閩下懼而跳去　朝廷甚憂之議遣舌人以謝之汝南輩亦勸駕

公時長諫院疏言其不可是冬虜果舉國來寇汝南父兄庭駕

南漢獨與諸宗奉母徐夫人入江都翌年丁丑正月虜將渡江汝

南約同志士權順長孝元等恊官軍為死守計汝南操弓持矢

兀然臨城曰尚不為一人敵乎其二十二日知事急汝南從仙

源金相公尚容自焚于南城之譙樓翌日徐夫人亦引決于寓

舍虜去叅判公與子宗往尋徐夫人及汝南尸窆墳于交河之

江上後四年庚辰叅判公捐舘汝南二子尚幼其兄宗始啓徐夫

人及汝南瘞遷流至漢江與叅判公柩同載而南葬之于懷德縣貞

民里汝南在其後其世德襃出清陰文正公具著于叅判公碑版

其所謂蓋無汝南之名也汝南才高氣清志潔行峻仍且濡染家
庭日以開益祖考文元公甚愛重之期以遠到不幸止此儕流莫不
悲傷之　朝廷為　贈司憲府持平又命腏食于金相公祠廟同
享者李公尚吉沈公誢宋公時燁權公順長具公元一
也丙子虜使之跳汝南又從容語余曰大禍迫矣　朝廷不以聞
鼇則屈而已矣我則將去朝市與好我浮遊湖海之上不獲世之
滋垢也今其所就不但如其所言而已陳少陽魯連子義薰之矣
然魯連史遷猶議其指意不合大義今汝南雖謂之日月爭光
可也又何悲焉世或以汝南非官人謂無從容而死者非也孔聖尚
勿殤童汪蹐何以刳汝南婁海平尹氏其考參列埠其祖新之尚主

為海嵩尉男萬基及篆已顯於世萬重進士為士友烈雅之所悲懷

美之不世也汝南之墳于江上也余千里徃哭之後每過貞民未嘗

不登其壠瞻拜潸洒久然後去此豈但游好之舊而已余又悲世

人不知則為一身故悉明其平日之志以表其墓鳴呼是惟吾汝

南之墓也其高四尺而百世不可隳矣鳴呼誰肇此里名以待吾

汝南也扐亦非偶然也歟時崇政壬寅正月 日友人恩津宋時烈

述

長胤後官至二品從正公随 贈吏曹參判判書甲寅今 上嗣位推

王妣恩疏封先城府院君故亦加 贈領議政亦豈非源遠川豊之

徵也耶宋時烈追記

江都三忠傳

始余之赴江都方冬月流澌澁江不可濟余坐崖候潮日慨然
歎曰嗟乎此天險也而丙丁冬春之交北軍如履平陸無一人
敢誰何使金湯失守而　廟社重辱焉金張竪子之罪雖盡江
流而莫之洗也欲問當時事遺老已無在者而府中文武士往
往說本府三忠事頗詳云
具元一字汝先為人剛毅自守中武科十年不調本府辟為右
部千摠丙子之難主將奪其所領兵革與手下十數人為游兵
將又謂甲津天塹賊兵何能飛渡不為之備丁丑正月二十一
日令休暇諸將三日元一繞歸家聞變急與妻子決曰我當戰

-110-

死勿復待我歸馳赴甲津虜已臨江而陣飛礮如雷水沖沙飛

先浮二少舡載數十降人以試之檢察使金慶徵副使李敏求

留守張紳勸勸不知所措爭奪舸適下碇江口瑟縮無戰意元

一悚慨涕泣登岸大呼曰賊兵方渡江宗社亡島人父子且

盡殺諸舡何不迎戰大將若逗遛請諸將先斬大將而進主將

大憲令収之將欲殺元一按劒痛哭曰汝輩遺君親臨難逃生

汝罪通于天吾恨不能以此劒斬汝吾宣死於汝輩手者怒罵

不絕聲握劒投江而死年五十六 朝廷旌其閭曰忠臣 命官給

四時祭羞與黄善身姜興業俱 贈官兵曹叅議配享忠烈祠

黄善身字士修中丁酉武科歷官至訓鍊院正丁丑以本府中

軍在城中主將領舟師出江上城中空虛甲津急報至善身與
千揔姜興業募得老弱數十人出戰于鎮海樓下顧謂興業曰
事已至此吾輩只有一死而已射殺數賊奮身搏戰力盡而死
年六十八時　孝宗大王龍潛在島中後　命有司曰余嘗見
黃善身年老容貌不異凡人甲津師潰之日獨抗戰不屈而死人
固未易知也可同祠于忠烈錄用其子孫
姜興業字渭叟有膽畧善騎射丙申登武科歷訓鍊院僉正丁丑
為本府左部千揔時年六十三師潰甲津與黃善身同日力戰
而死
贊曰昔韓昌黎叙雎陽南霽雲事盛稱其節義讀之至今凜然

有生氣今余為此傳雖不足以揚三忠之烈然兩公得褒贈

同歸夫三忠受制於庸夫而事成就如此殆難矣江都小島耳

三忠並時何其盛歟孔子曰十室之邑必有忠信時信夫當金張

諸人之怙險自恣也視三忠白首行陣必奴隸之矣而果何愧

彼回不足責嗟夫世無有馬服之智也嚮使秉國之成而不為

私薆旁求賢才得三忠之倫任以保障則江都豈其倉卒而當

時事未可知矣然三忠豈可以成敗論者也
　　　　　　　　　　　　　　　　　　·李顯命撰

　江華南門　仙源金先生殉義碑記

嗚呼此為江華府南門故右議政文忠公仙源金先生殉義之地

先生諱尚容安東人萬曆十八年庚寅登第歷事累　朝位宰

相以忠厚正直為士類所宗崇禎丙子北虜入冠 上將幸江

都先生時已去相且老病 命從 廟社主先行於是張紳為本

府留守而檢察使金慶徵副使李敏求受 命任軍事矣既而

大駕廻虜先鋒倉卒入南漢城賊等長圍守之內外不通諸道

勤 王師至者輒皆潰賊又分兵窺江都紳慶徵等恃有天塹隘

不以為意慶徵又驕恣人有以軍事諫者輒盛氣迕折先生奮而

謂曰 行在受圍日久鄭世規敗道路傳言已死湖西無主事者

副使宜急往收散卒糾義旅督湖南兵在後者以赴 君父之急

檄不可緩又言南漢消息斷絕宜募死士起居官守十往必有

一達臣子之義豈忍束手坐觀慶徵等相與誂之曰自有權此

者非避亂大臣所得與一無所聽施弑謂先生事去矣蓋耳無聞

愍先生歎曰 主上在圍中安危不可知 宗社元孫皆在此萬一不

幸有死而已安所偷生居數日有報賊大至紳慶徵猶不信曰咦法

夫江水流澌賊安能飛渡詰朝賊果從甲串渡江我兵望之不戰首

潰慶徵芊一時奪舸適去賊遂平行至城下先生顧與家人訣登

城門樓積硝黃擁其上辭衣授傭人庵左右使去放火自燒死孫壽全

時年十三在側命僕掖歸挽衣泣不去曰當從翁死尚何歸僕亦

不去皆同死別坐攓順長進士金益熙先自請分隸城門恊官軍

為死守計至是竟與先生俱死實丁丑正月二十二日也蓋先生既

没而 國家施其閭曰忠臣之門又立祠府城南七里 賜額忠

烈權公金公及他死義者李公尚吉以下十一人皆得服食崇
報之典備矣　上之二十四年戊寅我伯氏承　命為本府留
守至則首謁祠下旣又登南門喟然太息曰夫以魏公子之能
下士也而大梁東門人猶志之不倦太史公至書于策況以先
生忠節甫為百世人紀而此可以無識乎於是伐石為碑
高四尺大書以篆之樹于門之側俾昌協記其本末昌協竊惟
忠義之於感人也深矣自丁丑至今六十餘年其遺老盡矣而
此南門者人猶指而相語曰某公死於此徃徃談說其時事如
昨日而士大夫徃來道此府者亦必先問南門何在為之感歎歔
欷而不能去自是而言則雖無碑宜亦可也而要以表揚遺跡

使人人者一倍瞻視而雖百世之遠無或泯夫則碑之益可知
也顧前政未有以此為意者豈其以保障為意而不暇於此也
然而知節義之壯人國家有甚於城池甲兵則今日之為其孰
曰非急務哉伯氏名昌集實先生之弟文正公清陰先生諱尚
憲之曾孫然後之人若復以是而貳此舉之或私也則又非知太公
之道者也

崇禎紀元後七十三年從曾孫金昌協謹記

-117-

忠烈祠殉節碑記

崇禎丙子冬建虜大舉入寇 上將幸江都 命先奉 廟社
主行嬪宮元孫大君及群臣老病者皆從之 大駕追發至國
南門則虜騎已迫西郊遂 回駕入南漢城檢察使金慶徵副
使李敏求留守張紳實莞江都事謂天塹足恃杯酒恬嬉馳放
戰守備人有言者輒折辱之丁丑正月二十二日賊渡甲串津
慶徵等恇怯失措奪舸而走江都遂陷于時原任議政府右議
政仙源金先生尚容知必不濟歎曰 宗社元孫在此吾死地
也事既急上南城譙樓擁硝黃自焚原任工曹判書李公尚吉
寓城外十里地馳入哭於 廟社而殉焉原任敦寧府都正沈

公說家人具舟楫泣請入海而不聽四拜手疏夫婦併命原任
司憲府掌令李公時稷作遺詞授僛人與司僛寺主簿宋公時
榮約買二棺掘兩坎而自經侍講院弼善尹公烇罵賊不屈而
被害原任義禁府都事權公順長成均館生員金公益兼自編
行伍守南門堞及相公自焚庵之不去遂與之同死本府中軍
黃公善身千捻姜公與業提殘兵截江津力戰而死千捻具公
元一臨江岸罵慶徵等發憤赴水亂已 朝廷嘉其義 贈議
政公諡文忠判書公左議政忠肅都正公吏曹判書忠烈掌令
公僉貲忠穆主簿公僉貲忠顯弼善公都承旨都事公生員公
並持平具公黃公姜公並僉議歲壬午京外章甫合議建祠于

府南七里仙源村寔文忠少時所寓也文忠主享忠蕭忠烈忠
穆忠顯暨具公配事　聞賜號忠烈逮　孝廟朝以黃姜二公
及尹權金三公先後追享今　上丁丑以其殉義月日遣承旨
致祭於是乎　聖朝所以褒忠顯烈者靡有餘憾矣嗚呼士大
夫平居談道理真若有辨於死生義利之分一朝邁大難其能
不背國偷生辱身敗名者鮮矣惟茲文忠諸公當天地飜覆之
日引義自靖從容就死以至一命散僚布衣匹士同衛　社稷
以身殉國又如下邑褊裨真所謂不識何狀而亦皆忠義奮發
視死如歸盖其樹立之烈烈雖謂之日月爭光可也嗟呼天降
喪亂斁國淪胥而使東表士民知有天地之常經不失為三百

年禮義之卿者伊誰之功也前曾守李侯

及建祠始末又爲其黃姜三公⋯傳藏于祠壁依⋯

政祇謁祠庭慨然興懷曰廟有碑古也不有此荷以示⋯

遂伐石以付諸生諸生樂趨事鳩治訖以李侯所錄一通授尙

夏而謁其文尙夏生晩感慨激昂想像而枕淂者久矣今於斯

役義不敢辭謹撮其大略而記之俾來世考信

通政大夫吏曹參判權尙夏撰

都有司幼學李始華看役

崇禎甲申後五十八年辛巳六月　日立

-121-

300 강도충렬록 江都忠烈錄

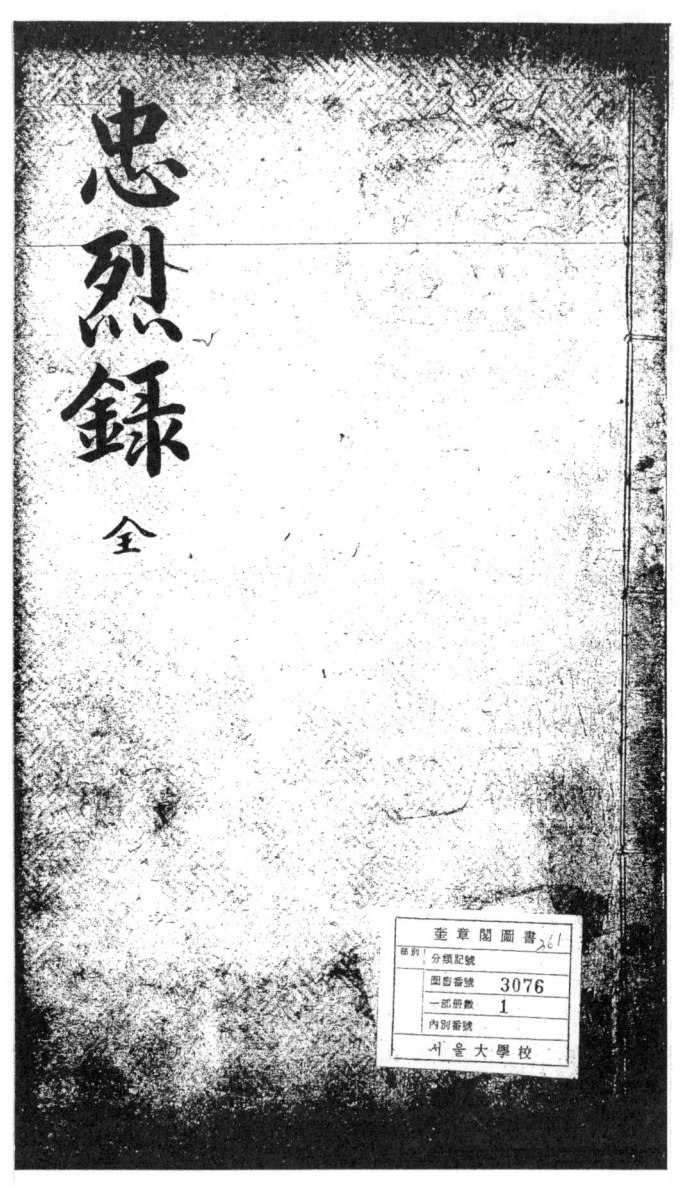

忠烈錄

全

강도충렬록(江都忠烈錄) 影印

김창협 편찬, 1701년

서울대학교 규장각한국학연구원 소장본

여기서부터 영인본을 인쇄한 부분입니다. 이 부분부터 보시기 바랍니다.